火山脚下的绿茵梦

——五大连池足球记忆三十年(1991—2021)

杨玉林　著

哈爾濱工程大學出版社
Harbin Engineering University Press

内容简介

《火山脚下的绿茵梦》一书，共八章一百二十八节。文中详细记录了20世纪80年代，一代黑河师范学校毕业生辛勤耕耘中国北方青少年足球事业的奋斗历程，讲述了故事主人公们教书育人与传播足球文化的真情往事。在三十年历史长河中，向广大读者展示了他们不忘初心使命、不畏艰难困苦，为改变中国北部偏远地区足球落后的局面而做出的各种努力和开拓实践。

本书着重对五大连池区域校园足球教学、梯队训练、班级联赛、冬季资源开发、校园足球生长环境、区域足球文化构建等诸多方面实践探究进行了阐述；对作者不同阶段足球培训感受心得、经验总结及新时期黑河市校园足球开展成果进行了分享。本书记录翔实，时间线清晰，数据准确，描写真实，是迄今为止全国为数不多的反映县域层面足球繁衍、生息、发展的足球志，为中国足协“百城千县”绿茵计划的实施提供了参考，为北方校园足球活动开展提供了依据。

图书在版编目(CIP)数据

火山脚下的绿茵梦：五大连池足球记忆三十年：1991—2021 / 杨玉林著. —哈尔滨：哈尔滨工程大学出版社，2022.7
ISBN 978-7-5661-3633-6

Ⅰ. ①火… Ⅱ. ①杨… Ⅲ. ①足球运动-发展-研究-中国-1991-2021 Ⅳ. ①G843.2

中国版本图书馆CIP数据核字(2022)第132633号

火山脚下的绿茵梦——五大连池足球记忆三十年(1991—2021)
HUOSHAN JIAOXIA DE LVYINMENG——WUDALIANCHI ZUQIU JIYI SANSHINIAN(1991—2021)

选题策划 肖瑞辉　　封面题字 靳继君
责任编辑 张志雯　　封面摄影 杨　录
封面设计 李海波

出版发行 哈尔滨工程大学出版社
社　　址 哈尔滨市南岗区南通大街145号
邮政编码 150001
发行电话 0451-82519328
传　　真 0451-82519699
经　　销 新华书店
印　　刷 黑龙江天宇印务有限公司
开　　本 787 mm×1 092 mm　1/16
印　　张 17.25
彩　　插 34
字　　数 480千字
版　　次 2022年7月第1版
印　　次 2022年7月第1次印刷
定　　价 78.00元

http://www.hrbeupress.com
E-mail:heupress@hrbeu.edu.cn

序 言 - I

与杨玉林老师的初识是在2021年中国足球协会与欧洲足球协会联盟合作举办的“全国骨干县域足协秘书长培训班”上，学员都是各省和自治区足协推荐的百里挑一的基层骨干，来自黑龙江的杨老师是这个培训班的班长。他身兼小学足球教师与基层足球协会秘书长双重身份，在基层足球“技术与管理”双肩挑，敢于挑起这样一个常常“出力不讨好”的重担，让人由衷敬佩。

在这次培训班上，我们与各位秘书长讨论了记录每一座城市、每一个县域的足球历史和文化的工作。让人可喜的是，杨老师身体力行，两年前已经开始对当地足球历史和文化进行整理编撰。培训班结束后，他笔耕不辍将五大连池三十年足球记忆汇集在《火山脚下的绿茵梦》这本新书中，几经打磨2021年底初稿已出。现在，该书即将与大家见面。值得祝贺！

杨玉林老师从1998年开始担任五大连池足球协会秘书长至今已24年，作为一名小学足球教师也已超过30年。作为一位积极开拓并不断夯实校园足球基础的一线技术与管理骨干，以杨老师这样的独特视角来观察记录、梳理总结当地足球的发展历程，到底会有哪些真知灼见、酸甜苦辣？让人对该书充满期待。

《中国足球改革发展总体方案》在2015年出台，助推了中国足球改革发展上升至国家战略高度，其中第八条对“健全协会管理体系”工作做了专门规划。支持基层足球协会建立起来、组织起来，通过人才培养帮助中国足球的基层尽快强大起来，对建设足球强国、体育强国有重要意义。

长期在基层足球协会辛勤耕耘，杨老师的书，可以让我们在了解基层足球历史的过程中，品味来自五大连池的足球人生。其中的经验教训，投身足球的快乐激情，基层足球的文化记忆，值得我们细心感受。

强大的基层足球，强大的中国足球。借以此书，向长期扎根基层足球的足球园丁和协会工作人员，表示诚挚的敬意！

祝大家阅读快乐！

——中国足球协会原会员协会部部长 李飞宇

2022年8月29日

序言 - Ⅱ

2015年《中国足球改革发展总体方案》的出台，标志着足球改革上升为国家战略高度。足球成为我国由体育大国向体育强国迈进的突破口，并以其独有的教育功能成为培养青少年思想道德品质、培育青少年健全人格的一个有效载体。

在此情形下，《火山脚下的绿茵梦》一书的出版有着非凡的时代意义。这是迄今为止黑龙江省第一本县域足球志，更是以五大连池为中心北方校园足球曲折发展的一个历史缩影。文中所及五大连池市第二小学是我省最早开展足球活动的学校之一，其丰富多彩的足球活动内容为学生健康成长注入营养，并发展成为当地特点鲜明的素质教育窗口学校。该校北狮梯队自2003年起四次参加“中华少年小甲A足球”黑龙江赛区交流活动，并取得两次亚军、一次季军和一次殿军。新时期锐意改革，又赋予校园足球文化发展新内涵，为五大连池创建黑龙江省校园足球试点单位及全国体育先进县注入了动力。2015年在辽宁省法库县举办的全国校园足球培训会议中，五大连池市曾代表黑龙江省做了校园足球工作情况汇报，将经验分享到全国各地，充分说明了黑龙江省教育厅、黑龙江省体育局对五大连池市开展青少年校园足球工作的认可，其当地浓厚热烈的足球氛围可见一斑。

《火山脚下的绿茵梦》一书是一幅展开的足球历史画卷，向人们讲述五大连池足球的过去，展示五大连池足球的未来，诠释杨玉林老师对足球事业的热爱。他勤于学习，勇于探索，从一名基层草根教练员成长为黑龙江省为数不多的足球讲师之一。他曾在牡丹江、讷河及黑河等地培训足球教师，为黑龙江省校园足球启动与普及做出了突出贡献。他曾获“全国十佳活力园丁”、黑龙江省“五一劳动奖章”等多项殊荣，这些充分说明体育在学校教育教学工作中的重要地位和影响。全省体育教师当树立信心，勇立校园足球改革潮头，为本地区校园足球事业发展奉献一分光一分热。

《火山脚下的绿茵梦》一书是黑龙江省校园足球不可多得的地方成果，书中所展示的经验做法，具有鲜明的时代性、地域性和代表性。其中对五大连池市第二小学“校长杯”联赛、足球节等活动描写栩栩如生，淋漓尽致展现了学生们体验足球的热烈场面；文中对开发业余足球培植校园足球生长有机土壤的具体实践，充分展现出北方足球爱好者传播足球事业的执着信念和群体智慧；作者对足球专业知识渴望及求学心得的刻画，真切自然而又催人奋进，这些都堪称是本书的瑰宝部分，将直接带给一线足球工作者更多的启迪和帮助。

《火山脚下的绿茵梦》一书的出版发行，是贯彻《中国足球改革发展总体方案》的一个必然产物，是五大连池体教融合成果的一次集中展示，是对中国足球协会实施“百城千县”绿茵计划的一个重要支撑，为中国足球协会改善县域足球发展状况打开了一扇窗，蹚出了一条路。

诚然，强大的草根足球才是中国足球未来发展的坚实基础。希望《火山脚下的绿茵梦》这本书，能激励更多一线体育教师及足球从业者扎根基层足球事业，埋头苦干，勇毅前行；同时树立“功成不必在我，功成必定有我”的奋斗理想；通过持久足球活动的开展，进而为实现黑龙江乃至中国足球的早日振兴做出自己应有的贡献。

——黑龙江省足球协会常务副主席、秘书长　刁志丹

2022年5月30日

序言－Ⅲ

在这特殊的历史机缘里,《火山脚下的绿茵梦》一书正式出版发行。这是三十年来以五大连池为中心黑河市校园足球改革实践成果的一次展示。本书采用记叙、报告、日记等写作手法,真实再现了一代基层教育工作者躬耕校园足球的奋斗历程,讴歌主人公们众志成城、拼搏进取的创业风范和干事壮举。新时期,黑河市校园足球响应国家战略号召,不断开拓创新,取得了历史性的突破,打造校园足球成为发展学生核心素养和培养健全人格的有效载体。足球梦,体育梦,强国梦。黑河市校园足球整体发展已经融入实现中华民族伟大复兴的中国梦的具体实践中,并以优异成绩汇入滚滚向前的中国足球改革洪流中。

《火山脚下的绿茵梦》是一本校园足球教学参考书。文中所及五大连池市第二小学在教学训练、"校长杯"联赛、足球节等方面探究实践与国家倡导校园足球之"教会、勤练、常赛"的目标高度统一。其实践做法,有传承有创新,具有鲜明的时代特点和乡土气息,可操作性强,为我们呈现出一幅北方少年儿童快乐成长愿景图,实现了校园足球核心育人目标。五大连池市第二小学成为新时期黑河市校园足球窗口示范校,也为黑龙江省校园足球整体发展提供了借鉴。

《火山脚下的绿茵梦》是一部业余足球耕耘史。书中生动再现主人公们在传播交流、赛事开发等实践中的忘我付出与奋斗,其足球情怀博大宽厚,其足球气节令人钦佩。他们在贫瘠的土壤上播种足球火种,较早改善了五大连池足球发展环境,也将"北狮足球"打造成为黑河区域的一个足球品牌,所提炼的"北狮精神"成为中小学生健康成长、立德树人的精神引领。发展业余足球培植校园足球生长有机土壤,不断扩大教师足球人口,书中诸多实践场面描写细腻,过程真实感人,每每读后宛若身临其境,催人向上。

《火山脚下的绿茵梦》是一个足球营养知识库。文中展示作者不同时期足球知识培训心得,直接为一线体育教师获得足球专业技能知识提供了帮助;所提炼经验成果,对北方校园足球开展具有一定的现实指导意义。

以史明鉴,开创未来。《火山脚下的绿茵梦》一书,是黑河教育工作者贯彻中共中央、国务院《关于全面加强和改进新时代学校体育工作的意见》的一项重要实践成果,更是对中国共产党第二十次全国代表大会胜利召开的崇高献礼。

向支持本书编撰工作的人员致以诚挚的问候和真诚的感谢!

——黑河市教师发展学院院长　姜建设

姜建设

2022 年 7 月 28 日

寄　语

首先，祝贺《火山脚下的绿茵梦》即将付梓出版。可以预见，这本五大连池市首部足球书籍，亮点频出，精彩纷呈，必然会在读者中引发热烈反响。

以往提起五大连池的“代表作”，矿泉水是不二之选。现今，足球成为这座小城的“爆款”。《火山脚下的绿茵梦》与很多书的创作不同，书里所有故事的主人公们，正是故事的创作者，他们的故事来自人生经历，其精彩和感人程度不亚于作家的妙笔生花。

在2021年年底省足球协会举行的表彰奖励大会上，五大连池市足球协会获得一个集体奖和一个个人奖而相当抢眼，这说明在发展足球的道路上，五大连池市有它的过人之处，也付出了更多的努力。

正像这本书所记录的，三十多年来，该市足球发展呈现两大亮点。其一，足球协会积极办赛营造良好的足球氛围。从1998年到2020年举办了“火山杯”全市青年足球联赛和14届“中国·五大连池”青少年足球邀请赛，去年还成功承办了黑龙江省“足协杯”五人制比赛。其二，该市足球协会自1998年成立以来，积极服务全市青少年足球运动发展，建设五大连池市第二小学为足球基点校，带动全市80%以上学校开展校园足球，实施体教融合，协助市教育局举办6届中小学生校园足球联赛总决赛。

由此，让我们想起习近平总书记曾说的一席话：“中国领导人邓小平曾提出足球要从娃娃抓起，我们现在还要这么做。”据此，我们可以这样解读：严格按照习近平总书记对中国足球发展的重要批示和指示精神，就是足球要从娃娃抓起、从基层抓起、从群众性广泛参与抓起。而这“三个抓起”，正是校园足球的具体体现。让人为之击节的是，五大连池市足球协会一直行走在践行的路上。加油！

——黑龙江日报原体育部主任　梁学增

梁学增

2022年6月12日

热烈祝贺《火山脚下的绿茵梦》成功出版。正是因为有以杨玉林秘书长为代表的五大连池足球人三十年的坚守和努力，才成就了今日五大连池足球事业的辉煌。祝福五大连池足球事业的明天会更好！

——中国足球协会会员协会部　王大木

王大木

2022年5月28日

人生就像足球,你不会永远进球,但你会一直跑在路上。

能够做一件自己热爱的事情,是为数不多的人的幸福和幸运。为了“振兴”的梦想,杨玉林老师固守初心,将足球火种根植于小学校园。以点带面,在火山脚下努力让火种传播,星星之火,才可以燎原。当我们真正选择了热爱,那么一定就是披荆斩棘、矢志不移。不管有多少困难、煎熬和阻力,剩下的都是坚持和付出。三十年如一日,炫彩连池,显出了他该有的模样和活力。

足球是梦想,挥汗为之追逐。真正热爱足球的人,会不遗余力地去奔跑。能够做发光发热的事情,能够用自己的能量去感染和影响,这么来看,未来可期,一切都是值得的。

——全国青少年校园足球专家委员会委员

亚洲足球联合会/中国足球协会教练员讲师 邓世俊

2022 年 3 月 10 日

我与杨玉林老师相识于2011 年兰州全国青少年校园足球指导员讲师培训班,他千里求学的足球精神和躬耕不辍的匠心态度深深打动了我。从那一刻起,五大连池市第二小学足球开始受到全国校园足球业内人士的关注,北方校园足球教学案例也第一次在全国讲师培训班上得到分享,正是他的不懈努力填补了黑龙江省校园足球早期历史的一处空白。

他脚踏实地、敢于创新,是一名忠于基层足球的实践者和改革者。《火山脚下的绿茵梦》一书,汇集他奋斗足球的半生精华,是纯粹中国版“草根足球”写真集,是北方足球发展的智慧宝典,因为其偏远落后和条件艰苦而显得尤为珍贵,为中国足球协会“百城千县”绿茵计划的实施提供了帮助,为各类足球学院人才培养方向提供了借鉴。只有发展更深更广的基层足球,才会有更稳更强的国家层面足球的建设。

在贫瘠的荒漠中勇毅开辟足球绿洲,五大连池已然成为一座有温度有情怀的足球小城。相信在不远的将来,杨玉林老师及他的足球课题小组还会为我们呈现更多更好的地方足球特色风景。

衷心祝贺《火山脚下的绿茵梦》一书得以正式出版发行,受益中国足球人,助力中国足球未来发展。

——成都体育学院足球学院教授 硕士生导师

中国足球协会 D 级教练员讲师 杨 立

2022 年 5 月 11 日

初识玉林老师是在五大连池市第二小学。2017 年 6 月，为协助省教育厅调研基层校园足球开展情况而有幸踏上五大连池这片火山热土。玉林老师给我的印象极为深刻：自信、阳光、坚持不懈、追逐梦想！尤其感触至深的是他对黑龙江校园足球发展独到的见解和思想，我想那就是一线校园足球工作者应该有的模样。

几年相处下来，我庆幸自己当时的判断是非常准确、到位的。在玉林老师职业生涯的三十年时间，倾注了他所有的对工作的坚持和对龙江校园足球的希望，他“脚下有路、心中有梦、眼里有光”，我概括为“真、情、实、感”四个字。

“真”是在玉林老师这本《火山脚下的绿茵梦》著作中，真实地记录了振兴黑河校园足球运动三十年的发展历程。

“情”是玉林老师在这三十年的时间里，注入了太多的情怀，这种情怀是热爱、是百折不挠、是永不言败、是执着追求。

“实”是玉林老师三十年积淀的工作态度，唯有踏实肯干、不计得失才会有不断前行的动力，是不服输的源泉。

“感”是玉林老师三十年“足”迹中有太多的感谢要表达，有太多的感动要抒发，有太多的感悟要释怀。

我想在这“真、情、实、感”之中，正是玉林老师要为大家讲述的真正意义所在，为校园足球事业的发展、传承和希望，在这字里行间写下火山脚下绿茵梦的绚烂！

——黑龙江教师发展学院体育教研员 闫绍惠

闫绍惠

2022 年 7 月 25 日

杨玉林是 20 世纪 80 年代的一名师范学生。他勤奋刻苦，在黑河师范学校非常狭窄和简陋的球场上练就了一身的足球绝技；他果敢睿智，率领北狮足球队创造了师范足球一个又一个辉煌。绿茵场上，他是灵感和天赋的化身，就在其主宰成败的一个又一个精彩瞬间中，树立了振兴北方足球事业的人生目标。

三十年为之奋斗，三十年为之努力。他播种北狮火种燎原北疆，在黑土地上书写了校园足球一个又一个传奇。《火山脚下的绿茵梦》一书，是他躬耕北方足球的真实写照，也是黑河足球三十年发展的历史见证。

为梦而生，为梦飞翔。相信此书的出版发行，一定能为黑河学院当代大学生树立正确的人生观、世界观、价值观起到不可估量的示范引领作用，影响他们热爱教育，扎根教育，献身教育，树立人生远大目标理想，为祖国的繁荣富强而努力奋斗！

——黑河学院副校长 车永宏

车永宏

2022 年 1 月 18 日

杨玉林老师是黑河学院优秀学子,三十年他根植于祖国北部边疆青少年足球事业,呕心沥血,默默耕耘;三十年他坚强守望着校园足球星星之火,栉风沐雨,桃李芬芳;三十年他用行动点燃了祖国边疆青少年校园足球燎原之势,为祖国边疆地区青少年足球运动发展做出了杰出贡献。《火山脚下的绿茵梦》一书记载了他成长奋斗的足迹 ,是他躬耕足球事业的真实写照,母校为他感到骄傲与荣光。

——黑河学院体育学院院长　孙成业

2022 年 1 月 14 日

《火山脚下的绿茵梦》一书的出版发行,是我市足球爱好者三十余年为实现"足球崛起梦、体育强国梦、民族复兴梦"不懈追求与奋斗的真实写照,是我市教育体育文化事业繁荣发展的一个重要体现,更是我市全体教育工作者向党的二十大胜利召开的崇高献礼。

"体育强则中国强,国运兴则体育兴。"书中呈现"精诚团结、矢志不渝、顽强勇敢、永不言弃"的足球精神,亦是千千万万体育事业工作人无私忘我、拼搏奉献精神的缩影。希望全市人民从书中汲取奋进力量,乘着党的二十大东风,抢抓机遇,奋发有为,在建设中国特色的体育强国之路上不断实现新进步,在开创五大连池美丽、和谐、健康、文明的强市富民事业中再立新功。

——中共五大连池市委常委、副市长　姜　辉

2022 年 7 月 30 日

杨玉林老师是黑河地区广大中小学体育教师中的佼佼者,是黑河大地新时期校园足球发展的播火者和引路人,为黑河校园足球事业发展做出了奠基性的贡献,并曾入选"全国十佳活力园丁"。自少年时代起他就酷爱足球,从黑河师范学校毕业入职五大连池市第二小学后便长期投身校园足球教学和研究探索,并以惊人的毅力取得了令人感佩的骄人业绩。《火山脚下的绿茵梦》的成书凝结着玉林老师孜孜以求的足球梦想,筚路蓝缕的艰辛求索和苦心孤诣的实践成果,堪称用心用情求真之作,一定能为广大中小学体育教师提供颇为有益的启迪和帮助。

——中共黑河市委教育工委委员 二级调研员　孙希广

2022 年 1 月 17 日

我与杨玉林是同一时期黑河师范学子。作为他的学长,我曾一睹球场上他飒爽的英姿。令人惊叹的倒挂金钩,漂亮的鱼跃冲顶和娴熟的运球过人……见证了他率领北狮队斩获校园足球大赛冠军的辉煌,在众多球迷既“爱”又“恨”的喝彩声中,书写了黑河师范足球的一段传奇。

昔日绿茵场上的主宰成败,练就他工作中的帅风将才。三十年来,他献身教育终不悔,躬耕足球乐人生。他立足校园,努力将北狮火种根植在孩子们心田;他精心实训,无私帮带青年教师历练成长;他坚韧果敢,拓展社会力量助推校园足球纵深发展;他执着无悔,为黑河校园足球做出了大量富有成效的奠基性工作。

《火山脚下的绿茵梦》一书,承载了他三十年满满的足球记忆,浓缩了他开拓边疆足球的营养精华。书中所呈现的经验案例,必将对黑河校园足球未来发展产生深远影响;书中所彰显的拼搏精神,也一定能激励广大一线体育教师为边疆校园足球发展开拓进取,勇毅前行……

——黑河市教育局副局长 孙正君

2022 年 1 月 17 日

《火山脚下的绿茵梦》一书,使我们重温五大连池足球曲折发展的历史,感怀二小足球人的心路历程。第二小学“走特色体育路,创素质教育牌”教学改革实践,创造了历史,提升了品位,打造了品牌,丰富了文化。在其精神感召下,二小足球走进家庭,走进社会,走进连池人的生活,并以不俗的成绩为黑河争光,为五大连池赢得荣誉。

《火山脚下的绿茵梦》是一本校园足球教学参考书,是看得见、摸得着、经得起推敲的经验成果,极具参考和推广价值。“少年智则国智,少年强则国强”。第二小学校园足球文化内涵与当代“足球梦、体育强国梦”国家发展战略高度一致,更与习近平总书记所阐述的“足球运动的真谛不仅在于竞技,更在于增强人民体质,培养人们爱国主义、集体主义、顽强拼搏的精神”的实质深度融合。

《火山脚下的绿茵梦》所彰显的青春、健康、活力与团队拼搏精神,正是我们立足岗位、干事创业所需坚持的不竭动力和精神源泉。十年树木,百年树人。希望全市教育工作者能从此书中得到一些启示,树立久久为功的创业理想,在立德树人、培养学生核心素养上下真功夫,做真教育。与时俱进,群策群力,为书写五大连池教育美好明天奉献自己的光和热。

——中共五大连池市教育党工委书记

五大连池市教育局局长 徐 臣

2022 年 3 月 10 日

杨玉林老师三十年的不懈追求，使他从一名足球爱好者蜕变成一名执教者，升华成一名培训者。他开创了北疆校园足球蓬勃发展的良好局面，为黑河市广大学生群体在全省足球比赛中取得佳绩立下不可磨灭的战功。

杨玉林老师注重教练员队伍建设，把知识经验、个人信念和团队协作理念无私分享给黑河各地体育同行，并点燃青年教师对足球的激情，促进各市县足球特色学校的建设工作。他努力健全学生阳光快乐的体育人格，锤炼学生坚韧顽强的体育意志，也把体育的育人功能诠释得淋漓尽致。他为黑河市体育教学添上了浓墨重彩的一笔，推动北方青少年足球赛事做大做强。

杨玉林老师把足球实践与课题研究紧密结合起来，《火山脚下的绿茵梦》一书，着实体现了北方足球教学训练、技术竞赛、建设管理的方方面面，是他三十年传播足球运动的智慧结晶，也是北方足球工作者为中共二十大的一个献礼。

希望每一名体育教师能从此书中得到一些启示和帮助，在汲取营养力量的同时为黑河足球未来发展做出贡献。

——黑河市教师发展学院综合部主任　于福林

于福林

2022 年 1 月 9 日

从 1991 到 2021，光阴流过三十载。《火山脚下的绿茵梦》记录了杨玉林老师的砥砺成长，诠释了北狮足球的生生不息，见证了五大连池市第二小学的发展壮大，讲述了边疆小城的足球往事。在一次次阅读中，我仿佛看见洋溢于孩子们脸上的灿烂笑容，闻听家长们亲子游戏的声声赞叹，感动社会人士的热心参与，感佩领导们不辞劳苦亲临教学现场的关心指导。

五大连池市第二小学携手校园足球成为全市素质教育发展的着力点，既是响应邓小平“足球应从娃娃抓起”号召的创新改革，又是诠释习近平“体育强则中国强，国运兴则体育兴”伟大思想的具体实践，更是落实“五项管理”“双减”教育政策的最佳方案。开卷有益，希望我们每个人都能成为本书的一名忠实读者，在汲取足球教学营养的同时，收获振兴五大连池教育事业的信心和勇气。

——五大连池市教育局副局长　孟凡奎

孟凡奎

2022 年 5 月 8 日

《火山脚下的绿茵梦》是智慧与快乐的结晶，是一首坚守人生梦想的心路之歌。“以球健体、以球育德、以球促智、以球育美”的初心与使命是杨玉林老师最朴实的人生追求。为振兴北方足球，他努力将黑河师范“北狮足球”火种在五大连池点燃，并传遍黑河地区各个角落，深远影响了黑河市校园足球的普及发展，也让社会各界对“北狮足球”有了深刻认识，打造了五大连池一张靓丽的城市宣传名片。

让校园成为培育青少年热爱足球的主阵地，感受足球的魅力，构建政府主导、学校主体、行业指导、社会参与的新时期校园足球发展模式。杨玉林老师把校园足球作为夯实北方足球人才根基、提高学生综合素质、促进青少年健康成长的基础性工程，让足球运动得到了更好的普及性发展。为实现火山脚下的绿茵梦，他奋斗并快乐着。

——逊克县教师进修学校体育教研员　刘自强

2022 年 3 月 1 日

杨玉林老师最让我敬畏的就是他对足球事业的“坚守”。我是因足球闻其名，识其人，敬其品的。2015 年 4 月，孙吴还是冰天雪地，前来巡讲的杨老师却为孙吴的足球事业带来了春天。在杨老师真诚帮助下孙吴县第二中学很快组建了“美好时光”足球队，球队成立后更是得到杨老师悉心指导，队员技术水平不断提升，多次外出比赛战绩卓著：2016 年获黑龙江省青少年校园足球联赛总决赛（甲组）亚军；2017 年获全国“未来之星”阳光体育黑龙江赛区亚军、黑河市“体彩运动季”冠军、“中俄青少年雪地足球”联赛亚军；2019 年获黑龙江省青少年雪地足球联赛总决赛冠军……

一颗小球转，是能力，推动大球转，是格局。杨老师尽自己最大的努力让更多北方孩子爱上足球，让“校园足球力量”成为每所学校最美的风景，成为我国足球振兴的基石。

读杨老师的《火山脚下的绿茵梦》，会读到一种坚守、执着，感悟到教育者的责任和担当，体验到至高无上的家国情怀。让我们在中国女足精神的引领下，在北狮足球的影响下，一起向未来！

——孙吴县第二中学校长　马丽丽

2022 年 2 月 27 日

《火山脚下的绿茵梦》一书史料丰富,内容详尽,真实感人,是一本关于北方足球发展的呕心力作。每每读后,都令我心潮澎湃,思绪万千,仿佛又回到了三十年前与队友们并肩战斗的每一场竞技中。

希望当下每一名体育教师,都能从黑河师范学校那段令人难忘的青葱岁月中,深刻理解镌刻在北狮球员心底深处的那份梦想与追求;从北狮健儿恣意挥洒的汗水与泪水中,深刻感悟到他们为中国足球腾飞而众志成城、干事创业的家国情怀,并分享他们人生所经历的那份喜悦与骄傲!

愿五大连池足球事业如旭日东升朝气蓬勃,也如火山脚下的一颗璀璨明珠熠熠生辉。

——嫩江市座虎滩学校校长　王会河

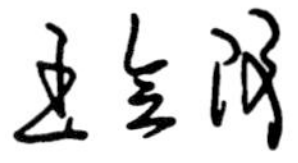

2022 年 3 月 6 日

杨玉林是我校一名体育教师,他是五大连池足球的领航人。自从他踏出黑河师范校门那天起,他就怀揣梦想,播撒北狮足球火种在五大连池市第二小学校生根开花。通过开展“梯队训练、班级联赛及足球节”等活动,努力使每一名学生分享足球的快乐。在三十余年体育教学中,他勤于学习、注重积累、善于总结,努力步入黑龙江省足球协会教练员讲师团队,成为一名专家型体育教师。他培养了一批又一批的体育人才,也圆了他“火山脚下的绿茵梦”。他身上所凝聚的吃苦耐劳、坚韧不拔、勇于探索、刻苦钻研的工匠精神,堪称五大连池体育教师的楷模,彰显了五大连池体育人的气节和风骨。

杨玉林三十年如一日的努力和付出,受益了学生,帮带了教师,扬名了学校。真可谓“千淘万漉虽辛苦,吹尽狂沙始到金”。《火山脚下的绿茵梦》一书,承载着他及课题组成员三十年满满的足球记忆。以史为鉴,继往开来。五大连池市第二小学足球课题组的群体智慧与拼搏精神正是全校师生努力践行“人和校兴”办学理念的最美诠释,也将激励全体二小人为书写五大连池教育美好明天而努力奋斗,开拓前进!

——五大连池市第二小学校长　孙　静

2022 年 3 月 18 日

值此《火山脚下的绿茵梦》刊印之际，我谨代表宁夏盐池县足球协会致以热烈祝贺和诚挚祝愿，希望北狮火种燎原祖国北疆，五大连池足球誉满黑土。祝五大连池足球协会：池畔孕种播绿茵，体教融合谋革新。青春北狮育精品，硕果花开黑土情。

——宁夏盐池县足球协会秘书长　张晓亮

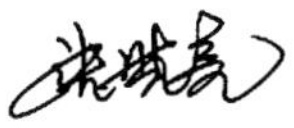

2022 年 1 月 24 日

三十年开拓，三十年发展。杨玉林老师堪为扎根黑土献身北方足球的拓荒者。痴心不改，梦想永驻，黑龙江黑河足球在他的带领下必将在中国足球发展的历程上留下浓墨重彩的一笔。

值此《火山脚下的绿茵梦》刊印之际，我谨代表湖北省丹江口市足球协会致以热烈祝贺和美好祝福。

——湖北省丹江口市足球协会秘书长　张　乾

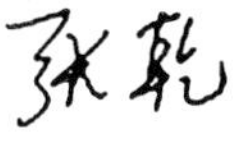

2022 年 1 月 25 日

我与杨老师相识多年，深知他一直有个心愿，就是想用文字一一记录下黑龙江青少年足球的发展历程。这次《火山脚下的绿茵梦》一书终于要出版了，由衷替他高兴。按照他的话说：“出书不为名不为利，只想为家乡足球尽一点绵薄之力。”杨老师是我们年轻教练员永远学习的榜样。

愿龙江足球早日腾飞，愿中国足球早日腾飞！

——原广州富力足球俱乐部精英梯队教练员　李石垒

2022 年 9 月 5 日

我与杨玉林因足球结识至今已有三十余年了。作为昔日足球场上他的对手,我折服于他精湛的球技也钦佩他对足球的热爱执着。《火山脚下的绿茵梦》翔实记录了他学生时代、执教二小及新时期校园足球开发三个不同阶段从事足球活动的点点滴滴,呈现给广大读者三十年深耕足球的心路历程,堪称用心用情呕心之作。相信此书的出版发行,一定会激发北方广大基层体育教师的工作干劲,助力黑河足球快速发展。

——前黑河师专学校足球队守门员　佟广平

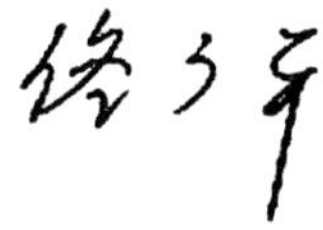

2022 年 3 月 1 日

作为“北狮足球”创始人,杨玉林老师三十年含辛茹苦的努力付出令北方足球爱好者动容;他躬耕足球的精神及运“球”帷幄的智慧令广大球迷钦佩。龙镇“红灯记”足球队在“北狮足球”引领下发展壮大,在北方足球熔炉里砺炼成长。

《火山脚下的绿茵梦》一书,不仅是杨玉林老师半生足球经历的回顾,也是一部反映北方足球三十年发展的历史传记。这本书承载了“60 后”“70 后”北方足球爱好者满满的青春记忆,更为地方足球发展提供经验借鉴,可以说史无前例,意义非凡。雄关漫道真如铁,而今迈步从头越。龙镇“红灯记”足球队将携手“北狮足球”一起,为五大连池足球美好明天顽强拼搏,奉献智慧和力量!

——五大连池市龙镇“红灯记”足球队领队　陶永辉

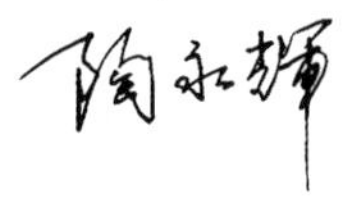

2022 年 3 月 1 日

①相约师范　始得初心

——振兴北方青少年足球运动思想的萌生

1989 年 5 月 18 日，北狮足球队创建之初全体合影

1990 年 6 月 15 日，北狮足球队与黑河师专告别赛

1990 年 6 月 15 日，杨玉林与黑河师专球友佟广平（中）、黄峰（右一）合影

1991 年 5 月 12 日，杨玉林与王彦明练习铲球

1991 年 5 月 16 日，黑河师范学校体育加强班足球队合影

1991 年 6 月 15 日，北狮足球队与黑河师专足球队告别赛全体人员合影

1991 年 6 月 19 日，北狮足球队告别赛全体人员合影

1991 年 6 月 19 日，杨玉林与教练车永宏（中）、89 级队员刘铁刚（左一）合影

1991年6月19日，告别赛杨玉林与王会河合影

②根植基层　星火燎原

——校园足球教学训练实践探究

1993 年 6 月 27 日，德都县第二小学第一支北狮梯队合影

1999 年 4 月 2 日，五年一班与五年二班联赛后合影

2000 年 5 月，三年级全体梯队队员合影

2000 年 11 月 6 日，五大连池市第二小学客场与第一小学友谊赛合影

2000 年 11 月 18 日，五大连池市第二小学主场与第一小学友谊赛合影

2001 年 11 月 8 日，五大连池市第二小学客场与第一小学友谊赛合影

2003 年 10 月 9 日，北狮梯队首次出征黑龙江省“小甲 A”足球决赛

2004 年 8 月 12 日，北狮梯队第二次参加黑龙江省“小甲 A”足球决赛

2004 年 8 月 13 日，北狮梯队队长张超与牡丹江市朝鲜族小学队员中场拼抢

2006 年 6 月 23 日，五大连池市第二小学北狮梯队全体合影

2012 年 3 月 21 日，开启新时期第一堂草根足球训练课

2012 年 4 月 19 日，训练课力量练习

2012 年 4 月 26 日，小球员王凯示范运球动作

2012 年 11 月 12 日，四年级小球员课间滚雪球

2013 年 1 月，北师梯队参加黑龙江省“校园足球”启动仪式（牡丹江温春）

2013 年 3 月 27 日，雪地 1V1 练习

2013 年 3 月 27 日，训练课雪地拔河

2013 年 3 月 27 日，训练课雪地拉爬犁运足球比赛

2013 年 5 月 14 日，北狮梯队参加斯凯孚“与世界有约”希望工程青少年足球邀请赛（北京）

2013 年 7 月 23 日，训练课传球运球接力赛

2013 年 7 月 27 日，黑龙江省校园足球决赛（阿城）

2013 年 10 月 17 日，训练课运球练习

2015 年 7 月 17 日，北狮梯队获得黑龙江省“谁是球王”比赛殿军

③创设联赛　演绎精彩

——校园足球竞赛模式实践探究

1998 年 9 月 12 日，五大连池市第二小学足球联赛开幕式

1999 年 4 月 2 日，五年二班谷晓鑫带球突破

1999 年 4 月 2 日，五年一班艾忠良在中场分球

1999 年 4 月 2 日，五年一班火热的小球迷

2003 年 6 月，第三届“文学杯”足球联赛六年一班男子足球队

2003 年 6 月 27 日，五年三班张淑华老师指导队员

2003 年 6 月 27 日，五年二班曹桂萍老师指导队员

2012 年 4 月 17 日，新时期校园联赛开幕式

2012 年 5 月 2 日，“校长杯”足球联赛 4.2 队员突破 4.1 队员防守

2012 年 7 月 5 日，四年一班张强与四年三班李岩在中场争抢

2012 年 11 月 12 日，“校长杯”足球联赛中“6.2 志远”队员与雪娃阿福合影

2013 年 6 月 28 日，“校长杯”足球联赛中“5.2 雏鹰”队员合影

2013 年 7 月 5 日，三年三班张童联赛后的笑脸

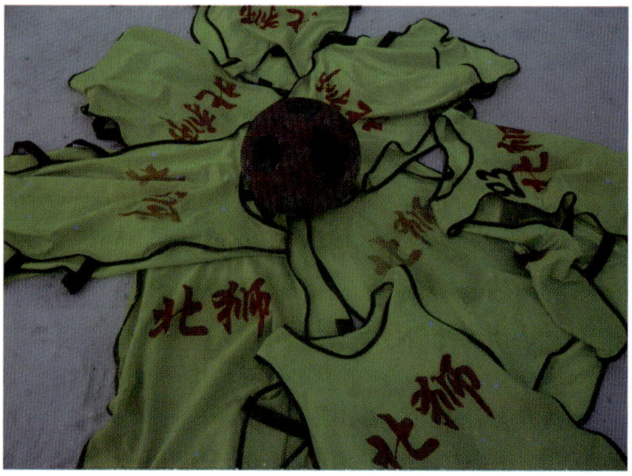

2013 年 11 月 22 日，“校长杯”雪地足球联赛分队衫

2013 年 11 月 28 日，冬季 5 人制比赛“6.3 飞翔”中队

2018 年 5 月 24 日，年级挑战赛 5V6

2021 年 9 月 19 日，三年二班获得 2020—2021“校长杯”足球联赛三年组冠军（杨思远、王晨旭、杨士峰）

2021 年 10 月 12 日，“校长杯”足球联赛五年三班对阵五年二班

④构建多元　丰富文化

——构建多元模式校园足球文化实践探究

1997 年 12 月 21 日，时任五大连池市政府副市长蔺波等领导参加五大连池市第二小学第一个足球发展座谈会

2000 年 8 月 5 日，“北五对抗赛”北狮 1316 梯队合影

2003 年 7 月 23 日，北狮梯队足球夏令营试训兰格足球俱乐部

2003 年 10 月 7 日，北狮青年足球队与北狮少年足球队交流合影

2012 年 4 月 17 日，联赛中激情四射的“雏鹰中队”球迷

2012 年 4 月 27 日，联赛中“6.2 志远”队女球迷

2012 年 6 月 1 日，五大连池市第二小学举办黑龙江省历史上第一个校园足球节

2012 年 7 月 5 日，联赛后的小球员们

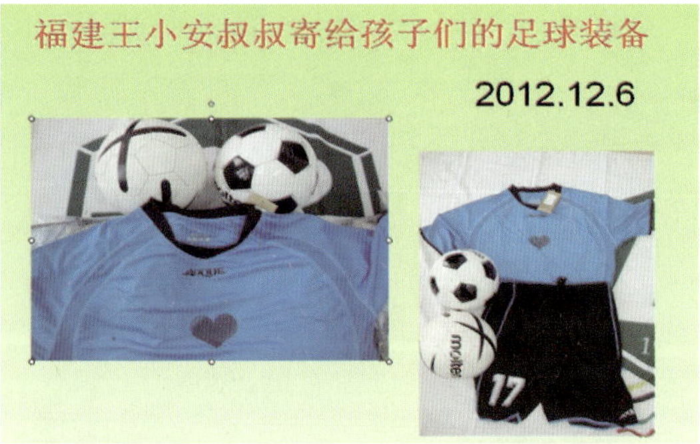

2012 年 12 月 6 日，福州市王小安叔叔捐赠的足球装备

2012 年 12 月 13 日，王小安叔叔捐赠爱心球服

2013 年 12 月 15 日，全国校足办官方微博播报五大连池市第二小学雪地足球节活动

2015 年 12 月 25 日，“钻雪洞”——冬季足球节拓展练习

2015 年 12 月 25 日，冬季足球节中“团队滚雪球”接力赛

2015 年 12 月 25 日，冬季足球节中足球宝贝啦啦操表演

2016 年 6 月 27 日，五大连池市田径运动会上第二小学足球操表演

2016 年 6 月 27 日，五大连池市田径运动大会足球操表演中的“足球宝贝”

2016 年 11 月 21 日，冬季校园足球节雪雕“足球”

2019 年 9 月 14 日，足球研学——北狮梯队参观朝阳山东北抗联遗址

2019 年 9 月 14 日，足球研学——北狮梯队小球员重温入队誓词

2021 年 5 月 31 日，“送足球下乡”“太平小学＆新发小学＆第二小学”三校联谊足球节

2021 年 6 月 11 日，前国脚、1999 甲 A 足球先生曲圣卿为北狮梯队小球员传授技艺

2021 年 9 月 19 日，北狮梯队亲子足球嘉年华活动签名

2021 年 9 月 19 日，足球嘉年华活动亲子运球接力赛

⑤传播交流　聚力发展

——培植校园足球生长有机土壤实践探究

1995 年 6 月 2 日，五大连池市北狮青年足球队成立

1996 年 6 月 6 日，表演赛北狮队与时任五大连池市政府副市长蔺波等领导合影

1997 年 6 月 4 日，黑河市第四届“青春杯”足球赛决赛中北狮队后卫于文喆头球解围

1997 年 6 月 4 日，北狮队获得黑河市第四届“青春杯”足球赛亚军

2001 年 7 月 23 日，北狮梯队丁磊对阵黑河师专抢点射门

2001 年 7 月 15 日，北狮梯队获得北安市“吉通杯”足球赛冠军

2010 年 3 月 13 日，北狮队做客孙吴县赠送给誉福队的锦旗

2010 年 3 月 13 日，做客孙吴县的北狮队与张明合影

2011 年 3 月 4 日，北狮足球队与央视《足球之夜》节目主持人刘建宏合影（五大连池市）

2015 年 10 月 5 日，北狮队与龙镇农场新青年足球队合影

2016 年 6 月 27 日，北狮足球俱乐部镇内中小学教师队合影

2016 年 10 月 1 日，北狮足球俱乐部教师与荣耀名城足球队交流

2019 年 7 月 6 日，纪念黑河师范北狮足球队成立 30 周年全体师生合影（黑河学院）

2019 年 7 月 6 日，北狮足球队与黑河“4·28”、黑社联足球队交流

2021 年 7 月 10 日，北狮队与五大连池市第二中学前尤文图斯队交流

⑥精品赛事　炫彩连池

——创办区域经典足球赛事实践探究

1998 年 11 月 21 日，北狮梯队获得五大连池市“火山杯”青年联赛冠军

2002 年 7 月 19 日，兰格俱乐部董事长刘志圣出席“北狮杯”开幕式并与北狮队合影

2002 年 7 月 19 日，兰格俱乐部董事长刘志圣与五大连池足协主席张明为“北狮杯”开球

2003 年 7 月 15 日，嫩江逸龙足球队季长根在对阵黑河市第五中学比赛中倒钩传球

2003 年 7 月 19 日，黑河师专获得第三届“北狮杯”足球邀请赛冠军

2004 年 7 月 24 日，海伦师范足球队参加第四届“北狮杯”足球赛

2009 年 7 月 27 日，绥化莽原队获得五大连池市第九届“北狮杯”足球赛冠军

2015 年 10 月 24 日，五大连池市第二小学北狮梯队参加全市校园足球联赛总决赛

2017 年 12 月 17 日，五大连池市中小学生校园足球联赛开幕式人员合影

2017 年 12 月 24 日，黑河黑社联队获得五大连池市第 12 届青少年雪地足球邀请赛冠军

2018 年 10 月 19 日，“鑫龙杯”足球赛中五大连池市教育局孟凡奎副局长为高中组颁奖

2019 年 7 月 1 日，北狮足球队在首届全国体育新闻工作者足球联赛（黑河赛区）上合影

2019 年 12 月 9 日，第六届中小学生校园雪地足球联赛总决赛“秩序册”

2019 年 12 月 15 日，五大连池市第二中学获得全市第六届中小学生校园雪地足球联赛初中组冠军

2020 年 9 月 5 日，黑龙江省足协秘书长刁志丹（后排右四）出席五大连池市第 13 届青年足球邀请赛开幕式（与裁判员合影）

2020 年 10 月 3 日，时任五大连池市政府副市长张怀义等人参加青少年足球邀请赛开幕式

2020 年 10 月 4 日，五大连池市青少年足球邀请赛中莫旗百飒对阵黑河斯巴达克（U8 组）

2021 年 6 月 13 日，牡丹江足协获得黑龙江省“足协杯”五人制足球赛冠军（五大连池）

⑦提升技能　培训教师

——个人专业技能提升与教师培训实践探究

2010 年 5 月 17 日，全国青少年校园足球指导员讲师培训班合影（济南）

2011 年 5 月 16 日，全国青少年校园足球指导员讲师继续培训班合影（兰州）

2012 年 8 月 12 日，全国青少年校园足球指导员讲师培训班合影（沈阳）

2013 年 1 月 9 日，中国足协 D 级教练员培训班合影（牡丹江）

2014 年 1 月 14 日，全国校园足球讲师培训班合影（梅州）

2014 年 6 月 8 日，亚足联中国足协 C 级教练员培训班合影（大连）

2014 年 11 月 1 日，“学转英超”培训班杨玉林与邓世俊、刘巍、谭勇讲师合影（杭州）

2015 年 3 月 11 日，黑河市第一期校园足球初级指导员培训班合影（黑河）

2015 年 4 月 3 日，黑河市第二期校园足球初级指导员培训班合影合影（嫩江）

2015 年 4 月 13 日，讷河市校园足球初级指导员培训班合影

2015 年 4 月 22 日，黑河市第三期校园足球初级指导员培训班合影（孙吴）

2015 年 10 月 28 日，黑河市第五期校园足球初级指导员培训班合影（五大连池）

2015 年 11 月 9 日，黑河市第六期校园足球初级指导员培训班合影（逊克）

2021 年 4 月 21 日，黑龙江省足球协会 E 级教练员讲师选拔培训班合影（哈尔滨）

2021 年 7 月 21 日，中国足协 / 欧足联“骨干县域足协秘书长培训班”合影（石家庄）

⑧经验成果 区域分享

——北方校园足球实践经验成果与区域分享

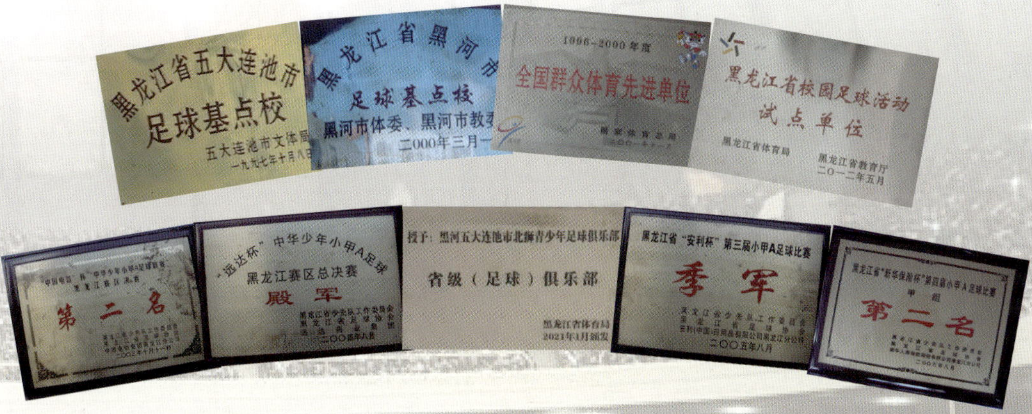

2014 年 7 月，时任国务院副总理刘延东等党和国家领导人接见“阳光少年”和“活力园丁”（上海）

2015 年 3 月 13 日，黑河市第一期校园足球指导员培训班暨黑河市黑河小学足球节

2015 年 6 月 26 日，黑河市教育局陈宇洁科长看望五大连池市第二小学晨练队员

2015 年 7 月 17 日，杨玉林与时任黑龙江省教育厅体卫艺处长梁秀海合影

2015 年 12 月 29 日，时任黑河市教育局副局长孙希广与北狮梯队合影

2016 年 12 月 6 日，和平镇中心小学冬季校园足球节

2016 年 12 月 7 日，五大连池市校园足球现场会暨团结中学冬季足球节

2016 年 12 月 9 日，五大连池市校园足球特色学校授牌

2019 年 1 月 28 日，杨玉林与黑龙江省教育厅处长郭青山（左二）、教师赵潘滨（左三）和叶云飞（左四）参加全国校园足球总结表彰大会（梅州）

2022 年 1 月 15 日，杨玉林荣获 2019—2021 年黑龙江省足球事业突出贡献奖

目　录

第一章　相约师范　始得初心

——振兴北方青少年足球运动思想的萌生

20 世纪 80 年代，黑河师范学校足球运动得到了长足发展，学校足球氛围空前浓厚，校园足球赛一度激情似火，加入校队成为众多喜爱足球的师范学生努力奋斗的目标。1989 年夏，中国国家队在第十四届世界杯亚洲区外围赛中经历了“两个黑色三分钟”的惨痛教训，无缘 1990 年的意大利世界杯决赛，狮城新加坡成为中国男足的滑铁卢。国家队冲击世界杯决赛的又一次失利激发了师范学子们的斗志，点燃了球员们苦练足球本领的热情，学校 87 级足球队队员也把对足球的热爱转化为了振兴中国足球的执着信念和发展教育事业的持久动力。黑河师范学校开始孕育振兴北方足球的梦想，令众多师范毕业生投身到足球事业的发展中来。“问渠那得清如许？为有源头活水来。”相约师范，源于兴趣，始得初心。“北狮足球”的火种也从这里开始，传播到了四面八方。

第一节　黑河热土　培育根苗

五大连池市位于黑龙江省北部，1996 年由原德都县与药泉镇合并而成。境内现有世界上保存最完整、最典型、时代最新的近代火山喷发遗址群，火山风光奇特，又因坐拥具有医疗价值的矿泉，被称为“中国矿泉水之乡”。近年来，当地政府借助火山矿泉资源的优势加快对文化体育旅游产业的开发，尤其促进了足球这项运动逐步走进人们的生活，成为宣传五大连池的一张亮丽名片，为五大连池创建全国体育先进县、黑龙江省校园足球试点单位注入了生机。五大连池足球运动的兴起发展,绝非一次历史的偶然。回顾五大连池足球发展的历史,振兴足球运动的思想起源于祖国北部边陲的黑河师范学校。国家早期师范类教育与普及农村义务教育的政策的结合使一批批连池学子在接受师范教育的同时,也充分感受着校园生活浓厚的足球氛围,树立起振兴北方足球的人生理想,并为之努力奋斗。

20世纪80年代初,黑河师范学校足球事业在一些支边大学生的努力下逐渐发展起来,并成为学校的一项热门运动,深受师生们喜爱。当时的黑河师范学校作为黑河地区唯一一所中等师范类院校,每年都会吸纳各县市农村优秀初中毕业生来到这里就学,完成人生梦想。不同于黑河商校、黑河粮校等中专院校是面向城镇户口初中毕业生的定向招生,让孩子考取黑河师范学校是很多农民家长的心愿。他们之所以不想让子女读高中拼高考,是因为师范学校一毕业就能有一份稳定的工作,相当于有了一个铁饭碗。虽然教师工资微薄,但也十分安稳。因此,尽管黑河师范学校只是一所中专学校,每一名考生还是要经过学校预选、统一面试、音体美术科和文化考试四道关卡。当时每所学校的报考生都是有指标名额的,参加预选的学生全是学校出类拔萃的优秀生。从学苗质量上看,每一届新生都德智体美兼优,如果用现在高考的标准评判,也足以考入重点大学了。自1985年起,国家将每年9月10日定为教师节,提高了教师的社会地位,黑河师范学校的影响也随之扩大。当时黑河地区农村学校的教师数量严重不足,为了解决这一问题,黑河师范学校在人口众多的北安市还建有分校,在德都、嫩江两县也开办过小班,就是后来人们常说的“小师范”。

20世纪80年代的黑河,还没有对外开放,地方财政经济收入不是很高。当时师范学校的生源固然好,硬件设施及办学条件却仍然相对落后。学校坐落在地理位置偏僻的市区东郊,周围全是农田,从客运站出发要穿越主城区走大概5千米的砂石路。在行至河南屯桥时,还要从主路下来向东南方向一直走下去,经过一段大约500米的土路,这段土路坑坑洼洼,蜿蜒曲折,不仅夏季雨后泥泞不堪,冬季大雪后由于车轮碾压形成的雪辙凹凸不平,坚硬溜滑,行走在上面稍有不慎,就可能结结实实地摔个大跟头。土路北侧是学校教师的家属房,很多刚刚参加工作的中青年教师也居住在这里。

黑河师范学校办学条件的艰苦虽毋庸置疑,师生们的业余生活却丰富多彩,尤其是足球运动,深得大家的喜爱。全校半数以上的男生都喜欢踢足球,愿意到球场上一显身手。当时足球运动在南美洲、欧洲甚是风靡,1982年意大利获得世界杯冠军,一时间来自世界各地的足球明星都云集在亚平宁半岛,意大利甲级联赛(简称意甲联赛)成为足球爱好者们最喜欢的一项体育赛事。诸如马拉多纳、古利特、范巴斯滕这些世界级球星都拥有众多中国球迷。而当时中国足球队的水平在亚洲尚属一流,学校师生参与足球运动不单是因为足球运动本身独具魅力,更是对中国足球的热爱,是对国家足球事业的支持。

从1980年开始,受黑河师范学校足球运动氛围影响的刘勇力、徐业飞等师范毕业生陆续回到家乡,相继走上教师岗位。自那一刻起,足球运动的种子就开始播撒进五大连池孩子们的心田。刘勇力被分配到德都县第三中学担任体育教师,他将足球知识迅速教授给所在高中的教师和学生们。徐业飞被分配到德都县第四小学担任班主任,他积极带领学生们参加足球运动,有规划地开展课外兴趣训练。由于他对足球极其擅长和喜爱,很快将德都县第四小学的足球搞得风生水起,使德都县第四小学以足球运动为首的体育活动在镇内学校中声名鹊起。

1984年的秋天，哈尔滨师范大学体育系毕业生景哲到黑河师范学校工作，着手组建了一支足球队。他利用业余时间开展训练，带领球队与黑河市内学校进行切磋交流，将冰城的足球文化一并融入这所师范校园。在他的球队中，有两名来自五大连池的队员格外引人注目，一个是毕业于建设乡中学的张建国，在球队中司职中场；另一个是兴隆乡中学走出来的陈德福，在球队中司职左前锋。前者的特点是脚下技术动作娴熟，有一脚像样的长传球；后者的特点则是爆发力超强，60米跑拿过学校运动会冠军，再加上擅长左脚踢球，进攻意识强。这二人堪称球队的绝对主力。1985年，双泉乡中学的于金龙、药泉镇中学的牛长青二人同时考入黑河师范学校，由于他们的刻苦努力，也成为景哲老师球队的成员。

在景哲老师的努力下，黑河师范学校每年都举办一次全校足球大赛，每个年级出一支参赛队，四个年组四支球队进行六场循环赛，每场比赛都能吸引成百上千的师生前来观看，热情的球迷将球场两侧围挤得水泄不通，呼喊声此起彼伏，那热闹的场面宛如过大年、赶庙会。

1987年秋天，景哲老师完成了支援边疆建设工作任务回到哈尔滨，同年考入黑河师范学校的我与他擦肩而过，虽然很可惜至今未曾谋过一面，但是他在这所校园里留下的足球佳话却耳熟能详。

第二节 迷恋足球 苦练本领

1987年秋天，我凭借630多分的成绩从建设乡中学考入黑河师范学校，成为一名师范生。

当时往返黑河与五大连池之间的交通工具就是每天两地对发的客运班车，记得报到第一天，大客车早上五点钟出发，将近下午两点才到达目的地。途经蜿蜒曲折的砂石公路，客车速度不是很快，让我感觉黑河真是路途遥远，要经过小兴安、红旗边防检查站、孙吴县城、西岗子、锦河，这些地方都给我留下了难忘的回忆。直到1990年寒假，北黑铁路才通了火车，但也免不了一番辛苦，从黑河到讷谟尔火车站中转要整整一天，冬天里两头见不着太阳。可以说到黑河师范学校上学是我人生中的第一次远行，那时我的人生目标也不是很明确，只知道毕业后要当一名教师。学校安排了接站车，几位学生会师兄的热心帮助让我们感受到了身在异地他乡的温暖。半个小时后，接站车抵达学校西北侧的校门口，新生们一一走下车。在几棵白杨树的茂密枝叶下，映入眼帘的校门并不起眼，两侧是方形灰褐色石柱，石柱周围是水泥玻璃砖，连接两个水泥柱的是一块长条石板，没有任何装饰，非常简陋。倒是左侧石柱上“黑河师范学校”几个字笔力苍劲，很是吸引我们的眼球，后来才知道这几个字是当代著名书法家启功先生所题。步入校园，一座三层红砖教学楼矗立在操场对面，算是校园里最高的建筑了，校园东南角是一栋二层半回字形的红砖学生宿舍楼，操场两边还有十几间红砖平房分布着，据说这里曾是一个动物饲养场，所以留下了许多大小不一的屋舍，现在有的用作教师住房，有的当了仓库，有的则作为学生宿舍使用。我们87级男生宿舍就被安排到操场北侧的平房内，我所在的三班分得两个寝室，我被安排到的四号寝室共计14个人。董伟、卢俊龙几位老乡师兄过来帮我铺好床铺，领着我去食堂换取钱票，又去教室、图书馆等地方熟悉了一番环境。

在接受新生入学辅导后,我的师范生活正式开始了。我们一年三班的班主任刘静老师多才多艺,一方面教我们“文选与写作”这门课程,另一方面还利用业余时间教我们俄语,督促我们每天熟记一两个俄语单词,学唱苏联著名爱国歌曲《喀秋莎》。学校对于学习抓得还是比较严格的,必须保证单科结业成绩60分以上才能得到毕业证书,在生活管理和纪律方面也毫不松懈,记得生活部的值周人员每天都到教室检查早自习和晚自习、去寝室检查就寝情况,每个月都要评比出优秀班级。我文化课成绩不好,特别是代数、立体几何这些学科,达到60分对我来说简直是一道难关。当时学校按照考试成绩来发放学期助学金,一共四个等级,我只拿过一次二等助学金,余下的几乎全是三等助学金。

虽然我文化课成绩一般,但我积极参加学校活动,尤其是各种体育运动。那时候,足球运动在校园里最风靡,四年级老乡张建国、陈德福所在的球队经常代表学校同黑河师范专科学校、黑河市第一中学举行比赛。看到他们精彩的表现,我真是羡慕极了,于是在两位师兄的鼓励下,我也走进球场并渐渐喜欢上了这项运动。我非常享受球场上的快乐时光,很是珍惜足球给我带来的愉悦感受,人少的时候练习颠球、踢准,人多的时候就跟着师兄们踢大场。当时学校给每个班级配发了三个球,分别是足球、篮球和排球,我把足球放置在我的椅子下,是足球的专业保管员。一下课,我就飞快地跑到操场颠球加深球感。因为我有一些踢毽球的基本功,加上两位师兄的悉心指导,我的足球技能进步很快。记得学校足球场东南边有一个破旧的小仓库,里面堆满了废弃的桌椅板凳和一些杂物。因为仓库的后面就是球场,我就用“对墙”的方式练习踢球准度,提高控制反弹球的能力。墙体上方有一个小天窗,我就把它当作“靶心”来练习香蕉球,一旦施射成功还要从天窗爬进去才能把球捡回来,虽然费了一番气力,但仍为能击中目标而开心至极。

转眼就到了1988年夏天,学校组织以班级为单位的“班与班”足球赛,首轮我们一年三班对阵三年三班,对方班主任冯连贵老师也亲自上场并担任守门员。比赛打得异常激烈,直到最后一刻我打进一球,才帮助班级取得了胜利。凭借这场比赛的表现,我被选进87级年级足球队。

同年秋天,汉城奥运会召开,中国足球队有史以来第一次打入奥运会决赛圈。不同于亚洲区预选赛中国队5胜1负的骄人成绩,在奥运赛场上,中国队先以0:3败于原西德队,又以0:2败于瑞典队,最后0:0平突尼斯队后惨遭淘汰。教练高丰文及他的弟子们从汉城(今首尔)抱憾而归,决赛阶段一球未进遭淘汰战绩也让国人大感“羞耻”,新闻界更将这届国奥队评为“最没有进取心的队伍”。那场失利使我看到了中国足球水平与世界足球强国之间的差距,这种差距并不单单体现在足球体制或是球队技战术一两个方面。

中国足球队的失利,激励我更加刻苦练习足球技能,我的个人技术也因此突飞猛进。“倒挂金钩”“鱼跃头球”等这些高难度技巧很快成为我的招牌动作。那时候,以县域、乡镇、班级等形式的组队比赛也多了起来,每场比赛我都能以主力球员的身份获得出场机会。由于能力出众,我也被球队车教练委任为球队队长,被球迷们亲切地称为“杨拉多纳”。“少年智则国智,少年强则国强”,那时的我,心中总是激荡着“要成为一名国家队球员,要为国争光”的梦想,现在想来,当时真是不知道天高地厚,不了解业余爱好者与职业球员之间的巨大差距,更不懂得足球运动的真谛。然而正是这些心底里的天真幻想,却充分见证了我对足球的热爱与憧憬。

每年6月的师范学子毕业季，学校都要为毕业生举行一场足球告别赛。1989年6月18日下午，学校组织85级毕业生足球告别赛，安排我们87级球队来送别于金龙、牛长青、于文喆等师兄球友。在90分钟的比赛中精彩场面不断，场外球迷加油声震耳欲聋。当比赛结束的一刹那，刚刚喧闹热烈的赛场一下子安静下来，空气也好像凝固了一样，师兄于金龙、牛长青等球友过来与我们握手话别，大家相互拥抱在一起，每个人都无比激动，被浓浓的足球情谊包裹。我们在此向师兄们承诺，一定传承好足球接力棒，将师范足球精神发扬光大。

就这样，在20世纪80年代青春似火的黑河师范学校里，足球成为我最亲密的伙伴。就在一次次参与足球运动的过程中，我尽情享受着足球运动的魅力，更得出了足球也是人生的感悟。

“问渠那得清如许？为有源头活水来。”黑河师范学校是我足球生涯的开始，也是我足球梦想的摇篮。她给了我无尽的知识营养，培养我走上三尺讲台；她使我领略足球运动的无限魅力，令我在足球大熔炉里锻炼成长。

第三节　良师益友　团结一心

1988年秋天，我们87级足球队迎来了教练员车永宏老师。从那以后，87级足球队有了“家长”，也由一群“散兵”成为一支“正规部队”。在那之前的一年中，我们的球队没有接受过任何教练员的指导，技术较好的侯国庆、王会河、还有我等几个人便是这支自发球队的主心骨。但大家对足球所表现出的热爱和投入都是上下几届校友所不能及的，所有人都是真心喜欢才聚到球场，都有一股初生牛犊不怕虎的拼劲。在此基础上，车教练的到来给予了球队最大支持，加快了球队前进的步伐。

车教练出生在黑河市爱辉区上马场乡西山后村，是一名地地道道的黑河本地人，他在黑河市第一中学读高中的时候就酷爱足球运动。他身体素质特别出众，速度快、力量大，而且脚法细腻，于1985年考入哈尔滨师范大学体育系专科班，1987年毕业分配到黑河师范学校任教。虽然他不负责我们87级普师班的体育课教学，但我们对足球的热爱他都看在了眼里，于是他主动向学校请缨，担任我们球队的教练。

车教练对球队管理格外用心努力，对我们这些球队队员十分关爱。无论哪一名队员遇到困难，他都主动给予帮助。他谈吐幽默风趣，极具亲和力，使球队上下关系空前融洽，同时，还耐心传授我们足球专业技术，帮助队员们改正错误的技术动作，采用灵活多样的训练方法，显著提高球队战术水平。

当时车教练也刚刚结婚成家，他的新房便是球场外一间40多平方米的红砖平房，房屋窗户距离足球场边线只有六七米远。茶余饭后的一些空闲时间，他干脆从窗户跳出来和我们踢个痛快。他很关心每一名队员的生活，经常邀请我们到他家中做客聊天，讨论战术阵形，分享他的足球故事。有时候还让师母做一些好吃的菜肴，把我们几个主力叫到家中改善伙食，我算是去他家吃饭次数最多的一个，现在我擀得一手好饺子皮的绝活就是在他家“吃请”时练会的。

当时学校体育室训练硬件匮乏,除了几副杠铃和跳绳之外,就没有什么像样的器材了。最可怜之处就是足球特别少,很多训练课都是一支球队一只球,于是车教练想了很多土方法来辅助训练:通过“跑楼梯”来提高协调性和节奏频率;通过“双杠追逐跑”来提高上肢力量和灵活性;通过“背人蹲起、背人接力”来提高腿部力量……那时我的身高和上肢力量不足,还记得刚搬到寝室楼分在208房间时,寝室里有一个20千克重的壶铃,队友们总是叫号着比赛,规则是单手抓着把柄倒着举过头顶,每次我看着齐坤、张广建几个队友表演,都甚是羡慕,然而直到毕业前,我也没有举过头顶一次。东方不亮西方亮,我努力在其他方面寻求进步以弥补不足。在腿部力量练习中,我经常选择体重大的中后卫高大坤作为对练对象,一次次挑战使我的腿部力量增强,速度也很快提高。记得毕业那年学校运动会,我在百米比赛中获得亚军,与冠军相差无几,让好多同学惊讶不已。还有就是利用“球童”角色来加深球感,在东侧球门前经常会聚集很多人一起练习射门,球被打高打偏飞出很远的场景屡见不鲜。我总是第一个跑过去捡球,一个加速度飞奔过去,回来便接着运球,再到角球区抠起一个角球或是一次下底传中,真是一举三得。就是这样日复一日地“魔”在球场,我的球技进步神速,也很快在球队中脱颖而出。

虽然在生活中车教练是一个热心的大哥哥,但在训练中他绝对是一名严师。他为球队制定了铁一样的纪律,一视同仁,真正做到“精”字当头、“严”字把关,无论哪一名球员触犯队规,一罚跑圈就是三千米,而且还会受到缺席下一场对外比赛的处罚。记得有一段时间,球队由于对战黑河师专足球队战绩不佳,个别球员训练时注意力不够集中,他便突然安排了一节以万米跑为主要内容的素质练习课。那次训练课是运动量最大的一次,干巴巴地跑步,没有任何有球的练习比赛,但是队员们没有一个人敢有一点情绪,大家互相鼓励“咬牙”完成了任务,没有一个人掉队。后来大家明白了一个道理,一支足球队的强大不仅仅需要球技战术作为基础,也需要每一名队员都具备始终如一的认真态度和100%的执行力。在实力相当的比赛中,球队文化和球队精神往往是球队创造佳绩的关键因素。

到了1989年秋天,我们升到学校三年级。87级足球队在车教练的带领下完成了为期一整年的训练管理,球队上上下下都发生了很大的变化。队员们在生活上做到相互关心,相互帮助;在训练课上做到苦练球功,磨砺意志;在比赛中做到精诚团结,顽强拼搏。通过这些实实在在的训练教学,队员们相互之间更加信任,球队技巧战术水平得到迅速提高,球队精神面貌焕然一新。

自此,黑河师范学校87级足球队进入了一个全新的发展阶段。

第四节　国足折戟　“北狮”诞生

1988年,我作为球队队长,每天协助教练完成训练之后,就跑到学校图书馆去翻阅一些体育杂志、报纸,以便增长足球知识。当时国内足球方面的杂志图书甚是少见,一本由人民体育出版社出版的《足球运动基本技术动作图解》深深吸引了我。书中从足球基本技术、基本技术训练方法和身体训练方法三个方面对足球训练进行了阐述。235个技术图解可以说是图文并茂,锦上添花。这本书我不知道借阅过多少次,有时候还摘抄一些技术要领回来练习动作,毕业的时候我干脆以“报失赔偿”的方式将它占为己有,这是我阅读到的第一本介绍足球训练方面的书籍,直到今天,这本图解还一直带在身边。除此之外还有杂志《足球世界》,通过它,我第一次知晓了贝利、马拉多纳等球星,了解了世界杯、欧洲杯、丰田杯等足球赛事。当时荷兰足球队刚刚夺得 1988 年欧洲杯冠军,决赛中范巴斯滕一记凌空球世界波,攻入苏联队守门员达萨耶夫把守的大门,至今都是流传在足球史上的佳话。古利特、范巴斯滕、里杰卡尔德三人被球迷们亲切地称为“荷兰三剑客”,他们同在意大利 AC 米兰俱乐部效力。还有同一时期为国际米兰俱乐部效力的“德国三驾马车”——马特乌斯、克林斯曼、布雷默。俱乐部,球星,球迷……米兰古城正通过足球向人们诉说着它的文明,浓缩城市文明的队徽折射出米兰古城悠久的足球文化,真是让人羡慕和向往。看到这些,我不禁思索,那我们的球队能不能也有一个好听的名字呢?

正当我们思考着要为 87 级足球队起一个响亮队名的时候,中国足球队迎来了在新加坡举行的 1990 年意大利世界杯亚洲区六强赛。在车教练的努力下,学校批准了球队集体观看中国队比赛电视直播的请求。于是每当有中国队的比赛时,我们都来到车教练家中,一起观看,一起享受,一起为中国队加油。当时晚上能不去上晚自习还能观看到国足比赛直播,别提是一件多么高兴和值得炫耀的事了。

1990 年世界杯亚洲区预选赛共分成两个阶段,第一阶段分六组,进行主客场制比赛,小组第一才能晋级最终阶段的六强赛。中国与伊朗、泰国和孟加拉分在第五小组,最终国足主客场 6 战 5 胜 1 负积 10 分,以净胜球优势力压伊朗挺进新加坡六强赛,与韩国、阿联酋、朝鲜、卡塔尔和沙特争夺两个出线名额。那一年,中国队第四次向世界杯发起冲击,主帅是带队进军汉城奥运会的功勋教练高丰文,球员中包括“亚洲第一中后卫”贾秀全,以及马林、唐尧东等名将。中国球迷沉浸在进军奥运会的喜悦和兴奋中,对国足进军意大利世界杯寄予了厚望。

在亿万球迷的关注下,中国队开启了六强赛征程。首战凭借麦超梅开二度,中国男足 2:1 拿下沙特取得开门红。10 月 17 日,第二场迎战由巴西名帅扎加洛带领的阿联酋队,依靠唐尧东在比赛开始后第 61 分钟的进球,取得 1:0 的领先优势。为加强防守保住胜果,高丰文在终场前 5 分钟用后卫董礼强换下中场核心谢育新。不料刚上场的董礼强因过于兴奋,在第 88 分钟和第 90 分钟连续两次带球失误,均被对手抢断并破门得手,这次意想不到的“黑色三分钟”让即将到手的胜利瞬间溜走,一场 1:2 失利让国足出线形势变得严峻起来。第三场国足 0:1 再负韩国,金铸成打入全场唯一进球。虽然国足顶住压力第四场 1:0 拿下朝鲜队,但已经没有了出线主动权。四轮战罢,韩国 3 胜 1 平积 7 分排名第一提前出线,阿联酋 1 胜 3 平积 5 分排名第二,中国队 2 胜 2 负积 4 分排名第三,只有最后一轮韩国队不输给阿联酋队,中国拿下已经提前出局的卡塔尔,才能以净胜球优势出线。而韩国最后也没有“放水”,与阿联酋战成 1:1 平局。10 月 28 日六强赛最后一场,背水一战的国足将士发起全场猛攻,凭借马林第 76 分钟的进球取得 1:0 领先,只要把这个比分保持到终场哨响,国足就能实现首次进入世界杯的梦想。不料因为兴奋和紧张,国足整体出现混乱,先在第 87 分钟被对手扳平比分,后又在终场前因全场压上狂攻,再次被对手反击得分,重演“黑色三分钟”的悲剧。谁也没有想到,中国队在一届比赛上能被人制造出两个“黑色三分钟”,彻底粉碎了中国队进军意大利世界杯的梦想。从此,“黑色三分钟”成为中国队挥之不去的梦魇,更成了中国球迷心中挥之不去的阴影……中国队在短短的11天时间里,两次踏入了同一条暗沟,失利的教训实属惨痛。

看到如此残酷的现实,我们每一名队员都为中国队叹息痛心。为铭记中国足球队两个“黑色三分钟”所带来的惨痛教训,激励大家扎扎实实练好足球基本功,为日后振兴中国北方足球事业,我们将87级足球队更名为“北狮”足球队。“北”是指北方,“狮”一是指足球雄狮之旅,二是指狮城新加坡——国家队失利的见证地。

球队改名“北狮”之后,更加注重课余训练,也加强了球队管理,全队上下精神面貌焕然一新,随时准备迎接其他球队的挑战,全队16名球员各有各的特点,各有各的绝活。在守门员这个位置共有三人,又称“三剑客”:一号门将是动作稳健、作风朴实、敢挡敢扑的张广建,因为其能完成“鲤鱼打挺”动作我们送他绰号“伊基塔”;二号门将许洪彬经常跑到禁区外处理危险球,同时抛出长传球带动快速反击,人称“机灵鬼”;三号门将则是绰号“大炮”的刘界玉,该队员动作硬朗彪悍,属于比赛型队员,唯一缺点就是容易冲动,发挥不稳定。担任后卫的五名队员称为“五虎将”:其中高大坤身体敦实、上下肢力量强,是防守对方强力中锋的首个人选;闻志刚的身高和判断力是作为防守大前锋的有利条件;齐坤与王彦明堪称一对拼命三郎,爆发力强而且出脚利落耐力强,贴身防守是他们二人的共同特点;孟猛则比较稳健,处理起球有板有眼,占据最拖后的防守区域,是制造对方球员越位犯规的指挥官。在中场位置上有三人可以选择,又称“三驾马车”:其一是侯国庆,运球突破经常给球队创造下底传中的进攻机会;其二是严晓军,上佳的抢点意识能为球队取得更多控球机会;其三是关锐超,球感好捕捉机会能力强,经常在门前上演一脚远射洞穿球门的绝活。前锋线上更是人才济济:有绰号“莱因克尔”,速度超快的张潮宾,经常担任进攻端支点送出助攻;还有绰号“普拉蒂尼”的王会河,脚法细腻精准,是球队主罚角球和任意球的高手;左边锋任永才依靠顽强的意志填补了身体对抗上的不足,在左侧边路争取到了自己的自由空间;最后一名前锋陈家祥身体素质好,在对抗中往往能占据上风,一脚冷射令对手防不胜防。我在球队中司职自由人,有时候游弋左侧中场,有时候担当突前前卫,在禁区前觅得良机的同时也对二点进攻进行保护。当时北狮队常用的基本阵形为“433”,在比赛中根据对手的表现有时候演变成“532”或者“424”。根据阵形需要和队员状态,每个人都服从球队的安排,团队凝聚力空前,场上球员能顽强拼搏,场下替补也是摩拳擦掌随时听候教练的召唤。

在北狮球队共计16名球员中,来自五大连池的球员占据了七席,堪称球队的中流砥柱,为日后振兴五大连池足球奠定了基础。

第五节　寄情冰雪　难忘“月湖”

入校后的前两年,学校有一所老食堂坐落在球场底线球门后,非常简陋,空旷的大厅内摆放着二十几张大圆桌面,四周墙壁也是光秃秃的黄泥本色。南北两侧有两个打饭窗口,南侧是男生,北侧是女生。早餐和晚餐都非常简单,有米粥、烤饼和一缸缸的榨菜。我们最期盼的是午餐,因为能添加几道炒菜,引发一个个“饭伙团”的争相抢购。以“老伴儿”称呼的“饭伙团”可以说是分工明确,有人负责下课飞跑过去排队,有人负责到寝室取饭盆,还有人负责餐后刷盆洗筷。到了三年级，学校又在靠近东侧大墙处新盖了一座两层结构的新食堂，卫生环境显著改善，一楼用于就餐和食品加工，二楼用来作礼堂，学校的一些大型集会、文艺演出便在这里举行。

老食堂虽然简陋一些，但有几样食品还是令人记忆犹新，一个是晚餐中的烤饼和面条汤，烤饼火候正好，油汪汪一层外皮又酥又脆，面条汤酸溜溜的，搭配起来刚刚好；另一个就是牛肉萝卜馅包子，每个包子圆圆的，足有二两重。二年级时的冬天，我们就盼着星期三的到来，因为那一天午餐是牛肉萝卜馅包子，我也保持着每顿吃六个的记录。

一顿吃掉六个大包子，绝不是吹牛，因为每年冬天，学校都组织学生们上速滑课。当时除了足球之外，滑冰是师范生冬季的另一项主要户外运动，我也非常喜欢。我上初中的时候就掌握了一些滑冰技巧。在刚来黑河师范学校的第一年，一个名叫刘凤海的老乡帮我借了一双冰刀鞋，带着我到东墙外月牙泡痛快地滑了几圈，那是我第一次穿冰刀鞋滑冰，在冰面上飞驰的感觉甚是快哉。

每个星期三上午，我们班都要到学校东大墙外的月牙泡滑冰。顶着寒冷的天气，一大堂速滑课下来，每个人都累得筋疲力尽，饿得东倒西歪，面对热乎乎的大包子，大家早都是垂涎欲滴了。每次我都能吃掉六个大包子，最后挺着鼓鼓的肚皮回到宿舍，那一个学期，我身高足足增长了 7 厘米。身高和体重的增加，为我在球场上对抗增加了一些资本。对于“美丽星期三”，用“滑冰玩个爽、包子吃个够”这句话来形容再合适不过了。

冬日里的月牙泡是一个天然大冰场，而夏日里的月牙泡则美丽惬意，故而又被人们称作“月亮湖”。月牙泡自北向南，像一轮初三、初四的月牙静卧在学校东墙外，岸东边是幸福乡小黑河村，村里有一百多户人家。它如同一面明镜，白天能清晰地映出蓝天上的朵朵白云，夜幕降临时，繁星还会在水面上反射出点点光芒。那个年代生态环境没有遭到破坏，泡子里的水没有一丝污染，水清得能够看见水底的沙石，水也很绿，绿得像块翡翠，成群结队的小鱼在清澈见底的水中欢快地嬉戏，时而游向岸边，时而又潜入水底深处。水中那一蓬蓬、一簇簇的芦苇、蒲棒草和一些叫不出名字的水草随风飘荡，漾起阵阵涟漪。朝向学校的岸边随着地势的起伏分布着一些落叶松、樟子松、白杨混合林和成片的灌木丛，几条弯弯曲曲的小路把一片片树林串连起来，曾有一对情侣在书信中有云“月亮湖是你明亮的眼睛，白杨树是你迷人的睫毛”，月牙泡那天然的美可见一斑。

每逢周末如有空闲时间，齐坤、张广建和我几个同寝室的球友就来到这里玩耍一番。我们在这里或高歌一曲、或吟诗朗诵、或垂钓打拳、或看书背题……置身于绿色画卷之中，尽情放飞着青春梦想。

第六节　县域之约　班寝对弈

练兵千日，用兵一时。单调枯燥的训练生活令每一名球员都对比赛充满渴望。20 世纪 80 年代，黑河师范学校受人力和场地条件的限制，官方正规比赛举办得少之又少，但几种较有特点的赛事还是提供了球场上的快乐时光。穿越时空隧道，每一场竞技都好像发生在昨天一样，那热烈的呐喊声仍在耳边回响。一次次振臂飞奔欢庆胜利，一次次抚慰队友鼓足勇气……这些激动瞬间永远定格在黑河师范学校足球历史长河中。那时候,能在球场上驰骋几乎是每个男生的青春梦想,无论学校领导还是教师、工人或者学生,每逢周末,大家就一股脑地涌进球场,在场上比拼高下,一下场瞬间便成了朋友。

当时由民间自发组织的两种比赛在校园里甚是流行,一个是"县域之约",一个是"班寝对弈"。大到全县范围内动员组队,小到寝室间小型对抗,这些比赛淋漓尽致地体现了足球在黑河师范学校的普及程度,折射出足球在一个区域、一个班级和一个寝室三种环境下的发展状况。

记得我在二年级的时候,师兄于金龙带我参加了一次"德都 & 逊克"两县足球友谊赛,结果两个县的师范学子闻讯后几乎都从寝室里跑出来观看,不光是男生,还有好多女学生,高呼着口号为家乡球队加油,那场面很是壮观。"县域之约"展现出 20 世纪 80 年代黑河师范学校学子浓浓的乡情,也折射出足球运动的独有魅力。我虽然忘记了当场比分,但逊克球员高超的技艺给我留下了深刻的印象。逊克县毗邻黑龙江流域,同黑河一样也是国家早期支援边疆建设的地区之一。从 1958 年开始,逊克县历史上有三批支援边疆建设的大学生来过,人员大部分来自黑龙江大学、哈尔滨师范大学等一些省内知名高校,众多支援边疆建设的大学生的到来给逊克的足球发展注入了活力。在景哲老师率领的球队中,就有好几位来自逊克县的高手,他们中的每一个人都身怀绝技:其中前锋线"快马"董义河善于边路突破;"中场发动机"李占华盘带分球恰到好处;"钢铁后卫"熊万壮铲球果断勇猛;"片山刑警"马佳波的头球力大势沉;以及边后卫"小坦克"肖飞精通助攻……他们在球场上的精彩表现真是让人赏心悦目,拍手称快。当时市工人文化宫正在热播一部叫《片山刑警在海岛》的日本电影,学校组织全校师生进行了观看,师兄马佳波从形象气质上很像剧中主人公"片山刑警",于是从那以后,我们便亲切称呼他为"片山刑警"。还有北狮球队中的严晓军、关锐两位球友也都来自逊克县,他们技艺高超,堪称球队的绝对主力。可以说,"县域之约"联系了区域间师范校友同学的感情,充分展示了区域当地的足球历史文化。

除此之外,"班寝对弈"也是全校学生都能参与的比赛,单淘汰赛赛制捉对厮杀。首先是以班为单位组队参加的比赛,着重体现班级综合实力,展示班级足球文化。记得一年级时的一次大赛,全校共计四个年组 16 个班级参赛,我们 87 级三班在第一轮战胜由冯连贵老师率领的三年三班后挺近八强,第二轮面对拥有悍将李伟桥、刘坤的三年一班败下阵来。而一年一班在球友王会河、高大坤的带领下则一路过关斩将,将好几个高段班级淘汰最终杀入四强。其次就是以寝室为单位组队参加的比赛,着重体现"家足"实力,从"老大"到"小八",一只足球成为连接同学友谊的纽带,见证了延续一辈子的兄弟情深。

第七节　校际交流　友谊长青

校际交流赛就是代表黑河师范学校参加的比赛,可以说是一名黑河师范学校球员的最高荣誉了,需要通过选拔,进入学校足球队。在我四年的学校生活中,黑河市体育局等部门没有举办过正规的足球赛事,而我们校队参加的友谊赛算是校际交流赛的全部了。

回想我的第一场校队比赛经历,是从一次观看比赛却被临时安排上场开始的。那是

1988 年的一个冬天，黑河市第一中学吴晓光老师率领足球队来学校做客，而学校这边则以 85 级和 86 级两届队员来组队迎战，牛长青、于金龙两位师兄都在其中。由于我们 87 级球员没有被安排参赛，伙伴们只好在课间从教室里跑出来观看。

下午刚上课比赛就打响了，整整两节课下来还没有结束，打得很激烈焦灼，场上比分仍是 0∶0。此时比赛大概还有 5 分多钟结束，现场指挥的车永宏老师将看热闹的我和侯国庆双双派上场。我担任右后卫，侯国庆担任右前锋，终场前，侯国庆前场完成两次下底传中帮助球队取得两个进球，我在防守中利用铲球破坏了对方前锋的两次单刀球，最终黑河师范学校足球队以 2∶0 取得胜利。“5 分钟奇迹”帮助我们两个人在校队中确立了主力位置。对方的吴晓光老师非常严谨，在我将对方前锋单刀球铲断后，他跑过来跟我交流铲球动作的合理性，告诉我一定要做好自我保护，给我留下了深刻印象。1989 夏天，北狮队又与黑河市第一中学进行了一次主客场赛制友谊赛，对方教练仍是吴晓光老师。由于第一场比赛我们是来到第一中学客场作战，对方阵容又很强大，其中一个叫孟中的球员技术相当全面，当时他打进我队一记直接任意球，并最终带领队伍以 3∶0 战胜了我队。回到了主场，我队事先做足了功课，比赛中不断走马换将，最终以 2∶2 战平了对手。为了完成一次中场抢断，我的右膝受到剐蹭，至今腿上还清楚可见那次受伤留下的疤痕。

1989 年冬天，我们来到黄金中学进行比赛，对方是牟国栋老师带领的师生联合队，学生年龄普遍比我们小一些，最终北狮队以 8∶1 取得一场大胜。同样，我们也以这样的悬殊比分战胜过坐着敞车来访的黑河卫生学校足球队。

在校际比赛中，交流最多的球队当数一墙之隔的黑河师专足球队。由于黑河师专开设体育系，每年体育班都有足球专项新生，而且年龄上也比我们大几岁，所以球队技巧战术水平要比我们高出一截，作为球队队长，我经常联系师专足球队和我队进行交流。北狮队刚成立时，我们便与师专 88 级球队进行交流。这支球队以体育班学生为主力，其中来自嫩江县的黄峰、王凤明以及北安市的刘铭等人都技艺高超，还有几名非体育班的球员，比如其中担任后卫的数学班边瑞军，担任守门员的俄语班佟广平，他们两个都身怀绝技，实力超群。在 89 级球员中，前锋李肖洲、中场杜胜利、后卫鲁文胜等球员技艺都很高超，给我留下了深刻的印象。

在两年的交流中北狮足球队战绩负多胜少，有几场胜利至今还依稀记得。1989 年秋天，佟广平率领非体育班的学生来我校比赛，对方上半场 1∶0 领先，下半场我队调整阵容后便后来居上，最后以 3∶1 反败为胜。转年 5 月份，我们与师专队又连续进行了三场比赛。前两场我队两战皆负，第三场我队客场作战，这次车教练只带了 11 名队员，背水一战的处境激发了所有队员的斗志，上半场左前锋陈家祥禁区内抢点打进第一球，将要结束时我主罚直接任意球打进一粒香蕉球。最终，我们球队取得了一场来之不易的胜利。

在历来的交流中，告别赛是两队间的一项传统赛事，很受两队球员青睐。1990 年意大利世界杯结束的一天下午，我们为黑河师专 88 级校队举行告别赛，北狮足球队三届球员都来到球场，也都先后上场享受与对手们最后的相聚时光，足球以其特有的魅力感染着每个人。比赛气氛甚是友好，最后两队以 2∶2 战平，赛后我与佟广平、黄峰在球门前留下了一张珍贵的合影。1991 年夏天，两所学校由校方出面为北狮队和 89 级黑河师专球队举行告别赛，采取主客场赛制。对方由藏勇老师亲自带队参赛，北狮队则是车永宏老师在现场指挥。

那是炎热的6月份,比赛非常成功,很多球迷都到现场为我们加油助威,分享我们在校的最后一场比赛。两场比赛都打得激烈精彩,比分你来我往,最终北狮队以两个4:2双杀对手,这是北狮队留给两校球迷们的最后一个美丽瞬间。

场上是对手,场下是朋友。北狮队与88级、89级两届黑河师专球队的交流往来,使双方队员结下了深厚的友谊,也使我与黄峰、佟广平等人成为好朋友,这种友谊一直保持到今天,无论对方身在何处,多么繁忙,我都与他们保持着联系。黄峰毕业后在嫩江县第二中学担任体育教师,培养了一批批优秀毕业生;佟广平在哈尔滨市工作,积极参加业余足球发展,成为拉起哈尔滨市业余联赛的第一人。记得2003年重逢时,佟广平还随身带着1990年告别赛的那张合影,这份纯真的足球情谊令我动容。2007年夏天,我患病在哈尔滨医科大学第一附属医院进行右肺上叶切除手术,他还焦急地帮我求医问诊,鼓励我战胜病魔。正是这纯洁的友谊,使我病愈后没有放弃对足球的追逐和热爱。即便多年以后足球依然是我们心中最好的朋友。记得每次相聚,我们都会分享彼此对足球的观点和看法,从世界足球到中国足球,又从中国足球到龙江足球……我们一聊就是一个通宵,不曾感到一丝丝的倦意,我想这也许就是足球给予我们特有的快乐吧。

第八节　年级大赛　精彩纷呈

令黑河师范学校的球迷最期盼的赛事当数“全校年级足球大赛”了。这项赛事一年一度,由学校团委主办,算是学校唯一官方赛事。比赛以年级为单位组队参加,四个年级以单循环赛制进行共计6场比赛来决出名次。此项比赛是学校一项传统赛事,深受学生们喜爱。

1988年6月,我们处在一年级下学期,班级球队第一次报名参加此项赛事。当时鞋底带“疙瘩”的足球鞋很难买到,最后靠队友于峰在牡丹江市的亲属才帮我们买到了“双星牌”胶底足球鞋,并于赛前邮寄到我们手中。当时我们球队没有核心,每个人能力都很均衡,球队作战风格就是敢打敢冲,所谓初生牛犊不怕虎,其中两场比赛堪称激烈。一场是对阵师兄于金龙、牛长青领衔的三年级球队,我们曾一度把0:0的比分坚持到伤停补时阶段,最后因我队后卫在禁区内的一记乌龙球输掉比赛。第二场是与二年级球队比赛,由于实力相当,比赛也是难分伯仲。靠着全体队员的努力,我队以1:0的成绩取得一场小胜。第三场则是对阵景哲老师培养的四年级球队,比赛呈现一边倒的局面,最终我们以0:6失利,那时我真正感觉到了我们球队的弱小。

在这次比赛之后,我们球队厚积薄发,知耻而后勇,在1989—1991年三届赛事中全部获得冠军。同一支球队三次问鼎全校年级足球大赛冠军,创造了黑河师范学校足球比赛的历史。在第一次问鼎的过程中,对阵四年级球队的比赛堪称是一场苦战。那是1989年4月5日下午3时30分,裁判员孙成业老师吹响了标志那场比赛开始的哨声。一开始,双方队员就火药味十足,我队后卫王彦明甚至在一次争抢中将一颗门牙磕掉了一半,对方部分球员也在判罚中频频向刚刚参加工作的孙老师施加压力,先发制人打进我队一球领先,被我队在一次反击中由前锋王会河扳平。对方球员急红了眼,处理球的动作尺度过大。在一次判罚中上来几名队员进行无谓争议,惹得孙成业老师愤然离场。没有了裁判员,比赛被中断了十多分钟，大家商议后决定继续比赛，不能屈服于对方对比赛的控制。下半场的比赛，大家紧密团结，一次次将球传到前场。我在禁区外一记抽射令我队 2∶1 再次领先。对方落后以后，大举压上后卫频频助攻前场。我们也都回拢队形在半场，想力保战果。就在比赛即将结束时，对方边后卫于金龙助攻到左前场，右脚搓出一记弧线球滑进我队的球门，一场争议不断的比赛最终以 2∶2 结束。接下来两队在各自剩余的两场比赛中都取得两胜，在积分相同的情况下，最后我们球队凭借多于四年级球队两个净胜球的微弱优势，第一次夺得学校年级足球大赛冠军。

1989 年冬天，我们升入三年级，第三次参加全校年级足球大赛。当时球队刚刚易名为北狮队，我们遇到首届体育加强班，四年级足球队也顽强抵抗，对方对冠军同样充满了渴望。当时双方都是两战两胜，正面交锋谁取胜谁就能直接获得冠军。整场比赛打得异常激烈焦灼，可以说是惊心动魄、如火如荼。开场不到 10 分钟的时候，我队前锋 9 号王会河便利用角球直接打进一球，1∶0 领先对手，随后对方加强了进攻，利用快速反击战术，由闫兵、王海接连打进 2 球，致使上半场我队 1∶2 落后。下半场易地，我队也加快进攻节奏，利用突破和长传向对方后卫不断施压，效果明显。第 65 分钟，由中场大将关锐在中圈处一记凌空半高球抽射扳平了比分。比赛变得更加紧张、激烈，由于压力双方队员频频出现失误。临终场前 3 分多钟，我在右侧禁区前带球突破使得对方后卫恶意犯规，我队获得直接任意球机会。犯规地点距离球门不足 25 米，我主动请缨罚出一记势大力沉的香蕉球，足球绕过人墙后击中横梁弹回，队友王会河补射未果失去一次进球良机。眼看比赛时间所剩无几，在几次传接球之后，我在右路禁区前坚决执行突破战术，又迫使对方后卫第二次犯规，这次罚球点距离球门将近 30 米。我罚出一记力量不是很大的弧线球，球在空中看似很高，可是到了球门上方突然下坠。对方守门员刘权军准备不充分，球碰到他的指尖后滑进球门，最终我们以3∶2的比分战胜对手。1991 年毕业前夕，我们队又顺利拿下了第三次冠军，北狮足球队实现校园年级足球大赛三连冠，一时声名鹊起。

还有一次是植入校运会中的足球表演赛。在 1990 年学校春季运动会中，北狮足球队进行了一场表演赛，对手是其他三个年段组成的联队。在全市春季运动会中进行足球表演赛，这是校运史上的一个创举，充分说明足球是黑河师范学校的第一运动，证明校领导对足球教育的充分肯定和褒奖。在全校师生面前，足球这项运动得到了最直观的展现，场面的热烈精彩程度不亚于当年的一场甲 A 联赛。虽然我与北狮队友们仅仅经历过这一次，却感觉尤为珍贵。

男子足球的蓬勃发展也带动了黑河师范学校女子足球运动的兴起。望着运动场上男子汉们挥汗如雨，87 级女生们也跃跃欲试。1990 年 9 月，在吴晓光老师的提议下，以费聿玲、闫海霞、赵晓丽等为核心的 13 名女学生组成了黑河师范学校历史上第一支普师班女子足球队。球队成立后，全体队员便开始在操场上勤学苦练，一个个能跑善跳的身影换来了一个个欢欣快乐的瞬间。无独有偶，同期毕业的三年制音乐专业班女生在学习之余也成立了音乐班首支女子足球队。巾帼不让须眉，两支铿锵玫瑰在黑河师范学校里竞相绽放，带动影响更多女孩子参加足球运动锻炼，充分展现了黑河师范学校艺体教育的繁荣景象。毕业前夕，两支球队同场竞技，一场友谊赛填补了黑河师范学校历史上女子足球比赛的空白。

在这些规模不一、形式多样的赛事推动下，黑河师范学校的足球运动得到了快速发展。

足球成为学校一项大众体育活动,走进每一名师生的生活。如果说四年学习生活丰富了我的知识,那四年的足球时光则彻底改变了我的人生态度。跟着钟爱的北狮足球队,我前前后后经历了一百余场比赛。在比赛中的种种经历,惊艳了青春,见证了成长,为我的黑河师范学校生活增添了无数的快乐时光。

第九节　师生联谊　梯队传承

黑河师范学校拥有很多学生球迷,同时也拥有很多教师球迷。这些老师对足球热爱非常,每逢星期五下午就约我们北狮队"死磕"。

教师队中实力不凡者比比皆是:守门员彭冬老师同时也是一名篮球高手,身高臂长能左扑右挡;后卫马文龙、徐占权、曹福泉、付贵才老师动作干净利索,从不拖泥带水;中场孙成业、靳继君、李和安三位老师擅长调度指挥,张弛有度;前锋张双印、边福生两位老师脚法细腻,尤其边福生老师的速度超快;教练车永宏老师体力极好,担任自由人满场飞奔;有时候邻校黄金中学俄语教师牟国栋也加入其中,每次比赛都是难解难分,不到最后一分钟分不出高下,很多时候都以平局收场。

在这些教师球员中,所教学科应有尽有,有美术、书法、音乐、心理学、生物以及文选与写作等,1990 年秋,黑河市第一中学吴晓光老师调入黑河师范学校,他的加盟使教师队实力大增。刚从哈尔滨师范大学毕业的宁万新老师教授思想政治课,他虽不是教师队队员,但他对足球也有着自己的见解,甚至是我的一名粉丝。他对我的学习格外"关照",一次黑河体育场举办一场国际足球友谊赛,对阵双方是哈尔滨足球队与阿木尔州布足球队,正巧撞上他的思政课,他便给我开了一次绿灯,准我去体育场看球,让我过了一把十足的球迷瘾。

师生足球赛使北狮队员与老师们结下深厚的友谊,随着岁月的流逝而历久弥坚,成为黑河师范学校足球精神中重要的一部分。同时,北狮足球队还积极为学校培养后备力量,我们采用"大手拉小手"的方式,将球队队员与相同位置上的小师弟们结为成长对子,用师兄来帮带引领小师弟。经过三年的"帮带"影响,88 级贾洪波,89 级闫忠瑀、杨若锟、刘铁刚,90 级车永辉、于江涛、徐长春等一批小师弟相继被锻炼成为球队骨干,球队阵容不断壮大,凝聚力也逐渐增强。每一个男孩都向往能在足球场上一显身手,每逢周末,球场上到处都是飞奔的身影,回荡着充满激情的呐喊声。有老师,有校友,足球成为黑河师范学校里一道靓丽的风景线,北狮队也成为小师弟们最想加入的一支体育校队。

到了 1990 年冬天,我们已经是学校四年级学生了。当时省内其他师范学校都已经改成三年学制。学校根据黑河市域内中小学教师实际情况,推出了"三一分流"政策,就是前三年学完普师专业既定的知识,在第四年进行"小三科"知识学习,成立了两个美术加强班、一个音乐加强班和一个体育加强班。这一学制改革其实是从 1989 年开始的,我们赶上了第二届。我报名参加了体育加强班,其中还有北狮队的大部分队友。班主任是刚刚从黑河市第一中学调来的吴晓光老师,由于拥有学生会体育部长和北狮足球队队长的经历,我被任命为班长。一年来,我积极为班级同学服务,为球队服务,也为全校学生体育工作服务,进一步激发了我对体育事业的热爱。在体育赛事组织、足球队训练等方面学到了许多新知识、新本领，为日后参加小学体育教学工作奠定了基础。

1991 年毕业前夕，北狮队已经拥有了四个年龄段的球员，地域也遍布黑河七个市县区。在北狮足球队直接影响下，广大足球爱好者成立了黑河师范球迷协会，办了《球迷报》，鼓励更多足球爱好者参与进来，黑河师范学校迎来自 1958 年建校以来足球运动发展的一个辉煌时期，足球运动得到有力推广，而“北狮足球”所承载的发展目标和理念也深深植入广大教师和学生们心中，伴随着一届又一届球员毕业生离校，传播到黑河地区的各个角落。

第二章　根植基层　星火燎原

——校园足球教学训练实践探究

1991 年秋，北狮足球火种在五大连池点燃。为响应邓小平同志“足球应从娃娃抓起”的号召，开发建设德都县第二小学足球基点，在火山脚下放飞孩子们的绿茵梦想。从黑龙江边到讷谟尔河畔，北狮足球星火燎原。

德都县第二小学校较早提出争创省级足球基点校发展目标，建立黑河市第一支少年足球队——北狮梯队。足球课题组因地制宜地实践“班、级、校”三级管理模式，培养了 30 多届足球梯队，畅通“请进来、走出去”交流渠道，完成各级各类比赛 190 余场，与省内外 100 多支校园足球队进行过交流。采用“课内 + 课外”方式，积极培养学生足球基本素质，代表黑河市多次参加“黑龙江省小甲 A 足球交流活动”并取得佳绩，成为黑土地上引人瞩目的一支校园足球劲旅。所积累的教学训练方法成为黑河市建设校园足球特色学校的经验案例，为区域校园足球由点到面普及播下希望的种子。

第一节　希望之火　点燃二小

1991 年 6 月是黑河师范学校 87 级学生的毕业季。14 日下午，刘铁刚、闫忠瑀、杨若锟等师弟为北狮足球队举行足球告别赛，一些老师和同学闻讯后也都赶过来观看。90 分钟的时间很快就过去了，我们以小胜完成了在母校的最后一场比赛。当比赛结束的一刹那，我们激动不已，与师弟们久久拥抱在一起，感受着足球带给我们的真挚友谊，感受着黑河师范学校北狮足球队传承的力量。在西侧球门前的草地上，曹福泉老师为我们拍下了一张珍贵的北狮足球队全家福照片。教练车永宏老师也激动万分，不舍我们离去，过来一一拥抱每一名队员。那一刻，四年学校生活中无数感人瞬间浮现在脑海，四年征战绿茵场的足球往事永远留在了心间。这些都融化成前行的动力，激励我们走上三尺讲台。

怀揣着足球梦想，我回到了我的家乡德都县建设乡民兴村。由于我在足球场上的传奇佳话和宝贵的黑河师范学校北狮足球队队长的经历，我被分配到德都县第二小学（简称第二完小），成为一名体育教师。说来也巧，同时调入学校的另一名体育教师于金龙，正是师范学校 85 级足球队主力中后卫，也曾是足球场上我学习的偶像。共同的志向和兴趣使我们很快配合默契，迅速投入教学工作。振兴北方青少年足球事业的火种开始在德都县第二小学点燃，黑河师范学校北狮足球队的梦想也从这里再次起航。

为响应邓小平同志提出的“足球应从娃娃抓起”的号召，在以原校长车承兴为核心的校务委员会大力支持下，我们首先着手组建起德都县的第一支少年足球队，并冠名为“北狮 1013 足球梯队”，意在着重提高 3～6 年级 10～13 岁少年儿童的足球基本素质，培养小队员勇敢顽强的团队作风，打造北方少年足球队的雄狮之旅，振兴北方青少年足球事业，为中国足球腾飞做出贡献。当时德都县第二小学校址位于县城边缘的城乡接合部，这里农村学生居多，大多家庭条件不好，在学生人数上也远不如德都县第一小学和第三小学。我们自制了一些如实心球、跨栏架等乡土器材，辅助学生身体素质练习，同时，多利用实战来提高球队的技巧战术水平，通常我俩一人带领一队进行实战对抗，比赛中我们既是队员又是教练，孩子们能观察到我们每一个示范动作，模仿起来进步飞快。看到孩子们缺少足球运动理论素养，我们自掏腰包购买中国足球第一部纪实片《难圆足球梦》，借来录放机播放给孩子们观看。经过我们的努力，孩子们开阔了眼界，丰富了足球知识，同时培养了他们的爱国主义情怀，在他们心灵深处播下了一颗“发展足球事业、振兴中华体育”的种子。

通过我们长时间的坚持训练，小球员们脚下功夫逐渐细腻起来。1992 年黑河市教育局组织了一届镇内小学生冬季足球赛，我们的球队分别以 0∶0、2∶2 逼平德都县第一小学和德都县第三小学球队，这在当时是很多人没有想到的结果。两场平局帮助小队员们树立了信心，激发了他们对足球的热情。通过足球训练，学生们身体素质得到提高，有力促进了学校速滑和田径运动项目的发展。我们的球队也成为一支学校开展体育教学的“全能梯队”。小球员祝洪江就是这样的一位“多面手”，他既是球场上的主力前锋，也是田径赛场上的短跑王，在 1993 年 6 月 4 日德都县第二十一届田径运动会上，他以 7 秒 09 的成绩打破小学男子 60 米跑的全市运动会纪录。当日下午，学校北狮梯队在田径跑道内侧的草地上进行教学比赛，孩子们认认真真的态度充分展现了足球运动的魅力，表现了每一名二小少年对足球的无比热爱，一下子激起社会极大的反响。这是北狮梯队成立两年后的第一次集体亮相，孩子们朝气蓬勃，意气风发，灵活跑动，娴熟的技术、精巧的配合得到了参赛现场运动员和观众们的赞许。

日复一日，年复一年，丰富多彩的足球运动逐渐成为德都县第二小学的特色体育项目，为学校实施素质教育注入了活力，而且促进学校教育教学全面发展。在 1992 年全县速滑比赛中，学校速滑队在全市少年乙组比赛历史上第一次战胜德都县第一小学代表队。1994 年，德都县第二小学被评为省级户外体育活动先进集体。在 1996 和 1997 年全市小学生足球比赛中,五大连池市第二小学(德都县第二小学于1996年改名为五大连池市第二小学,第一小学、第三小学情况相同)北狮梯队以18粒进球、3粒失球的绝对优势击败五大连池市第一小学和第三小学,两次获得冠军。以王莹、王平、崔雪峰为代表的一批小球员成为那个年代第二小学的足球小英雄。

从那一时刻起,北狮足球星星之火在第二小学开始点燃,第二小学成为北狮足球事业发展的第一块根据地,这个当时不足600人的小学校也因为校园足球开始受到五大连池人的关注和青睐。

第二节　开发重点　开辟新天

1993年秋,我受组织安排被调任到德都县第一小学工作并担任体育教研组长。第一小学也称第一完小,是当时德都县重点小学,学生人数多,办学历史悠久,办学特色鲜明,在体育教学方面是黑龙江省体育传统项目速滑的基点校。我带领体育教师们,在完成体育教学课程基础上,通过课余训练和竞赛,开始进行足球窗口学校活动的建立实践。

时任德都县第一小学校长的徐业飞是1984年黑河师范学校毕业生,自幼喜欢体育锻炼,步入工作岗位后更喜欢看孩子们参加体育运动。于是,我们体育组设计的“学校足球活动启动仪式和秋季男子足球大赛”两个计划立刻得到了他的支持,学校后勤组更是抢先发力,平整球场,焊接球门,购买足球……

举办学校秋季男子足球大赛的目的就是为了组建校足球队。为此必须对班级学生足球水平进行一次大摸底,给每个班级足球队员一个竞争的机会。这场比赛由全校4~6年级共12支足球队144名运动员参加,其中侯鲁雨老师是12名教练员中唯一一名男教练。

10月11日下午3时30分,校园秋季男子足球大赛首场比赛吹哨开赛。对阵双方是四年三班与四年二班,吕福老师担当裁判员。因为是小组淘汰赛,两班的教练员都派了精兵强将。截至上半场10分钟,两队都互相攻守,势均力敌。12分钟以后,三班小将生龙活虎,在二班禁区内轮番轰炸,攻门数次。13分57秒,前锋王冠截住对方发出的球门球后,带球直捣黄龙,右脚抽射,球从守门员右下角入网,1:0领先,得分保持到上半场结束。下半场易地再战,二班小将们竭力组织反攻,仍未能挽回局面。7分37秒,三班获得一次点球机会,王蕾主罚,足球射中大门横梁,此后进攻一浪高过一浪。14分43秒,前锋王冠禁区内再次抽射成功,为三班最后以2:0取胜立下战功。

次日下午3点,德都县第一小学举行校园足球活动启动暨新球场落成仪式,全校1800多名师生参加。徐业飞校长发表热情洋溢的动员讲话,并亲自燃放鞭炮庆祝新球场的落成,杨玉兰书记、陈延海副校长及杨志伟主任为每个班级赠送足球。遥遥相对的南北足球门柱上分别张贴着两副对联:南侧球门左联为“振国球,从小立志”,右联为“扬国威,雄心永树”,横批为“魂系绿茵”;北侧球门左联为“兴我校风,新意盎然”,右联为“抓我特色,蒸蒸日上”,横批为“促学兴校”。两副对联深刻表明了德都县第一小学全体师生要为中国足球献爱心,为中国足球腾飞做贡献的共同愿望。

10月18日下午,首届4~6年级男子秋季足球大赛圆满落幕。四年一班、五年一班和六年二班分别获得同年级组冠军，侯鲁雨、高福霞、卢艳琴三位班主任获得最佳教练员，谷大伟、张磊获得最佳队长，共有王力、王景宇、李树义、高立军、李佳会、朱宇、李鹏、徐力、刘立刚、孙海波、张雷、白玉、战亮、王朝旭 14 名队员入选本次比赛最佳阵容，五年四班和五年一班获得精神文明奖。

10 月 19 日下午，借着热烈的校园足球氛围，我们邀请德都县第二小学北狮梯队来做客比赛，主队派出刚刚入选比赛最佳阵容的队员参加交流。比赛中，第二小学小队员细腻的脚下功夫和娴熟的技术配合令第一小学的孩子们眼前一亮，特别是小将王海滨打进全场唯一的任意球进球，更让孩子们看到了差距。

第一小学在 1993 年秋天组织实施的一系列足球活动，揭开了学校发展校园足球的序幕，很多学生开始喜欢足球并加入学校足球队。在这里，我组建起黑河市第二支北狮 1013 足球梯队。学校教师足球队、学生足球队经常与德都县第二小学进行交流活动，同时办《校园体育报》供孩子们阅读，来丰富学生们的足球知识，学校女子足球队在 1996 年获得全市小学生足球赛冠军。

北狮足球在德都县第一小学开始传播，使全市更多学生家长关注起足球运动，为日后五大连池市足球运动整体发展奠定了坚实的基础。

第三节 回归九七 立足校园

1997 年是我在五大连池市第一小学工作的第四个年头。四年来，我尝试举办足球赛、实施训练及教学实践活动，但由于学生多、人均场地小等因素，比肩第二小学热烈的足球氛围没能出现，不免内心深处一阵遗憾。7 月 1 日，香港在阔别一百五十余年后顺利回归祖国怀抱，每一名华夏儿女都为之欢腾。那时的我一边为香港回归喜悦，一边也为校园足球未来发展陷入深深的思考之中。在综合考量以后，我萌生了回归第二小学的想法。经过市教育局主管领导同意，我在 10 月份又重新回到五大连池市第二小学，回到北狮梯队的发源地。基于对校园足球共同的热爱和驰骋绿茵的美好梦想，我与师兄于金龙再次并肩战斗，彼此间更加互相支持和信任。时任五大连池市第二小学校长的王学军，为人厚道，工作踏实，尤其喜欢体育运动，我们的一些想法和观点很快得到了他及校务委员会的支持。这时候，学校男子队已经在 1996 年和 1997 年镇内小学生足球赛中接连战胜第一小学、第三小学足球队，两夺冠军。这在当时引起了不小的轰动，也给全校师生开展足球工作增添了信心。

1997 年 6 月，我和于金龙老师又带领北狮青年足球队参加了第四届黑河市“青春杯”足球赛，在比赛中全体队员不畏强敌，敢打敢拼，杀入决赛并最终获得亚军。消息一传出来，北狮梯队小球员们无不振奋，被北狮青年足球队队员的精神激励和鼓舞着。平日里，第二小学无偿为北狮青年足球队提供场地、器材，为球队训练和学习提供帮助，北狮青年足球队与第二小学北狮梯队结成友谊对子。六年时光，学校两批 3～5 年级北狮梯队队员顺利毕业并离开母校。在两批队员传帮带的影响下，更多孩子喜欢上了足球运动，操场上踢足球的孩子逐渐多了起来。看到这些，我心里真是说不出的高兴。10 月 18 日，五大连池市第二小学被市文化体育局规划为五大连池市足球基点校。

六年校园足球实践使我充分认识到课堂教学是普及足球运动的主阵地,是夯实基础的主要载体。要想将学校足球运动蓬勃开展起来,仅有几支足球队,组织几场比赛是远远不够的。只有在基层体育教学中做好普及,才能为校园足球可持续发展奠定基础。于是在体育课教学中,我遵循激发兴趣和由低到高、由易到难的原则,增加了足球基本技术的教学。1～2年级,主要进行球性、球感练习,通过足球游戏来激发学生们对足球运动的兴趣;3～5年级以传授足球基本技术、技能为主,为参加联赛打下基础。足球教学课使每个孩子都有机会参与足球的学习,也是发现足球苗子的最佳途径。另外,为了巩固在课堂上学习的足球知识,我们在课外组织开展了一系列因地制宜、小型单样的竞赛活动,如"颠球王""神射手""金球门"等比赛,课内与课外相结合,取得了十分不错的效果。

经过两个多月的课堂教学和课余训练活动,孩子们的足球基本技术得到了普遍提高,强烈的表现欲使他们对足球比赛充满了渴望。为选拔优秀队员组建学校第三批北狮1013足球梯队,营造学校足球氛围,我们在12月8日—15日组织实施了3～5年级冬季校园足球大赛,共计7个班14支球队210名运动员参加比赛。在女子组比赛中,小球员们热情高涨,比赛精彩纷呈,充分展现了女孩子们对足球运动的喜爱。此届比赛持续了一个星期,原本寒冷的冬日校园也欢腾热闹起来,参赛班级的足球热情空前高涨,精彩的比赛也引起了一、二年级小孩子们的好奇向往。

1997年冬季足球大赛,是开展校园足球活动以来最正规的一次赛事。我们举行了开幕式和闭幕式,学校发出倡议书,号召全校师生参与冬季户外体育运动,多踢足球来响应省百万青少年冰雪活动的号召。主管学校体育工作的市教育局、文化体育局领导也来到现场指导工作,积极推动校园足球迈开阔步前行的脚步。比赛中所积累的经验做法,为日后实践校园足球联赛奠定了基础。

经过对冬季足球大赛的总结,我们又提出将争创省级足球传统项目足球基点校作为学校校园足球的下一个阶段工作目标。12月21日,五大连池市第二小学组织召开有史以来的第一个校园足球发展座谈会,时任五大连池市副市长蔺波、共青团团市委书记朱昊旻、教育委员会副主任王文奇、体育视导员刘玉泉、文化体育局副局长王立明等领导,热心企业邮政局领导,北狮青年足球队教练,全体队员,以及五大连池市第二小学毕业队员等60多名足球爱好者聚集在第二小学。会上,全体人员针对五大连池市足球运动的发展、足球基点校的建设、足球梯队训练管理等议题进行了广泛的研讨和交流。大家各抒己见,献计献策,王学军校长做了五大连池市第二小学校园足球工作情况汇报,副校长刘嫦凤宣读了《五大连池市第二小学争创省级足球基点校实施方案》,我也就北狮足球队几年来的足球开展情况做了介绍,最后副市长蔺波做了重要讲话。

本次座谈会是五大连池市第二小学校园足球历史上第一个重要会议,也是北狮青年足球队第一次年会,堪称五大连池市足球运动发展中的一座里程碑,意义深远而重大。首先它帮助五大连池市第二小学规划出未来一个阶段校园足球发展的方向和策略,让建设足球特色学校的目标更加明确。另外,此次会议也是对五大连池市足球运动整体的一次大规划,座谈会讨论形成的意见建议为日后北狮足球事业发展奠定了坚实的理论基础,推动五大连池市足球运动进入一个崭新的发展阶段。

第四节　一二三小　珍贵往来

20 世纪 90 年代初,也是实施素质教育的起始阶段。谈及德都县第二小学北狮梯队的交流赛记录,无非就是官方零星举办的几次比赛,再就是校际以民间方式举办的几次友谊赛。这些几乎构成第二小学北狮梯队建队十年来交流赛的全部,因为赛次场次少得可怜,所以每一场都显得弥足珍贵。

【一】首秀两连平

学校足球活动刚刚开展一年多,就迎来 1992 年镇内小学生冬季足球赛的举办。我们迅速组建起参加比赛的队伍,以六年级球员为主,只带了四年级的祝洪江一名小队员,比赛场地是德都县第一中学。当时,德都县第一小学和第三小学的学生人数都在第二小学之上,而且第一小学是窗口学校,教学资源设施完备,在教育教学各项活动比赛中,第一小学都具有绝对的统治力,其“大哥大”地位不可撼动。

11 月 22 日,我队与第一小学的比赛率先开场。我队在队长张洪浩的带领下,与对方展开了激烈的较量,对方球员依靠身高和速度的优势,一度让我队后方防线告急,我和于金龙老师一个负责在前场指挥一个负责在后场调度。当时比赛采用十一人制,比赛时间 90 分钟。面对对方咄咄逼人的阵势,北狮梯队的小队员们顽强拼搏、敢打敢冲,竟然在 90 分钟内没有让对方取得一粒进球,最终以 0∶0 逼平第一小学。第二天,我队面对实力也高于我队的第三小学队,在 0∶2 落后的不利局面下接连扳回两个球,最终以 2∶2 收获第二场平局。这两场平局堪称取得了两场伟大的胜利,全校师生为之振奋,车承兴校长还特意在间操时间对北狮梯队进行了表扬。首次比赛便取得亚军,一时间使北狮梯队小有名气。

【二】市赛两连冠

到了 1996 年,北狮梯队经过五年发展,已经取得了长足的进步,球队建立了一些技战术体系,坚持采用“甲乙组挂钩”的管理模式,凭借“足球促进田径速滑项目”的特色教学模式,在五大连池市一系列体育比赛中赢得了诸多荣誉。通过足球教学训练,学生们身体素质得到提高,团队精神得到增强,有力促进了学校体育工作的全面发展。在 2001 年广州举办的中华人民共和国第九届运动会中,五大连池市第二小学被评为全国群众体育先进单位,是黑河市获此殊荣的第一所学校,足见第二小学体育工作的繁荣。北狮梯队成为学校体育小明星的“孵化场”,一名名小球员在这个团队中得到成长锻炼,在体育赛场上练成“多面手”。

1996 年夏,原德都县与药泉风景区合并成五大连池市。同年秋天,市文化体育局组织了五大连池市首届中小学生足球赛。此次足球赛事的举办,得到市委市政府领导的关注支持,原市政府蔺波副市长来到比赛现场慰问队员观赏比赛,给予参赛教练及队员们极大的精神鼓舞。就在这次比赛中,北狮梯队分别以 4∶0、6∶0 战胜五大连池市第一小学和第三小学获得校史上第一个全市小学生足球赛冠军。1997 年秋,北狮梯队王者归来,又以 3∶1、5∶2 战胜这两所学校足球队,完成了卫冕。

北狮梯队两获冠军,表明特色体育教学已经取得了阶段性成果。鉴于五大连池市第二小学特色足球教学取得的成绩,市文化体育局、教育局共同批准五大连池市第二小学为五大连池市第一所足球基点校,为1998年五大连池市争创全国体育先进县工作注入了活力。

【三】做客逸夫

1999年10月26日,北狮1013梯队应邀到五大连池市第三小学(逸夫小学)做客,同该校足球队举行了两校有史以来的第一场民间足球友谊赛。

我们刚走进逸夫小学大门,就被眼前的情景惊呆了。数百名师生早已将足球场围了个水泄不通,到处是一派热闹的景象,有的同学送来毛巾,有的同学搬来软椅供我们休息,我们被这股无形的热浪包围着。在简短的欢迎仪式上,逸夫小学张丽华书记代表全校师生发表了热情洋溢的讲话,欢迎北狮梯队来学校做客,祝愿两校友谊天长地久。两校队员手挽手,肩并肩在一阵阵掌声中合影留念。

随着孙臣老师的一声长哨声响起,比赛开始了。我队派出343阵容,守门员刘宇飞,后卫李新、高超、薛红宇,拖后中卫于飞,左中锋巢楠,右中锋李思宇,自由中卫张超,高前锋王军以及齐龙、王文龙两个边锋。由于首次客场比赛,队员们由于不熟悉地形,前10分钟没有组织起有效的配合。直到第18分钟由小将李亮亮换下高前锋王军,我队才逐渐掌握了场上的主动权。第21分钟,王文龙在左侧的一记远射差点洞穿球门成功,5分钟后我队在左侧获得一个直接任意球,由队长张超主罚射向球门,对方后卫在禁区内手球,又由张超主罚点球破门得分,我队以1:0领先。紧接着在张超、李思雨的有效组织下,我队向对方阵地发起了一浪高过一浪的进攻。第29分钟,李思雨在禁区外一脚远射,球打在地面上反弹后入网。由于两球领先,队员们放松了防守,可逸夫小学的队员们却积极拼抢,果断出击,上半场结束前,因为后卫李新、薛宏宇的接连失误,给对方前锋塑造机会一记单刀球射门,幸亏门将刘宇飞扑救及时,才化险为夷。

下半场易地再战,我队接连换了杨润泽、段春晓、巢杉、杨明明、孙宝宇等小将上场,比赛第62分钟,我队又由王文龙在前场抢点射入一球。终场前对方仅通过前场任意球,由后卫付红星吊射打进一球。我队最终以3:1的比分取得了本次足球友谊赛的胜利。

精彩的比赛结束了,我们却在这短短的90分钟里培育了一棵友谊的常青树。在即将跨入21世纪之际,愿两校的情谊天长地久,万古长青。

【四】互访一小

北狮梯队在官方组织的市级比赛中与五大连池市第一小学有过三次交手记录,除此之外两校民间的几次交流往来,让两校的小球员加深了友谊,提高了球技,为未来共同发展打下了基础。

1993年10月19日,在五大连池市第一小学秋季足球赛刚刚落幕之际,北狮梯队做客第一小学。此役,北狮梯队由王莹、王磊担当主力,二年级小将王海滨也随队前往。东道主第一小学队同样派出最佳阵容应战。双方实力相当,比赛进行得激烈精彩,上半场结束时两队互交白卷。进入下半场,第一小学队加强进攻,但前锋几次射门未果。第78分钟多,北狮梯队获得一次前场任意球机会,后上场的小将王海滨用左脚主罚,足球在空中划过一记美妙弧线钻入网窝。1:0比分保持到终场,北狮梯队取得对阵第一小学历史战绩首胜。

2000年11月7日,在五大连池市第一小学刘富斌副校长的组织下,北狮梯队再次被邀请到第一小学进行交流比赛。此役,北狮梯队身穿白色皇马足球服,队员来自4~6年级三个学年。对方由韩扬领衔,队员全是学校比赛的绝对主力。赛前,两队互相交换礼物,合影留念。第一小学锦旗上题词“素质教育楷模,校园足球先锋”,充分展现了我校足球发展的真实情况。比赛采用的是十一人制,东道主球员在前锋韩扬的带领下,充分发挥出团队协作的优势,最终以 3:0 取得第二场友谊赛的胜利。小前锋韩扬在比赛中两次破门得分,其精湛的球技和敏锐的洞察力,使得他成为那场友谊赛最耀眼的小球星。

11 天之后,五大连池市第一小学足球队来到我校做客,比赛采用九人制。当日下午,第二小学球场外挤满了热情的观众,有的干脆爬到石头围墙上观看。啦啦队中有学生,有老师,还有家长。比赛高潮迭起,加油助威声一浪高过一浪,第二小学火爆的主场氛围令一小球员们倍受鼓舞。赛场上,北狮梯队不断走马换将收到了效果,杨润泽、安健康、陈宁、李季、邱赫等队员先后上场,小将们配合熟练,联赛惯用的技战术发挥了作用,使球队完全掌控了场上主动权。最终以 10:1 大比分赢得此次比赛胜利。

十年中,第二小学通过“请进来,走出去”的模式,创办了数次与兄弟学校间的足球互访活动。虽然数量上不是很多,但每一次活动,都给每一名热爱足球的小学生留下了深刻的记忆。在一次次握手中,小球员们交流友谊、切磋技艺,北狮足球发展思想也在更多少年心中扎下了根,逐渐汇聚成日后五大连池足球运动蓬勃发展的希望和力量。

第五节　新老北狮　同场秀技

2001 年 10 月 7 日是一个铭刻中国足球历史的日子。当晚,五里河体育场上空绽放的绚丽烟花永远留在了每一名球迷的记忆中。那一天,中国足球队在沈阳五里河体育场以 1:0战胜阿曼苏丹国家队,取得了 2002 年韩日世界杯决赛圈的入场券。那一刻,是中国足球真正走上世界舞台的开始。而 2003 年 10 月 7 日,则是令北狮足球队队员们最难忘的日子。那一天,北狮队老队员和 1013 梯队队员相聚在人民体育场,举行了一场别开生面的交流比赛。目的一为北狮梯队征战黑龙江省“小甲 A”足球总决赛鼓劲,二为加深新老北狮球员之间的友谊,丰富北狮足球队的团建文化。

北狮青年足球队自 1995 年成立以来,已经走过了八个春秋,大部分球员的工作与生活都发生了很大的变化。有的身在异乡,有的已经离开教育行业,有的则靠打工维系生活。岁月的痕迹已经悄悄爬上了队员们的脸庞,但对足球的热爱还是深深埋在大家的心里。在足球精神的激励下,他们在不同的工作岗位上都奉献出自己的一份热量。在完成黑河市足球比赛任务之后,他们还经常深入学校中去传播足球文化,在“北狮杯”邀请赛现场站脚助威,他们渴望老队友的相聚,渴望足球场上真诚的拥抱。只要听到球队的一声召唤,他们召之即来。

2003 年 10 月 7 日下午,相聚的时刻终于来到,球友们纷纷涌入足球场。张建国、张明、徐业飞、于金龙、张宏伟、“建设三剑客”、刘遵林都早早出现在球场上,远在北京的郭天亘也在前一天返回家中。共计 14 名老队员、11 名 1013 小球员参与此次相聚活动。

十月金秋,小草逐渐褪去了绿色,金黄色的落叶铺满球场。首先进行的是 15 分钟的“一对一”互动,小球员在老队员的帮助下,进行着各种球性、球感、头球、传球练习。在“师父们”的指导下,小家伙们练得格外认真起劲,技巧提升了不少。之后的一个“溜猴”游戏,让球场顿时喧闹起来,老队员也参与其中,一会儿体验进攻,一会儿体验防守,5 分钟过后,所有人都出了些汗,对接下来的活动跃跃欲试。

热身结束后便是北狮梯队与老队员的对抗比赛,师徒一下子变成了对手。老队员们的脚法有些生疏,传控球时常出现一些失误。小队员们抓住机会加强进攻,率先取得了进球。之后老队员们由于体力上的劣势,只能利用经验打阵地战,小队员们则通过配合尝试着不同的进攻战术并屡屡奏效,最终以 4:2 的比分赢得热身赛的胜利。通过交流,小队员们收获了自信,演练了阵容,查找了不足,这为征战省"小甲 A"足球赛奠定了基础。

难忘的交流活动结束了,老男孩们在追昔抚今中传递着足球精神,在切磋技艺中享受着足球带来的友谊。他们对足球的热爱,激励青少年苦练足球基本功,在磨砺中成长起来。10 月 7 日是一个令中国球迷永远难忘的日子,也是一个令北狮队员们永远铭记的日子。

第六节 "小甲 A"赛 扬名省城

2003 年 10 月,五大连池市第二小学北狮梯队代表黑河市广大少先队员,带着 700 多名师生满满的祝福,来到省城哈尔滨参加"中国电信杯中华少年小甲 A"黑龙江省足球交流活动。本次活动是由黑龙江省少年先锋队工作委员会(简称少工委)、黑龙江省足球协会、中国电信黑龙江省分公司联合主办的,是响应共青团中央、中国足球协会的一次全国性的少年足球交流活动。本次赛事类似于 20 世纪 80 年代初中国足球协会举办的"贝贝杯""希望杯"足球赛,其目的就是促进青少年足球运动发展,响应邓小平同志提出的"足球从娃娃抓起"的号召。这是五大连池市第二小学北狮小队员第一次走出五大连池市,第一次参加大型的足球交流活动。

9 日早上 9 点多,我们坐上从北安去往哈尔滨的列车。张超、曹磊、王鹏、吴耀双、代长波、李亮亮六名小队员显得异常高兴,他们中有的还是第一次去省城,兴奋之情洋溢在脸上。列车上,孩子们一会儿玩扑克,一会儿听音乐,我也不时给他们讲起足球世界杯的故事。将近中午,列车载着孩子们的足球梦想抵达了省城。一走出车站,远望矗立在眼前的一座座高楼,看着川流不息的人流车流,孩子们不时发出一声声惊叹。广场上,我给孩子们一一拍照,并留下了北狮梯队在哈尔滨火车站的第一张合影。

按照比赛通知的要求,我们顺利抵达哈尔滨火车站前的龙达瑞吉商务酒店报到。会务组负责人刘谦老师热情地接待了我们。第一次入住这样宽敞舒适的酒店,小队员们高兴得个个都合不拢嘴。

当天下午组委会安排的是学习和参观活动。全体人员坐车赶去哈尔滨铁路第一中学校(简称哈铁一中,即现在的黑龙江省实验中学)。来自全省 12 个地市的 100 多名小球员,一起聆听了哈尔滨师范大学梁立滨教授讲解的五人制足球竞赛规则。第一次接触五人制比赛,时为教练员的我也有些摸不到头脑。随后,省足球协会副秘书长杨茗志就"世界与中国足球运动发展趋势"这一主题做了专题讲座。两位老师的精彩讲解不时赢得一阵阵掌声。学习之后,全体人员又赶赴哈尔滨兰格足球俱乐部进行参观。哈尔滨兰格足球俱乐部是 1996 年 12 月 9 日成立的,是黑龙江省第一家职业足球俱乐部。在乙级联赛摸爬滚打 6

年后，该俱乐部于2002年夺得乙级联赛冠军，获得2003年中国足球“甲B”联赛资格。那一阶段，兰格承载了龙江球迷们的足球记忆，有过快乐，有过悲伤。感受兰格足球俱乐部的艰辛发展历程，激发了小运动员们的家国情怀，激励足球小将发奋图强。

9月10日上午，足球比赛在哈铁一中拉开战幕。由于比赛只有一天，参赛的12支球队采取单淘汰方式进行，场场都是硬仗。北狮梯队首场对阵佳木斯市野玫瑰少年队，战术上我队以防守反击为主，派出小前锋李亮亮、前卫曹磊和吴耀双，中后卫代长波，守门员张超。开场后，由于偏于防守，我队在进攻端手段单一，有威胁的射门寥寥无几。倒是对方几次进攻效果明显，不断向我队后防线施加压力。不到10分钟，对方连续打进我队2粒进球。面对不利的开场，我队及时调整阵容。将守门员张超调至前卫线，由后卫代长波担任守门员，前卫线曹磊担当中后卫。这一调整，很快收到奇效。第14分钟时，小前锋李亮亮得到张超助攻后形成单刀突破，造成对方禁区之外犯规，随之守门员代长波上前主罚，打出一脚势大力沉任意球破门，追至1:2。上半时结束之前，又由张超扳回追平球。下半时，我队愈战愈勇，又连续打进2粒进球，最终4:2取得第一场胜利。挺近六强后，我队对阵伊春市林城雏鹰少年队，并以4:0取胜进入前三名。三支球队同时进入半决赛，组委会规定以抽签方式进行一场半决赛，而剩余一支球队直接进入决赛。结果，我队与鸡西东龙足球俱乐部梯队抽得半决赛，而牡丹江朝小队直接进入决赛。面对无论是身高还是技战术水平都高出我队一截的东龙梯队，全体队员放下包袱，轻装上阵。我队在35分钟内一度以0:2落后，而在最后5分钟内却奇迹般将比分追至2:2平。点球大战中，靠着守门员代长波精彩扑救最终以5:4总比分获得胜利进入决赛。

休息片刻，决赛顷刻间就要打响。场外挤满了热情的哈铁一中球迷们，他们的加油声响彻校园。没有比赛的所有球队都来到场外观看黑龙江“小甲A”足球的第一场决赛，所有人都把目光投向刚刚上演奇迹的北狮少年队。可是队员们力拼东龙梯队之后，体力消耗极大，不到10分钟的休息时间，也使我没有做好决赛的心理准备。

决赛开始了，牡丹江朝小队队员体力上的优势明显，他们通过短传一次次将球推至我队禁区前。经过半决赛的胜利，场外所有的球迷都高喊着“北狮队加油、北狮队加油”。但体力上的劣势，使得对方很快先取得了一个进球，临近上半场结束，我队凭借着李亮亮的一记劲射将比分改写成1:1。下半时，两队更是你来我往，惊险场面不断出现。第35分钟时，队长张超打进了第2粒进球。马上就要看到最后的胜利了，可就在临近结束时一次防守失误被对手扳平了比分。点球大战，我队最终没有上演半决赛的奇迹而输掉了比赛。虽然获得亚军，可北狮队员顽强拼搏的比赛风格、一流的球技赢得了所有参赛队员的尊重，赢得了主办方领导们的高度赞誉。

在颁奖仪式上，孩子们谁也没有欢呼，谁也没有跳跃。一串串泪珠止不住从他们双颊流下，这是与冠军失之交臂的扼腕叹息，这是小伙伴们并肩战斗的友谊缔结。而身为教练的我，被孩子们的真诚和热爱所感动着，心里也是酸酸的。如果当时我再多一些经验叫一次暂停，多布置一次防守战术消耗一些时间，也许我们就能将冠军奖杯捧回家乡。但足球比赛就是这样，不允许有太多的也许、太多的假设，胜负就在一瞬间。那一刻，孩子们脸上真情的泪水永远留在了我的记忆中。

从哈尔滨回来后，北狮小队员勇夺全省比赛亚军的事迹传遍五大连池各个角落，激励了更多中小学生喜欢上足球运动。同时伴着五大连池青少年足球邀请赛连续举办,越来越多的北方广大足球爱好者开始相聚在这里。

第七节　二次出征　“小甲 A”赛

2004 年 8 月 12 日—14 日,在哈尔滨市远达药业集团支持下,黑龙江省少工委、黑龙江省足球协会联合举办了第二届“中华少年小甲 A 足球”黑龙江赛区总决赛交流活动,北狮梯队代表黑河市第二次来到哈尔滨市参加交流活动。此次北狮梯队派出了张超、代长波、陈龙、李亮亮、王星雨、魏中华、靳春雷、吕悦八名小球员,他们分别来自五大连池市第二小学、五大连池市第一小学和建设乡民兴村小学。

本次活动,主办方赛前进行了一番准备。首先进行了广泛的宣传,得到了哈尔滨市远达药业集团的大力支持,比赛因此被冠名为“远达药业杯”。根据参赛队伍球员的年龄,组委会设置了儿童甲、儿童乙两个组别,使更多不同年龄组的小球员能够参与进来,北狮梯队处于乙组比赛的行列。启动仪式安排在星期日进行,地点选择在道里区红星社区广场,充分展现了少儿足球要在社区中成长,要在校园中发展的理念。在领导讲话之后,小球员技能展示活动首先开始:有障碍运球比赛、颠球比赛和定位传球比赛。不出所料,小球员的技能展示吸引了市民们驻足观看,上至古稀老人,下至牙牙学语的孩童,不时引来观众们一阵阵掌声。惬意、紧张却不失精彩的启动仪式之后,小球员乘坐大巴车回到黑龙江青年干部学院哈尔滨团校用餐和休息。

下午 1 时 30 分,令人期待的五人制足球赛在哈尔滨工业大学二校区体育场拉开战幕。只见参赛小球员们一个个精神抖擞,都对首场胜利充满了渴望。小组赛前两场,北狮梯队对战双鸭山飓风少年队和绥化市宏健少年队,由于我队在实力上占优势,给对方沉重的打击,分别以 11∶1、6∶1 的悬殊比分战胜对方。第三场比赛,北狮梯队遭遇上届冠军牡丹江阿里郎少年队。由于上一届决赛失利的阴影,我队开场后着重防守,进攻火力不强,不到 10 分钟就被对方接连打入两粒进球。一次暂停之后,我队调整了战术,变被动防守为主动进攻。这一改变果然奏效,上半场结束时我队便追至 2∶2 平。下半场开始,我队继续开展高强度进攻,由前锋李亮亮、中场张超接连打进三粒进球,最终以 5∶3 的比分取得三连胜。稳坐小组第一,同时又复仇了上届冠军队,小球员们兴高采烈,身为教练员的我也有些飘飘然,完全没预想到接下来淘汰赛的残酷性。

半决赛,我队遭遇大庆市雷霆少年队。对方球员身高上占尽了优势,平均比我们的队员高出一头。面对我队,对方也是采取了主动进攻的战术,正迎合了我队的策略。上半场进行到 12 分钟,我队很快以 3∶0 领先对手。对方叫了一次暂停,改换成了阵地防守反击的战术,而我队仿佛一只脚已经踏进了决赛,队员们心态开始发生变化,注意力不够集中,防守端跑动不够积极,相互间支持保护不够到位等状况接连发生。而对手则稳扎稳打,很快使我队小球员体力消耗过度,比分逐渐被对手扳平,我队再也没有得分,最终以 3∶5 被挡在决赛大门之外。在三、四名的争夺赛中,我队又遇上佳木斯东极少年队。由于小队员们还是没有从半决赛失利的阴影中走出来,面对体力占据优势的对手,小球员们斗志不高,没有充分发挥出“小、快、灵”的技术特点，进攻时节奏转换不够明显，浪费了很多得分机会。而防守端也不能及时呼应，区域保护平衡做得不够彻底。比分虽然你来我往，难解难分，但最终还是以3∶4的比分与季军失之交臂。比赛结束后，主办方组织全体小球员到哈尔滨工业大学主体育场观看全国乙级足球联赛哈尔滨啤酒厂协力足球队的一场比赛。翌日上午，北狮梯队全体人员游玩了美丽的太阳岛，并于当天下午顺利返回五大连池。

第二次“小甲A”总决赛之行，北狮梯队小球员经历了足球赛场上的变幻莫测，大起大落，既畅享了小组赛的顺风顺水，也遭遇了淘汰赛的“滑铁卢”。淘汰赛和季军决赛上的失利，留给北狮梯队总结的地方太多，留给球队的经验教训更是深刻。两场比赛都是在一度战据优势情况下，我们的战术没有跟随对手的战术转变而转阵，面对着对手反击得手，我们心理层面开始失衡，最终导致功亏一篑。

在胜利与失败的洗礼下，小球员们越发体悟到足球的真谛，享受了足球的乐趣。虽然仅仅是第四名，但北狮梯队还是赢得了中国共产主义青年团黑龙江省委员会和黑龙江省足球协会领导们的一致好评，是公认的技术型一流强队。队长张超凭借出众的技术水平被评为最佳运动员，我也被评为优秀教练员。

第二次征战“小甲A”比赛的欢笑与泪水，又一次留在了孩子们的记忆中，助北狮梯队一步步走向成熟完备。

第八节　三次出征　“小甲A”赛

2005年8月21日，北狮梯队张超、代长波，王一明、韩杨、刘艳学、张鹏、孙宇、董海龙、马浩然等9名队员在我和邵岩老师率领下，参加了在哈尔滨市举办的第三届“安利杯”“中华少年小甲A足球黑龙江赛区活动”。

“中华少年小甲A足球活动”由共青团中央、中国少年先锋队全国工作委员会（简称全国少工委）发起并联合中国足球协会等有关单位主办，是少先队开展的全国性少年儿童群众体育活动，也是少先队组织贯彻落实《中共中央国务院关于进一步加强和改进未成年人思想道德建设的若干意见》的重要举措。经过几年普及发展，已经成为少先队体验教育的良好载体，成为少先队参与全民健身运动和支持北京奥运会的具体行动，成为充满儿童情趣的特色少儿体育活动。黑龙江省自2003年启动此项活动以来，便受到全省各地少年儿童们的喜爱，参与队伍逐年增多，竞技水平逐年提高。与黑龙江少儿足球赛事极其匮乏的现状相比，此次赛事可说是龙江足球少年们心中的“世界杯”，期盼指数非常高。北狮梯队能第三次代表黑河市参赛，9名小球员无比自豪，无比兴奋。

8月22日上午8时整，哈尔滨第七十三中学（即现在的哈尔滨市田家炳高级中学校）体育场内彩旗飘飘，人头攒动，“小甲A”足球比赛开幕式及全省社区“双百”“小甲A”足球活动启动仪式正式拉开帷幕。共有来自全省13个地市、森工总局的15支“小甲A”足球队整齐列队，精神抖擞地等待着领导们的检阅。当欢快的“小甲A”足球主题歌声响起，热烈的入场仪式开始了。在主持人的介绍下，小球员们步伐整齐、口号响亮、英姿飒爽地通过主席台。一阵掌声过后，共青团黑龙江省委少年部杨猛部长代表主席团致辞，他欢迎各地足球小朋友的到来。省委宣传部、省关心下一代工作委员会、省教育厅、团省委等相关单位领导落座主席台,为“小甲 A”教练员颁发聘书,为首批黑龙江省“安利”社区“小甲 A”足球俱乐部授牌。

在参加本次足球比赛的队伍中,鸡西市东龙队、绥化市宏健队、牡丹江市火炬队和农垦总局队 4 支球队同分在少年甲组。哈尔滨建工小学大拇指队、哈尔滨北园“小甲 A”队、齐齐哈尔青云小学云鹰队、佳木斯市红领巾队、大庆市景园队、七台河市小鲨鱼队、鹤岗市跃进队、大兴安岭北极星队、双鸭山光明小学 FLG 梦之队、伊春市林城队及黑河市北狮梯队共计 11 支球队被分在少年乙组。少年乙组又分成 3 个组,采取小组循环和淘汰赛的赛制。赛前抽签,北狮梯队与大庆市景园队、伊春市林城队 3 支球队同分在少年乙组 C 组。C 组小组赛采用的是双循环赛制,我队以 3 胜 1 负的战绩晋级四分之一赛,又以 4∶1 的比分击败齐齐哈尔青云小学云鹰队而跻身半决赛。半决赛中,我队在常规时间内与鹤岗市跃进队打成 2∶2 平,点球以 2∶4 不敌对手无缘决赛。在季军争夺战中,我队以 5∶1 比分完胜双鸭山光明小学 FLG 梦之队而最终获得乙组比赛第三名。纵观此次赛事,历时 3 天 31 场紧张比赛,可谓规模宏大,规格较高,精彩激烈,充分体现了少年“小甲 A”足球活动在黑龙江省的快速发展。比赛中,小球员们拼搏向上,勇敢顽强,赛出了风格,赛出了友谊,充分展现了我省少年儿童良好的足球竞技水平和精神风貌。在以“体验足球、快乐成长”为主题的“少年小甲 A 足球”活动中,吸引黑龙江众多少年儿童积极参与,在社会上产生了积极的反响。为推动此项活动在社区中的深入持久开展,通过俱乐部使更多社区少年儿童参与进来,省少工委首批命名 50 家黑龙江省“安利”社区“小甲 A”足球俱乐部。因为北狮梯队的上佳表现,五大连池市青山镇天鹅社区获此殊荣。

物质文明与精神文明双丰收的北狮梯队,又一次在“小甲 A”活动中为黑河市赢得荣誉,为五大连池市争了光。此次参赛,我队由黑河团市委学少部德欣部长担当领队。几天交流活动,小队员们的优异表现给组委会领导及代表队都留下了深刻的印象。黑龙江省足球协会前秘书长卢秀明等领导也来到队中看望队员并与大家合影留念。

通过参加“小甲 A”活动,北狮梯队小球员们开阔了眼界,发现了不足,提高了竞技水平,增强了球队集体的凝聚力和战斗力。这些都成为小球员们未来人生成长的宝贵财富,激励他们勤奋学习,勇于拼搏,成为新世纪德智体全面发展的好少年。

第九节　乙组憾负　无冕之王

2006 年 8 月,第六届“北狮杯”五大连池市足球邀请赛刚刚结束,北狮梯队又接到中国共产主义青年团黑龙江省委员会关于举办第四届黑龙江省“中华少年小甲 A 足球”总决赛通知。为助阵黑龙江省第七届运动会在牡丹江市召开,又基于牡丹江市足球运动悠久的历史传统,本次比赛移师在牡丹江市举办,并被冠名为“新华保险杯”。此次比赛继续由中国少年先锋队黑龙江省工作委员会、黑龙江省足球协会联合主办,由中华人寿保险股份有限公司黑龙江分公司冠名赞助,由中国共产主义青年团牡丹江市委员会、牡丹江市体育局和牡丹江市少年先锋队工作委员会承办。

8月7日清晨，我带领张超、王一明、申海涛、李亮亮、寇雨、陈龙、郭宝林、陈金帅、周海峰九名小球员，从北安市乘坐火车，先行抵达哈尔滨市后中转一路向东进发，并于晚上8点多到达赛事举办地——牡丹江医学院，以老带新的阵容旨在向冠军发起冲锋。12个小时的行程，球员们没有表现出太多的倦意，还是有说有笑，一脸的高兴劲儿。此行是北狮梯队第四次参加决赛，捍卫五大连池足球的荣誉，全体人员对冠军的渴望溢于言表。

本次比赛共设置儿童甲组和乙组两个比赛组别。比赛采用了单循环赛制，小组内的任何一支球队都能比赛交流。经过抽签，我队与中国SOS儿童村齐齐哈尔星博足球队、鹤岗市跃进队、七台河市精英队、鸡西市东龙队、林都伊春小神龙队同时被分在少年乙组。哈尔滨市北园飓风队、牡丹江市新韩城队、佳木斯市友谊队、大庆市新奇军队、双鸭山市邮政局FLG队、绥化市宏健队被分在了少年甲组。

8月8日上午9点，雨后的足球场有些湿滑泥泞，但开幕式还是照常进行。来自中国共产主义青年团黑龙江省委员会、牡丹江市政府的众多领导纷纷来到现场，助阵开幕式并发表讲话。这是省级少年足球赛第一次来牡丹江市举办，当地球迷、足球爱好者及领导们表现出了极大的热情。组委会还征召大学生志愿者，全方位为赛事服务，为即将在这里召开的省运会垫场预热。

比赛在开幕式之后打响，北狮梯队首场对阵齐齐哈尔星博足球队，该队小球员全部来自齐齐哈尔的中国SOS儿童村，并由鹤城足球名将马海波担任教练，球员个人技术出众，小区域配合娴熟。果不其然，开场不到7分钟，对方便利用一次前场配合取得一粒进球。看到对方进攻得手，我方转变防守反击战术，上半场结束前将比分扳平。下半场易地再战，对方仍采用快节奏进攻，我队则在力保球门不失的同时伺机进行反击。由于雨后场地有些湿滑，给双方技术发挥带来了干扰，久攻不下之后，对方球员开始急躁起来，我方前锋李亮亮趁机抓住对方一次防守上的失误，带球打进制胜球。就这样我队最终以2:1取得了难得的首场胜利。接下来对阵鹤岗市跃进队、七台河市精英队，北狮梯队分别以4:0、5:0拿下对手。第四场，对阵鸡西市东龙队。东龙队是传统强队，根据地是鸡西市第十九中学，学校大力发展校园足球运动，并与当地东龙足球俱乐部联合共同打造了这支球队，近乎半职业化。此时，两支球队都是三连胜，交手结果将直接决定冠军归属。虽然我队在2003年曾经战胜过对手，但近几年来对手的崛起速度不容小觑。一开场，对方便展现出强大的攻击力，我队防守端遇上前所未有的压力。第13分钟我方队员在罚球点处的一记犯规，对方主罚一记任意球，球打在王一明身上变线弹进球门，对方取得了1:0的领先优势。随后，对方尝试的各种进攻手段屡屡奏效，由于技战术上的差距，我队最终以0:4不敌对手遗憾告负。最后一场对阵林都伊春小神龙队，球员们调整心态，正常发挥，并以7:3赢下对手。最终，北狮梯队凭借四胜一负的战绩获得少年乙组的亚军。

2006年8月，牡丹江镜泊湖的风景格外秀美，而“小甲A”总决赛的成功举办才是牡丹江市夏日里最动人的风景。在这片风景之中，北狮梯队堪称那条最亮的风景线。作为一所县市级学校的足球队，北狮梯队能连续四次参加比赛，并勇夺两次亚军和一次季军、一次殿军，堪称龙江“小甲A”足球赛中的“无冕之王”，创造了龙江“小甲A”决赛的历史，填补了黑河区域少年足球运动的空白。北狮小将高超的技艺和胜不骄、败不馁的团队风格，充分展现了五大连池少年儿童对足球运动的热爱，为黑河市赢得了荣誉，为五大连池市赢得了尊严。北狮梯队成为“小甲 A”赛场上一道最美的风景,得到中国共产主义青年团黑龙江省委员会李豪岩、杨猛等领导的一致称赞。

2007 年,最后一届“小甲 A”赛事在哈尔滨举办,北狮梯队没能第五次参赛出征,成为唯一缺席的一次交流。在此后的五年里,黑龙江省少年足球经历了一个前所未有的真空时代,没有了比赛,没有了交流。直至 2012 年,伴随着中国青少年校园足球改革的步伐,黑龙江校园足球又一次从牡丹江市集结出发。北狮梯队的小球员也在校园足球春天中,经历一次次的磨砺考验,通过一次次的成长体验,成为推动黑河区域校园足球发展的动力之源。

第十节　“草根足球”　甲组首练

经过了济南和兰州两期全国校园足球指导员讲师培训班的学习之后,我的足球教学理念受到国际足联草根足球理念的影响,已经开始有了一些转变。作为教练员,要把孩子们能否获得乐趣作为目标,用灵活的方法和有趣的活动来组织课堂。

2012 年初春,在学校领导支持下,我们制定了“课题研究、特色办学、校本课程”三位一体的校园足球发展新规划。规划中详细策划了草根训练课、“校长杯”联赛及足球节等活动实施的途径方法。一系列方案的出台表达了新一届校领导对恢复学校传统足球文化的决心和态度。对国际足联草根足球的推广,也是一次创新,一次挑战。二小足球人,抢先迈开新时期黑河市校园足球的第一步,也努力为黑龙江校园足球历史填补空白。

3 月 21 日下午,我与李常辉老师为五、六年级球队员准备的第一堂足球训练课终于到来。孩子们将半袖足球服套在校服外面,脸上露出兴奋的表情,有格子军团的克罗地亚、三狮军团英格兰、蓝白阿根廷等,都有着丰富足球背景元素,让他们兴奋不已。

首堂草根足球课的主题是传接球,第一次足球活动,便来了 61 个孩子。集合后教练组进行了短暂的动员,并发布了校园足球活动口号:“我运动,我健康,我快乐! 二小足球,争创一流! 中国足球,加油加油!”短短三句口号,体现了二小足球人要从自身做起为校争光,为中国足球振兴做出贡献的心声。教练组希望全体小队员能够通过足球活动获得快乐,获得友谊,获得健康,获得团队意识。努力使足球成为学生人生成长路上的好伙伴,在分享足球带来的快乐中健康成长,并传承德都县第二小学的足球历史,紧紧握住“北狮足球”的接力棒。

热身活动开始了,我当排头带领孩子们进行蛇形跑。长长的队伍像一条游龙在操场上游弋。最刺激的是闭口螺旋和开口螺旋,一下子吸引了孩子们的注意力,每个人都不敢有一点溜号,两臂端紧两眼不眨地盯着前面的人,生怕被忽左忽右的队伍丢下。一个简单的蛇形跑练习,着重提高孩子们的注意力。接着是“老鹰捉小鸡”的游戏,雪地上 6 个小组的游戏活动顿时使得操场热闹起来,有“老鹰”的进攻,有“鸡妈妈”和“小鸡们”的团结协作,看似与足球无关,其中的奥妙却可见一斑。准备活动的最后一个游戏是小手球比赛,孩子们努力奔跑,传球,尝试射门,每一次得分都能引来孩子们的欢呼跳跃。

再之后是一个听口令用身体部位做停球的练习,用头、膝盖、臀、脚掌等不同部位停球,要求孩子们听到信号后必须快速做出反应,既锻炼了听觉反应能力,又加强了决策能力的练习,同时增加学习兴趣,更是进行基本部分教学的一个过渡练习。技术中脚内侧传接球练习时,将 60 人分成 10 个小组在规定出的 10 个区域内进行练习。我与李常辉老师逐个场区进行指导,小家伙们练得认真起劲,一招一式有板有眼。六年级的杨洪文,五年级的王凯、张承乾,第一堂课就显现出了与众不同。最后安排的内容是集体运球接力赛,又称作“圈养回家”,小组 6 个人手拉手围上一个圆圈进行运球走,5 个小组一起出发,两个小组前三名再进行决赛。比赛场面甚是激烈火爆,在东西两个侧门接孩子的家长也都围过来观看。经过了 75 分钟的活动之后,甲组球员第一堂草根足球活动课宣告结束。

回想此节活动课,从准备活动到技术教学,再从技术教学到游戏比赛,都时刻体现着草根足球的一些理念:让孩子们玩得开心,与他人相识合作,互动共享,比赛是最好的老师等,充分说明足球是关乎孩子人生的教育,足球教育对孩子们成长具有重要意义。

甲组第一堂草根足球课的顺利开展,标志着已经沉淀、等待和积蓄五年之久的快乐足球又重新回归校园。看着孩子们脸上绽放的笑容,作为老师的我所有的劳累荡然无存。时下,中国校园足球事业方兴未艾,我将加倍努力工作,将“校长杯”联赛及足球节活动做成“一块块蛋糕”,分享给每一名孩子。

第十一节　乙组小球员　草根处子秀

2012 年 3 月 28 日下午,气温回升,天气稍阴,60 名来自三、四年级的小球员欢呼着聚集到操场,开启他们入学以来第一次体验草根足球的快乐之旅。按照老师的部署,他们思维敏锐、目标明确,并很快进入了竞技状态。

霎时间,60 个灵动的身影令操场上一片欢腾,校园里也顿时热闹起来,四年级的三位班主任都带着学生们来到这里助阵。孩子们不时为本班级的小球员们加油鼓劲,瞧着他们羡慕的眼神和快乐的神情,真恨不得自己也能上去一显身手。此时适逢学校各种特色班开班的日子,场地上还留下了校领导们驻足观看的身影。

整节课刚好进行了 75 分钟,每一分钟都被孩子们的快乐装满,从设计、组织到与孩子们的互动,可以说是极其成功的,未见半点瑕疵纰漏。孩子们对足球的热情可见一斑,是他们对足球的渴望让他们将草根处子秀演绎得精彩完美……

单说热身练习中的“通过雷区”,构思巧妙经典,瞬间就把孩子们的兴致点燃。孩子们模仿着小青蛙在圆圈内跳来跳去,那惟妙惟肖的动作让草根足球课上传出一阵阵欢声笑语。

基础练习中区域的划分更是独具匠心,按照品字形分别设置了三个区域,三个不同的练习内容在同一时间上演,校园里的笑声此起彼伏。

一号区域设置的游戏是“老鹰捉小鸡”。游戏设置的目的是提高学生的拓展能力,给学生一个自由发挥的空间。在小队长的组织下,三年三班与四年三班学生的热情空前高涨。

二号区域是一个体验区域。从自由控球到听信号变换身体部位停球,再到抓尾巴游戏,三个小内容紧密相连,把学生的热情推至极点。游戏中,还真有“敢冒天下之大不韪者”,一瞬间的溜号招来了麻烦。有在本该用头停球时双手抓球放到头上的,还有游戏中自己的尾巴被抓掉,成为小同伴们战利品的,都被当众罚做了俯卧撑。

三号区域则是一个小手球比赛,重在提高学生的团队作战能力。首先三年一班与四年一班对垒,上演了一场初生牛犊不怕虎的好戏,学生们切身体验到了以弱克强、以小胜大的竞争过程,小师弟们的上佳表现屡屡让“大哥们”吃到苦头,比分也难分高下。

10 分钟过后,学生们分别有序地进入下一站。三站下来,孩子们的脸上绽满了笑容,汗水涔涔而下。

最后是同年级的运球接力赛。第一轮用脚运球,四年级由西向东,三年级由东向西,小家伙们你看着我,我看着你,别提多认真起劲,四个小标志桶,一个个稳稳通过,没有一个人偷懒耍滑。第二轮变换为双手抱球往返接力跑,孩子们你追我赶,胜负只在毫厘之间。起点处,还有四年级的两个同学在为大家积极服务,原来是因为违反了纪律被老师要求做了“现场志愿者”,瞧他们着急的模样,心里肯定后悔极了。

75 分钟的时间很快流过,孩子们高兴地将我们围起来,蹦跳着伸出小手,尽情表达他们对足球的喜爱。

孩子们的快乐挂在了脸上,而我们的快乐却漫上了心头。

第十二节 “一对一”练 “三对三”赛

时隔半月,甲组草根足球第二次训练课于 2012 年 4 月 5 日进行。此时刚过清明节,北国仍是春风刺骨,孩子们将棉袄裹在了球服里面,几朵雪花不时从灰蒙蒙的天空中落下。天公虽不作美,但是等候许久的孩子们却摩拳擦掌,跃跃欲试。当一声长哨响起,自然的弧形站队瞬间拉近了师生间的距离,前面小球员俯身蹲下,老师于弧心点讲解要点任务,课前的准备动员就像老朋友之间约好的那样默契。

慢跑并练习柔韧性之后,穿越封锁线的练习开始。首先进行的是“行军模拟”穿越练习,而后是“蛙跳跃雷”,两个练习都要选择 10 个目标进行绕转和跳跃,孩子们谨小慎微,格外小心,“碰则牺牲”的规则让他们不敢有半点大意。

十几分钟过后,基本练习是 3 人传接球和 1V1 控球练习。其间分组方式可以说是别具一格,从平行班级序号 1 ~ 10 的同学中选出序号相同的 3 名同学组成一个练习小组,一改过去本队内部组合练习的模式。平日里这些同学基本没什么沟通,足球让他们瞬间成为伙伴。且看,一班同学在努力控制足球,试着突破对方,二班同学要设置障碍,积极抢断,三班队员则在一旁观战并积极服务。一轮过后,位置转换,一个练习,体验不同角色带来的快乐,真是受益颇丰。一时间 20 个小组在事先布置好的圆圈内开始互动,操场上真有了摩肩接踵的感觉,拥挤得有些透不过气。老师当场决定将六年级组队员调到了圆圈的北侧进行练习,这一临场变阵果然缓解了拥挤的场面。两位教师各自深入一个区域,悉心指导并不时亲身上阵,示范标准动作给孩子们看。

本课的压轴大戏当数 3V3 小场地比赛了。那边 1V1 还在继续,这边 6 名同学就连忙过来开始帮着老师布置场地。经过小家伙们的目测步量,利用矿泉水瓶制作的标志桶和现有的标志盘很快围成了 10 个小场地。8 个场地南北走向两两相对,剩下两块东西走向的则横在了中轴线上,五年级同学进入1~5号场地,六年级同学进入6~10号场地。

中场握手,短暂交流,揭开战幕。一时间,操场上尘土飞扬,喊声四起。小家伙们第一次尝试草根足球赛,一个个兴奋不已,劲头十足。伴随着一阵阵欢呼声,小伙伴们打进一个个进球,他们相互击掌,庆祝胜利,体验草根足球的快乐,利用课间休息的间隙,各班战地留影,最后的小场地2V2场面更是激烈无比。

20分钟的训练比赛很快结束,孩子们的小脸个个涨得通红。3V3给他们带来了更多的锻炼机会,也带来了更多的快乐。动手、动脑、动脚令孩子们身心愉悦,在第二小学校园里健康成长,让他们充满信心,满载希望。

第十三节 精心准备 换来精彩

2012年4月11日,五大连池市气温3℃,西北风4~5级。五大连池市第二小学校园足球特色活动进入第四周,乙组小球员们迎来第二堂草根训练课。本节课重在提高学生控球的能力,加深球感,提高小场地对抗能力,激发兴趣,提高团队作战水平。除四年三班因队会彩排缺席,其他5个班级50名同学全部参加了本次训练课的学习。

缜密、细致、忙碌的准备工作和场景预设是课堂教学取得成效的基础。

上午,后勤组工作给力,课题组老师互补合作,布置足球活动室、分发装备、盘点器材及教学计划调度等一件件事情都得到落实。尤其教学中对于活动区域的划分又回到之前的“品”字形结构,10个标志桶围成一号游戏区域,20个足球围成椭圆的二号区域,用矿泉水瓶自制的标志物围成三号比赛区域,同时确定了基本技术教学中两组等时轮换的教学方法。

下午第二节下课铃一响,孩子们迅速集合到操场,随着二号区域准备活动“蛙式跃雷”“行军模拟”的进行,孩子们的兴奋劲很快就提了上来。

这边一号区域内首先进行的是三年级团体运球接力赛,由3人增至6人,由1球增加到2球,场上笑声不断,那边二号区域四年级的控球练习更是高潮迭起,运球者挑战自我,努力尝试着突破,而对面队员也将消极防守扮演得惟妙惟肖,第三个人则选择在二人的侧面跟着移动,掌握有利的角度,同时锻炼到了技巧和观察能力,达到一箭双雕的效果。然后基本技术教学改用两组等时轮换,合理利用了时间,使练习内容得以顺利完成,提高了练习密度。

40分钟后,孩子们同时进入到“3V3”场地,1~5号是三年级,6~10号是四年级。场地上,小球员们摩拳擦掌,兴致高涨,在一声声呐喊中迎来小伙伴们的一个个进球。练习间隙组织的班级合影更让操场上热闹起来。“我运动,我健康,我快乐!”“二小足球,争创一流!”“中国足球加油!加油!”孩子们呼喊着口号,斗志高昂,气势如虹。

20分钟后,汗珠开始从孩子们脸上淌下,本节课宣告结束。收拾器材的时候也都争先恐后,展现了“团队,合作,快乐”的风貌。孩子们的忘我和兴奋令我们感到欣慰,完全忘记了工作的疲惫。

课题组老师的辛勤劳动换来了又一堂精彩的乙组草根训练课。我也是心情激动,随口创作了几句打油诗:沙石操场磨鸿志,数度风雨在始终。校园足球春来早,百余童心绿茵腾。扬我连池威四海,龙江史上铸春秋。

五大连池市第二小学校园足球活动正如火如荼地进行着。

第十四节　夯实基础　加油奥运

2012 年 4 月 18 日是伦敦奥运会召开的倒计时 100 天,参加奥运会各个比赛项目的中国体育健儿们都在积极备战,为争取在奥运会取得好成绩做最后的冲刺和努力。五大连池市第二小学校园里依旧热闹非凡,足球运动火爆的程度不减,60 名少年正用一堂别开生面的草根足球训练课为奥运健儿加油助威。当日五大连池气温为 17 ℃,西南风 5 ~6 级,操场上随便一走,便能撩起一片尘土。

一声哨响,集合整队。两路纵队沿着圆弧反方向慢跑,相遇,错肩,又分进,瞬间形成两道美丽的弧线,给人视觉上的享受。简单的柔韧性准备活动后,两组等时轮换进入基本技术部分,A 区为技术区域,B 区为游戏比赛区域,两位指导员各负责一区,指挥有方。

这边 A 区五年级组控制球练习先一步进行,“听信号变换方向”这一规则一下子让孩子们集中了注意力。接着是“1V1”练习,球员们更是格外认真起劲,场区内设置的两个小球门能够让孩子们即时体验破门成功的快乐。“抓尾巴游戏”更将 A 区的练习活动推至高潮,一条用废旧布条做成的长尾巴从身后长出,生动极了,伴随着老师宣布开始的口令,孩子们纷纷在保护好自己的尾巴的同时去争夺别人的尾巴,顿时椭圆形的圆圈内尘土飞扬,孩子们的应变能力和敏捷性都得到锻炼。美中不足的是有人投机取巧,或是把自己的尾巴抱在胸前,或是丢掉足球去争夺,结果这些都被老师发现,受罚做了俯卧撑。植入到“抓尾巴游戏”中的赏罚规则让孩子们明白了公平竞争的重要性。

A 区的几个练习热火朝天,另一边 B 区的“5V5”手足球比赛也是精彩纷呈,“品”字形区域设置使六年级组 3 个班分割得甚是清晰,场面火爆,比分咬得很紧。30 分钟过后,A、B 两区的交换让孩子们找到不同的感觉。

这时,操场内外的人逐渐多了起来,有上完课的老师,更多的是前来送学生的家长,下午 4 时 30 分整堂课结束。

“用心出智慧,配合有力量,顽强能进步”,孩子们热情洋溢地为奥运健儿加油助威。

第十五节　草根课堂　苦练球功

场上一分钟,场下十年功。2012 年 9 月,足球课题组开始在课堂上实施一系列汤姆拜尔足球基本功的练习。在热身练习中,按内容比例增加了脚内侧踢球、脚背踢球、踩球、脚掌拨挡球和颠球等基本技术动作,加强球性球感练习。同时更强调左右脚能力平衡的发展,对球员普遍弱势的“左脚”能力进行强化提升。升入六年级的王凯、齐煜、张承乾等几名小球员的足球基本功逐渐得到改善。

操场上可利用的空间很少,训练场地经常被安排在西北角处的三棵老杨树下面,树下沙土地面由于球员的反复奔跑和不断发力，掩藏在地面之下的一颗颗石头逐渐凸显出来，一片片带有褐色斑点的落叶洒落在上面。有时遇到下雨天气，球队训练就要移步到仅有的一块水泥篮球场地上进行。场地虽然简陋，却没有阻挡住孩子们对足球的热情。在一个个用标志盘围成的方格子区域中，他们有板有眼地练习，一次次颠球次数的突破使他们充满信心，一次次运球技术的精进使他们兴趣盎然。各种运球、颠球、头顶球练习之后，孩子们在“5V5”手足球、“6V6”对抗中感受着团队的力量，分享着成功的快乐。“二小足球，争创一流！中国足球，加油加油！”一句句励志口号响彻在校园的上空，冲淡了秋天的凉意。

转眼间就来到了初冬时节，气温零下二十多摄氏度是北方冬季的常态，北狮梯队小球员早已司空见惯。入冬第一场雪来得特别早，也下得特别大，鹅毛般的大雪将校园装扮得分外美丽，仿佛童话般的世界。寒冷当歌，冰雪为伴，课题组带领孩子们战天斗地，载着一阵阵欢笑声投入自然景致的怀抱中。

师生们还利用课余时间堆砌“雪娃阿福”作为冬季校园足球活动的吉祥物，又堆积了雪山，掏雪洞，滚制雪球，制作了雪爬犁……设计出一个个安全有趣的冰雪游戏，恰当地植入校园足球活动之中。每每训练课即将结束，课题组都会安排一个冰雪游戏让小球员们参与。抢夺地盘、组球花、组字游戏既锻炼孩子们的观察力、判断力和执行力，又提高了孩子们的反应速度和短距离冲刺跑速度；夹球蛙跳、背靠背托球接力则有助于提高孩子们的协调性，增强球性球感，增长腿部力量；雪爬犁运足球、雪地拔河、雪地推雪球接力赛更有效锻炼了团队合作的默契度，体现了团队的力量。一个个妙趣横生的雪地足球游戏丰富了冬日校园，男孩子跃跃欲试，女孩子笑声飞扬。

漫天飞雪，彰显孩子们的激情风采。足球飞舞，释放孩子们的炙热情怀。二小，点燃每一名孩子的足球梦想，开启北方校园足球事业的坚实脚步。

草根训练课让北狮球员充分学习了汤姆拜尔的足球基本功。孩子们，加油！

第十六节　龙江足球　蓄力起航

2013 年 1 月 5 日，对于黑龙江校园足球来说是意义非凡的一天，历经十余年探索、积蓄和等待之后，黑龙江校园足球启动仪式在牡丹江市隆重举行。同时，为期三天的 2012 年度“校园足球”冬令营活动在地处牡丹江市西安区温春镇的黑龙江农业经济职业学院圆满举办。

上午 8 点 30 分，学院阶梯报告厅内气氛热烈，掌声雷动。来自全省 20 个校园足球试点单位、试点学校的领导及 17 支少年足球队的教练员、运动员，近 400 人共聚一堂，共同见证黑龙江校园足球这一盛况的到来。黑龙江省体育局、牡丹江市体育局及黑龙江农业经济职业学院的领导们就座在前排，一位位与会代表精神焕发，一名名冬令营小球员更是活力无限。仪式上，黑龙江省体育局副调研员杨晓明发表了重要讲话，对我省校园足球的未来发展做了科学分析和愿景规划。黑龙江省体育局青少处调研员杨猛宣读了关于规划海林等 20 个县（市）区作为黑龙江省首批校园足球试点单位的决定，黑河市的五大连池市及孙吴县都名列其中。与会领导们为获评校园足球试点单位的地区授牌，并颁发了校园足球活动装备。

隆重热烈的启动仪式结束后,冬令营活动便开始了。运动场中进行着全省首届中小学生校园足球联赛总决赛,阶梯教室里则进行着全省校园足球理论培训。

五大连池市第二小学北狮梯队作为校园足球试点单位的活动学校参加少年乙组比赛,我与李常辉老师一同参加校园足球理论培训班的学习。黑龙江省校园足球活动的再次启动,得到全国青少年校园足球领导办公室领导们的关注和支持。时任全国青少年校园足球领导办公室培训主管曾丹、北京市京西足球训练营陈长虹讲师也在百忙中赶过来,为全省校园足球试点单位、试点学校领导及30多名一线教师传经送宝。课堂上,学员们聆听着国家校园足球的系列政策方案和发展理念,不时与领导进行交流,与讲师互动分享。关于校园足球最新知识为教师们化解了心中的疑惑,增强了校园足球工作的信心,也使大家感受到了国家校园足球改革的决心和信念,体会到作为体育教师的使命与担当。培训会中,我以《三线城市(五大连池)校园足球开展实践研究》为题做了经验交流。五大连池市第二小学校园足球22年艰难发展的过程得以被与会人员了解,在长期探索实践中积累的经验和做法也得到了与会领导及同行们的认可。

历经四天的紧张工作,黑龙江"校园足球"启动仪式即足球冬令营活动取得了圆满成功。在比赛中,鸡西市树梁中学、海林市朝鲜族小学分别取得冬令营联赛少年甲组第一名和少年乙组第一名。五大连池市第二小学北狮梯队也凭着两胜两负的成绩取得乙组联赛第三名,获得本次活动体育道德风尚奖。

看到今日黑龙江校园足球呈现出的发展态势,不禁让我回忆起龙江校园足球十余年的发展历程。虽说这次活动的时间较短,内容也相对有限,但是在一定程度上还是翻开了黑龙江青少年足球的新篇章。

2003年"中华少年小甲A"足球活动可以说是黑龙江少年足球运动历史的开始,此项活动由黑龙江省少年先锋队工作委员会、黑龙江省足球协会联合举办。直至2007年,五届小甲A赛事活动连续举办,是龙江足球少年们最圆满的一段足球记忆,也是黑龙江有史以来的首个少年足球赛事。此项赛事得到全省13个地级市、森工及农垦单位的积极响应,给龙江足球少年们带来了无尽的快乐,取得了较好的效果,社会反响极好。时任省少年先锋队工作委员会副主任杨猛为此付出了巨大的努力,他带领工作人员拉赞助、找场地、求资源……正是这些热衷青少年足球运动的领导们的大力支持,才使这项足球赛事得以坚持了五年。2006年为助阵黑龙江省第十三届运动会,活动易地至牡丹江市举办并取得成功。那一次,是北狮梯队第四次代表黑河市参赛,小队员顽强拼搏并第二次获得亚军,北狮梯队也成为赛场上的无冕之王,给参赛人员留下了深刻的印象。2007年,在北狮梯队错过第五届赛事活动以后,黑龙江"中华少年小甲A"足球比赛也停止了前进的脚步。五届活动成为黑龙江少年足球赛事的全部,虽然有些青涩,却十分珍贵。

2009年4月14日,国家体育总局和教育部联合下发了《关于开展全国青少年校园足球活动的通知》,这是新中国成立以来两大部委第一次联合发文组织开展校园足球活动,也是校园足球要上升为国家发展战略的一个重要信号。牡丹江市因其浓重的足球传统,成为黑龙江首个"全国首批49个校园足球试点城市"之一,可是由于种种原因,各项校园足球实践活动没有得到实质性的开展,黑龙江省校园足球依然处于停摆的状态。

2011 年 10 月 10 日，黑龙江省体育局、黑龙江省教育厅联合下发了《关于对省级体育传统项目学校进行调整的通知》，首次增设足球、篮球、排球等项目。在创建省级体育传统项目学校的工作中，我们看到校园足球开始有了一席之地，更看出黑龙江省体育局、黑龙江省教育厅两家单位在发展校园足球工作上深度融合的重要信息。

2012 年 4 月 1 日，在沉寂了三年之后，牡丹江市校园足球终于按下了开始键。时任国家青少年校园足球领导办公室副主任陆煜、黑龙江省体育局青少处调研员杨猛以及牡丹江市当地政府领导亲临启动仪式现场。多方努力下，牡丹江市校园足球教学训练、四级联赛、教师培训等活动有声有色开展起来，牡丹江也真正成为黑龙江校园足球的排头兵、火车头。

2012 年 4 月 23 日，黑龙江省体育局、黑龙江省教育厅联合颁布《黑龙江省校园足球工作实施方案》，下发《关于开展全省青少年校园足球、校园篮球试点活动的通知》，黑龙江省成立校园足球工作领导小组，开始有了纲领性文件。

2012 年 5 月 12 日，在黑龙江省体育局、黑龙江省教育厅联合命名的 20 所省级体育传统项目足球基点校中，五大连池市第二小学名列其中。10 月 8 日，在规划的 20 个黑龙江省校园足球活动试点单位中，五大连池市名列其中。

2012 年，可以说是黑龙江省校园足球出方案、抓布局、谋发展的一年。无论是全国校园足球试点城市、省级校园足球活动试点单位、足球基点校的设置，还是一系列校园足球纲领性文件的出台，都说明了黑龙江省体育局、黑龙江省教育厅在校园足球发展方向上保持高度一致，在具体措施上实行相互支持。

今天，黑龙江校园足球终于焕发活力，在举国体制的大机缘里努力走上历史赋予它的舞台，吹响校园足球的集结号。此次活动是黑龙江省体育局、黑龙江省教育厅为进一步落实《中共中央　国务院关于加强青少年体育增强青少年体质的意见》《全国校园足球工作实施方案》及《黑龙江省体育局“三大球”发展战略》而举办的一次极具历史意义的活动。此次活动标志着黑龙江省校园足球已然开启“政府模式”，给黑龙江校园足球带来了希望。“不怕来得晚，就怕不发展，有为才有位”，培训会上，黑龙江省体育局青少处调研员杨猛的讲话始终回响在我的耳边，成为我努力前行的动力。

希望龙江校园足球工作者们能快速行动起来，用我们辛勤的努力，去创造黑龙江校园足球的美好未来。

第十七节　牡丹江畔　笑对寒冬

从校园足球启动仪式大会现场走出来，“大个儿”蔡佳伟肩背着赠送的小足球，齐煜、王宇博、年世奇、刘可鑫、张承乾、王凯、冯旭、张子昂 8 名小队员簇拥在他身旁，一同连蹦带跳地向着宿舍楼东侧的体育场奔去。

此前，五大连池市成为黑龙江省首批 20 个校园足球活动试点单位之一。此次代表试点单位的还有来自富锦、孙吴、海林、萝北四个县的小学组参赛球队，比赛采取单循环赛制。黑龙江省农业经济职业学院体育场三面环山，山上的松树苍翠茂密，一簇簇树冠犹如一座座小塔，枝繁叶茂地矗立着。场地上早已盖满一层厚厚的雪被，双脚踩上去软绵绵地发不出力来,肆虐的寒风像刀子一样侵袭小球员们的脸颊,翻毛牛皮足球的黑红色与白雪形成鲜明的色彩对比。但孩子们对足球的热爱令他们早已忘记了身边的寒冷。随着裁判员一声哨响,首场比赛开始了。

北狮梯队第一场比赛的对手是富锦市第九小学足球队。在队长王宇博的带领下,利用身体上的优势向对方发动进攻。齐煜和蔡佳伟两名队员在前场屡屡创造机会,上半场结束时就已经打进对方9粒进球。下半场开始,我队防守上略微放松,让对方扳回了2个进球,之后我队再没有给对方机会,最终以12:2取得一场大胜。首战富锦市第九小学足球队,可以说是顺风顺水,次战萝北县第二小学,却是遇到一只“拦路虎”。比赛打得焦灼激烈,刚刚才1:0领先,瞬间就被对方扳回一球。接着又领先,又被扳平,直至打成3:3,临近终场前的一次反击,凭借大前锋蔡佳伟的入球我队迎来两连胜。整个比赛过程惊心动魄,孩子们顽强拼搏,在心理和生理上都经受住了考验,最终换来球队的两连胜。可是到了下午,我队球员似乎没有了前两场的状态,对阵孙吴县第三小学战术上仍然以进攻为主,但身体上却没有任何优势,这才导致以0:4告负。第四场对阵海林市朝鲜族小学,面对脚法细腻的对手,我队门前险情不断。守门员王宇博在一次扑救中受伤,小前锋王凯也拼尽了全力,可是因为整体实力上的差距,还是以0:7遗憾落败。最终排名在赛后公布,北狮梯队靠着一粒净胜球的优势获得小学组第三名。四场比赛,胜负各半,孩子们磨炼着意志品质,感受着团队合作,得到了人生的历练。

赛场上,球员们分享成功的喜悦,同担失败的伤感,共享足球的快乐与激情。赛场下,他们互相关心,感受着冬令营活动带给他们的宝贵成长经历。

此前校园足球回归的一年里,孩子们经历了“校长杯”联赛、足球节、草根训练课的历练。在冬日集训中,他们个个生龙活虎,在雪地上摸爬滚打,如今的他们已然接过师哥们手中的足球接力棒,成为新时期校园足球复兴的新生力量。

就在学院主楼广场厚厚的积雪上,孩子们嬉笑玩耍笑声飞扬,忽然大家眼前一亮,坐落在广场一角处的一座石雕一下吸引了每个人的注意,因为石雕上有一句话:过程比结果重要。是啊,此次冬令营,孩子们收获了比赛事本身更宝贵的财富,他们品尝的不只是胜利与失败,更收获了成长必需的精神源泉。

冬日牡丹江,北狮雏鹰羽翼渐丰 ,真可谓“西北风吹透骨寒,战天斗地尽开怀,校园飞扬足球梦,健康成长寄明天”。

第十八节　“SKF”盛宴　逐梦北京城

2013年春天,北狮梯队接受了一项特殊而光荣的任务,就是代表黑龙江省参加北京斯凯孚(SKF)“与世界有约”希望工程青少年足球邀请赛。这个消息一传入校园,全校师生顿时精神振奋,每个人都格外高兴,这是学校第一次代表黑龙江省参加全国性的校园足球交流活动,是五大连池市第二小学的首次,其意义深远非常。

此项赛事是斯凯孚为“哥德堡杯”举办的地区预选赛。获胜的队伍将有资格参加享有“小世界杯”美誉的“哥德堡杯”世界青少年足球锦标赛,获得免费参观和游览瑞典哥德堡的机会。据了解,斯凯孚从2007年起开始举办"与世界有约"的赛事,已在28个国家成功举办,2013年是和中国青少年发展基金会合作的第三年。7年间,共有来自60多支球队共计700多名贫困的农村孩子通过"与世界有约"的平台结交了朋友,奋力追寻自己的足球梦想,同时决出了7支优胜球队代表中国前往瑞典参加了"哥德堡杯"世界青少年足球锦标赛。2012年,来自新疆维吾尔自治区的男、女球队脱颖而出,于7月前往瑞典参加了比赛,其中男队进入16强。这次参赛,可以算是北狮梯队经历赛事中规格最高的一次。

在接到通知的第二天,教练组便开始了球员选拔工作。每日清晨和下午,集训队员开始有针对性地训练,由于"校长杯"的恢复,孩子们兴趣渐浓,参加试训选拔的球员数量增加了不少。根据球队战术需要,经过教练组慎重考量,六年级的王凯、毕云辉、刘亚军、齐煜、尚进、孙立垚、孙天宝等7人和五年级的丁旭、曲伸、王博、张智、吕明宇等5人,共计12名农村小球员入选。"7+5"阵容组建,意味着北狮梯队依旧保持着"传帮带"这一优良传统。

5月3日,赛事支持单位之一的北京体育大学派来一名叫陈渤阳的大学生进行辅助训练。就这样,又经过了一周多的集训,我们带上王小安叔叔赠送的"爱心"球服,开启了这次首都之行。队伍途经哈尔滨火车站,黑龙江省青少年发展基金会负责人黄磊与我们汇合,13日早8点,列车准时驶抵北京站。在熙熙攘攘的站前广场,小球员们一个个兴奋不已,对此次活动充满了期待。将近中午,队伍终于抵达此次活动的举办地——北京体育大学。

5月14日上午8点,中国青少年发展基金会秘书长涂猛、斯凯孚中国区总裁艾澜德、瑞典驻华使馆商务参赞艾莎以及前北京国安俱乐部球员高雷雷一同出席了本次邀请赛的启动仪式。艾澜德总裁鼓励来自乡村的小队员们快乐运动、健康成长,高雷雷为本次比赛送出了开球礼。

在平坦的人造草皮球场上,北狮梯队迎来小组赛的第一个对手——新疆托里县第二小学足球队。该校秉承"家校携手,共育英才"的理念,近几年来将校园足球发展得风生水起,校队战绩斐然,多次晋升北疆赛区联赛总决赛,堪称北疆塔城地区的一支劲旅。比赛一开始,我队就陷于被动局面。对手传控球节奏快而且准确度高,好几个进球都是直接传球进门。整场下来,干脆打了我队一个10:0。

第二场遭遇宁夏石嘴山市大武口区隆湖六站小学足球队。隆湖六站小学足球队是一所1986年移民过来的农村学校,校园足球是有传统优势的体育项目之一,更是大武口区首批拥有校园足球布局的学校之一,此次已经是第二次代表宁夏参加斯凯孚"与世界有约"希望工程青少年足球邀请赛。学校硬件设施条件优越,学生们在人造草皮球场练球已经有几年了,我队又遇上一支强队。果不其然,即使全体队员顽强拼搏,最后还是以1:6的比分失利。赛后,队员们也不是很沮丧,因为球队终于有了一粒宝贵的进球。

小组赛第三场迎战山西省晋中市榆次区郭家堡乡南沟小学鼎阳足球队。该校将校园足球活动很好地植入开展全国"中华魂"的主题教育活动中,一位名叫郭艳的美术老师在郭家堡乡南沟小学组建了全区第一支农村小学足球队。她克服"三无"等困难,将球队搞得有声有色,这次能来比赛足以说明这一点。此时我队已经两战两负,失去小组出线机会,小球员们在心理上反倒没有了压力,场上表现较前两场有了很大的改善。比赛也非常激烈,双方球员你来我往,上半场打成1:1平。到了下半场,一次有争议的判罚导致我队几名主力球员心态失衡,对方趁机连入2球,最后我队以1:3的比分结束了本次比赛。"快乐就好,看到差距就好”,领队黄磊第一时间过来安慰全体队员。

三场比赛三场失利,我深感球队与对手间的差距,校园足球停摆七年带来的众多症结体现无遗。但在第一场重创之后,后两场的比分差距却在逐渐缩小,孩子们依然展现出了顽强的拼搏精神和对胜利的强烈渴望,让我看到队员们对未来还是充满了信心。更叫我欣慰的是,孩子们经历了这样宝贵的比赛过程,这远比取得一个好成绩重要。总体来说,这是一次难得的挫折教育,使他们明白了强中自有强中手,人外有人、天外有天的道理。不只开阔了他们的视野,也是一次最难得的礼仪教育。孩子们向观众敬礼,向裁判致谢,相互间握手,拍照合影,足球场上留下了他们难忘的快乐瞬间,记录下了珍贵的足球友谊。让孩子们能阳光健康地成长,充满自信,也许这就是“哥德堡杯”办赛的初衷吧!

足球是世界的通用语言,会使孩子们瞬间成为朋友。队长王凯看见小伙伴们玩得不太尽兴,主动联系了与我队一样也未获出线机会的四川省绵阳市涪城区青义镇小学足球队,找了一块闲置场地,两队便开始较量起来。绵阳市涪城区青义镇足球队也是一支参加过上届比赛的球队,在涪城区远近闻名。看到两队孩子们在场上玩得开心,我和对方教练嘉闻多老师也聊得兴起。最终以3∶4的比分结束了这场来之不易的交流赛。斯凯孚当真架起了一座联结大西南和大东北足球少年们的友谊桥梁,孩子们收获友谊,留下了难忘的回忆。

接下来的时间,孩子们就在场边尽情地观看精彩比赛了。最终,辽宁省鞍山市经济开发区宁远镇中心小学和河南省临颍县北街学校分别夺得男女组冠军,并将在7月份代表中国参加在瑞典举行的“哥德堡杯”世界青少年足球锦标赛决赛。

比赛结束后,主办方为孩子们安排了天安门看升国旗和攀登慕田峪长城两项主题教育活动。

按照行程规划,第二天天还没放亮,所有人就到达了天安门广场。在国旗杆南侧不远处,孩子们整齐列队,静静等候。将近4点30分,36名天安门国旗护卫队战士踏着正步从金水桥雄姿英发地走过来,138步踏地声响138次震荡每个人的心房。当嘹亮的国歌声响起,孩子们仰望着五星红旗冉冉升起,眼里闪烁着激动的泪花。那一刻,他们共同见证祖国清晨的第一缕曙光同国旗一起从东方地平线升起。

慕田峪长城上,孩子们你追我赶,欢呼雀跃着争当好汉。毕书峰老师不时按下快门,为孩子们记录一张张欢快的笑脸,在一处烽火台古迹旁边,全队人员与队旗照了一张大合影。

难忘而愉快的足球交流活动结束了,北狮小球员与各地小朋友切磋了技艺、交流了感情、增进了友谊。主题教育活动更让孩子们领略了五千年华夏文明,饱览了祖国的壮美河山。他们个个激动不已,因身为一名中国少年而自豪。

尤为幸运的是,五年级小球员丁旭还见到了在北京打工的爸爸妈妈,足球使他们一家人短暂相聚,共享幸福的家庭时光。我深深折服于此项赛事主办方,斯凯孚百年企业致力于帮助农村贫困地区改善教育环境,并在全社会倡导扶贫济困、助人为乐的美德。愿通过与斯凯孚的合作,切实地为改善农村青少年的生活做出努力,呼吁全社会关注农村青少年成长,为贫困的农村地区的孩子提供一个平等的交流平台。

当“中国梦”承载着国人的无限希望,宛若一艘巨轮般悄然起航之时,全国各地的足球少年也在北京放飞了足球梦想。这梦想越过高山、越过大河,飞向祖国的蓝天。

第十九节 建党百年 三校联谊

2021 年 5 月 31 日下午，五大连池市新发镇明德小学的校园里热闹非凡，每一名孩子脸上都洋溢着快乐的笑容。这一天，由市关心下一代工作委员会、市教育局及北狮足球俱乐部发起组织的“迎建党 100 周年”三校联谊庆六一足球节活动即将拉开序幕。三所学校为东道主新发镇明德小学、五大连池市第二小学和太平乡小学。三所学校在教学工作上以“大手拉小手”的方式，经常开展教研活动，实现资源共享，寻求共同发展。此次活动前，北狮足球俱乐部精心策划，争取到了五大连池市关心下一代工作委员会的支持，将此次足球节列为庆祝建党 100 周年主题系列活动之一，可说是意义非凡。

在开幕式上，相关部门的领导分别致辞，学生代表进行了发言，并为三所学校运动员赠送了运动装备器材，为留守学生赠送了六一儿童节礼物。少年先锋队队员们也为领导们佩戴上红领巾，表达了对领导们的尊重及感谢，与领导们分享了六一儿童节的快乐。

开幕式结束，三校足球节活动正式开始。三校共计 108 名同学参与，来自三所学校的体育教师分工明确，各尽其职地担任各活动站的指导员。玄利国老师是口令长，由他做出活动开始的指令。

热身活动开始了，有的站“丢手绢”，有的站“老鹰捉小鸡”，操场上瞬间喧闹起来，一阵阵笑声回荡在学校上空。

A 站是圣火传递游戏，一个个小火炬手托举着标志桶和足球组合而成的火炬，穿梭于标志盘区域间。这项活动在考验孩子们协调和速度的同时，也考验团队合作。一次次交接，传递着力量，传递着友谊，更传递着希望。

B 站是协调性（绳梯）练习，孩子们蹦蹦跳跳，在方格子中往来接力。练习提高了小腿力量，让身体更加灵活协调，女孩子们的一根根小辫子在空中飞扬。

C 站是“4V4”手足球比赛，激烈对决上演进攻大战。一次次传球进攻，一次次防守抢断，每次进球都引来欢呼声一片，精彩不断。

D 站是西瓜大战，只见火山灰跑道上尘土飞扬，四支参赛队的小球员分工明确，手抱脚运地控制一个个”西瓜“（足球）回到大本营。

E 站的小球门射门比准倾向于考验团队的能力，运球射门需一气呵成，控制节奏需抬头观察，临门一脚更要稳中求准。

F 站的“5V5”比赛则是赛场最大亮点，三人捆绑一组，二人连成一串，集体运球集体传接，将力使到一处，将球打进才算。

足球节六站精彩不断，顺时针方向完成六次轮换后进入比赛时间。我校派出的北狮梯队由三、四年级球员联合组成，常子达、邵文硕、梁越、肖启烽、薄嘉懿、左嘉毅、杨瑞鹏、冯赫翔、王晨旭、李明阳等 10 名小球员轮番上场。首场迎战东道主新发小学队，双方队员们你争我夺，对方身高力大，屡屡将球推至我队球门前。对方队长韩志强一记前场直接任意球吊射成功，确定了他们进攻为主的战术基调。最终我队以 0∶2 告负。次战对阵太平乡小学，队员们虽然累得气喘吁吁，但大家还是努力处理好每一脚传球，凭借顽强意志以 2∶2 战平。以小搏大、客场作战,收获一平一负,基本完成赛前定下的练兵目标,对春季阶段性的训练效果进行了很好的一次检验。

三校联谊足球节活动圆满结束了,孩子间加深了友谊,学校间增进了交流。以这种“大手拉小手,送足球下乡”的形式,在三校孩子们心中播种下一颗代表足球希望的种子,只要我们细心呵护、精心浇灌,将来一定能结出丰硕的果实,足球之花也一定会开遍五大连池的每一处角落。

第三章　创设联赛　演绎精彩

——校园足球竞赛模式实践探究

俗话说“养兵千日，用兵一时”，比赛才是最好的老师。五大连池市第二小学(原德都县第二小学，1996年改为现名)在1997年校园冬季足球大赛的基础上，克服场地简陋、平行班少等不利条件，在1998年开办校园联赛。通过“企校共建共育”的模式，让爱心企业及个人走进学校，参与校园足球发展。逐步改革联赛体制，营造“班班有球队”“周周有比赛”“天天有话题”的足球氛围。促进班级足球团队的成长，丰富了班级足球文化，磨砺小球员的意志品质，打造出精彩的校园足球文化。经过20多年发展，五大连池市第二小学足球竞赛活动已经发展出“班级对垒”“年级挑战”“师生混合”等多种形式，极大丰富了师生的文化生活，磨炼了班级足球团队精神。共进行各类比赛800余场，培养联赛冠军49个，张超、崔雪峰、丁雪峰等十几名梯队球员最终成为新时期校园足球教练员。

第一节　机会来临　诞生联赛

1997年冬季足球大赛结束之后，我和师兄于金龙对比赛进行了总结，归纳出几点遗憾：一是比赛场次少，偶然性大，学生们玩得不够尽兴；二是冬日气温低，不利于队员技术水平发挥，场外球迷观众少，氛围不够浓厚；三是冬季比赛组织上难度相对较大。基于以上情况，我们开始有了举办“联赛”的最初想法。

1998 年夏天,我们指导小球员有目标地去观看法国世界杯赛事的电视直播。精彩的世界杯使孩子们开阔了眼界,激发了他们对足球赛的兴趣。而在 9 月 6 日,五大连池市“火山杯”青年足球联赛的举办为创设校园联赛奠定了基础。在 1998—1999 学年度,学校 3 ~5 年级以“323”分布有 8 个班级,于是我们组建起 16 支足球队。每支球队在自己的学年中参加 8 场比赛,三年级和五年级都是 3 支球队参与 4 个阶段的比赛,四年级是 2 支球队参与 8 个阶段的比赛。这样的设计突破了锦标赛“平行班少相应比赛场次就少”的束缚瓶颈。我们还制定了适合实际情况的九人制竞赛规则,特别增加了“比赛中不限换人次数”“取消越位”两项规定,一下子使比赛的激烈程度增加了很多,孩子们也玩得更加开心。每个班除了球员之外,其余学生组成啦啦队,这样每个人都是班级足球发展的主角。9 月 12 日开幕式下午,时任中国共产主义青年团五大连池市委员会副书记、五大连池市足球协会主席张明,五大连池市体育局副局长于树文,教育局体育视导员朱广仁以及赞助企业代表,都来到现场为孩子们加油,为联赛开幕助威。

1999 年春季,学校足球联赛进入第二个阶段。比赛进行得如火如荼,其中不乏一些弱旅球队爆冷击败强队。4 月 2 日,学校迎来了《黑龙江日报》原体育刊主任梁学增以及记者姚艳春、孙昊三位客人,他们此行是为了到现场感受校园联赛的氛围。于是,我们将第三轮“四年一班 V 四年二班”男子组的比赛提前举行。这场球既是表演又是比赛,过程跌宕起伏,激烈精彩。四年二班在 3:0 领先的大好形势下,被对手 4:3 反超,小队员们精湛的脚法、流畅的配合以及啦啦队员们的激情,着实感染了来访者,更为这个经济欠发达、交通也不便利的小城镇所营造出的校园足球氛围惊讶。采访后的第十天,《黑龙江日报》便以《第二小学:班班都有足球队》为题,对我校足球联赛进行了宣传报道。从此,五大连池市第二小学克服困难开展足球活动的事迹被更多人知晓。

历经一个学年度 48 场(其中男子组 32 场、女子组 16 场)的激烈角逐,各奖项的归属也尘埃落定。三年三班、四年二班、五年二班分别获得男子组冠军,三年二班、四年二班和五年三班分别获得女子组冠军,四年二班当之无愧,成为首届联赛的双料冠军。男子组三年三班何红双凭借 11 粒进球荣获最佳射手奖,四年级王军、霍明明凭借 4 粒进球并列获最佳射手奖,五年级霍焱、谷晓鑫凭借 8 粒进球并列获最佳射手奖。付磊、陆巍、李楠等 12 名队员获得优秀运动员奖。

此次足球联赛六个组别分别设立了“文学杯”“青山杯”“中华杯”“富都杯”“迎澳杯”和“国庆杯”六个奖项,前四个奖项的设置服务于支持学校足球事业发展的企事业及个人,后两个奖项的设置则是为了迎接国庆节和澳门回归,通过联赛服务社会的形式,我们探索实践了“企校共育”的模式。

九人制足球联赛的创办,营造出学校“班班有球队”“周周有比赛”“天天有话题”的足球氛围,加快了班级足球社团的建设,丰富了班级足球文化,使校园足球进入了一个崭新的发展阶段。从此,北狮梯队与足球联赛成为五大连池市第二小学特色足球教学的重要标志。

以谷晓鑫、付磊、张超、李亮亮、代长波为代表的小球员们,在训练中更加刻苦,通过联赛得到了锻炼成长,开始崭露头角。

第二节 企业赞助 “文学杯”记

1999年5月,与五大连池市第二小学隔道相望的文学铁器修理部为学校资助了20套皇马长袖足球服,北狮梯队拥有了第一套队服,这也是学校接受的第一笔社会捐助。文学铁器修理部的爱心善举犹如雪中送炭,给了我们极大的鼓舞。作为一家五大连池土生土长的民营企业,文学铁器修理部靠着铁器制品服务家乡百姓的同时也对学校足球活动给予了支持,无论是学校领导、教师还是球队队员,我们都深受感动。为了感谢文学铁器修理部给予的支持,学校决定将校园足球联赛冠名为“文学杯”联赛。这便是校园足球“企校共育”模式的开始,从此,五大连池市第二小学的校园里,一支支北狮梯队伴随着一届届“文学杯”联赛的举办成长起来。

【1】揭幕战遇秋雨

1999年9月29日下午,天空中飘着几朵黑云,少顷,淅淅沥沥的雨点落下,带着一丝丝凉意打在行人的脸上,向人们宣告秋天的到来。此时,在新建的北五公路西侧校园里,到处是一派欢腾的景象。原来,这里正在进行着首届“文学杯”3~5年级九人制足球联赛(男子组)开幕式。在副校长刘富斌的主持下,凝结着团结和友谊的足球盛会徐徐拉开帷幕。张淑华书记宣读了“体育道德风尚奖”评比的条件,王学军校长发表了热情洋溢的讲话,五年一班的劳刚同学代表全体运动员表达了心声。

首场比赛是四年一班与四年三班的交锋,其中三班是上赛季的冠军队。上半场,两队均无进球,以0:0互交白卷。下半场开始1分钟,由于一班后卫吴振华在禁区内手球,三班的宋健进行主罚点球,遗憾的是球竟打在门梁上弹回,失去一次良机。紧接着三班的攻势一浪高过一浪,第5分钟,三班何红双在禁区内右脚一记远射,射入球门远角。第10分钟,孙成祥利用对方后卫在禁区内失误,抢点射门成功,使三班以2:0领先。终场前,一班队长杨润泽禁区外的一脚远射为本队扳回一球。一班最终以1:2的成绩首场告负。场上是对手,场下是朋友。赛后,两班的队员们有说有笑,还在议论着比赛,丝毫没有感觉到此时天空中飘洒着的秋雨。一班守门员夏磊说:“虽然我们失掉了第一场球,但未来的路还很漫长,只要我们有信心,联赛冠军就一定会向我们招手的。”看客中,五年一班一名同学也情不自禁地说:“学习之外,我们将伴着‘文学杯’联赛茁壮成长。”

【2】战地日记6篇

第2场:五年一班 V 五年二班　10月9日,两个实力最强的球队相遇。激烈交锋20分钟互交白卷。下半场易地再战,第15分钟,二班队员李思雨由中场带球突进到禁区前沿,右脚抽射进球。紧接着在门前乱军混战中由王军左脚射进一球,二班最终以2:0战胜五年一班。

第3场:三年二班 V 三年一班　10月14日,首届参加足球联赛的三年级的小选手们,以极大的热情投入此场比赛。出乎意料的是,三年二班完全控制了场上局势。上半场第8分钟,邱赫在禁区内合理冲撞守门员后,将球推至球门左侧,右边锋李季抢点将球射进空门。下半场第7分钟又由李季单刀赴会将球射入球门。紧接着,二班的攻势一浪高过一浪,并获得一次点球机会。邱赫上前主罚,球被三班守门员田昊天扑出。终场前邱赫又是一记射门,遗憾的是球从门柱擦边而过。

第4场:四年二班V四年三班　10月18日,上半场第7分钟,三班队员高恩龙在禁区内手球,二班陈海涛主罚点球,一脚大力轰门,球从守门员头上飞进球门。下半场第2分钟,二班队员在禁区外手球,三班宋健主罚,被守门员周鑫扑出,之后路昊抢点射门将比分扳成1:1平。终场前2分钟,二班孙大鹏在禁区前沿远射成功,最终四年二班以2:1反败为胜。

第5场:三年一班V三年三班　10月27日,上半场开场仅仅2分钟,三班王星宇带球晃过三名防守队员后射门成功,三班以1:0领先至上半时结束。下半场第18分钟,三班卷土重来,由代长波在禁区前主罚任意球破门。第19分钟时一班的一次单刀球没有射中,紧接着三班代长波在禁区外又远射成功。终场前又由王星雨带球突破到左侧,骗过守门员后右脚射门成功,三班最终以4:0取得胜利。

第6场:三年一班V三年三班　11月12日,上半场刚一开始,三班孙健便进行一记远射,足球滑门而出。第11分钟,二班邱赫在左侧接到李季传球后左脚射门入网。稍后,三班赵亮利用对方守门员失误扳回一球,上半场1:1平。下半场交换场地后,二班逆风却攻势不减,第7分钟,三班后卫王雷在禁区外推人犯规,二班后卫刘涛主罚任意球,球越过人墙后从球门柱边滑出。第9分钟,三班代长波禁区内手球,二班孙健主罚点球,被守门员奋力扑出。但此举并未挽救三班失败的命运,两分钟过后,邱赫在禁区外主罚任意球,球直接射入球门左下角,二班最终以2:1取得胜利。

第7场:四年一班V四年二班　11月15日,上半场第14分钟,一班陈宁在前场将球传给右侧的李亮亮,李亮亮随即射门,球擦门柱内侧入网。二班中圈开球后注意力不集中,被一班马成龙抢断成功,并将球带入禁区后拨给埋伏在右边的陈宁,陈宁巧妙推射远角。上半场一班以2:0领先。下半场刚开场2分钟,李亮亮运球到前场,将球直传给杨润泽并由其将球吊入远角。第12分钟,二班获得一记点球,由周鑫主罚命中,为二班赢回一分。可第16分钟,又由李亮亮在右侧将球传入禁区,在争夺中,由马成龙抢点将球吊入空门。临终场结束前,二班获得一记前场任意球,由刘儒明主罚,遗憾的是球却擦门柱飞出底线。

【3】完美收官

2000年7月16日,首届“文学杯”联赛落幕,学校举行了隆重的颁奖仪式。全校师生集合到操场上,运动员们个个兴高采烈,文学铁器修理部经理薄文学先生也来到现场为获奖团队颁奖。

本次联赛男子组比赛共32场,进球117粒。在排名榜上三年二班5胜3平,积18分,获三年组第一名;四年一班7胜1负,积21分,获四年组第一名;五年二班5胜2平,积17分,获五年组第一名。在男子组射手榜上,代常波、邱赫以9粒进球获三年组最佳射手,李亮亮以9粒进球获四年组最佳射手,李思宇、张超分别以6粒进球获五年组最佳射手。由于各种因素的干扰,本次联赛中女子组只进行了2场表演赛,其中五年二班以4:0胜五年一班,四年二班1:0胜四年一班。

“文学杯”联赛的举办,探索出校园足球“企校共建共育”的新模式。这种崭新的模式,一方面树立了企业的良好形象,繁荣了市场经济;另一方面企业为学校提供了必要的经费器材,为五大连池市第二小学校特色体育工作开展注入了动力。五大连池市第二小学北狮梯队在1999年冬季“迎澳门回归”全市小学生足球赛中，第三次获得冠军。学校也在2000年3月被黑河市体育委员会、教育委员会正式命名为黑河市足球基点校。

【4】第二届“文学杯”综述

2000年11月1日至2001年6月2日，五大连池市第二小学举办了第二届“文学杯”足球联赛，这是学校开展联赛以来最成功的一届，全校3～5年级共8个班16支球队参加。男子组和女子组共进行64场比赛，进球225个。其中由张晶老师率领的三年二班、李海霞老师率领的五年一班获得双料冠军；曹桂萍老师率领的四年二班获得男子组比赛冠军；张淑华老师率领的四年三班获得女子组比赛冠军。

【5】第三届“文学杯”综述

2001年9月12日至2003年6月27日，五大连池市第二小学“文学杯”足球联赛历时两个学年度落下帷幕。本届联赛足球课题组克服场地匮乏的不利条件，共组织比赛56场，产生比赛进球148个。其中，由薛柏玲老师率领的四年一班、张晶老师率领的五年二班分别获得了双料冠军，张淑华老师率领的六年三班获得了六年级男子组冠军，六年二班获得六年级女子组冠军，由郝颖杰老师率领的五年一班女同学与张晶老师率领的五年二班并列获得女子组冠军。

比赛期间，原市教育局局长王文奇同志也在百忙之中到赛场观看和指导。闭幕式上，为我校体育活动提供赞助的市文学铁器修理部总经理薄文学先生也应邀来到学校，并为获奖的球队颁发奖杯和奖品。本次足球联赛跨及两个学年度，由开始阶段的3～5年级过渡为4～6年级，虽然学制发生了变化，但却没有影响到联赛质量。相反，漫长的赛季却检验了运动员、教练员及组织者的意志品质，增强了运动员吃苦耐劳的精神。五大连池市第二小学“文学杯”足球联赛是一次非同寻常的战斗拉练，是一届极为成功的足球联赛。

我校自1998年以来共举办四届足球联赛，共组织比赛196场，产生进球637粒，培养联赛冠军20余个，获得“最佳运动员”称号的小球员近70名。

在四届足球联赛实施的过程中，我们收获了丰富的宝贵经验，同时探索出了“走特色体育路，创素质教育牌”的教育教学新途径，打造了五大连池市第二小学的特色办学品牌。更让课题组成员由衷高兴的是，有孩子体验到足球的快乐，并且伴着这种快乐健康地成长。

第三节　七年酝酿　“校长杯”成

2012年4月17日下午，五大连池市第二小学操场上喊声阵阵，热火朝天。2012年春夏季足球联赛正式开战，根据全国校园足球工作领导小组办公室（以下简称国家校足办）的统一要求，学校联赛被称为“校长杯”，此举标志着五大连池市第二小学校园足球活动开展进入新的阶段，因为种种原因已停摆七年之久的足球联赛重燃战火，孩子们又可以在联赛的舞台上感受团队的力量，磨砺坚强的意志，分享成功的快乐。

五大连池市文化广电体育局局长张颖、市教育党委纪检书记孟凡奎等领导也高度重视此次“校长杯”，亲临现场，并与陈大忠校长共同为首场比赛开球。由于是首场比赛，场区外面挤满了热情的观众，特别是各个球队的球迷们更是激情澎湃，他们打着队牌，喊着口号，满怀信心地为本班球队加油助威。

一声哨响,揭幕战六年三班扬帆队与六年二班雨点队的比赛正式打响。扬帆队由东向西进攻,雨点队由西向东进攻。在曹桂萍和肖会芬老师的布置下,两队都派出了精兵强将。前任欧洲足球协会联盟主席普拉蒂尼先生曾说过:“足球最大的魅力就在于它的不可预测性。”这句话在六年二班的第一次进攻中便得到证实。六年二班 9 号杨洪文在中圈抢断李琪的传球后,带球疾进一蹴而就取得 1:0 开门红。六年二班球员的第一次触球,第一次进攻便得分,真是神了!六年三班球员们被这个突如其来的进球打个措手不及,他们在队长洪洋洋的组织下,向六年二班发起了反击。但六年二班的防守真可谓固若金汤,队员们一一化解了对方的进攻,洪洋洋的几次任意球射门也被六年二班守门员无情没收。就这样,双方你来我往,互不相让。下半场,六年三班也是几次换人,均不见多大的效果,终场前 5 分钟,13 号的一记单刀球射门,皮球擦着门柱飞出了底线,失去扳平的绝好机会。就这样,1:0 的比分保持到终场,六年二班取得了最终的胜利。

接下来是乙组四年一班快乐岛中队与四年二班雏鹰中队的比赛。两支小球队的联赛处子秀得到了班级啦啦队的大力支持,在两位老师的带领下,有的同学喊号加油,有的同学高举班牌。小家伙们都是第一次参加足球赛,摩拳擦掌,跃跃欲试,个个初生牛犊不怕虎。孩子们求胜、着急的心态使得场面上的“扎堆儿”现象频繁出现。他们一个个恨不得亲自处理每一个球,因而导致把球传给同伴的机会很少。四年二班徐长春老师临场指挥,小将们愈战愈勇,但对方也不甘拜下风。上半场第 11 分钟,四年一班 38 号张强的一次抢点射门取得 1:0 领先。两分钟后,四年二班小将 23 号谭立勇机智断球,带球一路疾进攻入一球,1:1 的比分保持到上半场结束。

下半场开始不久,由于四年二班小球员们的进攻过于保守,后防队员没有及时地跟进补位,使得对方 8 号禹海东抢得球门球后打进反超一球。这下四年二班小球员真是乱了阵脚,有几个小球员沉不住气,还互相埋怨起来。即使场外的徐老师不断走马换将,却还是不见一点起色。小家伙们的乱跑使比赛胜利的天平向一班倾斜,临近终场,一班 21 号杨柏华又打进一球。最终一班以 3:1 的成绩获得胜利。

场上是对手,场下是朋友。中线处,两队小球员们亲切握手,并向场外球迷鞠躬致谢。二班小球员们虽然首场比赛失利,但他们并没有因此而消极,相反他们积极帮着老师收拾器材,可见孩子们的成熟与大气。四年二班队长曲伸一边收拾器材,一边对着我们说:“很遗憾,今天我们输掉了第一场球,但我们不会泄气的。我们要总结失败的教训,和小伙伴们苦练基本功。剩下的比赛,我们会一场一场努力去打,为雏鹰足球队争光。”看到他不屈的样子,我和李老师打心里高兴。

就这样,在课题组教师精心组织下,已经停摆七年之久的校园联赛在孩子们热切期盼中悄然打响,精彩的联赛重新成为孩子们校园生活的焦点。

宝剑锋从磨砺出,联赛让孩子们变得更加坚强,更加成熟,更加阳光,更加健康,也更加快乐。

第四节 “阿福”助阵 雪送吉祥

2012年11月12日是龙年立冬的第六天。黑龙江省迎来了强降雪。天还没有完全放亮,一场大雪便悄然降临五大连池市。鹅毛般的雪花飘飘洒洒,无论是街道、楼顶还是田野,瞬间都披上了一层厚厚的棉纱。

这一天,也是五大连池市第二小学孩子们期盼许久的一天。学校2012—2013学年度“校长杯”足球联赛将在这一天揭开战幕,这一天也意味着五大连池市第二小学校园足球又付诸改革,更多女孩子开始走进足球场,享受足球带来的快乐时光。虽然突降一场大雪,但课题组并没有改变既定的开赛计划,大家一来到学校便投入准备工作——为参赛球队填写报名单、发放球服、讲解参赛安全事宜,等等。

上午第一节课下课铃一响,孩子们便齐刷刷地涌向操场。校园里,到处是一片欢腾的景象。他们中有的三五个一群,有的两三个一串,有的在打雪仗,有的在堆雪人,有的在滚雪球。只见孩子们手中的雪球越滚越大,人也逐渐多了起来。众人划桨开大船,五年二班的张志、曲伸等十几个同学一同喊着号子,将足球门推到了球场;六年二班的王凯、齐煜、张承乾几个人帮着老师挂好了会幅;那边十几个孩子将大小不一的雪球滚到国旗杆下,经过毕书峰老师的精雕细刻,瞬间一个胖胖的大雪娃便堆砌成功。我们把这个大雪娃取名“阿福”,并把她当作此次“校长杯”足球联赛的吉祥物。悄然中,五大连池市第二小学校“燃情冰雪,炫彩足球”系列冬日校园足球活动的大幕徐徐拉开。

下午3点20分,雪花依然飞扬。六年二班志远足球队与六年三班宇航足球队的揭幕战准时打响。在众多小球迷们的一片欢呼声中,几位校领导走到球场中央,为首场联赛送出开球礼。本届联赛采用“6+3”赛制,即每支球队上场9名队员,包括6名男生和3名女生,这样的组合使女孩子们有机会一显身手。果不其然,六年二班志远足球队王山而的表现相当抢眼,上半时第10分钟,她门前一脚冷静抽射,打入“校长杯”足球联赛第一球。巾帼不让须眉,进球后的她无比兴奋、激动和忘我,与小伙伴们一起击掌庆贺,快乐的心情溢于言表。上半时第18分钟,六年三班13号董浩利用前场任意球扳平一球。之后两队你来我往,不断走马换将。下半时,六年二班一度3:1领先,六年三班队员知耻后勇竭力反扑,董浩前场抽射,梅开二度,但六年三班最终还是以2:3败下阵来。友谊、团结、握手,雪地足球让孩子们欢乐开怀。

翌日下午,六年一班阳光足球队迎战六年四班希望足球队。哨声刚响过41秒,六年四班希望队7号王宇博就打进一球,进球之快令对方小球员们防不胜防。六年一班阳光队在队长孙立垚带领下极力反扑。下半场第11分钟,孙立垚射偏一粒必进球而失去了扳平良机。最终,六年四班希望队获得一场小胜。

比赛结束,小球员们依偎在雪娃“阿福”的身边,摆着“胜利”的手势,共同和雪娃“阿福”来了一张大合影。雪娃“阿福”微笑着注视着雪地球场,与漫天飞雪一同见证着二小足球人的炙热情怀。漫漫飞雪,浸润二小人的足球情怀。天时、地利、人和。驾乘“十八大”东风,秉承各界领导希望,不负孩子们期盼,五大连池市第二小学在不屈不挠中打响北方冬季校园足球的第一枪。

2012—2013 学年度“校长杯”足球联赛共设秋冬和春夏两个赛季。9 人混合赛制点燃女孩子的足球梦想，撑起校园足球半边天，校园足球逐步实现男生、女生的平衡发展。此次联赛，共有三年一班七彩、三年二班雏鹰、三年三班平安、三年四班远航、四年一班靓点、四年二班晨光、四年三班快乐、五年一班快乐岛、五年二班雏鹰、五年三班飞翔、六年一班阳光、六年二班志远、六年三班宇航、六年四班希望共计 14 个足球中队参加角逐，捍卫班级足球荣誉。

友谊第一，比赛第二。竞技场上，各班足球小将精神抖擞，士气高昂。比拼、对抗、进攻、抢断，你来我往“动刀枪”；场外更是欢乐的海洋，啦啦队员比拼高下。女孩子开心忘我，男孩子大度宽容。欢呼、呐喊、陶醉，教练点兵、球迷舌战，全员参与，全班动员，班级荣誉至高无上。啦啦队给力，球员们加油，校园为足球欢腾。

宝剑锋从磨砺出，梅花香自苦寒来。寒冷的冬天无法阻挡孩子们对足球的热爱，伴着雪地上“校长杯”足球联赛的精彩，又一批北狮梯队小将开始茁壮成长。

“阿福”助阵“校长杯”，校园联赛真精彩。

第五节　腾讯微博　年度展示

2012 年春天，五大连池市第二小学校园足球腾讯微博开始入驻中国青少年校园足球官方微博，校园足球得到更直观更快捷的宣传，吸引更多人对二小足球的关注。2012—2013 学年度，校园足球微博“北狮足球”共 57 次发表广播，总浏览量一度达到 2 亿多人次。

9 月 12 日，全校 50 名教师参加第一堂初级足球指导员培训理论学习，全国校园足球指导员讲师杨玉林与大家分享国际足联草根足球发展理念、中国校园足球开展背景及现状、校园足球第二阶段发展计划，分享上学年校园足球纪实片《梦想与希望》。新学年校园足球信心满满，整装待发。

9 月 14 日，五大连池市第二小学 2012 春夏季“校长杯”足球联赛举行颁奖。快乐、快乐岛、志远、雨点足球队分获 3 ~ 6 年级联赛冠军；共 48 名球员获最佳阵容奖；陈源等 8 名队员分别获得最佳射手和最佳球员奖；三年二班晨光、四年三班飞翔、五年一班阳光、六年一班远航中队获得最佳啦啦队奖。新赛季联赛战火即将点燃。

9 月 19 日，五大连池市第二小学校园足球场上热闹非凡。新学期甲组第一节草根足球课完美上演。64 名小球员磨刀霍霍，兴趣激昂。学汤姆拜耳之左右脚踩球、脚内侧踢球、脚掌拨挡球以及脚背踢球与颠球，各种球感练习让孩子们在方寸之间尝试成功、收获快乐。运球接力、高抛球，孩子们激情飞扬。

9 月 26 日，操场上迎来乙组(三、四年级)小球员首堂足球课。闭口螺旋跑迅速点燃孩子们运动激情，踩拉球、脚内侧系列球性球感练习，一招一式，有板有眼。“二小足球，争创一流，中国足球，加油加油”，高抛足球，高呼口号，校园足球草根处子秀三年组新球员尽情放飞足球梦想。

10 月 10 日，雨后操场砾石凸显，落叶寻根。乙组 52 名球员精神焕发，兴趣盎然。脚内侧、脚背正面、头顶球等各种球性球感，借地和对墙反弹练习循序渐进，"5V5"手足球比赛体验团队，高举足球振臂高呼，励志口号响彻云霄，冲淡秋凉。从小培养，打牢基础，旨在梦想。

10月17日，五大连池市迎来首场降雪，乍寒还暖。甲组60名小球员激情拥抱北国初冬。踢、颠球扎实基本功，抢夺地盘、组球花、夹球蛙跳、团队传球与背靠背托球接力等趣味游戏升温校园，"二小足球加油！"组字游戏更让练习推至高潮，彰显团队合作，动手动脑。

10月24日，乙组迎来草根第三课。大腿、脚背及头球颠球让孩子们渐入佳境。夹球蛙跳、脚内侧运球及抢夺阵地反应练习趣味横生、赏罚分明。团队传球、背靠背及"组V字"运球接力将课堂气氛推至高潮。16名甲组球员（校队）植入其中，尽显甲乙组挂钩、传帮带。

11月12日，黑龙江省迎来强降雪。鹅毛般的雪花纷纷飘落，五大连池第二小学校园一片欢腾。孩子们堆雪人、滚雪球、打雪仗、挪球门、挂条幅、运雪块；毕老师精雕细琢，让"燃情风雪，炫彩足球"冬日系列校园足球活动吉祥物——雪娃"阿福"微笑现身操场。"校长杯"足球联赛在大雪中即将打响。

12日下午3点，雪花纷扬。六年二班志远与六年三班宇航队揭开"校长杯"足球联赛战幕。校领导送出开球礼，"6+3"赛制让女孩子一显身手，六年二班王山而巾帼不让须眉，上半时10分钟，率先打入校园联赛第一球。兴奋、激动、忘我，溢于言表。

上半时18分钟，六年三班13号董浩利用前场任意球打进扳平一球。两队你来我往，走马换将。下半时，六年二班一度3:1领先，六年三班知耻后勇，董浩前场抽射，虽梅开二度，最终却2:3败阵。友谊、团结、握手，雪地足球让孩子们乐开怀。雪娃"阿福"见证二小足球人情怀。

13日，六年一班阳光队迎战六年四班希望队。哨响41秒，7号王宇博为六年四班希望队打进联赛最快入球。六年一班孙立垚带领球队反扑，下半场第11分钟射偏必进球失去扳平良机。孩子们陶醉，班主任督阵，啦啦队尽情。女孩子开心忘我，男孩子宽容大度。联赛让孩子们健康茁壮成长。

2012—2013学年度"校长杯"足球联赛设两个阶段。此役秋冬为第一阶段，2013春秋为第二阶段。3~6年级同年组循环，9人混合制。旨在普及平衡提高，210多名运动员将悉数亮相，闪耀球场。女孩子成为主角，扮靓整个赛季。班级啦啦队给力，球员们加油，校园为足球欢腾。

14日，五年二班雏鹰队对弈五年三班飞翔队。上半场五年二班男生攻势如潮猛击对方后防，第11分钟队长张志打入一球。易地34分钟，五年三班11号冉浩森进球，证明女孩子能够撑起足球半边天。抢断、反击、对抗，你来我往动刀枪；欢呼、呐喊、陶醉，教练点兵球迷舌战。1:1，"雏鹰"欲想（降）"飞翔"，道路还长。

15日，"校长杯"足球联赛迎来四年级首战。四年二班晨光队对决四年三班快乐队。上半时第8分钟，凭借上届最佳射手陈源入球，快乐队1:0领先上半场。易地，晨光队几次反扑却只开花不结果，第31分钟，8号女孩刘宇涵为快乐队锦上添花2:0保持到终场。友谊第一，比赛第二，班主任督阵指导，孩子们快乐无限。

16日，赛场精彩不断，三年一班七彩队对阵三年四班远航队。孩子们追球奔跑，扎堆频繁，忽而向东，忽而向西。远航队99号胡宪宇身高力大，带球长驱两次得分。七彩队7号队长展玮率众17分钟扳回一球,终场前乱军抽射对方球员自摆乌龙2∶2。团队、奋起、收获;友谊、天真、快乐。虽初露头角,却梦已飞翔。

19日,六年级组第2轮提前一天上演。“欧洲劲旅克罗地亚”(六年一班)挑战“南美强队阿根廷”(六年三班)。场外彩旗挥舞,喊声震天。“六一六一,勇攀第一。六三六三,绝不一般”。啦啦队热歌劲舞,彰显足球魅力。红星与蓝白交融,红线与白雪相映,叫好声、呐喊声连成一片。

19日,六年一班阳光队对阵六年三班宇航队。阳光队小、快、灵,凸显技术;宇航队高来高打,诠释力量。上半时,攻防转换节奏明显,0∶0。易地第13分钟,阳光队11号毕云辉禁区前抢点补射打进1球。宇航队几次换人未见起色,第18分钟,董浩前场任意球被对方头球破坏痛失扳平机会。1∶0,“克罗地亚”挑落“阿根廷”。

20日,气温降至-20℃。三年二班雏鹰队对战三年三班平安队,迎来三年级第二场首秀。班主任指挥调度,校领导现场感受体验。棉袄、棉帽裹不住孩子们的足球梦想,精彩联赛更让寒冷胆战汗颜。靓丽队牌,铮铮口号,冬日二小,足球世界火的海洋。

场上比拼技战术,场外加油比高下。“雏鹰”啦啦队——“三二三二,独一无二;三年二班,非同一般”;“平安”啦啦队——“团结互助,传递快乐。友谊第一,比赛第二”。靓丽口号,回荡校园,响彻云霄,给力赛场。“校长杯”足球联赛,孕育班级足球文化的大温床。

三年级雏鹰队对战平安队,两队各遣精兵出场。雏鹰众小将求胜扎堆,平安求稳大开大合,7号女将鹿春娇把守球门一夫当关。14分钟,3号张童为平安队首开纪录,23号张浩18分钟推射球门远角得分,35分钟又下一城,雏鹰队几次反扑未果。平安队3∶0大胜雏鹰队,创造辉煌。

21日,上届冠军六年二班志远罗马队迎来六年四班希望皇马队这只“拦路虎”。在8号队长王凯的率领下,希望皇马队众小将众志成城,守得紧攻得开,屡屡给对方制造麻烦。志远罗马队则采用远传冲吊的战术,但是蔡佳伟的长传却始终找不到接应球员到位,之前最佳组织中卫张承乾却客串了守门员,所以进攻效果不佳。而希望皇马队员的小配合则频频给他们造成麻烦。第16分钟和第19分钟,希望皇马队王凯主罚前场任意球,险些破门成功。下半时,两队都未做出战术调整,第28分钟,王凯的远射击中门柱弹出,场上一片惊叹。第38分钟,志远罗马队19号刘可心截获守门员抛出的球门球后,突施冷箭打进一球。但好景不长,就在志远罗马队员还在欢庆之时,希望皇马迅速开出中场球,8号王宇博也是突放冷箭造成防守队员禁区内手球,随即本次“校长杯”足球联赛的第一粒点球产生,王宇博亲自主罚命中,也使自己的进球数达到两个。1∶1,希望皇马队球员奇迹般追平,成功扼制了志远罗马队夺冠的强劲势头,让六年级组冠军留有悬念。

22日,五年级组上届冠军五年一班快乐岛队迎战五年二班雏鹰队。各班尽遣主力上场。由于首战五年三班飞翔队只拿1分,曲伸、张志组织球员屡屡向快乐岛队阵地发起冲击,几次进攻颇具威胁。求胜心切,使得队员技术频频失误,而快乐岛队几名小个子球员发扬技术上的优势,2号王强、7号王博坐镇中场穿针引线,一次次将皮球传至门前。终在第34分钟,6号赵腾蛟在前场一次乱军抽射得分。失球后的雏鹰队员心理失衡,几次的急攻不是将球射偏,就是力量欠小,被快乐岛队守门员一一化解。1∶0,上届冠军快乐岛队取胜,迈出卫冕冠军的第一步。

22 日，五年一班快乐者队迎战五年二班雏鹰队，操场上欢腾起来。场内竞技，场外啦啦队比拼。靓丽口号，响彻云霄——“开开心心踢足球，踏踏实实长本领。五年一加油！五年一加油！五年一必胜！Yeah！”“五二时代，足球最帅，团结友爱，样样厉害！”

23 日，四年一班靓点队挑战上届冠军四年三班快乐队。老师上阵，孩子们兴奋至极。靓点女孩子给力，局面不相上下。26 分钟，崔鸿翔率先进球。快乐队随之反击，进攻一浪高过一浪。终场前，上届最佳射手陈源艰难打进扳平一球。靓点队成功阻击快乐队，成为赛场上真亮点。

26 日课间操，五大连池市第二小学 1200 多名学生跑步雪地操场。步伐整齐，口号响亮。校园里“校长杯”足球联赛氛围萦绕，小同学羡慕渴望，大孩子们兴奋。浓浓校园不感冬日寒冷，千余少年们再掀足球热潮。滚雪球、溜冰车、钻雪洞，联赛后是雪地足球节，看小同学们一显身手！

三年三班平安 3∶0 大胜三年一班七彩之后，27 日球场上又迎来三年级组第二轮比赛——三年四班远航队对阵三年二班雏鹰队。场外啦啦队不畏寒风吹脸热情呼喊；场内球员不畏劳累争先恐后。1∶0、1∶1、2∶1，比分交替上升，场面激烈火爆，雏鹰队锁定胜局。分享胜利，同担困难，孩子们积累经，不断成长。

26 日，气温 −26 ℃。三年一班七彩队迎战三年三班平安队。“知识给理想翅膀，足球让青春飞扬”“足球大舞台，有你更精彩”“运动强体魄，足球圆梦想”。一句句励志口号响彻冰雪操场，孩子们你来我往激情飞扬。挑战严寒，会战严冬。足球，让 2012 年冬天不再寒冷。二小，加油！

28 日，“校长杯”第一阶段五年级组压轴大戏五年一班快乐岛队对阵五年三班飞翔队上演。飞翔队凭借女孩子的顽强，频频阻击上届冠军快乐岛队的进攻。两队你来我往，场面几度焦灼。终场前仅凭 2 号张强任意球快乐岛队取得最后胜利。友谊、交流，五年三班欲登“快乐岛”展翅飞翔，还需 2013 春夏季赛场再逞英豪。

28 日第二场，六年一班阳光队运用“小、快、灵”向六年二班志远队阵地发起冲击，但进攻却被对方后防一一化解。上半时 18 分钟，蔡佳伟任意球为志远队抢得先机。易地，阳光队虽阵容调整却未见起色。第 33 分钟，志远队蔡佳伟梅开二度锁定胜局，志远队第一阶段二胜一平，卫冕之路一片光明。

12 月 3 日，四年一班靓点队出战四年二班晨光队。弥天飞雪飘飘洒洒，足球伴舞严寒当歌。你争我夺雪花四溅，摸爬滚起围抢奔袭。紫色与红白，“罗马”对“克罗”，燃情冰雪炫彩足球。2∶1，激烈画面交融上演，靓点队终成收官战之亮点。快乐写在脸上，幸福留给明天。

12 月 4 日，“校长杯”足球联赛秋冬赛季迎来压轴大戏。三年一班七彩队对阵三年二班雏鹰队。冰雪相随，足球为伴。孩子们你来我往，精彩不断。1∶1 握手言和。真可谓“西北风吹透骨寒，战天斗地尽开怀。校园飞扬足球梦，健康成长寄明天”。五大连池市第二小学“校长杯”足球联赛秋冬赛季完美收官。

冬日校园爱心涌动，远隔千里足球线牵。12 月 6 日，来自福州市饱含小安叔叔浓浓情意的足球装备邮寄到校园。教师们为之振奋鼓舞，校球队员精神焕发。“好好踢球！为振兴中国足球而努力！”小安叔叔简短留言寄托对孩子们深切期望。即将到来的冬季校园足球节文化节,小安叔叔爱心为孩子们加油。

五大连池市第二小学冬季校园足球文化节12月14日完美上演。活动站小场地对抗、推雪球、拉冰车、钻雪洞、溜冰道、爬雪山、打雪滚让108名小球员燃情冰雪,炫彩足球。游戏区亲子冰车、踢毽子等游戏使1500多名师生和家长快乐互动。千名儿童嬉冰雪,校园足球火起来。

"燃情冰雪,炫彩足球"五大连池市第二小学冬季校园足球文化节是北狮校园足球指导员精心设计的,各活动站准备的活动精彩纷呈,各有千秋。雪地橄榄球、跳绳游戏、接力跑、模仿各种动物走、雪地推小车、打口袋、雪地滚翻等各种练习迅速点燃孩子们嬉闹冰雪的热情,操场上冰雪升温、足球放歌。

足球节一区A站,指导员谷海龙老师俯身指导细细讲解,一场"5V5手足球比赛"引起孩子们的兴趣。小家伙们急于立功,争先恐后,积极拼抢。三二进攻,二三联防,场上你来我往好不热闹。场下轮换球员更是加强训练,等待队长召唤。冬季校园足球文化节,载满孩子们无限期待。

一区B站,冰爬犁运球彰显团队配合,孩子们眼界大开。拉推坐,三人通力合作才能风驰电掣,一不小心便人仰车翻。"高个拉,矮个坐,不高不矮后面推",用心才能出智慧,兴奋喜悦让游戏升温不断。校领导也按捺不住兴致,即兴乘坐追忆童年。B站,演绎北方冬天雪爬犁的故事。

一区C站7V7,孩子们真刀实枪激情实战。对角4个小球门增加诸多变换,进攻多方向,防守加难度。你来我往,场面焦灼。小场地旨在锤炼全队技战术,胜利不单体现身体,更是智慧过关,配合方才有力量,指导员不断鼓励感染,调动弱队顽强拼搏到底。导演"校长杯"联赛,我们的最爱。

冬日北国,丰盈白雪,浑然天成,D站户外拓展成为最大看点。匍匐行军、钻雪洞、溜冰道、爬雪山、打雪滚,一个个草根练习激起孩子们的好奇,尝试成功挑战自然。人生成长需要挫折失败,摸爬滚摔我们样样厉害。指导员激昂指导,导演生活返璞自然,体验"70后"童年时代。

E站8V8,两位指导员倾心打造比赛最后一站。球门和球网,激发孩子们求胜欲望。球队员信心百倍,乐此不疲。指导员伺机穿针引线,调动弱队向强队发起冲击挑战。场面热烈,你来我往难分高下。不管胜利与失败,收获健康和友谊,我们都是健康和快乐的孩子,加油!

F站推雪球。一个好汉三个帮,一个篱笆三个桩。九个兄弟齐动手,雪球再大也向前冲。一二加油,一二加油!推雪球,我最强,推雪球,我最浪。众人划桨开大船,团结才叫有力量。推雪球,不能停,坚持惯性才叫行。1:1引来决胜局笑声不断,张张笑脸体验原生态游戏没有污染。

22日星期六,二年一班扬帆中队家长与孩子们嬉笑冰雪,共享亲子足球节快乐。3人5足跑、雪爬犁运足球、推雪球、双手抱球往返跑及雪地拔河等活动,使他们燃情冰雪,炫彩足球。亲子签名表达对中国足球的热爱、期盼和关注。班级亲子足球节,快乐写满家长与孩子们的脸庞。

2013年1月4日,北狮梯队一行12人顺利抵达牡丹江市,满怀信心参加"黑龙江省校园足球启动仪式暨校园足球冬令营活动"，孩子们的笑脸彰显对足球冬令营活动的渴望。这是北狮梯队的第二次牡丹江之旅，相信此行一定会给孩子们留下人生中最美好的回忆。五大连池足球加油！黑龙江足球加油！

1月5—7日，"黑龙江省校园足球活动启动仪式暨校园足球冬令营"在牡丹江举行。全省共20个校园足球试点单位、学校领导、教师及甲乙组17支球队参加。全国校足办培训部主任曾丹及校园足球指导员讲师陈长红、杨玉林对各地指导员进行为期一天半的授课培训。此举标志着黑龙江省校园足球全面开启。

1月9日，2012—2013年度全国青少年校园足球牡丹江市D级教练员培训班顺利开班，共有25名初级指导员参加培训，国家B级教练武朋教授亲自任教。这是牡丹江市体育局举办的黑龙江省第一个校园足球D级教练员培训班，势必会加快牡丹江市乃至全省校园足球工作发展步伐。

3月1日起，五大连池市第二小学由12名来自农村的孩子组成的北狮梯队开始训练，旨在代表黑龙江省参加4月下旬在北京举办的斯凯孚"与世界有约"希望工程青少年足球邀请赛。冰雪未消融，春风刺骨寒，孩子们斗志高昂，倍感自豪，张张笑脸迎接校园足球又一个春天的到来。

3月13日，雪地操场迎来70张可爱的笑脸，甲组小球员新学期第一节草根训练课激情上演。拨拉扣运，重温球性球感；4V4控制球游戏模拟实战。男孩子跃跃欲试，女孩子笑声飞扬。农历二月初二"龙抬头"，北狮队小球员从"头"开始，浓墨重彩开启蛇年新希望。

3月20日，春寒料峭，雪融结冰。五大连池市第二小学北操场乙组（三、四年级）小球员运球游戏、左右扣球，不断加深球性球感，空中抛球放飞梦想；南面操场集训队员热火朝天，运球过标志桶射门、激烈实战。能去北京参赛，招来多少小球员们羡慕眼神。春日二小，校园足球大幕已经拉开。

3月26日，12名北狮梯队小球员集结球场。脚内侧推挡球、假动作晃动、运球找伙伴、连续头顶球，一招一式，有板有眼。无球合理冲撞、带球跑抗干扰射门，激起孩子们的昂扬斗志，光溜溜的雪地球场，放飞孩子们的足球梦想。

3月27日，漫天飞雪，甲组球员闪耀球场。行进徒手操阵势浩大，运球、头顶球、1V1突破防守，重拾球感和技术。拉爬犁运足球、拔河角力大战诠释团队配合有力量。二小足球，风雪相伴，北狮球员，磨砺成长。孩子们，加油！

3月27日，风雪中留住孩子们的激情风采，天空中飞舞梦想的足球。雪地上留住孩子们无邪的瞬间，五大连池市第二小学让每一名孩子的足球梦想启航。"燃情冰雪，炫彩足球"，又是一场风雪相伴，二小人迈出2013年校园足球春天的脚步。

甲组草根足球训练第二课之"雪地拉爬犁运足球比赛"，精彩纷呈，场面火爆。两个球员前面拉，一个球员抱球坐，一个用力后面推。四人齐心车飞奔，一不留神人车离。孩子们加速！加油！

甲组草根足球训练之拔河比赛，可说是高潮迭起，精彩指数一浪高过一浪。一根长绳，一声哨响，人人用力。短暂时刻，共同目标，忘我境界，坚持不懈，团结一心，众志成城，处处彰显"团结就是力量"，再大的风雪也阻挡不了二小北狮小球员的足球梦想！

4月10日，操场上冰雪消融，东边乙组小球员现身球场，西边集训队秣兵厉马。控制球等练习有模有样,双手抱球往返跑团队接力呼声高昂。精挑细选,三、四年级校足球队誓师球场。为大师哥们去北京参赛加油鼓劲,执着梦想传承着北狮足球接力棒。

4月17日下午,雨雪过后五年级梯队球员现身球场。校集训队员“传帮带”,四路小队比学赶超。方格布阵,标记分明。右脚左脚连续扣球、脚内侧推挡球、脚掌底拉球、2人传接球、脚背颠球等练习,方寸之间让孩子们加强球性、球感,小技术回归增添信心。

4月25日,三年级小球员与集训队现身球场。头顶球、脚掌拉球、手抛球协调练习加深球性、球感;1V1变向突破声东击西,2人传接球难度提高力求精准。练后合影,梯队友谊传帮带。明日全市教育现场会足球节活动展示,北狮小将满怀信心,笑对未来。

4月27日,五大连池市学校管理制度建设现场会暨第二小学校园足球节活动拉开帷幕,近70名中小学校长云集五大连池市第二小学,浏览足球文化,重温足球历史,亲感足球节快乐。教育局领导现场办公点评,下拨资金政策扶持,助推二小打造特色足球强校。

5月12—17日,12名北狮小球员如愿参加2013斯凯孚“与世界有约”希望工程青少年足球邀请赛。与新疆、宁夏、山西小朋友切磋技艺交流感情。天安门广场上听国歌奏响,看国旗飘扬,登越万里长城当好汉,游故宫品五千年华夏文明。阳光足球激荡爱国情怀,精彩有我,龙江加油!

6月21日,五大连池市第二小学田径运动会上,3~6年级672名足球小将英姿飒爽,精神抖擞。韵律操“梦想起航”,激情释放,诠释情怀;技能操“北狮雏鹰”舞姿翩翩,展翅翱翔。70名足球宝贝啦啦操表演,更是热歌劲舞炫彩校园足球。足球加油!二小加油!未来加油!

第六节　双向赛制　生机盎然

2013年11月14日是广州恒大足球队勇夺亚冠冠军的第五天。五大连池第二小学校园里,雪花飘飘,彩旗飞舞,到处是欢乐的人群和可爱的笑脸。

2013—2014学年度“校长杯”足球联赛在全校师生的企盼声中徐徐拉开帷幕。3~6年级800多名师生欢聚操场,共享足球时光。

2012—2013赛季的颁奖仪式,瞬间把开幕式带入高潮,吸引住孩子们的眼球。最佳啦啦队、最佳射手、最佳球员、最佳教练等奖项,使操场上的欢呼声不断,掌声阵阵。孩子们嫩嫩的小手接过证书和奖品,个个喜形于色,激动不已。最让人心跳的当属颁发冠军奖杯,三年三班平安队王凤琳老师特意穿着球服,看她开心的样子简直像个孩子。在队长张童的号令下,小球员们张开臂膀,紧紧围拢在奖杯的周围,喊着口号,分享着联赛冠军带来的喜悦、骄傲与自豪,尽情体验着足球的友谊和团队的力量。新赛季他们又踌躇满志,整装待发。

陈大忠校长的讲话热情洋溢,言简意赅,对各支参赛球队寄予厚望。

东操场九人制赛区,五年二班晨光队对阵五年三班快乐队,率先打响揭幕战。王秋雁、翟文梅两位老师身先士卒,带领球员奔跑阵中。几位校领导携手步入球场,为新赛季送出开球礼,在一阵阵掌声中,又一届“校长杯”足球联赛拉开大幕。

赛场上,球员们个个生龙活虎,你争我夺。他们时而带球突破,时而倒地铲球,操场上不时击起一阵阵雪波来。场外啦啦队还有低年级小球员将球场围个水泄不通,呐喊助威声此起彼伏,一浪高过一浪。五大连池市广播电视台记者更是不畏严寒,为校园足球积极宣传报道。

这边九人制比赛激战正酣,另一边西操场五人制赛区上,六年二班雏鹰队与六年三班飞翔队正展开较量。小场地比赛旨在攻防转换,场上变化莫测,机会稍纵即逝。进球之多、进球之快成为比赛中最大的看点。果不其然,雏鹰队率先破门,飞翔队长吕明宇带领球员接连反扑,进攻屡屡奏效,后来居上,赢得最后胜利。

2013—2014 学年度“校长杯”足球联赛共设九人制和五人制两个赛区,是这一年五大连池市第二小学冰雪体育活动中的一个重要内容。全校 3 ~6 年级共有 13 支球队 208 名球员参加比赛,共有 13 支中队啦啦队 600 多名孩子参与互动。新赛季、新赛制,使“校长杯”更加完善,场面更加激烈,为学校北狮梯队的成长搭建更加广阔的成长平台。

纷纷扬扬的雪花洒向大地,仿佛是在述说着二小人的足球情怀。校园里依然是笑声萦绕,孩子们谈论着比赛,分享着快乐。

我们有理由相信,在市教育局领导们的关心支持下,在二小人的共同努力下,“校长杯”足球联赛将不断演绎精彩,带着健康,带着快乐,永远驻留于孩子们的心田。

二小加油! 足球加油!

第七节 微信快报 冬日炫彩

快报之一:2020 年 11 月 26 日下午,2020—2021 秋冬季五大连池市第二小学“校长杯”足球联赛鸣哨开战。四年级组第一轮四年一班阳光队对阵四年四班旋风队、四年三班彩虹队对阵四年二班快乐队。一班凭借 8 号冯赫翔下半场 3 分 56 秒左侧弧前妙传 10 号杨瑞鹏,后者推射远角成功,1∶0 取得首胜。四班小将肖启烽、周清博等竭力反扑未能收获进球。不知蓝色“旋风”何时才能发威。第二场四年三班对阵四年二班比赛中,邵文硕梅开二度,常子达门前包抄抢点打入一球。帮助上届冠军 3∶0 轻取对手。两队啦啦队尽情挥舞国旗,用力挥动手拍,呼喊口号,为球队加油。赛前,全体人员低头默哀悼念伟大球王马拉多纳辞世。“校长杯”足球联赛,继续为冬日校园增添无限活力与色彩。

快报之二:2020 年 11 月 27 日下午,“校长杯”足球联赛上演三年级男子组小球员处子秀。三年一班朝希队迎战三年四班水孩子队,两队可谓势均力敌。队员们个个奋勇争先,毫不示弱,用力奔跑,球到哪里哪里就扎堆聚集,迟迟没有好机会出现。熬到下半时第 11 分钟,一班战明远主罚禁区外任意球,四班后卫禁区内故意手球破坏被罚点球。只可惜战明远大力将球罚至横梁被弹回,失去破门良机。最终 0∶0 两队平分秋色。第二场三年二班远航队对阵三年三班启程队。说来也巧,启程队中场刚发出球,球竟被对手围堵推进本方禁区,二班杨士峰四两拨千斤,一脚巧射取得成功。之后,启程队全体努力追赶,可惜前后场脱节,攻势锐减。倒是二班的进攻有些模样,终场前杨思远打入第二球。班主任教练员临场点兵派将,细心指导,啦啦队女生呼声高涨。“校长杯”足球联赛开场便赢得孩子们喜爱,愿北狮小将早日羽翼丰满,为二小足球努力争光!

快报之三:2020年11月28日下午,“校长杯”足球联赛四年级女子第一轮揭开战幕。四年一班阳光队对阵四年四班旋风队,两队实力相当,不分伯仲。两队频频使用“推土机”战术,场上扎堆追球场面频频出现,30分钟结束,0:0互交白卷。第二场四年三班彩虹队迎战上届冠军四年二班快乐队。场面跌宕起伏,三班队员向二班阵地发起强攻。但二班前锋12号杨爽、14号张金辉技高一筹,下半场第6分45秒,两人配合由后者推射打进一球取得1:0领先。随后三班全力发起反扑,一次次将足球推至前场。第13分32秒换来收获,14号孙心妍在左侧将球传至禁区内,16号纪云婷拍马赶到,面对守门员冷静推射远角成功,比分追至1:1平。久攻换来进球,三班全体士气大振,男球员场边加油指挥,14分钟多,纪云婷的又一次抢点打门偏出。最终,两队1:1握手言和。气温虽骤降,但比赛带来的快乐使孩子们感觉不到初冬的寒冷。“校长杯”足球联赛,炫彩冬日校园。

快报之四:2020年12月1日下午,五大连池市第二小学“校长杯”足球联赛三年级女子组上演处子秀。三年一班朝希队对阵三年四班水孩子队,上半时第6分17秒,四班5号刘晗率先取得进球1:0领先。随后一班队员立即奋力反扑,第14分07秒,一班7号卢畅单刀打入追平球至上半场结束。下半时开场仅2分36秒,朝希队又有5号杜佳怡打进制胜第二球。第二场,三年二班远航队迎战三年三班启程队。上半场两队你来我往0:0平。下半场开始,启程队频频换将,凭借身高、速度优势进行猛攻。第3分29秒换来收获,三班11号钱雨芯打入一球并保持全场结束。两场比赛,场面上虽不够流畅顺利,但“界外球、底线球、手球违例”等规则,从手把手指导做起,孩子们临场学习态度认真。女子足球校园半边天,加油!

快报之五:2020年12月3日下午2点10分,五大连池市第二小学“校长杯”足球联赛四年级男子组第二轮比赛开始。首场四年一班阳光队对阵四年三班彩虹队。阳光队将阵容做了一些调整,换上几名新球员尝试进攻。对方则首场首发主力全员上场。位置上由前卫常子达和中后卫左嘉懿做了互换,邵文硕与梁悦司职前锋,李明阳充当后卫。由于是第二场比赛,三班较第一场比赛球员位置感更强,传球次数也多了起来,控球水平有所提高。常子达不时出现几次长传球到前场,找到邵文硕。后者仅第2分18秒抓住机会打入一球使得球队领先。第4分19秒,李明阳打入第2球,第14分26秒,三班冯嘉懿从中场断球后沿着边路带入禁区后打入第3球。下半时开场,一班换人得到效果。仅2分钟多,由杨瑞鹏抢断冯嘉懿门前玩火球扳回一球,顿时场上场下士气大振。可好景不长,三班梁悦的抢点射门,使一班门将杨博扑救失手,梁悦二次补射成功。下半时,三班攻势不减,全面开花又打入对方3粒进球,最终6:1取胜,彰显王者风范。第二场四年二班快乐队与四年四班旋风队对垒,两队实力旗鼓相当,场面平稳。教练耐心指导,不断点将替补席上场。0:0两队第二场握手言和。虽然天气骤冷,可女子啦啦队热情丝毫不减。小旗飞舞、手拍翻动、口号声声、跳跃身影、嗨爆球场,留下冬日动人瞬间。

快报之六:2020年12月7日,“校长杯”足球联赛第一阶段第二轮迎来四年级女子组两场对垒。首场四年一班阳光队对阵四年三班彩虹队。开场两队均保持之前节奏,相持局面平稳。第10多分钟,三班门将出击失误,一班由16号刘鹤楠巧射打入一球,并保持终场以1:0战胜三班。第二场四年二班快乐队对阵四年四班旋风队。一开场,两队都大举进攻。速度、力量处处比拼,二班队长杨爽曾几次个人带球突入前场,因用力过猛失去重心而滑倒。这边四班又换上几名新球员，力求保持场上力量平衡。尤其守门员迟瑞婷经常抢发出球门球，发动快速反击牵制对手的重兵压境。最终，两队 0:0 握手言和。队员们赛前跑步、压腿热身有板有眼，男队员一对一临场指挥呼喊，高举“加油”手工画别出心裁。气温骤降，校园里足球联赛热度不减。欢乐的校园，激烈的比赛。激动与兴奋之情洋溢在孩子们的脸上。

快报之七：2020 年 12 月 8 日下午，“校长杯”足球联赛三年级女子组进入第二轮。三年二班远航队迎战三年四班水孩子队。远航队整场频频走马换将，但效果不佳，上半场第 7 分钟多凭借水孩子队 1 号徐一清打入全场唯一进球致使四班获胜。第二场三年一班朝希队对阵三年三班启程队，可谓一场经典大战。上半时第 5 分钟多，先是一班 8 号辛晴接队友 6 号卢畅传球打进第一球，之后三班 11 号钱雨芯进球扳平比分。比赛更加激烈，扎堆防守、扎堆进攻，第 13 分钟多，一班 8 号辛晴攻入第二球，上半时一班 2:1 领先对方。中场 2 分钟休息后，三班仿佛人人都注入了加油剂，进攻节奏突然加快，跑动更加积极，并将守门员文馨调至前锋。第 8 分钟多，13 号周雨馨攻入扳平第二球；第 11 分钟多，19 号李想打入第 3 球；第 14 分钟多，15 号文馨攻入第 4 球。最终，启程队以 4:2 获得一场大胜。两次落后两次扳平到取得最后胜利，孩子们增长足球技能、锤炼意志品质、磨砺拼搏精神、经历成长考验。小足球，大教育。健身、健心、健美，校园足球的教育功能逐渐彰显。

快报之八：2020 年 12 月 9 日，三年级男子组补赛第二轮开始。三年一班朝希队 1:0 战胜三年三班启程队。上半时第 12 分钟多，由 9 号战明远传球给 10 号杜宇晨，后者将球打进。此役，战明远调度能力凸显，杜宇晨位置感增强。反观三班只有小将张诗宁较为灵活，却得不到球友有力支持，遗憾告负。第二场三年二班远航队对阵三年四班水孩子队。二班整体实力高出一截。小将杨士峰上半场梅开二度，下半时又有 18 号王子晗打进第 3 粒进球。二班多名球员表现突出，频频威胁四班守门员孙浩宇。孙浩宇用尽全力，奋勇扑救每一个危险射门球，几乎凭一己之力阻止比分不再扩大。

快报之九：2020 年 12 月 10 日，校园足球联赛迎来第一阶段四年级组第三轮收官战。四年一班阳光队对阵四年二班快乐队。一班“三叉戟”谢鑫镇守后防线，冯赫祥中场，杨瑞鹏前锋。开场 7 分 35 秒，冯赫祥打进一球，一班领先。进球之后一班进攻反而失去章法，二班于振涛与薄嘉懿分工明确，后防薄嘉懿得球后便大脚开到前场找到于振涛，后者分别在上半场 9 分 35 秒和下半场 3 分 56 秒连入 2 球。二班最终以 2:1 击退一班。第二场三年四班旋风队挑战三年三班彩虹队。三班实力超群，开场仅 1 分 21 秒，左嘉懿第一次打门便取得进球，创造联赛最快进球纪录。而四班早有准备，并有针对性地做了赛前训练和换人调整。大喜之后伴随着大悲，第 6 分 32 秒，刚刚进球的三班左嘉懿禁区内铲球犯规被判点球，四班后卫 9 号赵鹏点球罚进。之后四班全员振奋，场外啦啦队更是激情高涨，一次次加油呼喊。下半时第 5 分钟多，小个子肖启烽接 5 号高琦航界外球罚球弧线高空球，在禁区内一记顺势小力量挑射，三班守门员宋浩轩遂不及防，皮球脱手入网，四班 2:1 反超。之后四班全员更是积极主动，全力进攻。第 11 分 30 秒，又是肖启烽与高琦航一次前场界外球战术，这次肖启烽一记大力施射破门，四班 3:1 获得两队交战史上的首胜。“只要永不放弃，下一秒就可能发生奇迹”，四班小将用一场漂亮的翻身仗诠释足球比赛的无限魅力。愿每一名小球员在比赛中珍惜过往，在分享中一起成长。

快报之十:2020 年 12 月 14 日,五大连池市第二小学笼式球场“校长杯”足球联赛四年级女子组迎来第三轮收官战。四年一班阳光队对阵四年二班快乐队,四年三班彩虹队迎战四年四班旋风队。－28 ℃气温挡不住孩子们对联赛的渴望,两场比赛着实激烈精彩,实属“橙色旋风”压倒“蓝色海洋”。橙色的“快乐”队杨爽与前锋张金辉,一前一后屡屡将足球推至对方禁区内。张金辉偶尔个人突破威胁对方,下半时第 10 分 37 秒,后者取得一个进球,1∶0 帮助二班取得胜利。第二场橙色四年三班彩虹队速度上占有优势,大部分时间将足球压制在四班半场。四班男球员们引领啦啦队用尽全力加油助威,上半场死守维持 0∶0 平。下半时 5 分钟后,三班 14 号孙心妍首开纪录 1∶0;接下来第 11 分钟,17 号董晴传球给 16 号纪云婷,后者打进第 2 球;第 14 分钟多,14 号孙心妍卷土重来打进全队第 3 球。两场比赛,可谓激烈精彩,孩子们不畏寒冷,一阵橙色风暴炫彩冬日第二小学校园。女队员赛前热身,男队员场边指导、记录。第一轮收官战,有友谊,有进步,有团结,留下一张现场大合影全员欢腾展笑颜。相约 2021 春夏,我们再比拼一战!

快报之十一:“享受乐趣、增强体质、健全人格、锤炼意志”是学校体育核心育人目标,也是校园足球核心育人目标。2020 年 12 月 15 日的球场内,人流涌动,呼喊声响彻校园上空。三年级女子组第三轮联赛照常进行,寒冷挡不住孩子们的热情。三年三班启程队与三年四班水孩子队两队实力相当,30 分钟之内 0∶0 战平。三年一班朝希队与三年二班远航队上演经典大战,开场不到 3 分钟,远航队 14 号庞睿利用速度和技术,连续带球到达禁区并取得 2 粒进球。直至第 9 分钟多,才由 7 号辛晴扳回一球。上半场二年一班远航队领先。下半时,一班调换守门员又铸成大错。2 分钟之内,由 18 号齐诗涵接连攻入 2 球,4∶1 比分使二班遥遥领先。直到第 11 分钟多,才又由 7 号辛晴扳回第 2 粒进球。经过 6 场比赛,完成三年级女子足球队员选拔。培养了孩子们爱班级、爱团队的集体主义精神;寒冷天气考验孩子们的毅力,磨砺奋发向上、顽强拼搏的意志品质。

快报之十二:2020 年 12 月 26 日,秋冬季“校长杯”足球联赛三年级男子组迎来收官战。三年一班朝希队迎战三年二班远航队。上半场刚开场第 45 分钟,13 号王晨旭便为二班首开纪录 1∶0。战至第 14 分钟,19 号王子晗带球至前场射门,一班 8 号付佳文慌乱中解围意外乌龙自家大门。上半场远航队 2∶0 领先。下半场交换场地,一班明显加强防守,两队互有攻守。第 11 分 09 秒,二班门将手抛球给 16 号商孟勋,后者由中场带球并打进第 3 球。一班众小将竭力反扑,将球推至门前,二班 13 号王晨旭停球被一班杜宇晨打进一球。最终,二班 3∶1 取得胜利。第二场三年三班启程队对阵三年四班水孩子队。开场 1 分 39 秒,四班徐淼打进第一球,仅过 3 分钟,徐淼解围失误乌龙打进自家一球。1∶1 比分维持到第 13 分钟,四班郭德旭打进一球使得 2∶1 领先上半场。下半时即将结束前,四班李奕墨打入第 3 球,最终四班 3∶1 获得胜利。

秋冬季足球联赛历经 20 天 24 场激烈角逐,共计 8 个班级的 120 名男女运动员在赛场上一同比拼高下。赛出了友谊,赛出了进步,赛出了团结。赛场上,一个个感人瞬间令人难忘。尤其要感谢 8 名班主任老师辛勤的付出,是你们的陪伴鼓舞着孩子们努力前行;是你们的指挥,演绎了一场场经典对决。看到四年级队员的成熟,目睹三年级小队员的初露锋芒,喜悦之情溢于言表。祝福每一名小队员快快成长,为二小足球早日争光!

第八节　二〇二一　梦想继续

2021年10月,迎来又一个新冠病毒疫情常态化防控的安全窗口期。12日下午,2021—2022学年度“校长杯”联赛在笼式球场悄然打响。这是2011出生小球员的第三个赛季,之前小球员们经过暑假足球夏令营集训活动,在体能、技战术等各方面都提高了很多。他们一个个换上新球服,早早摩拳霍霍,期盼联赛的开战了。

首场赛是由五年四班旋风对阵五年一班阳光。旋风队中的肖启烽是一匹快马,跑动中结合球的感觉特别好,打门力量也是不小,他并没有固定在前锋位置上,很多时候到中后场拿球再组织进攻。前面的赵鹏一度成了单前锋,后腰由高启航担当。开场6分钟多,肖启烽便在右侧禁区内抢到第二点补射成功1:0领先。一班这边阵形上由冯赫翔司职后卫,杨昊博守门,李朝阳前卫、谢鑫队长打前锋。相比之下,一班配合并不是流畅,有威胁进攻少之又少。四班肖启烽成了满场飞,不惜体力的前后场奔跑。第9分钟多,他前场右侧开出角球滑过禁区,左侧赵鹏及时包抄到位用左脚打进第二球。下半时,四班多数球员体力不支,没有创造出机会给予肖启烽以支持,两队互有攻守都没有进球,仅一班的李朝阳有过两次远射却偏出。最终,四班旋风队以2:0赢得首场比赛的胜利。

第二场上赛季冠军五年三班彩虹队对阵五年二班快乐队。彩虹队派出常子达、邵文硕、左嘉毅、李明阳、王彦翔及宋浩轩,可谓阵容豪华。二班在“大炮”薄嘉懿的带领下,向冠军队发起了阻击战。在他的带领下,球员们拼抢积极果断,几乎是缠住对方打。彩虹队一时间没有什么好办法,李明阳前场断球后尝试几脚射门偏出。倒是来自薄嘉懿的几次远射颇具威胁,给三班守门员宋浩轩造成极大威胁。这种僵持局面持续到第8分钟多,李明阳在前场抢断球门球后带球打门取得1:0打破僵局,之后三班吹响进攻号角。第9分钟,后卫王彦翔快速发出后场界外球,找到埋伏在禁区左侧的邵文硕,后者打进第二球。第11分钟,常子达和邵文硕接连做出小配合,两人互相助攻又各打进一球。上班时,三班以4:0结束战斗。下半时,三班攻势如潮,李明阳客串起门将。看到场面几乎一边倒,课题组临时调整规则,规定三班进攻要在5次传球后可以打门,限制了三班的快攻,在阵地战中又有常子达独进2球。二班薄嘉懿打满全场,全队七人拼尽全力虽败犹荣。本场比赛,三班小将王彦翔可说是一个新亮点,机智果断,用脑踢球,善于观察。正是他后场一记界外球长传,助攻邵文硕打进本场第二球。组织中卫常子达也是可圈可点,他的预判、跑位、果断也使他独中三元。但球队要讲究整体,利用大比分机会要多派上替补队员锻炼成长,使全体球员进步方能球队更强。

比赛结束,全场复盘。知己知彼,继续前行。

10月14日下午,2012出生小球员迎来“校长杯”联赛的第二个赛季。总第3场联赛,四年一班朝希队迎战四年四班水孩子队的比赛照常进行。四年一班12人装备齐整,兴趣高涨。而四班在队长吕博睿率领下仅6人来参战,没有一名替补也没有球迷来助阵加油。开场哨后,两队小球员便是你来我往,在中圈处就展开了激烈争夺。从控球时间上看,一班朝希队稍占一些上风,但是整体上还是捏不成一个整体。之前前卫线较为灵活的付佳文此战也是拿球不稳,传球缺失准确性。而四班坚决执行防守反击战术,六个人抱成一团积极防守,中后卫李奕墨上抢意识较强,身高脚大一夫当关。最终两队0:0握手言和各取得新赛季第一分。

总第四场四年二班远航对阵四年三班启程队。二班众小将声势浩大,前中后三条线上人员齐整。商孟勋担当队长指挥队友向三班球门发起攻击。上半时1分45秒,“影子前锋”杨思远断球突破射门取得进球,二班1:0领先对方。随之进攻高潮一浪高过一浪,在7分30秒多,三班球员在禁区内手球犯规,由王晨旭将球罚进,二班上半场2:0获得领先。下半时,三班竭力防守,尤其守门员蒙宇轩表现积极,克服右臂伤痛东扑西挡力保球门不失。而二班后防杨天宇、王晨旭位置左右错乱,在前场优势情况下不能大胆助攻;前场杨士峰、侯杰及商孟勋虽轮番上场,但缺失位置感、观察力不够和传球意识不强,这些成为二班下半场没有再改写比分的主要原因。

纵观新赛季前四场比赛,小球员们兴趣不减,战术有佳。但暴露出的“球员间缺少区域小配合,个别球员位置任务不明确及个人技术不精”等问题,需要在未来训练中亟待解决掉。

第四章　构建多元　丰富文化

——构建多元模式校园足球文化实践探究

五大连池市第二小学注重校园足球文化多元模式的构建开发，强化校园足球文化软实力势在必行。在梯队教学训练与校园联赛的基础上，开展了足球节、足球操、设计队徽、编排队歌、爱心文化、足球展室、楼廊文化、足球嘉年华、冬夏令营、明星进校园、毕业足球教育等文化活动，探讨足球社区化模式，实现校园足球与冰雪绿色资源的有效融合，促进校园足球“家校合一”，完善中队元素成为构建校园足球文化的基石。

一项项教学改革创新，推动新时期第二小学校园足球发展。多元的足球文化是校园足球蓬勃发展的必然产物，是校园足球持久发展的力量源泉。

第一节　“北五”联谊　瞬间永存

2000 年 8 月 5 日，天空晴朗，白云飘飘。五大连池市人民体育场内热闹非凡，喊声四起。北安市足球协会秘书长吴英奎带领的三支青少年足球队正与北狮 1013、1619 两支梯队以及北狮青年足球队进行联谊比赛。这是继北安臣业队来访之后两地的又一次大规模足球文化交流，是两地足球携手发展的又一见证。

足球场上率先开始的是小学组比赛。北狮 1013 梯队身着皇家马德里白色球服，由东向西进攻。北安小学队则身着黑白尤文图斯球服，由西向东进攻。北狮 1013 梯队由五大连池市第一小学和五大连池市第二小学的球员共同组成。前锋陈磊、李亮亮，前卫张超、马亮，后卫韩强、付磊、李金龙、薛宏宇,守门员唐佳旭等小球员都是成长起来的校园小球星,阵容可以说是超豪华了。对方小将们也是个个优秀,刚开场就大兵压阵,一次进攻后获得前场一个角球。前锋队员抢点射门,多亏守门员唐佳旭的快速出击方才化险为夷。挺过一阵对方猛烈的进攻,北狮小将们开始组织进行反击。前卫张超的传球,一次次找到小前锋陈磊和李亮亮。上下半场,两小将分别攻入对方一球,北狮梯队以2∶0取得首场比赛的胜利。

接下来进行的是初中组的比赛。北狮1316梯队由来自五大连池市第一中学的学生组成。刘鹏程、佟明迪、刘利辉、胡彦磊、刘佳梁、于洪元等分别组成中前场,任明远、邝冬永、马子龙、丛刚坐镇后防线,李艳慧司职守门员。对方整体上也是阵容齐整,而且身高上尽占优势。面对来势汹汹的对手,北狮梯队更多强调地面进攻,更多使足球通过中场球员来调度。上半场前35分钟里,靠着刘鹏程和佟明迪的进球一度2∶0领先对方。在第43分钟,北安队利用一次快速反击扳回一球。上半场2∶1,北狮梯队领先。下半场易地再战,北安队一度调兵遣将,并把比分追至2∶2平。就在全场即将结束之际,右边后卫刘佳梁一记世界波远射轰开对方球门,北狮梯队以3∶2战胜北安队。

第三场是由北狮青年队迎战以臣业球员为班底的北安青年队。北安青年队堪称北狮青年队的老朋友,这是两队史上第三次交锋,之前两队比赛是一胜一负。张宏伟、侯国庆、杨玉林、刘遵林、张树成五名老队员带领郭冬、邵岩、赵培成、王树奇、丁磊首发,守门员是来自高级中学的高三学生刘龙克。由于主场作战,以老带新的北狮队超常发挥,比赛中一度控制场上的局面,比分也一直领先,最终以5∶3取得了胜利。

三场联谊赛都以东道主球队的胜利而结束,足以说明业余比赛主场作战的诸多优势。五大连池市邮政局职工足球队聂东岩、周雪刚,黑河市第五小学教师秦冰洋等人来到赛场助阵观看。三场比赛都以北狮青年队战胜北安青年队而告终,极大鼓舞了全队士气。学生组比赛中李亮亮、张超、付磊等一批小队员所表现出的果断、机智及娴熟的技战术配合,使我们看到了北狮梯队未来的希望,同时更验证了五大连池市第二小学足球联赛对小球员锻炼成长所起到的重要作用。实践证明,校园足球联赛是小球员成长的重要基石。

联谊活动虽然短暂,但极大促进了两市足球爱好者之间的友谊,给两市足球爱好者留下美好的回忆,也必将为两地足球发展带来活力。这种"北五"联谊模式,更成为建设五大连池北方足球事业小区的重要组成部分。

期待"北五"联谊花开永远。

第二节　兰格之行　助力成长

2003年7月21日,第三届"北狮杯"刚刚曲终人散。我与任永才老师带领张超、李金龙、赫兰宝、刘涛、邱赫五名小队员坐上南下哈尔滨的火车,拉开北狮梯队首次足球夏令营的序幕。此行的主要目的是到兰格足球俱乐部参观和学习,体验龙江职业足球的氛围,陶冶队员们的情操,磨炼队员们的意志品质,提高队员们的技战术水平。

一下火车,我们就约见了黑龙江日报社体育部专刊副主任梁学增老师。梁老师曾在1999年4月来过五大连池,到第二小学亲身感受校园足球联赛,指导学校足球特色工作,并开始关注和支持我校足球运动开展，可以说是北狮足球的老朋友了。当得知我们此行目的后，梁老师非常高兴，也更关心我们的行程。他给兰格集团董事长刘志圣先生写了张便条，为我们此次活动提供帮助。

告别梁老师，我们直奔哈尔滨工业大学体育场，到那里现场观看中国足球甲 B 联赛甘肃天马队对战哈尔滨兰格队。我们刚一走进体育场，便被球场里的热烈氛围感染。只见边线两侧看台上早已坐满了热情似火的龙江球迷，他们当中有的身着兰格队球服，有的挥动着兰格队主场围巾，有的打着小国旗。各式各样的打扮把看台装点得绚烂多彩。我们被俱乐部工作人员安排在贵宾席的左侧看台上，球场内的情况一览无余。远望看台的对面，来自哈尔滨市球迷协会的球迷们在指挥彩旗的引领下，一会儿加油呐喊，一会儿做起人浪，我们也跟随着他们做着各种各样的动作。一会儿站起来做着人浪，一会儿共同呼喊兰格队的荷兰外援海马“加油，加油”！我们的队员张超、李金龙努力挥舞着条幅。由于实力上的差距，90 分钟内比赛场面一度被甘肃天马队所控制。兰格队先后派出三个外援上场，但也不见任何起色。尽管中场大将外援海马拼尽了全力，兰格队还是以 0∶3 主场落败于甘肃天马队。这是我和小队员们第一次到现场观看球赛，体验到了电视屏幕前看直播从没有过的感觉，真是太刺激、太令人激动了。能与家乡球队一起经历风雨，也真不枉做一回龙江足球迷了。

比赛结束后，我们直接坐上通往基地的大巴车。一路上，车上没有人大声说笑。因为当时兰格队在甲 B 联赛中积分排名一直处在最后，面临着降级的危险，又经历一场失败，大家的心情自然不是很好。熬过沉闷的一个多小时，大巴车驶抵地处 102 国道 1825 千米处的兰格足球俱乐部。远望去，几座黄色办公楼矗立在一片绿地之中，兰格俱乐部徽标雕塑镶嵌在综合楼墙体顶端。楼群的正对面是开阔的天然草地足球场，工人正用打草机忙碌地修整着场地。入住并用过晚餐，全队便休息了。

第二天上午，我们先后参观了文化教室、标准化训练场、会议室、游泳池等。在俱乐部荣誉室内，我们看到了一张张图片和一座座奖杯，被兰格人在艰苦条件下发展龙江足球的一个个瞬间所感动，尤其刘志圣董事长敢为天下先的气概着实令人敬佩。几天来，队员们随足校孩子们一起训练和学习，观摩兰格队一线队员训练。在送行兰格队出征客场比赛时，我们向俱乐部赠送了题为“永远为兰格足球加油，永远为兰格足球助威”的锦旗。那一刻，龙江足球将我们与兰格众将士的心紧紧地连在了一起。孩子们激情满怀，立志为龙江足球发愤图强。

7 月 27 日，我们结束了此次足球夏令营返回五大连池家中。一周的参观、学习和足校生活体验，使小队员们提高了基本技能，锻炼了意志品质，增强了团队意识，陶冶了家国情怀。队员们时刻为兰格足球精神所感染，为兰格人的拼搏事迹所鼓舞。兰格之行助力了第二小学北狮梯队球员们的全面成长。

第三节 足球“转差” 兴趣之源

校园足球不但能强健学生的体魄,培养学生的团队意识和友爱协作精神,而且还能帮助孩子们养成良好的行为习惯,促进他们形成专注认真的学习态度,进而促进学生文化成绩的提高。从这一点上来看,校园足球能够在学校“转差”工作中起到至关重要的作用。

2010年春季,六年级学生临近毕业,有一部分学生开始进入“阶段性的躁动期”,一些不爱学习的孩子经常违反学校纪律,给班级教学管理增添了难度。怎样让学生躁动的情绪得到释放,个性得到张扬,同时有效缓解紧张的学习压力,使学生的学习生活保持良好的精神风貌,提升其品德和学习素养,这给五大连池市第二小学提出了一个全新的课题。针对此项课题,五大连池市第二小学毕业班语文、数学、英语和综合任课教师向学校申请组建了一支主要由学困生、待进生组成的毕业班课外足球兴趣小组,希望另辟蹊径,通过校园足球让孩子们插上奋飞的翅膀。

学校大力支持此项提议,当即成立了以谢艳华副校长为组长、毕业班六位主要任课教师为成员的实施小组,由我担任主教练。教师们群策群力,制定了详细的活动方案和科学的激励与约束规则,设计了学员跟踪调查记录表,通过记录参与此项活动前后学员在学习、纪律等多个方面的变化,来测评此项活动的实效性和推广价值,探求一条让学生通过体验足球运动感受快乐、找回自信、树立自尊、走向自强,以此提升品学素养,从而达到有效教育、管理学生的新路子,最终达到提高学生的文化学科学习成绩的目的,为升入初中及人生观的形成奠定基础。

小组中的成员八成以上都是从各班选出的双差生,即学习成绩不好、纪律约束性不强的学生,时至今日这些孩子的名字我依然记忆犹新,他们是杨光、柴俊义、孙陈德芳、孔祥林、刘欣雨……本次足球兴趣小组共设计12课时,每周一次。4月2日,足球兴趣小组开始第一次训练活动。本次训练小组担负着2010届毕业生足球告别赛的任务,为第二小学乃至五大连池市校园足球的开展进行了广泛的宣传和推介。

足球“转差”小组经过三个月的实践,每个学生都发生了质的变化。首先是加强了纪律性,养成了良好的行为习惯。在比赛中,团队精神得到培养,最可喜的是文化成绩也有了提高,每个人都以良好的成绩考入了初中,实现了实施小组既定的教学目标。

从实践意义上讲,这个活动小组成为转化后进生的一个足球集中训练营,更是进行毕业生文化、纪律、团队精神培养的教育教学中的一次尝试和改革。

第四节 两次座谈 立意深远

在五大连池市第二小学校园足球长达30年的发展过程中 ,有两次校园足球座谈会的召开起到了关键性作用。其中确立的工作方案决定了校园足球在两个阶段中的发展方向,保障了校园足球在第一个阶段中探索,在第二个阶段中创新。

1997年秋季，全市各行业都在为五大连池市争创全国体育先进县的最后冲刺做着努力。这时的我，从五大连池市第一小学回到第二小学做的第一件事就是重组年级足球队，接着举办校园冬季足球大赛。当时北狮青年足球队也经常来学校组织业余训练和小场地比赛，很多年轻队员们与梯队小球员结为成长对子。一系列校园足球活动的开展，一度引发师生们对足球的热爱。由于北狮梯队两次在全市小学生比赛中获得冠军，为全校师生们树立了自信。第二小学足球该向怎样的目标方向发展是足球课题组要考虑的首要问题。受到第一小学省级速滑基点校的启发，我和于金龙老师有了争创省级足球基点校的想法，这个想法一提出便立即得到当时校领导们的大力支持。

12月21日，五大连池市第二小学组织召开了有史以来的第一个校园足球发展座谈会，时任五大连池市政府副市长蔺波、中国共产主义青年团市委书记朱昊旻、教育委员会副主任王文奇、文化体育局副局长王立明、教育局体育视导员刘玉泉等领导，还有热心足球事业的邮政局领导刘臣、孟庆山以及北狮青年足球队的教练队员等50多人参加了会议。参加会议的代表们都踊跃发言，献计献策。作为北狮足球队的执行教练，我也就北狮青年足球队几年来发展情况做了情况介绍。最后副市长蔺波做了重要讲话，对五大连池市第二小学未来足球的发展做出了指示，对北狮青年队发挥龙头作用提出了希望和要求。本次座谈会确立的“争创省级足球基点校”的工作目标，在当时的时代背景下，只能算是第二小学人一个美好的发展愿景，却使校园足球发展目标保持了鲜明的前瞻性，较之2012年黑龙江省体育局命名第一批省级足球基点校整整提前了15年。方案中确立的北狮梯队业余训练和班级足球联赛成为校园足球发展的两大特点，是学校保持竞技水平的重要基石。

此次座谈会是影响五大连池市第二小学校园足球发展的一次重要会议，意义深远而重大。会议的讨论结果成为五大连池市第二小学甚至全市足球未来发展的指导思想和实践方法。众多体育、教育工作主要业务领导共同探讨足球事业发展，是地方体教融合的体现。

2011年7月15日，五大连池市第十一届青年足球邀请赛前夕，我们又组织了五大连池市第十一届“北狮杯”足球赛暨第二小学新时期校园足球发展座谈会。

当时，国家体育总局联合教育部开展的校园足球已有两年的时间，我也先后参加了济南和兰州的草根足球指导员讲师班的学习。通过学习，我对国际足联草根足球的发展计划有了很深的理解，针对第二小学在传承历史的基础上怎样结合国家新形势、新政策开展校园足球也有了一些想法和思路。而此时的第二小学迎来了以陈大忠为核心的新一届学校领导班子。新一届领导班子审时度势，高屋建瓴，对五大连池市第二小学校园足球未来发展做好了规划。

2011年7月14日，五大连池市第二小学新时期校园足球发展座谈会在青少年活动中心隆重召开。黑龙江省足球协会副秘书长杨茗志、黑龙江省足球国家一级裁判员赵鸿雷、五大连池市文化体育局副局长吕永刚、市教育工会主席朱广仁以及第11届足球邀请赛运动员共计300余人参加了会议。会上，与会人员集体收看了反映五大连池市20年足球发展的影像资料片，并就第二小学校园足球发展和五大连池市未来足球运动发展展开了讨论。

在此次座谈会上，五大连池市第二小学确立了“艺体、特色、校本”三位一体的新时期校园足球发展新思路，大力进行校园足球普及，广泛传播国际足联草根足球发展计划理念，并申请了“十二五”校级科研课题“校园足球在三线城市开展实验的研究”。此次座谈会为新时期五大连池市第二小学校园足球的重新启动奠定了坚实的基础。"课题研究、特色办学、校本课程"三位一体的远景规划为校园足球的发展耕莘沃土。草根足球理念的传播,必然给校园足球的发展提升更大空间。

第五节　欢庆六一　足球报喜

2012年6月1日,五大连池市第二小学校史上首个足球节如期举行。当日下午,阳光明媚,校园里白杨婀娜,青松翠绿,到处是一片欢快的景象,到处洋溢着快乐的笑脸。

下午2点整,在教导处李海霞主任的主持下,2012庆六一校园足球节正式拉开帷幕。李常辉老师发出响亮的口令,全体同学整齐站立,伴着嘹亮的义勇军进行曲,全校1000多名师生及600多名家长仰望五星红旗在校园上空冉冉升起。那一刻,振兴中国足球的雄心壮志又一次撞击着每一个二小足球人的胸怀。

陈大忠校长的致辞慷慨激昂、热情洋溢,赢得孩子们的阵阵掌声。他代表全校教师向孩子们送上六一节日的祝福,向各位北狮足球指导员及学生家长们的到来表示热烈的欢迎。他总结了五大连池市第二小学20年校园足球的发展的艰辛历程,也对新时期校园足球发展提出了新的要求和希望。接下来,副校长华春艳宣读了关于聘任北狮足球队员为校园足球指导员的决定书;副校长孙丽丽公布了校园足球节组织机构人员名单。最后,来自五年一班阳光足球队的王宇博同学代表学校第10支北狮梯队96名小球员向全校学生宣读倡议书。他号召全校同学要与足球为伴,在绿茵场上拼搏,在阳光下成长;要融入集体,团队合作,客观看待胜利,冷静面对失败;要强健身心,磨炼意志,刻苦读书,快乐踢球,并对前来指导、帮助他们实现足球梦想的12名北狮足球指导员表达敬意。

下午2点20分,开幕式准时结束。听到足球节第一个指令下达,全体人员便迅速到达指定区域,布置场地,摆放器材,为足球活动做好准备。

伴着悠扬欢快的运动员进行曲,丰富多彩的足球活动开始了。活动站内的12名北狮队员精心组织,指导4~6年级96名北狮梯队小球员进行各种技术练习和对抗,孩子们尽情地玩耍和表演,充分展示了足球少年的天真与活泼,诠释着足球节带给他们的极大快乐。体验区中的"亲子抱球接力跑""10米踢球比准""圈羊运球接力"等游戏,吸引了1~6年级600多名家长与教师、学生一起参与互动,一起体验足球运动魅力,激励着班级足球团队的成长。

此次足球节是五大连池市第二小学校执行国际足联草根足球发展计划,继草根训练课、春夏季"校长杯"联赛之后的又一项重要创新实践活动,是全校教师为孩子们过六一而精心准备的节日礼物。此次活动极大丰富了校园足球文化,为班级团队建设提供了载体,为学生健康成长搭建了平台。同时成为黑龙江历史上的第一个校园足球节,开创先河,意义深远。足球节的成功举办加快了五大连池市第二小学足球特色学校建设步伐,为五大连池市素质教育发展注入了新的活力。

第六节 精彩“足球节” 快乐大盘点

本次足球节场地共分为三个活动区域，其中一区供3～6年级进行足球比赛；二区和三区供全校师生趣味体验。设置体验区是课题组在参照国际足联草根足球节组织形式基础上，经过讨论开发出的一个实现全员参与的互动方式。一区指导员来自北狮青年足球队，二区和三区指导员是经过培训的科任教师和班主任。开幕式之后，全体人员在李常辉老师的统一指挥下，秩序井然地进入指定区域。

那边二区、三区指导员开始整队解读游戏规则，这边一区八站指导员也同时开始组织热身游戏——“老鹰捉小鸡”。

一声哨音响起，八个站区顿时热闹了起来。孩子们在“老母鸡”的呵护下连成了一串串，忽而向东，忽而向西；而“老鹰”则是张开宽宽的臂膀，时而击头，时而追尾，每块场地霎时间尘土飞扬，一条条曲线游动自如，一阵阵笑声回荡在校园上空。

臂缠袖标的队长“老母鸡”高度负责，把队内的“小鸡们”照顾得特别到位，轻易不让队尾的“小鸡崽”遭到“老鹰”的攻击。指导员们禁不住和孩子们玩在一起，一会儿表扬鼓励，一会儿激情调动。

7分钟后，活动站小球员们兴奋不减，热情高涨。听到指令，大家稍事休息，指导员及时小结，孩子们迅速补水。

“老鹰捉小鸡”重在提高孩子们的活动拓展能力，给孩子们一个天真烂漫、自由发挥的空间，实属北方一项传统又极具生命力的草根游戏。

14时45分，伴随着一区八站热身游戏结束，二区、三区的足球体验游戏随即开始。三个区域活动热闹非凡，场面瞬间火爆起来。二区、三区的游戏互动暂不过多陈述，且先看演绎精彩不断的一区八站。

A站:5V5手足球比赛

A站指导员为刚刚走上三尺讲坛的庞雷、王海波，前者来自和平小学，后者来自太平小学。庞雷沉着稳健，语言简短有力；王海波则风趣活泼，灵活多变。两人同为12年前黑河师范学校体育班学生，此次搭档可以说是珠联璧合，优势互补。

在他俩的指挥下，一路、二路球队队长“石头剪子布”决定发球权。比赛开始，二路球队首先开球，几位小球员互相呼应，配合默契。1分钟后，足球被传到二路小队六年三班郭满手中，对方球员则气势高昂地过来争夺，郭满不慌不忙地将球传给早已埋伏在对方门前的队长刘庆。刘庆做出一个跳起高空射门的假动作，骗过对方的防守队员，将足球从对方胯下投进。1:0后手球赛转换为足球赛，两个小队你来我往，各不相让，比分也被不断改写。场外的替补不断与场上队员互换，又因比赛不设守门员，更使得比赛场面不断推向高潮，孩子们有更多的机会体验快乐。

7分钟后，活动结束，二路小队最后以4:2取得胜利。两队球员相互握手告别，他们相约第5站(E站)再一决高下。

5V5手足球让孩子们提高篮球、足球传球技巧，体验破门成功的愉悦。

B 站:两位守门员的协调性练习

遥想当年北狮青年足球队在黑土地上南征北战、屡创佳绩。比赛的胜利,不只是前锋队员的攻城拔寨和中场球员的组织策应,更与守门员的有效防守密切相关。

本站指导员周雪刚和武忠都是北狮足球队守门员。在 B 站区域内,他们用一系列协调性练习让孩子们理解踢好足球并不仅仅需要力量、速度与技术,良好的协调性才是实现上述因素的必要条件。

很快,来到 B 站的孩子们在二位指导员的引导下,开始了各种练习:拍球变换方向跑、高抛后接球、蛙式跳跃练习……迅速点燃孩子们的激情。随后二人开展传球穿裆跳跃小山羊、传球穿裆爬行两个练习,让孩子们享受草根活动的快乐,也把此站的练习氛围推至高潮。两位指导员不断交叉换位、俯身疏导。坑坑洼洼的沙石场地不时改变着足球的反弹方向,孩子们的兴趣仍是不减,一张张小脸逐渐红润起来。

在 B 站,孩子们的协调性在快乐中得到增强。

C 站:海龙一人独撑 6V6

谷海龙,2002 年毕业于黑河师范专科学校体育系,他也是一名刚刚走上三尺讲台的年轻教师。但对于他来说,足球已不再是什么新课程。大学时专业知识及足球技能特别突出的他,曾是 2001 年第一届“北狮杯”足球赛黑河师专代表队的一员中场大将,并最终帮助球队获得了冠军。今天,他在此次足球节中独撑 C 站,一人挑起了 6V6 比赛指导的重任。6V6 比赛不同于 3V3 或 5V5,比赛更加激烈和刺激,其中无球战术及小区域配合尤为重要。

谷老师的语言简短,却句句在理,他的教学行为也充满了朴实、耐心的元素。各支小队在他的指导下很快进入了状态。小家伙们刚从 5V5 手足球比赛和协调性练习站轮转下来,个个都状态饱满,踊跃参与。规则是每队 6 个人全员参加,考验球队整体实力及小队长的作用。小球门设置在了场区之内,足球从后面打进也算有效。草根式的灵活规则让孩子们乐此不疲。场面很快热闹了起来,精彩不断上演。不时见他为落后的一队加油鼓劲,不时见他飞跑捡回刚刚踢出场区的足球。

海龙老师的努力坚持换来了孩子们的张张笑脸,也把快乐深深地装在了每名队员的心里。

D 站:射门大战

D 站的项目是射门练习,也是此次足球节唯一练习射门的一站。两个球门斜对着放置在场区线上,球网撑满了球门的立体空间。现役北狮青年足球队组织中卫么建新、黄超两位小将担当此站的指导。规则是每队队员要运球通过标志桶后再完成射门,按得分多少分出胜负。他们二人一前一后,时而俯身悉心指导,时而带球示范动作。

在此之前的草根训练课上,没有进行过射门技术的练习。因此,本站的内容引起了孩子们极大兴趣。小家伙们跃跃欲试,一招一式,学得有模有样,尽情体验着射门成功后的快乐。面对着出现在眼前的摄影师,四年三班程乾同学还不时做起了鬼脸。

一次练习之后,孩子们都要跑到对方小队的排尾。位置的变化给孩子们带来不一样的全新感受。

D 站区域的一次次射门,让孩子们彰显运动活力,体验足球快乐。

E 站: 4V4,一明一人独角戏

E 站 4V4 活动的场地为 25 米×20 米，设置小球门一对，指导员是即将毕业于齐齐哈尔大学的王一明。他微胖的方脸上卡着一副眼镜，给人感觉倒像个文静书生，丝毫看不出他深藏的足球功底。他是现今北狮青年足球队的绝对主力，一个在中华少年小甲 A 赛场上成长起来的希望之星，有着一线主力球员的经历，又有专业院校的培养，加上热衷于传播足球的劲头，王一明正用自己独特的方式诠释着校园足球带给孩子们的独特魅力。

此站 4V4 小场地，正是他喜欢和擅长的比赛方式。几句开场白，瞬间拉近了他与孩子们之间的距离，孩子们兴奋地把他当作朋友，当作哥哥，并把他包围了起来。讲解、示范，小足球在沙石场地滚动起来，脚步敏捷的他不时用语言来调动孩子们的积极性，也不时帮助弱队秀上一脚绝活。8 分钟一轮转，场上的两个小队挥手告别，场下的两个小队又握手上场。重复、积累、提高，王一明的不懈努力，换来了 E 站上孩子们的张张笑脸。

4V4 比赛，孩子们小场地进行实战，有了更多机会去体验成功。孩子们快乐，一明加油！

F 站："运球抓尾巴"游戏

F 站是设置在 E 站和 G 站两站之间的一个技术练习站，此站的活动内容是各种运球变化练习，李常辉老师在这里静候着孩子们。刚从 4V4、3V3 赛场上走下来，孩子们还在谈论着输赢。李老师的几句讲解，使孩子们瞬间平静下来。这之后他分给孩子们每人一条长飘带。指导员葫芦里究竟卖的什么药？孩子们猜测着，眼神里充满了期待。

随着一声哨响，第一个练习开始了。在 20 米×15 米的区域内，12 个孩子全神贯注地控制着足球在地面上滚动。在李老师的指令下，孩子们脚下的足球一会儿向前，一会儿向后，一会儿忽左，一会儿忽右……看小家伙们那专注的神情，丝毫不敢有半点差错。

2 分钟后，孩子们利用身体各个部位练习停球。首先是头部停球，此项技术要求孩子们既要控制好身体重心又要头朝下去接触皮球，这一高难动作招来 F 站学员们的一阵笑声。接下的臀部停球，更让孩子们兴奋不已，也让他们得到了片刻喘息。还真有偷懒躲闲的，有的小球员竟把皮球当了板凳，实实在在坐在球上，伸着懒腰不起来。

第 5 分钟，随着孩子们将飘带掖在身后，F 站压轴大戏"运球抓尾巴"游戏开始上演。规则是利用各种运球变向保护好自己"尾巴"的同时，再抓住机会去争抢别人的"尾巴"。丢掉"尾巴"的人，被判出场做俯卧撑。一声哨响，12 条"尾巴"瞬间飘动起来。有的孩子佯装着向东运球，却冷不防向西来个偷袭；有的孩子虽很难控制好自己的足球，但还是很努力地伸手铆劲做着尝试。一阵阵笑声，回响在场地上。

"运球抓尾巴"游戏让孩子们乐在其中，健美身心，阳光快乐，他们的足球梦想也像这飘带一样飞舞起来……

G 站：两对小球门的 5V5

盘点本次足球节的 4 站比赛，站站人数不同，但站站都能体现国际足联草根足球的发展理念。灵活多变的设计让每一站都得到孩子们的喜爱。G 站 5V5 的四个小球门两两相对，一下子让孩子们得到更多的机会参与进攻，展示自己。来到这里的每一个孩子都连蹦带跳，开心至极。

陈卫功老师担当本站的指导，他也是刚刚走上三尺讲台。作为 20 年前德都县第二小学的毕业生，他与二小有着深厚的感情。二小球场上记录着他快乐的童年和与足球相伴的美好时光。从第一支北狮梯队队员到北狮青年足球队队长，又从师范院校毕业生到一名校园足球指导员,足球几乎成为他人生的全部,也让他对人生充满了热爱。

今天,他把对足球的热爱以及对二小的情感都深深融入了这次辅导中。他低头倾听,细心讲解,时而扬手示范,时而密切观察,时而参与其中,时而现场调动。孩子们与他成为伙伴,并亲切地称他为大哥哥。

场上的两对小球门给孩子们更广阔的配合空间,孩子们的想象力、创造力得到最大积度的开发,比赛气氛热烈而又紧张,意想不到的射门一个接着一个,比分也不断被改写。孩子们连跑带跳,连喊带笑,把 G 站进球赛演绎得热火朝天,格外热闹。

H 站:编筐编篓,贵在收口

他圆圆的脸上架着一副眼镜,身材不高但从上到下都透出魁梧精悍。他就是刚刚走进教师队伍,被我们亲切地称为"小胖"的一名新兵——孟凡斌,一个足以让本次足球节最为激情响亮的名字。

他有力的手势、正确的示范、强大的自信心和百分百的投入,展现出一名校园足球指导员的精神风采。他态度积极、幽默风趣、激情阳光,把 H 站原本枯燥的身体素质练习导演得妙趣横生,兴味盎然。足球节刚一结束,孩子们就上前与他相拥合影。

从热身游戏说起,单论其所扮演的"老鹰"就惟妙惟肖,亲和力满满,很快就与孩子们打成了一片。

10 米 ×4 往返跑接力赛是此站的第一个练习。他声音洪亮,将规则交代得简洁易懂,更强调足球场不仅需要过硬的技术和团队配合,较强的身体素质更是实现这一目标的坚实基础。他的鼓励、调动让孩子们对全面身体素质练习充满了渴望。一组练习完毕,孩子们早已是气喘吁吁。

接下来是 10 米 ×2 双手抱球往返接力跑,目的是加强学生们的急停急起和反应能力。接力的零失误和配合是小队获胜的关键。一组练习下来,每一个孩子都是大汗淋漓。

最后进行的是 5 米 ×6 前进后退跑。这是课题组创编设计的一个新练习,规则是要根据个人能力来分配任务,需要团队协作来完成。身体能力最强的学生要进行 6 次往返跑,能力最弱的可进行 1 次往返跑。每次都是一同前进,一同返回,而且返回时要求倒退跑,不能转过身体。其主要目的就是锻炼平衡能力、协调能力,提高观察力和决策力,培养学生团队合作水平。讲解要领后,孟凡斌随即与几名学生一同示范,孩子们瞬间领会了游戏的规则。

出发了,第一个人疾速向前跑去,到了折返点迅速降低重心后急停,调整摆臂倒退跑回到起点。接着两个人一同疾跑出去,又是急停,又是倒退跑,直至三个人一起,四个人一起,五个人一起,六个人一起。与此同时他为孩子们的加油呐喊声也是越来越大。操场上,飞扬起一道道白烟,掀起一阵阵尘土,那场景犹如古沙场练兵、黄河水奔腾。孩子们虽然很累却更快乐,六个人下来已是疲惫不堪,人仰马翻。他一边在夸奖获胜队的同时,一边给予失败队以关心鼓励。

编筐编篓,贵在收口。H 站,把足球节的活动推至高潮,使孩子们的快乐增加到了极限。

二区:亲子游戏现高潮

2 点 45 分,那边一区八站准备活动刚一结束,这边二区趣味体验同时开始。

东校区北侧篮球场上,1 ~3 年级各班同学打着队牌,井然有序地排列在球场上。每个班级都赶来很多家长，有父母、爷爷奶奶、外公外婆。他们中有的与孩子一同打着遮阳伞，有的在为孩子拿着衣服。家长们第一次来到校园与孩子们共同活动，共同娱乐，平日里难得的兴奋洋溢在他们的脸上。

这时，烈日当空，封闭的院墙内没有一丝微风。球场上热乎乎的，所有人的脸都是红润的。

“预备！开始！”一年级组比赛率先开始，第一棒是老师跑，然后是学生家长的循环轮换。大家摩拳擦掌，各不相让，每人跑到绿色矿泉水瓶处，再折返回起点。10名家长、10名学生、1名老师，21人的大团队使比赛充满了变数。只见，刚才还是一班领先，不一会儿二班赶了上来；三班的家长也在使劲地追赶。一班有个队员不小心掉了球，瞧他的小伙伴那着急的样子，跺着脚呐喊，恨不得亲自上场力挽狂澜呢！场外边，观众都在为参赛者加油呐喊。看下场的孩子、家长，流淌汗珠的脸笑开了花，孩子们高兴，家长们欢喜。

接下来踢足球比准，更将孩子们的梦想点燃。每班20名学生参加，每人一脚射门，总分分出名次。球射进球门或击中球门柱都算得分。小家伙们一个个摩拳擦掌，跃跃欲试。击中了，他们乐得跳了起来；失误了，顿时耷拉下了脑袋，脸上写满了不甘心。

足球体验游戏是老师为家长们制作的一块“亲子蛋糕”。在这里，所有参与者都能一起品尝胜利后的快乐、一起分担失败后的痛苦，感受团队力量，培养合作精神。家校合一，促进和谐校园文化建设。

三区：绿色教学资源的有效开发

相同的时间，不同的地点。4～6年级亲子游戏及踢球比准在西校区操场上激情上演。

与二区不同的是，三区使更多操场上的自然教学资源得到有效开发，并植入趣味游戏体验活动中。尤为珍贵的是几棵老树成为游戏场上的一道风景，更凸显了校园生活的自然和谐。单说甬路下的那颗水曲柳才刚刚吐露枝叶，而与之相邻的老榆树早已葱葱郁郁；稍北面一点的三棵白杨树腰杆挺直，高昂着头；十几棵翠绿的小松树一字排开，整齐站立。孩子们在榆树下集合，在白杨树旁绕转，在青松前折返，自然资源在游戏路线设置上得到充分利用。这里承载着很多的梦想，孩子们与家长、老师携手开启“走进校园，走进自然”的足球体验之旅。

比赛开始了，高年级的选手们跑起来真是飞快，孩子们的加油声也是分外高亢。抱球往返跑接力，让老师、家长、学生融合在一起，他们胸前传递的不仅仅是足球，是二小的传统，二小的精神。

踢足球比准中，女孩子们身着漂亮的夏季校服，巾帼不让须眉，放好足球，一脚怒射，足球竟将当作球门的标杆击倒，同班的男生发出了欢呼。

三区亲子体验游戏使学生们走进校园，走进自然，发现校园的美，增强了孩子们的家国情怀。

说来偶然，有同事从四楼跑下来，道出操场上活动的三个区域倒像是一个“汉文”中的“品”字。哈哈，也许是真的巧合吧。转念一想，“学校教育办精品，教师队伍塑人品，学生发展成正品”。感受来源于生活，发展求进于创新，这些就是此次足球节活动给予我们课题组的最大感受。

第七节　小安叔叔　挚爱福州

2012 年 12 月 6 日,对于一般人来说是一个极其普通的日子,然而这一天,却是一个让五大连池市第二小学孩子们无法忘记的日子。还沉浸在“校长杯”联赛喜悦氛围中的他们,收到了一份特别的礼物——18 套正式足球赛服、2 个 4 号足球。这些礼物是从千里之外的福州邮寄到校园的,整洁的球服中夹裹着一张小纸条,纸条上只有一句话——“好好踢球,为振兴中国足球而努力”,落款为“王小安叔叔”五个字。虽然仅是一句短短的留言,但也让我们感受到了王小安叔叔那浓浓的足球情怀,以及他对孩子们深深的期望。

事情原来是这样的,王小安叔叔是福建省福州市的一名教师,是关注我校北狮足球腾讯微博广播的一名粉丝。因为心中炙热的足球情怀,当他在腾讯微博中看到我校妙趣横生的校园足球活动,了解我们开展足球活动条件的艰苦,便主动留言联系到校园足球课题组,并表达要捐赠足球装备的心愿,对我校足球活动开展贡献自己的一份力量。于是,就有了开始的一幕。

福州市与五大连池市可以说是有千里之遥,但校园足球却把王小安叔叔与五大连池市第二小学紧紧联系在一起。这是有 1998 年我校接受文学铁器修理部捐赠足球装备之后,第二次接受捐赠。足球课题组也将这套球服设定为学校北狮梯队的比赛队服,并给每件球服烫印上心字形图案,将这套球服称为“爱心球服”。

学校领导对王小安叔叔捐赠“爱心球服”一事高度重视,号召通过少先队广播站等多种途径进行广泛宣传。12 日下午,学校召开足球节准备会,学校领导通报了课题组接受“爱心球服”一事的经过,并向大家展示了球服。听到这个好消息,全校教师无不为之振奋,受之鼓舞,深深为王小安叔叔的真情所感动,更为他的精神所折服。

第二天课间操,18 名六年级北狮梯队球员换上崭新的“爱心球服”,集体跑步在全校学生间亮相。如海洋一样的蓝色球服把他们衬托得格外精神,格外靓丽,他们高喊校园足球口号,跑动着整齐的步伐,像一条游龙在雪白的操场上穿行着。来到“燃情冰雪,炫彩足球”冬季校园足球文化节会幅前,小将们一个个神采飞扬,无比的幸福自豪,在此他们拍下了 2012 年学校北狮梯队全家福。这一美好时刻永远留在孩子们的记忆中。

“燃情冰雪,炫彩足球”冬季校园足球文化节如火如荼地进行着,“王小安叔叔”身上所凝聚的正能量使二小人受到了一次真教育,他的爱心之举使我们对发展校园足球充满信心。相信校园冬季足球节一定会更加精彩,更加难忘,孩子们也一定会更加快乐,更加阳光。

冬日校园,爱心涌动,真情相随,校园足球火起来。

第八节　燃情冰雪　炫彩足球

2012 年 12 月 14 日，五大连池市第二小学“燃情冰雪，炫彩足球”冬季校园足球文化节隆重开幕。此次活动是学校实施庆六一夏季足球节之后，在冬日雪地上进行足球节活动的新尝试。全校 1 ~6 年级共 21 个中队 1200 多名师生、300 多名家长参与互动，五大连池市教育局、五大连池市足球协会领导们莅临活动现场，实地调研和发表讲话。

一号活动站内，4 ~6 年级 108 名北狮小球员们体验着多彩的练习与比赛。

A 站——5V5 手足球，孩子们急于立功，争先恐后。三二进攻，二三联防，场面上你来我往好不热闹。场下替补队员更是积极热身，焦急等待队长的一声召唤。

B 站——冰车(雪爬犁)运球拉力赛，孩子们眼界大开。拉推坐，三人合力才能风驰电掣。“高个子拉，矮个子坐，不高不矮后面推”，用心才能出智慧，兴奋喜悦让拉力赛不断升温。华校长怦然心动，即兴乘坐冰车追忆童年。B 站，演绎北方冬天雪爬犁的动情故事。

C 站——7V7，孩子们真刀实枪激情实战。对角线 4 个小球门增加诸多变换，进攻多方向，防守加难度。你来我往，场面热闹。小场地旨在锤炼团队，胜利不单靠身体，更要有智慧，指导员不断鼓励弱队顽强抗战。C 站，导演着“校长杯”联赛，我们的最爱。

D 站——户外拓展成为最大看点。匍匐行军、钻雪洞、溜冰道、爬雪山、打雪滚，一个个草根练习激起孩子们强烈的好奇心。人生成长需要挫折失败，摸爬滚摔我们样样厉害。D 站，导演着“70 后”童年生活返璞归真。

E 站——8V8，球门球网激发着小球员比赛的欲望。孩子们信心百倍，指导员穿针引线，调动弱队冲击挑战。不管胜利与失败，收获健康、团队和友谊，为赢得胜利，我们加油再努力！

F 站——推雪球。一个好汉三个帮，一个篱笆三个桩。九个兄弟齐动手，雪球再大也要向前冲。一二加油，一二加油！推雪球，我最强，推雪球，我最棒！众人划桨开大船，团结才叫有力量。推雪球，不能停，坚持惯性才叫行。1∶1 招来决胜局笑声不断，张张笑脸体现了原生态草根游戏的无限乐趣。

二至四号足球体验区，亲子冰车拉力赛、跳绳、踢毽子、10 米踢球比准、背靠背运球接力等乡土草根游戏使 1 ~6 年级家长、老师和学生们积极互动起来，张张笑脸诠释了雪地足球节带来的快乐。

22 日，二年一班扬帆中队亲子足球节又激情上演，30 多名家长与孩子嬉笑冰雪，共享快乐。3 人 5 足跑、雪爬犁运足球、滚雪球、双手抱球往返跑和雪地拔河等游戏比赛，点燃了 9 岁孩童的足球梦想，亲手签名更表达了对中国足球的热爱和期盼。

五大连池市第二小学雪地足球文化节是秋冬季“校长杯”联赛的丰富和发展，掀起了第二小学“千名少年上冰雪”活动高潮。

动情的冰雪扮靓节日的盛装，孩子们走进户外，走进大自然。

第九节 球操律动 夏日燃情

除了梯队训练、校园联赛、足球节活动之外,足球基础训练操也堪称是五大连池市第二小学校园足球活动中的又一个亮点。基于提高学生的足球练习兴趣,加深球性球感,又能提高学生身体的灵活性、协调性,五大连池市第二小学提出足球基础训练操计划。不断提高学生的身体素质,丰富学生的校园文化生活。

2002 年 6 月,在学校领导们的大力支持下,足球课题小组开始进行足球基础训练操的创编和排练。排练大型足球操不同于普通的足球活动,不是几个人就能完成的,需要全校师生的通力合作,需要统一指令,统一行动。为保证此次课题任务顺利完成,排练之前学校召开了准备会,业务校长华春艳做了动员讲话,课题组公布了排练方案。全校师生信心百倍,迎接又一项校园足球改革活动的新实践。我们将足球基础训练操命名为《雏鹰飞翔》,并分成韵律球感和技能练习两个部分,时间长度设计为 10 分钟。

每日下午两节课后,排练活动开始。在课题组老师的指挥下,4 ~ 6 年级学生们排列成整齐的方队,从最基本的分解动作练起。柏丽萍、朱桂荣两位教练耐心细致,严格规范。其中一个人喊着节拍口令,另一个人在领操台上示范动作,两个人的配合可说是天衣无缝。孩子们一个个全神贯注,练得认真起劲,一起跟着节拍"一二三四、五六七八",足球在她们的手里忽上忽下,忽左忽右,欢快地跳着舞,整个校园成了一片彩色的海洋。孩子们进步飞快,完全出乎课题组老师们的预料。排练中我们将 1 ~ 3 年级低段学生排列在高段年级学生后面进行模仿学习,他们稚嫩的动作真让人忍俊不禁。

"台上一分钟,台下十年功"。虽然天气炎热,师生们的心依然高涨。虽然砂石满地,但没有一名师生怕苦掉队。从动作生疏、"脚下拌蒜"到动作娴熟、传控自如;从个体练习、规范动作到团体协作,孩子们付出了不懈的努力和辛勤的汗水。经过全体人员 19 天的辛勤努力,终于换来《雏鹰飞翔》的排练成功。

2013 年学校运动会,学校安排足球基础训练操会报表演,让全校师生及家长一同感受《雏鹰飞翔》的无限魅力。4 ~ 6 年级 672 名学生参加表演。学校啦啦操方队率先出场,70 名舞蹈队小女孩手持花团,在红毯上热歌劲舞,迅速点燃足球基础训练操的盛大气场。当音乐声响起,孩子们手中的足球便开始舞动起来,他们人球合一,动作优美规范,队形变化整齐划一,开合有度。伴随动感十足欢快的旋律,表演进入到技能展示环节,只见孩子们的动作变得铿锵有力,一个个小身影动感十足,球性球感练习日臻完美,运用自如洒脱。足球在孩子们的脚下仿佛成了听话的精灵,踩球、运球……尽展足球运动的魅力风采。熟练的技巧让老师们惊叹不已,自信活泼的表演让家长们赞不绝口。在教学楼向下俯瞰,一道美丽的视觉盛宴呈现在眼前,足球基础训练操就像一条美丽的纽带,把全校师生家长的心连接在一起,充分展现当代二小人的精神风采。

2016 年 5 月,足球课题组对足球基础训练操进行了改编。在孙洋老师的努力下,对韵律球感中的队形组合、动作设计都做了修改,植入奥运五环图案,北狮小球员球技表演,又融合足球宝贝、队旗、校徽等元素,使足球操更加气势磅礴,文化底蕴更加丰富。在五大连池市第十四届田径运动会团体操会演中,600 多名足球少年汇聚成一片橙色的海洋,一起呼喊着“中国足球,加油！加油！”一起奔涌进足球场。一颗颗黑白翻滚的足球,化成一道道美丽的弧线。气势磅礴,引爆全场。五大连池市第二小学足球基础训练操的精彩绽放,给现场万余名观众留下难忘的印象。

《雏鹰飞翔》不仅给孩子们带来了欢乐,熟练了孩子们的足球技能,又锻炼了孩子们的团队协作意识,培养了良好的生活习惯,更丰富了学生的课余文化生活,成为五大连池市第二小学足球特色教学的又一个重要标志。

第十节　毕业典礼　足球壮行

2013 年 7 月 5 日上午,五大连池市第二小学 2013 届毕业典礼在学校多功能厅举行。孩子们诗歌朗诵毕业歌,为老师敬礼献花,一处处感恩场景时而涌现。而足球教育元素的植入,更成为本届毕业典礼上的一大看点。

为优秀毕业生颁奖之后,足球课题小组李常辉老师宣读了本年度“校长杯”足球联赛比赛成绩。“最佳啦啦队”“最佳射手”“团队冠亚军”等奖项结果的公布,让毕业典礼上掌声不断,六年级组王凯同学收获联赛“最佳球员奖”把现场气氛推至高潮。曾经名不见经传的他在校园足球活动中不断磨砺成长,作为队长的他担起新建六年四班足球队的重任,率领班级球队两次获得年级组联赛冠军,率领校足球队两次参加上级比赛取得优异成绩,为二小赢得了荣誉,他荣膺“最佳球员奖”可谓实至名归。简单的“校长杯”足球联赛颁奖活动再次点燃了孩子们的足球热情。

颁奖活动结束后,师生们兴奋地来到操场,一场别开生面的足球友谊赛拉开帷幕。那边由参加过牡丹江市、北京市足球赛的球员组成的学生队可谓精兵强将,这边教师队球员是来自全校各门学科的教师,有美术、音乐、思想品德、科学教师,还有班主任、后勤教师,一个个摩拳擦掌、悉数亮相。开场不久,学生们在前场的几次进攻就让教师队球员手忙脚乱、吃尽苦头,只是运气不佳,射门不是击中门柱弹出,就是飞出横梁。姜还是老的辣,时过第 7 分钟右边锋程学友老师抓住机会门前捅射先攻入一球。孩子们丢掉一球,锐气大减,这时左中锋徐长春老师带球突进到禁区抽射又打进第二球,上半场教师队 2∶0 领先。

下半场易地再战,学生足球队上场人员增至九人。队长王凯组织球员向教师阵地发起了强攻,蔡佳伟利用一次漂亮的反击扳回一球。可还是好景不长,教师队凭借经验优势又接连攻入两球。孩子们急躁中技术动作开始变形,心急吃不了热豆腐,虽然体力占有优势,但还是只开花不结果。最终,教师队以 4∶1 结束了这场别开生面的友谊足球赛。场外,教师和学生们一个个汗流浃背,脸色通红,可大家还是有说有笑,共同品尝着足球带来的快乐,共同分享着足球带来的师生情谊。

场地的中央,老师们与孩子们一一握手,时而拍拍孩子们的肩膀,时而摸摸孩子们的小脸蛋,不舍之情溢于言表。五大连池市第二小学用这种纯真的送别方式为孩子们的毕业壮行,孩子们快乐着也激动着。

2013 年的夏天,足球托起孩子们的成长梦想。足球永恒,拼搏无限,孩子们加油！

第十一节　国脚授艺　校园欢腾

2021 年 6 月的五大连池,风光秀丽,景色宜人。讷谟尔河水自东向西,缓缓从青山公园的北侧流过,河岸边达子香花开争艳。疫情的阴霾渐渐散去,美丽的小城散发着勃勃生机。

由于受到新型冠状病毒肺炎疫情的影响,“2020 年黑龙江省足协杯五人制足球赛”在搁置一年之后又在五大连池重燃战火。本次赛事是黑龙江省近年来举办的普及面最广、参与人数最多、竞技水平最高的一项草根足球比赛。赛会同期开展一期中国足球协会 D 级教练员培训班和一期黑龙江省足球协会秘书长培训班。前“国脚”、1999 年中国足球先生曲圣卿受邀为秘书长培训班授课,为本次活动助阵。

赛前,曲圣卿要来五大连池的消息不胫而走,此次比赛一下子引来当地球迷和参赛球员们的热切期盼。当年中国足球甲 A 联赛搞得火爆,五大连池很多青少年都热爱上了足球运动。1999 年赛季,“辽小虎”中李金羽、张玉宁、曲圣卿组成的前场三叉戟,号称“金玉圣”组合。在甲 A 赛场上攻城拔寨,在中国足坛掀起了一股青春风暴,收官战仅因一粒进球差点帮助辽宁队夺冠而上演中国版“凯泽斯劳滕”奇迹。在辽宁队共打入的 33 粒进球中,曲圣卿一人就独占 17 粒。赛场上的曲圣卿身披 19 号球衣,一头飘逸的长发与一个个美妙的进球成为赛场上最美的风景,给“70 后”球迷留下了深刻的印象。后期他转会上海申花俱乐部、征战澳超阿德莱德联队,都取得了辉煌的职业战绩。2008 年正式退役后,他开始积极投身校园足球,热衷青少年足球事业发展,现在已是上海同济大学国际足球学院的教授、同济大学校队主教练了。

11 日上午 9 点整,本次足球赛如期开幕,可是球迷们却没有见到曲圣卿的身影。后来得知他在赶往五大连池途中费了一番周折,颇有戏剧性。直到当日下午 4 点,我在远离市区百里之外的龙镇加油站,终于见到了等待救援的曲指导一行人。就这样因为足球,我有幸与他有了三天的工作接触,使我对这位前“国脚”、1999 年中国足球先生有了进一步的了解。也使我有机会走进他的内心世界,了解他的足球哲学,分享他的足球传奇,欣赏他的品格修养。他的到来,可以说是小城五大连池足球发展史上的一件大事,其影响力堪与精彩赛事相媲美。

几天来,让我感触最深的是他执着的足球精神、浓厚的家乡情怀和乐观的处事态度。这还要从他一路充满波折的旅途经历说起。10 日下午,曲指导所乘坐的飞机在抵达德都机场上空时,由于遇到强雷阵雨天气,飞机被迫返航又飞回哈尔滨太平国际机场。第二天很早,曲指导一行四人很早便驾车赶往五大连池。坐飞机不顺利,可是陆路交通又遇到麻烦。当汽车驶入望奎县境内路段时,车后右侧轮胎发生爆胎,幸好有惊无险。为争取时间,曲指导亲自参与抢修。一个多小时之后,汽车才驶过了北安市。因为要给小汽车补给燃油,汽车导航又把他们带入前方很远处的龙镇加油站。停下车才发现,龙镇加油站正在建设中,还没有正式启用。一时间,他们被困在那里等待救援。于是,就有了文中刚开始我与他们汇合的那一幕。

在经历飞机返航、汽车爆胎以及受困加油站之后,曲指导对来五大连池还是充满了期待。车上他风趣地对我说:“我就是东北人,能来黑龙江一直是我的一个心愿。这次受邀来黑龙江做培训,我感到非常亲切,也义不容辞。这次五大连池之行就是为了实现这个心愿,一波三折的经历更让我永远记住了五大连池。”简短的几句话,折射出他的开朗、豁达和风趣,更足见他浓浓的家乡情怀。

一路上,我主动向他介绍五大连池足球发展的历史,他听得格外认真,没有一丝倦意。当听说五大连池市第二小学北狮少年足球队已经有 30 多年历史时,他眼前一亮,直言要先到学校看一下小球员们。过去,五大连池市第二小学曾经有数不清的领导来调研指导,也有很多教师来参观学习,但足球明星来学校还是历史上第一次。我真为小球员们而感到高兴、自豪,也为曲指导不辞劳苦、甘于奉献的精神所感染。

4 点 30 分左右,我们终于抵达坐落于城区东部的五大连池市第二小学。下了车,曲指导一行人一入校门便径直向笼式球场走去。球场上,30 多名北狮梯队小球员已经等候在那里了。瞬间,孩子们一拥而上把曲指导围了起来,听了随行记者徐阳一番简短介绍后,球场上爆发出热烈的掌声。在观看小球员传球、运球一些基本功练习后,他随即点拨四年级 12 名球员一起来进行“传接球”主题教学互动。他用 12 个标志盘布置了一个圆形区域,一个球员选择一个点落位。首先进行“抓尾巴”游戏,球员们的兴奋性迅速被调动起来,孩子们个人进攻和保护尾巴的能力也得到提高。热身后他一边讲解脚内侧传接球要领,一边准确地做着示范,随即将小球员分成两组进行轮转练习。圆心区域小球员与外侧传球人相呼应,完成在移动中传接球练习,最后进行“2V2 传接球”对抗练习。一堂趣味足球课,曲指导耐心讲解,精准示范,更强调“观察、呼应、移动、保护”的重要性。他的一招一式都是那样的专业规范;他态度和蔼,俯身指导,不一会儿便成为小球员的朋友,从游戏到技术、从技术到技能,训练场景环环相扣,给在场足球教练员带来新的启示。

一堂别开生面的足球趣味课结束了,球场上留下了曲指导不辞劳苦的身影。孩子们玩得满脸都是汗水,说不出的高兴劲儿洋溢在脸上。有的跑过来求他签名,有的挤过来与他合影,他都一一满足孩子们的要求。

12 日上午,曲指导来到秘书长培训班进行授课,此次培训班是黑龙江省足球协会举办的第一期县级足协秘书长培训班。课堂上,曲指导用自己的足球经历阐述足球团队建设和组织管理等方面的经验及理念,更强调了团队建设工作的重要性。“比赛才刚刚开始……”这是曲圣卿常挂在嘴边的一句话。这也是他在近 40 年足球生涯中总结出的人生哲理和感悟。课堂上,他对来自全省各地足协秘书长说:“我来到这里,看到了黑龙江足球人的努力和付出,感受到了黑龙江人对于足球的热情。但搞足球不是一朝一夕的事,黑龙江足球还有很长的路要走,但‘比赛才刚刚开始’,我相信只要继续坚持踏踏实实做好足球各项基础工作,黑龙江足球的明天一定会更好!”听了曲指导的一番话,学员们备受鼓舞,对未来充满了信心。

13 日上午,曲指导来到赛场为获得第三名的黑河市足协代表队颁奖后,便匆匆离开了。

曲圣卿一行人虽然在五大连池仅仅三天时间,但却留给五大连池足球和黑龙江足球无限的畅想,也使我感受他的足球情怀,品读他的职业素养,敬佩他的奉献精神。做一名足球教练员或是做一名足球管理者,本身专业技能固然重要,但品格修养才是不可或缺的重要元素。感谢曲指导来黑龙江传经送宝,感谢他倾情北狮足球小将,愿黑龙江足球未来发展能越来越好,也期待因为足球能和他再次相聚。

第十二节 战"疫"亲子秀 足球嘉年华

肆虐的新型冠状病毒肺炎疫情不间断地侵扰着人们的正常生活。2021年春季以来,国内多地疫情散发态势严峻。面对疫情的不时干扰,足球课题组利用疫情防控窗口期,坚持对学校第30支北狮梯队训练实行"游击战"。尤其从4月15日开始的晨练收到奇效。第一避开人员聚集的课间时段,第二利于球员吃苦耐劳等优秀品质的养成,第三半封闭训练利于提高训练质量。进入暑假开展夏令营活动,又将梯队建设管理趋于完善。

为了鼓励总结小球员在晨练和夏令营活动中的综合表现,表彰上赛季"校长杯"各项殊荣,促进家校合一,植入感恩教育,课题组准备实施一次以"快乐足球,生命共成长"为主题的战"疫"亲子足球嘉年华活动,并将活动定于2021年9月19日星期日来进行。

这一天早晨秋高气爽,北狮俱乐部几位教练员早早就来到球场为本次活动做好准备。来自本学校三、四年级男女足球运动员及家长共计200多人陆续来到学校,经过测温有序进入笼式球场。首先每个人都要在展开会幅上签上自己的名字,通过亲笔签名,表达对足球的一份热爱,对中国足球的一份支持。

9点整,活动仪式由李常辉主任主持,李敬副校长致辞。她欢迎家长们的到来,感谢家长们对校园足球的支持陪伴,鼓励孩子们在新学期百尺竿头,更进一步。裁判长谷海龙老师一声令下,"射门比准"率先开始。一人一次射门,所有人都上场体验一下。一旦击中目标,顿时响起一阵欢呼。一旦滑门而出,也是引来嘘声一片。击中者便现场领取一份小奖品,一名射中的家长乐得合不拢嘴。第二个游戏是集体运球接力赛,又称"圈养回家"。班主任、家长和孩子们手拉手连接成圈,合作运球从起点到终点,一棒接着一棒地传递,用时最少的团队获胜。比赛开始了,只见一组组队员激情飞扬,你追我赶各不相让。加强团队协调配合才是获胜的关键,如果一不留神,足球失控就要跑出圈外,有时也会弄得人仰马翻,引来观众们一阵大笑。

亲子游戏之后是梯队的两场表演赛。场地上第一次响起国际足联公平竞赛曲,小球员们精神焕发,瞬间增强了比赛仪式感。邵文硕、李明阳、薄嘉懿、肖启烽等几位主力均衡分配到四支球队中。在老师、家长们的关注下,小球员们身手敏捷、默契配合,无论是进攻还是防守,都比一年前成熟了很多。三年级吕博睿、王晨旭、杨天宇等小球员基本功也有了很大长进。无论是局部传球,还是个人突破,都机智果敢,充满了自信。场内是两队的激烈较量,场外球员要带着任务观看,赛后总结让孩子们复盘了场景,清晰了数据。利用中场休息,常在达为大家演唱歌曲《真心英雄》,激励小球员永远争先。动情的歌声引爆全场互动,将表演赛气氛推至高潮。

亲子嘉年华活动的最后一项是颁奖。李亚丽、石芳两位年级组长分别宣读上赛季"校长杯"联赛各项成绩。最佳阵容、最佳射手等奖项各有归属,一张张证书见证着小球员的进步成长。四年三班彩虹队、四年二班快乐队、三年二班远航队、三年三班启程队,四支球队分别获得两个年级男子组和女子组比赛冠军。当球队队长捧起冠军奖杯的那一刻,全体队员兴奋不已,个个抢先举着奖杯合影。足球离不开热心人的支持,足球离不开家长的陪伴。

最后两个特殊的奖项引发所有现场人员的集体尊重，一个是足球夏令营特别贡献奖，一个是足球夏令营优秀家长奖。王金山是学校的一名保安，每天早上准时为队员打开校门，辛苦的付出保障了球队晨练的顺利进行。郭胜凯是学校一名学生家长，因为对足球的热爱和特长常来帮助课题组举行联赛。两位叔叔的默默奉献，用爱心助力球队向前发展。常子达奶奶、宋皓轩姥姥、姜浩轩奶奶、冯赫翔妈妈、齐鑫爸爸，正是这些优秀家长的默默付出，才保证了孩子们每一次的训练，使每一次的比赛顺利进行。感恩你们的辛勤陪伴，感谢你们的后勤保障。你们的默默付出都将化成球队未来前行的动力，有你们球队就永远有底气。

在一片热烈的掌声中，亲子足球嘉年华活动终于落下了帷幕。校园小足球，人生大教育。新学期里，我们将认真总结此次足球嘉年华活动的营养元素，积极传播校园足球正能量。积极应对新型冠状病毒肺炎疫情防控现状，继续加强球队管理，确保我们的付出为孩子们成长服务。

亲子足球嘉年华活动，把快乐永远写在了孩子们脸上。

第五章　传播交流　聚力发展

——培植校园足球生长有机土壤实践探究

一支球队一座小城。北狮青年足球队成为发展五大连池足球运动的排头兵，堪称传播足球运动的播种机。"立足校园，南征北战，从农村包围城市"。北狮青年足球队创造性地组织了一系列足球活动，传播足球的健康理念，宣传足球的教育功能，开辟足球根据地，扩大足球影响力，带动教师、家长参与足球运动发展，使足球走出校园，走进家庭，走进社会。在黑河"青春杯"赛中创造神话，为五大连池赢得荣誉，北狮队员甘于奉献、攻坚克难、顽强拼搏的意志品质，成为当地青少年健康成长的精神引领。

校园足球是所有教育工作者可共同参与的活动。广泛开展教师足球活动，积极扩大参与教师人数，带动引领更多学生参加足球锻炼。发挥教师足球俱乐部杠杆职能，双向培养教师足球技能，以为中小学生健康成长服务，助推校园足球快速发展。业余足球成为培植校园足球生长的有机土壤，成为孕育校园足球的温床。自 1995 年以来，北狮青年足球队共进行各类比赛 132 场，获得黑河市"青春杯"冠军一次、亚军两次，发展教师足球队员达 179 人。

第一节　职工大赛　一小夺魁

1993 年 10 月 16 日下午，伴着天空中飞扬的片片雪花，镇内教职工男子足球赛决赛在第二中学揭开战幕。历经 90 分钟的激烈鏖战，第一小学足球队以 5:0 的绝对优势击败第一中学足球队，首次摘得教职工男子足球赛冠军。

蓦然回首，冠军之路充满着艰辛、坎坷，可谓荆棘满程。仔细回味，有酸、有苦，但更有胜利的欢笑时刻伴随着全体队员，在以后勤主任王安福为领队，以徐业飞、陈延海、杨志伟三位领导为主力，以班主任及科任教师共计15人组成的一小足球队，在小组赛中便崭露头角。此次比赛共有8支队伍参加。赛前抽签，第一小学与第二中学、第三中学和职业高中分在A组，四支队伍实力相当，人称“死亡之组”。而教育局、进修校、小学联队和第一中学被分在B组，各队实力偏弱。

10月13日下午，第一场首遇东道主第二中学足球队。该队占据主场，场外啦啦队呼声震天。主队拥有李广仁、张宏伟、管振辉三位核心队员，实力上远在我队之上。而且是上届比赛冠军队，作战经验丰富，是大家一致认为能打进决赛的种子队，夺冠呼声高涨。面对这种情形，我们排出了“532”阵形，采用防守反击战术。开场不久，我队后防阵地便受到对方多次猛烈的进攻，球门前一度险象环生。然而以袁志群、陈延海、侯鲁雨、刘任龙、付德强组成的后防线，阻挡并瓦解了对方的一次次进攻。我与吴立忠、杨志伟主任占据中场，也伺机向对方发动快速反击。20分钟后，左边锋徐校长在禁区边上一脚劲射1∶0领先，比分落后对方明显加快进攻节奏，第41分钟，对方利用角球战术，占有身高优势的张宏伟抢点头球打进一球，上半场1∶1战平。下半场交换场地后，我方队员心态逐渐平稳下来，在防守反击基础上，尝试中路渗透和边线突破传中；相反第二中学队员久攻不下心情便急躁起来，导致整体队形失去平衡。临终场前由吴立忠再下一城，我队终于以2∶1力克东道主拿下第一场。

首胜第二中学后，第二天紧接着又遇第三中学拦路虎。此时第三中学同我队的情况一样，一战一胜同积2分。为争取此战的胜利，第三中学球队也在精心布置阵容。该队以刘勇力老将为核心，在锋线上又有张一中、刘昌慧两把尖刀在上届获得亚军，经验丰富。赛前我同队员们重新制定了打法，又有王安福主任的鼓励，大家的心里都憋足了劲，横下一条心，死拼到底，结果在比赛中不负众望，利用任意球底线传中打法连下对手五城，最后以5∶1大胜第三中学。至此，将第三中学出线的希望推向只有同第二中学生死一搏的境地，而我队已经取得4分积分，可以说稳获小组出线，前景比较乐观。在16日同职业高中的比赛中，我队舍弃底线传中的打法而变为中路渗透，突破包抄，在1∶0领先后，对方便放弃了比赛。我校足球队小组赛连胜三场，以第一名率先小组出线。在“死亡之组”中击败第二中学、第三中学、职业高中三支强队突围并跻身决赛成为开赛以来的一支黑马。

半决赛遇上小学联队（第二小学、第三小学联队），该队虽然在赛前刚刚组成，但队员年轻体力好，并且拥有于金龙、许洪彬、王成等一些有功底的球员，而我队已力拼三场，将士们已“挂彩”过半。徐业飞校长的右脚大脚趾甲严重挫伤，且马上脱落，他只用药布缠了缠就回到球场上，陈延海副校长右大腿肌肉也划破流血，看到这些，全体队员为之感动，为之振奋，大家众志成城，决心打好半决赛。在上半场逆风的劣势下，我利用突破成功打进一球，给队友们吃下一颗定心丸。下半场易地再战，我队进攻更是有条不紊。15分钟之后，我又得徐校长传中球，又带球突破拿下一城。最终比分以2∶0定格，我队迈着坚定的步伐，挺进决赛。

决赛的另一支队伍是第一中学足球队，他们在另一小组中也以第一名身份出线，来势汹汹，冠军梦必将引起兄弟学校之间一场惊心动魄的厮杀。第一中学王文奇校长亲临赛场并参战,我校徐校长、陈校长也强忍伤痛披挂上阵。随着第三中学老将刘勇力老师的一声哨响,比赛拉开了帷幕。上半场开场不久,我队获得一个点球机会,而我却将足球不明不白送入守门员苏小林手中,令行家们大跌眼镜,我也颇感意外。但队友们却没有责怪我,无形的眼神之中传递着理解,透射出希望。我和吴立忠、杨志伟又重新组织了进攻,将足球一次次推向对方的球门前。第 23 分钟,我在距球门三十多米处主罚任意球,门将苏小林意外脱手,足球径直滚向网窝。至此 1:0 领先,我队士气大振,我的心也略微得到安慰,紧接着徐校长和吴立忠又连下两城,上半场结束 3:0 领先。下半场,第一中学竭尽全力发起反扑,但我队队员们更是情绪激昂,杀出了士气。第 63 分钟,我得吴立忠传球,带球单刀赴会抽射成功。终场前杨志伟一记漂亮的香蕉球射门,球擦着右上角门柱入网,宣告了我队以 5:0 大胜第一中学而夺取冠军。

胜利来之不易。追忆四天的比赛,我队未占天时、地利,但却能连闯五关,摘走桂冠,无疑是徐业飞、陈延海、杨志伟等校领导那种身先士卒、敢打敢拼的精神感染着全体队员,使我们众志成城,攻坚克难。可以说,胜利只有一个法宝——“人和为贵”。

透过绿茵场,我们不难看出以徐业飞校长为核心的年轻教师们,正在为第一小学腾飞挥汗抒写壮丽的篇章。

1993 年镇内秋季教职工男子足球赛成绩表见附录。

第二节　德都北狮　开创新篇

自 1991 年我从黑河师范学校毕业回到德都县以来,我经常与张建国、于金龙、张树成等诸多师兄弟聚到一起,到镇内初高中学校进行足球比赛。人多的时候踢大场,人少的时候踢小场。一到周末,大家便凑在一起,真刀实枪地玩个痛快,踢足球也从此成为我们业余文化生活中的一件趣事。为了打造一支业余强队,我们挖空心思,到处寻找喜欢踢足球的各路“民间高手”。第二中学张宏伟、德都县乡镇企业局张明、德都县农业综合开发办公室王长发、德都县水利局刘扬等一批足球爱好者,相继被我们招募至球队中。

1993 年镇内教职工足球赛的成功举办,激发了全县教师们对足球运动的热爱,带动中小学生参与进来,尤其在第三中学更是掀起一股踢足球的空前热潮。1994 年中国甲 A 联赛开始步入职业化,推进了中国足球市场化改革发展的步伐。第十五届世界杯在美国成功举办,精彩的比赛点燃了无数球迷的激情。在无数体育工作者都为振兴中国足球努力工作之际,德都这个农业发展经济型小县城也在开展足球运动的浪潮中焕发了青春,诸多足球实践活动为争创全国体育先进县注入了活力。

夏日里的人民体育场,到处可见参加体育锻炼的人群。五大连池的优质天然矿泉水资源,也吸引着王德显教练率领国家女子马拉松长跑集训队到这里训练。新建的火山灰跑道上,孙英杰、邢慧娜等一批国内优秀长跑选手飞奔驰骋,与球场上你追我赶的足球身影交相呼应,成为运动场最动人的风景。踢足球的人中,不乏教师、公务员和家长带过来的少年儿童们。

1995 年 6 月 1 日，德都县第 22 届田径运动会暨黑河市第三届高中生运动会召开，黑河市第一中学教练员徐成禹老师带来了黑河市 4·28 足球队刚刚成立的好消息。闻讯后我们一是羡慕、二是焦急。羡慕的是黑河市地域广阔，足球运动人才济济，焦急的是期盼德都县青年足球队能早日正式成立。于是我们几个人在运动场紧急召开了一个碰头会，几番磋商后决定在运动大会期间宣告北狮青年足球队成立并举行誓师足球表演赛。由于时间紧迫，我们几个人迅速行动起来。由师兄张建国负责海报发布和联系组委会，于金龙负责采购装备和“招兵买马”，我负责联系首场赛对手第三中学的队员们和修缮场地。

6 月 2 日清晨，全体人员便早早来到体育场集结，队长于金龙对球队成立进行总动员，对首场比赛进行了周密布置。一系列热身训练活动结束后，大家一起奔赴第一小学，手抬肩扛将一对足球门运到了人民体育场，一切准备工作就绪，我们怀着无比激动的心情等待着表演赛的到来。

下午 3 点整，大会组委会开始播报北狮队成立和表演赛的消息，全场观众们的热情瞬间被点燃。在一片喝彩声中，双方队员携手走进了绿茵场。随着裁判员刘德武老师一声哨响，北狮足球队与第三中学足球队的足球比赛正式打响。我队首发派出前锋王长发、陈德福和徐业飞三把尖刀，由我、张建国和徐成禹司职中场，张宏伟、曲振江、于金龙、刘扬组成后防线，守门员为管振辉。433 阵形的布置，意在防守中寻找反击机会。第三中学足球队由张一忠老师坐镇中场，其余队员都是清一色的体育特长生，体力极好。上半场，两队队员在万众瞩目下都略显紧张，精彩场面不多，以 0∶0 互交白卷。下半场，我队逐渐加快进攻节奏，师兄张建国在中场处极致的发挥打破场上的平衡。第 67 分钟他得到队长于金龙传球，利用个人技术带球突入禁区内打进第一球，我队以 1∶0 领先。第 79 分钟，由他主罚角球到禁区找到徐成禹，后者高高跃起，头球破门；终场结束前我得队友的传球打进第三球。最终，北狮足球队以 3∶0 赢得队史上的首场胜利。北狮足球队首战告捷，为全县田径运动会增添了风采，得到参赛运动员、教练及各界领导们的赞誉。时任县政府副县长蔺波、教委主任杨建国等领导也到赛场与队员们互动合影。

德都县成立北狮青年足球队的消息迅速传遍了城市乡村，传遍了黑河市的四面八方。原德都县教育委员会体育视导员刘玉泉成为北狮队第一任领队，县体校的于宏任主教练。队员们来自城乡各行各业，都具有中专或中专以上学历，是一支思想素质高、组织观念强的体育团队。在县委县政府的正确领导下，在广大球迷们的热心支持下，全体队员切磋球技、广交朋友，开展了一系列健康有意义的活动。

北狮青年足球队是德都县有史以来的第一支业余足球队，她的诞生为德都县足球事业注入了勃勃生机，为全民健身运动开展增添了风景。从此，北狮足球队开始走进德都县人们的日常生活，德都县足球运动历史也翻开了新的篇章。

第三节 南征北战 跨越城乡

1995 年 9 月 4 日，北狮青年足球队召开了一次全体队员大会，讨论制订了“南征北战与西进中兴”计划。大体内容就是通过举行教师学生交流赛，促进校园足球发展，扩大足球在学校的影响力。“南征北战西进”是指到市区周边平原乡镇学校打比赛,“中兴”是指到镇内学校打比赛。从另一方面来讲也是北狮队“以赛代练”的一次大拉练活动。白色圆领衫作为球队临时比赛服,前面印着“北狮”队名,后背印着“雪莲矿泉水”字样。后背之所以印上“雪莲矿泉水”,是因为当时球员王长发在这家水厂担任厂长,为我们解决了球队比赛中的补水问题,也可以说是球队“寻求赞助服务社会”的思想启蒙。每招录一名球员,便自行印一件球衫,既考虑到经济实惠,又考虑到方便统一。

【1】西进建设

建设乡中学是北狮队选择送足球下乡的第一站。在其学校教师中,有于文喆、李国清和张树成三名北狮球员,足球运动在这里较早便得到传播,三人也被我们尊称为“建设三剑客”。9 月 15 日下午,秋高气爽。除了刘扬驾驶摩托车载着领队刘玉泉老师之外,其余 12 名队员都是骑自行车一同前往。半个小时后,大家便在学校准时汇合了。我们的到来引起了学校的轰动。操场南端东西排列的一面面红旗随风飘摆,热情的学生们拥挤在边线之外,一双双好奇的眼睛直盯着球场上做准备活动的我们。场地虽不平整,但木质足球门上却挂着从建筑工地上借来的防护网,这足以说明学校对本次比赛的重视。因为实力上的差距,我队上场队员并没有使出全力。上半场第 36 分钟,前锋小将 21 号邵岩在禁区外乱军中一记抽射远角取得 1:0 领先。下半场,我队靠着 17 号刘扬的凌空补射和 6 号张宏伟反抢后的突破又接连打入 2 个球,直到终场前主队才扳回一球。我队以 3:1 轻松取得送足球下乡第一场足球赛的胜利。赛后,双方队员合影并到教室内交流座谈,共同感言足球带给人生成长的影响,刘玉泉老师也就“教学中如何有效开展学校足球活动”这个话题做了详细解读。建设乡中学一站,北狮队取得了交流与实战的双丰收。

【2】对弈三中

9 月 22 日下午,北狮队做客第三中学。这是双方球队的第二次较量。因为之前体育场表演赛 0:3 的失利,第三中学校领导高度重视,学校大门口张贴出海报,由体育教师和学生共同组建起球队来迎战我们。张铁钢、李君、王涛、张一忠、徐明志五位老师也都出现在首发队员中,由此可以看出对方是铆足了劲。我队也是严阵以待,火线召回“建设三剑客”及一号主力守门员刘海泉,15 名队员信心满满来到赛场。县广播电视局也派出记者林松涛进行现场采访。

果然不出我们所料,比赛一开始,第三中学投入大量兵力进行强攻,特别是小前锋郭天亘极具杀伤力,一次次突破将我队后防线撕开缺口。上半场第 10 分钟,对方将球斜吊入禁区内,我队后卫 2 号刘遵林头球顶空,三中队张一忠得球后顺势将球带进球门,取得 1:0 领先。对方士气大振,观众加油喝彩声更是震耳。5 分钟后,郭天亘左侧单刀打进第二球。不到 15 分钟,我队 0:2 落后,对方取得完美开局,北狮队遇到前所未有的挑战。这时,我队果断做出人员调整,将张宏伟从前卫线撤至中后卫位置。在稳固防守中,我队一次次组织起有效进攻,竟然在上半场连追四球,以 4:2 领先。下半场,两队似乎又回到刚开场时的状态。我队安排 2 号刘遵林盯住对方尖刀郭天亘,可惜不在状态,被对方突破射门成功并送出一次助攻,顷刻对方扳回两球,总比分 4:4 平,双方又回到起点。平局再次激起北狮队员的斗志,终场前两分钟,我队在右侧组织起两次进攻,并由我单刀完成两次射门。第一次的推射,打在横梁上弹回,第二次我带球几乎到了底线推射远角取得进球,强大的惯性使我冲出底线,冲进密密麻麻的观众人群中。5:4,我们艰难取得与第三中学第二场比赛的胜利。

此役,北狮队技战术进一步得到磨合艰难,全体队员经历了比分落后到追平领先,再由领先被追平和再胜出这样一个起伏跌宕的角逐过程,经历了一场技战术考验。可以说,北狮队员们既强大了心理锤炼了意志,又点燃了第三中学教师学生们的运动激情,一大批高中学生和老师开始热爱上足球并参与到足球运动中来。

【3】联谊一中

9 月 25 日,北狮足球队又来到第一中学,同学校教师举行比赛。时任第一中学校长李树贵亲自到现场督阵,看得出他对此次交流比赛的重视。当日下午 3:00, 主裁判付汉波老师吹响比赛的哨声。北狮队排出 442 阵形,武海、刘遵林、于金龙及刘扬组成后防线;张明、张建国、张宏伟、侯国庆担当中卫;邵岩、梁东彬司职边锋;管振辉担当门将。由于实力上强于对手,我队场面上处于一些优势, 我队在中前场的控球次数明显多于前几场比赛。第 32 分钟,3 号张明送出两次助攻,将球传至 7 号侯国庆脚下,后者完成两次射门得分,上半场便以 2:0 领先。下半场,对方进攻仍没有多大起色,我队整体阵形前压,保持场上的优势,又由我和张宏伟接连打进两球。临终场前对方扳回一球,最终北狮队 4:1 取得对阵第一中学教职工比赛的胜利。

【4】对阵高三联

10 月 6 日,北狮队员们如约来到第三中学进行比赛,闻志刚与郭金成两名队员首次跟队前往。比赛对手是由郭冬率领的清一色高三年级的体育特长生组成,教练闻秀荣老师也有意通过挑战赛来锻炼学生的意志品质与技能。学校张一忠老师和高二年级守门员何海望也都客串到我队中,比赛裁判员由高二年级的郭天亘担任。比赛开场,我队便遇到对方的高强度防守,很难在中前场创造出渗透性传球。阵地战受阻,我队及时调整战术。第 31 分钟,我得球后顺势一脚斜传越过防守队员找到张宏伟,他随即单刀攻入第一球。相似的场景 5 分钟后再次出现,我一记高空横传球找到前锋郭金成,他完美射门打入第二球。2:0 的比分保持到上半场结束。下半场,双方各抓住一次机会分别取得一粒进球。终场,北狮队以 3:1 取得对阵高三体育特长生的胜利。此役,快速反击战术运用得当,长传冲吊传球创造出得分机会。

【5】北上双泉

10 月 19 日下午,“建设三剑客”请假早早赶到县里,12 名队员会和后便骑车一同赶往 8 千米之外的双泉镇。蓝天碧日下,公路两旁金黄色的稻浪一望无边。双泉镇人杰地灵,水资源丰富,素有“鱼米之乡”的美誉。3 点整,我们与双泉镇教师团队一同移师到宝泉村小学。村小学的场地异常平整,小草已经枯萎,但脚踩上去却是特别舒服。赛前,双方队员合围在中圈附近,队长于金龙解读了北狮足球队传播足球的发展理念,并对此次交流活动进行了介绍。以我队人数为准,双方各派出 12 名球员上场,来一次民间规则,尽情分享足球的快乐。对方球员中,双泉中学校长史凤和、宝泉村小学校长刘国平都名列其中。领导们的重视和参与,带动了全体队员们的积极性。场外站满了围观的小学生们,叫好声此起彼伏。双方队员本着友谊第一、比赛第二的原则,场上很少出现危险动作的拼抢。90 分钟内,北狮队几乎完全控制了场上节奏,进攻端可说是全面开花。前锋刘扬进攻两次并得分,张建国、张宏伟、梁东彬各入一球,后卫张树成前场助攻并打入一球。接连遭受六次打击,但双泉队并没有放弃对进球的渴望。几经努力终于换来收获,张云龙在禁区外的凌空抽射以及史凤和校长在角球进攻禁区内的捅射都堪称经典,取得两粒宝贵进球。此场比赛是北狮队全体队员又一次外出拉练,既增长了球技,又收获了友谊。

【6】南下新发

10 月 26 日,北狮队再次集结,骑车前往新发乡中学做客比赛。北狮队员的到来得到新发乡学校师生们的热烈欢迎,前后院所有中小学生都跑出来观看比赛,他们搬着凳子围坐在北侧的边线外,同时学校喇叭也在播报着北狮队来访的消息。深秋的操场连接着校田地延伸出很远很远,围墙内耸立着整齐成排的白杨树。树叶在已经稀落的枝头随风摇曳,安插在枝叶间的乌鸦鸟巢清晰可见,错落有致地连成一大片。由于对方运动人员紧缺,队长于金龙担当起裁判员。我队排出 442 阵形,我与张明在中圈开球。由于许洪彬、吴立忠、王长发三位球员首次上场,我队在三条线上做了相应调整,也有意全面考察队员技术能力,为球队技战术制定提供数据支撑。上半场,我队由东向西顺风进攻。对方在校长张春林带领下,采取铁桶式防守给我队进攻造成不小麻烦。第 21 分钟,我得到队友传球在右侧形成单刀,禁区内抽射破门取得 1∶0 领先至上半场结束。下半场,我队轮番换人,尝试区域间小配合。在第 75 分钟,侯国庆一脚远距离传中球使得对方守门员判断失误,意外收获第二粒进球。第 81 分钟,张建国帮助球队取得第三粒进球。3∶0 之后,对方全线压上,临终场前扳回一球。最终,北狮队取得胜利。此役,北狮队员轮流上场,尝试不同位置技能水平发挥,为下一步确立球队战略战术摸索经验。

【7】再战三中

11 月 16 日下午两点,北狮队与第三中学的第四场比赛如期开战。由于连续三场失利,第三中学将队员做了重要调整,教师中只保留张一忠、王涛两名队员,其余学生队员中不乏郭天亘、郭冬等优秀选手,守门员由何海望担任。这样的阵容既有速度力量,又有技术,可以说是第三中学的最高水平了。看到对方布阵,我队排出 442 阵形,坚决执行防守反击战术。后卫于金龙、张树成、刘遵林、于文喆;中后卫侯国庆、左前卫张明,突前张宏伟担当进攻中的支点,主要完成射门和头球摆渡。左边锋徐业飞第一次随队出征,右边锋梁东彬,我被安排在右前卫位置上。随着刘勇力老师的一声哨响,激烈的比赛开始了。真所谓“兵来将挡,水来土掩”,因为两队队员之间非常熟悉,上半场防守都做到了极致,都没有给对方任何得分机会。两队势均力敌,以 0∶0 互交白卷。下半场我队换下体力不支的徐业飞,由张宏伟改打左前锋,换上张建国司职左前卫,我改打突前前卫。这一变阵在第 57 分钟初见成效,张宏伟接右路 11 号梁东彬助攻传球,连过两名防守队员后单刀推射得分,助我队 1∶0 领先对手。可好景不长,对方失球后便大兵压上。第 68 分钟,王涛运球到前场 45°角斜传球到于金龙、刘遵林两个人防守中间区域上空,郭天亘抢到位置用头将球打进球门左下角,将比分追至 1∶1 平。临近结束失分,我队所有人都使出浑身力气加强防守。第 86 分钟,我在前场防守抢到球,在左侧形成突破,接连晃过两名防守队员后横切右脚抽射,球碰到守门员手臂后折射打入球门近角得分。2∶1 比分保持到比赛结束。此场比赛使全体队员感受到“进攻从守门员开始,防守从前锋开始”的全攻全守足球理念,为球队技战术完善创造了条件。

【8】后记

11 月 29 日,北狮队又转战第一小学,与 1993 年教职工足球赛冠军队进行交流,并以

5∶2取得胜利。至此,从秋天到冬天,北狮足球队完成“南征北战与西进中兴”战略计划的实施,开辟了多块乡村及学校足球根据地。通过友谊赛、座谈会,播种下足球运动的一颗颗种子。北狮足球发展理念开始受到学校领导的重视,体育教师的积极性被充分调动,由往日“要我抓”逐渐在向“我要抓”的态势发展,中小学校相继成立各级足球队、足球社团,足球开始走进学生们的生活。北狮队员不辞劳苦、开拓进取、甘于奉献的精神感染了广大青少年,得到各级领导的关心与支持。原德都县副县长蔺波多次来到球队了解发展情况,县文化体育局王立明、于树文副局长也亲临赛场观看指导,这些都无形中鼓舞了队员们的士气,增强了队员们战胜困难的决心和勇气。平日里,大家利用业余时间召开例会探讨足球队发展,通过理论学习、分析比赛录像,研究制订比赛技战术。赛场上,队员们勇于拼搏,知难而上;胜不骄、败不馁。北狮足球队逐渐凝聚成了一个坚强而富有战斗力的集体,为参加黑河市“青春杯”足球赛奠定了坚实的基础。

第四节　初征黑河　“青春杯”记

练兵千日,用兵一时。1996 年 6 月 15 日,黑河团市委、黑河师范专科学校(简称黑河师专)团委发起承办了黑河市第三届“青春杯”足球大赛,黑河师专臧勇老师向北狮足球队发出了参赛邀请。

受到组委会的诚挚邀请,我与队长于金龙、张宏伟便商议无论如何困难都要争取参加这次比赛。通过我们三人组的几番努力,准备工作得到有序开展。首先动员确定了徐业飞、张明、张树成、刘扬、刘遵林 5 名教师队员,还有来自第三中学张大伟、何海望、郭天亘 3 名学生队员,加上我们 3 个人整好凑够了 11 名队员可以报名参赛了。6 月 16 日清晨,我们在县汽车站集结,小前锋梁东彬前来为我们送行,鼓励我们一定打好比赛,在家静等我们的好消息。虽然人数少了几人,但是球队整体三条线上的主力基本完好,我们还是怀着对比赛的无限憧憬踏上了征程。

赛前抽签会,我队与黑河市第一中学、黑河市第三中学和 4.28 足球队同分在上区 A 组。下区 B 组为黑河师专、中国建设银行、开发区公安局、黑河市第五中学四支队伍。纵观八支球队,A 组相比 B 组实力更强。黑河市第一中学、4.28 队可说是实力占优,心理上我们并没有任何优势,因此至少取得两场胜利才有希望小组出线;而下区 B 组虽实力不是很强,但黑河师专坐镇主场,堪称一个上上签。我队小组赛场地为黑河市第一中学,从驻地黑河师专学校到赛场有 2.5 千米多的距离。赛前全队召开了动员会,徐业飞、张明几位老队员也先后表态发言,鼓励大家人人都是主力,人人都要拼到底,努力完成小组出线的既定目标。

6 月 14 日上午 9 点,在黑河市第一中学赛场对阵黑河市第一中学的比赛如期打响。基于学生时代对弈第一中学比赛的过往历史,我们制订了“532”防守反击的阵形。前锋郭天亘、刘扬搭档,一高一快组合;由我、徐业飞、张大伟司职中场;于金龙、张宏伟、张树成组成中后卫,张明和刘遵林司职边后卫,后卫线可谓五虎上将;守门员河海望。开场不久,不出所料,对方清一色的小伙子向我们发起一浪高过一浪的进攻狂潮,在队长于金龙的有效组织下,将对方几次威胁进攻一一化解。第 34 分钟,我队利用防守反击由郭天亘巧妙用脚后跟打进一球,竟然 1:0 客场领先对手。比分落后,对方大举压上,在上半场结束前扳平比分。中场休息时,我队第 12 名队员侯国庆匆匆赶到现场。下半场我队迅速做出调整,前锋刘扬被换下,并将张大伟调至前锋线位置,由侯国庆司职右中卫。及时换人,我队加强了中场的控制,比赛节奏一度被我队掌控,第 84 分钟,我抓住一次防守反击单刀打进一球,并将比分最终锁定为 2:1 取得小组赛首场胜利。

次日对阵黑河市第三中学,完全没有想到比赛竟然是一边倒的场景。对方小球员过于投入兵力进攻而不回撤加强防守,这正中了我队防守反击的策略,最终我队以 7:1 取得小组赛一场大胜提前出线。小组赛最后一场对阵 4.28 队,对方球友们发扬风格,为了不让我们步行去黑河市第一中学赛场,他们提出易地黑河师专学校进行小组最后一场比赛的建议。6 月 16 日上午,对阵 4.28 队的比赛如期打响。由于两战全胜小组出线的既定目标已经实现,赛前大家的心情尤为放松。比赛一开场,我队中后卫张宏伟便频频到前场助攻,奢望参加比赛的个人首粒进球。可是每次都进攻未果,他却不能及时跑回位置进行防守。对方不愧是老牌强队,巧妙利用张宏伟上去助攻的机会发动快速反击,竟然在 20 分之内连入我队三球。当时场边很多家乡学子和同寝同班同系的同学也为我队加油助威,不到 20 分钟 0:3 落后,使这些学生们对我队实力开始心存疑虑。这时候,我队调整阵容,坚决安排张宏伟撤回到后防线镇守中路,还是打起防守反击战术。场面上逐渐好转起来,我和小郭各打入一粒进球,追至 2:3 上半场结束。下半场易地再战,我的一记中场吊射和小郭一次门前抢点推射,将比分最终锁定 4:3 反败为胜,我队以小组第一阔步进入半决赛。

半决赛对阵东道主黑河师范专科学校足球队。我队稳扎稳打,防守反击战术越发成熟起来,以 2:1 涉险过关,并与 4.28 足球队会师决赛。

足球就是这样,当与伟大的对手相遇,势必会有一场伟大的对决。上半场,两队节奏都不是很快,对方似乎总结了小组赛时的教训,打得也异常谨慎。但整体上的优势明显,控球率还是远远高于我队。这边我队伤兵满营,打到决赛已经出乎意料,心态上比较平衡,而且坚决贯彻防守反击战术,充分利用小将郭天亘门前敏锐的嗅觉,一有机会就直接将球传给他。靠着稳固的防守和良好的心态,0:0 闷平了上半场。下半场,对方首先沉不住气来,抢先发力,不断加快进攻节奏,主力球员徐成禹、杨新忠几次比较有危险的进攻不果,心态上有些失衡。第 58 分钟,小前锋郭天亘在门前左侧接到我的倒钩传球,在乱军中打进一球。看到我队率先取得了进球,对方队员可是急红了眼,进攻点更是多了起来,比赛异常焦灼。对方大兵压上终于造成我队后防队员的犯规,第 62 分钟,队长于金龙在禁区顶弧前抬脚过高,给了对手一次直接任意球罚球机会。侯国庆与张明两个人排了一个小人墙,脚法名不见经传的江心弟一记低平球打在侯国庆右脚上,他本能地将球磕到左侧我的方向来,我得球后顺势拨球晃过第一名防守队员,继续向前趟球十多米晃过第二名防守队员,这时我的运球速度丝毫没有减下来,在距离球门将近 30 米处,面对第三名防守队员,我使出浑身的力气左脚一记远距离的吊射,将球送进球门边网上。2:0,我队将球场上的不利因素转化成了一次进攻的进球。场外边,车永宏老师带着师兄弟们为我们加油叫好的声音一浪高过一浪,比赛似乎成了北狮队的主场。那边对手的进攻更是越来越猛烈,对着我队球门一顿狂轰滥炸,所有的队员都积极回来参与防守,每个人都拼尽了全力,剑拔弩张中张宏伟的一记头球解围自摆乌龙,才使得对方"追回"一球,但也无济于事。最终,我们以 2:1 摘得冠军。

冠军争夺战正值端午节来临，又恰逢新五大连池市的诞生，北狮足球队用“青春杯”冠军为家乡敬献一份真情厚礼。胜利的眼泪打湿了队员们的衣襟，绿茵场上，我们长时间紧紧拥抱在一起，欢呼着、跳跃着。北狮足球队吃苦耐劳，拼搏进取、胜不骄、败不馁的精神风范为“青春杯”增添了光彩，受到黑河市各届领导的好评，更赢得了所有比赛、也赢得了整个“青春杯”。同时斩获最佳射手、最佳教练员和体育道德风尚奖。当冠军奖杯一一传递过我们的头顶，我们由衷感到至高荣誉的那份自豪，来之不易的胜利不仅属于我们12位勇士，更属于北狮足球队全体队员，更是对我们一年来传播足球、以赛代练的最好诠释。

回首冠军路，真可为荆棘满程困难重重。“智多星”张明才刚刚新婚不久；“大头”刘遵林被老板催促上工；每人每天只有13.5元的伙食标准，场外一人既是替补又是教练，客场作战……就是在这种极其艰难的情况下，北狮足球队以五战五捷的骄人战绩取得了第三届“青春杯”足球赛的最后胜利。实践证明，胜利的法宝只有一个，那就是“团队力量”。在时年33岁徐业飞大哥的带领下，全体队员众志成城，同心协力。克服重重困难，一次次过关斩将，一次次创造奇迹，用激情抒写了五大连池市群众体育运动史上的奇迹，黑龙江畔刮起了一股强烈的“北狮旋风”，充分展现新五大连池市当代青年人的风采。更让我们不能忘记的是，黑河师范学校车永宏、吴晓光、孙成业等几位老师与身在黑河工作的同学队友、师兄师弟们请我们“吃大餐”补充营养，在赛场外为我们站脚助威加油打气；以及蒲景春、张伟东、付连辉、邵长波等为代表的连池学子，时刻与我们同呼吸、共患难，在球队几乎“弹尽粮绝”时给我们送来节日的鸡蛋、粽子，给予我们最强大的精神支持和力量之源；还有来自伟大对手“4.28”球友们的理解、大度和支持，与我们见证足球友谊，与我们共享足球荣耀；来自队友王长发“雪莲矿泉水”、梁东彬11号球服的一路陪伴……还有许多许多不为人知的感人故事，这些都成为北狮足球队宝贵的精神财富。

北狮足球队凯旋之后，五大连池市广播电视局也对我们征战比赛的事迹进行了报道。初征“青春杯”成为我们人生最宝贵的一段经历，令每一名球员终生难忘，所折射出来的团队拼搏精神，也激励着我们每一个人永远做生活和事业中的强者，同时也影响无数青少年在足球运动中分享快乐，健康成长。

第五节　二次北上　憾失冠军

1997年5月，北狮队接到了黑河市第四届“青春杯”足球赛参赛邀请函，全队上下斗志高昂，人人摩拳擦掌，球队迅速做出参赛的决定。此届比赛由黑河市青年联合会、黑河市体育运动委员会、黑河团市委联合举办，旨在迎接香港回归祖国，推动黑河市业余足球蓬勃发展。

作为上届冠军本届比赛的种子队，北狮队的二次北上得到了黑河球迷的极大关注，也得到了五大连池市各级领导的支持。市政府副市长蔺波亲自向市财政部申请参赛经费3000元，同时团市委书记朱昊旻征得“健龙牌”矿泉水的赞助支持，共青团市委下发文件抽调运动员。全体队员迅速在体育场集结，抓紧利用早上的时间进行训练。这一次，可以说是人员齐整，斗志昂扬，每个人都对第二次参加“青春杯”充满了信心。

5月31日,我与李国清、张树成、王文会、刘扬、于文喆、李权先行出发,抵达黑河后与陈德福、侯国庆、郭冬、吴书孝、邵长春五名队员会和。当晚在黑河市体育运动委员会三楼会议室召开的比赛联席会中,黑河市体育运动委员会王大威主任就此次比赛的意义与大家进行了解读,希望各参赛球队能以良好的精神面貌参加比赛,重在交流,以饱满的精神状态呈献给观众一场视觉盛宴,来迎接香港回归。

抽签后,我队与黑河五中、黑河一中、北安、黑河师范同分在了A组,黑河方兴、黑河4.28、公安、邮电局与明星同分在B组。这10支球队,可以说是聚集了黑河市域内各路足球高手,尤其是邮电局足球队,在挖走4.28队几名优秀球员之后,又召集了几位应届大学生足球高手,实力强劲,将星云集,可见他们对夺得冠军充满渴望。

6月1日早7点,我队首场迎战黑河一中足球队。对手由清一色高中体特生组成,体力好,速度快。我队排出433阵形,在做好防守基础上,逐渐控制了场上节奏。上半场便以3∶0领先。下半场第25分钟,我队换上替补球员李国清并在终场前由其攻入一球,首场我队便以4∶0取得大胜。下午,我队遭遇主场作战的黑河师范足球队。该队由97、98两届体育班学员组成,教练员张双印老师也曾是我们的体育老师,对我队打法了如指掌。为争取小组头两名出线,同门师兄弟之间必将展开一场激烈较量。果不其然,开场后对手便展开顽强防守,尝试利用队员们的速度打出反击,并安排体能最好的谢天宝紧盯住前场组织进攻的我。看出对方的意图后,我队前锋队员没有太靠前,进攻端保持一定的纵深距离,中场和后防两条线相互支持保护。上半场,我队便利用前场配合由刘扬打进一球。中场休息,于金龙、张宏伟及时赶到赛场,领先之下又来了强援,全队上下士气大振。下半场,我队又打入第二球。最终,我队以2∶0取得对母校足球队的胜利。

6月2日上午,我队迎来小组赛第三个对手——黑河市第五中学足球队。由韩寿平校长亲自挂帅,师生结合的第五中学足球队给我队制造了很大麻烦,常规赛80分钟内对方都曾以一球领先我队。终场前我队获得一次前场任意球,我发出的弧线球越过人墙,找到埋伏左侧的老将陈德福,后者在零度角利用胸部将球攻入球门。1∶1,我队与黑河市第五中学握手言和。

下午,我队又迎来小组赛最后一个对手北安足球队。对方由绰号“卡特”的吴老三带队,来势汹汹。上半场比赛打得异常艰苦,我队取得1∶0不久,对方便回敬一球扳平比分。下半场,黑河师范学院的球迷们给了我们强大的支持,众多五大连池学子也高举着“北狮队,加油”的横幅,在场外高呼呐喊。校园广播也及时播报我队的信息,并播放世界杯主题歌为运动员加油打气。在强大的主场氛围下,我队在终场前又攻入北安队一球,最终以2∶1取得胜利。小组赛,北狮队三胜一平以小组第一进入到下一轮。当日中午,我队中场球员张建国和小前锋郭天亘赶到了黑河,并与我们顺利汇合。

6月3日下午,半决赛在黑河市体育广场举行。我队半决赛的对手是明星足球队,队员都是黑河市第一中学初三学生,有体力但缺乏比赛经验。比赛中,我队完全掌握了场上节奏,进攻端全面开花,上下半场共打进六粒进球。最终以6∶0昂首挺进决赛。

6月4日上午10点,决赛打响。正如赛前所料,进入决赛的另一支球队为黑河市邮电局代表队。该队三条线上人才济济,实力最强。这时候,我队经过小组赛几场硬战,部分队员受伤,体力消耗极大。几经商榷之后,我们还是制定了主动进攻阵容,派出郭天亘、刘扬、郭冬三前锋。上半场,两队在泥泞场地上你来我往,互不相让,拼抢,摔倒,爬起,继续拼抢……上半场,两队0:0战平。下半场,两队均没有做出人员调整,可我队大部分队员已经体力透支,攻防转换节奏渐缓,然而对方进攻节奏明显加快。一次次将球传送到我方禁区内,利用高中锋徐成禹的身体优势,进行头球射门或为同伴摆渡做球。比赛进行到第67分钟,禁区内我队后卫于文喆与对方队员争抢,一记头球虽解围但不远,被对方前锋杨新忠得到后用一记势大力沉的凌空抽射破门,我队0:1落后。紧接着,对方又接连打进2个球。我队在前后不到10分钟的时间里被对方连入三球,一时间有些不知所措。我队随即做了人员调整,由"中场发动机"张建国上场换下后卫于文喆,并将前锋郭冬与后卫张宏伟进行位置互换。此举主要是加强中场的组织能力,志在最后一搏。对方也加强了防守,双方球员身体接触逐渐频繁起来。第81分钟,由于对方防守队员在禁区内对郭天亘犯规,我们获得了一个点球。6号张宏伟上前主罚,发力过猛放了一记高射炮,点球未进。情急之下,我队竭力反扑,中前场队员更是全线压上。第86分钟,张建国将球吊入对方禁区内,张宏伟将功补过在混战中将球打进空门。之后,双方再没有进球,我队以1:3负于黑河邮电足球队获得第四届"青春杯"足球赛亚军。

勇于拼搏的北狮足球队再一次赢得黑河市球迷们的尊重,赛后北狮队被评为体育道德风尚奖。北狮队两次征战"青春杯",为五大连池市赢得了荣誉,更点燃了广大青少年参加足球运动的热情,足球成为当时五大连池市最热门的体育运动。

第六节　"臣业"来访　佳话流传

1999年7月11日下午,北安市足球协会和五大连池市足球协会共同组织了一场足球友谊赛,由北安市臣业足球队客场挑战北狮青年业余足球队。时任五大连池市团市委书记的刘录、市邮政局退休干部刘臣一同来到现场观看比赛,老朋友们的到来给北狮足球队全体队员极大的鼓舞。

臣业足球队是一支几乎半职业化的企业足球队,拥有北安市青年足球爱好者中所有顶尖高手,个个身怀绝技。近几年该队在北安市举办的一系列比赛中成绩斐然,多次获得冠军。他们又有实力雄厚的北安市臣业广告公司提供经济赞助,因此在各个方面都优于北狮青年足球队。

下午2时30分,随着北安市第三中学体育教师张锐的一声哨响,比赛在五大连池市第一中学准时打响。此时的北狮队阵容正处在第一次新老交替,球队主力基本都是"火山杯"联赛冠军北狮梯队的高中生球员,球员的年轻化也使整体技战术显得不够成熟。前20分钟,北狮队靠着主场优势与对方展开了激烈的对攻,但威胁性的射门却寥寥无几。几次进攻未果后北狮队部分球员失去了耐心,进攻节奏变得有些紊乱。可对方在熟悉了场地之后,充分发挥整体作战优势。在中场球员刘铭的组织下,向北狮队阵地发起一次极具威胁的进攻。第25分钟,对方禁区前一次漂亮的墙式二过一配合,由9号前锋射入一球。第37分钟,由5号中后卫接到下底传中空中球用头顶进一球。上半场,对方便以2:0领先北狮队。

下半场易地再战,北狮队便频频走马换将,努力寻求进攻上有所突破。可对方整体上的优势使北狮队在进攻端捉襟见肘,很难创造出有效的得分机会,在防守端也不能迅速完成区域间保护。进攻没力度,防守又松懈,对方在我队禁区前的小配合给守门员陈海龙屡次构成威胁。利用娴熟的技战术和突出的个人能力,对方又接连获得两个进球。至终场结束,我队以 0:4 彻底败下阵来。

此次足球友谊赛的失利是北狮队继黑河市"青春杯"足球赛之后与北安队的第二次交手。臣业队一场大胜,折射出北安市近几年足球运动的迅速发展,也侧面反映出我市足球运动水平下滑的趋势,尤其北狮青年队后继力量明显不足。从第二届"火山杯"足球联赛五支球队参赛情况上看,五大连池市足球热度开始下降。还有青少年参与人数的减少以及市域经济发展的滞后,都直接影响了五大连池小城足球的发展。

一场激烈的比赛交锋,栽培了一棵友谊的常青树。双方队员一起合影,相互交换礼品。"北安 V 五大连池"友谊交流,成为日后两地携手发展的一个难忘画面。两地足球不断交流往来,逐渐发展成为以五大连池市为中心北方足球发展事业的重要组成部分。

第七节　折戟"北圳"　止步首轮

1999 年 9 月 18 日,为迎接中华人民共和国建国 50 周年庆典,黑河市宣传部、黑河市教育局、黑河团市委、黑河市青联共同举办了第二届"北圳杯"青年足球赛。北狮足球队在五大连池市委、市政府的大力支持下,进行了短期集训并如期参加了比赛。

此次参赛,北狮足球队在阵容组合上以老带新,人员配备也有了较大的变化。张宏伟、侯国庆、杨玉林、刘遵林、郭天亘五名"青春杯"冠军老队员,率领王云龙、孙志钢、王树奇、邵岩、纪艳成、丁磊、王莹、吴东辉、李艳慧、刘龙克 11 名小将,身着蓝色阿根廷国家队比赛服,满怀信心地向边陲黑河进发。

赛前领队会上抽得一支下下签,北狮队同黑河师范专科学校、黑河师范学校、黑河北圳、黑河市第一中学代表队同分在一个小组。黑河师范专科学校与北圳足球队是被公认的最有实力问鼎本次比赛冠军的队伍。按照抽签顺序排列,北狮队将在第二个比赛日上午连续迎战黑河师范专科学校和北圳两支强队。抽签不利,使我队在小组赛中来不得半点马虎大意,也让我们考虑到第二日两场硬仗队员的体能问题。第一天北狮足球队发挥正常,分别以 4:0 和 5:0 战胜黑河市第一中学、黑河师范学校,为球队小组出线取得了宝贵积分。

9 月 19 日上午,在黑河师范学校足球场我队迎来了小组赛的强劲对手。首战黑河北圳队,双方都派上了最强阵容。由于实力均衡加上主场作战,北圳队一些年轻队员率先发出"狠招",球场上频频上演一些危险动作,来自黑河当地的主裁判却视而不见,见此场景北狮队后卫队员们的情绪产生了波动。第 27 分钟,靠着一次有争议的点球判罚,黑河北圳队取得了进球。0:1 落后,北狮队大部分队员都失去了理智。第 31 分钟,对方一次明显的前场界外球发球,由于后卫"大炮"刘遵林上前辩解,导致裁判员对判罚的改判,由前场界外球改判为前场任意球发球。见此情景,老队员侯国庆一时没有压住火气,率领队员们第一个退出了球场。北狮队员以及场外观众的不满情绪,一时间令赛会仲裁委员会颇为尴尬,几番研判最终裁决北狮队弃权处理，判定场上 1∶0 为最终比赛结果。作为黑河市“青春杯”一次冠军和一次亚军，北狮队第一次在比赛中遇到非正常因素的干扰，队员们心理遭遇到前所未有的打击。有的想坚持赛完小组最后一场比赛，有的想干脆弃权到底，军心有些不稳。经过一番讨论研究，球队最终做出坚持完成小组赛最后一场比赛的决定。于是，北狮队只经过一个多小时的休息调整，又重新回到了球场来迎战小组赛最后一个对手——黑河师范专科学校足球队。

经过几年黑河市足球赛的锻炼，黑河师范专科学校足球队已经成为一支强队。队员全部是大学学生，体力好速度快。何平多和马宁成为球队的灵魂，一个是嗅觉灵敏善于抓住机会破门的前锋，一个是威风八面骁勇善战的中后卫。最重要的是球队技战术已经由高举高打演变为主打小组技战术的地面进攻。此时，北狮队军心受到挫伤，体力消耗极大。出于对对手的尊重，出于对足球的尊重，北狮队全体队员重新鼓足勇气，又一次站在了球场上。比赛开始，黑河北圳队领队江兴弟亲自执法。遭遇一场打击后的北狮队并没有表现出一丝退却，顽强的意志品质鼓舞着每一名队员前进战斗。比赛打得异常焦灼沉闷，两队机会都不是很多。第 79 分钟，黑河师范专科学校队靠着一次力量对抗上的优势，前锋 10 号队员一记头球取得全场唯一进球。又一个 0∶1 惜败对手，北狮队失去了进军半决赛的资格。但北狮队员顽强的意志品质和对足球的热爱，再次赢得了当地球迷们的广泛赞誉。当比赛结束的一刹那，全体队员手拉手一字排开，奔跑着向热情的球迷鞠躬致谢。那一刻，是北狮队员在遭遇不公裁决、挺过不利赛事之后所表现出对足球的挚爱情怀，对广大北狮球迷的无私感谢。

北狮队停止了前进的步伐，悲壮地离开了黑河“北圳杯”的赛场。这是北狮足球队参加黑河市足球赛以来第一次没有进入到第二轮。回到五大连池市以后，北狮队全员认真进行了深刻反思和总结。第一个比赛日 9 个进球零封两个对手，第二个比赛日两个 0∶1 小比分失利两支强队。可以说在技战术层面上，北狮队已经做到了极致发挥，并没有出现较大的失误；可在队员心理上，我们没有做好功课，我们没有做好充分的准备。裁判员的误判、甚至改判以及对东道主球队的保护都是业余比赛中的一部分。作为一支强队，就要有应对这种场景的心理准备，要有重压之下的调整能力。如果我队能够放下对方的一个争议进球，放下并不重要的前场界外球改判，专心我队技战术的发挥，也许就会改变比分，也许就会改变最终结果。

然而足球比赛就是这样，场上就要无条件服从执法裁判的裁决。北狮队在第三次黑河比赛中所经历的一切，也成为北狮队成长中的宝贵财富。一次失利并不可怕，可怕的是不能在失利中准确总结经验，找不到解决的办法。在连续失利给北安臣业、黑河师范专科学校、黑河北圳之后，我们清醒地看到以老带新的北狮队明显经验不足，整体技战术水平有待提高，队员心理素质更有待加强，这些都成为北狮队日后发展需要解决的主要问题。

1999 年，北狮青年足球队遭受建队以来发展的一个困难期。球队未来该如何发展，怎样回暖五大连池市的足球氛围，使我及队友们陷入深深的思考之中。

第八节　四战黑河　重现生机

2000年的年初,五大连池市邮政局为树立企业形象,做好企业宣传,培养职工团队精神,成立了邮政局职工足球队。该足球队以宣传邮政、宣传足球为宗旨,鼓励职工团结一心、互相友爱。足球队遵守严明的纪律,秉持坚韧不拔的作风,成为我市群众文化体育生活中的又一道风景线。邮政局职工足球队的成立,正处于北狮青年足球队在一系列比赛中战绩不佳,全市足球运动发展适逢一个低谷期。北狮青年足球队及时抓住这个时机,与邮政局职工足球队结为了成长对子。体育场上,两队球员们在一起训练,一起比赛。体育场陆续又恢复了往日的喧闹,复兴五大连池市足球的春天也即将来到。

恰逢九月,中国体育健儿参加澳大利亚悉尼奥运会。黑河市体育委员会举办了第三届"北圳杯"青年足球赛。这又是一次难得的练兵机会,更是展示五大连池市足球风采的一个重要比赛。在大家的共同努力下,邮政足球队与北狮足球队进行了有效整合,选举出22名运动员代表五大连池市第四次参加黑河市足球大赛。

9月14日,全体队员们顺利抵达黑河市。前几次办赛中出现的仲裁问题,多少影响了球队参赛的积极性。本届比赛的参赛球队已经锐减到六支,分别是五大连池市邮政北狮队、黑河雄风足球队、黑河市第三中学足球队、黑河市第一中学足球队、黑河市第五中学足球队及合作区公安局代表队,邮政北狮队是唯一外市县的参赛球队。不难看出,此届比赛从规模和报名球队数量上已经远不如上几届比赛,经营六年之久的黑河市足球赛已经开始远离广大球迷们的视线。

因为是创造条件参加比赛,又有对足球的炙热情怀,邮政北狮队员展露出对比赛的无限渴望和热忱,赛场上大家团结一心,顽强拼搏,用一次次精彩的表现继续上演着北狮队的传奇。在小组赛中,邮政北狮足球队首先2:2踢平黑河市雄风足球队,3:1战胜黑河市第三中学足球队,以小组第二名进入复赛。半决赛中又以3:2力克黑河市第一中学足球队,在决赛中以1:3惜败给雄风足球队而获得亚军。

纵观此次比赛,聂东岩、刘传林、杜希友、李绪波、王明慧、周雪刚六名队员在比赛中不怕困难,顽强拼搏,为五大连池市邮政人增光添彩,推动企业精神文明建设。一同在球场上战斗,邮政与北狮队员们结下深厚的友谊,两队为五大连池市足球在2000年发力助威,它加快了我市足球运动第二个春天的早日到来。此次比赛,也创立了杨玉林、侯国庆、郭天亘三名球员四次征战黑河比赛的历史记录,为广大青年队员树立了榜样。郭冬、吴东辉、王树奇、邵岩、董楠楠、王子龙、于洪元、刘鹏程、刘佳梁、刘明、刘利辉、李艳慧、胡艳磊等13名年轻队员开阔了眼界,提高了技战术水平,锤炼了意志品质,为日后五大连池市足球发展储备了人才。

五大连池市邮政局的积极参与,成就了北狮队第四次参加黑河市足球赛的宝贵历程,为北狮足球人日后办赛积累了经验;北狮队员热爱和奉献足球运动的精神激励更多中小学生参加到足球运动中来;胜不骄、败不馁的作战风格也赢得黑河市球迷们的赞誉。北狮足球队获黑河市足球赛一次冠军、两次亚军,为五大连池市赢得了荣誉,创造了五大连池市体育事业发展史上的一个奇迹。

第九节 问鼎北安 献礼申奥

2001年7月13日，是一个令中国人骄傲自豪的日子，在俄罗斯莫斯科召开的国际奥委会第112次执行委员会中，首都北京获得了2008年夏季奥运会主办权。奥林匹克圣火七年后将在中国点燃，这将是现代奥林匹克运动史上的第一次，中国人一个世纪的奥运梦想终于实现了。一时间，每一名炎黄子孙都为之兴奋，为之鼓舞，为之骄傲。

为庆祝首都北京取得申奥工作的伟大胜利，北安市吉通公司、北安市足球协会联合举办了北安市“吉通杯”足球邀请赛。五大连池市北狮足球队为增进同北安市两地间足球爱好者的交流往来，也为举办首届五大连池市足球邀请赛做准备，在收到邀请后如期报名参加了比赛。

7月14日早，五大连池市邮政局用专车运送运动员们准时抵达了北安市人民体育场，此届北狮队由第三中学2001届应届毕业生为主体组成。此届比赛采用单淘汰赛制，共有八支球队参加。赛前抽签，我队同北安市邮政局代表队、北安电厂代表队、北安人民银行代表队同分在上半区。下半区是通北高中代表队、庆华厂代表队、北安市第三中学代表队和臣业代表队四支球队。北狮队是唯一一支外市县前来参加比赛的代表队。

首场四分之一比赛对阵北安电厂。90分钟之内，我队占据场上主动权，完全控制了比赛节奏，终场结束以11:0取得大胜。根据赛程安排，我队下午没有比赛。于是全队早早收兵，回到五大连池进行休整。

7月15日早，我们于同样的时间到达赛场。半决赛对阵北安市邮政局代表队，全队上下一鼓作气，又是干净利索地以4:0取胜而进军到决赛。

下午决赛，我队与下半区杀入决赛的庆华厂代表队交手。此时，所有队员们早已放松心态，对冠军充满了渴望。强大的自信心和战术执行力，保证球队技战术的正常发挥。后卫队员相互间纵深保护，处理球机智果断；中前场球员传切配合娴熟流畅，屡屡上演精彩配合。上半场比赛仅仅僵持了20分钟，之后北狮队接连打进对方4粒进球。下半场，对方紧急调动外援，意欲临场救火。第79分钟，对方由后换上场的老将王大勇打进挽回颜面的一粒进球。之后，我队再没有给对手任何机会。最终，五大连池北狮队以4:1获得“吉通杯”冠军。

通过“吉通杯”足球赛，年轻的北狮队员们得到了充分锻炼，技战术配合也得到了磨合演练，为参加五大连池市首届足球邀请赛做好了准备。同时，赛事冠军也极大鼓舞了队员们的士气，激发了五大连池市当地青少年对足球运动的热爱。在取得2000年黑河市“北圳杯”亚军之后，北狮队用“吉通杯”冠军吹响了召开五大连池市足球盛会的号角。

诚然，北狮队能够获得此次冠军，得力于老队员王长发聪明的战术智慧，得力于全队上下的精诚团结，更得力于五大连池市邮政局的鼎力支持。此次比赛为五大连池即将开启北方足球事业发展奠定了坚实的基础。真所谓：欲求山河多壮丽，北方足球待后生。魅力连池来相聚，从此情系北狮魂。

第十节　大庆“雷秒”　诚挚交流

2002年8月17日，第一届“北狮杯”青少年足球赛刚刚落下帷幕，大庆市“雷秒”足球队一行25人来到五大连池市。此行，他们既旅游观光又以球会友，交流感情。该足球队由大庆市物资装备三处的职工组建而成，经常参加大庆市业余足球比赛，并曾在大庆市2001年度青年足球联赛中获得亚军。在我市足球协会的积极努力下，北狮足球队代表五大连池市同该队进行了比赛交流。

上午10点整，比赛在体育场如期拉开帷幕。刚开场第11分钟，我队就利用反击1:0领先。随着时间的推移，雷秒队的队员们逐渐熟悉了场地，迅速向我队发起了进攻。对方果真是一支足球劲旅，阵地进攻讲究整体配合，可说是传接默契，长传冲吊落点准确接应到位，总能形成最后一击。对方整体技战术的优势压制得我队喘不过气来，上下半场雷秒队接连打进我队4粒进球，并最终以4:1取得友谊赛的胜利。

通过比赛，北狮队员们看到了球队技战术存在的不足之处，领略了对手的风采，得到了难得的锻炼机会。赛后座谈会，雷秒队员们饶有兴致地分享了我市足球运动开展资料，并一致对“北狮杯”足球邀请赛表现出极大的兴趣，对我市业余足球队的发展给予肯定。他们还高度评价北狮足球志愿者多年来所做的努力，赞赏我市这个足球运动欠发达地区特有的足球运动氛围。

“雷秒”足球队之旅非常成功，非常及时。虽然交流时间短暂，但这为“北狮杯”足球邀请赛展示给大庆地区足球爱好者提供了一次难得的契机。在一定意义上，它推动和加快了“北狮杯”足球邀请赛的发展速度和规模。同时也让广大足球爱好者在五大连池家门口观赏到了一场高水平的业余比赛。

友谊第一，比赛第二。正如赛前北狮足球队向对手赠送锦旗上的题词所言“与时俱进，携手共创龙江足球美好明天”。短短90分钟的比赛，在北狮足球爱好者与大庆石油工人们之间架起一座友谊的桥梁，不难看出两队队员们对足球的热爱，以及一起振兴龙江足球的美好心愿。

第十一节　冬日太平　火种点燃

2004年11月27日，正值隆冬时节，但凛冽的寒风却无法吹冷我们对足球的热情。在张建国、侯国庆、赵培成、陈家祥、闻志刚等老队员的带领下，北狮青年足球队应邀来到太平乡中学同教职工进行足球友谊赛。这是北狮青年足球队建队10年以来第五次“送足球下乡”活动。此次活动受到了太平乡教育委员会办公室、太平乡中学领导们的高度重视和大力支持，尤其是太平乡中学的朱连文、郝龙华两位教师的积极工作促使足球友谊赛得以顺利进行。

比赛之前，双方队员在一起合影留念。随着一声哨响，比赛在友好的气氛中开始了。

太平乡中心校校长方兴、太平乡中学校长王守平、宋祥德等领导们也都先后登场,一显身手。赛场外站满了为两队加油助威的学生们。他们久慕“北狮”的威名,今天与北狮足球队的近距离接触更让他们无比兴奋。他们认真、文明观赛,不时因为场上精彩的画面而欢呼雀跃。经过 90 多分钟的较量,北狮队以 4:2 取得比赛的胜利。

场上是对手,场下是朋友。比赛结束后,双方队员聚集一堂,就“农村学校足球运动如何开展”这个话题进行了热烈的探讨。

此次太平乡足球交流活动,是北狮足球队到农村“送足球文化下乡”的第五站。北狮足球队全体队员不辞劳苦、不畏严寒,在太平中学的学生心中点燃了足球的星星之火,在太平乡这块土地上播下了足球的种子。

虽说是冬天,但足球爱好者依旧饱含热情,他们始终坚信,属于足球的春天不会遥远了。

第十二节 足球之热 火遍寒冬

2008 年 11 月 16 日是个星期天,也是农历鼠年入冬以来最寒冷的一天。上午十点半,已经下了一天一夜的大雪仍没有停下来,刀割似的西北风夹裹着片片雪花向人们扑来。街上的行人都把身躯藏在厚厚的棉衣里,把头埋在帽子里,戴上口罩,只露出看路的双眼,小心翼翼地在雪地上挪动着双脚……

然而就在孙吴县第一中学的操场上,几十个足球爱好者却摘掉了帽子,甩下了棉服,披上战袍驰骋在球场上,原来,这里正在举行着“五大连池—孙吴—逊克”足球联谊赛,我和张鑫、佟明迪一行三人作为五大连池市北狮足球队的代表也应邀来到赛场并执法本场比赛。

虽然仅仅是一场足球联谊赛,但却得到了孙吴县誉福批发部的大力支持,该足球队也被命名为誉福足球队,同时也得到了孙吴县文化体育局、国家税物局及农业银行等单位领导的大力支持,他们都不畏严寒来到现场加油助威。人们在一起合影,当地电视台也派来记者跟踪采访。在一阵阵热烈的掌声中,“孙吴加油,逊克加油,北狮加油”的呐喊声回荡在校园的上空。文化体育局刘廷泽局长和誉福批发部李广福总经理特意为比赛开球。

一声哨响之后,比赛开始了。此时操场上的积雪已经足有半尺多厚,然而却丝毫没有影响球员们的兴致,他们积极跑位,讲究整体。12 分钟后,誉福足球队队员王飞首先打开了局面,他从右侧开出角球,球从空中绕过守门员和防守队员直接飞入球门左下角。1:0 比分刚刚保持几分钟,誉福队前锋赵学春接右侧下底传中球凌空抽射成功,比分扩大为 2:0。在这种极为不利的情况下,逊克足球队开始了反击,队员们的进攻更加积极,誉福队门前几度险象环生,但逊克队还是只开花,不结果。此时最感人的一幕出现了,场外孙吴啦啦队中响起了“逊克加油! 逊克加油!”的呐喊声,这阵阵喊声鼓舞着每一个逊克人,也感动着现场上的每一个人。它像一股暖流涌动着每一个人的全身,将冬日的严寒驱走得一干二净。下半场开场不久,东道主又连入两球,逊克队员们在终场结束前抓住两次机会顽强地扳回两球,比分被最后定格为 4:2。下场前,两队队员们紧紧簇拥在一起,欢呼雀跃,更挽起双臂向观众们敬礼致谢。

晚上,东道主为客人们准备了丰盛的晚宴。全体足球爱好者聚集一堂,畅谈友谊,描绘未来,更不约而同把目光投向了这群来自黑龙江边的逊克小伙子们,这支以贾双、高金龙、刘宇和史金刚为核心,共12人组成的团队是逊克县的第一支青年业余足球队,也是十几年来第一支走出家门比赛的足球队,他们平均年龄仅二十几岁,充满朝气,充满希望……

在返程的路上,我时时被东道主的盛情感动着,也被逊克这支充满美好前景的足球团队所吸引。从二战疾苦中坚强走过来的孙吴人,用赤诚、热爱和辛勤浇灌着这棵足球常青树。联谊赛所彰显出的友谊、团结、健康、快乐,不正是北京奥运会后全民健身运动所倡导的主流方向吗?

我们有理由相信,在第九届"北狮杯"的赛场上,我们一定能看到逊克足球人的身影,在我们美丽的五大连池必将会拍下一张黑河市足球爱好者的全家福。所有的北方足球爱好者都将为全国足球业余联赛黑龙江省五大连池市赛区群策群力,无悔躬耕;磨砺北方足球人的精神,张扬北方足球人的个性,乐哉! 美哉! 快哉!

风晨雨夕赖相持,剑气箫心喜共鸣。足球让我们感到快乐,足球让我们感受健康。

足球,更让我们感觉这个冬天不再寒冷!

第十三节　多情"世界杯"　遥寄一生爱

2010年的3月3日,距离南非世界杯比赛倒计时100天。一个个四年的轮回,一次次四年的等待,在扣人心弦的世界杯决赛即将到来之际,我这个"球魔"也是为之兴奋不已。回想起自己的足球情缘,观看和分享世界杯,堪称是我足球人生中的一个主要部分。

1990年在意大利举办的第十四届世界杯足球赛,是我第一次在电视里观看的世界杯决赛。在这之前的狮城——新加坡,中国足球队因为两个黑色三分钟,遗憾地失去进军决赛意大利罗马的机会,我们为中国足球痛惜的同时,更增添了对足球的追求和钟爱,也是在那一时刻起,我们的球队被冠名为"北狮"足球队。当时的黑河师范学校办学条件非常艰苦,能找到一台电视机更是一件难得的事情,我们更多的是从收音机和报刊中了解世界杯的进展情况。每天下午,我们都扎进图书馆,寻找和摘记足球赛事的消息和趣闻。有一天,教练车永宏老师把我们球队几个主力邀请到家中观看世界杯电视直播,让我真真切切地感受了一次现场的精彩和疯狂。我们在黑河师范专科学校的活动室观看了半决赛阿根廷和东道主意大利的比赛。那一夜,我们翻过大墙爬上教学楼,同黑河师范专科学校的足球爱好者们挤聚在一起,每个人都光着膀子,为喜欢的球队加油,喊着自己喜欢球星的名字,每个人都用自己的方式去表达着对世界杯的挚爱和疯狂。也是在那个夜晚,我记住了阿根廷队,记住了"风之子"——卡尼吉亚,记住了"扑点球专家"——戈耶切亚。从此我喜欢上了拥有"球王"马拉多纳的阿根廷队,这种情怀一直延续到今天,我们北狮队的比赛服就选用蓝白相间的阿根廷队主场队服,可见我们对潘帕斯草原雄鹰的这份情结了。

1994年美国举办了第十五届世界杯足球赛,当时我已经参加工作三年,但依然单身,所以我经常在朋友家蹭看世界杯足球赛。整整一个月里,我尽情享受着世界杯的乐趣和疯狂。我的足球情结也极大地影响了我的朋友,从不谈论足球的他被我着实感动了一番。有时，他也陪着我一边喝着啤酒，一边聊足球，那真是一段令人难忘的岁月。就是在那个中国足球也刚刚走向职业化的年代，我的业余足球理论和思想也得到了丰富，为我日后足球发展奠定了基础。那一年，让我和广大球友共同记住了意大利"忧郁王子"巴乔，记住了巴西梦幻组合罗马里奥与贝贝托进球后一同跳起的摇篮舞……

1998 年法国第 16 届世界杯足球赛，那是我成家之后迎来的第一届世界杯。我在自己的天地里，毫无拘束地享受着比赛。也是在那个阶段，北狮青年足球队掀起了五大连池市足球运动史上未曾有过的高潮。广大的青少年被足球的魅力所吸引着，那是五大连池市足球运动最风靡的一个夏天。想起小组赛德国对阵墨西哥的比赛，我是在黑河与车永宏、牟国栋两位老师一同在酒店中观看的。我们因足球的精彩而兴奋，我也因老师们的真情而激动，我曾几度酩酊大醉，但还是记得小组赛德国与墨西哥的比赛场景。素有"空中怪兽"之称的比埃尔霍夫，在终场前致命一击的头球帮助德国队战胜墨西哥。他在五场比赛中的三粒头球进球，个个关键，一次次在危境中挽救德国球队的命运，助推着德意志战车前行。决赛的晚上，我与队长于金龙及梯队几位小球友，一同见证了法国人高奏凯歌的那一幕，也深深为齐达内的球技所折服。90 分钟内，占据主场优势的法国队将世界冠军巴西队打得喘不过气来，最终以 3∶0 的比分，东道主法国队第一次获得世界杯冠军。兴奋之余天色已经大亮，我们摇起电话，将同样处于兴奋之情的第三中学学生召集到第一中学，真刀实枪上演了一场大战。现在回忆起来，几番情景还是历历在目，恍如昨天。

2002 年的韩日世界杯，更是让我们每个国人关注和期待的一次世界杯，那一次，中国足球队第一次走向了世界杯足球赛的赛场。然而期望越高，失望越大。小组赛中的三场完败，结束了国脚们的首次世界杯之旅。而与中国队同组的巴西队、土耳其队都杀进了四强。决赛巴西 V 德国，更是上演了一场经典之战，最终以巴西队第五次捧杯而闭幕。这一届世界杯，既见证了"外星人"罗纳尔多的传奇，又上演了亚洲球队——韩国队历史性杀进四强的奇迹。

2006 年德国世界杯，更是精彩无限，冷门迭爆。众星云集的巴西队一直被世界球迷所看好，但正当他们一路高歌猛进之时，却在半决赛中被克星法国队击败挡在了决赛大门之外。决赛中法国队对阵意大利队，全世界球迷都对齐达内领衔的法国队寄予厚望，可魅力无限的大力神杯却没有再次青睐法国队长齐达内。在与马特拉齐争执中，他那极其不冷静的一记头顶人犯规，最终使他得到红牌而被罚出场，没有了灵魂的法国队最终败给了意大利。齐达内与大力神杯擦肩而过，他走出赛场的落寞背影也永远留在了全世界球迷的心中……

再过 100 个日夜，2010 南非世界杯就要向我们走来。作为一名老球迷，我将用怎样的激情拥抱于她？作为一名足球工作者，我又将如何用工作来为她助威呐喊？就在中国足球风雨飘摇的时候，新一届中国足协高呼出了一个声音："中国男足必须打进 2014 年巴西世界杯，并且中国足协有意申办 2026 年世界杯"。可以说，早已与南非无缘的中国足球却再一次与世界杯产生交集，但愿中国足协的这次反腐行动能彻底根除中国足球的毒瘤。给中国足球一次重生，给广大球迷一个希望。

在 24 年为足球事业普及推广的工作中，我为世界杯球星们的精彩表演而陶醉，也为躬耕足球事业而感到幸福和快乐。四年一个轮回，逝去的是青春年少，增添的却是黑白相间的这份情怀。年年岁岁花相似,岁岁年年人不同。

7月11日约翰内斯堡足球场冠军决赛,让我们在为那些胜利者喝彩的同时,更要把掌声献给那些泪满衣襟的失败者,因为在世界杯的赛场上,他们都应该成为我们心中永远的英雄。

心中充满着无限的激动和兴奋,我静静期待足球老英雄们出场,也期盼足球新朋友的精彩亮相,更期待续写我与多情世界杯的新故事……

第十四节　虎卧春山　共赢未来

2010年3月13日,农历正月二十八。这一天,雪过天晴,但气温骤降。常言道,不出正月都是年。我们北狮足球队应邀来到边陲小镇孙吴县,同该地誉福足球队进行了"共赢虎年"孙吴V五大连池足球友谊赛。

这是五大连池市北狮青年足球队自1995年建队以来的第90场比赛,也是2000年后北狮队首次客场作战。此举一为迎接即将来临的南非世界杯足球赛,二为加强两地足球爱好者的友谊与足球文化交流,三为"北狮杯"足球赛在异地举办的一次预先试验。开赛前,北狮足球队资深队员张明,在处理好当天繁忙的县委纪委工作之后,也来到现场看望双方球员,参与比赛并与大家一同合影留念。

上午10点30分,比赛在孙吴县第一中学运动场正式打响。即使被铲车推过,操场上依旧留有厚厚的积雪。双方球员都是深一脚、浅一脚,跑动中略显出一丝丝的笨拙。由于东道主"人多势众",场上比赛节奏一度被主队控制。比分从0∶2落后到0∶3这个时间段,我队一度失去了控球权。第43分钟我队前锋贾天文扳回一球,使得上半场比分定格为1∶3。下半场易地再战,双方互有攻守,并分别打进一球,最终友谊赛比分定格为4∶2,东道主取得了最后的胜利。

场上是对手,场下是朋友。赛后,东道主为我们准备了丰盛的午宴。"笨鸡炖蘑菇、血肠烩酸菜"……东北风味菜摆满了一大桌子,足见友人们的盛情。双方球员们交叉落座,畅所欲言地说笑着。时而对比赛中的场景做出分析评价,时而阐述参加足球运动的感受,一同分享足球赛带来的友谊和快乐。主队教练李广福先生的欢迎词热情满满,感动并激励着在场的每一个人。看他的神情,根本不像一个已经49岁的人,可见足球运动带给他的青春与活力。教练嫂夫人也过来祝酒,一度把气氛推至高潮。誉福足球队在李教练的精心指导下,在全体队员的共同努力下,已然发展为黑河地区一支颇有实力的业余足球队。享受足球快乐,崇尚健康足球是他们的目标。他们作风硬朗,团结一心,在一系列的比赛中屡创佳绩,更在2008年第八届"北狮杯"比赛中,一举获得第三名。

相聚是短暂的,而足球的友谊却是永恒的。分别时刻,两队球员热情相拥,互道珍重。两队年初的这次握手,迈出了虎年之春北方足球的第一步,携手勾画了一幅北方足球发展愿景图,历史将永远铭记这一刻。孙吴人的热情好客,对足球的挚爱和浓厚的足球氛围,不正是北方足球发展所需要的积极元素吗?

相约2010年的夏天,相约第十届"北狮杯"足球赛。秉承奥运理念,第十届"北狮杯"足球赛一定能在孙吴小城落地生根，并将足球事业发扬光大。在全面振兴中国足球的今天，我们将听到更多孙吴足球人的声音，看到更多孙吴足球人的身影。不久，我们将一同见证孙吴足球光辉的未来。

正如锦旗上的这段话，“赢虎年尽展绿茵风采，共奋进同擎足球蓝天”。

第十五节　出征冰城　鏖战“茵宝”

2010年8月14日，北狮足球队杨玉林、徐立志、刘力辉、王兵、宋宏亮、华庄六名队员如期参加了2010“茵宝杯”哈尔滨5人制足球赛。这是北狮足球队建队21年以来首次去省城参加全国业余足球赛事，是继孙吴“北狮杯”赛事之后的又一次外出拉练。其意义深远，创北狮队先河。

“茵宝杯”五人制足球赛自2002年创办以来便得到全国足球爱好者们的喜爱，是著名的“草根”足球赛事，被广大球迷称之为“大众足球嘉年华”。更在黑龙江省这块肥沃的土壤上生根发芽，“茵宝杯”可以说是龙江足球赛事中的一道大餐，深受龙江足球迷的喜爱。在这个赛场上，不乏职业足球中退役下来的昔日球星和来自四面八方的“草根足球”大咖，还有日常坚持一线教学训练的足球教师，大家都盼着这项赛事，在球场上华山论剑，一展球技风采。

果不其然，单就开幕式就足以看出龙江足球迷的热情。14日清晨，八区体育场上很早就人头攒动，彩带飘舞。近千名运动员身着统一茵宝足球服，精神焕发地聚集在足球场上。一阵小雨骤然降临，却丝毫没有影响开幕式的进程，各路足球精英兴致勃勃，对今年的比赛充满了期待，上届冠军莽原装饰队和鸡西东龙女子队更是吸引全场观众们的眼球，几家新闻媒体也纷纷挤入他们中间进行采访和报道，伴着开幕式领导送出开球礼，2010“茵宝杯”5人制哈尔滨足球赛正式拉开帷幕。

赛制采用的是单场淘汰赛，一淘到底。抽签会我队相遇哈尔滨老朋友5队。时值中午，比赛正式打响。一开场，对方球员便表现出较好的传切配合，整体攻防转换节奏明显，我队一度陷入被动局面，对方策划了几次较有危险的进攻，门将“大志”使出浑身解数力挽狂澜。屋漏偏逢连夜雨，第8分钟的时候，前卫王兵腰伤突然复发让我队雪上加霜。我队很难组织起有效进攻给对方造成威胁，反观对方进攻简单犀利，我队后方阵地屡遭侵犯。上半场结束前，我队球门接连被洞穿四次。下半场易地再战，我队全力加强对球的控制，打出一些小配合，使得被动局面稍微缓和一些。在第35分钟，由前锋宋宏亮禁区外抽射扳回一球。可好景不长，终场结束前对方反击又打进我队一球，最终我队以1∶5遭遇失利，停止了在“茵宝杯”上继续前行的步伐。

细细总结一下，我队阵容不够完整，规则不够熟悉，技战术不够老到，在强手如林的竞争中，首场遭败也就不足为奇了。没有了比赛，一心欣赏高手们的表演也是一件趣事。看到球场上激烈的对攻，巧妙的配合，令人叫绝的射门，真令我们大饱眼福，更加感受到5人制足球赛的独特魅力，更对此项赛事充满了兴趣。闲谈中，大家计划着回家后的集结，对5人制的练兵。

15 日下午,那边半决赛悄然打响,我们却恋恋不舍地离开赛场。回来的路上,球员们没有为比赛失利而抱怨自责,更多的是回味 40 分钟比赛带来的快乐。虽是仅仅一场比赛的交流,但我们却是异常地珍惜。这是北狮青年足球队的第一场省城比赛,能够感受冰城热烈的氛围,学习到 5 人制足球赛的技战术,这就是我们最大的收获。积极参与比赛,传承胜不骄,败不馁的风格,也使更多冰城足球爱好者了解了北狮队,记住了五大连池市,我们也诚挚地邀请足球朋友们能来五大连池市做客,来五大连池市角逐"北狮杯"足球邀请赛。北狮青年足球队建队第 95 场比赛,真可谓意义深远。能来到赛场,本身就是一场胜利了。哈尔滨一行,我们值了!

虽然只有短暂三天的时光,我们却满载收获回到了五大连池市。相信在多年以后,这个首战"茵宝杯"的画面还会在我们几个人的脑海里浮现。

"茵宝杯",让我们领略小场地足球比赛魅力的同时,继续分享足球带来的快乐!

第十六节　联谊克东　风雨同舟

2010 年 10 月 31 日,星期天。难得遇上晚秋里的一个回暖天气,阳光普照气温回升,北狮足球队与克东兢山足球队的友谊赛照常举行。九点多,阳光明媚,宛如初春,我们乘坐出租汽车从北五公路南下取道华山农场,又经宝泉镇行至 202 国道,前后一小时多一点便抵达了目的地——素有"腐乳之乡"美誉的克东县城。

比赛被选定在克东县第一中学新建体育场举行。

克东足球队是一支传统的业余强队,曾在 2006 年获得五大连池市第六届"北狮杯"足球赛亚军,有着厚重的队史和团队精神,更是唯一一支参加十届"北狮杯"足球赛的球队,值得我们尊重;而克东县第一中学作为一所北方名校,办校治学之道独具特色,这次以足球为媒介,给了我一次难得的参观、交流和学习的机会,可以说是意义深远。

11 点刚过,出租车停靠在克东县第一中学校园南侧。抬眼望见学校新建的南大门,造型美观而优雅。中间的弧形石拱,横跨在大门的上方,像一道美丽的彩虹掠过天空;又像一条小巨龙腾空而起,勾勒出"长桥卧波,复道行空"的美妙意境。东侧墙上,刚刚庆祝克东县第一中学建校 60 周年红色的大幅标语还悬挂在上面。

在友人的带领下,我们从校园西区开始步行于校园,途经桃李园区的喷泉和凉亭,而后便看见建筑面积达万平方米的教学楼气势磅礴,造型美观大气,与之周长 400 米塑胶跑道体育场交相辉映。"超越永无止境"六个大字像一双明亮的眼睛镶嵌在教学楼的玻璃墙上,凸显出克东县第一中学人奋发向上,团结和谐,共同奔向美好明天的壮志豪情。走在人工草坪和塑胶跑道上,脚底的感觉甚是舒服,更让人的心情惬意舒畅。在国旗杆后面,扇形排列着一条长达 50 多米的休闲长廊,就在这个中心点上矗立着万世师表孔圣人的雕像,映衬出克东县第一中学古朴书院的幽静。11 点 30 分,一阵婉转的乐曲声过后,成群结队的学生开始走出教室。一时间,砖红色的塑胶跑道和绿化甬道上迅速汇聚成川流不息的人流。适逢周末,大多数学生都是直接赶回家的,听说要有足球比赛,还真有为数不少的学生跑过来围场。

听朋友介绍说，这里仅是学校新建的西校区，那边的东校区更是古朴和厚重。有实验楼、艺体楼、科技馆、体育馆、学生公寓、餐饮中心……正当我为克东县第一中学的博大而目不暇接之时，那边几名年轻队员早已抑制不住兴奋开始热身了，在队长的带领下，慢跑、抢圈练习、战术演练，这些都在平整如镜的场地上一一展开。

12 点一刻，两队开始集结站队。挑边之后，队员们便开始入场。当红色的锦旗展开，场地上顿时响起一阵热烈的掌声。正如锦旗上所言——“风雨十载绿茵情，再谱辉煌曲同舟”，这不正是两队十年伟大的足球友谊以及肩并肩共创北方足球美好未来的真实写照吗？拥有着快乐的心情才能分享到足球的快乐，比赛的输赢对于双方队员其实并不重要。我队的队员们更是表现出对人工草坪球场极大的兴奋，但习惯了土场上的传接配合却在这里屡屡受到阻碍，随着时间的流逝，比分也一度落后。下半时，我队调整阵容，艰难地扳回几个球，最终比赛被定格为 4∶6。就这样，看似一堂训练课的足球友谊赛以东道主的胜利而宣告结束。

相聚永远是短暂的，而足球带给人们的快乐和友谊却是永恒的。当更多的人还沉浸在足球的快乐之中时，我却陷入了深深的思考之中。伴着北狮足球的成长我曾走进更多的兄弟市县学校，给我感悟更多的是他们的迅速发展。嫩江市高级中学、黑河市第一中学、孙吴县民族中学……这些学校都在坚持特色办学的基础上发展成当地教育战线上的一颗明珠。特别是体育硬件设施的完善，更体现出当地办好教育的宏远志向。与克东县第一中学联谊建校的五大连池市高级中学，无论在学校的硬件设施还是软件建设，现在都不能与之相媲美。孔子曰“三人行，必有我师焉”。我们真的要俯下身来，虚心向同行们讨教学习，同时更要坚持自己的特色，扬长避短，我想赶上兄弟学校的日子定不会久远了。克东县城坐落在黑龙江省金代历史文化名城蒲峪路故城遗址之上，几年来诸如郭氏家具、克东腐乳、飞鹤乳业、广角尼龙等地方特色经济的发展给当地教育的发展提升了空间。同比之下，五大连池市也在“建设矿泉旅游名城休闲养生之都”的目标下，迎来了历史上最好的发展机遇，这也必将带动五大连池市教育事业的全面发展。

诚然，发祥于五大连池的“北狮杯”全国足球业余联赛已然成为五大连池市休闲文化产业中的一处风景，她必将得到五大连池市足球爱好者的不懈努力。我真的期盼五大连池市人民体育场能够早日得到改善，期盼“北狮杯”在标准足球场隆重举行的那一天。

克东联谊，在完成北狮足球队第 97 场比赛的同时，让我和众多足球爱好者又一次陷入期盼和思考之中。

第十七节 纪念“12·9” 二中师生赛

2010 年冬天，天气干冷，雪花飘飘。在这恶劣的天气下，五大连池市第二中学校的师生们依然举行了以“纪念 12·9 运动七十五周年”为主题教育的系列校园足球活动。

12 月 3 日下午，是学生组比赛开始的时间。听到消息后，我悄然走进校园。霎时间，我被热烈的足球氛围包围了，被体育传统学校的特色景致吸引了。球场上，初一五班和初一七班的淘汰赛正在激烈地进行中。比赛打得异常焦灼，难解难分。看得出来，已经多年没有分享足球快乐的孩子们对比赛表现出极大的兴趣。虽然仅是班与班之间的比赛,但他们还是穿上专业足球鞋,身穿刚刚借来的足球服,兴高采烈地投入到比赛中。球场外,双方啦啦队员更是不分高下,呐喊助威声一浪高过一浪。那高亢的声音冲击着我的耳郭,喜悦之情油然而生。

看着球场上积极奔跑的孩子们,我的思绪被拉回到了20年前。五大连池市第二中学特色体育教学的辉煌历程也在我的脑海里一一浮现……

1991年,刚刚黑河师范学校毕业的我伙同球友们经常来到这块操场上练习足球,对这里工作的张宏伟、管振辉两位体育教师印象深刻。他们二人是当时教育系统教师篮球队的绝对主力,一个是神投手,一个是钢铁后卫。长时间的耳濡目染,再加上我们的软磨硬泡,他们二人最终成为北狮青年足球队的建队骨干。那时西边的半个球场都是悠悠的野生天然绿草,我们由衷地喜爱和珍惜,北狮足球思想也在这里酝酿和成熟。那个年代是五大连池市第二中学体育事业的一个辉煌时代,李广仁老师倡导实践的体育教学达标测试教学法,成为全市体育教学的学习榜样。第二中学先后走出王文伟、苏影等体育人才,在一定程度上代表了五大连池市学校体育在黑河区域内的领先与进步。

1993年深秋,第二中学成为镇内首届教职工男子足球赛举办地之一,承担B组的小组赛及两阶段决赛。作为坐镇主场的东道主球队,却在对阵五大连池市第三中学和第一小学的小组赛中接连失利,名列小组第三名而惨遭出局,让所有人大跌眼镜。出局后的二中体育人没有失望,他们把最好的状态调整到赛事的组织上。半决赛一中与三中常规赛打平而上演了一出扣人心弦的点球大战,决赛中黑马第一小学足球队历经血战5∶0战胜一中夺取冠军。虽然事隔多年,但在场所有的人都不会忘记第一小学众将士欢庆胜利、高奏凯歌的历史画面。第二中学全体师生的宽广胸襟,为我们奉献了一届无与伦比的教职工足球盛会。

1998年,张宏伟、管振辉两位老师组织建立了第二中"尤文图斯"足球队,成为第二小学北狮小球员人生成长的加油站,一名名青春少年在这里传承足球梦想,开始走向高中、走向社会。崔雪峰、王莹等一批少年脱颖而出,成为全市热爱足球运动的中学生学习的榜样。蓬勃兴起的校园足球活动,成为助推全市足球整体发展的一股力量。

光阴荏苒,岁月如梭,如今的第二中学几经复建,已然成为五大连池市唯一一所初中寄宿制学校。学校已经连续承办了全市教育系统职工排球赛、篮球赛及中学生篮球赛。第二中学体育事业蓬勃发展,再次进入到人们的视野之中,迅速成为全市关注的焦点。几代校领导对学校体育事业的这种情怀,值得我们的认同和赞许。

接下来的12月10日,学校工会组织了并校以来的第一场教师足球友谊赛。四十多名教师分成两队,先后轮番上场。冰雪寒风中,他们高呼欢笑,热情高涨。有幸执法比赛,让我又一次感受到二中人的足球情怀。

众所周知,刚刚结束的广州亚运会,近乎全军覆没的中国足球再一次灼伤了中国球迷的信心,而这所百年学校却始终在坚持着对中国体育事业的执着,特别是对足球始终如一的这份情怀。这不能不说是当今二中人敢为天下先的一种胆识和气魄,也是对亚运"唯金牌论"的一种批判。

五大连池市第二中学体育人的恒心和毅力,不正是我们今天发展全民健身运动所需要的普及吗？不正是由体育大国向体育强国发展所需要的实质吗？我想，应该是这样。

第十八节　尤记建宏　邂逅瞬间

听说中央电视台《足球之夜》节目主持人刘建宏要来五大连池市，为 2011 年“温都水城杯”五大连池市中国汽车拉力赛站脚助威。3 月 4 日大清早，我们北狮足球队迅速集结在家的十几名队员，带上精心准备的签名足球和球服，在北狮队旗的引领下，向市标广场开拔过来。

8 点多，北五公路上早已是车水马龙。在拥挤的人群之中，我们只能缓步前行。一辆辆五颜六色的赛车整齐地排列在大路东侧，数不清的人热情地与赛车手打着招呼，在漂亮的赛车前拍照。好不容易挤进市标广场东门口，首先映入眼帘的是一条将试车台与北五公路紧紧相连的红色地毯，地毯两侧身披绶带的礼仪小姐微笑着喜迎四海宾朋。两个拱形彩虹门前后横跨在红色地毯上，“激情冰雪世界，炫动五大连池”十几个大字分外耀眼，让人迅速明确本届汽车拉力赛的主题。在嘉宾区的南北两侧，八个十几米高的红色气球柱托举着八只红色大灯笼立在空中，“感受冰雪世界，享受纯美生活”一句句暖心标语让赛车手们感受五大连连池人的热情。一个个氢气球连带着一条条彩带飘摆在人海上空；主席台前偌大的电子屏两侧一幅幅五大连池山水画气势磅礴，让人震撼；一名名头戴红帽，手舞小红旗的志愿者涌动在场地之上；无数大人抱着孩子挤在密集的人群之中，踮起脚、努力地向前方张望着。耳边，《五大连池美 》那悠扬的乐曲声与空中航拍橙色直升机的隆隆声，交响回荡……

这里，到处都是一片红色的海洋；这里，到处可见一张张喜庆的笑脸。

10 点钟，《足球之夜》主持人刘建宏准时来到现场，站在试车台上的麦克风前。远望去，他身穿一件深蓝色棉大衣，国字方脸上架着眼镜，神情淡定自然。当他那铿锵有力且具磁性的声音响起，现场顿时爆发出热烈的掌声；幽默的语言和调侃式的解说，瞬间拉近了现场观众与赛车运动的距离。听着他那熟悉的声音，我们不禁想起《足球之夜》陪伴我们度过的难忘夜晚，想起同为中国足球奋斗的每个瞬间，激动敬佩之情无以言表。在与现场执勤民警几次“沟通”后，我们最终得到“特殊待遇”，分成几个小队陆续进入了会场，“混进”了记者区域。焦急等待了十几分钟，终于觅得一个间隙。他刚刚走下试车台，一些大会工作人员和志愿者迅速围住了他，积极邀请他合影。我们球队中几个年轻队员早已按捺不住，立刻跟了过去。当小队员们拿着足球，露出藏在棉衣里面的球服时，他的眼睛一亮，一一满足了小队员们的要求。趁此机会，我与几位老队员上前与他聊起足球的话题。当他得知我们球队集体要与他合影的请求后，他耐心对我说：“一会，等我完成工作。”从他真挚坦诚的眼神中，我看出他对草根足球爱好者的支持和尊重。少顷，他又回到台上，主持十几分钟发车仪式，整场开幕式也宣告结束。他这边刚放下话筒，那边就挥手把我们都叫到了台上。仅仅不到一分钟，十几架摄像机一同对准了我们。随着一声声的快门声响，一台台相机记录下了我们与建宏老师共为中国足球相拥的历史瞬间。交谈中，他问起球队冬季的训练和活动情况，我一边回答着，一边也掏出事先准备的《北狮魂》文本材料赠送给他。这时，场下的人群又开始涌动起来，一些观众也都尝试着过来要与他合影。在执勤民警们的帮助下，他被迅速“请”进了一辆黑色轿车里,很快他与那辆黑色轿车消失在我们的视线里。

许久,我与队员们还站立在广场上,回味着刚才发生的那一幕。虽说是获得了建宏老师的签名与合影,可我们还是感叹这一邂逅的短暂。简单的交流,让我们感受到一名体育新闻工作者对足球运动的热爱,对草根足球爱好者的热情。

汽车拉力赛邂逅建宏老师难忘的一瞬间,使我们坦荡足球人的美好情怀;感谢他主持的《足球之夜》,给我们带来快乐每一天。

虽邂逅短暂,却感叹足球情缘地久天长。

第十九节　冰天雪地　教师德比

2011 年 12 月 16 日,堪称辛卯年入冬以来最冷的一天。将近下午 3 点,日薄西山,气温骤降到了最低点,人称数九寒天里的“鬼龇牙”。大街上,稀少的路人急匆匆地穿行着,一个个把脸裹得严严实实只露出一双眼睛,而所有的机动车辆都行驶得异常缓慢。而就在五大连池市第一中学的雪地操场上,五大连池市第一中学与五大连池市高级中学的教师同城德比即将如期上演。

下午 3 点整,足球赛准时拉开帷幕。双方都派出最强阵容出来应战。五大连池市高级中学主力刘勇力、张一中两位老将也都披挂上阵,率领队员们向第一中学阵地发起了一轮高过一轮的进攻狂潮,尤其刚走出校门步入工作岗位毕业于华东师范大学的史立超的表现更是抢眼,单刀赴会、带球突破屡屡在他的脚下上演,上半场全凭他的一个进球和一次有效助攻帮助高级中学 2∶0 领先。

下半场易地再战,第一中学及时调整了阵容,将守门员李海涛调到前锋线上。第 47 分钟,这一变阵换来奇效。一中左前卫张鑫在中场得球后,带球长驱直入先后晃过对方三名防守队员,将球横传给包抄门前的李海涛,后者轻松推射入网。随后,一中将士们士气大振,又组织了几次像样的进攻,但只开花不结果。第 53 分钟,23 号程志国传出一记漂亮的香蕉球,可惜接应队员稍稍慢了一点,足球蹭着他的头皮径直地飞出了底线;第 66 分钟,一中老将闻志刚也将近在咫尺的射门打在了球门边网上。顶过第一中学这段狂轰滥炸之后,高级中学迅速抓住两次快速反击的机会,比赛结束前,把比分最终锁定为 4∶1。

场上是对手,场下是朋友。两校教师张开足球臂膀迎接 2012 新年的到来,更用无畏精神向严寒宣战,他们不仅仅收获了健康,更收获了快乐和友谊。为我们在冰天雪地中上演了一场难得的精彩的教师同城德比战,这不得不说是一件物质与精神双丰收的好事。翻开两校教师队交战的历史,还是 1993 年镇内教职工足球赛半决赛上,第一中学在半决赛打平后的加时赛中点球击败高级中学,将其挡在决赛大门之外。今天,高级中学众将士在等待和积蓄了十八年之后在联谊赛中用一场完胜回敬了对手。

单论此场比赛本身可以说并没有什么特别之处,普通得不能再普通了。但从群众自发组织到两校一线教师们的参与程度却着实让人惊喜,球员中也不乏科任教师和校领导。在中国足球国字号球队纷纷落败之时,在大呼特呼中国足球改革之时,这种来自基层体育工作者的足球热情,正是当前中国足球最需要也是国人最想看到的积极元素。校园足球是振兴中国足球的希望工程、塔基工程，而教师才是实现校园足球普及的根本。正是两校一线体育教师的积极参与，使得这场貌似普通的足球联谊赛烙上了极其不平凡的印记。祈望全国基层体育教师都能快速行动起来，通过你们的传帮带去影响更多青少年参与到足球运动中来，此刻的中国足球真的需要你们。

我不禁回想起毛泽东主席曾经说过的一句话，“人总是要有点精神的”。与喜欢户外徒步、冬泳、自行车等项目的体育爱好者相比，雪地足球更彰显了教师们积极向上的人生态度，无畏乐观的拼搏精神以及豁达高尚的品格修养。

希望在未来，能够看到更多教师和学生的足球德比战在五大连池市这个小城激情上演。

第二十节 龙年“贺岁杯” 六战过大年

【一战】压岁尾，迎除夕

继 2012 年 1 月 18 日进行一次小场区的对抗活动之后，队友们意犹未尽，几天熬过来双脚痒痒得不得了。22 日，卯兔年腊月三十，壬辰龙年的脚步越来越近。从四面八方赶回家过年的十几个北狮队友汇聚在五大连池市第二小学，发起“贺岁杯” 雪地足球精英友谊赛。此举旨在以雪地足球赛的方式迎接龙年春节的到来，祈福辰龙新年大吉，表现北方冬季雪地足球赛的无限魅力，未来努力将“贺岁杯”打造成冬日里的一项常规赛事。“贺岁杯”活动内容和形式可以灵活多样，主要以元旦、春节两个重要节点为中心去设计，这样能使外地工作的足球爱好者们在“回家过年气氛中”继续分享足球带来的健康、快乐和友谊。“贺岁杯”从龙年开起，系列活动要从除夕到初五，直至元宵节、二月二。

龙年是尝试“贺岁杯”的第一年，以后的活动会逐渐丰富和完善。北狮人经过多年的实践积累，如今以“贺岁杯”的形式来添补冬季户外足球运动的不足，并努力打造成为夏季“北狮杯”的姊妹篇。

【二战】初一到初二

1 月 23 日到 24 日，每天上午 10 时许，十几个球友们就聚集在五大连池市第二小学。他们分别是从哈尔滨、北京、黑河等地赶回来回家过年的，利用这短暂的节日间隙大家进行足球友谊交流，实属难得。

虽是一个少雪的冬季，但春节这几天气温还是格外的低，每天都在零下 37 ℃左右。大家带上围巾，裹紧头套，戴好手套，在洁白的雪地上往返奔跑、追逐，阵阵欢笑声飘扬在操场上。

临时分成的两队可以说是互有攻守，你来我往。初二的一场比赛，还一度上演了“抢 7”大战。

草根足球的快乐不单单体现在夏季的“北狮杯”，冬季的“贺岁杯”也让我们尝尽雪地足球的快乐。

【三战】足球闹元宵

2 月 6 日，龙年立春第三天，民间元宵节。天气依然很冷，球友们三三两两赶到第二小学。虽没有了前几日的大队人马,还能见到几个熟悉的身影出现在队伍里。

因为元宵节晚上要参加全市的秧歌会演,交通局秧歌队也来这里凑热闹。他们早早就来到这里排练,一阵阵锣鼓声使得校园喧闹起来,秧歌与足球把寂静的假日校园装点得异常欢快。

伴着在外地生活工作的队友陆续返程,每一天的比赛既是一场相聚,又是一次离别。大家格外珍惜短暂的相聚瞬间,球场上更是真刀实枪,你来我往,毫不相让。

上午 11 点,活动结束。从大家脸上洋溢的笑容,不难看出足球带给他们的无限快乐。

足球闹元宵,“贺岁杯”的故事继续……

【四战】“贺岁杯”在高级中学升温

2 月 12 日中午,在齐永亮老师的联谊下,北狮足球队做客高级中学,并与高二年级的学生们进行交流,将近日“贺岁杯”活动推向一个新的高潮。

短暂准备,客队换上北狮训练背心,主队队员身着西班牙队服装。点点游弋的红衫加上主队教学楼门厅的大红对联,仿佛告诉操场上的每一个人,这将是春节里一场非常精彩的比赛,定会有所看头。

11 点 30 分,比赛开始了。上半场,北狮队由西向东进攻,主队由东向西进攻。

果不其然,开场前几分钟。北狮足球队在还一味要求短传配合,边路高调冲顶包抄的打法。但高二年级的孩子们个个都是体育特长生,速度飞快。一时客队的战术起不到明显效果,就这样你来我往地熬过了十几分钟。主队的小队员渐渐稳住了神,他们开始有组织地防守反击。只见他们的打法简捷明快,球在脚下从不拖泥带水,前场围绕 10 号崔力鹏来打,中场围着 23 号刘宇,后场是他们的队长 8 号郭宝林。第 18 分钟的时候,小崔把握住一个漂亮的防守反击的机会,他右路突破后将球横向传至客队的大门前,球运行的路线让北狮队守门员异常难受,就这样同伴轻松推射入网,使得主队以 1∶0 领先,开出了一个好局面。

场上北狮队员们显得焦躁起来,拄着拐杖前来观战的前北狮队长佟明迪更是高喊了起来。他的几声大叫,仿佛叫醒了北狮队场上的队员。几个短暂漂亮的配合,直至上半场结束北狮队一度将比分反超为 3∶1。

下半场易地再战,双方你来我往,各不相让。长距离的滑铲、几个人同时跃起头球、疾风似的带球突破……精彩的场面时时出现。终场结束前,两队又各入 2 球,最终比分定格为 5∶3。比赛亦如人生,“贺岁杯”的故事格外动情。是足球让我们“快乐相聚,追昔抚今,共赢未来”。

为生活、为工作、为成长,我们与足球相伴;为明天、为快乐、为健康,我们还是要相约在这春天里。龙年“贺岁杯”第五战,在高级中学的校园里得到燠热升温,为北狮足球队 2012 年走进校园奠定了基础。

【五战】二月二,龙狮会

2 月 23 日为农历二月初二,民间上流传有“二月二,龙抬头”的说法。“龙抬头”又称“春龙节”,标志一年的农事活动即将开始,然而这一天对于我们来说,最大的意义是标志着北狮足球 2012 年系列活动的真正开始。

当日下午,五大连池市气温零下十几摄氏度,有 2 ~ 3 级的微风,不冷。我们将凑齐的十个人分成了两个小队,郝龙华老师领衔的小队身着“蓝色阿根廷”队服,我们称之为“龙队”,

王兵领衔的小队穿上绿色分队衫,我们称之为“狮队”。红绿错落的标志盘很快就圈成一个“5V5”的小型球场。基于连日气温回升,操场上积雪有些松软,脚踩上去,软绵绵的,舒服极了。

在一系列拉伸、压腿等准备活动过后,对抗赛于10点准时打响。王树奇、张鑫、祖凌辉、鲁大成、李炎都是第一次来感受“贺岁杯”雪地比赛的激情。这个“李炎”更是本次活动中的最大收获,他是我们北狮足球队2012年吸收而来的新队友,才刚刚29岁,正值当打之年。小小的祖凌辉更是我们北狮足球队未来的希望,他是第二小学刚刚走出去的毕业生。这些球友的兴奋、高兴给此次小赛带来了更多的乐趣。

黄色的足球在雪地上来来回回地滚动着,跳动着。场面上“龙队”一度占据优势,首先取得开门红。“狮队”的队员们按例做起俯卧撑,球友们双手扎在雪地上,丝毫没有感觉“阳春三月,乍暖还寒”,只留下爽朗的笑声。“狮队”在王兵的组织下,发起了捍卫尊严的绝地反击,攻势一轮接着一轮。队员们的共同努力,使得场上的比分时刻在发生着变化:1∶1狮队扳平;接着狮队又2∶1反超,龙队又扳平;狮队又3∶2领先,龙队又扳平。真是你来我往,各不相让,所谓兵来将挡,水来土掩。3∶3持续了近10分钟,“龙队”还是老道,又接连攻入狮队小门2个球,使得比分定格为5∶3。在他们庆幸之余,“狮队”的老杨把握机会扳回一球。此时距离结束还有8分钟的时间,“狮队”只是奢望将比分追平。可“龙队”最终还是没有给“狮队”一丝机会,王树奇的进球将“贺岁杯”压轴大戏锁定为6∶4。“二月二之龙狮大战”,“龙队”最终成为主角。

【六战】收官对弈高三联

3月4日中午,北狮青年业余足球队与高中三年级联队友谊赛如约打响。这是北狮足球队在龙年里的第三次校园之旅,是草根足球活动的继续,更是“贺岁杯”压轴赛。

说是“草根”不足为过。单说用于比赛的教学楼南侧的这片空地,东西长约120米,南北跨度却不足60米。偏北一面五星红旗在半空中飘扬,给比赛带来变数的旗杆矗立在场地中,几辆大小不一的货车或出租车不时从校门口驶进来。场地南侧一小部分还有一层薄薄的积雪覆盖在上面;随着北移,操场上的大小沙粒逐渐凸显出来,还有几处低洼处。溶化后的积雪结成冰,滑滑的,硬硬的……

短暂协商,我们北狮队的12名新老队员一同上阵,对方也是12名队员迎战,而且没有安排裁判员执法,一切尽显“草根足球”的元素。

比赛开始,北狮足球队由西向东进攻。由于队中的大部分主力身在外地,前锋线就由永亮老师担当,另有小前锋张超;王一明、李金龙还有海归球员王树奇司职后卫,郭宝林担当守门员,其他队员一律聚集在中场,老杨被委派到右前卫。中场开球,你来我往,各不相让。双方球员一时却很难进入状态,高三球员们可能是因为之前大比分输球,动作显得格外拘谨,也不时因为一点点失误而相互指责。熬过了6分多钟,小前锋张超一个右侧小角度传球至门前,前卫闫丙超跟上一记大力抽射空门,北狮队取得1∶0开门红。不久,高三球员在一次反击中将比分扳成1∶1平。这边,场外的高三啦啦队的呐喊声刚过,北狮场上队长么建新在中场附近获得界外球,随即带球一路狂奔,在距球门20多米处打出一记远射,取得了2∶1。顿时,高三队阵脚被打乱。他们虽努力组织反扑,却是雷声大雨点小,更在技术上火候欠佳,一脚脚大力球被踢到高空中。地面上的配合少之又少,心理上已经完全失去了主场优势。只见后卫队员与守门员之间的配合失误接连出现,禁区内的一次手球,两次解围乌龙,不知不觉中帮助北狮队进账三个球。而这边北狮队倒也是不客气,进攻组织得有板有眼。角球包抄抢点、策应跑位等屡屡威胁对方球门。老杨也是身老心不老,几次妙传极具威胁,一次左路抢点的推射成功更让笑容挂在了他的脸上。

下半场,北狮队有意放慢了进攻节奏,人员也做了些变动。后卫王树奇客串守门员,门将郭宝林被调到中前场。高三队员终于在场外啦啦队的助威声中打进了挽回颜面的两个球。但最终,他们还是以3:8的悬殊比分败下阵来。

一场极其平凡的草根友谊赛就这样结束了,大家在平静的氛围中分享着赛后的快乐,一点没有激烈对抗后取得胜利的那种雀跃与亢奋。不觉中,我回想起1995年秋与他们前校友在老校区的那场经典之战。所有经历那场球的人都不会忘记,当时的赛场边挤满了热情的学生、老师和学校领导。比赛的激烈,一度使两队比分不相上下,交错着发生变化。由2:0到2:2,再由4:2到4:4,最后时刻北狮队打进制胜球,并以5:4锁定胜局。足球在那个时候可以说是高级中学全校师生精神生活中的一件大事,深受大家的喜爱,北狮足球队在与他们的每次比赛都是那样的激烈和扣人心弦。

17年,弹指一挥间。渴望高级中学校园足球热潮的早日回归……

后记:龙年"贺岁杯"雪地足球北狮精英五大连池市友谊赛,在新老北狮球友们的共同努力下,已经开启了她前进的步伐。从除夕、大年初一到初五、元宵节及二月二的一系列活动可以看出,北狮足球人用自己独有的方式迎接新一年的到来,更向人们诠释健康人生的真谛。

"贺岁杯"雪地友谊赛固然是短暂的,但我们人生的足球赛却是一场永远的持久战。足球的友谊真诚,足球的友谊伟大。

老朋友,新朋友,我们相约下一次"贺岁杯"。

第二十一节 "龙五对决" 助威亚运

2014年10月1日,是我们伟大祖国65华诞,也恰逢第十七届亚运会在韩国仁川召开。赛场上,中国亚运健儿顽强拼搏,屡创佳绩。国歌一次次奏响、五星红旗也一次次升起。北狮队全体队员早已按捺不住激动的心情,憧憬着用一场足球赛来为中国亚运健儿加油,为祖国65华诞庆生。无独有偶,恰巧龙镇农场青年足球队向我们发来了交流请战书。这是来自地方农场区域的足球团队第一次做客我们小城,也是北狮足球队迎来的第110场交流比赛。

当天下午两点,在五大连池市教育工会和龙镇农场宣传部的共同组织下,以"助阵亚运·共享国庆"为主题的足球友谊赛在五大连池市第一中学校精彩上演。

此次友谊赛的成功举行,要归功于龙镇农场中学陶永辉老师的积极努力。陶老师在学生时代就喜欢足球,走上教育工作岗位之后,他经常激励孩子们"人生因磨砺而成长,因拼搏而升华"。一年前他组织成立了龙镇农场青年足球队,带领球队同周边足球团队进行了一系列足球友谊赛。来五大连池市与北狮队交流,也是他计划中的一场必要赛事。之前我与陶老师素不相识，一天我突然接到他打给我的电话，因他知晓五大连池市北狮足球队的赫名，主动提出向北狮足球队学习，恳求球队能与北狮队切磋技艺，我着实被他的一番肺腑之言所感动。电话中我能真切感受到他对足球的热爱，以及谦虚好学的品质和敢打硬仗的这股精神头。我当时也十分高兴，随即与他定下这场比赛。

足球场上的精彩镜头，定格了一份非同寻常的情谊。现在让我们一起放慢脚步、细细回想足球场上的90分钟。

伴着主裁判徐立志老师的一声哨响，比赛正式打响。由于两队是首次交锋，双方都十分谨慎，十余分钟场面都比较平淡。随着比赛进行龙镇农场队员抢先进入状态，屡屡加快进攻节奏，一次次将足球推至我方后场。可能是过于兴奋的原因，第18分钟对方7号队员在禁区前一脚怒射，皮球势大力沉飞向球门，可惜运气不佳，球击中球门横梁而弹出，北狮队逃过一劫。第34分钟龙镇队卷土重来，在几次漂亮配合后觅得良机，前锋9号队员接到后方队员的一记长传球，突破运球形成射门被我队守门员奋力扑出，另一侧4号队员立马赶到用脚尖捅射破门，打破场上僵局。上半场龙镇农场队以1:0领先我队。

下半场，我队做出人员调整，将兵力集中在中后场，加强对龙镇农场队尖子球员的协防，同时明确了反击点。这一变阵果然奏效，对方似乎没有改变战术，仍是大兵压上。我队在防守中几次发动快速反击，接连创造出几次射门的机会。在比赛进行到第55分钟，我队获得一个角球。24号佟明迪上前主罚，打出一记高质量的内旋弧线香蕉球，一道弧线划过，球直接旋入守门员后侧网底，将比分追平。此后，北狮队引蛇出洞战术屡屡奏效，一度控制了场上节奏。农场队员由于体力消耗过大，进攻节奏明显放缓。比赛进行到第68分钟，我队11号佟明迪在距球门大约30米处一脚怒射，角度刁钻，力量很足，击中球门右侧远角处入网，比分被改写为2:1。这时，比赛开始进入白热化，农场队员加强进攻伺机反扑，可久攻不下，必有失城。第88分钟，我队通过中前场队员的三次传递，由10号王兵带球突破到禁区，直面守门员冷静推射，将比分最终锁定为3:1。

双方队员斗智斗勇，意气风发。精湛的脚法，完美的盘带，精彩的配合，巧妙的过人，充分展现出足球运动的无限魅力。比赛打得热火朝天，观众们看得激情澎湃。

本次足球友谊赛，打破了五大连池市与龙镇农场足球零交流历史记录，建立了“场市共建”的足球伙伴关系，为两地未来足球友好交流奠定了基础。

正如龙镇农场足球队赠送北狮队锦旗上的赠言所示：“五市龙镇一赛牵，以球会友情无限；亚运东风尤猎猎，健体增谊功圆满。”

我们永远是搬不走的好邻居，拆不散的真伙伴！

第二十二节　系列友谊赛　分享世界杯

世界杯的影响力远远超过任何一项体育运动，虽然中国足球队最终没有踏进俄罗斯世界杯的决赛圈，但俄罗斯作为中国人民的好邻居，小城五大连池市北狮足球俱乐部的球迷们对此届世界杯尤为关注，也更加关注东道主俄罗斯队的表现。俄罗斯队虽然没有像C罗这样的世界级球星，但凭借着热烈的主场氛围和战斗民族的团队精神，还是闯进了世界杯八强。在与世界杯同行的这段日子里,我既感受到了世界杯的精彩,又亲自到球场上体验足球的快乐,可谓达到了一名球迷和足球工作者想要的最高境界。于是在大家的共同努力下,北狮足球俱乐部以“欢庆世界杯 放飞足球梦”为主题,组织实践了一系列有意义的交流活动。

【1】与龙镇农场队第二次握手

2018 年 7 月 7 日,五大连池市北狮俱乐部教师队员们驱车前往沾河林业局高中足球场,与龙镇农场教师足球队进行两队交战史上的第二次友谊赛。这是时隔四年之后北狮俱乐部的首次出访,旨在加强与农场区域层面上文化交流,为进一步引领和带动农场足球发展做好热身和铺垫。这是北狮队与龙镇农场青年足球队的第二次交手,是感情的重温,更是友谊的升华。

早上 9 点多一点,双方球员相继赶到赛场便开始热身活动。9 点 30 分,在主裁判李伟老师清脆的哨声中,比赛拉开帷幕。一开场,双方球员就积极进入状态,一个个斗志昂扬,激烈拼抢,精妙的配合与精彩的射门频频上演。上半场第 15 分钟,北狮队 9 号队员于亚辉从中场开始带球在晃过龙镇农场队最后一名防守队员后,直插进球门区内起脚射门,1∶0 率先打破场上僵局。北狮球员士气突涨,紧压前场,保持对龙镇农场队的压迫。对方则加强后防,便很难组织起有效的进攻。在第 35 分钟,北狮队 10 号崔雪峰在门前 28 米处一记远射,足球在空中划过一道美丽的弧线飞进球门右上角。脚法精准,有如神助,守门员也只能望球兴叹。比分变为 2∶0。第 44 分钟,北狮队 11 号队员带球突进,一系列盘带过人到顶弧处,将球拨给后插上接应的 12 号队员,后者面对门将,冷静将球推入球门远角,上半场比分扩大为 3∶0。

中场休息,龙镇农场队长陶永辉老师做了一番动员和调整。他鼓励队员要紧密团结,互相支持。不为失败找理由,要为成功找方法,而且换下一名防守队员增派一名进攻队员。从第 58 分钟开始,这种以攻代守的变阵便收到奇效,2 号队员刘延明一记远射将比分改写为 3∶1。第 69 分钟,龙镇农场队得到一个门前约 30 米的任意球,队长 11 号陶永辉主罚到禁区内,6 号队员李海庆争点头球,将皮球送入球门右侧远角,比分变为 2∶3。仅过 2 分钟,龙镇农场队又获得一记点球。由 8 号高峰主罚,将比分追至 3∶3 平。龙镇农场接连收获三粒进球,一时间队员兴奋起来。可极力反扑,也使大部分队员体力透支。北狮队也随之调兵遣将,顶过对方这段进攻高潮后,一次次将球推至前场。直至终场前,北狮队多点开花又接连打入四粒进球,最终北狮教师队以 7∶4 赢得最后胜利。

比赛结束了,双方队员说笑着围拢在一起,一同合影留念。刚刚挥汗如雨、顽强拼搏的画面还犹在眼前,跌宕起伏的比赛过程,还令大家心绪难平。队员们奋勇争先、永不言弃、知耻而后勇……这些足以展现出球友们良好的精神风貌。这就是我们的世界杯,每个人的脸上都绽放着快乐的笑容,世界杯使我们相聚,足球使友谊得到升华。正如四年前那次交锋陶永辉老师说的那句话:“五大连池和龙镇永远是搬不走的好邻居,拆不散的真伙伴!”。

愿未来两队能为五大连池市区域足球整体发展一起携手,创造更多的精彩。

【2】做客风景区

2018 年 7 月 13 日,在法国队与克罗地亚队争夺大力神杯前夕,北狮青少年足球俱乐部与五大连池风景区教师也踢了一场足球友谊赛。本次交流激发了一些老队员的热情,北狮足球发起人王长发也驱车来到现场，他虽不能上场比赛，却主动请缨担任现场解说员，并通过俱乐部微信群向没有来到现场的队员实时传递消息。

本次比赛采取八人制，并不计越位的规则。下午两点整，比赛在风景区一中足球场正式开始。一开场，风景区教师足球队凭借主场之利便发起凌厉的攻势来。中场队员张昊频频长传球到我方防线之后，使其边路队员闫炳超得球后屡屡突破我方左路防线，风景区教师足球队早早便取得3:0的领先优势。此时，担任现场解说的王长发显得十分不安，语气也略显急促起来。北狮队做出调整，将中场队员佟明迪后撤到左路协助防守，我队后防线才渐渐稳固下来。北狮队趁势加强进攻，接连扳回三粒进球。比分追至平局，两队又重新回到起点。景区队不断调换阵容，双方你来我往各有斩获，比分也在交替上升。在比赛行将结束的时候北狮队还以5:6落后一球，关键时刻我与前腰队员来了个撞墙式二过一配合，带球连过二人杀入对方禁区，左脚起脚劲射将球送入网窝，最后时刻北狮队绝平对手。比赛在王长发的激情解说下以平局收场。

6:6的比分使老男孩们开心畅快、激情四溢。振兴北方校园足球，理应教师先行，足球在心中，青春永不老！

【3】与省足协裁判员交流

8月13日，黑龙江省足球传统校比赛在五大连池市隆重开幕，来自全省各地传统校的足球少年相聚在火山脚下，共同迎接五大连池市史上最高级别的足球赛事。次日下午4点整，赛会裁判长梁立滨老师率领裁判员们如约来到五大连池市第二小学，实地感受二小的校园足球历史，并与北狮教师队进行切磋交流。

在梁老师的带领下，裁判员们首先来到第二小学的足球展室。这里是第二小学校园足球发展的一个缩影，墙壁上的名人语录、校园足球发展规划、校园足球发展大事记等版图令人目不暇接。谈及北狮梯队与梁教授的这份情缘，还要从2003年说起。当年北狮梯队第一次参加全省小甲A比赛并勇夺亚军，正巧那次赛会的裁判长就是梁立滨老师。在北狮梯队四次参加全省小甲A比赛中，梁老师刚好陪伴孩子们四回。小队员们在比赛中的突出表现，给赛会领导们留下深刻的印象。年轻的北狮小将，成为赛会中的一道风景。2008年，我在齐齐哈尔市参加国家一级足球裁判员培训学习，梁立滨老师也担当当时的培训班主讲。转眼间十年时光过去了，梁老师还在为振兴龙江校园足球奉献着力量，这种风范精神也成为我继续前行的动力。看着看着，所有人都在"球衣橱窗"前停下脚步。驻足而望，几件看着已经很旧却还整洁的北狮球服，一下子勾起了大家共同的青春记忆。蓝白相间的阿根廷主场队服，让我们记忆起潘帕斯草原雄鹰的翱翔，"球王"马拉多纳、"风之子"卡尼吉亚、"战神"巴蒂斯图塔……还有意大利紫色罗马、克罗地亚格子军衫。东墙橱柜内陈列的是北狮足球不同时期的奖杯、奖牌、奖状、锦旗等。一座座奖杯，印证了北狮足球艰辛的发展历程，一张张证书，折射出北狮人默默耕耘的奉献精神。这些怎能不让人心潮澎湃，感慨万分呢？从展室中走出来，又进入到足球文化长廊，裁判员们一边倾听着北狮足球的一个个小故事，一边发出赞叹之声。长廊两侧，展示更多的是以中队元素为核心的班级团队足球文化。正如像"志远""水孩子""向日葵"等一个个内涵丰富个案鲜明的班级团队，共同组成校园足球文化的核心元素。在众多的班主任教练中，有已近花甲之年的长者，有刚刚步入工作岗位的年轻人。正是他们的坚守和传承，才使一代又一代少年儿童握住了足球接力棒，传递着足球的正能量。也是他们无私的热爱和奉献，才使第二小学校园足球保持旺盛的生命力。

参观之后是40分钟的交流比赛。省裁判队伍中不乏身怀绝技的足球高手,他们娴熟的技术和默契的配合使北狮球门几次洞开。我们先后派出朱连文、刘鑫、于亚辉、李勇等多位老师轮番上场。最后还是省裁判员们技高一筹,以5∶3赢得交流赛的胜利。一阵阵笑声,回绕在足球场的上空。

在离开第二小学之前,梁立滨老师在留言簿上深情地写下一段话"到贵校参观,感受很深。二小校园足球文化办得很好,祝二小校园足球运动更上一层楼"。短短数语间,让我们看到一名教育前辈对五大连池市第二小学足球历史的尊重和褒奖,看到一名足球人对二小足球未来发展的美好祝福和殷切希望。

与省足协裁判员队伍的交流,在提升我们每个人技能的同时,更让我们增长了发展校园足球工作的信心。这段经历宛如瑰宝,让我们倍加珍惜。

【4】金秋九月战木兰

2018年9月1日这一天,五大连池市天高云淡。俄罗斯世界杯的热潮还未平息,我们又迎来木兰县"搏03"足球队的来访比赛。此次比赛意在切磋两地足球技艺,加深两地足球交流,共同放飞北方足球梦想。

上午九点十分,比赛在五大连池市高级中学体育场正式打响。木兰县"搏03"足球队已经建队15年,队员之间配合默契,传接球比较熟练。尤其令人称道的是场上队员竟然有两人已经超过了50岁,可见足球不是完全属于年轻人的运动。由于北狮俱乐部一些主力队员的缺席,导致球队实力有所下降。比赛伊始,木兰县足球队员表现出熟练的传控球技术,整体实力明显高于北狮队一筹,并逐渐掌握了场上的主动权。而北狮队立足于防守反击战术,力求在稳固防线的基础上有所突破。客场作战的木兰队球员有些不适应,虽然控制了比赛节奏,但得势不得分。比赛僵持到上半场即将结束,木兰队策划的一次小组进攻改变了场上平衡。该队右前锋禁区前的一脚远射,造成北狮队守门员扑救后脱手,被后插上的另一名中场球员补射得分。上半场北狮队以0∶1暂时落后。下半场北狮队进行了队员轮换,先后换上几名小队员,但落后的局面还是没有得到改变,又被对方接连打入两粒进球。最终北狮足球队以0∶3输掉了这场友谊赛。

北狮足球队队史上第121场比赛以0∶3失利,在收获木兰足球爱好者友谊的同时,也点燃以麻梓桐为代表的年轻队员的热情。在分享精彩世界杯的同时,北狮足球人热度不减,满怀信心走在振兴北方足球的路上。

第二十三节 建俱乐部 每周一练(赛)

2014年自教育部主抓校园足球工作以来,四级联赛、教师培训、足球特色学校认定等活动,使全国各地青少年足球蓬勃开展起来。2015年2月27日,中央深改小组审议通过了《中国足球改革发展总体方案》。这是新中国成立以来,第一次将单个体育项目列入国家发展战略中来,可见国家对发展足球运动的宏伟布局。

五大连池市依据《全市2014—2017三年校园足球发展规划》,在2014年12月举办了校园足球试点校足球联赛,吹响了全市校园足球集结号。同时争取政府改薄政策,在五大连池市第二小学、实验小学先后铺设了人造草皮足球场;高级中学、团结中学、第一小学、第二小学被评为全国校园足球特色学校,以及足球节、教师培训各项活动的有序开展,使五大连池市校园足球逐渐普及开来。在第二小学的影响下,无论是山区平原,还是城镇乡村,各式各样的足球活动得到丰富开展,给全市中小学生带来足球的快乐,丰富了校园足球文化建设。团结镇永发村教学点雪地赛、建设乡中心小学“阳光杯”、新发明德镇小学“雪地杯”、兴安学校雪地足球节等活动,点燃了乡村孩子们的足球梦想。太平乡长庚村小学女孩子也参与进来,刘俊香小朋友成为第一个参加全市足球联赛的女孩子。

时任教育工会主席的朱广仁针对校园足球的蓬勃发展,提出成立一家教师足球俱乐部的建议。以此来整合全市足球教师资源,营造“以机关带动学校,以教师影响学生”的足球活动氛围,同时锻炼教职工的健康体魄,活跃教职工的业余文化生活,进而推动全市校园足球的普及。2016 年 6 月 18 日,我们利用第四届全民健身运动会召开这一契机,通过现场广播和发放海报,将成立教师足球俱乐部的消息传播到全市每一处角落。经过一系列宣传和准备工作,全市共有 82 名教师足球爱好者报名参加俱乐部。组织成立镇内中小学、镇内高中、农村中学和农村小学四支教师业余足球队。在这些人员中,有体育教师、科任教师、校长、班主任等,教育局徐业飞局长也报名参加。看到这么多老师参加足球活动,市职教中心学校赵宪利亲自为我们免费争取到四支足球队的球服装备。7 月 6 日,五大连池市教育工会在职教中心学校召开了俱乐部第一届会员大会,将俱乐部冠名为北狮青少年足球俱乐部。前北狮老球员于金龙、张宏伟也都应邀参加。会中,公布领导组织、工作计划,并展示了俱乐部会徽。北狮青少年足球俱乐部成立后,整合全市教育足球人力资源,坚持开展一系列有意义的足球活动,成为五大连池市足球运动发展的推进剂,充分发挥其杠杆职能。在努力完成全市校园足球总决赛、五大连池邀请赛的同时,北狮俱乐部还走进乡村传播足球火种,发展足球根据地,扩大足球人口。

每逢周末,北狮青少年足球俱乐部通过“走出去,请进来”的方式,组织“每周一练(赛)”活动,带动更多教师爱好者参与到足球运动中来。在活动中,俱乐部会员分别担任裁判组织和教练指挥。不同角色的转换锻炼了每个人的多重技能。在 2016 年“职教杯”校园足球比赛中,四支教师队进行表演,徐业飞局长也亲自上场比赛,他的率先垂范增强了校长们发展校园足球的信心。9 月 3 日开始,俱乐部开始组织 2016—2017“职教杯”教师足球联赛。经过秋冬季和春夏季两个赛季的比赛,农村中学队、农村小学队、镇内中小学队分获前三名。此次联赛是继 1993 年之后,时隔 23 年举行的又一届教师足球赛。扩大了教师足球人数,提高了教师足球竞技水平,实现了校际足球教学资源优势共享,增强了校园足球发展的中坚力量,丰富了教师课余文化生活,展示了教师精神风貌,为中国足球队冲击 2018 年俄罗斯世界杯亚洲区外围赛加油,培养教师们的爱国主义情怀。

在纪念建国 70 周年活动中,北狮青少年足球队先后与第二中学前“99 尤文图斯”、荣耀名城、高级中学、冰月亮等球队开展友谊赛,争取更多社会爱好者参加足球运动。在北狮足球队的影响下,沾河天成、龙镇红灯记、人民法院、武警中队几支足球队也相继成立。为五大连池市业余足球注入新鲜血液,引领乡村孩子们强健体质,放飞足球梦想。北狮俱乐部与第二中学前“99 尤文图斯”交流以及“五市 - 沾河 - 龙镇”三地交流赛都已发展成为五大连池市的一项传统赛事。

北狮青少年足球俱乐部全体会员将更加努力,引领五大连池市足球发展进入到一个新的阶段。

第二十四节　三十岁月　情聚边城

2019 年盛夏,烈日当空,骄阳似火。以“情系绿茵 回报师恩”为主题的纪念北狮足球队建队 30 周年系列活动在黑河学院拉开序幕。活动召集令刚一发出,迅速得到各地北狮球员的支持响应,欢聚的心情如同盛夏的天气炙热无比。车轮飞转,脚步匆匆。7 月 5 日当晚,来自黑河区域跨及十届 29 名北狮球员迅速集结在边陲黑河市,共享北狮足球 30 年欢聚时刻,共庆北狮队 30 岁生日。三天的活动充实、愉快而有意义。每每想起,活动中七件往事至今让我回味无穷,成为我人生中最难忘的一段记忆。

【1】座谈会抚今追昔,谢恩师一世引领

7 月 6 日早 7 点我们驱车来到学校,走下车便迫不及待向着原来师范学校的方向走过去。沿着学院路一直向东,穿过曾经的篮球场,驻足在昔日教学楼前。抬头望去,楼体墙面已不再是砖红色了,二层教室前雨打墙角处几块墨绿色的苔藓还依稀可见。由于近些年新建楼群居多,教学楼现已停用,念于教学楼曾承载几代师范生的青春记忆,所以没有被拆掉复建。少顷,我们绕到楼的后面,楼下几排丁香树很是葱郁,只是错过花期不见了花开。足球场地完全旧貌换新颜,平整的地胶场地上有序地排列着几个网球场,昔日足球场底线边的垂柳早已枝叶茂密,随风摇摆。徘徊在半口字形寝室楼前,我和队友齐坤驻足寻望,手指着一个一个数到我俩曾经共同住过的 105 和 208 两处寝室,今日,这里不再是学生的住所,早已改造成音乐学院学生练声的琴房了。这里的一切都是那样的熟悉和亲切,我和队友们努力张望着,竭力寻找着曾经记忆中的模样。

7 点 30 分,明德楼三楼会议室内热闹非凡,笑声朗朗。吴晓光、孙成业、牟国栋几位良师益友早已在等候我们的到来,看到他们精神焕发和身体健康,我们打心眼儿里往外高兴。本次活动的特邀嘉宾,“4.28”足球队球友孙希广、江心弟、王再东,第五中学王海校长、实验小学孙艳红校长也都相继赶来,大家兴致勃勃,相继在队旗上签名,在队旗下合影。

将近 8 点钟,座谈会准时召开。师弟闫忠瑀的主持真情满满,字里行间表达出对师范生活的怀念,对老师的感激。座谈发言开始了,所有人都敞开心扉交流感受,谈及大家在一起时的足球故事,有的还兴奋至极手舞足蹈。昔日球场上的老朋友,现任黑河市教育局行政领导的孙希广,对北狮球员在各地开展校园足球发挥的关键作用给予了肯定,并给我们这次“足球寻根之旅”大加赞扬。每个人发言之后,大家一同欣赏纪录片《一群 70 后师范生的足球梦想》。所有人重温了北狮足球从黑河师范学校诞生,到为五大连池市点燃希望,再到影响黑河区域青少年足球事业的 30 年艰辛历程。北狮人旨在振兴北方青少年足球事业的宗旨令人振奋,精神令人动容,所有人又一次热血沸腾。

座谈会压轴大戏当数首届“北狮足球杰出贡献奖”颁奖仪式了,几度将座谈会气氛推至高潮。在之前准备此次活动中,组委会设立“北狮足球杰出贡献奖”评选活动,以此对发展青少年足球事业做出贡献的集体和个人进行奖励。建队30周年纪念活动是北狮足球队的第一次盛会,吴晓光、车永宏、孙成业、牟国栋、孙希广五位老师无可争议地成为首届北狮足球杰出贡献奖获奖人。五位老师的敬业精神和对足球的态度,深深影响了我们的成长。他们带给我们的精神营养,是我们的一生财富,是我们的一生引领。而今天的足球盛会,终于给了我们一个回馈的机会。我们选用足球运动最重的“MVP奖”表达敬意,给亲爱的老师颁一个感恩奖。

一阵热烈的掌声,拉开了颁奖仪式的帷幕。第一位受奖者是吴晓光老师。吴老师坚持一线教学整整40年了,明年就将年满60岁退休。廉雪光、康军、张广建、高大坤、齐坤、王会河六位队友共同上前,一起携手为老师颁奖。组委会赠予吴老师的颁奖词是“青春不老,诠释体育风采。言传身教,孕育桃李万千。精心呵护,助推北狮足球远航。”岁月匆匆,我们忘不了体育课上他带来的知识营养,忘不了赛场上他青春不老的精彩瞬间。

第二位受奖者是孙成业老师。孙老师是1988年从哈尔滨师范大学毕业之后就分配到黑河师范学校任教,为人正直,爱岗敬业。最让我们感动的是他把对冰球、篮球的极度热爱传导给了我们,使我们对足球能从一而终。如今他已为体育学院院长了,一定会把他对体育事业的热爱继续传递给更多青春学子。由闫忠瑀、郭胜鹏、任永才、王忠武、关锐共同组成了颁奖团。组委会授予孙老师的颁奖词是“一身正气,彰显体育教育本色;默默奉献,守护母校体育事业蓝天”。

第三位受奖者是牟国栋老师。20世纪90年代初,牟老师工作在黄金中学担任俄语教师,因为喜欢足球和居住在师范学校院里的缘故,经常利用业余时间来学校和我们一起踢足球,因此与87级队友结下了深厚的友谊。1994年他领导组建的黑河市4.28足球队与五大连池市北狮队堪称当时黑河市业余足球的两面旗帜,为黑河市业余足球的早期发展做出了诸多贡献,从某种意义上讲既是我们的老师又是我们的朋友。两队在1996年黑河市“青春杯”上演的决赛,成为史无前例的经典。一阵热烈的掌声过后,4.28队长江兴弟和北狮队队长于金龙共同为牟老师颁奖。组委员赠予他的颁奖词是“多少次球场上华山论剑,多少次‘小马哥’传奇魂牵梦绕;三十年风雨走过,三十年良师益友。”

第四位受奖者是孙希广老师。他是主管主抓黑河校园足球的“父母官”,也是黑河市4.28足球队的一名老队员。在黑河市新时期校园足球工作中,他锐意改革,具体组织了师资培训、教学竞赛等诸多实践活动,为黑河市广大青少年送去了足球的快乐。组委会赠予他的颁奖词是“北狮与4.28巅峰对决,创造多少传奇,留下多少友谊。携手《黑河方案》,助推新时期黑河校园足球雄起”。虽然是来自民间的一个奖项,却得到他的喜爱和珍惜。我们也由衷希望未来能有更多与他一样接地气、重实践的教育行政官员,为黑河市校园足球多做一些实事,使我们校园足球越办越好。黑河市第五中学王海校长、爱辉实验小学孙艳红校长、黑河学院刘铁刚处长作为颁奖嘉宾,一同为他颁奖。

那一刻,与亲爱的老师激情相拥,感慨岁月无情。那一刻,彰显师恩浩大,情谊永恒。那一刻,老师们是快乐的,我们是幸福的。

【2】校史馆见证发展,展未来人心凝聚

当我们漫步走进校史馆,一幅诠释学校61年繁荣发展的历史画卷便展现在我们的眼前。在文博收藏、愿景陈列、理念校训、人文德育、荣誉历史等几大展示板块前，一件件物品清晰可见当年历史的痕迹，一张张照片充分展示出学校的改革发展，让我们目不暇接，流连忘返。

60年前，原本还是被一条砂石路分割成南北的“黑河师专”“黑河师范”两所独立学校，在历经齐齐哈尔大学黑河分校等发展阶段之后，今天已然成为中俄4300多千米边境线上我国境内的唯一一所全国普通高等本科院校。成为特色应用型本科高校培育单位、中俄合作应用型人才培养创新实验区。黑河学院为国家特别是地方发展培养了大批优秀人才，在这一化茧成蝶过程中，也铸就了黑河学院几代人“艰苦创业、自强不息、创新发展、育人戍疆”的精神风范。

听着讲解员动情细致的讲解，我们发自内心为母校的繁荣发展而高兴，也为曾经作为母校的一名学生而自豪。在书法家启功先生书写题词的“黑河师范学校”校牌前，我们心潮澎湃，久久凝视。身为体育学院院长的孙成业老师向我们讲述了当年师范学校在合并之后面临的诸多挑战，正是广大师范教育者那种勇于拼搏、无私奉献的创业情怀，那种“学高为师，身正为范”的创业精神才换来今天的成就。孙老师又给我们透露了一个好消息，黑河学院计划在2021年9月份前投入近2亿元资金建设游泳馆、体育馆和冰球馆。大手笔改善学校办学条件，大力推动学院全民健身运动开展。到那时在黑河学院欣赏国际级冰球赛、篮球赛及游泳比赛将不再是梦想了。看到他满脸的笑容，我们的心里也是美滋滋的。

在学校发展愿景图沙盘前，我们更是群情振奋。作为黑河唯一的高校和区域经济发展的重要人才库，黑河学院正登高望远、乘势扬帆，向着国内知名的应用型、国际化、地方综合性大学的办学目标阔步前行。正如前黑河市委书记秦恩亭在黑河学院60华诞庆祝大会致辞，“筚路蓝缕一甲子，穿越风云六十载”。

祝福母校明天越来越好，祝福更多学子在这里放飞青春梦想，拼搏精彩人生。

【3】友谊赛重燃激情，三十年梦回校园

上午10点，北狮队与学院教职工足球友谊赛即将打响，我们从体育场东侧角门一一步入场内。已经在做准备活动的车永宏老师看见了我们，随即跑过来和我们一一握手拥抱，透露出他无比的激动和高兴。已经身为学院副院长的他，刚刚放下繁忙的工作，便第一时间赶过来和我们相聚。看他满脸的汗水，就知道他做准备活动的认真劲和对这场相约30年球赛的期盼了。

站在球场，往事浮上心头。这里曾是野草丛生的沙土球场，曾留下多少北狮足球佳话。1991年，车老师带领我们对阵黑河师范专科学校体育班足球队的比赛中，我们以4:2战胜对手。1996年黑河市“青春杯”足球赛决赛中，五大连池市北狮队以2:1战胜黑河传统强队4.28队获得冠军。当时车老师在场外呼喊指导，为我们加油打气。是车老师的智慧和母校球场这块福地给了我们强大的力量支持，帮助只有12名队员的北狮足球队创造黑河足球史上的传奇。今天，北狮足球弟子与老师于30年相聚，再一次排兵布阵，再一次重燃激情，再一次华山论剑。人生三十有几何，梦里寻她千百度。如今我们相聚绿茵场，此时此景，又怎能不让我们心动?

分发装备的时间到了。久违的战袍，心仪的号码，精致的队徽，飘摆的队旗，这些瞬间点燃球场气氛。金黄色建队30年纪念版球服把每一个“老男孩”装扮得意气风发。“后卫大炮”高大坤、“拼命三郎”齐坤、1号“门神”张广建、前锋9号“普拉蒂尼”王会河、11号左边锋任永才、8号“中场发动机”关锐、5号队长于金龙、10号师弟闫忠瑀……大家都一一换上装备，精神抖擞走上场。王忠武和康军两位师弟带领大家，一板一眼做起热身活动。多年的热爱坚持，多年的耕耘奉献，锤炼他们二人成为黑河市域校园足球教练员中的精英，在嫩江市第四小学校、黑河市实验小学努力将足球的快乐传播给孩子们。在北侧球门前，摄影师为我们郑重拍下一张北狮30华诞全家福。张张笑脸，阵阵笑声，永远留在现场所有人的记忆中。那一刻，人生短暂，足球永恒。

所有人都摩拳擦掌，跃跃欲试。我队由车永宏老师带领任永才、王会河司职前锋；牟国栋老师带领闫忠瑀、王忠武、康军组成豪华中场；吴晓光老师率领于金龙、高大坤、齐坤等组成后卫线；守门员张广建与师弟郭胜鹏轮番上场。纵观三条线上都是以老带新，师生搭档组合。我在场外调兵遣将，临时客串“洋教练”，孟猛则手握相机转型成了一名“战地记者”。

这边全体队员正磨刀霍霍，那边场外啦啦队员热情高涨。徐卫、宁万新两位老师也不知从哪里得到的情报，带着刘前进、刘兆成、陶勇、林双山等十几位同学现场过来加油助威。孙成业老师尤其钟爱冰球运动，于是他“别出心裁”，把他最心爱的黑河学院冰球队主场比赛服套在了足球服外面。通红的冰球赛服与之他脸上堆积的笑容，成为赛场外一道靓丽风景。老师们的陪伴，同窗好友助阵，我们仿佛回到了学生时代，幸福感油然而生。

开赛了，北狮老队员们一个个争先恐后，向着对方阵地发起了一阵阵猛攻。双方队员你来我往，在中场展开了激烈的拼抢。北狮队员们的体力和速度明显没有了青春时候的状态，但一些传球依然可见当年的功底，尤其丰富的经验也起到关键的作用。失球不失位，及时保护与平衡。我队三条线上的呼应支持，一次一次瓦解掉对方的进攻。随着时间一分一秒流逝，队员们逐渐找回了一些感觉，进攻也有了一些起色。上半场第42分钟，我队在对方禁区顶弧前距离球门大约25米处获得直接任意球。车老师主动请缨上前主罚，皮球在空中划出一道美妙的弧线后飞入球门，我队取得1∶0领先。车教练的进球令场上队员士气大振，接着又是几次漂亮的小组防守，将比分保持到上半场结束。

下半场易地再战，双方虽然都进行了较大幅度的换人调整，但比分没有被再次更改。北狮足球队以一场胜利为纪念建队30周年系列活动开了好头。车永宏老师风采不减当年，一记美妙的弧线进球，帮助北狮足球队在福地黑河学院绿茵场继续上演着传奇。

【4】“饺子宴”回家团圆，师生情永留心间

从球场出来，我们便赶往学院食堂分享车教练为我们摆下的“饺子宴”了。提起“饺子宴”，原来在很早之前车永宏老师就打电话给活动组委会，经过一番交涉，他申请到这顿“饺子宴”的主办权。他说：“我是球队的家长，弟子们回家了，球队团圆了，一定要请大家吃顿‘饺子宴’。”听着他这些朴实的话语，组委会也愿成人之美给了他这次“特权”。三十年来，无论车老师工作多么繁忙，他总是挂念弟子们的生活和事业发展情况，并时常打电话给我们嘘寒问暖。

明亮的餐厅内，服务员看见我们一大群人走进来，急忙将小餐桌拼连成一个长方形的大餐桌。大家一个挨着一个紧紧围坐起来，红色T恤衫接连形成一条红彤彤的口字形彩带。吴晓光和孙成业老师分坐在车老师的两旁。大家有说有笑,聊着校园往事,谈论刚刚给我们带来比赛胜利的车老师的那记香蕉球……一盘盘热气腾腾的饺子,一瓶瓶冒着气泡的香槟啤酒,红彤彤的T恤衫映衬着一张张笑脸,那热烈喧闹的气氛,真像亲人们团聚过新年一样。

由于工作的原因车老师错过了座谈会,于是组委会临时决定在饺子宴中为他颁发“北狮足球杰出贡献奖”。组委会赠予车老师的颁奖词是“睿智创新,开创北狮足球先河;帅气淡定,留载北狮足球佳话;点燃梦想,师生情谊三十载;引领成长,一生财富留心间。”

真情满满的现场气氛孕育了一个别样的颁奖方式,所有人都成为颁奖嘉宾,沉甸甸的奖杯从孙成业老师开始按照逆时针方向接龙传递,汇聚着每一名弟子的祝福和情谊,奖杯在圆满完成一周“旅行”之后,最后由吴晓光和孙成业两位老师联手颁给车老师。当三位老师的力量之手汇聚在奖杯上的那一刻,食堂内瞬间爆发出一阵热烈的掌声,我们每一个人都很激动,热泪盈眶。车老师双手托举着奖杯,激动高兴之情溢于言表,他连连向大家鞠躬致谢,感叹这来之不易的足球情谊,并寄语弟子们坚持走好事业长征路。

【5】老男孩绿茵会友,展情怀百年实验

7月6日下午,北狮队员又马不停蹄奔赴黑河市实验小学笼式足球场。与4.28队、黑社联两支黑河市足球强旅在黑河实验小学进行老男孩5人制足球友谊赛。经过三场激烈比拼,黑社联取得两胜获得第一名,4.28队与北狮队各一胜一负获得第二名。

老男孩足球赛这一说法绝不为过,参加交流赛的人员年龄多半在50岁左右。聊起足球往事,各位老男孩的脸上洋溢着兴奋,洋溢着幸福。北狮队与4.28队、黑社联足球队之间,有着共同的足球记忆。20多年来不断交流切磋,无论是在黑河市、还是在五大连池市诸多比赛中,都结下了深厚的友谊,并肩成为黑河市区域内业余足球发展中坚力量。场上老男孩们努力奔跑回味青春梦想,场下签名合影,共叙足球友谊。江兴弟、王祖正等这些已经接近60岁的老男孩,还是精神矍铄,兴奋不已。一招一式,有板有眼,丝毫不减当年绿茵风采。

比赛间隙,北狮队员参观了黑河实验小学校史馆。馆内详实的文字、珍贵的实物,让我们逐渐感受到实验小学107年的厚重历史、文化底蕴和与黑河市爱辉区同呼吸共命运的实验精神。实验小学校史馆是几代实验师生和历届校友的精神家园,是爱辉教育发展的一个缩影。在孙艳红校长的带领下,实验小学在新时期校园足球工作中更是锐意进取,大胆改革,坚持“小足球,大教育”发展理念,取得了一个又一个令人鼓舞的好成绩。

游览黑河实验小学校史馆,我们又一次感怀爱辉教育历史,坚定了传播足球事业自信心。希望老男孩们的足球精神能与伟大的实验精神一样,在校园里薪火相传、生生不息。以史为鉴,以球育人,激励孩子们勤奋学习,志成栋梁,更好地创造人生美好的未来。

【6】访五中传递接力,北狮足球待后生

7月7日上午9点,北狮新老队员再一次在黑河市第五中学集结,一场9人制友谊赛就此拉开战幕。说起北狮与黑河市第五中学的足球渊源,这里面有一段故事。那是在1997年黑河市第四届“青春杯”足球赛中,我队小组赛取得三胜一平,那场平局就是对阵黑河市第五中学。比赛曾打得异常焦灼,师生结合、作风硬朗、战术朴实的黑河市第五中学足球队为我们实现小组第一的目标制造了很大的麻烦。对方曾在80多分钟内1:0领先我队,终场前靠着老将陈德福一记底线处的胸部抢点补射破门，才使我队艰难战平对手。之后在五大连池市足球邀请赛中，黑河市第五中学也是连续四次参加比赛，并取得了较好成绩。新时期校园足球开展以来，在王海校长带领下，黑河市第五中学体育人更是开拓进取，校园体育事业得到蓬勃开展，学校先后创建省级传统体育项目排球基点校、全国校园足球特色学校。悠久的历史和深厚的底蕴，促进了校园足球的普及。足球成为学校一项传统体育项目，受到教师和学生的喜爱。回访黑河市第五中学，可以说既是交流友谊，又是事业传递。

比赛开始了，我队由师兄于金龙带领大家悉数上场。由于前一日满满的活动安排，部分队员的体力都消耗过大，场上我队进攻速度明显不如黑河市第五中学学生们。所有队员都卡住位置，在稳固防守中寻找反击的机会。黑河市第五中学队员首先抢得先机，上半场接连打进 3 粒进球。下半场我队换上北狮梯队球员崔雪峰后，局面稍稍得到好转，终场前扳回 2 个进球，比分锁定在 2∶3。

赛后，我们邀请孩子们在纪念队旗上签名留念，一场友谊赛传递着北狮足球的接力棒，张张笑脸永远定格在那个瞬间，北狮与黑河市第五中学的足球故事继续演绎，也愿黑河市第五中学的校园足球越来越强，努力撑起黑河市校园足球的一片蓝天。

【7】话友谊孙吴誉福，兴事业同心协力

告别黑河市第五中学后，除黑河市之外的 11 名队友迅速赶往孙吴。上午 11 点钟，北狮与孙吴誉福足球俱乐部的交流活动准时在孙吴县第二中学球场进行。此役与誉福足球俱乐部的交流，是此次纪念活动的收官战。自 2004 年以来，一批以李广福为核心的足球爱好者致力于业余足球的推广，并将足球带进了校园，使更多中小学生积极参加到足球运动中来。近几年，孙吴县足球运动得到了前所未有的发展。孙吴县第二中学足球队在 2018 年全省雪地联赛总决赛中获得初中组冠军，为黑河校园足球赢得荣誉。誉福成人足球队也在黑河市域各级比赛中取得好名次。2010 年，孙吴县承办了第十届“北狮杯”足球友谊赛，一度将小城足球氛围推至高潮。

北狮与誉福的足球情结要追溯到 2004 年在五大连池市举办的第四届黑河市“北狮杯”足球赛，当时孙吴县组织了一支青年队和两支少年队参加比赛，那是孙吴足球创业的开始。15 年来，两支俱乐部相互交流学习，成长为振兴北方业余足球的一对好兄弟。

五人制比赛开始了，伤病加之体力透支等诸多原因使我队连连遭受打击，球门前频频告急，因为双方都是老朋友，所以场面上虽不激烈却也不失精彩，北狮队余下的 11 名队员轮番上场，不到半场便 2∶4 落后了。下半场易地之后，我队同时换上任永才，搭档朱连文、刘鑫、孟凡彬、曲微 5 人组合。进攻端虽然有了一点起色，但还是没能够挽回败局，最终以 3∶6 结束了与孙吴的友谊赛。

为期三天的纪念活动结束了，北狮足球队老男孩们在孙吴小城挥手告别，大家互道珍重，盼望能为传播足球再次相见。30 年岁月匆匆，不变的是老男孩心中那份永远的足球情结，任随时光流逝却是历久弥坚。不忘传播北方足球初衷，牢记振兴校园足球使命。这是一次重温北狮情结的足球盛会，这是一次汇聚八方力量的绿茵盛典，传递足球友谊，再议足球大计。相聚总是那样的短暂，相别总是那样的难舍。

感谢热血足球，难忘师恩永恒。

第二十五节　送教下乡　永固根基

北狮足球俱乐部通过开展“每周一练(赛)”活动,吸引更多的教师、家长来参与到足球中,扩大了足球在社会和家庭中的影响力。除此之外,俱乐部还通过“足球送教下乡”等活动,使足球走进新发、团结、和平等乡村小学,并与五大连池市第二小学校建立“大手拉小手”的共建模式,广泛培养少年足球,积极拓宽校园足球根据地,帮带青年足球教练员成长。

面对农村学校生源逐渐流失的实际情况,北狮俱乐部利用支教这一政策来帮助农村校园足球开展。在新发镇明德小学,俱乐部教练员与玄利国老师共同对校园足球进行开发实践活动。我们的目标是要让所有学生都能参与进来,共同分享足球教育。第一克服学生在校时间少这个不利因素,确定利用体育课实施活动;第二克服学生人数少的不利因素。将“班与班比赛”调整为“班内的小组比赛”,即每个年段一个班级,我们将每个班级学生分成3~4个活动小组。各小组人员也是能力均衡、男女比例适中。按照2:1:1的比例,将每月12节体育课合理分配成足球教学课、训练课和班内足球联赛的实施,使校园足球“学练赛”三元素有机结合起来,促使足球活动开展落到实处。2019年开展“雪地杯”联赛同时分成甲乙两个小组,即五六年级和三四年级分别捆绑在一起,给了低年级向高年级挑战的机会,增加了比赛精彩程度,更使得全体同学都参与进来,使得校园足球普及率达到100%。连续六年来,新发小学校队成绩在全市农村学校中都是名列前茅。球队曾在2019年总决赛的三四名比赛中,仅以微小差距负于五大连池市第一小学足球队,创造校队在全市比赛中的最高纪录。

除了丰富学校内部足球各项活动开展,新发小学还坚持同五大连池市第二小学及太平乡小学的结对子工程。使得在促进学校教育教学基础上,同时获得校园足球资源共享。不断加深校际足球交流往来。2021年联手组织了“迎建党100周年·庆六一”三校联谊足球节活动,给留守儿童送去温暖的同时,也送去足球的快乐。

像支教新发小学一样,北狮足球俱乐部的目光也聚焦到和平小学、团结小学、建设小学、龙镇学校等学校足球的发展,通过足球节、教学训练观摩、讲座等形式活动,积极分享教学经验和心得,帮带和培养青年教师成长,影响更多中小学生参加足球运动,切实帮助农村弱势学校足球活动开展得到改善。

北狮足球俱乐部一边改善农村学校足球发展状况的同时,一边也在对保护第二小学足球根据地校园足球发展做出改善。2019年春季,足球课题组组建了第30支北狮梯队。此届队员从学校1~2年级学生中选材。并申请《小学U9—U10足球队员优秀思想品质培养方法的研究》立项黑河市科研课题,本届球队努力尝试全新管理模式,设置了文化成绩及思想品质两道入队门槛线。

2019年9月14日,俱乐部组织北狮梯队20名小球员参加主题为“抗联战士的一天”研学旅行活动。在朝阳山抗联遗址营地,孩子们穿上军装,成为东北抗日联军第三路军一名小战士。通过“模拟打靶射击、观看朝阳山抗日纪念馆、瞻仰烈士纪念碑以及重温少先队入队誓词”等活动,培养小球员吃苦耐劳、遵守纪律、团结协作的好习惯好品质,激励他们不忘历史，励志足球，弘扬东北抗联精神，培养家国情怀而健康成长。此次红色基因教育活动，为球队日后发展积累了宝贵的精神营养，是五大连池市第二小学北狮梯队精神文化建设中的一个突破。

俱乐部自2019年冬天开始，组织了“校长杯”“斯巴达克杯”邀请赛及周边市县区交流活动，使小球员们得到磨炼成长。在第二课堂中坚持训练和比赛，在校园外利用疫情窗口期，积极开展足球夏令营、晨练集训及足球嘉年华等活动。两年来，小球员们互相帮助，互相支持。无论在球队技战术层面还是球员优秀思想品质养成方面都取得了很好的成绩。2020年北狮青少年足球俱乐部被评为省级“三大球”青少年体育俱乐部。

展望未来，北狮青少年足球俱乐部以《中国足球改革发展总体方案》为准绳，不断完善俱乐部制度建设、体系建设，加强体教融合，丰富每周一练（赛）交流活动，吸收更多足球新生力量，抓好青训工作，不断让足球融入社会，融入校园，为五大连池市足球发展做出应有的贡献。

第六章　精品赛事　炫彩连池

——创办区域经典足球赛事实践探究

风云变幻的“北狮杯”，彰显男儿本色，诠释男儿激情。从“火山杯”青年联赛到五大连池市足球邀请赛，北狮足球人在思想上完成了一次大转变，经历着从“走出去”到“请进来”的一个重要过程。在历届市委市政府领导的关心下，在社会各界力量的支持下，两代北狮人励精图治，前赴后继，矢志不移，成功组织举办13届五大连池市足球邀请赛。“北狮杯”立意深远，规模宏大，最终晋升全国业余足球联赛黑龙江省北部赛区决赛，打造成为中国北部地区最具魅力的一项传统体育赛事。共举办比赛316场，吸引来自中国北部内蒙古自治区莫旗、哈尔滨市、齐齐哈尔市、绥化市、大庆市、黑河市等地的154支青少年足球队参与进来。火山脚下，3000多名青少年足球爱好者共赏火山矿泉美景，共谋北方足球发展大计，并使足球成为宣传五大连池市的一张名片，为加快五大连池市体育旅游康养业发展注入活力。

五大连池市足球邀请赛，填补了中国北方地区业余足球联赛的空白。在黑龙江省足协支持下，不断改革创新，深化体教融合，助推新时期校园足球走进家庭、走进社会，并向举办精品赛事目标方向上发展。

第一节 “世界杯”热 “火山杯”暖

1998年,由于法国世界杯的成功举办使足球这项运动再一次风靡全球。同广大球迷一样,我们为第十六届世界杯的成功举办而兴奋、欢呼。一个月64场国家队的巅峰对决,让我们如醉如痴,癫狂咏叹。决赛时刻,我和队长于金龙、梯队队员王树奇等一起进行了观看,大家一边饮着啤酒,一边欣赏着球星们的精彩表演。一阵阵欢声笑语,一直陪伴着齐达内率领的法国队以3:0战胜巴西队获得了世界冠军。兴奋之情一直延续到天明,于是我们情不自禁涌进一中足球场,与看球后同样兴奋的五大连池市第三中学学生来了一场巅峰对决,最终比赛以1:1握手言和,堪称经典。法国首次举办世界杯并赢得世界杯冠军,书写了世界杯史上的神话。这股足球热潮席卷神州大地,也席卷小城五大连池市。世界杯的魅力,加之北狮队的传播推广,足球在学校中得到了有力发展,逐渐成为五大连池市青少年喜爱的体育项目。北狮队两次征战“青春杯”的事迹,激励了无数中小学生投身到足球队伍中来。一时间,足球成为五大连池市最热门的一项体育运动,矿泉旅游名城迎来足球运动发展的春天。

看到足球运动呈现出生机勃勃的发展态势,北狮队员们乐在心里。可竞争性的比赛少之又少,竞技水平得不到明显提高,成为足球发展的最大瓶颈。同为北狮队友时任团市委书记的张建国、副书记的张明也清楚地看到了这一点。在几经努力之后,我们决定成立五大连池市足球协会并组织青年足球联赛。

北狮队员们开始分头行动,一边起草协会章程,一边发展参赛球队,一边寻找赞助充实资金。经过整整三个月的辛苦努力,金秋时节迎来了五大连池市足球协会成立与首届青年联赛开幕的历史时刻。此届比赛被原市政府曹文兴副市长定名为“火山杯”,意在宣传和推介五大连池火山矿泉资源,欢迎各地足球爱好者来五大连池市切磋技艺和旅游观光。

9月6日,五大连池市第一中学操场上红旗飘飘,一片欢腾景象。五大连池市足协成立大会及首届“火山杯”青年足球联赛在这里隆重拉开了帷幕。第一届足球协会筹备领导小组率先召开第一次执委会,选举团市委副书记张明为第一届五大连池市足协主席。足球协会的成立,是五大连池市足球运动发展的一个重要标志,广大足球爱好者终于有了自己的家园。

10点整,首届“火山杯”青年足球联赛正式开幕。来自富都、天德园、兰鹰、峰岩、五大连池市第一中学、建设乡中学和北狮梯队七支代表队的球员们个个精神焕发,斗志高昂。二小1013梯队霍焱、谷晓鑫、张超等小球员们也来这里体验足球盛会的魅力。富都足球队以北狮主力队员为班底组成,球员来自各行各业,比赛经验丰富,实力雄厚;天德园、峰岩和兰鹰三支球队均来自五大连池市第三中学,体力好速度快;五大连池市第一中学由小将刘鹏程带领,是清一色初中生;建设乡中学是唯一一支乡下报名球队,由“三剑客”领衔全乡各村小学体育教师组成,实力不容小觑;最吸引人眼球的当属北狮梯队了,由五大连池市第二小学、五大连池市第一小学毕业梯队球员为班底组成,朱峰、丁磊、王莹等一批小队员都位列其中。七支球队有企业赞助、有班级团队,参赛组队的情况大不相同,导致了技术风格特点也是各有千秋,增加了足球联赛的魅力。

开幕式上曹副市长发表了重要讲话,市政协副主席王非、市文化体育局局长鲁学清共同为比赛开球,市教育局等相关单位领导也都来到现场,为比赛助阵加油。

10 点 30 分,由杨永灵校长率领建设乡中学足球队与富都足球队的揭幕战正式打响。足球的魅力之一就在于它的不可预测性,90 分钟之内,以北狮主力球员为班底的富都足球队遭遇到建设中学足球队的顽强抵抗,竟然被建设乡中学足球队 2:1 挑于马下,爆出揭幕战一个大冷门。精彩激烈的对决,使联赛一开始就充满了悬念,充满了期待。

足球联赛得到了各参赛队的积极支持,每逢周末足球爱好者们就聚集到球场切磋技艺,比试高下,足球走进了连池人们的生活。历经两个多月的辛勤努力,“火山杯”联赛进行到了第七轮收官战。11 月 21 日,随着北狮梯队在第三中学以 3:1 战胜富都足球队,首届“火山杯”联赛终于鸣金收兵。北狮梯队、兰鹰、建设中学分获前三名;富都、天德园、峰岩、一中获得第四至七名。一中足球队与建设中学队一同获得体育道德风尚奖。个人奖项中,富都足球队球员邵岩以 9 粒入球获得最佳射手奖,北狮梯队陈海龙获得最佳守门员奖。

1999 年 5 月 8 日,在原团市委书记刘录、副书记王海威的支持下,市足球协会又组织举办了第二届“火山杯”青年足球联赛。由于高三学生面临高考,峰岩、天德园两支高三球队没有参赛,加上建设乡中学、五大连池市第一中学的退出,使得比赛只有富都、高一联队、兰鹰、北狮梯队和泉山五支代表队参加。其中,泉山足球队来自药泉风景旅游区,队员来自各行各业。经过 10 场比赛的激烈角逐,泉山足球队获得第一名,北狮梯队以一分之差屈居亚军,兰鹰、富都、高一联分列第三至五名。此次联赛可圈可点的是泉山足球队的参与,使风景区足球爱好者参与到北狮足球事业中来,加强了区域间足球交流往来。

两届“火山杯”青年足球联赛的举办,提高了五大连池市业余足球运动竞技水平,营造了旅游名城火热的足球氛围。联赛规模之大,参加人数之多,影响之广,都是五大连池市体育运动发展史上前所未有的,也大大推动了高中学校足球运动的发展,锻炼了高中学生的意志品质。1999 年石岩考入哈尔滨电力学院;艾振国、陈海龙考入天津体育学院;2000 年朱峰考入大连理工大学、禹海涛考入沈阳体育学院等,足球帮助更多的高中学生挑战人生获得成功。“火山杯”联赛的举办,使得广大足球爱好者更加开拓进取,在赛事举办上积累了诸多宝贵经验,为日后酝酿和实践以五大连池市为中心北方足球事业奠定了基础。

五大连池市“火山杯”青年足球联赛成绩表详见附录。

第二节　汇聚“泉山”　共享盛宴

2001 年,是北狮足球事业发展的第十个年头。五大连池市第二小学校园足球已经初具规模,北狮梯队业余训练和 3 ~ 5 年级联赛已经成为足球特色校的重要标志,培养了数不清的足球少年,为素质教育注入了活力。二小校园足球实践活动不仅推动了第二中学足球的发展,也为其他兄弟学校树立了学习的榜样。在业余足球发展过程中,北狮青年足球队走进城乡,四次参加黑河市比赛并取得佳绩,还通过举办“火山杯”青年联赛,积累了宝贵的大赛经验。从学校到社会,从参赛到办赛,小城五大连池市正经历着足球运动发展的一个重要阶段。

2001年7月13日，首都北京终于获得2008年夏季奥运会举办权。在中国体育事业取得这一伟大历史成就的时刻，北狮足球队领导者张建国、张明、于金龙等做出“举办五大连池市足球邀请赛”的决定。并发出号召，团结一切可以团结的力量，邀请传播正能量的足球团队来五大连池市做客比赛。就在北狮梯队取得北安“吉通杯”冠军的第二天，北狮足球队便召开了办赛动员会，明确任务，落实分工。经过全体队员的一致努力，准备工作很快取得了进展。首先我们得到风景区泉山矿泉水厂的支持，并将首届比赛冠名为“泉山杯”。在征集参赛球队的工作中，迎来了黑河北圳、黑河师范专科学校、黑河市第五中学、北安、嫩江及齐齐哈尔市克东县六支外地足球队报名。还有大地体育、邮政局、富都大酒店、北狮梯队四支五大连池市本土球队参加比赛。首次比赛就招募了十支队伍参赛，可以说在五大连池市历史上还是前所未有的一件事，一时间引起社会各界的广泛关注。五大连池市的各个角落都在议论着这项足球赛事，这些人当中不乏出租车司机、旅店老板、饭店服务员、中小学生……

7月20日上午，足球赛终于在五大连池市第一中学拉开了战幕。时任市政府副市长的曹文兴发表了重要讲话，泉山矿泉水有限公司总经理杜朝利先生也来到现场。原市长助理张建国、市文化体育局局长鲁学清同志共同为揭幕战开球。我们也组织了五大连池市二小北狮梯队小球员们来到现场观看比赛，开阔视野，切身感受五大连池市浓厚的足球运动氛围。在这些小球员中，有张超、付磊、谷晓鑫等。球场外也都站满了热情的观众，不乏老人、小孩……

炎炎夏日，砂石球场上演了一场场精彩的攻防大战。以丁磊、禹海涛为主力的北狮梯队在小组赛中可说是顺风顺水，并以四战全胜的战绩获得小组第一。半决赛对阵另一小组第二名的黑河师范专科学校足球队。比赛打得异常激烈，一度在常规赛中与对手踢成2∶2平。加时赛采用的是金球制，比赛即将结束前北狮队后卫队员丁磊在禁区内踢出一记弧线球射门，令全场观众一阵激动。但球打在球门立柱外侧飞出底线，幸运女神并未眷顾北狮队，比赛被拖进了点球大战。我与前锋邵岩都将点球罚失，最终北狮梯队以总比分4∶6惜败给黑河师专队，遗憾倒在十一名而无缘决赛。另一场半决赛，黑河北圳在90分钟之内以1∶0艰难战胜黑河第五中学队而晋级决赛。

决赛中，黑河北圳与黑河师范专科学校的比赛堪称本届邀请赛的经典对决，算得上黑河业余足球比赛有史以来的最高水平了，极具观赏性。在90分钟常规赛及30分钟加时赛中，双方一度战成2∶2平。最终点球大战中，黑河师范专科学校足球队以总比分6∶4笑到了最后，获得第一届五大连池市足球邀请赛冠军。

此届比赛规模宏大、盛况空前。4天26场的激烈鏖战，是黑河市足球有史以来最大型的一次盛会。这项赛事实现了跨地区交流，是黑河市“青春杯”“北圳杯”足球赛的继续和发展，更多的北方足球爱好者开始在五大连池市这片足球热土上相聚。它是五大连池市足球运动蓬勃发展的必然产物，为建设世界矿泉旅游名城增添了风景，日益成为五大连池人民业余文化生活中的一件大事，更是黑河市足球运动史上的一块重要里程碑。

从此，在北狮足球人的坚持下，四面八方的足球爱好者相聚在五大连池市，相聚在火山脚下，在比赛中尽情享受足球带来的快乐和友谊。

第三节　改革赛制　开启“北狮”

2001 年“泉山杯”足球邀请赛的成功举办,给五大连池市业余足球发展带来了深远的影响,也促进了校园足球的发展。每逢周末,无论是人民体育场,还是街头巷尾到处可见踢足球孩子的身影,五大连池市第一中学、五大连池市第二中学的学生们自发成立了很多支足球队。他们用足球强国和心仪俱乐部作为队名,如德国、英格兰、博卡青年、阿森纳等,还用勇猛的动物来起队名,如猛虎、雄鹰等。不到一年时间,足足有十几支少年足球队成立。足球队伍着实多了起来,可少年组的比赛却少之又少。自 1997 年之后,五大连池市官方就再也没有举办过中小学生足球赛。

看到少年足球如火如荼的热闹场面,市足协领导层做出 2002 年邀请赛体制改革的决定,在青年组别基础上增加了少年甲组、少年乙组和儿童甲组。为与北狮足球队“振兴北方青少年足球事业”的宗旨一脉相承,组委会将比赛正式更名为“北狮杯”足球赛。

转眼就到了 2002 年 7 月份,结果四个组别整整有 22 支足球队报名参赛。因为仅有一块 11 人场地可用,所以少年甲组、少年乙组的小组赛提前在 7 月 16 日打响。为了保证比赛的安全和顺利进行,北狮队员们整天都工作在球场上。辛苦的工作换来孩子们张张笑脸,他们在球场上尽情享受着足球的快乐。经过三天紧张的工作,少年甲、乙组的小组赛结束,精彩的决赛留给了赛会的后半段。

7 月 19 日,是“北狮杯”开幕的日子。来自四个组别的 22 支球队相聚在球场上,其中少年甲组四支、少年乙组八支、青年组八支,还有参加表演的五大连池市第一小学和五大连池市第二小学两支儿童组球队。绿茵场上,参赛队员们精神抖擞,意气风发。原哈尔滨兰格足球俱乐部主席刘志圣来到开幕式现场,发表讲话庆祝“北狮杯”的隆重召开,并希冀青少年们为龙江足球腾飞做出贡献。市足协主席张明也慷慨致辞,他欢迎各路足球精英来五大连池市角逐“北狮杯”,鼓励孩子们永远做生活中的强者。

开幕式后首先进行的是儿童组的表演赛。张明主席与刘志圣先生一同走进球场,为“北狮杯”送出开球礼。赛后,他们与孩子们亲切合影,观看孩子们的球技表演。因为当时哈尔滨兰格足球队正在为冲击甲 B 联赛而努力,受到龙江球迷的关注。所以,刘志圣先生的到来给“北狮杯”增添了光彩,每一名参赛者都感到无比的幸福和自豪。

青年组比赛可以说是精彩纷呈、跌宕起伏,更验证了著名球星普拉蒂尼说过的一句话:“足球运动最精彩的就是它的不可预测性。”东道主北狮队同北安、黑河师范专科学校和五大连池市高级中学分在 A 组,而嫩江、黑河市第五中学、五大连池流浪者、克东同分在 B 组。北狮队首场遭遇北安队,便以 0:9 大败,最终小组赛取得第三名而没有进入到第二轮。东道主球队的早早出局,成为本届杯赛的第一大冷门。北安队小组赛击败东道主,夺冠指数迅速攀升。一路高歌猛进,又连胜两场以小组第一进入到第二轮。半决赛,对阵 B 组的嫩江队,北安队再没有小组赛的顺风顺水,比赛中遭到嫩江队的顽强抵抗。最终嫩江队靠着防守反击的战术以 3:2 获胜,将夺冠热门队伍北安队挡在决赛大门之外。北安队的意外落败,成为杯赛第二大冷门。另一场半决赛,黑河市第五中学与黑河师范专科学校在常规赛 90 分钟内打成 1:1 平。点球大战,黑河师范专科学校以 5:4 挤进决赛。决赛时刻下起了大雨,两队球员在泥泞的球场上厮杀较量。最终,黑河师范专科学校足球队以 6:0 赢得了一场酣畅淋漓的胜利,第二次获得冠军,6:0 的比分也创造了邀请赛决赛史上的一个记录,至今都没有被打破。

经过 7 天 39 场激烈角逐,“北狮杯”圆满结束了。此次比赛,时间之长、场次之多、参赛队伍跨区域之广,在黑河市足球历史上都是前所未有的。充分彰显了五大连池市足球邀请赛的无限魅力。除了开幕式满满的兰格足球元素之外,作为第一代北狮队球员、嫩江县新胜乡中学任永才教师也来到赛场担当组织工作,并指导嫩江队在半决赛中战胜北安队。五大连池市广播电视事业局、《黑河日报》、《黑龙江日报》以及黑龙江广播电视台《共度晨光》节目都对此次赛事进行了宣传报道。

“北狮杯”足球赛的圆满举办,丰富了中小学生的暑假生活,陶冶了情操,提高了球队技战术水平,极大地促进了黑龙江省北部足球运动的发展。从此,“北狮杯”足球赛开始走向历史赋予它的舞台,越来越多的北方足球爱好者开始相聚在五大连池。

第四节 三届“北狮” 黑马讷河

2003 年 7 月,共青团五大连池市委、五大连池市足球协会一同开启了第三届足球邀请赛准备工作的序幕。基于 2001“泉山杯”和 2002“北狮杯”的基础,时任团市委书记李华提议 2003 年足球邀请赛并称为第三届“北狮杯”五大连池市足球邀请赛。

第三届“北狮杯”足球赛能如期举办的消息刚一传出,就迅速得到北方球迷们的关注和响应,特别是青年组参赛队伍增加了很多新面孔。克山、讷河及大庆雷秒都是第一次前来参赛,嫩江县也是派出两支队伍,一支来自县里,一支来自海江镇。黑河师范专科学校、黑河市第五中学、北安、克东都是赛会座上客。五大连池市派出北狮梯队、火山泉饮品、移动公司三支队伍,青年组足足报满 12 支代表队。少年组有五大连池市第一中学、五大连池市第二中学、波斯特、雄鹰四支代表队,儿童组有五大连池市第三小学及五大连池市第二小学两支代表队参加。

7 月 15 日,令人期待的第三届“北狮杯”足球赛在市体育场隆重拉开战幕。时任市委副书记徐飞、市长助理张建国等领导来到现场为比赛开球,大庆市雷秒足球队杨晓宏代表全体运动员进行了宣誓。

足球运动的一半是球星,另一半是球迷,赛场外挤满了热情的观众。12 支青年队分成 A、B、C 三个小组。为争得八强一个席位,每一场小组赛打得都异常激烈焦灼,场面精彩纷呈,观众们也是大饱眼福。A 组大庆雷秒队实力超群,与上届冠军黑河师范专科学校 1:1 打平后双双携手出线。B 组小组赛趋于平稳,克东与北安携手出线。C 组讷河队是一支新锐,由一群刚毕业的高中生组成,由担当守门员的队长张钰率领。第一场负于东道主后逐渐慢热先后取得两连胜,以小组第二名进入到第二轮。另两个八强席位分别被两个小组最佳战绩第三名的移动公司与黑河市第五中学获得。四分之一比赛,两届冠军黑河师范专科学校以 6:2 战胜北狮队并与讷河、雷秒、嫩江一同打进四强。东道主北狮队再次无缘杯赛前四强。二分之一决赛,黑河师范专科学校9:4战胜嫩江,轻松挺进决赛。另一场半决赛在一中场地进行,大庆雷秒队遇到了讷河队的顽强抵抗。讷河队小伙子们愈战愈勇,给了善于阵地战的雷秒队沉重的打击。90分钟之内,打成1:1平。最终点球大战,雷秒队以8:9遗憾出局,无缘冠军决赛。讷河队在本届比赛中,迅速从第一场失利中走出来,越战越勇,连胜四场,能在半决赛把夺冠热门大庆队淘汰出局,堪称本届比赛的一支黑马。决赛中,讷河队制订了防守反击战术,意欲在常规赛中坚持打平,靠守门员张钰个人能力来进行点球的战术。果不其然,比赛中讷河队员表现出顽强的团队能力,将0:0的比分一直坚持到80分钟。第81分钟,防守重压下讷河队后卫队员一次禁区内手球犯规,被黑河师范专科学校抓住机会率先点球洞开球门。讷河队坚持打平再点球的战术被击破,队员们一下子没了精神。黑河师范专科学校队又接连打进两粒进球,最终以3:0取胜,第三次捧得五大连池市足球邀请赛冠军。讷河队黑马奇迹没能再次上演,也是因为半决赛体力消耗过大,给经验老到的黑河师范专科学校足球队留下了机会,使其笑到了最后。

纵观此次赛会,34场比赛场场激烈精彩。少年组及儿童组表演赛都给观众们留下了深刻的印象。青年组跨及齐齐哈尔、大庆和黑河三个地市区,影响很大。哈尔滨兰格足球俱乐部董事长刘志圣先生也在省城发来贺电,为“北狮杯”增添光彩。

在北狮足球人的辛勤努力下,“北狮杯”已经逐渐成为一场足球盛会,成为北方足球爱好者心中的世界杯。它不仅得到青少年们的青睐,也吸引更多足球爱好者来五大连池旅游观光,来五大连池切磋技艺,共图北方足球发展大计。

第五节　四届“北狮”　荣耀黑河

2004年6月,进入到第四届“北狮杯”足球赛的准备时间。经过三年多努力,“北狮杯”办赛经验丰富了很多,组织能力也有了提升,精彩纷呈的比赛吸引着众多外地足球爱好者前来参赛。一到7月,五大连池市便成为球迷们关注的中心。2004年“北狮杯”足球赛,得到黑河市中国共产主义青年团委员会、黑河市体育局、黑河市教育局的联合主办。此次“北狮杯”,在办赛主办方上取得了巨大突破,具有非凡的历史意义。使其成为继“青春杯”之后,黑河市官方举办的又一项重要赛事。

五大连池市举办黑河市级足球赛的消息不胫而走,此次“北狮杯”,立刻受到各地球迷的关注支持。青年组一下子就招募到13支参赛队伍。绥化地区的海伦市师范学院、内蒙古莫旗、嫩江虹松岛都是第一次报名参赛。孙吴县报了两支队伍参加少年组比赛,团结中学成为赛会中第一支农村学校足球队。好多地方企业也参与进来,如清华紫光大药房、万隆家电城、子熙塑钢厂等。

7月24日早上,五大连池市晴空万里,“北狮杯”会旗迎风拓展,第四届“北狮杯”足球赛开幕式盛装开启。来自23支近400多名运动员精神焕发地站立在国旗杆下,来自《黑龙江日报》的体育记者“阿良”先生以及黑河市、五大连池市两地政府十余位领导落座在主席台上,开幕式由黑河市副市长王爱华主持,市委副书记徐飞发表了热情洋溢的讲话,欢迎各路足球精英的到来,感谢各级领导对本届赛事的支持。来自黑河师范专科学校足球队的何平多代表全体运动员宣誓,来自嫩江县新胜乡中学任永才老师代表裁判员宣誓。黑河市体育局副局长卢桂英与王爱华副市长共同为首场比赛开球,揭幕战由东道主北狮足球队迎战黑河师范专科学校足球队。

经过5天54场角逐较量,“北狮杯”在7月28日落下帷幕。青年组黑河学院、内蒙古莫旗分别获得冠亚军,北安和海伦师范学院并列获得第三名;少年组比赛中,北狮梯队、清华紫光获得冠亚军,一中一队获得第三名;儿童组三小获得冠军。

纵观此届比赛,跨及了绥化市、黑河市、齐齐哈尔市、内蒙古莫旗等地区,设置了青年、少年、儿童三个组别,还有农村学校球队参加,而且参与地方企业之多,主办协办单位之多,更有11人制和5人制两种赛制,这些都堪称本届“北狮杯”足球赛上的亮点。

“北狮杯”足球赛升格为地级赛事,吸引了越来越多北方足球爱好者来五大连池市竞技旅游,并向着更高更好的方向上发展,逐渐打造成为北方足球一项品牌赛事。

第六节　五届“北狮”　规格飞跃

2005年7月25日至7月28日,第五届“北狮杯”足球友谊赛如期举办。此届比赛共有内蒙古莫旗、北安、嫩江、黑河同元、克东飞鹤乳业、五大连池阳光假日酒店、兄弟连、黑河虹松岛共计八支足球队参加。原黑河师范学校北狮足球队89级队员闫忠瑀率领黑河同元足球队来到赛场,并在开幕式代表全体运动员发表了热情洋溢的讲话。

时任五大连池市政府副市长张建国、市长助理张明,朝阳乡党委书记徐业飞以及市宾馆接待中心总经理张宏伟等北狮足球队老球员们参加开幕式,并为揭幕战北狮队与克东飞鹤乳业队的比赛开球。

经过3天16场的激烈争夺,黑河市虹松岛足球队、内蒙古莫旗代表队分获冠亚军,克东飞鹤乳业队与北安队并列获得第三名,五大连池市阳光假日酒店获得第五名。内蒙古莫旗队与黑河市同元足球队获得体育道德风尚奖,莫旗队队员吴亚鹏获得了最佳运动员称号。

此次比赛得到了黑龙江省足球协会的批准,得以冠名为“黑龙江省北部地区青年足球友谊赛”。从那时开始,“北狮杯”从意义上讲,已从市、地两级比赛上升为省级比赛,实现了主办规格的第二次飞跃。这是“北狮杯”足球赛与时俱进的体现,也是多年来足球爱好者辛勤努力的结果。“北狮杯”为北方地区足球爱好者架起了一座切磋技艺,增进友谊的桥梁,推动了五大连池市“打造矿泉品牌城市,建设矿泉旅游名城”战略目标的进一步实施,推动北方青少年足球运动的开展,大大丰富了青少年暑假生活。

随着“北狮杯”举办规模的不断扩大,它的影响力也越来越大,受到了黑龙江省足球协会乃至中国足球协会的关注。

第七节　六届“北狮”　场地匮缺

五大连池市第二小学早期开展校园足球活动,除经费、器材不足这一实情之外,场地匮乏也制约着校园足球发展。原足球场为东西走向的砂石场地,球场东半场边线里侧矗立着一对老式篮球架,既给比赛带来安全隐患,又干扰比赛有序进行。从 1998 年开始,在这块球场上共举办了 4 届 9 人制足球联赛。每场比赛下来,孩子们都是“晴天一身土,雨天一身泥”,但他们仍是乐此不疲,每每都能踢个痛快。

2003 年,市委市政府为二小投资兴建教学楼,进行校舍扩建和场地改良。这是五大连池市第二小学建校以来迎来的一次发展机遇,师生们都为之振奋。施工期间,五大连池市第二小学借助五大连池市第二中学、五大连池市第四小学和城关中学开展教学活动。因为兵分三路,所以为开展校园足球活动带来诸多不便。球队只能在小场地开展一些训练活动,甚至足球联赛也一度移师到体育广场来进行。

2005 年春,五大连池市第二小学新建教学楼开始投入使用。五层教学楼将学校装扮的得异常宏伟和壮观,与新球场相得益彰。新球场虽然还是砂石场地,但经过几番改造,较过去平坦了许多。9 月 28 日,足球课题组又启动了 4 ~ 6 年级 7 人制校园联赛,并冠名“北狮杯”。新校舍新赛季,参赛班级学生表现出极高的热情,啦啦队也是整装待发,每场比赛都热火朝天。参加此次联赛的有六年二班爱心队、六年一班顺达队、五年一班飞跃队、五年二班七彩队、四年一班扬帆队、四年二班彩虹队、四年三班星光队七支足球队。联赛开幕式上,原副校长谢艳华发表了热情洋溢的讲话,鼓励全体运动员珍惜比赛机会,努力创造辉煌。六年二班张鹏代表全体运动员宣誓,原团市委副书记王涛、市教育团委书记周丽坤等领导也来到开幕式现场并为首场比赛开球。

2006 年 7 月 22 日,五大连池市迎来了第六届“北狮杯”青少年足球邀请赛的开赛。此次比赛共有哈尔滨“缤纷假日”、内蒙古莫旗“未来之星”、克东“飞鹤乳业”、黑河“虹松岛美食城”、海伦、北安“天元酒业”、嫩江“八百垧顶呱呱”、五大连池“自由空间”、“福瑞德宾馆”9 支青年队和五大连池市二小的 5 支班级足球队参加。开幕式头一天下午,“缤纷假日”足球队与北狮队在五大连池市第二小学进行一场 5 人制友谊赛。缤纷假日球员的高超技艺以及默契的配合给现场观众留下了深刻的印象,最终以 5∶2 取得对阵北狮队友谊赛的胜利,该队守门员佟广平也是在时隔 15 年后与我们这些老球友赛场重逢。经过四天的激烈争夺,内蒙古莫旗“未来之星”队首次获得“北狮杯”青年组冠军,肖会芬老师率领的“爱心”足球队获得少年组 5 人制冠军。

此次比赛原计划在人民体育场进行,因为遇上连日阴雨天气,场地泥泞不堪。无奈之下,11 人制比赛先后到五大连池市三中和五大连池市三小进行。虽然市区场地资源简陋匮缺,但也阻挡不住北狮足球前进的步伐。就在这一次次挑战面前,北狮足球爱好者们众志成城,攻坚克难,不断把北狮足球故事演绎成经典。

第八节　八届“北狮”　喜迎奥运

2008 年 7 月 18 日至 21 日，为了迎接北京奥运会的召开，为五大连池市争创全国优秀旅游城市做贡献，推动黑龙江省北部地区足球运动的开展，加强各市县区青年业余足球爱好者之间交流，市团委市足协联合举办了第八届“北狮杯”青年足球友谊赛。

此次“北狮杯”足球赛得到当地春天假日宾馆的支持，因此比赛被冠名为“春天·北狮杯”。此次比赛共有黑河市东方阳光、黑社联，孙吴县誉福、克东县广角尼龙、五大连池北狮、五大连池高级中学和五交化商场七支代表队参加。通过四天的激烈角逐，东方阳光、北狮和誉福队分别获得前三名。誉福足球队球员时怀毅以 7 粒进球获得了最佳射手称号，北狮足球队球员崔雪峰荣获最佳运动员称号。孙吴县誉福足球队和黑河黑社联足球队获得体育道德风尚奖。

黑龙江省足球协会副秘书长杨茗志亲临现场调研指导，给“北狮杯”未来发展奠定基础。在亲身体验“北狮杯”足球赛的魅力和见证举办规模程度上，杨秘书长给予赛事高度的评价。本次足球赛得到了五大连池市委市政府领导们的高度重视，时任五大连池市人大副主任乔玉清、政协副主席王非、副市长张大力等领导分别参加了开幕式，省足协副秘书长杨茗志做了重要讲话。比赛得到五大连池市地震局、二中、市广播电视局、蓝天美术社等单位和个人企业的支持帮助，并取得了较好的效果。在本次比赛中，五大连池市足协的组织协调和裁判工作都得到了锻炼，为提升“北狮杯”赛事规格奠定了基础。

由于五大连池市人民体育场内杂草丛生，达不到足球比赛的要求，比赛场地移至五大连池市第二中学举行。比赛场地的极度匮缺，继续成为组织比赛的最大难题。直至 2015 年，五大连池市足球场地开始得到改善。政府在市区南外环路边修建了新人民体育场，周长 400 米塑胶跑道内建有一块标准的 11 人制人造草皮球场，镇内学校也相继改建了各种规模的人造草皮足球场。

从此，北狮足球因为体育场地改善进入一个新的发展阶段，北狮足球“场地慌”的窘态也一去不复返了。

第九节　九届“北狮”　六大看点

备受龙江球迷关注的 2009 年全国足球业余联赛黑龙江北部赛区决赛暨第九届“北狮杯”足球赛，历经 3 天 15 场的激烈角逐，于 7 月 27 日在五大连池市第一中学完美谢幕。此役，绥化莽原队、黑河东方阳光队分获冠亚军，五大连池北狮、逊克县黄金足球队获得季军。黑河东方阳光队吴柏涛、绥化莽原队刘哲分别荣获金靴奖、金球奖。

此届杯赛由黑龙江省足球协会和黑龙江省青少年训练管理中心联合主办，由五大连池市教育局和共青团市委联合承办，由市足协协办。比赛旨在庆祝新中国成立 60 周年，增进龙江地区间足球文化交流。在五大连池市足球协会的运作下，整个赛会秩序井然，各代表队表现出了良好的体育风格和较高的竞技水平,取得了物质和精神双丰收。

细细盘点本届赛会,共有六大看点。

【看点一】晋档升级,意义深远

为取得举办全国足球业余(丙级)联赛的资格,在2008年第八届"北狮杯"足球赛结束后,五大连池市足球协会人员两赴哈尔滨,向省足协汇报情况并递交申请书,最终获得省足协和省青少年训练管理中心的认可,批准比赛为全国足球业余联赛黑龙江北部赛区决赛。五大连池市教育局、共青团及体育局几家部门联合承办,保障了"北狮杯"足球赛硬件设施的完善,同时更充分肯定了"北狮杯"对提高足球运动竞技水平和培养广大青年团队精神的重要意义,打造了五大连池市矿泉旅游品牌,通过全国足球业余联赛这个平台,五大连池市也将尽快为国人所了解,为世界所了解。

【看点二】裁判水平一流,赢得众家好评

省足球协会派副秘书长杨茗志老师亲临一线督察指导,并派出三名省内优秀裁判员具体执法比赛。其中张宏伟老师为我省唯一国家级裁判员,赵鸿雷、刘田为国家一级裁判员。每场比赛下来,观众们在为运动员精彩表演喝彩的同时,也将更多的掌声送给了绿茵场上的黑衣法官。A小组孙吴誉福足球队一胜一平一负,在被淘汰出局后,他们都为裁判员的高水平执法所钦佩。"有这样的裁判,我们输得服气",临走时孙吴球队中不止一名队员说出了这样的话。高水平的判罚和公正文明的举止就好像是一台空气净化器,给"北狮杯"赛场带来了清新,使得比赛场面不断演绎精彩。

【看点三】踢健康足球,享受足球快乐

踢健康足球,享受足球快乐,这是历届"北狮杯"足球赛的主题。北安足球队可以说是"北狮杯"赛场上的常客,虽然小组赛中,他们连负黑河和绥化,但在第三场比赛中,他们却组织起最强阵容,全力以赴地打完了小组赛。从他们的身上我们看到了一个弘扬运动精神的球队,一个崇尚"体验快乐 ,享受健康"的球队。虽然他们没有打进半决赛,但足可以获得英雄般的美誉。克东足球队教练王友、孙吴誉福队领队李广福等都已超过40岁,然而他们在赛场上却兢兢业业,时而还在后防线演绎"一夫当关,万夫莫开"的角色,给年轻人树立了榜样。还有满脸络腮胡须、身似铁塔、绰号"卡特"的吴老三,以及从嫩江赶来承担竞赛组织任务的"才老大",这些人构成本届"北狮杯"足球赛的独特风景。

【看点四】黑河足球梦圆"全家福"

历数一下前八届"北狮杯",从来没有出现过逊克足球人的身影。此次逊克黄金足球队的参赛,填补了这项历史空白。年轻的逊克球员团结一心,顽强战斗,勇夺季军,成为"北狮杯"赛场上的一支奇兵。从真正意义上讲,本届"北狮杯"实现了黑河足球爱好者的大团圆,在五大连池市拍下了第一张黑河足球人全家福。"北狮杯"足球赛将以此作为平台,努力成为中国北方地区最具影响力的一项传统足球赛事 。

【看点五】世达足球,演绎经典

本届赛会选用了世达牌SB145款足球为比赛用球,此款足球得到国际足球联盟公认,成为中华人民共和国第十一届运动会指定用球。它以其良好的反弹力和优秀的可控性,给比赛增添了无穷的色彩和悬念。决赛时绥化莽原与黑河东方阳光的对决,更是一场龙虎大战。队员们时时上演鱼跃头球,凌空抽射,彰显力量与技术的结合。一道道优美的空中曲线，引人注目，扣人心弦，堪称历届“北狮杯”决赛中的经典。

【看点六】谋事在人，成事在天

天公作美和旺盛的人气也是本届杯赛的亮点。赛会期间正赶上今夏以来难遇的几个好天气。烈日下，八支球队驰骋绿茵，角逐冠军。开幕式当天正逢北狮足球队建队20周年，来自全国各地的北狮球员也在那一刻来到现场，为比赛加油助威。在一片欢乐的气氛中，新老北狮球员与开幕式领导在纪念队旗上签名留念。公元2009年7月25日——历史锁定了北狮足球队建队20周年这一时刻。

“北狮杯”既得力于足球工作者的辛勤劳作，又得到社会各界的关心支持。我市如新农友农民专业合作社、九州电器、361°专卖店、蓝天美术社、中国联合网络通信有限公司和中国人寿股份有限责任公司五大连池市支公司都慷慨解囊，为足球事业奉献爱心。

第九届“北狮杯”足球赛以其丰富的文化内涵向北方足球爱好者呈现了一届无与伦比的足球盛会，也兑现了五大连池足球人创办全国足球业余（丙级）联赛的诺言。我们庆贺绥化莽原队成为第四支夺得“北狮杯”足球赛冠军的球队，也祝她未来好运。当莽原队队长刘哲举起冠军奖杯一刹那，我们欣喜地看到，所有参赛球员们冲进球场，长时间欢呼着，跳跃着，挥舞着……

满载着成功与快乐，我们与第九届“北狮杯”挥手告别，憧憬着希望与梦想，我们相约第十届“北狮杯”。

我们相信：在五大连池这块足球热土上，还将继续上演北方足球人更多的传奇。

第十节　迎春晨跑　祈福“北狮”

2010年2月26日，大年正月十三。清晨，我早早便起了床。从家中出来，顶着冷冷的西北风，一溜儿小跑来到人民体育广场，在400米跑道上逗留了四五圈，取道步行街回到了家中。就这样，在几经喘息之后，我完成了虎年春天的第一次晨跑。虽是短短的三千多米，我却用了很长的一段时间。

也许是众多市民还沉寂在虎年春节的喜庆之中，也许是因春寒料峭，路上锻炼的人少得可怜。我的心情也如同这冷清的晨景一样，心里说不出的一番滋味。回想二十多年拼搏足球事业的辛苦历程，如同今晨的遇见不止一次出现，每每都是球队集体的力量智慧使我们一次次渡过难关，使北狮足球薪火相传。

故而就是这样，一项事业的成功，并不在于领奖台上举起鲜花的那一刻，而是在默默坚持拼搏的过程中。我何曾不有过这样的感受，在跨过一道道艰辛之后，才使我感受雨后彩虹的愉悦心情。看着温哥华冬奥会中国体育军团的崛起，看着中国足协改革中国足球的决心和勇气，我又平添了几番信心和勇气。

在刚刚逝去的夏天，广大足球爱好者在第九届“北狮杯”比赛中竞技相聚。比赛圆满收官，使我们对赛事未来充满期待，也对赛事如何发展充满了思考。五大连池市足球邀请赛在广大足球爱好者的共同努力下，在社会各界的支持下，已经走过九个春秋，她已经成为当地人们文化生活中的一部分，成为五大连池市夏日里一道风景线。而刚刚温哥华冬奥会的开幕,使我的思想又一次被奥运理念所启迪。我暗自发问,“北狮杯”不能仅仅属于五大连池市,她更应当属于中国北方有足球血脉的每一方热土,属于北方每一个足球人。“北狮杯”办赛必须要走出五大连池市,从而实现其“振兴中国北方青少年足球事业”的初心使命,使其最终打造成为振兴中国北方足球的一面旗帜。忽而,节前逊克、孙吴两地调研足球后的感受袭上心头,当地爱好者对“北狮杯”足球赛的期盼之情历历在目。在足球事业发展的又一个十字路口,一定要思索和瞄准北方足球发展的方向。

农历正月十三,两天后便是元宵节了。还是春满乾坤福满门的日子,我和球友们开始了思想上的又一次启航。“打造一支全新的北狮足球队,找回昔日北狮青年足球队的雄姿风范,聚力全队智慧拼搏向上,打造一届充满奥运理念的‘北狮杯’足球赛,让更多人高举足球火炬,让更多人加入足球中来。”这些就是我虎年春天许下的一个心愿,也是我 2010 世界杯足球年的梦想。

迎春晨跑,祈福“北狮”。沾着过大年的喜气,就让“福气”快些降临到北狮足球中来吧!

第十一节　“沙棘之乡”　十届之约

2010 年 7 月 25 日,全国足球业余联赛黑龙江北部赛区暨第十届“誉福 · 北狮杯”足球赛在享有“中国大果沙棘之乡”美称的孙吴县完美落幕。此届比赛由黑龙江省足球协会主办,由孙吴县宣传部和教体局具体承办,由五大连池市足球协会协办。共有黑河社会联、东方阳光、逊克黄金、克东飞鹤、五大连池北狮、北安及东道主誉福一队、二队共计 8 支球队参加。

由于赞助企业誉福酒类批发部在当地的良好影响,此届足球赛得到诸多单位、企业及个人的支持,当地政府、人大、政协、工商联、教体局的领导纷纷来到民族中学现场站脚助威。如潮的观众,猎猎的彩旗条幅与漂浮空中的彩色氢气球,一度将赛场氛围装扮得热烈浓厚,那场面如同赶庙会、闹元宵。副县长李艳梅发表了热情洋溢的讲话,欢迎各路足球高手到孙吴县做客,省足协副秘书长杨茗志也慷慨致辞。

远在省城哈尔滨的黑龙江日报社著名体育记者阿良先生,听说“北狮杯”要来孙吴县举办,不辞劳苦从哈尔滨连夜乘坐火车赶过来,第二次到现场体验“北狮杯”足球赛盛况。黑龙江省足协派出夏文良、赵鸿雷及周志远三名国家一级裁判员赶到这里。

本次也是北狮足球队建队 21 年来的第五次外出比赛,一些小球员从北京、上海等地赶回来,光是 1996 年黑河市第三届“青春杯”冠军老队员就来了六人,一张蓝白相间“阿根廷情结”全家福定格在孙吴小城。赛场上昔日一些老对手、老朋友也在这里得以相聚。早已 30 出头,一脸络腮胡须人称“卡特”的吴老三,又一次带领北安足球队捍卫尊严;师弟闫忠瑀率领黑河社会联足球队信心满满,几名新生力量的加入使得球队更具冲击力;东道主更是人才济济,40 多人分成了两个队;克东足球队参加过历届“北狮杯”,小组出线是他们的既定目标;黑河东方阳光队把目标锁在了卫冕冠军上,逊克队此行得到当地企业的支持,小伙子们众志成城,言语中不时流露出对承办“北狮杯”足球赛的向往。

此次赛事小组赛历时两天,半决赛中东道主誉福一队和黑河东方阳光队分别战胜誉福二队和北狮队闯入决赛。决赛常规赛 90 分钟内两队战至 1∶1 平，在互射点球的过程中，东道主誉福一队以 5∶2 笑到了最后。

北狮队此次参赛可以说是受益匪浅，全体队员顽强拼搏，创造了一个个难忘的瞬间，半决赛 0∶1 惜败实力超强的黑河东方阳光，尽在情理之中。此次成绩同比去年在家门口获得的第三名，更具说服力，含金量也更高。夺得黑河“青春杯”冠军时期的六名老队员轮番上场，以老带新，给予了年轻队员更多空间，也使球队找回久违的自信与团结。更难得的是，在此次赛会中，我队收获新队员大志。他出色的防守，为我队挺进半决赛增添了力量。第五次客场作战，从各个方面都锤炼了队伍，为日后可持续发展奠定了基础。

纵观此次杯赛，可以说是意义非凡，开创了轮流举办“北狮杯”比赛的历史先河。这是“北狮杯”足球赛走出五大连池市的第一站，是“北狮杯”足球赛在组织形式上的丰富和发展，因此具有深远的意义。从 2001 年诞生的“北狮杯”足球赛，通过北方足球爱好者共同努力和不懈奋斗，最终打造成为中国北方一项著名的“草根”足球赛事。

誉福队队长捧起冠军奖杯的一瞬间，承载改革之举的第十届“北狮杯”足球赛落下帷幕。不为人知的付出与辛劳，使我的嗓子哑火得说不出话来，头发也长了许多，脸被太阳晒得黝黑……但我还是久久沉浸在“北狮杯”赛事所特有的氛围中，还时时为一些精彩瞬间而回味无穷。

有理由相信，“北狮杯”足球赛从孙吴站开启参赛球队所在地轮流承办的模式，成为北方足球爱好者的“世界杯”，在诠释奥林匹克精神的同时更吸纳着各地特有的文化元素。感谢孙吴足球人的共同努力，感谢胜山要塞的别样风情，你们给了北方足球爱好者一个丰盛的足球盛会。

向首次举办“北狮杯”并一举夺魁的孙吴足球人致敬！

第十二节　三项改革　助力十一

2011 年 7 月 16 至 18 日，第十一届“北狮杯”全国足球业余联赛黑龙江省北部赛区决赛成功在五大连池市举办。共有逊克库尔滨、黑河东方阳光、嫩江一队、嫩江绿芳及五大连池市北狮青年和北狮老男孩六支足球队参加。

经过 3 天 16 场激烈的角逐 ，黑河市东方阳光足球队获得冠军，北狮青年队获得亚军。逊克库尔滨足球队曹子旭、北狮青年队贾天文分别获得金球奖和金靴奖，五大连池市第二小学获得突出贡献奖。纵观这次比赛，虽然在规模上比以往小了很多，但参赛运动员积极性很高，比赛中也打出了许多精彩绝妙的配合。尤其是在组织形式上的三项改革，使得“北狮杯”足球赛不断走向成熟，更标志着“北狮杯”上升到了一个新的高度。

【1】增设奖牌进行鼓励

为表达对参加“北狮杯”足球赛运动员的尊重，组委会在奖杯的基础上，又增设了冠军和亚军奖牌。参赛球队从教练、队员到后勤，每人一块。颁奖仪式上，运动员对荣誉奖牌的渴望，淋漓尽致地再现了他们参与比赛的激动、自豪与骄傲之情。

【2】发布赛会会旗

2011 年是“北狮杯”第 11 个年头。在足球运动匮乏的黑龙江,一项由业余足球爱好者自发组织的草根足球赛事,坚持走到今天也算是一个奇迹了。为更好推介这项赛事,宣传“北狮”振兴北方足球事业的宗旨。组委会制作了“北狮杯”赛会会旗。会旗以“北狮”徽标为主体,底面由白色丝绸布料制成。在每一场足球赛开始前,由比赛双方球员共同持旗入场,很好地表达了北方足球爱好者的心声,使得比赛更加正规,也更有仪式感。

【3】召开赛前座谈会史无前例

此届“北狮杯”的另一个亮点是在赛前举行了第十一届“北狮杯”暨五大连池市第二小学校园足球座谈会,座谈会的召开也相当于体育大赛前的一场新闻发布会。全体运动员及东道主、组委会人员聚集一堂,进行了较有成效的交流。同时,组委会精心准备的反映北狮足球发展纪实的 PPT 幻灯片——《北狮魂》,使与会人员更加直观地对“北狮足球”及五大连池市第二小学 20 年来坚持校园足球活动有了更深层次的了解。与国家大型体育赛事之前的新闻发布会一样,起到了相互促动的效果。还有带有中国足协徽章比赛记录表的运用,以及中超比赛指定比赛用球(世达足球)的运用等,都成为本届“北狮杯”足球赛新的元素。

2011 年,中国足球又一次陷入低谷。而北狮足球人的三项改革,浓墨重彩给力“北狮杯”。

第十三节　“华润雪花”　绽放精彩

北狮青少年足球俱乐部自 2016 年成立以来,在致力于五大连池市校园足球发展的同时,也在不断尝试全市业余足球发展,并将恢复五大连池市足球邀请赛提上了日程。2017 年 3 月 7 日,习近平总书记在参加十二届全国人大五次会议黑龙江代表团审议中做出了“绿水青山就是金山银山,冰天雪地也是金山银山”的重要指示。为落实习近平总书记讲话精神,黑龙江省政府做出了主打“冰爽”系列旅游产品,大力开展冰雪旅游、冰雪赛事、冰雪文化等旅游产业的战略部署。在这样的时空背景下,我们准备在冬季举办五大连池市第 12 届足球邀请赛。

有了目标,大家便行动起来。我们的计划得到五大连池市团市委领导们的大力支持,时任团委书记的李志慧很快联系到一家赞助商——五大连池市三星名酒超市,并以其经营的“华润雪花”啤酒来冠名比赛。“啤酒与足球”的组合可以说是珠联璧合、相得益彰。雪花啤酒的畅快劲爽一定会激发足球爱好者心中的快乐激情,弹奏起北国冬日里最动人的足球之歌。历史上曾有黑龙江“哈啤杯”雪地足球争霸赛,引发全国各地足球爱好者的追捧赞誉,成为当时风靡全国的一项草根足球赛事。基于这些历史因素,北狮队对尤为珍惜“华润雪花”的支持参与,又陆续得到路克士、赛琪这些体育用品行业公司企业的支持。因为有了十一届“北狮杯”足球邀请赛的办赛基础,很快就有来自黑河市、嫩江市、北安市、五大连池风景区等地共计 12 支球队报名参加。在五大连池区域报名的 8 支球队中教师足球队就占据了 5 席。滨水新城笼式足球场内,主背景画面光彩夺目,一条条宣传条幅横竖间错落着。万事俱备,只等揭幕战开场哨吹响的那一刻。

12月23日上午,2017年"华润雪花杯"足球邀请赛隆重开赛,市委常委、统战部部长刘任龙以及市团市委、教育局领导及赞助商代表出席开幕式,并共同为比赛开球。来自黑河地区12支代表队150多名运动员参加比赛,比赛分为小组循环赛和淘汰赛两个阶段,赛程为期两天。

相约连池群英会,雪地足球展风采。在新建的滨水新城笼式足球场内,足球健儿们斗志高扬,顽强拼搏,展示自我,赢得尊重。他们无畏凛冽刺骨的寒风,尽情释放着雪地足球特有的壮志豪情,一次次美妙的传球,一次次精彩的过人,一次次炫酷的射门,将对足球的热爱真诚演绎为冬日里最美的风景。赛出了风格和水平,并结下深厚的友谊。

历经26场激烈角逐,来自爱辉区黑社联足球队最终以5∶1击败风景区黑马装饰队而勇夺冠军,守门员徐德坤荣获本届比赛金球奖。此次赛事是继"职教杯"中小学生足球冠军联赛决赛之后的又一场足球盛宴,见证了五大连池足球邀请赛在时隔六年之后的盛大开启。五大连池市高级中学、职教中心、实验中学等五支教师队参赛,充分展现了我市校园足球开展的丰硕成果。本次"华润雪花杯"是继1993年之后教师间足球赛的又一次交流。更大程度上促进了校园足球走进家庭、激发各界对足球的关注和支持,为校园足球发展营造良好的氛围。

五大连池市第12届雪地足球邀请赛是一次团结、胜利、和谐的赛会,对于进一步提高我市青年足球运动竞技水平,加强同周边县市区间的足球文化交流有着重要的历史意义,更是我市落实习近平总书记"绿水青山就是金山银山,冰天雪地也是金山银山"讲话精神的一项重要举措,是践行黑龙江省打造"冰雪之冠"冬季旅游品牌的一次足球大练兵,一次足球大比武。此次比赛不仅丰富了群众的精神文化生活,营造了冬季旅游氛围,同时对推广五大连池市的冬季旅游品牌,带动冬季旅游市场的发展起到积极作用。

第十四节 "盈"下人生 "泰"多精彩

磨难压不垮,奋起正当时。经过亿万中华儿女万众一心,众志成城,共克时艰,肆虐的新型冠状病毒肺炎疫情终于在2020年5月份开始陆续得到有效控制。7月9日,滞后一个月的全国高考工作刚一结束,各地一些大大小小的体育赛事便逐渐恢复举办。

利用疫情防控窗口期,五大连池市一些足球爱好者经常来到位于讷谟尔河北岸的滨水新城笼式足球场踢足球。平行排列的四块5人制场地内,一到星期天便总有从市区来这里踢足球的人们。这些人中,有刚参加工作的公务员、教师,还有很多青少年……"足不出户"的防控要求,反而激发了大家对上场踢球的渴望,"桥北帮"成为流传在五大连池市足球圈里的一句热词。

经过北狮足球俱乐部慎重考量,我们决定策划组织五大连池市第13届足球邀请赛。筹备之初,赛事便得到当地盈泰地产公司的支持,因而被冠名"盈泰杯"。五大连池市团市委制作了微信公众号,把五大连池邀请赛办赛消息传播到四面八方,第一时间得到各地足球爱好者的积极反应。经过一个月的宣传招募,共有来自北方地区的16支代表队报名参赛,是历届邀请赛参赛队伍最多的一次。在13支外地参赛球队中,不乏黑河社会联、克东、孙吴誉福这些老朋友，通北、绥棱、拜泉是第一次组队参赛，莫旗达斡尔竞技队在时隔15年后再次参赛，本地沾河天成足球队也是第一次报名参赛。看到北方足球爱好者们对五大连池邀请赛的积极拥护，对我们组织者的高度信任，我们对赛事组织充满了信心。

2020年9月5日，“盈泰·城市中心花园杯”暨五大连池市第13届青年足球邀请赛(五人制)隆重开幕。赛事规模空前，得到了各级领导的支持。开幕式上，市委常委许洪彬致辞欢迎足球朋友相聚五大连池，助力黑龙江第三届旅游发展大会胜利召开。黑龙江省足协常务副主席、秘书长刁志丹也来到现场进行调研指导，并祝福五大连池市足球邀请赛做大做强，打造成为黑龙江省品牌赛事，助推五大连池市经济发展文化繁荣。本次共有300多名运动员、家长及学生参加开幕式。

赛场上，来自北狮青少年足球俱乐部24名裁判员分成四个小组。场上执法分工明确，判罚裁决机智果断，小组长抓住短暂休息时间，现场进行点评。裁判组全体人员拿出百分百的态度服务运动员，保障赛事正常运行，谦虚好学的劲头使裁判技能得到提升。

经过32场的激烈角逐，来自内蒙古莫旗达斡尔竞技队以其超强的实力笑到最后，以4∶1战胜东道主冰月亮足球队获得冠军。冰月亮足球队获得亚军也是可圈可点，小组赛顺风顺水，四分之一决赛与孙吴誉福队常规时间1∶1战平，点球5∶4胜出。半决赛与绥化巴图鲁队常规时间打成2∶2平，点球5∶4晋级决赛。莫旗队15号徐伟哲以4粒进球获得“金靴奖”、10号郭强获得“金球奖”。此次赛事中还植入了儿童“运球王”神射手“3V3”亲子足球游戏，来自镇内的120多名家长和孩子参与互动。儿童足球互动活动，使得足球赛事得到了最大化宣传，引起了社会各界人士的关心支持，丰富了五大连池市足球邀请赛的文化内涵。

此次比赛，运动员们在赛场上积极锻炼体魄，驱散疫情阴霾，分享足球快乐。北狮人又一次汇聚力量，凝聚人心，无私耕耘，默默奉献，努力打造团队成长服务五大连池市足球健康发展。此次赛事的成功举办，更好地展示了五大连池市的城市形象，加强了北方足球爱好者往来交流，提升北方业余足球竞技水平，为黑龙江省第三届旅游发展大会注入了活力。

期待下一次的绿茵相聚。祝愿广大青少年积极参与足球锻炼，在赛场上驰骋比拼，努力“盈”下人生“泰”多精彩。

第十五节　龙江“足协杯”　情系大连池

2021年6月13日，是第16届欧洲杯足球赛在意大利罗马揭开战幕的第二天。在哈尔滨以北的五大连池市，也有一项足球赛事吸引着众多黑龙江草根球迷的关注。2021年黑龙江省“足协杯”五人制足球赛在新人民体育场隆重拉开帷幕，同期2021年黑龙江省足协D级教练员培训班、黑龙江省足协第一届会员协会秘书长培训班也在矿泉旅游小城五大连池市隆重开启。

这对于五大连池市来说的确是一件不多见的体育文化大事。黑龙江省足协自2019年改选换届以来，新一届足协领导深入基层，科学规划龙江足球事业发展，通过开展实实在在的足球活动，使龙江足球在短短的两年内焕发出蓬勃朝气，正以一个全新的姿态跻身于中国足协大家庭的怀抱。共有来自全省各地市15支代表队的180名队员参赛。此次赛事落户五大连池市，是黑龙江省足协对五大连池市几十年足球发展环境的充分肯定，更是对新一届五大连池市足协工作的高度信任。

上午九点整，雨过天晴的人民体育场一派气魄。一面面红色刀旗在环形看台上迎风招展，一只只氢气球连带着一条条彩幅在体育场上空飘摆。场地上，更是锣鼓喧天好不热闹，由市区赶过来的老年秧歌队载歌载舞，迎接这一体育盛事的到来，同时他们也用优美欢快的舞姿迎接着黑土地上的足球精英们。这也算是1998年以来五大连池市晋升全国体育先进县之后的又一件体育大事了。喜逢盛事，省、地及五大连池市政府众多领导也都赶来助阵。市人大副主任委员李凤生主持开幕式，市委常委许洪彬发表致辞，他祝贺此次盛会的胜利召开，欢迎来自龙江各地足球朋友的到来；在一阵热烈的掌声中，黑龙江省体育局群体处处长姜波宣布足球赛开幕。礼宾台上的每一名领导都精神焕发，每个人的脸上都挂着灿烂的笑容，对赛事充满了期待。

在简约隆重的开幕式过后，领导们走进一号场区球场为本次比赛送出开球礼，比赛也随之打响。首场由东道主五大连池市足协迎战来自“稻谷之乡”的庆安足协代表队。两队实力相当，开场后双方队员便展开激烈角逐。东道主率先打破僵局以1:0领先，庆安队加强了进攻，上半场结束前利用一次远射扳平了比分。下半场易地再战，在众多东道主球迷加油声中，主队球员向庆安队阵地发起了猛攻，在终场结束前打进制胜第二粒进球，终于以2:1取得揭幕战的胜利。场区外，来自市融媒体公司的直播设备正通过无线网络将龙江足球的声音传递到四面八方。

这边，激烈的比赛可以说是如火如荼，那边市区内全省足协秘书长和D级教练员培训班两项活动也在悄然有序地进行中。

来自省足协会员单协会的17位秘书长云集在五大连池市第二小学校，开启龙江足球有史以来的第一个会员协会秘书长培训班。此次培训班旨在落实《中国足球改革发展总体方案》文件精神，指导和提高各会员协会规范开展地方足球工作，分享地方典型经验做法。开班式上，省足协副主席、秘书长刁志丹做了动员讲话，对中国足协扶持县域足协发展政策做了解读，更对各位秘书长开展基层足球工作普及提出希望要求。五大连池市足协作为东道主，与大家共同分享了1991—2021年五大连池足球工作经验介绍。参会秘书长们在体验矿泉旅游小城风土人情的同时，更对五大连池市足球艰辛奋斗历史有了更深层次的了解。

培训班最精彩场景当数前国脚、“辽小虎”之一、1999年中国足球先生曲圣卿的到来，作为此次活动的受邀嘉宾，他为秘书长学员分享了“关于团队建设和组织管理等方面的经验和理念”。学员们纷纷表示，听了曲指导授课很受启发，对足球有了更深刻的理解。在日后的工作中，会更加重视团队建设工作，并结合培训内容和实际情况，组织发展好各自地区的基层足球建设工作。三天来，在分享曲指导渊博足球知识的同时，学员们更感受到曲指导作为足球人那种可贵的精神品质和风范。

首先感受他心中满满的家乡情怀。“我是一名沈阳人，也是足球从业者，退役后一直从事足球教育工作。这次受邀来到黑龙江做培训，就是回到了家乡，我非常亲切，也义不容辞。”他充满真情地对我们说。其次是感受他身上浓缩汇聚的足球敬业精神。刚一踏上五大连池这片土地，他不顾疲劳第一时间赶往五大连池市第二小学，为北狮梯队小球员们上了一堂别开生面的趣味足球课。在他的指导下，孩子们兴奋地接受着专业的控球技能练习,游戏“运球抓尾巴”将孩子们的热情调至沸点。能近距离接受国家足球明星的亲自指导,算是本届北狮梯队球员最幸福的事情了。再有就是感受他对于足球和生活乐观向上的态度。在来五大连池的途中,经历了飞机返航、汽车爆胎等曲折经历,但他依然坚持来到活动现场。曲圣卿表示,不管遇到什么困难,总会有办法解决,做足球就要不忘初心,一路向前。几句肺腑之言,使我们看出他对足球事业积极向上的乐观主义精神。

6 月 13 日将近中午,此次“足协杯”五人制足球赛决赛激情上演。最终牡丹江队以 6:1 击败鹤岗队捧得冠军奖杯。赛后,夺得最佳射手的牡丹江队 9 号队员李雨辰表示,“很高兴拿到最佳射手的荣誉,很感谢我的队友们为我送上助攻机会。相比于个人荣誉,我更加看重这个冠军奖杯,因为它是我们团队共同努力的结果。讲究整体和团队配合,这也是我们每场比赛取胜的关键。”

6 月 15 日,那边足球大赛刚落下帷幕,黑龙江省足协 D 级教练员培训班足球节实践活动又掀起高潮。20 名学员在讲师周维杰的率领下来到五大连池市第二小学,为学校三四年级 60 名儿童送去足球节的快乐。这是学员七天来培训成果的一个检验,全体学员精心设计了“障碍跑射门比准”“抢西瓜大战”“运球接力”“5V5”四项技术练习与比赛游戏。在全体学员的共同努力下,精彩的练习与游戏给孩子们带来草根足球的快乐,一阵阵笑声飞荡在校园上空。本次足球节的成功,来自全体学员的共同努力,单说激励入场式就是用心设计,一名名指导员分列两队,单膝跪在草地上,一一与孩子们击掌。鼓励他们开心愉快,勇敢顽强,平等与尊重拉近了师生间的距离。此次参与足球节活动,是五大连池市第二小学孩子们玩得最开心的一次,最热闹的一次,也是活动质量最好的一次,充分体现尊重平等是一切校园足球活动的基础。五大连池市第二小学足球课题组的老师也都参与服务,对足球节活动组织进行了观摩学习。

为期一周多的足球活动结束了,作为承办方的五大连池市足协很好地完成了任务,并锻炼了新一届足协机构组织协调力。此次活动得以圆满收官,得益于主办方黑龙江足协的悉心指导,得益于五大连池市社会各界的力量支持,得益于众多足球志愿者的爱心奉献。

可说是,六月连池喜迎八方足球来客,汇聚智慧共谱龙江足球美好明天。

第七章 提升技能 培训教师

——个人专业技能提升与教师培训实践探究

校园足球教师先行，足球教师是开展校园足球的第一个必要条件。因此，足球教师要树立终身学习的思想，不断提升足球专业技能。他山之石，可以攻玉。30 多年观摩赛事，参加竞赛组织，培训等实践经历，让我从业余爱好的简单认知中提升教学训练专业技能，行千里路，读万卷书，校园足球在征途。

做一名教练可以培养20 几名球员，当一名讲师可以帮助20 几名教练。授人以鱼不如授人以渔。送足球下乡，帮带引领更多青年教师成长，以囤积北方足球师资力量，助推北方校园足球普及。依据北方自然条件和气候特点，结合冰雪资源开展冬季足球教师培训，探索培训工作的针对性、实效性和操作性。从牡丹江畔到黑河龙江边累积培训足球教师 437 人次，感受足球讲师所肩负的历史使命和责任担当。

第一节 内强素质 求学鹤城

学校足球训练不同于常规体育课教学，需要扎实的足球专业技能作为基础。在黑河师范学校“三一分流”课程中，我虽然参加过体育加强班专修了一年中专体育课程，但有限的学习资源没能使我获取足够的知识和技能，相比体育专科院校毕业的教师，这点知识可算是杯水车薪。要想成长为体育教学上的“正规军”，还需要专业上的系统学习和不断提升。经过努力，我于 1993 年 7 月考取了齐齐哈尔师范学院体育教育专科函授班。每年的寒暑假我都要参加函授学习,经过三年学习,我对体育理论、体育教法、体操、运动生理学、田径、运动解剖学等大专体育知识有了系统的了解,提高了足篮排、武术及体操等学科的实践技能。另外,在学校足球教学方面和校队训练方面可以说是受益匪浅。

三年来,让我最为珍惜的当属相识师范学院足球系教研室周新华和王巍两位教授。周新华老师是一位上海知青,小的时候就受到足球运球的影响,大学毕业于华东师范大学体育学院足球专业,有着渊博的足球知识和丰富的运动经历,是全国师范院校中较有知名度的足球教授;而王巍老师正是当打之年,言谈风趣幽默,极具亲和力。两位老师多次在《齐齐哈尔师范学院学报》等刊物上发表足球教学方面的学术文章,堪称是师范学院知名专家。

在足球课堂上,我全身心投入到学习中,努力汲取两位教授身上的足球营养。无论是课上还是课下,我经常向他们讨教实际教学中遇到的问题。因为课堂时间有限,我和几位同学干脆把两位教授"绑架"到了小饭馆里,来一次面对面补课,十足吃了一回"小灶"。在"业余足球队如何比赛"问题上,周教授指出"业余比赛球员技术不平衡是阵地战的障碍,比赛战术要围绕尖子球员制定,比赛胜负往往决定于几个点的发挥";在"小学生如何训练"问题上,王巍老师指出"动作正确是技术基础,比赛是提高训练质量的最佳手段,要在比赛中发现问题,在训练中解决问题"。两位教授的观点、方法和经验使我受益匪浅,为日后指导北狮青年业余足球队和北狮梯队训练比赛,提供了强有力的支撑。实践课上,王巍老师实实在在,有板有眼地示范动作,我也是铆足劲加练,教学比赛更是场场落不下。我们93级函授班也经常与上届函授班师兄们举行足球友谊赛,在比赛中经常获得胜利。在教学比赛中的出色表现,使我赢得两位老师的认可,同时也使我结交了很多来自我省各地体育教师同行。如海伦一中的陈衫林、内蒙古阿荣旗的孙德峰、大兴安岭的黎世成等。直到今天,我还与函授老师和同学们保持着联系,遇到一些教学上的问题也经常向他们请教和探讨。

20世纪90年代初中国足球红山口会议,确定了足球走职业化改革发展道路。1994年"万宝路全国足球甲A"比赛正式开赛,观众热情高涨,场面异常火爆,足球也因此成为人们生活中最热门的话题,其社会影响力达到一个顶峰。全国各地足球运动得到蓬勃发展,也推动了齐齐哈尔市业余足球的快速发展。当时市区之内的业余足球队和俱乐部就多达二十几个,具有代表性的如"红博""木兰""快乐者"等,各大院校及中小学校建立的足球队更是举不胜举。从学校到社会,从农村到城市,人们的足球运动热情空前高涨。马海波、徐昊等这些有过一些职业足球经历的青年人,成为鹤城孩子们成长学习的榜样,成为鹤城足球人的骄傲。学习间隙,我还现场观看师范学院"红星"同"木兰集团"一场足球友谊赛,充分感受到鹤城业余足球赛事的火爆氛围。我还利用休息时间参观了鹤城体育场,充分领略黑龙江省第二大城市的无限魅力。

齐齐哈尔市是20世纪60年代我省著名足球运动员曹陆堂成长生活过的地方。就在这块足球沃土上,我在不断汲取足球营养的同时,也在不断思考和准备着。

第二节　海伦之行　观“哈啤杯”

2005 年 1 月 5 日,“哈啤杯”第二届东北三省雪地足球争霸赛黑龙江省海伦赛区比赛如期开战。作为赛会嘉宾之一,我受邀参加了此次赛事的观摩和交流。

本届赛事由黑吉辽三省足球协会联合举办,哈尔滨啤酒集团出资冠名赞助,是东北地区一项大众业余足球赛事。赛事由 2004 年发起,三省共设有 12 个分赛区。哈尔滨啤酒厂是一家土生土长在黑土地上的民营企业,拥有一百多年的发展历史,堪称冰城哈尔滨的一张名片。早在 2003 年,哈尔滨啤酒厂就对龙江足球情有独钟,资助兰格足球队征战甲 B 联赛,当时民间流传着“喝一瓶哈啤,支持兰格足球一分钱”的说法,一时间哈尔滨啤酒也为龙江球迷们所钟爱。那一年,哈尔滨啤酒的畅快与劲爽给龙江球迷带来更多的快乐，给龙江足球留下难忘的记忆。虽然兰格足球队最终没有在甲 B 联赛中站稳脚跟,但我们看到了哈尔滨啤酒对龙江足球的那份热爱和执着。

当凛冽的北风夹杂着厚厚的冰雪覆盖北方的城市与乡村的时候,来自雪地足球特有的壮志豪情,又点燃了东北球迷们的火热情怀。在雪地上飞奔驰骋,心中涌动那份久违的快乐和激情,“哈啤杯”雪地足球争霸赛给冬日北方又增添了一抹亮色。虽然是业余比赛,但参赛队员也不乏从职业足球中退役下来的球星大腕,无论竞技水平还是赛事宣传,本届比赛都远远超过了第一届,成为东北大众足球的品牌赛事。而且总决赛在松花江冰雪江面上进行,与哈尔滨冰雪大世界旅游深度融合,共同成为冬日游览哈尔滨的又一道亮丽景观。为此,本届比赛引起龙江球迷们的广泛关注,成为众家新闻媒体争相报道的赛事。本届雪地足球赛的口号是“让冬天动起来”,宗旨是“提倡户外运动,崇尚健康文明”。海伦赛区共有黑河学院、加格达奇一中、海伦师范、北安铁路一中四支学校足球队参加。比赛为 7 人制单循环赛制,六场比赛可以说是场场都是精彩对决。

举办地哈尔滨市第三中学校大门外一座拱形彩虹门拔地而起,赛会会幅悬挂在上面,显得格外醒目。场地边线外整齐放置着哈尔滨啤酒宣传广告牌。球场上的积雪足有一尺多厚,踩上去软绵绵的。足球健儿们你来我往,他们时而急停、时而争抢、时而射门,一个个经典的瞬间留在雪地上,不时溅起一阵阵雪花在阳光下炫彩夺目。经过六场激烈拼杀,东道主海伦师范学校足球队获得第一名,黑河学院获得第二名,北安铁路一中和加格达奇足球队并列获得第三名。海伦师范学校足球队将代表海伦赛区参加在哈尔滨举行的总决赛活动。

两天来,我感受到了雪地足球的精彩,领略了雪地足球的魅力,感受哈尔滨啤酒的足球情怀,我深深被雪地足球的独有魅力所吸引。雪地足球区别于普通足球,虽然雪地的光滑,限制了球员技战术的发挥,但在雪地上踢足球感觉是一种难得的爽,总有一些意想不到的场面产生,使人感到惊险刺激,每场比赛都考验球队整体水平和能力,全体队员的耐力和团队精诚合作的精神才是赢得胜利的关键。相信不久之后的“哈啤杯”雪地足球争霸赛决赛,东北三省足球高手齐聚冰城,在反复锤炼中铸就成功,在激情满怀中见证友谊。雪地足球一定会把冬日黑龙江装扮得更加靓丽,更加动人。

在观摩比赛的同时,我与省足协领导、各参赛队领队教练进行了积极的沟通交流,并将五大连池市青少年足球活动开展情况做了汇报。想想我们夏天举办的“北狮杯”,曾吸引众多足球爱好者来五大连池市以球会友、观光旅游,而足球场地极度匮乏给比赛举办增添了诸多困难,不能与火热的氛围相媲美。忽而有一种想法萦绕心头,何不妨效仿一下“哈啤杯”模式,通过雪地足球赛事,拉动所有热爱生活的人投入冬天的怀抱。五大连池市冬日里的冰雪资源尤为丰富,无论是在讷漠尔河冰面,还是山口湖湖面上,都能开辟宽广平坦的雪地球场,植入“雪地拉爬犁、推雪球、钻雪洞”等乡土气息浓厚的冰雪游戏,相信一定会吸引本地或更多外地青少年来火山脚下一同分享雪地足球的激情与快乐。

那一刻,五大连池市的冬天也会因为雪地足球而火起来,热起来。

第三节　全省联赛　齐市见闻

2008 年 10 月 1 日至 10 月 6 日,“上海大众杯”全国足球业余联赛黑龙江省赛区总决赛在齐齐哈尔市开战,同时 2008 年黑龙江省足球项目国家一级裁判员培训班为期开班。本次活动由中国足球协会主办,由黑龙江省青少年训练管理中心和黑龙江省足球协会承办,由上海大众汽车齐齐哈尔市销售有限公司和齐齐哈尔大学具体协办。作为五大连池市足球协会和“北狮杯”足球邀请赛主办方代表,作为裁判培训班一名学员我有幸参与了此项活动,其所见所闻真可谓“身临北国足球人,躬耕风范壮我胸。龙江足球尽描绘,不枉鹤城一帆行”。

几天来,我欣赏比赛、调研赛会、学习座谈,积极推介和宣传五大连池市足球运动,并同赛会的各支代表队和省足球协会的各位领导们进行了积极的沟通、交流和学习。2008 年,中国足球队在北京奥运会比赛中糟糕的表现,令众多的国人们心伤不已,但就在中国足球处于历史上的最低谷之时,我省的一些老足球工作者们,却在默默支撑着这项事业,为龙江足球甘于奉献和耕耘着。在参加总决赛的八支足球队伍中,以原黑龙江省省队退役球员为班底的哈尔滨市昆仑队最为引人注目,参赛运动员的年龄多半在 50 岁以上,有几人竟高龄 70 岁,但他们仍然能在绿茵场上一显身手,足见其对足球事业的挚爱,这些真的让我们这些 70 后生感到惭愧。杨茗志、冯明典、卢秀明、周磊……这些鲜为人知的名字串起来,筑起了龙江足球史上的一座丰碑。

赛会期间正值我国神舟七号载人航天飞船科学实验获得成功,作为翟志刚、刘伯明两位航天员的家乡——齐齐哈尔市,到处可见欢腾的景象。代表鹤城参加此次比赛的“齐齐哈尔快乐岛足球俱乐部”,更让我感受到东道主球队的胸怀,感受到他们对朋友的真情,他们在赛场上的顽强表现更诠释了足球运动的无限魅力,彰显足球的快乐,虽然他们没有进入最后的决赛,但也不负“快乐者”这个称号。

10 月 2 日晚,省足球协会副秘书长杨茗志老师的组织,召开了足球研讨会,全体与会者就“黑龙江省足球如何发展”这个议题进行了研讨。大家畅所欲言,积极交流,气氛热烈。作为一名足球工作者,我紧紧围绕“学校足球、社会足球和‘北狮杯’邀请赛”三个方面同与会者进行了积极的交流。与会人员对五大连池市“第二小学北狮梯队业余训练、学校联赛”

的具体做法给予了肯定，对“北狮杯”足球邀请赛表现出浓厚的兴趣，并一致认为这是地方足球走向市场的尝试。从十多年历史实践来看，五大连池市足球发展已经得到省体育局及省青少年训练管理中心领导们的高度重视。谈及2009年第九届“北狮杯”足球邀请赛，与会领导们一致赞同以“全国足球业余联赛黑龙江省五大连池赛区决赛”的形式举办。如此项规划能得以实现，五大连池市必将借助足球这个品牌走向全国，“北狮杯”足球赛也必将为五大连池市争创全国优秀旅游城市和矿泉旅游文化事业发展推波助澜，实乃我五大连池之幸事！实乃我五大连池足球人之光荣！

与会几天来，我为龙江足球人的热情所感染，同时也为比赛中所反映出的问题感到茫然。由于中国足球近几年公众形象的降低使得赛场外观众骤然减少，部分球队球员年龄过大也直接导致了比赛的激烈程度降低，更折射出学校足球土壤的匮乏，八支参赛队伍中只有鸡西东龙足球队是清一色的少壮派，这不能不说是一种消极现象。中国足球的发展确实需要老一代人的精神，但更需要广大青少年投身这项事业之中。当务之急，我想中国足球真需要回归教育了，要将伟人邓小平“足球应从娃娃抓起”的号召切实变成规范传统教育行为，形成良性发展链条。再看龙江足球，何不效仿已经坚持几十年“百万青少年上冰雪”活动开展模式，让教育和体育联起手来，我们也来个“百万青少年踢足球”传统活动，调动足球工作者的积极性，尊重足球工作者的劳动，让足球之花在教育这块土壤中扎好根，结好果。

放眼未来，振兴龙江足球的日子为期不远了。

第四节　五人“茵宝杯”　炫动黑龙江

2009年“茵宝杯”哈尔滨五人足球赛于八月下旬在黑龙江大学落下帷幕。作为一名裁判员，我有幸参与了此次赛会。

此次比赛共有来自全省各地的104支足球队参加，分为男子成人组、男子学生组和女子组三个赛别。2009年“茵宝杯”哈尔滨五人足球赛是由黑龙江省足球协会与天运体育用品（深圳）有限公司联合主办的一项赛事，是黑龙江省足球协会积极推动足球运动发展，丰富人民群众业余生活，提高人们生活质量的一项重要体育活动。其目的是吸引更多的年轻人投入到足球运动中来，让更多的人享受足球带来的快乐。

与会几天来，我为龙江业余足球爱好者的热情所感染，也为运动员们那精湛的球技所折服。拥挤的观众把赛场围得水泄不通，不时为场内一次次精彩的技战术配合鼓掌叫好。

在成人组一场八进四的决赛中，观众们都在为哈尔滨奥维足球队的一名队员加油。他有着马拉多纳一样的身材，因技术娴熟，脚力强劲，偶尔会上演一脚中圈射门的绝活。从现场观众口中得知，他叫丁昊，曾是沈阳市回民中学足球队的一名主力中卫，曾代表过中国参加了2001年在意大利萨丁岛举办的第17届世界中学生足球锦标赛决赛，并在比赛中打入6球，为中国男子足球夺得了有史以来第一个世界冠军，实现了历史性的突破。同法国阿内尔卡一样，他也成为那届中学生足球赛的一颗新星。后来由于种种原因没有走上职业赛场，真的为之可惜了。

在女子组的决赛中，鸡西东龙队的小姑娘们敢打敢拼，配合流畅，最终以2∶0战胜了对手,成为“茵宝杯”哈尔滨赛区历史上第一个女子组冠军。看到他们被晒得黝黑的双腿和小脸蛋,如今的苦尽甘来可以说是实至名归。今年春季,鸡西市女子足球队也曾代表黑龙江省参加第十一届全运会女子足球比赛预选赛,虽然没有获得决赛资格,但也填补了黑龙江省女子足球运动的一项空白。

经过100多场的激烈角逐,绥化莽原装饰、温氏房地产、蓝星、远大分获男子成人组前四名,哈尔滨师范大学获得男子学生组冠军。一个月之内,绥化莽原连获五大连池市第九届“北狮杯”足球赛冠军和“茵宝杯”冠军,创造了2009年龙江足球的一个传奇。透过绿茵场,我深深感觉到龙江足球深厚的群众基础,只要科学开发,龙江足球腾飞的日子一定会为期不远。

在离开赛场的一刹那,一条条宣传标语映入我的眼帘:“挑战运动极限,演绎足球人生”“积极参与,快乐健康”“哪里有足球,哪里就有茵宝”…… 相信每一名运动员和足球工作者,都会在“茵宝杯”上获得健康,享受快乐。都会与拥有85年历史的茵宝运动品牌一起躬耕奉献,永远与足球事业相依相伴。

睹此盛况,我也渴望以五大连池市为中心的“北狮杯”足球赛的迅速发展,渴望见证龙江足球的下一个精彩和传奇……

第五节　冰城之旅　助阵国足

2009年9月9日19时38分,中际联盟杯中国之队国际足球赛——中国国家队V塞内加尔国家队在哈尔滨国际会展中心体育场揭幕。这是龙江足球历史上的第一次国际A级比赛,也是建国60年来哈尔滨举办的规模最大的足球赛事。

受省足球协会的邀请,我与五大连池市足协主席于金龙来到现场观摩,经历我们平生第一次近距离为国家队加油助威之旅。此场比赛更是高洪波执教国足以来的第八场正式比赛,热情的球迷们从四面八方汇聚到冰城哈尔滨。

临近比赛一个多小时,球迷们便陆续入场。他们之中有的吹着高音小喇叭;有的脸上画着国旗;有的头上扎着“中国必胜”的红缨条;有的在肩后还插着两面小国旗;有的穿着中国红出场服,以各种方式表达对足球运动的热爱,表示对中国国家队的支持。那场景真叫人兴奋不已,爱国之情油然而生。

接着,双方首发队员便开始在场地上做各种热身练习。当昔日只能在电视机里看到的郜林、杜威、曲波、赵旭日、冯萧霆、周海滨等国家队队员瞬间出现在我们的眼前时,我们情不自禁地用力呼喊起他们每一个人的名字,这时国脚们也不时向看台观众挥手致意,那充满真情的互动场景真是让人心激动不已,热泪盈眶。

在观众热情的掌声中,比赛拉开序幕。

只见A层看台上,哈尔滨球迷协会头领崔老五,穿着他那标志性的乳白色马夹,头扎红缨,肩插小红旗,手上挥舞着一面五星红旗,那模样活脱脱《三国演义》中的“猛张飞”,只见他左右摇摆着红旗,有节奏地指挥着球迷们加油助威,当中国队获得前场机会时,赛场上便响起“中国队——进一个,进一个——中国队”的呼喊声,那阵势尽显东道主的威风。

再看B层看台上来自辽宁鞍山的罗西大哥格外惹眼：他手持一个大鼓槌，头戴黑色牛仔帽，肩披国家队红色围巾，时而敲起锣鼓高声呐喊，与哈尔滨球迷队伍形成默契呼应。“五星红旗迎风飘扬，胜利歌声多么响亮……”浑厚宽广的歌声在体育场上空久久回荡，23 500名球迷编织成的人浪在看台上循环往复，奔涌向前，大有排山倒海之气势。

间歇，我与罗西大哥合影留念，并紧紧握手。

上半场，双方在中场区域频繁拼抢，国足在前场进攻乏善可陈，只靠几个前场定位球获得射门机会。

下半场，国足加强了进攻，但得势不得分，几次进攻尝试未收获一粒进球。第57分钟，郑龙左侧传中，姜宁得球后将球分给曲波，曲波劲射把球打在边网上偏出。第67分钟，郜林中路妙传空挡，姜宁插上形成单刀，但是射门角度太正，被对方门将单手挡出，错失绝佳破门良机。第87分钟，23号队长杜威带球在中路长途奔袭，临近禁区右脚抽射出一记低平球，皮球竟擦着球门右柱偏出……

最终，中国国家队与塞内加尔队在90分钟之内0:0互交白卷。

这样，龙江足球历史上的第一次国家队A级比赛，以一场平局收场。中国队在场面占优的情况下，最终没有收获一个进球。这对远道而来的球迷来说多多少少是一个遗憾。

但冷静想想心也就顺了：已经长期处于低谷中的中国足球，我们需要更多耐心的等待，我们没有任何理由指责国脚们今晚的表现，正是他们的不懈努力，才让我们看到中国足球尚存的一丝希望。

夜幕下的哈尔滨市群英荟萃、星光灿烂，五大连池足球人与一心致力于中国足球事业的人们一起，在秋风中又一次经历中国足球新长征的开始……

第六节　“草根”日记　感悟泉城

2009年4月14日，国家体育总局和教育部联合下发了《关于开展全国青少年校园足球活动的通知》，这是国家启动青少年校园足球活动的强势信号，也是自新中国成立以来两大部委第一次联手启动校园足球活动，可以看出国家领导人对发展青少年足球工作的重视和关心。随即中国足协与国际足联合作，在昆明、武汉等地举办全国青少年校园足球指导员讲师暨国际足联草根足球教练员讲师班培训活动，其主要目的是深入推动全国校园足球活动的开展，进一步培养我国校园足球和少儿草根足球的讲师力量，担负起培养全国校园足球指导员（教练员）的艰巨任务，为中国青少年足球运动普及和水平的提高做出贡献。2010年5月，在黑龙江省足协的支持下，我参加了在济南举办的校园足球指导员讲师培训班，从此我开始接触国际足联草根足球发展理念，开始汲取校园足球知识营养，我也因此笃定信念，坚定地走在发展北方青少年足球事业的道路上。

一、5月16日——初感使命

2010年5月16日下午4:40分，历经36个小时1615千米的长途旅程，我终于抵达了素有“泉城”美誉的济南市。从车站挤出来搭上一辆出租车，路上与好客司机聊起去年在济南举办的第十一届全运会。盛会的召开给济南市发展带来更多机遇,市政文化建设得到大幅提升,设置的一些宣传标语和口号还触目可及。出租车沿着英雄山路一直向前行驶,路过中华名优小吃城不久便到了此次培训班目的地——坐落于市中区马鞍山路 13 号的铭座酒店。

踏入酒店大厅,首先映入眼帘的是正对面悬挂着的一张孔子画像。四周墙壁上,一幅幅孔圣人言行语录的书法墨宝苍劲有力行云流水,犹如龙翔凤舞苍松挺拔,彰显出儒家文化的博大精深,折射出孔子“温良恭俭朴让,仁义礼智信”“至圣无域泽天下,盛德有范垂人间”的师表品行,更看得出酒店主人对儒家文化的尊重推崇。在工作人员的帮助下,我很快办理完入住手续。用过了晚餐,我与其他学员们一道,向着不远处山东省体育中心的方向走去,这里周围的一切还都有着全运会后的火热情景。也许是周末的缘故吧,走在大街上的人们多半是穿着运动休闲服装,很多都是国际品牌,可能与当地经济水平成正比,穿着国产品牌的真是很少,只见到一两个穿着双星牌服装的人们。街道的卫生真是好极了,给人以整洁清爽的感觉。在小吃街的两侧,来自全国各地的特色小吃把济南城装扮得分外靓丽,霓虹灯闪闪烁烁,不时看到美餐后的人们从饭店里奔涌出来。

晚上八点钟,此次培训班的准备会准时在饭店的一楼会议室里召开。在中国足协技术部王新洛老师的主持下,整个会议非常有序地进行着。大家在自我介绍以后便认真地听起课来。王老师对此次校园足球指导员讲师培训班暨国际足联“草根足球”教练员讲师培训班举办的意义及学习要求做了详细的讲解。更难得的是在学员的队伍中让我见到了已经退役多年现已是国家 U17 主教练的李霄鹏,还有几个也曾是当年中国足球的风云人物,能与他们在一起学习生活,我感到一种莫大的荣幸和鼓舞。当我们领取组委会为学员们提供的一系列的阿迪达斯足球装备时,我们切实感觉到了中国足协发展校园足球的信心和魄力。

未来的五天里,我要带着我为之奋斗 21 年的足球事业历程与这次培训会的理念接轨,并将以当前中国足协大力提倡的校园足球思想来重新武装自己的头脑。需要明确的是,我们离开济南后,将担负起培养校园足球教练员的艰巨任务,与学校其他老师不同的是,我们要用新的足球理论来武装自己,用足球来影响孩子们的成长。也许正是这次培训会所要体现的主题——“一切都为了中国足球的未来”。

春意盎然的泉城济南,让我领略儒家文化博大精深的同时,更让我切身经历和投身于带给中国足球未来希望的一次改革中。

二、5 月 17 日——理解“草根”

上午 9:00,2010 年全国青少年校园足球指导员讲师暨国际足联“草根足球”教练员讲师培训班开班仪式在山东省体育中心二楼会议室拉开了帷幕。中国足协青少年足球管理中心主任陆煜、山东省足协副主席张海忠等领导以及国际足联讲师瑞士籍 Jean-Marie Cone 先生(孔茨)和德国籍讲师 Plzer Olier(奥利弗)分别出席了开班仪式,仪式由中国足协技术部高管王新洛主持。与会领导都分别致辞并发表感言,Jean-Marie Cone 先生代表国际足联敬献贺词,并对与会学员们提出希望和要求。

会后,首先由 Jean-Marie Cone 先生对国际足联的机构,对世界足联为履行其使命“发展足球运动"的得以实现的计划暨"草根足球"进行了深入细致的讲解，并有奥利弗先生进行了校园足球指导员讲师的模拟教学和演示。课堂上，两位外教的幽默和风雅不时获得了学员们的掌声。

一天的理论学习和实践课，使我对"草根足球"也有了一个全新的认识和看法。这种看法真的不同于以往的教学和实践，堪称一个崭新的理念。

草根足球，是为所有人而开展的足球活动。国际足联草根足球计划的关注对象为学校、社区和俱乐部的6～12岁的男女儿童。国际足联草根足球计划提出了"足球是人生的学校""足球教育也是人生教育"等发展理念，注重"增进友谊、团队精神和快乐"等要素。通过足球把更多的儿童连接在一起，是该计划的核心。草根足球计划倡导人性价值的交流和分享，当然也积极宣传参与这项绝妙运动所带来的快乐。

在计划中，还强调踢球是最佳的学习途径；最重要的是让孩子们玩得开心；小孩子不是小大人；草根足球就是为每一个人而呈现，由每一个人来参与，并且在任何地方均可开展的运动，等等，这些全新的足球教育理念都不断刷新我的认知。

忽而我记起我们经常在教育过程中提倡的愉快赏识教育法，老师不是这个教育过程中绝对知识的传授者，而是这个过程的参与者，要在这个过程中成为学生们的朋友。

还有几天的交流让我与同行们共勉。

三、5月18日——Plzer Olier的"草根足球"课堂

上午，奥利弗先生讲解了有关"儿童发育阶段及特征"的理论课后，又在体育中心的外场地给我们演示了一堂别开生面的草根足球实践示范课。

他那幽默的教学风格，人文的师生互动场景以及合理的恰如其分的教学内容的设计和实施，给全体学员留下了深刻的印象。可以说是我从教19年来所见到的效果最好的体育教学示范课。此课的主要内容为"协调性的示范动作练习课"。

从与学生的抓人的游戏开始，他很快便和学生们融入一起。不断变化游戏的规则，一会是拿着颜色的号衫追拍，一会是"模仿大象，同伴钻裆解救"的方式，一会又用"谁敢来抓我"叫号的方法进行，孩子们的积极性很高，而且很快就兴奋起来。在运球的练习中，将学生按红黄四个区进行了分组(按对角线)，不时变化信号(变换哨声)，学生们不时变化运球方向，从顺时针到逆时针，再到按对角线交换的方式进行控制球。虽然游戏难度不断增加，但学生们的兴趣却未见减少。之后，他又与学生们进行了分组套呼啦圈的接力游戏，提高学生们的协调能力和灵敏度，每个练习之后便是放松休息式的适当补水。为增加控制球的练习，利用大、中、小三个区，对控制球进行练习，又不断变化信号从而改变学生的控球区域。由大区到中区或小区，或者根据信号去变化，同时用单脚控制、拍手坐球、指导员抢断等手段来刺激学生保持积极的态度。最后的游戏中，学生既有传球、三角形急停急起跑动还有完成射门动作，游戏比赛后的总结既短暂又给失败者以鼓励，彰显赏识教育的思想，让学生产生一种意犹未尽的感觉。练习和游戏中那多变的信号，更使学生感知和反应能力得到提高，从而达到提高学生协调性的最终目的。

整节课的内容设计真是一环紧扣一环，而且紧密相连。每个内容都使学生脸上挂满了笑容，达到了让所有的人参与足球锻炼的目的，奥利弗的角色不是一个高高在上的老师，而

是一个和学生友好互动的朋友,虽然语言不通,但他很快能和学生达成共鸣,这一点也就真的不足为奇了!这是我认识草根足球的开始。

四、5月20日——“草根足球”中基本技术教学的启迪

从5月17日下午开始,我们的学习便以理论和实践相结合的方式进行着。实践课两位讲师先后主讲,实践课则以我们模拟演示课堂教学,然后由讲师现场点评的方式进行。

在基本技术的教学中,讲师选择了传接球、运球、射门及协调性的教学练习。针对学员设计实施的教学内容和教学过程,讲师们都认真做了点评。当学员们的设计出现了问题时,讲师们便引导我们一起查找原因,耐心讲解适合儿童身心特点的教学内容。除了这些知识之外,他们还对校园足球指导员的教学仪表做了细致的说明和讲解。两位讲师严谨的工作作风,对事业的高度责任感以及风趣幽默的语言都给我及同行留下了深刻的印象。

在基本技术的教学中,以儿童协调性的练习为重点,这是贯穿整个“草根足球”始终的核心理念,而且无论什么内容的实施,都要以孩子们感到快乐和开心为首要的目标。设定的内容既不多也不能少,不深也不浅,要考虑周全,兼顾好强弱。学员实践课演示中,来自全国各地讲师们所设计的一个个教学片段也让我耳目一新。

几天来,我被齐鲁大地炎热的气候围裹着,不免有几多乡愁萦绕心头。但初感“草根足球”的这份快乐让我驱散这份乡愁,继续鼓足力量为梦想飞翔,岂不快哉!快乐人生亦是如此。

五、5月21日——感动

此时此刻,我想说的真是太多,但万语千言又不知从何说起。刚和黑吉辽各位学员握手告别,我便一头扎进我的足球日志。

也就在三四个小时之前——在2010年济南“草根足球”指导员讲师培训班的结业典礼上,在我接受国际足联颁发的“草根足球”指导员讲师培训班结业证书的那一刻,在与中国足协副主席薛立女士握手的那一刻,我真的感觉到这是我人生中最幸福的一刻,人生中最无比快乐的一刻。这一刻,让我不禁回想起21年传播足球的艰辛和执着,不禁想起21年与足球的苦乐相随。

首先我要感谢我的家人,感谢我的队友,感谢我的同事同学,感谢我的朋友以及21年来数不清的以足球快乐相伴相依的青少年们,谢谢你们!是你们在我最困难时给予我最大的鼓励和支持,在我举步维艰时给予我最大的理解和关怀,我也相信,当你们在看到我享受快乐的时候,你们也会感到无比的快乐和幸福。

真的很难得,真的很高兴。在我不惑之年让我感受实现梦想的快乐和幸福。虽是短短的五天,却让我收获全国各地足球人的情怀和友谊。薛立、陆煜、周穗安、李霄鹏、侯志强……这些与当代中国足球紧密相连的人,让我有幸在奋斗于中国足球事业的道路中与他们相识。当我在课堂上又一次听到理解、支持和鼓励的声音,我想说我对我的追求无怨无悔,同时也庆幸我心怀的足球梦想。足球如人生,就在这首奇妙的人生乐曲中,我已感悟出人生的真谛,品味出人生的快乐。

今天下午,我和30余位学员共同努力完成了2010年济南市小学生校园足球节活动。

来自泉城四所校园足球学校的孩子们把快乐、天真、幸福都留在了济南体育中心二号体育场内。我会永远记住国际足联顾问 Jean-Marie Cone 先生在结业典礼仪式上说给我们的一句话："在未来足球事业的征途中，当你再次遇到困难和挫折的时候，你都会因回想起 2010 年济南足球节上那 226 张的天真的笑脸而感到幸福和高兴，所以你还会一如既往地投身到这项永远给孩子们带来快乐的事业之中。"回想校园中与孩子们在一起摸爬滚打的场景，这一次我感同身受，真的体验到了幸福，真的感觉到了快乐。

感谢足球，感谢所有关心我的人。足球，我永远的快乐与追求。

第七节 黄河岸边 汲取力量

2011 年 5 月 12 日至 20 日，全国青少年校园足球指导员讲师继续培训班在兰州市西北民族大学开班。新时期校园足球师资培训第一次走近大西北，来到黄河边汲取母亲河的营养。天道酬勤，我克服重重困难如期参加了此次学习活动，担任本次培训班的主讲师是 61 岁国际足联(FIFA)著名讲师马来西亚籍华人叶任强先生。自 2011 年 4 月 1 日起，作为国际足联委派到中国推广草根足球的讲师，叶任强先生努力将国际足联草根足球火种播种在中国土地上，为中国足球未来散发着自己的光和热。作为国际足联讲师，他主要向中国足协各级讲师培训国际领先的青少年足球训练理念和草根足球运作模式。在国字号队伍接连溃败，中国足球每况愈下的今天，叶任强给中国足球带来的是最基层的足球理念。面对校园足球，他有着自己独特的视角和观点。他将草根足球改革比作动一台手术，"做手术时，第一刀非常重要。而我们现在从事的校园足球，便是在源头提供一个正确的方式方法。"

几天来，我与全国各地学员一同分享着叶任强先生的足球教学观点，一同探讨校园足球发展策略。叶先生的丰富足球运动经历、渊博的知识和幽默风雅的教学风格，让学员们对学习充满期待，对校园足球指导员讲师工作增添信心。

我与黑龙江省退役职业球员杨德欣一同编入到一个学习小组，我们给学习小组取名"黄河小队"，从心底敬畏母亲河。我们的小队长是来自兰州本地的刘巍老师。他从小就喜爱足球，在高中时就进入了甘肃省足球队，十年的专业足球经历，退役后到了甘肃电力系统工作，2000 年果断与单位解除劳动关系，自谋职业开始自己的教练工作。时年 49 岁，将自己的青春全部奉献给了足球。他取得亚足联 A 级教练员证书，是中国足协 D 级教练员培训班讲师，经常到全国各地培训 D 级教练员。他黝黑的脸庞，斑白的鬓角和驼背的双肩，我们亲切地称他为"骆驼祥子"，也是对他耕耘足球事业的一个褒奖。

大西北，由于地理时差的原因，能让人感觉出"早穿棉，晚穿纱，围着火炉吃西瓜"的气候特征。上下公寓楼时，也能感觉海拔 1800 米带来的少许高原反应。但这些，都丝毫没有影响到学员们的学习生活。

态度决定一切，黄河小队全体学员更是团结一心，每天都积极完成讲师交给的学习任务。一次，讲师留给各小组制作完成一个用 PPT 介绍学习小组基本情况的家庭作业，主要是介绍小组成员学习和生活的基本情况。那是我第一次尝试制作 PPT 课件，我和伙伴们整整熬了一个通宵,还请了在校大学生帮忙才插播上歌曲音乐。忙得连早饭没有顾得上吃就急着赶去课堂,但还是迟到了一些时间。早已知情的叶先生非但没有批评我们,反而表扬了我们小队。分享小组课件的那一刻,我感觉到了叶指导的和蔼可亲,也看到他对学习者的理解和尊重。

理论课上,叶指导首先向学员们传授草根教练员所需要具备的四大理念。

第一是为什么(why)。教学中要教会学生问"为什么"。如为什么丢球?为什么踢得被动?要随时随刻向学生们发问,学会引导学生发现问题。

第二是怎样做(how)。教会学生怎样去解决问题,如果球队出现问题,怎么帮助球队调整改变并解决问题,帮助队员们提高。

第三是简单(simple)。向孩子们传递信息要简单明了,语言简洁,示范简单,一目了然,避免说得太多,太啰嗦,孩子们接受不了。教学方法要简单化、再简单化。他说道:"中国的'杀手教练'太多,他们过多地去干预孩子们的比赛,总是在场边对孩子大喊大叫,要传球,要射门,把自己的观点强加到孩子们身上,阻碍了孩子们创造力的培养,应该让孩子们在比赛中自由发挥,在比赛中享受快乐。"

第四比赛是最好的老师(the game is the best teacher)。通过比赛能发现问题,对孩子们也是实战地演练和考察,帮助孩子们去纠正错误。希望教练员们能够在比赛中给孩子们更多的空间让他们去自由发挥,去尽情享受比赛,培养他们的创造力。接着叶指导补充说道:"6~10岁的孩子是足球培养的黄金年龄,一定要在快乐中度过,去享受比赛。一方面培养他们的创造力,另一方面可以让更多的孩子参与其中。没有强大的草根足球,就没有强大的国家队,日本足球如今崛起,正是因为他们有强大的草根足球,他们每年投入很多资金和优秀教练员去发展草根足球。"

实践课上,叶指导由训练球性开始导入,小场地内盘带,拉球、踩球,门前过标志物打门和对抗比赛等。叶指导亲自示范动作,与学员一起互动,手把手传授学员们足球技艺。一度使得学习气氛推至高潮。亲切、热情、活力、职业,这就是叶任强先生留给学员们的形象。叶指导要求学员们将草根足球发展的四个理念灵活运用到训练教学中,学以致用,将校园足球发展推向一个新的高度。

随后,叶指导还强调青少年球员的培养尤其是6~10岁的孩子们要尽量去进行5人制足球的训练。根据权威数据统计,孩子们踢11人制的足球训练触球次数少,无谓跑动过多,训练效率差,球员经常采用后场长传,放弃了中场,缺乏一对一的训练,不仅失误多,孩子们的想象力和创造力培养就会降低。相比而言,五人制的比赛攻防节奏更快,每个人的触球机会更多,死球时间短,需要队员在最短的时间内以最准确的方式最快地处理每个球,对球员的临场应变能力是很好的锻炼,同时小场地也方便教练员去观察和指导,帮助队员们去发现训练中存在的问题然后解决问题。

叶指导的草根足球理念和观点,使我受到了很大的启发,他执着传播草根足球的经历也让我由衷地敬畏。珍惜宝贵的学习机会,我将20多年五大连池市校园足球活动情况分享给叶指导,使其对处于中国北部地区青少年足球发展情况有了一些了解。看到北方儿童这些珍贵的足球活动轨迹,叶指导如获至宝,他拍着我的肩膀,连连竖起大拇指,我也有幸成为叶指导中国最北方的一名学生。

培训第五天的理论课程是组织校园足球节。叶指导与我们分享了国际足联讲师们在日本、也门、泰国进行社区足球节活动的视频。国际足球草根足球发展计划,旨在把校园足球培养成是面向人人的教育行动。叶指导的足迹遍及世界多个国家和地区,为更多贫困家庭少年儿童分享足球的快乐,足球节便是分享足球快乐的最佳载体。按照叶指导的要求,各学习小组学员分工合作,详细制定了足球节实践课方案。我作为主讲人,与全体学员一起分享了黄河小队设计的足球节实施方案。

19 日,是此次培训班的最后一课,课程内容是学员们集体组织一个足球节。那天,我们早早便在学校里集合,驱车前去兰州市七里河区吴家园小学。经过近一个小时的车程,汽车途经雁滩黄河大桥不久后便抵达七里河区吴家园小学。一踏进校门,并不是很宽阔的操场映入眼帘,球场不是草坪,只是平整的水泥地面。教学楼中间处有几棵老榆树郁郁葱葱,似乎在诉说着学校的沧桑历史。虽然学校简朴一些,可师生们对足球的热情却是高涨。在各站区小球员集合后,场地周边整齐地坐好了热情激动的学生们,有的擎着小红旗,有的吹着小喇叭。开幕式最令人激动的是升国旗仪式,当国歌响起的一刹那,为校园足球奔波千里的心酸历程浮现脑海里,我用手掌按住胸口,泪水在眼眶中打转。在区教育局及学校领导发表热情洋溢的讲话之后,叶任强先生代表国际足联对足球节开幕表示热烈的祝贺,他希冀孩子们在分享足球的快乐中健康成长,从孩子们的掌声中可以看出他们对来自祖国各地讲师学员们的欢迎。开幕式后,学校啦啦队员们表演的毽球操,着实让我们眼前一亮。看到队员们一个个敏捷的小身影,娴熟地控制着小毽球上下飞舞,时而花样组合,时而闪转腾挪。可谓精准到位,整齐划一。看得出校园足球的迅速发展,得益于毽球运动开展的历史基础。总指挥老师一声令下,足球节活动开始了。顿时,校园里到处是一片欢乐的海洋。在 D 站运球游戏中,我一边指导着孩子们,一边与他们玩耍在一起,自己仿佛也回到了童年中。叶任强先生佩戴着一条鲜艳红领巾,神采奕奕来到活动区中。一会儿俯身指导交流,一会儿与孩子们击掌庆贺,一会儿为孩子们竖起大拇指点赞。经过一个半小时的辛勤努力,吴家园小学足球节活动取得了圆满成功,每一名学员都兴奋不已,呼喊着与孩子们跳跃在一起。作为兰州市第一批校园足球试点校之一,吴家园小学浓厚的校园文化和悠久的体育传统,给我留下深深的印象,足球节上孩子们的笑脸也永远留在我的记忆中。

结业式上,令学员们激动的时刻再次来临。全国校足办副主任陆煜先生来到现场,他的讲话中无不流露出对学员们的鼓励和感谢。大家依依不舍舍,珍重道别,相互鼓励着在发展校园足球的道路上再次相聚。黄河是中华民族的母亲河,养育了一代又一代勤劳勇敢、坚强不屈的华夏儿女。站在雁滩黄河大桥上,远望滔滔东逝的黄河水,我心潮激荡,感慨万千,同时把发展五大连池市校园足球的信念深深装入了心中。

千里戈壁生寸草,茫茫沙漠现绿洲。中华母亲河给予我无限的力量,给予中国校园足球更多的营养和希望。

感谢兰州,致敬母亲河。

第八节 沈阳培训 球海拾珍

沈阳,古称盛京,更有“东方鲁尔”的美称。有着悠久的文化历史,改革开放的今天,它无处不散发着现代文明大都市的气息。我对沈阳城的向往,源于辽宁足球的辉煌历史,更源于五里河体育场与中国国家队的那份情结。2001 年,中国足球队在五里河体育场冲击韩日世界杯获得成功,全国球迷们在一片欢呼声中记住了沈阳城。

四年前北京奥运会男足小组赛荷兰对阵日本,让我第一次走进沈阳城,走进沈阳奥体中心,虽是短短的一天停留,但老城给我的印象还是极其深刻。古老的建筑,整洁的街道,热情的球迷。

2012 年 8 月 10 日,全国青少年校园足球指导员讲师继续培训班在沈阳市体育学院举办,我作为黑龙江校园足球讲师代表,有幸再次来到沈阳城。

当列车缓缓驶进沈阳北站,我跟随熙熙攘攘的人群走出车站。在临时通道两侧,早已绑好了横竖间错落有致的脚手架,架上工人们在紧张忙碌着。原来第 12 届全运会将在这里召开,勤劳的沈阳人在为之忙碌,做着最后的准备工作。沈阳,又一次与中国体育事业发展紧密联系在一起。

将下午近三点,在看过家乡一位旧友之后,我便向着沈阳体育学院(简称沈阳体院)方向进发。倒是一个没有及时换掉的老站牌跟我开了个玩笑,按站牌指示我抵达北陵公园附近,才知晓沈阳体院早已搬迁至浑南一带。我马上调整路线,几经换乘公交车,将近晚上八点终于抵达目的地。下车细看一下站牌,这一站竟然叫作“华府丹郡”,而不是“沈阳体育学院”。虽然迂回辗转但还算是幸运,在规定时间内到达,也当是一览沈阳城风景吧。

报到、入住,沈阳校园足球的学习生活开始了。

接下来几天,我与全国各地讲师们共同研究和讨论了下一阶段校园足球指导员培训课程设置和授课内容。认真学习了美籍青训专家汤姆·拜尔(TOM BYER)的训练实践课和理论课,观摩和调研了 2012 全国青少年校园足球沈阳站男足夏令营活动。来自北京、沈阳、延边等 13 个城市 300 多名小球员闪耀沈阳城,共享足球之乐。

我之前曾在官网中看过对美籍教练汤姆·拜尔的介绍,汤姆·拜尔曾在日本坚持青训工作 13 年,培养了香川真司、本田圭佑等知名球员,并将日本足球推向一个新的高度,得到了国际足联的高度认可。汤姆·拜尔的理论与实践值得我们学习和借鉴。日前,汤姆·拜尔先生已签约中国校园足球形象大使,他将与中国足协长期合作,并致力于中国校园足球事业发展。

果不其然,汤姆·拜尔先生的实践课语言亲切、自然、风趣;动作示范准确到位,虽已 52 岁却还是干净利落,课堂上每个孩子的积极性都能被他充分调动起来。理论课也是观点鲜明独到,思路清晰,PPT 幻灯片可谓言简意赅,形象生动,风趣幽默。我为汤姆拜尔先生身上特有的职业素养和精神所吸引,休息之余更得到与他的热情交流,他并主动与我合影留念。

关于校园足球指导员培训课程设置和授课内容的研讨,由有“中国校园足球之父”之称的邓世俊教授主持。在所有讲师的辛勤工作下,未来校园足球指导员培训被划分成了初级、中级、高级和D级四个阶段。由低到高，尽显出未来校园足球指导员工作的科学性和规范性。基于我一年来基层校园足球活动开展的经验积累，可说是难得的一次资源有效整合。闲暇之余，我将2011—2012学年度第二小学校园足球实践活动课件与讲师们分享，并听取了大家对五大连池市校园足球开展的观点和看法。

本次学习，使我领会了“8人制比赛、包容性训练”的一些先进理念，并对来自英格兰足总杯“学转英超”的训练理念产生兴趣，使我的理论水平有了很大提升，也让我对未来校园足球事业充满了信心。可以说，本次的学习活动收获颇丰，是一次校园足球理论和实践活动能力的综合提高。

四年前沈阳之行是北京奥运会，四年后沈阳之行，是谋求校园足球发展。不同于2010年，于泉城济南领略儒家文化的博大精深；也不同于2011年，于金城兰州一睹古西域的风情漫漫；2012年沈阳，让我在领略“东方鲁尔”的宽广胸怀中提升了对校园足球的理解，加深了对草根足球的感受。

2012年校园足球沈阳行，为我继续北方校园足球事业发展积蓄着力量。

第九节　D级课程　动力之源

2013年1月9日，那边全省首届校园足球总决赛活动在黑龙江省农业经济职业学院才刚一落幕，这边中国足协、牡丹江市校足办共同举办的第一期校园足球D级教练员培训班也正式开班。我有幸通过插班的方式成为培训班的最后一名学员。

说到插班还真有一个小故事。因为之前我自费参加了在济南、兰州、沈阳举办的校园足球指导员讲师培训班，使校足办培训部主管曾丹对我有所了解，同对黑龙江校园足球发展现状也有所关注。由于指导员讲师工作需要有专业等级教练员培训的经历，这次在牡丹江偶遇，他看到我对足球专业知识渴望的态度，他便说服中国足协技术部给我开了一次绿灯，才使我拥有了这次难得宝贵的学习机会。牡丹江市体育局李国义、张晓琦等领导也为我安排食宿，给予我学习生活上最大的支持。

教练员等级培训由中国足协技术部组织实施，为此它的业务性、专业性和针对性都极强，我格外珍惜这次难得的学习机会，也由衷感谢各级校园足球主管单位领导的关心、鼓励和信任。培训班讲师是来自吉林大学的武朋教授。武朋教授从最新一期的国际足联排名开始讲起，谈到了我国足球的现状以及青少年足球体系，指出现阶段我国校园足球培训的理念一定要跟中国足协的培训理念挂钩，应该积极学习足球强国的成功经验。坚持从青少年抓起，完善各年龄梯队以及教练员培训体系，要相信高质量球员是由高质量教练员所创造的。经过七天的培训学习，使我的训练理念得到很多改变，在提升球员个人技能训练方法上得到加强，为第二小学北狮梯队竞技水平提高奠定了一些基础。我的体会和感受主要有以下七个方面。

一是小组合作是完成培训的基础。D级班的主要学习内容为足球训练理论、足球实践和足球规则，课程设置是理论与实践相结合。武朋教授专业的足球知识和实践课规范的动作给我留下了深刻的印象。他执着的态度和坚韧的精神，鼓舞着每一名学员。

理论课上,武朋教授把课件准备得特别充分,授课时会播放一些即时性比赛视频来服务主题,通过分享国外先进的足球技术,使我们在理论上与国际接轨,更加细化我们的足球概念,让我们不再单单认为足球只是用脚把它玩好、玩精,而是把它当作一种文化去研究,找到它的精髓,用心用脑去踢足球,让我们身边更多的孩子爱上足球。

培训形式以小组为单位,每个学习小组都有一个名称和学习口号,学员间相互交流、相互合作、相互切磋,共同来完成一次主题教学和准备活动的讲解授课。一个小组讲解的同时,其他小组成员集体进行点评。最后由讲师来归纳整理,逐一将教学主题技术要领和战术运用进行分解式的讲解,并将正确练习方法进行演示。同时设计一些与主题相关联的小比赛,强化主题教学效果。这种“先练后讲,当堂消化”的模式,收到了很好的效果。

二是技术动作分解练习更加细致。教学中,讲师对技术动作分解更细化,更精密。比如传统的传接球练习,已经更换为球感、控球、接球、带球等练习;比如短传练习,要着重体现准确性、力度、时机和隐蔽性四个要点,而且每一个要点练习要求都不一样。在分享的视频中,我们发现欧洲俱乐部青少年训练更加重视的是学生的自主性。比如接球带球练习,队员用手抛球给同伴,同伴接球控球后带球练习;然后过渡到用脚传地滚球,同伴接球控球后带球练习;再过渡到队员用脚踢半高球,同伴接球控球后带球练习。用中国话就是说从单一到组合,从简单到复杂。从技术训练到技能训练,到有对抗性质的教学比赛;从最基本的球感练习到带球练习,带球突破练习,带球射门练习,头顶球练习,守门员练习;从准备活动的原则和内容,到一堂完成训练课的安排;从个人练习,小组合作,到整体协作;从足球训练的原则,到足球训练计划的要素与制定原则。层层递进,环环相扣,简单的足球,分化成了更多的细节,给人留下了深刻的印象。

三是“训练转移”。此项技术是传授技术环节的瓶颈。D级足球培训班主要针对教练员基本技术的传授和技术能力运用的提升进行授课。从熟悉球性到带球,从短传、长传再到一对一过人练习,为我们广大基层教练员构建了一套完善的技术平台和训练体系。在讲师专业的指导下,我加深了对技术动作概念的理解,了解了训练流程,找到了提高练习效率的突破口。比起技术练习环节的提升,训练思路的转变是我参加这次培训班体会最深的,我开始接触了“训练转移”这个专业词语。就是训练要与比赛结合,训练的每一个环节都是为比赛服务的,同时教练要从比赛中找出问题并在训练中加以解决,这是武朋教授在理论课上反复强调的一句话。对比以往的训练我最缺乏的是从实战的角度出发,在日常的训练中只是单纯的练习一些技术动作,对抗性的内容偏少,训练没有与比赛结合起来;其次,训练目的不够明确,主题不够鲜明,胡子眉毛一把抓,到最后什么问题都解决不好。一周的实践学习,使我认识到训练是为比赛服务的,教练员布置的训练内容要有针对性,训练方法要模拟比赛中的实际场景,训练与比赛是相辅相成的,脱离比赛情景的训练是毫无意义的。

四是增加传接球练习的比重。在日常的训练中,传接球是小队员经常练习的内容,队员的动作也有一定基础,但是在比赛中传接球质量往往不高,组织不起有效的攻防。究其原因,练习方式单一,缺少变化是最大的问题,队员多是在没有干预,没有竞争,没有压力的场景下完成练习,训练与比赛完全脱节,队员在比赛中由于面对防守压力而心态失衡,导致技术动作变形,使得传接球成功率降低。这次D级班传接球的练习占了很大比例,分区域大小、分场景不同,分角色不同,讲师从传接球的技巧、时机、跑位,不同角度,不同方向示范动作，强化了在高对抗快速转换下的传接球成功率，练习方法都是围绕着比赛场上出现的实例而展开，训练的针对性极强。

五是构建训练课完整框架。一堂训练课首先要确定主题，所有的练习内容要紧紧围绕训练主题展开。包括准备活动、训练主题、技术练习、技能练习、对抗比赛、整理活动六个部分。准备活动首先要有一个合理的结构，循序渐进，带有移动性，与训练的主题相关，尽可能多样性且要适宜于当时的环境。准备活动包括慢跑、动力性牵拉、加速跑、结合球练习（与训练主体相关）和起动反应。训练从无人对抗的技术练习开始，到有人对抗的技能练习，最后到模拟实战的情境练习，从个人到配合再到团队，层层推进，这种训练模式符合从单一技术到复杂技术，从简单动作到复杂动作的足球发展过程。对抗比赛可以分解为 2V2、3V3、4V4 等形式；整理部分以静力性牵拉为主，也可辅助慢跑。对照我以往的训练，训练内容前后呼应少，各部分练习之间衔接不够紧密，显得很随意，没有按照足球发展的规律指导训练，训练的效果不是很好。

六是教练员素质形象多方面高要求。训练是指通过协调一系列活动，并采用专门的、系统的方法来提高队员和队伍竞赛水平的过程，而教练员是这个过程的负责人。教练员素质要求包括有足球知识经历、教学训练能力、执教技巧、观察能力、身体心理素质、计算机知识、管理技巧、习惯、理解力、学习经历、学习能力、设计能力、形象、语言表达能力、领导才能、智力、有激情有热心等十几个方面。教练员的素质是决定其领导能力的重要标志。一只狮子领导一群羊，可以战胜一只羊领导的一群狮子。同样是领导者的狮子和羊，却带出两个不同效果的团队。

在众多的素质要求中，知识是教练员决策的基础。成熟、精明干练的教练员不但要有敏锐的观察力和判断力，能够对比赛中出现的各种状况有清晰的认识；还要善于捕捉球场上稍纵即逝的瞬间，冷静地分析思考，收集和整理相关信息，能在训练中还原比赛的场景，给队员如临赛场的感受。训练内容的选择要从比赛中暴露出的问题入手，找到技术的短板确定主题，在训练中用特殊手段和方法反复打磨技术动作，最后在实战中得到提高。回归到比赛气氛中的训练，让训练更加贴近实战，这样有针对性的练习，训练的质量有保证，训练的效果立竿见影，这是培训班带给我的最大收获。随着世界足球运动的快速发展，教练员更需要具备比赛技术分析及视频数据采集的能力，时刻提高训练教学方法的重组能力。另外，教练员要比球员提前来到训练场，亲自布置场地器材。而且一定要穿着训练服，行为举止处处应起到模范榜样作用，要有一个态度，要保持住热情和激情，要多用鼓励赞许的语言帮助学生学习，让学生多体会成功的喜悦，提高学生的兴趣。

七是教练员角色实现多重转换。一名教练员首先应是一名优秀教师，能向球员正确传授新知识和新技能；还应是一名体能教练，不断提高学生的身体素质；还应该是一个创新者，能设计科学新颖的训练方法；也要是一个执法者，能够执行规则组织各种形式的比赛；更应是一名管理者，掌握公共关系，提供球队发展建议策略；是学生的朋友，多鼓励多沟通，要善于听取意见和不断学习。在教学中，教练员的角色不是一成不变的，有时需要几种角色的相互转换。记得王雷讲师曾经给我们讲述一个关于他在德国考察青训时见到的一个场景，当地一个社区教练在与初次来到球场的小球员交流的场景。由于这个小球员胆子小，不愿意接触伙伴，教练员几次招呼对于他都无济于事，而且还哭哭啼啼。社区教练便立即改变了打招呼的方式,由俯下身干脆单腿跪在了地上,双手抚摸着他的头,几番与他亲切交流后,小球员开始尝试着练习,脸上也慢慢绽开了笑容。

七天培训时光固然短暂,但D级培训课程内容却像一块磁铁深深吸引着我。此次学习,使我对足球青训工作有了一个全新的认识,使我转变了训练思维,丰富了训练方法。更像是一剂良药,医治我青训工作中的不足与伤痛。为我今后开展青训工作注入了动力,坚定我从事基层校园足球工作的信心。

第十节　深圳论坛　集思广益

2013年1月23日至25日,全国青少年校园足球工作领导小组办公室在深圳举办2013年全国校园足球指导员讲师继续培训班。于我来说,这又是一次难得的培训学习机会,在省体育局青少处调研员杨猛的支持下,我与来自全国各地共73名讲师一起相聚特区。此次培训班主旨是对全国校园足球指导员讲师进一步培养,研讨制订初、中、高三级指导员培训班课程设置和授课内容,以提高全国校园足球指导员培训质量,并总结2012年校园足球培训工作和表彰先进。我们也将这次培训活动称之为“深圳论坛”,以下几个方面的学习内容令人记忆犹新。

一、分享2012年培训工作总结

开班式之后,全国校足办培训主管曾丹首先对2012年讲师培训工作进行总结。在讲师们的辛勤努力下,共有29个省会城市和18个非省会城市都分别进行了校园足球指导员培训学习。在非省会城市中,黑龙江省牡丹江市名列其中。在培训工作中,绝大部分讲师克服条件艰苦不辞劳苦,认真备课和上课,按照授课课表开展培训,收到了很好的效果。本次培训尤其对北京京西训练营的陈长红讲师提出表扬。陈指导是2012年完成工作任务最多的讲师之一,一鼓作气走过全国十几个城市。前不久黑龙江省校园足球启动仪式上,他还为黑龙江省校园足球试点单位主管人员开展培训。

曾丹主管同时也指出讲师工作中存在的一些不足,诸如个别讲师不遵守纪律,随意缩短授课时间,请假酗酒,虚报发票等问题,还有讲课内容效果相差很大,对学员管理考勤考核比较乏力。这些问题的出现折射出讲师的态度和责任问题,他强调在以后的工作中讲师们更要提升职业素养,不断加强业务能力。面对学员的管理,要对考勤表与成绩一并进行考核,在结束课程后要及时形成报告。曾丹主管是以PPT形式与大家一起分享总结,每当讲师们看到自己一些工作场景画面,激动不已,掌声不断。面对新一年工作,讲师们平添了信心,充满了期待。

二、分享叶任强先生的中国足迹

曾丹主管讲话后,国际足联草根足球高级讲师叶任强先生与大家一起分享了他在中国推广草根足球的经历。叶老师为国际足联草根足球在中国的推广不辞劳苦,兢兢业业。短短两年,他的足迹就遍及大江南北,老先生对足球的敬业精神和对中国足球的情怀感动着我们，成为大家学习的榜样。

我与叶老师的缘分要从兰州说起。2011年5月叶先生与中国足协刚签约，就立刻赶到兰州讲师继续培训班讲课，兰州是我与叶先生相识的开始。叶先生是出生广州并随祖父旅居马来西亚的一名华人后裔。在马来西亚的足球经历殷实丰厚，曾入选过国家队，退役后先后在亚足联、国际足联任职。他充满对足球的追求与喜爱。他常谈起"足球带给他无穷的快乐，让他不断挑战并收获成功。足球给每一个孩子的成长和社会发展都能起到积极的作用。"课堂中他严于律己，宽以待人，幽默风雅。我算是讲师班中基础条件都比较落后的一个，但是叶老师对我没有一点鄙视和懈怠。当他了解我在北方开展草根足球20多年经历后，便主动过来帮助我，特别支持我所渴求的一些教学资源，每一次都是有求必应。西北民族大学，使我成为叶先生中国最北方的一名学生。

2013年1月，牡丹江市同期开办校园足球初级指导员培训班和校园足球D级教练员培训班。叶老师担任初级指导员培训班讲师，吉林大学武朋教授担任D级教练员培训班讲师。插班D级培训班学习，让我与叶老师在牡丹江第二次相聚。距离那次兰州学习，刚好过去一年半的时间。在学习间隙，我把校园足球联赛、雪地足球节等活动开展情况分享给他。叶先生异常高兴与兴奋，拷取我的课件如获至宝。那次两个培训班中有一个共同的课程内容，就是设计和实践一个"足球节活动"。叶先生与武朋讲师商议后把任务交给了我。叶先生还将国际足联曾经送与他的一个黑色裁判哨赠予了我。在两位讲师的支持下，我组织实践足球节活动得到学员们的认可。小试成功的那一刻，快乐同时写在叶先生的脸上。两位讲师的鼓励信任，让我增添了对未来校园足球工作的信心和勇气。浏览冬日镜泊湖风光，叶老的身影矫健敏捷，丝毫看不出他是年过六十的人。他时而坐上冰车，时而触摸冰雪，时而抓拍风景，他为镜泊湖冬天的美所震撼，也为吊水楼瀑布的神奇所惊叹，我们也亲切地称呼他为"草根足球老顽童"。这次深圳与叶先生第三次相逢，再次汲取叶先生知识营养，算是校园足球给我最大的回馈了。

三、讨论校园足球指导员培训课程构架

分享之后，针对校园足球指导员的培训课程框架这个议题，大家展开了积极的讨论和交流。被誉为"中国校园草根足球之父"的邓世俊讲师首先与大家分享了"中国校园足球指导员培训课程构架"讨论稿（PPT）。依据国际足联草根足球活动要求和几年来国内校园足球指导员培训实践，形成校园足球指导员培训的整体链条为"初级指导员→D级教练员→中级指导员→C级教练员→高级指导员"，所用课时也分别为48小时→56小时→24小时→93小时→24小时。看得出来，课程内容安排的难度也是由低到高、由易到难，对于一名指导员在初级、D级和C级教练员这三个学习过程中显得尤为重要，占据了大部分的学习课时。关于"初级指导员培训课程"，初稿设置了三套课表，全面覆盖了学校校园足球的培训对象（不同程度），也为进一步D级教练员班的学习奠定了基础。三套课表内容保持大部分相同的情况下又各有侧重，形成互补。

依据初稿，讲师们结合实际分别发表自己的观点建议。我以"五大连池市校园足球如何发展"实践经验为基础，以"利用社区资源开发校园足球节"为案例，阐述"足球节"课程设置应当贯穿初级课程三套课表中。同时利用各种条件去寻找资源，将校园足球更好地与

学校特色教育结合起来,更好挖掘校园足球文化等方面的阐述赢得讲师们的认可。

对于指导员培训课程构架起初在2012年沈阳班开始提出。此次讨论发言主要是根据半年来的实践反馈,为此讲师们都对课程提出许多优质意见,会场上的讨论十分热烈。

四、进行2012年讲师足球对抗赛

24日下午,全体讲师赶到深圳市体育场,进行2012年度讲师足球友谊赛。举办讲师足球赛的目的是要求讲师们不但有丰富的理论知识,更要有健康的身体,始终保持自己的足球实践技能,才能胜任讲师工作。全体学员以中国地图为标准,分成中部、西部和东部三支讲师球队。大家换上装备,真刀实枪地对决起来。东部首战中部以1:2落败,紧接着又以5:2战胜西部,倒是中部赢得好签,最后一役以3:1战胜西部而获得冠军。一年来,大家都为校园足球指导员培训工作而奔波忙碌,今天着实放松当了一次运动员,从二十几岁到五十几岁,每个人的脸上都流露着笑容,享受着足球带来的快乐。校足办培训部主管曾丹、小田还有盼盼老师,不时披挂上阵,一显身手。偶尔峥嵘,招来球场上的笑声一片。

25日上午,学员们对指导员课程构架进行了最后的集中讨论。各地讲师的发言也是越来越集中,一些集中的问题更是引发全体讲师们的共鸣,讨论场面也逐渐激烈起来。讨论期间,邓世俊教授一边集中大家汇集上来的信息,一边对课程设置做出修改。

结班仪式上,全国青少年校园足球工作领导小组办公室培训部曾丹主管对2012年度讲师工作、讲师足球赛进行表彰。在一阵热烈的掌声中,此次培训论坛结束。此次活动,也是对过去讲师工作一次科学总结,是对未来校园足球指导员培训工作的集中讨论,愿未来讲师们优秀的工作帮助中国校园足球早日振兴。

第十一节　初入讲坛　家琪帮带

2014年1月3日至9日,2014年牡丹江市校园足球初级指导员培训班在牡丹江市第一高级中学如期开班。受国家校足办委派,我有幸与中国校园足球精英讲师刘家琪老师一道承担了此次培训班的授课任务,并成为他的助手。

在刘家琪老师的带领下,培训班生活紧张有序,严肃活泼。全体学员积极学习,大家从陌生到熟悉,从相识到相知,校园足球的知识营养给全体学员带来了无尽的快乐,也给初入足球指导员培训工作的我带来更多的启迪。在过去的一年里,牡丹江市校园足球成绩突出。在国家层面评比中,校园足球竞赛、培训工作获得一等奖,宣传工作获得三等奖。远比全国各地校园足球开展得更加蓬勃,牡丹江堪称黑龙江省校园足球沙漠中的一块绿洲,能再次来到牡丹江市汲取校园足球的营养,感受刘家琪老师的风采,实属人生有幸。

已近腊月的牡丹江市真可谓天寒地冻,冰天雪地。理论教室里支着电暖风,室外地面上的积雪也足有一米多厚。家琪老师没有带一件棉衣,而将单裤套了一层又一层。条件艰苦,却挡不住他对足球指导员培训工作的热爱。教室里他现身说法条理清晰,实践课上他身先示范有板有眼,与学员的互动更是恰到好处,不时招来一阵阵精彩的叫好声。站在一边的我,真为家琪老师的尽职尽责而动容,也为他的精神所感动。

经过六天的学习与实践,41 名来自宁安、海林等地一线教师对校园足球理念及草根足球有了较深的认识。对儿童足球的球感、带球、短传、射门、头顶球以及协调灵敏移动技术进行了比较系统的学习。理论课上,学员们分组进行讨论,积极交流;实践课上更是认真准备,不断创新练习方法。本次培训班带给学员们最为精彩的当属足球节实践课了。在全体学员的共同努力下,足球节实践活动在牡丹江市奋强小学完美上演,60 名儿童在指导员们的热心组织下,积极踊跃,不怕寒冷,在冰天雪地里分享了足球带给他们的快乐。这是家琪老师在冬天雪地里指导的第一个足球节,喜悦与快乐也挂在了他的脸上。

六天培训生活在孩子们足球节的笑声中结束了,就在孩子们收获快乐,学员们收获知识的同时,我也在家琪老师身上看到了当今中国校园足球指导员优秀讲师的风采,他风趣幽默的谈吐,灵活恰当的教学方法,以及毫不保留的帮助,彰显了他对校园足球工作尽职尽责的工作态度,这些都深深留在了我的心里。

感谢家琪老师的帮带,使我坚定做好校园足球指导员培训工作的信心,增添从事校园足球事业的动力。

期待再次能与家琪老师并肩作战的那一天!

第十二节　恒大足校　印象旅程

从哈尔滨市赶往梅州市参加 2014 年校园足球指导员讲师继续培训班,空乘共有两条航线可以选择。一条航线是在广州白云机场中转,另一条航线是在揭阳潮汕机场中转。为了能到恒大足球学校参观一下,我决定中转广州白云机场。

能到恒大足球学校参观,一直以来是我的一个心愿。广州恒大集团自 2010 年 3 月进军中国足球以来,创造了很多奇迹。恒大足球俱乐部连续三年夺得中超联赛冠军,并在 2013 年亚洲足球俱乐部冠军联赛中一举夺魁,成为国内第一家获得亚冠的中超球队,同年获亚足联最佳俱乐部奖。恒大"要么不做,要做就做最好"的实践,一次次印证其声名远扬的超强执行力。看到中国足球发展困顿于足球人口基数太少、优秀青年人才极度匮乏的瓶颈现状,恒大集团高层领导果断做出决策,在广东清远投入 19 亿元建设世界规模最大、硬件设施一流的国际足球学校。恒大足球学校占地 1016 亩,建有 50 片国际标准足球场、26 幢学训大楼和学生公寓等,被吉尼斯认证为全球最大足球学校。

恒大足球整体的迅速崛起,使我对恒大足球有了很的印象,更对恒大足球学校仰慕许久。

1 月 12 日下午 1 点多,深航 ZH8676 客机稳稳停落在广州白云机场。缓步走出大厅,初春的微风迎面吹来,略带潮湿的空气中夹裹着一丝暖意,我迅速汇合恒大足校梯队教练李石垒、王剑远。他们都是在黑龙江成长起来的梯队教练,现为恒大足校 U12、U14 梯队教练员。他们也因为恒大足校在黑龙江的招生工作而足迹遍及黑河区域。我们在机场外稍事调整,随即赶往百里之外位于清远县的恒大足校了。

将近晚上 6 点多,带着一身的疲惫我终于抵达了恒大足校。在校外简单用过晚餐,我便迫不及待地向着足校办公区方向走去。还未走近,便看见大门两侧两米多高的红墙向两边延伸出很远很远,茂密的滕树枝叶爬上墙头向外窥视着,尽显东方文化的浑厚宽广。一步入门中,一片高大雄伟尽显欧式风格的建筑群映入眼帘。登上最高的综合楼楼顶放眼远望,教学楼、学生公寓、教师公寓、教师办公楼等建筑群交相辉映,华灯溢彩,闪烁着点亮了城市的夜空。此时,孩子们正在教室内自习,文化课老师们进行着春节假期前的辅导。走廊内陈列着孩子们的漫画及手工美术作品,幽默的"里皮"人物画像格外引人注目,折射出小球员对这位足球名帅的崇拜与喜爱。文化课教学井然有序地进行着,为孩子们获得知识提供了保障。忽而教学中心大楼门口两侧由恒大足校校长刘江南题写的一副对联深深吸引住了我。上联为"足球为本,本领高强,强大方能雄冠天下",下联为"文化为根,根深叶茂,茂盛方成参天大树"。足见恒大足校成才为旨,旨向远大,大气方可稳立人生的办学理念了。

次日清晨,从微冷的教师公寓内走出来,沿着园内的大路,径直朝着足球场的方向走去。在坡度不同的山地中开发建成的足球场一块接着一块,一眼望不到边。人造草坪的场地上还是绿色凸显,只有天然的球场草坪微微泛黄,可惜我没有时间等到孩子们的训练,不然一定能欣赏到满园欢腾的训练场景了。与楼群相连的是一个综合体育场,是一块天然草坪球场、偌大的电子显示屏,标准的400米塑胶跑道,整齐的座椅看台,尽显恒大足球人做事的胸怀和气魄。听李石垒教练介绍说,这里不时会有国家U系列梯队到这里集训,校园足球开展的初期,也曾举办过全国青少年校园足球冬令营活动。我们临着台阶而下,来到明星广场,一尊球王贝利高举大力神杯的雕塑格外吸引着我,几处欧式风格的台庭楼榭优雅别致。

偶然在去食堂的小路上,遇上赶去用早餐的学员和教练们。几名西班牙皇马俱乐部梯队训练营的教练,看我一身教练装备也热情地与我打着招呼,从他们脸上绽放的笑容不难看出,他们对恒大足球的未来充满信心,也对中国足球的未来充满信心。

匆匆用完早餐,我便急着赶往广州天河客运站了。

第十三节　群英论剑　共话梅州

1月13日上午十点多,我乘坐大巴车从广州天河客运站出发,大巴车在高速公路上整整行驶了5个小时,终于抵达梅州。梅州风景优美,物产丰富。素有"文化之乡、华侨之乡、世界客都、足球之乡、金柚之乡、单丛茶之乡、客家菜之乡"等诸多美誉,是一座国家级的历史文化名城,中国优秀旅游城市。当地更传颂着"听戏要听梅兰芳,看球要看李惠堂"的历史佳话。这里有叶帅故园、雁南飞茶田、灵光古刹、客家小镇等旅游景点。

在喧闹的车站内偶遇陕西宝鸡的讲师同行,我们一同挤进一辆面包车,10多分钟后便抵达此次培训驻地的嘉运宾馆。由于各地讲师的相继到来,平日寂静的宾馆大厅顿时喧闹了起来。言语中,聊得最多的话题还是校园足球指导员培训工作,还是大家对校园足球的热爱。

翌日上午九点,2014年校园足球指导员讲师继续培训班如期开班。全国校足办曾丹主管、当地梅州市体育局领导以及来自全国各地86位讲师聚集一堂,现任国家足球队技术顾问郭家明先生也莅临会场,解读了世界足球发展现况及足球强国技战术特点,并对讲师工作寄予无限期望。

此次培训班的举办,加强了对校园足球指导员讲师的进一步培养,研讨校园足球指导员培训教材和完善培训课程设计,提高讲师对于培训教材课程内容的理解运用和讲授能力,全面提高全国校园足球指导员培训质量。共有20名主讲师负责20个小组,每个小组都承担本次培训班一个教材内容研讨任务。我和其他讲师们就被分到这20个小组之中。我所在小组由大连主讲师张鹏讲师率领,我的实践课主题是“准备活动”。实践课上,对课件中的练习方式方法逐个进行演示,并将从中发现的一些问题提出改进。理论课上,每名讲师都对PPT课件中提出的问题进行剖析和解读,并适当植入自己的观点见解。

下午实践课被安排在距离宾馆不远的剑英体育场进行。从宾馆步行出发,沿着梅江河南岸一路向前,不到半个小时便到了体育场,只见入口处一尊“亚洲球王”李惠堂带球动作的铜雕塑像熠熠生辉,展示着梅州足球的悠久历史,诉说梅州人的足球故事。

我担任的实践课主题是下午所有讲师实践课的“准备活动”。依据课件原方案的中圈区域,我在内外又增加摆放标志盘。一系列的无球跑动、动力性拉伸、注意力观察练习,有球的带球模仿及团队传球障碍跑接力赛,使得准备活动紧凑和连贯,把下午实践课学员们的积极性调动起来。10分钟准备活动教学实践下来,一身透汗,辛勤的付出换来讲师同行们的赞许。

接下来是其他小组的实践课主题,参与的讲师们都是有板有眼,一丝不苟地对课件进行着实践的探索实验。没有讲课的讲师积极充当着学生,我接连参加了几次实践,又进行观摩。尤其甘肃兰州的刘威讲师小组进行演示的流水训练法,给我的启迪很大。几个教练的组合,能满足学生们不同的需求,一堂训练课既是教练间的团队配合,多样练习又能满足不同能力球员的需求。

历经三天集中实践和讨论,大家完成了《中国校园足球指导员培训课程》初稿件的审定工作。为2014年讲师工作确立了准绳,使未来校园足球指导员培训工作更有目的性和实效性。从另一个方面讲,也是校园足球工作几年来取得的阶段性成果标志,可以说是意义非凡。

每日下午四点,是讲师们的群英实战,按照中国地图“东部、西部、南部、北部”的四个地域划分,86名讲师分为四支球队,采用单循环赛制角逐本届讲师足球赛冠军。经过6场激烈角逐,最终“西部”讲师足球队以两胜一负的战绩获得2013年度讲师足球赛冠军。

结业式上,学员们积极分享校园足球活动成果和经验。来自湖南长沙市德馨园小学教练唐奎老师给大家分享了德馨园校园特色的校园足球活动;来自北京的陈长红讲师为大家带来了2013年度校园足球工作的整体报告;我也为大家分享了“五大连池市第二小学雪地校园足球活动实施策略”。一个个鲜明的校园足球活动案例,充分展示出几年来校园足球开展的丰硕成果,显示出鲜明的地域特色,赢得了与会讲师们的阵阵掌声。

交流后是简单而又精彩的颁奖仪式。全国校足办及当地梅州市校足办领导分别为优秀讲师、优秀管理者、培训班优秀团队获得个人及单位进行颁奖。令我感到惊喜的是,在全国优秀校园足球指导员讲师20人获奖名单中,我也有幸成为其中一员。比起其他讲师来说,我在培训校园足球指导员工作上,只是刚刚做了一些微不足道的事情。领导们对黑龙江校园足球的信心,对我个人的鼓励着实让我感动不已和备受鼓舞。为讲师足球赛冠军颁奖当数颁奖仪式的压轴戏了,只见杨立、李勇、杨浩等20多名“西部队”讲师一个个戴上阿迪达斯冠军帽,脸上堆满了笑容,那一派精神焕发的样子尽显冠军讲师的风范。

在一阵热烈的掌声中,2014年讲师继续培训班圆满结束了。《中国校园足球指导员培训课程》初稿件的完成,其中浓缩了全国足球讲师们的智慧结晶。带着培训部曾丹主管“一马当先龙马精神马年吉祥马上工作”的新年祝福,大家陆续返程开启新一年的征程。能够参加此次培训交流活动,得益于黑龙江省体育局青少处领导的大力支持。青少处调研员孙昱为我争取学习经费,鼓励我完成培训学习,为龙江校园足球发展努力拼搏。正是由于像孙昱一样领导们的大力支持,我才能够在校园足球的路上鼓足勇气不断前行,一边践行足球讲师使命担当的同时,一边分享播种足球的无尽快乐与幸福。

第十四节　镜泊湖上　冰雪来约

2013年的冬天,北国到处都是千里冰封,万里雪飘,仿佛一个美丽的童话世界。坐落在牡丹江市的国家5A级景区镜泊湖,更是银装素裹,雪洁冰清。由中华人民共和国教育部、国家体育总局等五部委联合主办的“2014年全国青少年户外体育活动营地冬令营”将在这里盛大开营。镜泊湖以她宽广的胸襟迎接着全国各地冬令营营员的到来,而我也有幸以竞赛项目裁判长的身份参与此次冬令营活动的组织工作,其间所见所闻已成为我人生难忘的一段经历,为体育教育工作积累了宝贵的财富。

本次冬令营活动是全面贯彻落实党的十八大和十八届三、四中全会精神的一个具体举措,也是开展学生课外体育锻炼,强健体魄的一种创新和尝试。由黑龙江省体育局、黑龙江省教育厅、牡丹江市政府及镜泊湖风景名胜区管委会共同承办。冬季体育运动是学校体育和国家奥运争光战略的重要组成部分,此次体育营地冬令营活动正值索契冬奥会举办期间,而且国家级青少年冬令营活动第一次来到黑龙江,落户镜泊湖,可以说意义特殊、影响深远。

本次冬令营活动以“强健体魄、磨炼意志、陶冶情操、广泛参与、交流经验”为宗旨,以“体验冰雪、快乐冰雪”为主题,活动内容丰富多样、特色鲜明,以竞技比赛、活动展示、主题公园和纪念碑参观等方式,让同学们在感受冰雪、享受冰雪乐趣的同时,加强集体主义、爱国主义教育。活动时间持续5天,来自全国22个省市自治区的356名运动员参加了雪地足球、抽冰尜、雪地徒步穿越、爬犁雪洞接力、冰上龙舟5个集体竞技项目比赛,观看了速度滑冰、短道速滑、花样滑冰、鱼捕、鹰猎、冰瀑跳水等项目展示,参与了雪雕、雪人、冰灯、糖葫芦制作等娱乐体验活动,尽情享受了一场冰雪盛宴。

在本次活动中,省体育局委派我担任赛会总裁判长,全面负责竞赛组织工作。说起担任总裁判长这件事,还真有一个小小的由头。那是2013年12月14日,我来到省体育局青少处汇报校园足球工作情况,时任青少处处长郭玉田、副调研员孙昱等领导热情接待了我。说来也巧,省体育局正在为筹办此次冬令营活动做着准备。领导们了解五大连池市第二小学2011—2013两个学年度校园足球工作开展情况之后,便对我校冬季冰雪游戏产生了兴趣,尤其“爬犁雪洞接力”这个集体游戏。领导们商讨后认为“爬犁雪洞接力”游戏既能体现北方冬季运动的传统特色,又有对冰雪资源的开发利用,能够使营员们充分感受人与自然和睦共处的无尽乐趣,所以决定把这个乡土游戏植入到此次冬令营活动中,分享给小营员们。又基于我多年的校园足球教学经历,领导们便直接委任我担当赛事总裁判长,同时兼任“雪地足球”和“爬犁雪洞接力”两项赛事裁判长。不得不说这是领导们对五大连池市第二小学两年来校园足球实践成果的一个肯定。

算上春节前来培训校园足球初级指导员,这次是我第四次来牡丹江了。与之前带队参赛、学习培训不同的是,全国冬令营总裁判长是我组织体育比赛经历中职位最高的一次了。我深感光荣使命的同时,更感觉到从未有过的责任担当,为此由不得我有半点马虎大意。

2 月 8 日是大年初七,在人们还沉浸在新春佳节家人团聚的时候,我便早早来到牡丹江市镜泊湖,来到这片熟悉的土地上。在与李峰、韩春涛、袁贵生三位裁判长会合后,我们便迅速投入到紧张的工作中。徒步勘察场地、清点器材、修改规程……特别是雪地足球赛程因参赛队伍的不断变化调整了一次又一次。10 日晚,裁判组在宾馆多功能厅召开领队、裁判员联席会,来自全国各地 22 支代表队领队以及来自牡丹江本地 21 名裁判员参加联席会。会中关于雪地足球赛的分组备受关注,我主张的“分 6 个小组产生 16 强方案”得到了通过。在公布赛程和裁判员抽签落定工作任务之后,参赛领队开始抽取球队签位号。一系列公开透明的准备工作之后,冬令营活动只等开幕那一时刻的到来。

11 日当天,组委会安排冬令营开营仪式和观摩、展示参观活动。上午 9 点整,开营仪式在镜泊山庄广场拉开了帷幕。来自国家和省主管体育、教育工作及牡丹江市当地政府、风景区领导们出席了开营仪式。张智、刘培俊两位副司长发表了热情洋溢的讲话,对此次活动开幕表示热烈祝贺,鼓励青少年营员们要勇敢体验冰雪,挑战冰雪,在活动中充分展现中国当代青少年的精神风采。

开营仪式一结束,一阵乐曲声响起,领导们信步走下来与同学们一同跳起韵律操。镜泊湖广场顿时成为一片欢腾的海洋,领导们带头炫舞,将冬令营活动瞬间推向了高潮。

从广场移步下来,便是开阔的山庄天然冰场。远远望去,冰场宛若一个巨大的银色舞台。来自牡丹江市业余体校的运动员正在进行冰上运动项目的展示。在冰场的最外圈,十几名少年身着靓丽的连体服,他们弯腰屈膝蹬冰摆臂,动作协调有力,仿佛一只只飞燕紧贴着冰面飞翔。他们潇洒地滑着曲线,在冰面上留下一道道浓淡交错的划痕冰线。那疾如流星、快如闪电的场景真叫人惊叹不已。在冰场中央区域是花样滑冰的展示,小运动员们穿得花花绿绿,像一只只蝴蝶在翩翩飞舞。

观看冰上运动表演后,我们沿着冰面雪道一直向着前面大山的方向走去。走了大约半个小时,便看见一群头戴狗皮帽子,身穿白茬羊皮袄,脚穿靰勒鞋的满族渔工在湖上劳作着。原来这里正进行着赫赫有名的镜泊湖冬捕,一项别具风情的满族年俗活动。在渔把头的统一指挥下,渔工们在打好的冰洞中下网,再将网依次在冰下穿过,然后逐渐围拢。我们正赶上最为激动人心的时刻,在渔夫们高亢的号子声中,拉网的大胶轮开始绞动。足有 800 多米的大网从冰洞中逐渐滑出,只见伴随着水汽汹涌而出的活蹦乱跳的胖头鱼、鲫鱼、鲤鱼等,在冰面上翻滚跳跃。看着一条条活蹦乱跳的鲜鱼出水,围观的人群顿时沸腾起来,大家纷纷拿出手机,记录下这古老神秘、精彩壮美的盛景。也有的涌上前去与大鱼合影,沾点

“连年有余”的福气。随着一阵阵唢呐和锣鼓声,热情的满族人们又扭起传统鞑子秧歌、表演起太平鼓。我们霎时间被这热闹的场景惊住了!鱼把头还对我们说:“每年春节前,这里都要举行冬捕节‘祭湖醒网仪式’。祭祀湖神渔网,拜天地父母,保佑万物生灵永续繁衍,祈祷百姓生活幸福安康。届时身穿白茬羊皮袄,腰系宽板皮带的渔民面对苍天圣湖高声吟诵祭湖词、醒网词,豪情满怀仰天长饮壮行酒后,便气势如虹向冰湖深处挺进,冰上捕鱼的大戏也就开场了。传承至今的宁古塔正白旗叶赫勒氏河川祭,是萨满文化原始自然崇拜祭礼中最古老的祭祀了,那场景很是神圣和壮观。整个冬捕节仿佛就是冬日镜泊湖上的一次盛宴,打破着冬日镜泊湖的沉寂。”听着他说得耐人寻味,我真的渴望能有机会再单独来一次冬捕节了。

这边是热闹翻天的冬捕场景,那边也在进行着鹰猎表演,一个满族壮年右手上托举着一只猎鹰,只见它锐利的眼神,强壮的翅膀,锋利的趾爪。当远处冰面的一只野兔刚一出现,那鹰便迅速飞过去将其逮住,这就是满族有着数百年历史的鹰猎习俗了。同学们欣赏了渔捕鹰猎全过程,感受着满族民族文化的传统继承,可真是一饱眼福了。

当日下午,营员们又来到处于镜泊湖大峡谷间的吊水楼瀑布进行参观。虽是初春里少有的降温天气,室外最低温度零下30℃,但同学们观看悬崖瀑布和冰川跳水的热情却丝毫没有减弱,吉尼斯世界纪录获得者——中华跳崖第一人狄焕然准时出现在他的“跳台”上,一个倒立,然后纵身一跃跳入了黑龙潭,如鱼一般在黑龙潭水中畅游。同学们屏住呼吸观看,在他落入水的刹那,响起了一阵阵欢呼和叫好:牛,太牛了!跳水结束后,孩子们纷纷与狄焕然合影留念。

从吊水楼瀑布走出来,营员们又来到抗联战士纪念碑前,开启雪城牡丹江那段红色文化印记,重温那段烽火连天的峥嵘岁月。抗日战争时期,抗联战士转战于横道河子、海林、林口及镜泊湖一带,他们以火山溶洞为营地,以冰天雪地为战场,克服严寒恶劣条件,同日本侵略者展开了不屈不挠的斗争,并给予日军以沉重的打击,涌现出“八女投江”等诸多可歌可泣的英雄事迹。聆听着讲解员讲解,营员们义愤填膺,誓言要永记国耻,警钟长鸣。在抗联英雄纪念碑前,他们久久不肯离去。

一天来,营员们被镜泊湖冬日的壮美神奇所震撼,被北方民族传统习俗所吸引,带着对冬令营的更多憧憬回到山庄营地修整,准备翌日各项户外冰雪运动竞赛的挑战。

从12日开始,各项比赛相继展开。每天上午进行雪地足球赛,下午进行其他四项集体游戏的比赛。

“雪地足球”是最吸引眼球的比赛了,每场比赛场地周围都挤满了人。比赛采用5人制,比赛用球是红黑色特质的翻毛牛皮的,涩性极强。对于南方的孩子们来说,在寒冷而秀美的镜泊湖上参加雪地足球赛是一个极大的挑战,但是同学们依然激情似火、不畏强手、团结合作、顽强拼搏。最后黑龙江代表队和新疆兵团代表队获得了雪地足球项目一等奖。

“抽冰尜比赛”也是一项具有北方冬季特色的运动项目,以感受冰雪乐趣为主,让同学们在比赛过程中,强身健体、团结协作,为了集体的荣誉,贡献自己的力量。首创的抽冰尜项目又称冰上陀螺,是一项设置4种障碍的接力项目,脚下是厚厚的冰层,冰下水深十几米,同学们在克服冰上摔倒的恐惧心理的同时,用尜鞭子抽打着冰尜通过各个障碍区才算完成比赛,控制鞭子的力量既不能大也不能小,所以其间的乐趣无可比拟。比赛中天津市代表队和湖南省代表队获得了本项目的一等奖。

"爬犁雪洞接力"是在全国冬令营活动中首创的项目,以东北最常见的拉爬犁项目为基础,6 人一组,完成接力。同学们在赛场上欢声不断、乐此不疲,每个参赛选手都使出浑身解数,摆出一副不服输的样子。看着冰雪面上飞一样滑行的爬犁,一旁观看比赛的同学无不激动、兴奋。最后,宁夏代表队和黑龙江代表队获得了比赛的一等奖。

"雪地徒步穿越"是本次比赛中最凸显团队意识和集体协作精神的项目,重在锻炼团队的拓展能力。8 人一组,4 男 4 女,8 名运动员最后一名到达终点的时间为团队比赛成绩,比赛路线全长近 5 千米,其中 1.2 千米为自然雪地路段,部分路段雪深达 40 厘米,同学们相互搀扶、团结互助,此时同学们所感受的并非比赛的紧张,而是团结互助的力量。一些南方同学们经受着前所未有的挑战,深一脚浅一脚地在白茫茫的雪海中不断突破自己,困难面前绝不屈服。难能可贵的是山西代表队、四川代表队的小选手轮流背负着自己的队友坚持到达终点,不让任何一名队友掉队。这项比赛最后获得一等奖的代表队是山西代表队和福建代表队。

"冰上龙舟"是在我国东北民间的娱乐项目之一,与江南"水上龙舟"比赛如出一辙。每支参赛队共 9 人参加,其中 1 人是鼓手。在比赛时,龙舟上龙旗飘扬,好不壮观,同学们以鼓点为令,众人齐挥冰钎,通力协作,到达终点。获得该项目比赛一等奖的是河南省代表队和江西省代表队。

1 月 14 日是第三个比赛日,正赶上马年的元宵节。下午四点钟的时候,所有比赛都结束了。小营员们领取了获奖证书,一个个兴高采烈,时常还为比赛中的情景唠个不停。当夜幕降临,组委会在庄园广场上举行了盛大的篝火晚会。五颜六色的烟花飞向夜空,耀眼的光芒将广场照得一片通明,这边来自天南地北的孩子们拉着手,一起合围在篝火旁唱歌跳舞。那边几项冰情雪趣体验活动仍在进行中,堆雪人、赏冰灯、塑冰雕、穿糖葫芦……丰富多彩的冬令营活动将全国各地少年玩耍在一起,紧紧团结在一起。看到此景,我也仿佛回到了自己快乐的童年。

纵观此次活动,紧张忙碌,丰富多彩,井然有序。在所有裁判员的努力下,没有一起运动安全事故发生,没有一件规则诉讼事件发生。是裁判员团队的高效工作,才换来冬令营盛会的成功。

九天的辛勤努力,我感受颇深。作为裁判长一定要想到前,做在先;要精通比赛规则,根据赛场变化及时研判和重组;要着重做好赛前场地器材的检查和完善,保证赛事安全;要做好服务,加强与参赛球队的沟通交流;更要有情怀,使每一项活动都实现孩子们分享极致快乐的目标。本次冬令营活动也一改以往单纯竞技的比赛模式,添加了不少趣味运动于其中。通过互动、合作,增强了同学们吃苦耐劳、顽强拼搏的意识和团队协作精神,提高了同学们独立自主的能力,增长了阅历和见识、培养了多角度的思维习惯,为同学们的人生增添了一笔无形的财富,留给同学们终生难忘的记忆和充分感受人与自然和睦共处的无尽乐趣。

难忘镜泊湖冬日的别样风情,难忘活动中孩子们的张张笑脸。为每一名孩子的健康成长服务,我愿永远奔波在体育教育的路上。

第十五节　红玛瑙石　冷矿泉水

逊克县位于黑龙江省东北部,因为蕴藏丰富的玛瑙资源而享有“中国红玛瑙之乡”的美誉。五大连池市因其火山喷发孕育天然矿泉水资源,同法国维希、俄罗斯北高加索共享世界三大冷矿泉的美誉。2014 年 5 月 22 至 23 日,两地体育教师在校园足球方面开展的一次研讨交流,促成了新时期黑河区域内第一次县域间“校园足球教学研讨和观摩交流活动”。我们也称之为校园足球联袂之“红玛瑙 & 冷矿泉”。此次活动,由两地教育部门联手打造,由五大连池市第二小学展示研讨交流活动内容,由我来负责此次研讨会的具体组织实施。来自我市镇内及逊克县的 29 名一线教师参加了此次交流研讨活动。由于种种原因,此次活动总时间仅为一天半。22 日上午 10:00,逊克县来访队伍一行 11 人在县进修学校刘自强副校长的带领下早早抵达五大连池市。来访人员全部来自逊克县农村及城镇中小学校一线教师队伍。

当日下午,此次活动的启动仪式在五大连池市第二小学会议室有序进行。市教育局教育股股长郝运龙做了简短陈词,对此次研讨交流会的成功举办表示祝贺,希冀大家通过研讨会能使校园足球教学技能得到更多提升。在陈述国家校园足球开展背景、校园足球指导员培训政策后,五大连池市第二小学 2012—2014 两个学年度校园足球实践活动开始格外引起大家的关注。北狮梯队业余训练、足球教学课、“校长杯”联赛及足球操等活动,就像一块磁石极大地吸引了大家的注意力。我为大家展示了孩子们在足球活动中绽放笑脸的照片。有小男孩,也有小女孩;有的来自联赛中,有的来自足球节,也有的来自训练课堂上。有足球的地方就有快乐,有足球的地方就有团队的合作。校园足球,果真能让孩子们的笑容变得更加灿烂吗?带着这种好奇,与会教师们不时发出疑问。

鉴于足球节课程是国际足联草根足球发展计划活动主要内容之一,又是校园足球育人活动载体,为此这次研讨会中植入足球节课程,以求最大化去影响每一名研讨教师,把足球节活动带回到自己的学校中。而此次足球节面临的实际问题是两地教师之间需要合作,参与活动的学生来自镇内三所学校,从小组编队上看也是一次合作尝试。而且时间短暂,这无疑给这次研讨会实践课程的实施增添了一定的难度。但是,当我看到教师们对校园足球新理念、新知识的强烈求知欲望时,我也将愉悦之情深深藏在了心里,增强了信心。

理论课堂结束后,在陈大忠校长的陪同下,来访人员先后参观了学校足球活动室、楼廊足球文化,翻阅校园足球各种软件材料,足球课题组教师也就某些问题与来访教师们进行解答和交流。研讨人员一行人又来到操场中,观摩第二小学北狮梯队训练课、足球活动课。在活动间隙,大家进行了观摩后的现场点评,收效良好。我也将“体育课是校园足球普及的窗口、训练是提高技能的重要手段”一些个人观点分享给大家。一下午的紧张交流,与会人员对校园足球的实施有了深入了解,建立了“实践足球节”课程的崭新理念。

次日清晨,当第一缕阳光洒向大地。两地教师们便来到学校,开始进行足球节活动场地的布置。在总指挥的指令下,按照活动方案场地布置图,指导员们从 A 站到 H 站,认真排尺,准确画线,每一项工作都做得格外认真,井然有序。

上午,第二节交流理论课照常进行。课堂上,指导员们一起分享了本次足球节活动方案,明确了活动站的教学任务,并对方案中一些要求做了解读。在一系列足球节活动方法措施和要求讲解之后,学员间也迅速建立了沟通和联系,我便趁势给大家进行了分组,以两地合作的形式,29 名学员迅速被分配到此次足球节实践活动的 8 个活动站和趣味体验区之中。

从课堂上来到操场,全校学生正进行着足球操表演。伴着优美的旋律,黑白相间的足球划出一个个优美的曲线。整齐划一,劲健有力,一个个灵动的身影将场面烘托得无比炫酷,展现了足球操无限的魅力。随之,教师们又观摩了足球队训练课和班与班“校长杯”联赛,每一项活动都引起了研讨教师的极大兴趣,探讨、交流、分享的场景时时出现。

下午两点整,此次研讨会压轴大戏——五大连池市首届小学生足球节活动隆重拉开了帷幕。开幕式由孟凡奎副局长主持,市教育局党委书记、局长徐业飞同志发表了重要讲话,他欢迎逊克教育同仁来五大连池市共谋校园足球发展大计,在肯定五大连池市辉煌足球运动历史的同时,也对未来我市校园足球发展规划愿景,提出了希望和要求。

来自五大连池市第一小学、实验小学以及第二小学的 144 名小学生在 25 名校园足球指导员的组织下,在八个活动站区域内激情对抗、尽情玩耍;来自我市各个行业的 400 多名第二小学的学生家长与 1200 多名孩子在体验区内游戏互动,共同分享草根足球的魅力与快乐,共同迎接第 65 个国际儿童节的到来。经过将近两个小时的努力,由两地教师联手组织实施的五大连池市第一个镇内小学生足球节,在孩子们的一阵阵欢笑声中结束了。首次县域间校园足球研讨足球节实践活动取得圆满成功。来自足球节活动上真切的感受令参与教师兴奋不已,足球的快乐写在孩子们的脸上,指导员的快乐洋溢在心里。

总结会上,每一名教师都踊跃发言,尽情分享两天的收获和感想。来自鄂伦春族能歌善舞的莫迎春老师,唱了一首《远方的朋友请你留下来》,表达了参加此次校园足球研讨会的激动兴奋心情,将研讨会的气氛推至高潮。此次培训会,两地教师互相学习,积极交流,在共享北方校园足球资源基础上,共谋北方校园足球发展大计,迈开县域间教学业务合作交流的第一步。同时也实现了五大连池镇内小学生足球活动首次交流,使五大连池市成为第一个举办“足球节”的省级校园足球试点单位。它的意义深远,示范效应不可估量。

两天来,我被逊克同行们勤奋好学、一丝不苟的学习精神深深感动,也因两地教师相互包容、相互支持的合作精神而感到欣慰。两地教师因对校园足球的共同热爱,架起了一座友谊的桥梁。

红玛瑙 & 冷矿泉,依然成为两地经济特产的一个代名词,给两地百姓带来更多福祉的同时,也带来生活上质量的改变,这些更多展示出两地物质文明的进步。两地校园足球的发展也会给两座小城带来持久的动力,更多青少年的健康成长,会给两座小城注入更多阳光,带来更多活力,成为两地精神文明建设的重要组成部分,共同融入建设健康中国伟大事业之中。届时,两地教育联谊之花也将更加枝繁叶茂,并蒂花开。

第十六节　C 班学习　大连硕果

2014 年 6 月 8 日—21 日,我参加了在大连市举办的亚足联/中国足协 C 级教练员培训班课程学习。十四天的培训和学习,使我对足球青训又有了一个新的认识,对提升执教能力又有了较大帮助。

担当此次培训班的主讲师是亚足联/中国足协 A 级教练员王雷,助理讲师是张鹏、武朋。王雷讲师有丰富的执教带队经验,曾到德国、日本等足球发达国家学习过先进的现代足球理念。他学识渊博,语言幽默,风趣的课堂氛围让我们对学习充满了动力。

C 班级课程是半天理论课,半天实践课。相比 D 级班中主要考察个人的技战术能力,C 级每天主要培训的是小组之间的进攻和防守战术。足球比赛就是由多个小组和局部组成,如果把 C 级班内容全部学透,对以后带队有很大的帮助。小组战术是全队战术的基础,一个队能够把小组战术练好,到以后学全队战术的时候将会很轻松。而且导师所讲都是根据现代足球的进攻原则和防守原则制定的小组战术。

C 级教练员培训班给我的第一感受是训练中更加重视小组合作学习。第一天培训课导师就将学员进行了随机小组安排,尽可能避免来自同一所学校,甚至同一个地区的学员分在一个小组;每天的理论学习都以小组为单位,进行讨论、交流,并进行小组台上交流与展示,人人总结人人发言;每天的实践课,也都是以小组为单位,搬运器材、摆设场地、准备活动、实践课,都需要小组合作共同完成,尤其是准备活动和教学实践课,都是以小组为单位轮流进行,在彼此交流中探讨校园足球的训练方法和训练内容安排,导师给出的肯定多,总是鼓励学员,“你做得很好”“继续,继续”“我知道压力大,但是你能行……”导师发现学员存在问题,便亲自示范,在示范中不断和我们交流互动,并找出问题原因所在,给出意见和建议。

C 级教练员培训班给我的第一感受便是要重视训练助理,尤其是守门员练习。一个很棒的团队,既要有主要负责的教练,也要有训练助理,做到分工明确,训练细化,重点突破,层层递进。训练助理要提前知晓主教练的训练意图,了解每一堂训练课的主题内容,应依据主题内容进行辅助练习和训练;在准备练习过程中,尽量不要干扰,让队员认真自由地完成;在训练主体部分中,要能认真地发现队员存在的问题,并及时发现问题,找出解决办法,并能做出正确的示范;在这个环节中存在问题的时候,教练员要及时鸣哨暂停,提醒队员站在原地,还原刚才问题情境。让学生习惯,以后能知道自己存在问题。守门员助理,在青少年训练中,仍以和同伴共同进行练习为主,以训练助理辅助实践练习为辅。在青少年训练课中尽量不要安排固定的守门员,要让守门员大多数时间参与到团队训练中来,在技能练习和小组对抗比赛或者有条件附件的对抗比赛中增加守门员,一是增加射门的难度,二是增加真实比赛场景(比赛中很少出现打空门的情形),三是让守门员在实战中得到训练和成长。最好在学校不要传授守门员的专业动作,要留给专业守门员教练。

在这十五天培训中,我与另一名黑龙江籍足球教练李石垒,一起在实践课中经受风吹雨打,经受烈日暴晒;一起在课后研究理论,对新知识打磨消化。为振兴龙江足球的一颗心,使我们彼此结下深厚的友谊。真希望有越来越多青训教练员切入教练员培训队伍中,青训是基础,中国不是没有好苗子,而是没有好的青训教练。从现在开始,从我自己做起,用心对待每一堂训练课,用心对待每一个孩子,把正确的足球知识传授给孩子。希望在未来的十年或者二十年,通过我们这些教练员的努力,让黑龙江校园足球早日迎头赶上,为中国足球做出努力贡献。

同时让我感慨,作为一名教练员首先应是一名优秀的教师,能给学生正确地传授新知识和新技能;还应是一名体能教练,提高学生的身体素质;更应是一个创新者来创新正确有效的训练方法;也应是一个执法者管理者,要善于组织,有奖惩制度,掌握公共关系、提供意见和建议,同时也要成为学生的朋友,多鼓励、多沟通,要善于听取意见和不断学习。训练时安排场地器材要得当,训练内容要突出主题,使学生明白是在练什么,怎么练,达到什么样的目标和要求,如有不足及时指出。讲解示范要清晰和正确,要让学生多做示范并讲解,及时改正错误动作技术,不要拖拉。训练时要制订训练计划,任何训练都需要设定目标,课程可有双重目的,既练体能练战术,又可以单独训练个别队员。让队员对当天的训练目的心中有数,教练员要对训练内容深思熟虑,精心准备,才能达到预期的目的。

总之,这次训练使我明白了训练要抓住青少年身心发展的特点,在不同阶段进行不同训练,这样才能使青少年更好、更科学地提高足球水平。

历经三次实践课考试和两次理论考试,我真不知杀死多少脑细胞,两鬓又增添多少根白发,最终完成了培训班所有考核任务,结业式上拿到此次培训班的最佳进步奖。希望今后能多参加此类教练员等级班培训,不断学习充实自己,我的梦想就是培养更多优秀的足球人才,以后能够为国争光,能够踢出国门走向世界。

利用间歇的一天,我去了走出众多国脚球员的东北路小学进行参观,感受颇多。

足球运动象征着团结的力量,凝聚着集体的智慧,它是速度、激情的代名词,它是意志品质、拼搏精神的集中体现。足球运动代表了一个国家整体体育竞技的水平,足球运动上不去中国就永远是一个“体育大国”而非“体育强国”。当下,足球运动已经上升为国家战略,如今的中国足球已经不再是单纯的体育运动,它已经与国家的前途命运紧紧地联系在一起。

作为基层的足球教练员应该具有这种忧患意识,应该肩负起复兴中国足球的历史使命,在抓好青少年训练的同时,大力宣传足球运动的优越性,使更多的孩子参与进来,提高足球运动的普及程度,为中国足球的早日腾飞贡献我们的一份绵薄之力。

第十七节 学转英超 杭州拾金

2014 年 10 月 27 日至 11 月 2 日,我参加杭州全国校园足球讲师培训班学习,此次培训课程是“学转英超”1 ~2 期培训课程班内容。这次培训,使我对英国大使馆文化教育处、英格兰足球超级联赛联手推广的学转英超项目开始有一些了解。我有幸接触了由英超主教练保罗·休斯(Paul Hughes)等三人组成的教练员讲师团队。三位讲师风趣、幽默、严谨、活跃、开放的教学形式,让我感受到英超教练们独特的教学风格,培训技能知识的专业性。

众所周知,英超作为欧洲五大联赛之一,数年蝉联全球收视率榜首。是目前欧洲主流职业足球联赛中最年轻、竞技水平最高、商业运营最成功的顶级联赛,已然成为现代足球发源地英国的象征,而“学转英超”是英超联赛以及其俱乐部长期致力于提供高品质的社区和教育项目,其宗旨是通过英国青少年足球训练课程来帮助中国青训体系提高和完善。学转英超,特别能体现国际足联草根足球发展计划理念。而且特别有逻辑性,能将国际足联草根足球发展计划的方方面面都容纳进去,并且有机地统一起来。可以说非常适合我国开展校园足球活动实际的情况。学转英超目前已经在全球29个国家和地区举办,在全球培养了超过17700名足球教练员和裁判员,使全球150万名年轻人从中受益,并因此享誉世界。

自2009年国家体育总局和教育部联合发展校园足球以来,“学转英超”便开始登陆中国。其目标是在2020年前,在中国再培养5000名教练员和裁判员,进而使近500万名儿童和年轻人受益于高水平的足球培训。该培训将帮助中国的草根足球教练提高发展社区足球运动项目的能力,成为中小学足球体育普及和推广的中坚力量。“学转英超”的培训宗旨也是为了促进中国体育运动的长远利益发展,并将体育运动的健康和教育意义提高到一个崭新的层面。

在这六天里,“学转英超”教练员讲师以足球为载体,积极教学,有效传授。从内容上分,第一阶段是以教练员角色来培训的技术技能学习;第二阶段是以教练员讲师的角色来培训,运用英超的教学理念备课,并给社区教练员上课,每人30分钟时间;第三阶段是检验学员们的学习成果,学员集体给杭州一所学校小学生上一节“全英超式”足球节活动展示课。本次培训半天实践半天理论,并对120名10~12岁小学生足球培训成果进行展示,多种考核方式相结合对学员进行了全方位的培训成果评估,让学员深入学习。英国足球教练员的执教理念、训练技巧、健身方法以及体育事务管理方面的知识,切身感受到先进的足球培训教练员模式,可以说是受益匪浅,感受颇多。

一是不同的教学理念营造不同的教学风格。实践课堂上,英超教练员独特的教学风格,让我耳目一新。教学中,英超教练讲师从来不先讲解技术动作要领,而是先让学员做各种练习。在练习中,学员们会通过亲身体验提出各种各样的问题,讲师则在回答问题中,告诉学员为什么要这样做和这样做的教学效果。保罗·休斯特别强调,不要害怕你的学生犯错误,学生在练习中犯的错越多,越能促进教练员教学效果。讲师们的这种“先试后导,先练后讲”的教学模式,也如国内“先学后教,当堂训练”的洋思中学教学模式。课堂开放程度大,能更多体现学员的主动性。而且分组能根据不同授课场景和内容去设计,非常灵活,没有按一个原则。从而使学员们有更多的机会去相互交流和学习提高。还有共同参与的场景设计很多,也很实际,为我们做校园足球指导员和教练员培训提供了借鉴。授课的环节安排得十分紧密,衔接好。每天都布置家庭作业,首先是对当天课程的反思,加深知识的掌握程度;其次是对第二天课程进行预习,提高对新知识的掌握速度。本次培训分了几个阶段。第一是作为教练员的角色来进行培训,第二是作为教练员讲师的角色来培训,因此调理很清晰。有针对性地提高了学员们的学习效果。

二是强调游戏的运用。外教们特别强调游戏的运用,在前三天的技术教学中,他们在一上午四个小时的训练中,几乎都是让我们在游戏中度过的,大家玩得既开心又学到很多的技术,学员们的态度、注意力及团结协作精神品质得到强化。讲师们告诉我们,一定要

“保护”好孩子们的学习兴趣,让他们对每次课的学习都充满想象和期待。不要让孩子做过多的机械式的练习,那样会影响他们学习的积极性和创造性的。课堂上,讲师们总是准备着一些丰富的教学内容来分享给我们。看到大家困乏了,便组织学员到走廊内以小组组合方式进行一个游戏,很快便让大家注意力开始集中起来。通过小奖品的形式,调动了大家学习的积极性。室外实践课上看到学员们注意力开始下降,讲师立刻组织了互动小游戏。“远射打横梁”,即一个人一次在中圈处远射,将球打在横梁上便会得到讲师的奖励,一个人就一次的机会。看似一个小小的活动,学员们便立刻提起了精神。加油叫好声与长吁短叹声叠加在一起,立刻使课堂气氛活跃起来。我想,对于成人尚能有这样的效果,何况是好胜心极强的小孩子们呢!课堂中互动环节生动有趣,很好地解决了学员们的视觉疲劳,使学员们的身心得到了调节,提高了培训效果。

三是强调对身体的利用。在游戏教学及对抗练习中,外教们特别强调对身体的利用。他们说,如果一名队员在比赛中不会利用自己的身体,那么他将永远不会成为一名优秀的足球运动员。在这里,保罗讲了梅西的例子,梅西是阿根廷的国脚和西班牙巴塞罗那队的进攻核心,他脚感很好,技术出众,速度奇快,视野宽广,而他的身高只有1.68米,体重较小。但是这么小的身高却能在欧洲高水平的联赛中成为球队的核心,关键在于他对身体的利用。梅西在比赛中,除了身体护球做得很好之外,他还会利用对方的身体,当他和比他强壮的队员对抗时,他会用身体去挤靠对方,当对方用力抵抗时,他就会借助对方的力量,将自己弹出去,进而摆脱对方的防守。像这样的球员还有德国的哈斯勒,意大利的左拉,西班牙的哈维、伊涅斯塔,还有皇家马德里队的莫德里奇,以及巴西队罗纳尔迪尼奥等。他们都是利用身体的高手,不管是在俱乐部还是在国家队,都是球队技战术的核心。因此在比赛中,我们不但要教会学生利用好自己的身体,更要利用好对方的身体。中国国家队曾被球迷们称为头球队,因为当时我们国家队对队员的选拔标准之一就是必须有良好的身体条件,这样,我们在身体对抗中就能取得优势。但是通过讲师们讲解,我认为我们国家队选材的方向出现偏差,我们的国家队需要的不是身体条件最好的队员,而是“利用身体”能力最好的队员,国家队如此,校足球队亦如此。在选材中以后不要过多强调身体这个唯一标准,在训练中更要加强队员利用身体能力的训练。

四是因材施教原则。在参加“学转英超”的足球教练员培训班之前,我认为这只是一次单纯的足球教练员培训。但是,在第五天理论课结束后,我的想法彻底地改变了,原来足球也可以做这样的事情。在培训的第五天,正赶上下雨,所以,我们临时将室外的展示活动改到室内理论课,外教们好像有预感似的,早就准备好了教学内容,保罗给我们上了一堂印象深刻的“理论课”。在这节课上,讲师们先给我们四个小组各分发17张动物的图片,共同分享每个动物的特点之后,要求各组用这些动物来安排一个足球比赛出场阵容,并集体说出这样安排的理由。这个活动非常有创意,启发我们在训练比赛活动中,要随时根据每个队员的特点,进行有针对性的训练和比赛内容安排。把尊重孩子的自身特点和开发孩子的潜在能力,作为青少年儿童训练中的一条准则来执行。将这些有特点的个体组合在一起,就是一个有鲜明技战术特点的球队,也是对小组团队创造力的开发和培养。

五是足球亦是公益。“学转英超”足球理念有着更深层次的含义。学习中,保罗给我们放了一段影片,是他及同事们在印度拍摄的,一段关于足球改变贫穷孩子生活方式的纪录片。保罗说,那是他们在印度做过的工作。他说“学转英超”这个项目的最终目的是服务于社区的,我们通过这几天的培训,将我们学到的技术、技能和训练方法,帮助那些没有条件和能力,但又对足球这项运动感兴趣的孩子们,掌握一些足球的技术技能,让他们对生活充满希望和建立自信,这是一项公益活动。所以,在课程的最后一天,三位英超教练分别跟每一个队员进行谈话,询问我们是否愿意义务参加这样的活动,并将我们在这里学到的东西回去传授给我们社区的孩子,最后给愿意参与这项活动的队员进行备案。在我的印象中,体育的作用就是锻炼学生的身体,提高他们的身体、心理等素质,从来没有想过把足球等体育活动运用到社区中去帮助其他孩子,远离毒品、网吧、人身伤害等社会一些社会不良因素,帮助贫穷的孩子们建立自信,帮助那些性格孤僻的孩子们主动地接纳别人和帮助他人。英格兰足球超级联赛首席执行官理查德·斯库达摩尔(Richard Scudamore)在一次培训中讲话说:“在英国,英超联赛以及其俱乐部长期致力于提供高品质的社区和教育项目,并因此享誉世界。我们在国际上广受欢迎并获得了巨大成功,我们认为通过努力使这类项目惠及更广泛的人群是正确的事情。”从这一点上看,英国人对体育的理解确实比我们深得多,英超文化确实底蕴丰富。

六是分享 SMILES 方法。学转英超处处体现国际足联草根足球发展计划理念,而且特别有逻辑性,能将国际足联草根足球发展计划的方方面面都容纳进去,并且有机统一起来,非常适合我国校园足球开展活动的实际情况。

SMILES 是一个缩写词,也称“微笑”法则,代表着开展教练活动时需要注意的 6 个重要方面。

①安全(safe):安全的空间,安全的装备,安全不受伤害。包括环境安全、设备安全和人身安全等方面。这里面谈到的“安全”,正是草根足球乃至中国校园足球谈到的需要首先考虑解决的问题。

②极致参与(maximum participation):任何时候都能积极参与,时刻保持活跃,最大程度参与,而不是排着队等着替换。“极致参与”体现草根足球是面向人人的教育,在活动中没有好与不好,我们的活动是为所有孩子设计的。

③包容(inclusive):无论其能力高低或是否残疾,所有人都能参与其中。“包容”体现了根据不同孩子的能力而设置内容,根据孩子们自身的特点和能力为他们设定不同的发展目标和任务,尝试挑战,进而实现“学习、快乐、成功”。这与草根足球的内涵及现行校园足球发展可以说是一脉相承。

④ 学习(learnimg):有目标,有进步。为达到更好地设置进阶和挑战来取得进步,尝试新事物。每一次活动要每一名孩子都感觉到进步,能够增强孩子的进取心,使孩子获得成就感,对于未来的学习产生动力。

⑤ 快乐(enjoyment):所有的学习活动内容都要有趣味性,使孩子们在活动中享受乐趣。

⑥ 成功(success):孩子们练习效果符合球员自身水平,即达到了自身的成功。

七是掌握 STEPS“步骤”法则。STEPS 是一个缩写词,分别代表空间(space)、任务(task)、设备(equipment)、人员(people) 、速度(speed)这 5 个可对教练活动进度进行调整的方面。这种调整的结果通常被称为“步骤(progression)”法则,体现了教练活动中渐进的原则，通过对5个方面的调整，我们可对活动的难易程度进行变更，达到实现活动主题的目标。更多基层学校教练员缺乏循序渐进的训练手段和方法，足球队训练基本情况都是甲、乙组在一起混合训练的，如果能灵活驾驭这种方法，对活动的难易程度进行变更，就能更好实现训练课的主题。保证能力低的球员“吃好”，保证能力高的球员“吃饱”。其包含的空间、任务、设备、人数、速度5个方面，都是相互制约、相互影响的，所以就一个方面的调整能带来更多的效果，而且没有定数，可以就这几个方面思考出更多的调整方案，从而实现训练效果的最大化，更具合理和科学性，连续性。

①空间(space)：改变区域、维度和距离。

②任务(task)：改变球员正在进行的活动。

③设备(equipment)：改变可以使用的设备或允许球员使用的设备。

④人员(people)：改变小组、队伍数量或活动中的人员分配。

⑤速度(speed)：改变活动的节奏和强度。

在活动中，一定要考虑活动进阶，以便队员循序渐进地发展，维系其兴趣，并保证所有队员都有被挑战感。而且，调整活动的空间、任务、设备、人数或速度还可让进步较快的队员获得更大的挑战。有时，这种调整要涉及STEPS方法中的几个方面。这种调整还有助于保证活动的包容性得以实现，从而使无论能力高低的所有孩子都能参与进来。

六天“学转英超”项目培训学习，不仅提高了自己的教练技能，还增强了自身的体育项目管理能力，使我对“儿童、青少年的热身及训练计划制订，如何设计合理的教案等，儿童、成人训练中的安全防范，安全措施的制订及如何塑造高效的教师和榜样作用等”，都有了一次全新的认识。而且活动中一定要保持学生的最大化参与和训练的趣味性，让学生享受足球，而不是单纯的上课教学。

校园足球的根本是立德树人。所以我们要充分地挖掘它的教育功能和文化内涵，充分体现足球健全人格的社会价值。在开展校园足球的工作中，除了根本地完善人格之外，我们还把它当作了体育改革的突破口和抓手，通过踢球，增加体育锻炼，全面提升学生的身体素质。

在未来的工作中，我要把学到的知识和技能运用到课堂上，提高教学质量，让我的学生充分享受足球运动的乐趣。同时我也要与他人分享学到的新技能，帮助基层教练员提高发展校园足球运动项目的能力，共同成为校园足球普及和推广的中坚力量，从而促进黑河区域青少年足球运动的长远发展，将体育运动健康和教育意义提高到崭新层面。

第十八节 三月黑河 初露生机

2015年年初，黑河市教育局本着“校园足球教师先行”这一原则，率先在黑龙江省启动了校园足球指导员培训工作，这是新时期黑河市校园足球工作迈出的第一步。基于我在开展校园足球活动中取得的一些实践经验，领导们将培训班授课任务交给了我。在培训活动中，我一边注重对青年教师的绑带引领，一边调研各地开展校园足球活动的资源现状。在不断积累培训工作经验的同时，我更感受到了中小学生对校园足球的无限渴望。一年努力，换来我对黑河市校园足球满满的信心，更让我感受到了足球讲师的历史使命和责任担当。

3月11日的早上，黑河小学录播室内是一片繁忙的景象，第一期黑河培训班开班仪式即将启动。那边周忠意科员在忙着会议签到，这边李吉科员在有序发放着会议材料。在陆续抵达会场的人员中，有黑河市、爱辉区教育体育局的领导，有黑河城区中小学校长以及39名一线教师们。一年之计在于春，春天给人以生机，给人以希望。从每个参会人的脸上不难看出他们拥抱春天的喜悦，激动的心情更表现出他们对黑河校园足球未来的憧憬。

8点30分，陈宇洁科长开始主持开班式。在宣读黑河市教育局开展校园足球活动通知及实施方案之后，孙希广副局长做了总动员讲话。他先后从“校园足球发展的背景教育工作者应该怎样看待校园足球”以及“如何抓好校园足球”三个方面阐述了他个人的观点和看法。孙局长渊博的知识和对足球运动独到的见解令参会人员所敬佩，他对黑河市校园足球的顶层设计也是立意长远。多名事业领导的参与，多名校长的分享，使我逐渐感受到黑河市体教融合的坚强力量，而这种力量正是区域校园足球发展的需要。黑河市校园足球从一开始就迈出正确的一步，真是令人欣喜。

理论课上，我通过“找朋友”的方法，将39名教师编成A1至D2的八个学习小组。在学员们分享过课程表，明确了目标和任务之后，培训活动开始了。基于学员间之前的相互了解和业务基础，临时小组的优越性瞬间体现出来。无论是“黑河小学足球节活动方案设计”，还是“足球教师形象简笔画”，每一项课堂作业展示，学员们都能团结协作，积极互动，将临时小组团队功能发挥得淋漓尽致。课堂上，学员们对五大连池市第二小学足球实践做法显得尤为关注，一项项教学实践活动引发他们极大的兴趣。学员们渴望足球知识的眼神和一丝不苟的学习精神，使我对完成工作增添了信心。

首堂实践课，便遇上开春后的一场雪。漫天雪花不但没有阻挡住老师们的学习热情，反而成为课堂上的又一抹美丽。孙局长穿上足球鞋，套上一件分队衫，摇身一变成为培训班上的第四十名学员。曾为黑河“4·28”足球队一名老球员的他，在实战中的一招一式还颇有几分功底。在孙局长的带动下，全体学员对校园足球学习兴趣陡然增加。在小组进行“热身活动、传接球、运球、射门”主题内容教学中，有的讲解指导，有的示范动作；在小组点评中，学员能够有针对性地指出实践中的优点与不足，恰到好处。更激烈的当属小场地教学比赛了，场地上激烈拼抢，射门进球招来课堂上的笑声不断。通过对小场地足球赛的体验，学员们不断加深对国际足联草根足球发展计划理念的了解。

三天来，这种“理论与实践”转换的授课方式，使学校领导及学员们的校园足球理念发生着转变。尤以爱辉区实验小学孙艳红校长，表现出对校园足球极大的兴趣，她独到的发展思路和想法让我眼前一亮。培训之余，她诚恳邀请我到实验小学为孩子们补上了一节“运球”训练课，并与她的体育教研团队一起讨论校园足球训练和活动开展的经验方法。聆听着实验小学校园足球未来发展的美好愿景，看着孙校长虚心好学和满怀信心的样子，着实让我收获着一番感动。如果说教师培训是发展校园足球的基础性工作，那么校长的思想理念才是发展校园足球关键中的关键。

13日下午，39名学员精诚合作，为黑河小学120多名孩子送去了他们人生中的第一个校园足球节。精彩纷呈的足球游戏，让孩子们乐此不疲，激烈的对抗赛，让孩子们体验到了团队力量。指导员和孩子们尽情玩耍在一起，分享着校园足球的无限快乐。一张张通红的脸蛋，一个个欢腾的身影，把初春的操场装点得异常热烈喧闹。

第一期校园足球指导员培训班的成功举办，为启动黑河市校园足球活动吹响了集结号，为黑河市校足球发展播种下了希望。

第十九节　移师嫩江　登高望远

2015年4月1日至4日，嫩江市教育局承办了黑河市第二期校园足球指导员培训班。在该市教育局李世颖、韩雨菲两位负责人精心组织管理下，在全体学员共同努力下，此次培训活动取得了圆满成功。三天来的耳濡目染，使我感受到嫩江市蕴藏着校园足球发展的巨大潜力。

一、优越硬件设施奠定坚实的发展基础

嫩江市占地1.5万平方公里，人口46万，是黑河市地域最广、人口最多的直辖县。境内盛产大豆，而且矿产资源丰富，GDP水平居黑河市之首。嫩江县良好的县域经济状况助推了教育发展，教育发展水平也位居黑河市前沿，几乎每所学校都有一块符合标准的体育场地，相关体育器材也是配备齐全。现有中小学校共51所，其中小学21所、初中23所和高中7所，学生人数近50000人。嫩江市第四小学是本次培训班的协办单位，堪称全市窗口小学。各年段班级数量都在10个班以上，年段学生人数500多人。理论课在学校功能会议室进行，室内投影、大屏幕、音响、网络均达到较高标准，而且全程录播。实践课在周长为300米跑道的人造草皮球场进行。培训工作又得到专业摄影技术支持，承办方委托专职计算机李汪洋老师协助我工作，加上之前也投入力量清扫操场冰雪，为实践课教学提供了帮助。一流的硬件条件和人力资源的投入保障了此次培训活动工作的开展。

二、淳朴民风转化为发展校园足球的一种态度

嫩江市因盛产大豆固素有“金豆之乡”的美誉，但这里又曾经是清朝设在黑龙江省的边疆驿站。边塞军旅生活造就了当地百姓较早开展体育运动的历史，也孕育了勤劳热情、淳朴善良的乡土民风。当校园足球的春风掠过，淳朴民风也随之转化为发展校园足球的一种态度。在学习过程中，53名学员全程都保持着旺盛的精力，保证出勤和纪律。无论是个人展示还是小组合作，无论是理论课还是实践课，学员们都能极致分享课程，积极交流互动，课堂教学效果良好。还有来自科洛乡学校的冯龙恩校长更是对校园足球活动开展情有独钟，较早就通过电话向我请教校园足球开展情况，本次又派出体育教师和教导主任参加培训，下大力气想取得校园足球活动开展的真经。在授课第二天，为了更好地完成足球节实践课任务，熟练掌握足球节活动流程，学员们集体申请了一节晚课，课堂上几番热烈的讨论场景还犹在眼前，当我们结束课程已是深夜繁星点点了。嫩江市的学员们刻苦勤奋、乐此不疲的学习态度，正是发展校园足球所需要的一种敬业精神，也是打造校园足球文化的核心元素。那种场景着实感动了我，激发我的工作热情。我该努力做到的就是，将我全部的知识与他们分享，一一满足他们的需求。

三、教师队伍年轻化是发展校园足球的潜力股

此次培训班共有学员53人,其中最大年龄为嫩江市第三中学迟俭老师49岁,最小为嫩江市第二中学许凤老师27岁,全班平均年龄33岁。学员队伍年轻化,保持了课堂上活跃的学习氛围,保证了实践课的完成质量。学员们按照课程要求,严格遵守纪律,上好每一堂课。在集体完成"教练员形象素质和足球节方案设置"课堂作业中,充分发挥了小组学员的集体智慧。合作中,有绘画功底的进行画图,有的出思路制订方案,每个学员都为完成小组任务而积极做着各种努力。回答问题时,一旦一个学员的思维遇到短路,小组其他学员马上站起来补充完善。为了加深理论知识的掌握,我还一度采用"传纸球回忆新知识"的小方法,将理论课学习氛围搞得热烈非凡。室外实践课,主题教学、准备活动热身及点评教学环节中,小组学员间的支持合作体现得更加完美。倒是年轻学员接受新信息的能力强,学习中我发现他们总有对新知识的渴求,对新高度的挑战。在一次小组教学比赛结束后,看到学员们极度疲劳却意犹未尽的样子,我临时安插了一个"远射打横梁"的小比赛。即每一名学员都在中圈处有一次远射打球门横梁,只有击中横梁才算成功。对于成功者,我便将随身带来的一些足球比赛秩序册作为小礼物赠予他们,鼓励他们参与课程学习的积极性。经过一番较量,来自第三小学的张格明成为互动比赛幸运儿。一个小小的比赛,既是互动交流,也是休息调整。同时也说明在足球比赛中只有扎实的基本功才能把握住稍纵即逝的机会,才能获得成功。像这样,既年轻足球功底又好的教师占据了培训学员中的大部。如王忠武、王景泉、杨波、王继伟等,他们的年龄多在35岁以下,具备较好的足球基本技能,适合进一步培养的条件。众多优秀的年轻学员为嫩江市校园足球发展储备了殷实的人才资源。

四、业余足球助推校园足球快速发展

几年来,嫩江市业余足球运动较早得到发展。自2001年起,嫩江市第四小学王忠武老师带领球队多次参加五大连池市足球邀请赛,也曾在比赛中获得过亚军。2006年就曾经有两支队伍参加比赛,其中的海江镇足球队是清一色的教师队,可见当时嫩江市业余足球的蓬勃发展。2015年,嫩江市足球协会注册成立,开始组织开展一些传统性足球活动,使得更多家长参与进来,也影响着中小学生参与校园足球活动中来。业余足球发展得到县体育局的支持,多次下拨经费组织开展活动。本次开班式,王景路副局长参加并发表讲话。校园足球从一开始,体教结合工作便迈出了坚实的一步。

三天的培训活动,使我意识到嫩江市发展校园足球所具备的得天独厚的优势资源,这种资源势必会助推校园足球得到快速发展。

第二十节　讷河授课　使命担当

2015年春,由于讷河市创建首批全国校园足球试点县工作的需要,省教育厅派我去当地进行足球指导员培训工作,使我有机会切身感受了一下讷河教育人为校园足球所做的点点滴滴。

4 月 15 日下午，在五大连池风景区东侧的欢欣岭路段我搭乘逊克驶往讷河的公共汽车，不到两个小时便到达讷河市区。我与当地教育局体育视导员李红兵、进修校体育教研员刘静华两位负责人会合后，便迅速投入到准备工作中。次日上午八点，培训班如期在讷河市育才学校录播室进行。当地教育局业务局长刘忠信做了讲话，来自老莱镇、长发乡及学田镇的 49 名教师参加培训。

三天来，我与讷河教师们一同学习，一同探讨黑龙江省校园足球发展。当地政府的投入、教育领导的重视以及培训班上全体学员的发奋努力，使我感受到讷河人对创建全国校园足球试点县（区）的态度和决心。同时来自培训课堂上的几个场景，也感动和鼓舞着我，在丰富我培训经历的同时更使我感受到一名足球讲师的使命担当。

一、抓住一切机会加强爱国主义教育

习近平总书记曾在会见国际足联主席因凡蒂诺时说过“足球运动的真谛不仅在于竞技，更在于增强人民体质，培养人民爱国主义、集体主义、顽强拼搏的精神。”校园足球最终目的是育人，并使孩子们在足球活动中培养兴趣、增强体质、锤炼意志和健全人格，更是培养学生们的爱国主义精神和团队精神。因此在教师培训活动中，如何促使学员们增强爱国主义精神也是我考虑的问题之一。4 月 17 日，星期一，我带领着全体学员，参加了讷河市育才学校新一周的升国旗仪式。虽然中国足球水平比较落后，但作为未来足球教师，首先要热爱自己的祖国，才能有振兴校园足球事业发展的动力，才能为这项事业而努力奋斗。从升旗仪式回到课堂上，学员们的精神面貌果然焕然一新，课堂纪律与学习效果也彻底变了一个样。

二、展示两地足球往来交汇点

为调动学员们的积极性，我尝试在课件中植入两地足球往来史，以增强课堂上的互动效果。2003 年夏天，讷河市第一中学的张钰带领一批应届毕业生来五大连池市参加足球邀请赛，这支球队也曾一度扮演着黑马角色杀入最后的决赛，并最终获得亚军。从关注这支高中生足球队开始，我对讷河足球活动开展情况有了一些了解。12 年过后，其中的一名叫张彦的队员现在已经是一名体育教师了，也在此次培训学员行列中。当我把比赛中的影像分享给大家时，他的第一表现是惊讶，之后是感动，全体学员也是为之一振。培养一名优秀教练员，拥有足球运动经历是一个有利条件，更要有对足球始终如一的热爱。所以我们要认真地挖掘教练员的运动经历，如宝藏般珍藏起来。讷河市高中生足球队在足球邀请赛中的优异表现，折射出足球对学生们成长的影响，也表现出足球在学生中有着广泛的基础。把现实生活中真实元素植入培训课件中，给课堂带来了不一样的效果。

三、给青年教师成长创建平台

在驾驭课堂的同时，作为一名讲师，更要注重对有潜质有能力的年轻学员提供充足的资源，为其日后发展搭建更多的锻炼平台。来自讷河三中的杨海青和来自实验学校的徐立志两位年轻教师，都是自身素质较高，专业能力较强的。两位年轻教师都毕业于体育教育本科大学，为此我将课程中“足球场上常见伤兵和 5 人制裁判规则”两个内容分给他们主讲,并分享给全体学员。那个时刻给我最大感受就是,作为中国足球工作者,不管是老师还是学员,其实都是一名学生,我们都应坐下来努力吸取对方的优点,努力学习。在两个年轻人讲解课题后,我心里真有一种说不出的满意,我想这是我在那次培训场景中应该做到的一件事,就像当年牡丹江国际足联讲师叶任强先生鼓励我走上足球节实践课程中一样。

四、圆体育老前辈一个梦想

培训的精彩部分当属全体学员一起实践足球节了。育才学校小学部的200多名孩子,共同度过了一个快乐的足球节。孩子们的脸上绽放的灿烂笑容,是培训班上最美丽的风景。而令学员们最激动的场景,当数培训班结业感言了。班主任刘静华老师宣读了此次培训班的优秀学员人员名单,教师们响起一阵阵掌声。来自和盛中心学校已经57岁的陆宝礼老师,用几句诗词表达了自己的心情。“校园足球,恰逢春天。讲师指导,我学认真。讲练结合,参与修身。回到学校,努力发奋。感谢讲师,天知师恩”。看到陆老师这个年龄,还保有一颗童心来参加学习,在活动中做指导,让我感动很深。作为一名国家培养的草根足球讲师,尽自己最大能力去传播足球,为北方足球做出贡献是我责无旁贷的一件事情。

五、践行足球讲师的使命担当

“讷谟尔河”自东向西流经五大连池市和讷河市境内的大部分区域,是两地繁衍生息、赖以生存的母亲河。两地一衣带水,风土人情几近相同。在创建全国校园足球试点县工作开展以来,两地同时成为黑龙江省候选城市,成为黑龙江校园足球发展的焦点。培训同时,讷河市教育考察团也到五大连池市第二小学进行参观学习,随之政府层面开始全国校园足球试点县创建工作方案的顶层设计。无独有偶,四月底在辽宁省法库县举办的全国校园足球行政管理人员培训活动中,五大连池市将代表黑龙江省做校园足球工作的典型经验介绍。这在黑河市教育层面上,因为一个单项工作在全国工作交流会议上做经验介绍尚属首次。

作为一名足球工作者,我欣喜地看到两地为校园足球发展同时做着各种努力。不管是讷河市还是五大连池市争创全国校园足球试点县(区)成功,我想这都是北方校园足球的一份荣耀。而作为一名讲师,就是要将自己的知识与实践经验无私分享给一线体育教师们,分享给各级校园足球的管理者,努力践行足球讲师的使命担当。

愿通过两地教育人的共同努力,早日实现北方校园足球的腾飞。

第二十一节　孙吴施训　记忆永存

2015年4月22日至24日,第三期黑河市校园足球指导员培训班在孙吴县开班。孙吴县是北黑铁路的必经之地,是通往边塞黑河的咽喉,历来都是兵家必争之地。这里曾是日军侵略东北时的一个后防补给地,今天位于县城东北面的胜山要塞遗址便是日军侵华留下的一个重要证据。

谈及我对孙吴的情感,要从难忘的青春记忆说起。记得在黑河师范学校上学时,每次我们乘坐的大客车都要途经孙吴县红旗边防检查站,每次大客车进城都要在站点停靠一会儿，旅客们也随之下车找家饭馆打个尖。尤其是在冬天，一碗四角五分钱的大馅儿馄饨吃下肚，浑身上下顿时热乎乎的，旅途疲劳立刻消之殆尽，不再感觉冬日的寒冷。随着黑河市外贸口岸开放，红旗边防检查站被取消，人们往来于黑河、孙吴两地变得更加畅通便捷了。

几年来，孙吴县域经济发展势态良好，人们生活水平不断得到提高。人们对精神文化生活的需求越来越广泛，尤其足球这项运动，深受大众和中小学生的喜爱。在“北狮杯”足球赛及“五大连池—孙吴”两地足球往来中，我已经看到孙吴业余足球取得的长足进步，影响着中小学生参与足球活动中来。此次足球指导员培训活动，也是我第四次因为足球踏上这片热土。三天的培训工作，使我时刻感受孙吴人们对足球运动的喜爱，感受孙吴小城特有的热烈足球氛围。而这种感受，就像从久居闹市走进深山所呼吸到的一口新鲜空气，沁人心脾，让人精神爽朗。

培训中的几件往事，让我终生难忘，印象深刻。

一、诸多领导对校园足球的关注

虽然仅仅是一次足球教师培训，但还是引起当地政府多位领导的关注。4 月 22 日的开班式，时任县委常委纪委书记张明、政府副县长李艳梅以及教育局局长李立权三位领导也都来到现场。领导们与学员亲切交流，一起在讲台下就座，一起聆听校园足球春天的脚步声。张明书记曾是五大连池市北狮足球队的一名创始人，虽然身居要职，他却依然十分关心孙吴当地青少年足球运动发展，可见他心中炙热的足球情怀。开班式由体卫艺股负责人侯秉慧主持，教育局王庆副局长做了动员讲话，体校校长张明军也就校园足球开展中体教结合工作做了表态发言。40 名来自全县各乡镇学校的一线教师及县内八所学校业务校长参加。

开班式后，领导们亲切地与学员们合影留念，鼓励大家一定要学会开展校园足球的好办法，掌握足球教学的真本领，为孙吴校园足球发展做出贡献。领导们的到来，是对校园足球工作的最大支持，是贯彻执行校园足球国家发展战略的具体行动。是给学员们的最好的鼓励，也是对我莫大的尊重和鼓舞。

二、誉福足球影响力持久

提及孙吴足球不得不提到一个叫“老李”的人。“老李”大名李广福，从小就喜欢踢足球，这个爱好一直坚持到现在。平日他与爱人经营一家酒类批发商店，将挣来的一部分钱投资给了足球，他先后成立了誉福足球队、誉福足球俱乐部。因为是成人足球队，又将高中学校踢足球好的学生吸收进来，从而打开了通向学校的一扇窗。“老李”是一名政协委员，因此他所经营的誉福足球一直都很有名气。从 2004 年开始，誉福足球队便是五大连池市足球邀请赛上的常客，在与北狮队交锋中结下了深厚的友谊。2010 年“北狮杯”足球邀请赛也在“老李”的努力下来到孙吴县进行举办，极大宣传了北狮足球旨在振兴北方青少年足球的理念，也拉动了孙吴县当地足球事业的发展。一些不同层面的政府部门领导和中小学校长开始转变观念，特别是体育主管部门的积极参与，使得孙吴县足球运动呈现出一派繁荣发展景象。因此说孙吴足球的发展，都要归功于“老李”的努力付出。

闻听我这次来做培训，“老李”再三叮嘱参加培训的几位队员一定要认真学习，努力掌握足球教学方法和球队管理技能。授课之余，他邀请我到他的俱乐部办公室。言谈中，不难看出他下一个目标是要为学校足球做些事情，科学抓好青训，培养更多青少年喜欢上足球。看着他满脸高兴的样子，敬佩之情油然而生。我们的校园足球不正需要像“老李”这样的爱好者和奉献者吗？抬头间，墙面上悬挂的北狮队2010年赠予誉福足球队的那面锦旗映入眼帘。正如锦旗上题词所期望的那样，愿未来北狮足球与誉福足球携手奋进，努力开创北方校园足球的一片蓝天。

三、与向“善”文化的有机融合

早就耳闻孙吴第二中学向“善”文化内涵博大精深，学校“善”秀社团活动开展得有声有色。本次培训班能在第二中学举办，也使我有机会走进向“善”文化，近距离领略它的精髓了。从我步入校园的那一刻起，就得到向“善”文化发起人、校长李巧玲的热情接待。李校长是黑河师范学校首届毕业生，她扎根教育31年，勤奋务实、开拓创新，取得了令人可喜的成绩。她是黑河市知名校长、全国优秀共产党员，曾受到习近平总书记等党和国家领导人的接见。她带领二中人，努力践行“打造向善教育，培养善秀少年”的办学理念，先后成立舞蹈、摄影、绘画、球艺队、茶艺社、小记者、志愿者等27个善秀社团。这些不同类型的社团组织已成为广大学生展示才华的舞台，育人活动的重要载体，不仅活跃了校园文化生活，提升学校办学品位，而且张扬了学生的个性。

利用课间一点间隙，李校长带着我缓步走进第二中学校向“善”文化大展室，向我讲述向“善”文化活动中孕育的一件件小故事。她的记忆力惊人，每一件小故事都能娓娓道来，而且表述得翔实真切。第二中学向善文化已然成为学校德育教育的亮丽窗口，成为李校长用心教育的一个缩影。谈及本次足球教师培训，她便开诚布公地聊起对校园足球的看法。言语间，看得出李校长对校园足球国家政策的充分理解，对校园足球工作的高度认识，校园足球旨在培养兴趣、强身健体、锤炼意志，健全人格，正是学校其他“善”秀社团所不能比拟的育人功能。足球比赛更要遵守规则，尊重对手，尊重裁判，将多彩的足球活动植入感恩教育，特别能对学生三观形成、“三爱”教育起到重要的作用。李校长动情地说，她有信心将校园足球打造成第二中学的第28个善秀社团。

开班式当天早上，李校长本来计划要到省城检查身体的，可是为了校园足球工作，她决定带领学校的后勤团队热诚服务，带领学校教研团队认真分享校园足球实践经验。整整忙碌一天后，李校长才放心地乘坐当晚火车赶去省城。李校长的真诚、敬业和学习精神着实感动了我。这是继黑河实验小学孙艳红校长之后，让我看到的热衷校园足球事业的第二位基层校长。我相信，二中校园足球在她的精心呵护下，一定能扎根开花结出硕果。

四、足球节实现年段学生的全参与

足球节是培训班的最后一个实践课程，是检验学员学习成果的一次大考。如何组织实施孙吴县首个足球节活动，通过足球节来释放校园足球“阳光体育，快乐成长”的信号，根据合理利用学校活动场地和指导员资源，将校园足球节活动利益最大化。第二中学的七位教师发挥集体智慧，通力合作，共同制订了活动站与体验区同步足球节实施方案，实现了各年段学生的全员参与。

根据初一年段共有10个班级500名学生这一基数。方案中将足球场区域设计10个活动站，选择体育基础较好的140名学生参与，每个小组男女混合7人编成一个小队。在400米环形跑道上设计5个体验区，以班级为单位共360名学生参加体验。一次体验区游戏正好完成两次活动站，在轮转时间分配上，既是有机结合，又相对独立。

第三日下午，全校学生集结在操场上，庄严的升国旗仪式结束之后，学生代表宣读了校园足球活动倡议书，在指挥员统一指令下，足球节活动拉开序幕。活动站内，在小组长的带领下，孩子们分享着技术练习小游戏、小场地对抗比赛的乐趣。而环形跑道上，以班级为单位的互动游戏更是热闹非凡。每听见一声哨响，活动站内便轮转到下一站活动。每听见第二声哨响，体验区开始轮转。不同的区域、不同的对手、不同的活动内容，孩子们尽情分享着校园足球的快乐，操场内一片喧腾景象。

经过全体培训学员的共同努力，第二中学足球节活动取得了圆满成功。这种“活动站+体验区”组织模式，一定能加快校园足球的普及，给更多孩子体验足球的机会。

结业仪式上，学员们真诚感言，表达三天来参加培训学习的收获感受，表达发展校园足球的个人计划愿景。而我也沉寂在无比兴奋之中，我为孙吴小城特有的校园足球发展氛围所折服。有政府各界领导的高度重视，有社会力量的大力支持，有优秀校长的帮带引领，有一线教师的努力付出。假以时日，孙吴校园足球一定会结出丰硕的果实。

这就是孙吴培训班留给我的特殊足球记忆，值得我永远珍惜。

第二十二节 秋日连池 整合练兵

2015年10月28日至30日，第五期黑河市校园足球指导员培训班在五大连池市开班。此期培训班由五大连池市及五大连池风景区两地教育局共同承办，由职教中心学校协办。来自两地共计79名一线教师参加培训。

此期培训班，传达了国家校园足球发展政策，提高了一线教师的足球教学技能，增加两地教师间相互间交流，是五大连池区域人力资源一次大整合大练兵。三天培训工作，我在努力传授足球教学技能的同时，也在大班额培训班学员管理、组织教学和考核中探讨新方法、新策略，提高了驾驭课堂的能力，为培训工作积累了宝贵经验。

一、全方位准备做好基础

首先举办全市中小学生足球赛为本次培训班活动拉响引擎。10月24日至25日，全市中小学生校园足球总决赛在新人民体育场成功举办。除了地处于山区的兴安学校和华山学校之外，全市共24所学校组队参赛，本次赛事规模超过以往，更是意义非凡。此次培训不但加强了基层学校领导开展校园足球的思想意识，而且激发了教练员学习业务知识、提升教学技能的进取欲望。

其次是做好培训准备工作。本次培训班理论课在职教中心学校多功能会议室进行，室内投影、大屏幕、音响、网速均达到较高标准。实践课在新建8人制人造草皮球场进行，优质教学设施资源保障了课程的顺利实施。建立微信工作群，便于学习交流。本着区域层面小学对初中、初中对高中对口原则,将学员分成4个学习大组,在此基础上又分成8个小组,理论课小组间接"回"字形座位排列,加强了区域间学员合作交流,加大课堂开放程度。

按照培训内容,分别制定个人和小组的学习目标,做到有的放矢。加强了课前、课中和课后三部分教学环节的衔接。课前布置学习任务,体现出小组的合作探究;课中体现交流互动,积极分享课程;课后利用"学转英超"的培训方式,要求学员们完成"回顾与反思"。通过这些方式,使学员们做到课前预习、课上讨论和课后巩固。我也为自己设置了"工作评价表",为学员们分发了统一模板的教学笔记,旨在做好培训过程的自我评价,加强了培训工作的连续性,提高了培训质量。

二、多元组合多员参与

"多元组合"是指由五大连池市和五大连池风景区两地教育局共同承办。成立由两地业务局长担当组长,两地教育股长担当班主任的领导小组。

"多员参与"是指两地共有79名一线体育教师报名参加,实实在在是一次大班额的培训学习。成立两地学员组成的班委会,负责学习和日常工作管理。其中由五大连池市高级中学刘龙克、五大连池市第二中学王铁彬担当班长;由五大连池市第二小学李常辉、太平小学曲微担当生活委员、由讷谟尔小学董楠楠、五大连池风景区高中张昊、和平中学谷海龙担当学习委员。班委会成员人人具有代表性,优质高效为学员服务。

"多元参与"还体现领导们参加培训班的各项活动。无论是开班式、足球节及还是结业式,都能看到领导们参与的身影,及时为培训学员送来鼓励。特别在足球节活动中,孟凡奎副局长及第一小学宋景隆校长等领导深入现场,与孩子们一起射门比赛,一起分享草根足球的快乐。还有协办单位职教中心赵宪利校长也在繁忙之中,抽出时间来到现场,并安排后期人员全力做好此次培训后勤服务。还有来自五大连池市第二中学、五大连池市第二小学两校提供足球器材服装的大力支持,整个培训过程体现出五大连池教育人高度团结,体现出领导们对发展校园足球的态度和信心。

三、实践第一小学首个足球节

本着一期培训班开发新一所学校足球节的原则,我们将本次培训班足球节实施对象确定为五大连池市第一小学。成立了以五大连池市第一小学、五大连池市实验小学学员为主,以五大连池市第二小学学员为辅的活动方案实施小组,主要目的就是锻炼更多学员去掌握开展足球节活动的本领,把足球节带给更多学校的孩子们。五大连池市第一小学是五大连池市窗口学校,拥有2000多名的学生。足球节的到来,给孩子们带来了非凡的快乐,校园里引发了一番不小的震动。

纵观本次活动,实施小组及各站指导员在准备工作、教学重组等方面的能力都提升了许多,为日后教学积累了经验。

足球节指导员采用自愿报名的方式,鼓励初高中教师积极尝试。五大连池市高级中学王善岭老师是一名非常有名气的教练员,尤其在辅导高考体育特长生方面成绩突出。三天的课程分享,使他对校园足球教学产生浓厚的兴趣,并主动报名成为活动站一名指导员。教学中,他俯身指导,语言亲和,瞬间拉近了与小学生们的距离。多年高中教学,这一回足足来了一次“孩子王”的亲身体验,看着孩子们蹦蹦跳跳的样子,开心的笑容堆在他的脸上。王老师成功的指导,展示出一名合格足球教练员的良好形象。

活动中,指导员灵活运用器材的能力得到提高。在各站区设置上,取消传统描线的方式,而是采用标志桶、标志盘进行布置,既安全实用又简单便捷。同时学员们的执行力得到提高,在实施方案公布后的半个小时内,就完成领取器材、布置场地和对接学生等几项任务。指导员对技术练习、游戏及小场地比赛规则的熟悉掌握,对重要环节的有效掌控,保证着足球节活动的有序开展。

指导员在教学实践中的重组能力得到提高。在D站“保龄球射门踢准”活动中,现场指导员看到原设计方案的8V8分组,在第一次对抗比赛中学生们的活动效果不够明显,于是就分成2个组进行,形成两个4V4的对抗,指导员也分成2个组进行指导。经过重组后,学生获得更多挑战的机会,体验成功的机会也随着增多。

指导员对环境、场地和设施安全的考虑更为周全,能将区域内自然障碍物适当植入活动中,将不利因素转化为有利因素。这种尝试创新,是本次足球节发生在学员们身上最大的改变。在B站内,指导员将一排一字型排列的圆形花坛,设计成为“团队运球接力”的折返标记物。E站是一个“脚内侧踢球练习”技术练习。而区域内有一处雕塑处在其中,给练习带来了安全隐患。指导员因势利导,将雕塑的水泥底座标记出一个足球墙,设置出不同分值的区域,激发了学生们练习的兴趣,加强了踢球准确性的练习。

四、结业式赴法资源植入

结业式是每次培训班的最后一节理论课。学员们以小组的形式谈心得谈感受,评选先进学员和班干部,分享三天培训纪录片。其目的是要学员回顾三天的学习生活经历,反思学习感受,对培训课程内容进行一次重温。

在本次培训中,远在大洋彼岸的法国,教育部启动的第一批校园足球赴法教练员培训活动正在进行中。这是2015年,中华人民共和国教育部与法国签订的校园足球合作项目之一,我市第二中学体育教师石荣江成为第一位代表黑河市参加培训的赴法教练员。为了五大连池校园足球的未来,石荣江老师背井离乡,克服诸多困难与我们同时进行着校园足球技能知识学习。基于这些,我们在纪录片中植入了石荣江老师在法国生活学习的场景照片,学员们受到极大的感动。那一刻,为五大连池足球未来所有人心与心相连,所有力量汇聚在一起。学员们深感体育教师的使命担当,感到振兴中国足球的责任担当。赴法资源的植入,激发了学员们的爱国主义情怀,增强了发展五大连池市校园足球的信心,我又被深深感动了一次。

感言中,学员们真切谈论起五大连池市校园足球近年来的一些发展变化,谈到五大连池区域校园足球发展的优势资源,所有人都信心百倍,表态要将培训班上学到的知识运用到本校足球发展中,让更多孩子们分享到足球的快乐。

看到79名学员教学观念的转变,看到学员们教学技能的提升,我发自内心地高兴。此次培训班,是两地人力资源的一次大整合大练兵,也是一次大规模的交流学习。可以说,发展五大连池校园足球已经迈出坚实的一步,未来还需两地教师们共同携手,共同开拓。

期待,五大连池市校园足球蓬勃发展的那一天。

第二十三节 大美逊克 收官旅程

2015年11月,逊克县教育体育局承办了第六期黑河市校园足球指导员培训班。这是2015年的最后一期培训班,常言说得好,“编筐编篓,贵在收口”。为此,我在认真梳理前五期培训班工作情况的基础上,又格外做了一番准备。

11月10日的中午,我与助手谷海龙老师顺利抵达了逊克县城,受到当地王庆安、刘自强两位负责人的热情接待。两位老师中前者是县教育局体育视导员,后者是进修校体育教研员,都是做了几十年体育教育工作,可以说是行家里手。2014年,刘自强老师曾经带领10名教师来五大连池市进行校园足球教学观摩研讨,两地教师还携手组织了五大连池市首届小学生足球节活动,可以说对于逊克教师们校园足球活动开展已经有了一些理论和实践基础。考虑到这些有利元素,我对本次培训班收官战充满了信心。

果不其然,三天的努力工作换来培训班的圆满成功。我在具体施训活动中,在“有力资源利用”“学员成绩提高”两个方面取得了一些突破,为日后培训工作积累了经验。感受逊克教师们对校园足球的热爱和信心,我如获至宝,精神振奋。

一是对施训过程的不断重组。在培训过程中,由于一些因素的变化,课程实施方案不断改变。而实现教学行为的重组,总能收到意想不到的效果。简单地说,就是教练员要坚持吸收有利元素和转化不利元素这一原则,以此来实现最佳的教学效果。同时,在此过程中教练员水平也能得到提高。

首先是开班式提前到下午进行。由于当地主管校园体育工作的孙守军副局长要在10日晚去省城开会,培训班开班式提前至报到日的下午进行,这无形增加了两个小时的课程时长。我通过播放黑河、嫩江、孙吴、五大连池四期培训班活动纪录片,使得学员们对培训班课程结构、内容以及学习方式都有了直接的了解。各地不同风格培训活动给学员们带来不同的视觉盛宴,引发学员的共鸣,让他们对培训班收官战充满了期待。

其次,协办学校进行了重组。课程进行到了第三日,由于协办单位民族中学体育场地还没有进行改善,我们共同商议决定将第三日的实践课临时转至最近第二中学进行,将民族中学足球节改为实验小学校园足球节。通过适当的方案重组,使得校园足球影响了第二中学和实验小学,又促使了李修强、王天庆两位校长直接参与到逊克县校园足球活动开展中来。同时,优质的人造草皮球场也提高了培训质量,增强了课堂效果。

再次,本着帮带影响青年教师的成长这一原则。我带领谷海龙老师共同承担本次培训班授课任务。我将部分内容分配给他进行授课,提高了他的执教能力,收官战也有了一次授课教师团队的重组。

二是小组合作效果最佳。本次培训班最大的亮点就是学员成绩突出。在隋磊、刘海涛、高金龙、莫迎春、阚兴虎、刘学鹏、曹子旭、尤蕾八位组长的带领下,小组成员间相互合作,发挥集体智慧。无论理论课、实践课,还是课堂作业完成情况,都是所有培训班中成绩最好的。尤其是用简笔画完成“足球教练员形象素质”这一项,学员们巧用古今人物及动画片人物来进行绘制,将教练员的要素勾勒得贴切而生动。

A1 小组展示的是“习大大”人物简笔画，体现出习近平总书记对中国足球的关心及“在中国举办世界杯”“世界杯出线”以及“中国队获得世界杯”三个愿望。画中习大大身穿 1 号球服，寄语中国队要永争第一。笑容代表我们要有信心，要保持乐观的心态。

A2 小组展示的是蜀国丞相诸葛亮的人物图，比喻教练员要有像诸葛亮一样的知识才华。从一名政治家的角度看，对当时的形势做出正确分析对未来做出预判；从一名文学家的角度来看，要博学，有知识，善于交流；从一名天文学家的角度来看，可以很好地利用客观条件来做有利于球队的事情，也可以很好地利用和适应环境；从一名军事家的角度来看，要善于用兵，要有指挥球员作战的能力，运筹帷幄，知己知彼。

B1 小组展示的是古代四大名著《西游记》中孙悟空人物画。用孙悟空的一些元素来对教练员进行描述。其中“火眼金睛”比作洞察力，观察力。“七十二变”比作应变能力，角色转变，心理辅导等。“紧箍咒”比作是对球员的约束力，也是管理手段。“耳听八方”比作收集信息的能力，发现问题和解决问题。“金箍棒”比作教练员的指挥力，权威性。“筋斗云”比作决策千里决胜千里的魄力与胆气。

B2 小组是一个健康的脚踏着足球“中国娃”的人物图。比喻中国足球教练员要有健康的身体，良好的思想品德，渊博的知识以及心系中国足球发展，怀揣中国足球腾飞的梦想。此组充分发挥小组集体智慧，还巧夺天工用学员的名字分别对校园足球事业解析一句话：“莫迎春”校园足球迎来一个新的春天，“康健”中国小球员身体要健康。“宿成”校园足球乘风破浪，马到功成。

C1 小组展示的是“金刚葫芦娃”人物图。葫芦娃在中国是深入人心，七个葫芦娃都有自己独特的战斗技能，可以比作球员的个体能力。如大娃是巨人大力士；二娃是千里眼、顺风耳、机灵鬼；三娃是铜头铁臂，钢筋铁骨，刀枪不入；四娃会吐火，电击；五娃可以吸水，吐水；六娃会隐身术，来无影去无踪；七娃有宝葫芦，可以吸妖怪。而金刚葫芦娃是七个葫芦娃的结合体，可以运用七个葫芦娃的所有技能，以比作球队整体。这里比喻教练员要因材施教，给每名球员在球队中自由发挥的空间，尊重个体优势资源。同时，为了球队整体的需求，还能将所有个体有机整合起来，球队所有人都要统一思想执行一个战术。

C2 小组展示的“一休哥”人物图。选用动画片《聪明的一休哥》中主角一休形象，充分展示出一休的聪明智慧，机智果敢。一休用机智果敢解决无数的问题，帮助那些贫困的人。一休坚持正义，教训那些仗势欺人的人。头上的两颗天线，比作他收集信息，动脑思考问题。栩栩如生的人物画像，一一展示出教练员所应具备的爱心、热情、敬业、技能水平、坚持攀高和坚持正能量等元素。

D1 小组展示的是动画片《哆啦 A 梦》故事中的“机器猫”形象画。哆啦 A 梦是一只来自未来世界的机器猫。他用自己神奇的百宝袋和各种奇妙的道具帮助主人大雄解决各种困难。哆啦 A 梦的故事将人们带进一个奇妙、充满想象力的世界。也正因此，它能作为一个常青的形象，伴随几代少年儿童的成长。比较有亲和力。这个哆啦 A 梦是万能的，它有一个小小的肚兜儿，里边有很多能解决问题的法宝，教练员也应当是全面的和万能的，他的思想里应该有很多教育孩子的方式方法。头上的问号比喻教练员要善于思考，多问几个为什么？

D2 组小组展示的是一幅“七♥级”教练图。画面中蓝天与草地交相辉映，中间是一名教练员正在做着示范动作,展示出教练员常态化的工作场景。而在教练员的周围粘贴七个“♥”形纸袋,每个纸袋里放着一张字条,每张字条是对教练员一个描述。其中一心代表的是爱心,就是要热爱足球事业、热爱学生;二心代表的是恒心,因为热爱,所以要坚持这份恒久之心;三心代表的是耐心,对待球员要付出百倍的耐心;四心代表的是细心,工作中要细致入微;五心代表的是匠心,又称工匠精神,是职业道德、职业能力、职业品质的体现;六心代表的是开心,心情愉快舒畅,使孩子们高兴起来;七心代表的是诚心,毫无杂念一心一意地投入到工作中,真诚以待。本张图主题是“七心级教练”,用七心来概括教练员的全部要素,形象具体。用手工纸袋布置玄机,构思巧妙想象丰富。

以上就是八个小组对“教练员形象素质”的挖掘展示,堪称所有培训班中课堂作业的佳作了。

三是赏大美冰排初心震撼。此次培训,正赶上黑龙江逊克江段进入初冬流冰期。

第三天早上,我便早早来到江边,一睹黑龙江跑冰排的壮观气势。沿着江堤向着江水上游方向望去,只见开阔的江面上一块块各式各样、大小不一的冰块缓缓漂动,如同片片的白云顺江飘向远方。一道一道的冰排相互挤撞着,势如破竹,景象蔚为壮观。江边堆满了被挤过来的散碎冰块,相互摩擦撞击,发出咔咔嚓嚓的声音。

江堤上晨练的人少了很多,也少了往日的喧嚣,在海关办公楼相对的江边上,有四根粗壮的水泥浇筑墩柱还立在江水中,据说这是很早以前逊克船运码头的一道旧痕了。

站在江堤上,我心潮澎湃。忽而感到这举国体制的校园足球改革不正如这江水中的一道道冰排,势不可挡一路向前。感谢神奇的大自然,给予人类大美的馈赠。感谢国家校园足球发展战略,给我一次传播足球火种的使命担当。

从黑河到嫩江,从讷河到孙吴,从五大连池到逊克。六期培训班,使我感受到北方地区青少年对足球的渴望,感受基层教师对足球的热爱,感受各界人士、领导对校园足球的支持,感受校园足球在北方黑土地孕育的勃勃生机。作为一名教育工作者,定当顺势而为,努力工作,为北方校园足球改革发展开拓出一片蓝天。

我将永远坚定地走在发展北方青少年校园足球事业的路上……

第二十四节　中俄教师情　迷你足球赛

2017 年 9 月,作为一名教师足球队员,我有幸参加了中国黑龙江省黑河市与俄罗斯阿穆尔州布拉戈维申斯克市(简称“布市”)男教师迷你足球友谊赛。这是我第一次以足球交流的方式走出国门,内心异常激动。

回忆起布市给我的第一次印象要追溯到 1987 年,初入黑河师范时的我,在入学的第一个星期天便跑到黑龙江边拍了第一张黑河生活照,照片背景就是对岸体育场内高高矗立的照明塔架。第二次印象是 1991 年夏天的一场国际足球友谊赛,对阵双方是哈尔滨飞机厂足球队与俄罗斯阿穆尔州足球队。比赛当天虽不是星期日,但热情的球迷还是把黑河市体育场围个水泄不通。最终本土作战的哈尔滨飞机厂足球队以 2∶6 的悬殊比分输掉了比赛。那一刻,我对俄罗斯足球开始有了一些了解,心里也有了一丝敬畏,更看到中国足球的水平与之差距甚远。第三次印象便是2018年世界杯将在俄罗斯举办了。当时中国足球队在亚洲区十二强预选赛决赛中再一次失利，遗憾之余我还是希望俄罗斯世界杯能够办得更好，更希望东道主球队取得好成绩。布市与黑河的缘分，我与足球这份情结，使我对此次交流活动，充满了期待和向往。

12日清晨，黑河代表团一行十人迅速集结在黑河海关。在随队译员的引领下，我们通过安检走上客船，客舱内坐满了要过江的人们，有官员、游客，但更多的是做买卖的商人们。一声汽笛声响，螺旋桨搅动起偌大的浪花，客船沿着江心主航道顺流而下。也就十几分钟的工夫，客船便开始逆时针掉头，稳稳停靠在右侧布市港口码头。又经过一番安检，我们出关再次集结已经是上午十点多了。团长随即发出了自由活动一个小时的指令，我与队友刘安龙随即来到江边的胜利广场。这里因苏联卫国战争胜利而得名，四周多是红色建筑物，不乏古朴之美。凯旋门挺拔威武，地面上整洁干净极了，一些小鸟叽喳叽喳，三五成群地飞来飞去，一艘在二战中立下战功的小炮艇摆放在广场一角，供游人们欣赏。

简单用过午餐，便在当地的亚洲宾馆休息。下午两点钟，我们准时到达布市第三体育运动学校。该校是一所综合性业余训练学校，在一楼的文化墙上，有关足球、篮球、排球、冰球、艺术体操、拳击、武术等科目的文化宣传映入眼帘。步入其中，一楼走廊另一侧已经有很多大人在等候训练中的孩子们。走进足球场，双方在中线处一字排开，对方在队长带领下过来和我们一一握手，之后双方携手走进球场中圈处。比赛采用的是八人制，上下半场各30分钟，随意上下且没有越位限制，故又称为“迷你”足球赛。我们八名队员全部派上了场。

随着一声哨响，比赛开始了。对方也都是来自市区内的学校教师，看上去平均年龄比我们大了一些，可体力上一点都不逊色于我们。足球在双方队员脚下你来我往，中圈处成了双方必争之地。几个回合之后，对方整体实力逐渐占据了优势。第16分钟，对方经过三次成功传递，由前锋9号队员的一记头球率先进球，1∶0领先我队。我队赶紧加强进攻，传球速度也明显加快，可是传球质量得不到保证。第24分钟，我在底线处一记质量不高的传中球被对方守门员没收，随即被其发动反击手抛球给9号球员，后者形成单刀射门成功，打进第二球。半场结束前，对方7号中场远射破门，至此上半场我方0∶3落后。下半场交换场地后，我方将队员位置进行了调整，我与前锋刘莹昊、守门员周忠意与后卫贾云龙进行了位置调换。经过调整，我队加强了中后场防守强度，在相持中终于创造出几次进攻机会，第44分钟10号陶毅带球突入禁区后形成单刀射门扳回第一球。第52分钟，我在禁区内意外抢断守门员发出的球门球，成功打进第二粒进球。追至2∶3后，对方似乎并不急于进攻，更有意放慢了节奏，通过倒脚增加了对球的控制。看到平局希望我们不断投入兵力加大进攻，但由于不能及时回撤防守，使我队门前几度出现险情。果不其然，第57分钟对方4号打进第四球。最终，我队2∶4客场失利，结束了这场国际交流友谊赛。

场上激烈比拼，场下亲切交流。我们深知与对方水平上差距较大，也为对方3∶0领先之后放慢进攻节奏的气度而钦佩。足球是一场战斗，但更是一场友谊。双方队员交换礼品合影留念，布市第三中学校长为我们颁发了纪念奖杯。身为球队“老大哥”的我也把从沈阳现场为中国队加油的围巾赠予对方队长，并通过译员转达我们对俄罗斯足球的敬重，对俄罗斯世界杯的祝福。

稍做休息,我们便跟随工作人员步入冰球馆中参观。半球形的球馆内灯光通明,两侧偌大的电子显示屏相当显眼,宽阔的冰面上三位教练正在指导三组不同年龄段的孩子们训练。看见了我们,他们挥舞着小手向我们打着招呼。冰面上,一个个小身影忽而向东,忽而向西,追逐着,呼喊着。听负责人介绍说,这是阿穆尔州最好的冰球馆,有的时候还承担全国的冰球赛事。每逢周末球馆向广大市民开放,民间冰球爱好者常常在这里比试高低。

我们从冰球馆走出又进入篮球馆,只见篮球馆四周早已挤满了可爱的小朋友们,原来他们正在等待我们的到来,并用热烈的掌声来表示欢迎。布市教育局领导发表了热情洋溢的讲话,欢迎中国教育同仁们的到来,祝福大家在这两日文化交流中健康快乐。我方陈宇洁团长表达了对俄罗斯教育同仁们的深深敬意,并发出邀请欢迎他们到中国黑河做客,祝福两岸教育工作者友谊长存。

仪式过后,孩子们逐一展示训练场景。首先出场的是篮球队员,只见各种球性球感练习娴熟,小组间的传球练习呼应跑位及时,配合相当默契流畅,时而会有队员挑战一次精彩扣篮。之后足球队员的传球练习也是准确有力,4V4 小组实战更是让我们眼花缭乱。排球队员表现了过硬的技术功底,“一垫二传三扣”有板有眼。武术小学员也是个个身怀绝技,各种器械练习精准刺激,堪比“中国功夫”让我们拍案叫绝。最让我们赞叹不已的还是艺术体操学员们的表演:16 名小女孩整齐排列好队形,那边音乐声响起,便开始在场地上舞动起来。“跳跃、转体、摆动、绕环、屈伸、平衡、8 字、抛接”等动作,每一个动作都整齐、干净、利落,配上“绳、球、棒、带、圈”等器械,更是浑然一体,优美绝伦,充分表现出俄罗斯少年极高的运动天赋和艺术修养。

就这样,我们结束了第一天的交流和参观,回到宾馆进行休整。

第二天上午九点,我们集合去布市第六中学校进行参观学习。途中,译员老师向我们介绍说,第六中学校是一所已经拥有 105 年历史的综合性学校,着重为俄罗斯培养军事和医疗两个方面的技术人才。在第二次世界大战期间,很多军人教师和学生赶赴前线成为苏联卫国战争英雄;胜利后学校也曾走出过航天英雄,也有人参加过纪念卫国战争胜利莫斯科红场阅兵仪式,接受国家领导人检阅。听到学校这些光荣的历史,我们不禁发出惊叹,同时想象学校规模之大了。可就在中巴车停下来的一刹那,我们为映入眼帘的情景感到意外。首先学校大门口没有一处可见气派的样子,铁网式结构的两扇门需要人工来完成开和关。教学楼也并不高大雄伟,仅有一栋两层工字型楼。楼体墙壁不是色泽亮丽的琉璃砖瓦,多是灰褐色的。楼前的草坪球场已然很旧了,也不是很大很宽阔。倒是建筑物之间的场地都已被植被占据了空间,各种各样的花草争芳斗艳,苍松挺拔直立,枝叶间人工搭建的鸟巢一个挨着一个。

步入教室楼大门,与之相连的宽阔走廊却让我们眼前一亮。值班守卫室被安置在入楼口的近端,值班教师身着军人制服,威严中不失风度和礼貌。在走廊两侧,俄罗斯小朋友早已穿好少年军服,有序地排列等待着我们的到来。在来访人群中,还有好多来研修旅行的黑河市小学生。俄罗斯的小朋友们手持带有号码的气球,有序将客人们引领到指定区域。不时,我们看到有低年级的孩子背着书包开始走出,原来他们已经完成功课放学回家了。出出入入的人流,有序在楼门口交织着,却没有一处高声。

看似陈旧普通的教学楼,却是功能齐全。据叶琳娜校长介绍说,这栋楼是俄国人民经历五年多的时间才修建完成的，堪为学校建校 105 周年的历史见证，其优质的工程质量，保证了今天得以被继续使用。沿着宽阔的走廊缓步前行，我们感受到了浓重的校园文化氛围，墙壁上的展区中，有手工作品、荣誉展示、大型活动剪影照片等。每一处展区都有一番风景，承载学校历史，展现学校风华，让我们流连忘返。叶琳娜校长一一向我们做了介绍，在一张学校学生参加庆祝卫国战争胜利莫斯科红场阅兵检阅表演照片前，叶琳娜校长饱含真情，语重心长，让我们看到了一位教育者对学校历史荣誉的尊重与珍惜，对卫国战争中学校英雄们的崇敬与怀念。

在她的引领下，我们又移步到舞蹈室、手工室、乐器室和综合活动室去参观。每到一处，都有种不一般的感触。文化课教室布置极具人性化，有家庭用的沙发、鞋柜、盆栽、洗手盆，这些都时刻给孩子们一种家居生活的感觉。而综合活动室内，墙壁上的排杠、无板篮球筐的设置，体现出活动室的功能最大化。英语课上，教师设置的看图猜词、绘画猜词等教学环节激起观课者的兴趣，禁不住参与其中，与老师来一次互动。体育课上，教师开发设计的乡土器材、乡土游戏紧紧抓住孩子们的心理，彰显出教育来源于自然的理念，我想与其国内教育校本课程研发该是如出一辙了吧。

时光匆匆，转眼两天的交流访问活动即将结束。小结会上，我方人员分别表达了参加此次活动的感受，言语中流露出对俄罗斯教育同仁的敬佩，对俄罗斯民族的尊重。分别之际，叶琳娜校长热情赠送我们每人一支带有俄罗斯国旗图案的钢笔，一个带有国徽图案的日记本，鼓励大家抒写精彩教育人生，更希冀大家因为人类教育工作还能有缘再见。

一场意义非凡的教师国际足球友谊赛，使我加深了对俄罗斯教育的了解，加深了对俄罗斯民族文化的了解。尊重孩子的初衷，终身教育培养，挖掘自然资源，人性化管理，不重其外表，丰富其内涵等。这些实实在在的教育行为和理念，都给我留下了深刻的印象和启迪。

愿黑河与布市携手并进，共同书写两岸教育事业新篇章。

第二十五节　球乡梅州　夺目盛典

2019 年 1 月 26 至 30 日，为贯彻落实《中国足球改革发展总体方案》，进一步推动全国青少年校园足球“八大体系”建设，全国青少年校园足球工作领导小组办公室（简称全国校足办）在素有“足球之乡”的梅州举办了全国青少年校园足球工作系列总结活动。此次活动以“踢出快乐、拼出精彩”为主题，进一步完善校园足球在教学、训练、竞赛等方面的发展，并对四年来的校园足球工作进行总结和表彰。活动期间，先后举办校园足球精英运动员训练营、选拔组建校园足球国家集训队、校园足球主题论坛、校园足球国家队与职业俱乐部梯队“巅峰对决”比赛、观摩外教训练示范课以及表彰活动等。此次大会可说是新时期校园足球活动开展以来一次大型论坛总结峰会，继往开来，意义非凡；既有对过去四年工作的总结和回顾，又是对未来校园足球工作的展望。来自教育部、全国青少年校园足球专家委员会、中国足协、中国足球学校、梅州嘉应学院、各省级教育行政部门、中超职业俱乐部、企业代表以及校园足球教师、教练员、学生和家长代表等近 1500 人参加此次活动。表彰颁奖仪式也由中央电视台体育频道著名节目主持人沙桐主持，全国校足办领导致辞并部署2019年校园足球工作计划。

作为全国优秀校园足球教师提名奖代表，我有幸与哈尔滨师范大学附属小学赵潘滨、哈尔滨花园小学叶云飞两位老师一同参加了此次活动。因为足球，这是我第二次来到梅州，来到中国球乡。在大会启动仪式上，全国校足办负责人对过去四年来校园足球构建发展体系做了详细总结，对未来校园足球如何贯彻习近平总书记教育大会重要讲话精神，实现校园足球“四位一体”发展战略做了重要部署。

在校园足球主题论坛会上，来自全国各地的优秀足球特色校校长、优秀足球教师、优秀足球教练员代表分别就“校园足球给学校和学生带来的变化”“校园足球竞赛”“校园足球发展理念”“校园足球课堂教学和训练”四个主题进行了广泛的交流。代表们的报告充满着对校园足球事业的热爱，所列举的一件件实例真切感人。特别是山西省太原市杏花岭区小返乡后沟小学师永明校长题为《深耕足球事业 全面立德树人》的报告实属精彩，令人动容和折服。这所名不见经传的农村小学校以“强身健体、启智立德”教育理念为指导，短短几年取得非凡的成绩。尤其该校女子足球队成为山西省近年来唯一一支集区、市、省级比赛冠军于一身的队伍。后沟小学足球队的崛起不只是出现了一匹“黑马”，而是一个现象，吸引着山西省各家媒体纷纷来校采访后沟小学足球队的奋斗故事。我想，后沟小学校园足球案例也会给我市农村规模以下学校足球运动的开展提供一些借鉴和帮助。

在东城区梅州文化公园进行的校园足球精英运动员训练营活动中，来自德国足协的讲师为营员教练员们分享了几节训练示范课。讲师们态度专注认真，语言风趣幽默，能灵活运用人数、区域、任务和器材的变化实现重组，并使得训练过程衔接紧密而不断进阶，让教学训练过程始终充满了乐趣和挑战，完成了主题教学目标任务，丰富实效的训练方法手段值得我们思考和学习。在观看校园足球国家队与职业俱乐部梯队“巅峰对决”比赛中，校园足球小球员们所展现出的技战术水平丝毫不逊于对手，比赛中尊重对手、遵守规则的风格，成为四年来校园足球最大的精神财富。

在热烈隆重的颁奖仪式活动中，我们欣喜地见到一些致力于中国足球事业发展的足球老前辈，容志行、金志扬、朱广沪……他们为中国足球奋斗一生、为校园足球成长助力的事迹深深感染着现场的每一个人。诚然，全国校足办负责人在此次活动中的讲话让我们备受鼓舞，未来校园足球将以全新的态势实现大发展快发展，中国校园足球美好愿景为每一名基层足球工作者吃了一颗定心丸。

与全国校园足球区域开展状况相比较，五大连池市校园足球发展也有着鲜明的特点和文化历史痕迹，同时也凸显出诸多壁垒和盲区。怎样在普及的基础上实现五大连池区域校园足球竞技水平的整体提高，这是摆在五大连池足球人面前不可回避的一个话题。

我愿乘此次校园足球盛会的东风，认真总结和规划，不断开拓实践，为五大连池市校园足球的发展继续贡献自己的一份力量。

第二十六节　县域培训 革新理念

2021 年 7 月 22 日，由中国足协与欧足联联合举办的第一期骨干县域足协秘书长培训班在河北省石家庄市如期开班。这是中国足协在疫情常态化防控窗口期举办的县域足协秘书长培训班，是一次专门针对县域足协管理者举办的培训班。

作为黑龙江省学员代表，我又一次来到中国足协这个大家庭中。不同于以往教练员培训班，这次培训班学习内容完全是地方足协管理方面的知识课程。我与北方十五省骨干县域秘书长一起，感受中国足球改革发展宏伟愿景，感受欧足联基层足协管理工作知识营养，感受中国足协李飞宇、王大木两位讲师勤奋敬业的工作态度，这些就像春天里呼吸到的一口新鲜空气让人沁人心脾，精神倍增。三天来，培训班生活紧张而又快乐，殷实而又难忘，既加强了北方县域足协管理者之间的交流，又使我们感受东道主河北省足协的温暖。培训班学习收获也是巨大的，全新知识理念武装学员们的思想，鼓舞学员们在开拓地方足球事业中前行。

一是培训班召开意义深远，凸显时代烙印。此次培训班的举办有着鲜明的时代烙印，而且意义深远。《中国足球改革发展总体方案》出台五年来，中国足协在很多方面做了很多工作，努力探寻适宜于中国足球发展的路径。经过一系列改革实践后，中国足协更加注重基层足协建设管理工作，注重基层足球的发展。为此在 2021 年 4 月，制定了“百城千县”绿茵计划。目的就是要广泛通过“百城千县”等社会足球活动大力发展群众足球。在历史机遇面前，中国足协更要通过实干兴邦来不断推动中国足球发展，让老百姓每年看到中国足球的进步、看到中国足球未来的希望，不断满足老百姓对中国足球的美好期待。目前针对基层足协建设工作，需要扩大足球人口基数，建设充足的足球场地，组织举办丰富的足球赛事，从而在最底层来改善中国足球的发展环境。

此次“骨干县域足协秘书长”培训班的举办，正是中国足协实施“百城千县”绿茵计划的一个重要内容。有利于加强基层足球协会的建设，特别是加强基层协会的高层管理。其宗旨就是为了增加全国骨干县域足协工作的沟通交流，对足球上升为国家发展战略层面上的充分认识；通过“欧足联援助”项目，学习欧洲基层足协先进的管理理念和管理机制，进而为改变当下我国基层足协组织管理建设工作提供帮助。

二是对《中国足球改革发展总体方案》一次集中学习。

本次培训班上，我们对《中国足球改革发展总体方案》（以下简称方案）进行了集中学习，讲师们鼓励学员要对《方案》精神吃透，掌握《方案》的原则性，进而为地方足球运动开展提供政策支撑。《方案》是国家领导人在第十次深改会议中通过的，这是新中国成立以来国家对于一个单项体育项目做出的第一个政策性的纲领性文件。建设体育强国是建设健康中国的重要条件，足球是一项最能体现团队素质能力的体育运动，为此国家将发展足球作为建设体育强国的突破口。《方案》中明确提出“三步走”战略，就是分为近期、中期和远期目标。近期是要理顺足球管理体制，制定足球中长期发展规划，创新中国特色足球管理模式；中期目标是要实现青少年足球人口大幅增加；远期目标是要使中国成功申办世界杯足球赛,男足打进世界杯、进入奥运会。如同《宪法》为国家根本大法一样,《方案》是发展中国足球的根本大法,是一切足球工作的基础。就像王大木老师所说的,作为基层管理者一定掌握并能运用好《方案》中的50个条款,一定要用国家发展战略高度来充分认识中国足球这次改革。

三是分享讲师的足球知识与观点。此次培训班授课讲师之一,时任中国足协会员协会部副主任的李飞宇早年毕业于北京体育大学,曾公派留学德国科隆体院并担任北体大足球教研室讲师。他知识渊博、谈吐文雅、平易近人,说一口流利的英语。课堂中他总能以最恰当的实例来阐明问题,用最即时性的数字来论证观点。在"基层足协发展现状与挑战"这一课程中,他讲到"县域基层协会和城市协会是构建强大足球的基础,当下中国要大力开展群众性的足球活动。"这是他经过数次调研所得出的观点。

据介绍,目前欧洲7.4亿人口共拥有15.5万个足球俱乐部,超过92万支足球队,平均不到5000人就拥有一家俱乐部,不到1000人就拥有一支足球队。以足球强国法国为例,全国总人口6600万左右。共注册球员200多万、俱乐部1.6万家、8万支足球队和3万块足球场(其中11人制标准球场超过1.6万块,相当于每1万人拥有2.5块标准足球场)。目前我国注册地级市足协330家、县级足协1800多家、拥有足球场7.2块,每1万人拥有0.5~0.7块足球场(国家十四五规划中非标准足球场建设目标是每1万人达到0.9块)。从以上数据对比中看出,欧洲足球的普及程度之深,普及面之广。我国各级足协注册的俱乐部、足球队以及各地足球场数量,已经远远不能满足人民群众对足球的需要。按照我国第七次人口普查14亿人口计算,想要达到欧洲足球发达地区的普及程度,全国各地足协注册的俱乐部要达到30万家、足球队达到180万支。

为此在2021年全国社会足球工作会议指出:"人民大众足球是足球发展的根本和初心,足球既是职业的,更是老百姓的,社会足球就是要从基层抓起、从群众性参与抓起。"于是,中国足协推出"百城千县"社会足球"绿茵"计划,努力达到"6有发展标准",即各县、区"有规范的足球组织,有充足的足球场地,有丰富的足球赛事,有广泛的足球基础,有专业的足球人才,有优秀的足球文化",结合乡村振兴战略,推动社会足球高质量发展。中国足协对社会足球的重新认识,使我们对地方足协的发展寄予着希望。新中国足协第一任足协主席黄中1964年在足球训练工作会议上就强调"我们总是习惯于'官办',靠少数几个体委干部去搞工作。不习惯去发动和组织群众做工作。足球协会形同虚设,不少委员是挂名的。"从这句话可以看出,新中国足协老一辈领导对群众工作重要性的论断。中国足球曾经位于亚洲一流水平无疑是拥有着强大的群众基础,而要重建足球群众基础就需要县域层面足协做好基础性工作,将足球植入到广大人民群众的生活中。

在"基层足协工作机制和联赛体系构建与挑战"课程中,他指出"实现中国足协建设足球强国的宏伟目标,在拥有足够数量基层足协的基础上,还要高质量发展,要有高质量的数量,要有革命性的认知"。课堂中,他将法国青训系统的成功模式分享给学员们。作为近几年青少年足球赛事冠军的常客,法国队可谓人才济济,大批新星如雨后春笋般涌现出来,从青少年梯队走向世界足坛的明星级球员也越来越多,代表人物姆巴佩、卡马文加、琼阿梅尼、孔德、恩坤库等,这些享誉世界足坛的名字背后是一个庞大的青训体系和严格的人才选拔机制。根据国际足联公布的数据,在五大联赛中法甲出口球员是最多的。有50多位法国人参加了2018年世界杯,其中23人代表法国队参赛,其他队员则代表其他国家参赛。在国际转会交易中,有超过30%的球员出自法国青训中心,可以说作为上届世界杯冠军得主,法国队在后备力量的培养上已经处于全球领先位置。

法国足球培训体系的成功离不开其完善的足球人才培训计划,法国足球培训体制根据不同年龄段青少年培训计划大致分为三个阶段:分别为发现阶段,培训阶段和竞赛阶段。发现阶段是7岁到12岁之间,主要普及足球。培训阶段在12岁到16岁之间,用于进行足球基础培训,人才选拔。而16岁到20岁之间就是精英培训阶段,为职业化做准备。另外法国拥有200多万球员在1.6万家俱乐部注册,差不多每两个城市就拥有一个足球俱乐部,成熟庞大的足球人口和完善的俱乐部培训体系,是撑起法国足球走向成功的关键。除了法甲、法乙俱乐部体系之外,法国足球青训的另外一个重要组成部分就是精英训练营。其中克莱枫丹训练营是法国精英足球培训体系中的一个重要部分,这里走出了亨利、齐达内、皮雷斯、姆巴佩等众多国际巨星。法国的精英训练是从十四五岁这个年龄段开始的,而在这个年龄段的孩子中大概一半人能在克莱枫丹训练。到U16的时候所有的球员都要进入全国40多个青训中心,法国的青训中心和俱乐部有非常密切的关系。克莱枫丹训练营建立于1988年,10年之后的1998年法国队夺得了世界杯冠军,这支队伍中的核心球员都得益于克莱枫丹训练营。世界杯之后,法国队又凭借着克莱枫丹培训的精英学员们拿到了2000年欧洲杯冠军和2018年世界杯冠军。

结合法国青训系统的模式,我们可以看到,庞大的足球人口,完善的人才成长体系,职业化的俱乐部参与,以及专业精英的训练营是法国队成功的关键。尤其克莱枫丹一流的设施和科研技术力量为法国高质量提高足球竞技水平提供了帮助,助推法国队在各项足球大赛中取得优异成绩,这就是发展高质量数量的结果。

讲师李飞宇还强调基层足协每年一定要做好“足协杯”和“足球联赛”两项赛事。作为足协所想的就是如何让当地足球得到发展,如何改善环境来帮助足球得到发展。不要完全指望体育或是教育部门来主导,足球只是他们工作中的一部分。“足协杯”是足球协会的看家赛事,足球联赛是足协常态化下所坚持的联赛模式。足够场次的比赛才是保证球员技战术提高的必要条件。在全国注册的足协中,有166家地级市足协每年组织开展11人制男足联赛(周末主客场赛季),不到总注册足协数量的10%。在2018年国内共7.2万块场地的比赛总量为46.9万场次,平均每块场地仅有6.5场比赛。而丹麦、冰岛、法国、英格兰、德国、瑞士、葡萄牙等欧洲足球强国,一块场地年均要举行30场比赛。以上只是一个男子成人组的数据统计对比,如果算上青少年及女足,同比欧洲则相差得更远。不难看出,国内俱乐部及注册球队数量是导致联赛场次少的直接原因。我国社会足球发展存在基层足协不健全、竞赛体系不完善、场地布局不合理、人才基础不厚实和文化建设不系统等诸多问题。为此中国足协结合调研初步提出了社会足球“十四五”发展规划,提出了“全民足球666工程”和“百城千县”社会足球绿茵计划。

四是分享“欧足联援助项目”课程。在开班式上,讲师们强调“欧洲足球协会成熟的管理经验以及先进理念,是欧洲足球一直引领世界的理念保障与组织保障,中国足协试图通过培训,让各地足协秘书长学习这样的理念,从而培育出强大的基础管理队伍。”由于疫情的缘故,本次“欧足联援助项目”采取时空连线视频方式进行授课。来自欧足联专家通过分享他们亲身足球工作经历,在“战略规划与运行管理”“地方足协联赛体系建设”“地方协会的技术发展与建设”三个大方面做了阐述讲解。

第一天由前苏格兰足总 CEO 斯特瓦尔特·雷根先生,为我们分享“战略规划与运行管理”这一主题课程。开始他引用亨利·福特的一句话“如果你总是做那些你做过的事,那么你得到的也总是以前得到的那些。”这句话充分说明雷根先生 17 年酿酒行业和 13 年职业体育两段成功的人生经历。他就“世界足球的管理结构”“协会的良好治理”“秘书长的角色与职责”“苏格兰足总案例研究”四个方面知识做了详细解读。

在“世界足球的管理结构”中,他谈到地方足协的工作架构要确保所管辖区域的足球工作能完全配合国家战略和行动方案;地方足协的目标应与国家的行动方案相吻合,应有助于国家目标的实现与落实。也就是地方足协必须保持与国家足协的沟通交流,必须保证上下工作的同步。在“协会的良好治理”中,他带给学员们协会管理“体育善治”这个概念。通过分享“善治”的九个特点(即独立、公正和包容、问责制、有效性和高效性、透明、相应、道德、公平、创造价值的愿景)。足协绝不能有丑闻现象发生,在“反兴奋剂、反腐败、打击犯罪行为、严谨虐待儿童”问题上都要起到带头作用。他又从“明确战略、章程改进、利益相关方参与、道德价值观、委员会职业精神、重视行政管理、问责制、财务透明度、合规及启动志愿者方案”等方面举例分析实现协会管理“善治”的十个步骤。在“秘书长的角色与职责”中,更加强调了秘书长具备“能够处理多重任务并平衡优先事项,促进整个协会更有效的沟通”的能力素质。最后,雷根讲师植入苏格兰足总的案例研究——苏格兰联合 2020 年愿景,全面了解苏格兰足总战略框架的制定。任何一级足协都要有自己的使命和愿景,同时鼓励员工的工作目标与苏格兰足总战略目标保持一致。

第二天由前葡萄牙职业足球联盟秘书长、欧足联赛区主管佩德罗·科雷亚先生为我们分享——“地方足协联赛体系建设”这一主题课程。

科雷亚先生第一阐述“地方足协重要性”。“各地方足协应成为足球运动在全国范围内普及和大众化的‘源动力’;各地方足协应通过举办足球节、联赛和其他各类赛事的机会吸引和鼓励各行各业的民众、无论男女老少都能参与足球运动”这些观点得到学员们的共识,也有些感同身受。他用双金字塔结构赛事体系平面图来展示国家足球赛事体系的基本构成情况。通常来说,相对于职业联赛而言,一个国家足协应更多地组织草根足球节或各种业余赛事。但是光有草根足球节和业余赛事还不足以保证精英球员能够顺利地被选拔到更高层次联赛,至关重要的是要建立起组织完备的区域(地方)联赛体系并确保其时效性和连续性。这些充分说明地方足协在构建赛事体系时应与国家足协整体的发展战略保持一致。

科雷亚先生第二阐述“赛事计划安排”。关于赛事计划安排一定要考虑到几个关键问题。第一依据所在足协的长期发展目标制定相关赛事计划(包括赛制、赛历、天数、层级、年龄段、球队数量和比赛形式等);第二对已结束的赛事效果进行评估;第三保持赛事的稳定性和持续性。另外一个组织建设良好的足协需要组建一支半专业化的运营团队对赛事进行管理;每个足协应建立信息化系统以更好地对赛事进行数据分析和管理;一项高质量的赛事离不开能力出众的教练、高水平的裁判和众多参赛积极性高的俱乐部。

为实现赛事计划在采用赛制上要依据报名参赛队伍数量、赛事层级要求以及收支情况。常见有主客场双循环赛制、单循环或多循环赛制、混合循环制、赛会制 。他还列举了世界上较有知名度的联赛采用的赛制。在欧洲如英超联赛采用的是主客场双循环赛制、苏超联赛 12 支队设置两个阶段。暨第一阶段采用三循环赛制 33 轮比赛,第二阶段根据第一阶段的积分排名分为争冠组和保级组(单循环)。比利时足球甲级联赛更有特点,16 支球队首先采用双循环进行常规赛,决出前六名(争冠组)再用双循环决出 1～6 名,其余 7～16 名连同乙级前 6 名采用赛会制决出名次。在南美洲一些国家的联赛采用独立半程循环积分制,上下半程两个单循环分开独立计分,由积分决出两个半程冠军;根据各国足协自身规定不同,有的国家两个半程冠军还要再进行总决赛决出年度总冠军,有的国家则不决出总冠军。在北美洲美国职业足球大联盟(MLS) 而是分为东部和西部,通过常规赛再进行季后赛和总决赛,类似于 NBA 篮球的赛制了。在大洋洲澳超联赛 12 支队没有升降级,分成常规赛和季后赛两个阶段。

以上这些国家足球联赛都能根据本国足球实际发展情况去设置,实现利益相关方利益的最大化,值得我们借鉴和学习。另外在赛事运营和管理中,他还指出要借助现有资源,尽可能地做到高效和专业。

接下科雷亚先生又带着我们走进了葡萄牙联赛生态体系的构建中。葡萄牙足协成立于 1914 年,该国人口总数为 1028 万人,拥有 22 家地方足协 1700 家足球俱乐部。2018 年职业注册球员数量 1800 人,2019 年注册球员数量 22 万人,对比 2000 年增长了 50%。葡萄牙 22 家地方协会每年共组织比赛 8.8 万场(平均一家协会 4000 场);400 家俱乐部参加全国足协组织的 55 项赛事、单赛季达 8742 场比赛;36 家俱乐部参加职业联赛(葡超 + 葡甲 + 联赛杯)单赛季 748 场。这些打造了葡萄牙联赛的绿色生态系统。

基于良好的生态系统,近 30 年来各级国家队共获得 26 个国际赛事冠军(包括世青赛、5 人制等赛事)。葡萄牙足协不断对联赛做出改革,不断完善生态系统,在 2021 年又创建第三级和第四级国家业余联赛,确保业余足球俱乐部的数量持续增加,提升赛事整体质量和竞争性,给予低级别联赛更多的支持,加强了对葡萄牙本土球员的培养(主要体现在 U19 年龄段球员的职业化比例)。正是这些有针对性的优化组合,使得葡萄牙联赛生态系统保持良好状态,从而保证了国家层面竞技足球水平的领先。

第三天由前瑞士足协技术总监汉斯鲁迪·哈斯勒先生,为我们分享“地方协会的技术发展与建设”这一主题课程。在业余足球与职业足球双向发展中,瑞士足协构建“双金字塔结构”模式,自 1995 年以来探索实践了一条精英青少年成长培养路径,为各级国家队储备了人才,保持长期技术发展趋势。在国际足联的排名从 1995 年将近 70 名上升到十几名,瑞士各级国家队也在各项国际比赛中取得突出的成绩,这些都说明瑞士足协构建“双金字塔结构”模式的成功。在 U21 岁以下四个阶段划分中,其中第三阶段 U6～U12 年龄组是构成金字塔的塔基部分。业余足球是地方协会实施草根足球的全部,为此县域足球协会担负的任务艰巨而又光荣。

五是分享北方县域足协工作经验。课堂上,培训学员们也做了经验介绍,讲述当地足协工作开展情况。虽然大家的足球经历各不相同,但对足球都有着同一样的炙热情怀。由热爱到参与地方足球事业发展,每个人都经历了许多的困难和挫折,但就是这种坚持,使他们走进中国足协大家庭,走进中国足球改革实践中。在介绍协会联赛开发上,各地结合当地历史文化创设的联赛让人眼前一亮,其中河北巨鹿足协“巨鹿之战”,内蒙古奈曼旗足协“一带一路杯”、新疆额敏足协“草原杯”,这些赛事的创办都是依据本地文化历史传统来设置,非常接近人民群众的生活,打造成为当地品牌赛事。国内其他如沈阳“哥德堡杯”、四川成都“熊猫杯”等,也都是屈指可数的较有知名度的品牌赛事了。各地足协亮点工作介绍,使学员们相互分享、相互学习,相互交流。

来自成都足协新闻官居上先生也对“基层足协媒体工作战略与组织运行”做了详细的讲解;来自中国足协技术部的谭海主任就最新比赛规则进行了解读。王大木老师就“世界足球的组织与架构”进行了分享,借鉴国际足联发展历史来指导基层协会要有明确的战略目标,要实现可持续性发展。

培训期间,学员们严格遵守疫情常态化防控措施,每天规范执行“扫码、测温、戴口罩”,有规律地往返于餐厅、教室及客房这三点一线中。紧张有序的生活倒也不失一些有趣难忘的瞬间。晚餐中学员们三五个凑到一起,将白天课堂中没有理解消化的知识在餐桌上回炉讨论一番,彼此分享着感受,加深着了解,增进着友谊。两位讲师也是饶有兴致过来和我们一起分享,白天课堂中的紧张气氛顷刻间消失殆尽。

五大连池作为黑龙江省骨干县域足协代表,在未来工作中要深入贯彻此次培训会议精神,努力做好以下几个方面工作,为振兴黑龙江足球贡献力量。

一要加强协会组织管理,健全机制,完善协会架构,加强人员配置,保持良性循环态势,达到全方面善治。

二要大力发展会员及会员单位,推广行业单位职工足球运动发展,融合健康中国建设方案行动计划,扩大业余足球人口数量,增强足球社会影响力。

三要加强校园足球普及。深化体教融合,做好体育、教育两部门在发展校园足球中的联系纽带。在各级足球特色学校的基础上完善各阶段 U 系列校园足球队伍建设和学校足球俱乐部建设。

四要建设适宜地方特色的生态系统。整合五大连池足球邀请赛及校园足球冠军联赛有效资源,举办五大连池足协杯及联赛(业余联赛+青少年联赛),强化联赛数量质量,努力改善本地教练员、裁判员及球员发展环境。搭建良性的竞赛平台,保障技术发展需求。

五要保护地方传统足球品牌赛事。有效整合五大连池矿泉旅游及朝阳山抗联遗址红色教育资源,开发创建品牌赛事活动,赓续五大连池足球邀请赛传统,形成地方特色并加以传承保护。

通过此次培训学习,我深深感受到中国足协改革中国足球的坚定信心,感受中国足协大力发展县域足球基础的构想。中国足协的发展离不开地方足协的支持,地方基层足球组织是中国足球的“根”,“根深”才能“叶茂”,没有强大的地方足协就没有强大的中国足协,也就没有中国足球强大的未来。希望在前,使命在肩。我们要充分发挥基层协会的主观能动性,做好现有资源的管理与利用,建设开发适合本地特点联赛生态系统;努力学习欧洲足球强国协会管理和经营模式,良性改善地方足球发展状况。持久发力,久久为功,为中国足球改革发展做出贡献。

第八章 经验成果 区域分享

——北方校园足球实践经验成果与区域分享

作为校园足球实践者，要不断对阶段性教学工作做出评价，客观总结得与失，以提升理论水平。五大连池市第二小学课题组依据北方气候特点，挖掘乡土教学资源，提炼雪地足球节、教学训练及联赛的经验做法，进而保证校园足球各项活动得到可持续发展。

一花独放不是春，百花齐放春满园。五大连池市校园足球由城镇辐射到乡村，由乡村扩展到山区，这种模式有力促进了学校素质教育和全民健身事业发展。在黑河方案驱动下，五大连池市第二小学实践经验得到推广，进而影响新时期黑河校园足球竞技水平实现整体提升。

截至2021年，黑河市共命名35所全国青少年校园足球特色学校，18所省级足球特色校（基点校），5所黑河市“三大球”示范校和6所全国校园足球特色幼儿园。在黑龙江省系列青少年足球比赛中，共计7所学校24次入围比赛前四名。共取得高中组季军2次，初中组冠军2次、亚军2次、季军4次，小学组亚军6次、季军4次。冬季校园雪地足球得到蓬勃开展，并跻身全省领先水平。黑河市爱辉区被认定为全国青少年校园足球试点区（县），五大连池市与孙吴县被认定为黑龙江省校园足球活动试点单位。

黑河市校园足球的快速发展，为振兴黑龙江足球注入力量和希望。

第一节 试析学校三级球队建设与管理

训练和比赛是校园足球活动中最重要的两个活动内容。五大连池市第二小学校园足球最初从“北狮梯队”校队业余训练开始，逐渐探索“班级校”三级球队建设管理模式，培养了众多球员，成为校园足球发展的生力军。

第二小学校园足球注重队名文化建设。1991 年，德都县第二小学对校队和级队冠名为“北狮梯队”。“北”指中国北方，“狮”指狮城、雄狮，“梯”指 3 ~ 6 年级 10 ~ 13 岁小球员。“北狮”旨在激励小球员们永远铭记中国国家队 1989 年在第 14 届世界杯亚洲区外围赛兵败狮城（新加坡）的历史教训（两个“黑色三分钟”），寓意振兴北方青少年足球事业，打造北方青少年足球雄狮之旅之意。意在培养少年儿童爱国主义、集体主义和顽强拼搏的意志品质，打造“传帮带”的球队作风，蕴含家国教育于其中。

校队是学校三级球队建设管理的最顶层设计，是球员金字塔中的塔尖工程。球队采取“甲、乙组挂钩”管理模式，球员按人数比例由 3 ~ 6 年各级足球队中优选产生，着重依据球员在校内联赛、年级挑战赛及校外比赛中的表现来综合考评录取。截至 2021 年底，校队共征战各级各类比赛 179 场。一届球队一般人数在 20 人左右，并且年级 3 ~ 6 按照 1∶2∶3∶4 的比例来组成。从某种意义上讲，校队标志着学校在一个历史阶段中足球竞技的最高水平。校队是开展各项校园足球活动的排头兵，也是足球王者荣耀的象征。无数二小足球健儿刻苦训练，都以入选北狮梯队（校队）为目标，在比赛中顽强拼搏，众志成城，为第二小学赢得了数不清的荣誉与辉煌。

级队是学校三级球队建设管理中的重要支撑，是球员金字塔工程中的塔身工程。学校分别在 1 ~ 6 年级成立 6 支级足球队，并分成甲、乙、丙三个组别。甲组为 5 ~ 6 年级，乙组为 3 ~ 4 年级，丙组为 1 ~ 2 年级。球员组成按比例由各平行班共同组成。一般人数在 30 人左右，其中女子 10 人、男子 20 人。丙组训练以培养兴趣、球性球感、基本功训练为主，乙组训练以个人技战术与局部小配合实战为主，甲组训练则以比赛实战需要为主。

级足球队是球员入选校队的重要枢纽，其主要任务为参加校内年级挑战赛和校外 U 系列比赛。通过级足球队的训练比赛，球员有机会入选北狮梯队（校队），获得代表学校参加更高级别的比赛资格。自 1991 年起，共有 30 支级足球队从第二小学毕业，近 1000 多名球员在级足球队中训练和比赛，并锻炼成为第二小学校园足球蓬勃发展的中坚力量。

班队是学校三级球队建设管理中的基础性工程，是球员金字塔工程中的塔基工程。学校号召每个班级都要成立一支足球队和一支球迷啦啦队。学校 1 ~ 2 年级成立足球预备队，主要进行足球游戏和兴趣培养，建立球性球感等练习；3 ~ 6 年级开始进行足球基本功及技战术训练比赛。两支队伍共用本班中队来冠名。队牌、啦啦队口号等也围绕中队文化元素来设计，着重体现班级发展特色。球队队长、啦啦队队长都是通过竞选的方式来产生。

以平行班级四个班为基数，全校每个学年度常规的班队达 24 支。为带动女子足球运动，班队员采用“10 + 5”的比例构成，即由 10 名男生和 5 名女生组成，在 9 人制“校长杯”比赛中，采用“6 + 3”的方式进行，即由 6 名男生和 3 名女生组成，在师资匮乏的情况下尽最大限度带动学校女子足球的发展。

利用活动课和大课间，班主任和球队长组织班队进行足球活动，着重培养学生集体荣誉感和团队协作精神。班队主要任务是参加“校长杯”联赛，啦啦队主要任务是站脚助威，校园足球参与率达到100%，人人成为班级足球发展的主体，个个代表班级发展的形象。近几年来，学校比较突出的班队有“快乐岛”“飞翔”“爱心”“彩虹”“旋风”等。班队是校园足球组织中最基本的细胞单位，是校园足球发展的重要基石。学校根据学生在班队训练及比赛中的表现，优选出队员加入级球队中。

以上为第二小学“班级校”三级球队的建设管理，通过此管理加强球员金字塔式培养模式，着力推动校园足球普及。

第二节　班级中队元素是校园足球文化基石

经过2012年探索实践，课题组逐渐认识到校园足球的发展重点是校园足球文化，也就是足球文化软实力。足球文化是校园足球发展所需的精神动力和不竭源泉，校园足球文化的发展，最基本的结构和功能单位是班级足球团队文化的建设，而展现班级元素的则为中队元素。

开展校园足球活动之初，由于场地器材、教师资源的限制，还达不到每个孩子都能上场踢球的条件。因此我们努力将孩子们一半培养为小球星，一半培养为小球迷，这样使得孩子们都能参与到校园足球活动中来。在3～6年级中，每个班级中都有两支队伍，一支是班级草根足球队，一支是班级球迷啦啦队。他们共同拥有一个美丽的名字，就是都用本班级中队名称来冠名。2011—2012年学年下学期校园足球各项活动启动以来，我们收获了12个班级足球团队。分别是三年一班靓点队、三年二班晨光队、三年三班快乐队、四年二班雄鹰队、四年一班快乐岛队、四年三班飞翔队、五年一班阳光队、五年二班志远队、五年三班宇航队、六年一班远航队、六年二班雨点队、六年三班爱心队。2012—2013上学期，我们又收获三年一班七彩队、三年二班雏鹰队、三年三班平安队、三年四班远航队、六年四班希望队5个班级团队。不同的中队名称，孕育了不同的含义，丰富了孩子们的精神文化生活，使他们喜欢上球迷啦啦队，积极为班级足球队加油。

班级草根足球队和球迷啦啦队的建立，使校园足球影响到每一名孩子，每一名学生都成为班级中队元素中的重要一员。在北狮梯队发展口号（我运动，我健康，我快乐。二小足球，争创一流。中国足球，加油！加油！）的基础上，每个班级发挥团队智慧用心设计啦啦队口号，用心选择合适的装备道具为队员们加油。啦啦队队长是通过演讲的形式竞选出来的，通过球迷啦啦队，把班级所有的学生都组织在一起，一大批女孩子成为班级足球活动的主角。别具特色的啦啦队口号，凝聚孩子们对足球的热爱，对班级荣誉的珍惜。

在2012年4月校园足球联赛启动以来，3～6年级共计12支足球队参加比赛，12支球迷啦啦队在场外加油叫好比赛，一句句彰显班级文化特点特色的口号，响彻在校园上空。

六年一班石芳老师带领的“远航足球队”口号为：六一六一，目标第一。享受快乐，志在千里。团结一致，奋勇拼搏，六一足球，扬帆起航。

六年二班曹桂萍老师带领的“雨点足球队”口号为:六二六二,赛场争冠,阳光足球,快乐为伴。团结一心,拼搏至上,再接再厉,共创辉煌。

六年三班肖会芬老师带领的“爱心足球队”口号为:阳光体育,快乐足球,切磋技艺,传递友谊。爱心球队,同舟共济,刻苦钻研,永争第一。

五年一班李宪文老师带领的“阳光足球队”口号为:阳光五一,拼搏胜利,冰天雪地,永争第一。加油!加油!加油!

五年二班孔令娟老师带领的“志远足球队”口号为:志远队员,脚下生风,一脚射门,必定成功。五年二班,雄心激昂。志远志远,扬帆远航。

五年三班殷玉霞老师带领的“宇航足球队”口号为:五三五三,我最强悍,不夺冠军,我心不甘!团结互助,永争第一!加油加油!加油加油!

四年一班孙丽红老师带领的“快乐岛足球队”口号为:开开心心踢足球,踏踏实实长本领。四一加油,四一必胜!

四年二班徐长春老师带领的“雏鹰足球队”口号为:雏鹰翱翔,征战赛场,从小立志,为国争光!

四年三班聂晓艳老师带领的“飞翔足球队”口号为:快乐足球,快乐成长, 五年三班,展翅飞翔!

三年一班张景梅老师带领的“靓点足球队”口号为:踢足球,运动强;磨砺志,身健康。人人练,个个壮;万家兴,举国旺。爱体育,真好样;龙腾飞,九州翔。精神抖擞显国威,意气风发中国强!

三年二班王秋雁老师带领的“晨光足球队”口号:风雨无阻,共创辉煌。破茧成蝶,放飞梦想。放眼天下,志在千里。追求卓越,铸就辉煌。

三年三班翟文梅带领的“快乐足球队”口号为:我快乐,我成长。足球大舞台,有你更精彩。

2012 年 9 月,学校迎来升入三年级的四支球队,同时六年组又增设了一个班级。加上上学年的 9 支共计有 14 支班级球队。

三年一班弓惠莲老师带领的“七彩足球队”口号为:校园足球,阳光七彩。强壮体魄,健康成长。三一加油,三一必胜!三一队员,勇创奇迹!

三年二班吕慧颖老师带领的“雄鹰足球队”口号为:三二三二,独一无二。三年二班,非同一般。放飞蓝天,展翅翱翔!

三年三班王凤琳老师带领的“平安足球队”口号为:足球足球,传递友情。快乐第一,比赛第二。团结拼搏,健康成长。努力努力,再创奇迹。

三年四班王玉老师带领的“远航足球队”口号为:三四时代,足球最帅。团结友爱,样样厉害!

六年四班孙艳萍老师带领的“希望足球队”,根据“校长杯”两个阶段,分别制定了秋冬季和春夏两个赛季的加油口号。秋冬季口号为:冰天雪地,激情飞扬。六四加油!六四必胜!春夏季口号为:东风吹,战鼓擂。六年四班怕过谁。春天到,六四啸。球儿踢,球员跑。希望加油!希望必胜!

一次次的助阵加油,增强了学生的集体荣誉感,培养了团队精神,班级中队文化凸显出来,成为构建校园足球文化的重要基石。在此基础上,各班级球队还设计出队徽,啦啦队文化也是更有内涵。每逢班级参加联赛,啦啦队员们有的举着队牌,有的头上扎着红缨条,有的拿着泡泡棒,有的挥动着彩旗 。就连文化课上的问题学生也受到感染,他们一个一个逐渐成为加油队伍中的主力。平日里淘气十足的徐子豪、郑晓宇、曹润川、邱爽、吕浩鑫……他们手舞足蹈,尽情释放对足球的热爱,对同伴们的支持,球场外绽放出一张张单纯可爱的笑脸。

班级两个足球团队的建设发展,尽显中队文化元素。也使每一名孩子被吸引到足球运动中来,使每一个孩子都能感受美、陶冶美和创造美,感受到童年的幸福快乐。中队文化的营养元素成为校园足球文化发展的重要基石,助推校园足球几十年发展的繁荣向前。

第三节　北方校园足球节组织与实施效果研究

足球节是国际足联推广“草根足球发展计划”中最重要的一个节日,足球节以“站”为基本单位,以“技术练习与小比赛”为活动内容,在轮转练习中提高少年儿童足球基本技能,激发学生对足球的浓厚兴趣。校园足球自 2009 年全面启动以来,足球节活动深受少年儿童的喜爱,并成为彰显校园足球文化的重要标志之一。五大连池市第二小学校地处黑龙江省北部地区,在近些年足球节系列活动的开展中,能够依据校情实际创新组织形式,通过植入乡土教学资源丰富活动内容,开发出一整套具有北方地域特色的冬、夏两季足球节模式。强化了校园足球教育功能,提高了校园足球普及速度,丰富了校园足球文化内涵,使其成为继“校长杯”联赛、三级球队草根训练课之后校园足球活动的又一亮点,逐渐发展成为校园足球传统项目并得以传承下来。

一、创设体验区,人人成为足球节蛋糕的分享者

实施“足球节”就犹如制作一块生日蛋糕,是学校为孩子们准备的特殊节日礼物。它所包含的任何元素都是校园足球活动成果淋漓尽致的体现,是彰显校园足球文化精华的重要标志之一。按照国际足联草根足球节常规组织形式,就是在活动站内安排技术练习与小比赛两项内容。根据不超过两个半小时的时间长度,最多设置十站左右活动。根据内容要求,需要具备一定足球基本技术的孩子才能参加,而具备这些能力的只有来自草根训练课上学校三级球队的学生,这样大部分学生是没有机会参与足球节的。为了使所有孩子参与其中,使每个孩子都品尝到蛋糕的美味,进而实现“草根足球是面向人人的教育”的发展理念,我们率先在 2012 年夏、冬两季足球节活动中,在活动站的基础上增设了三个兴趣体验区。体验区活动以足球团队游戏为主,将教师、学生和家长组合在一起。根据各年级学生的年龄跨度,将一二年级、三四年级、五六年级分别安排在三个区域,而且每个区域设计相同内容的团队体验游戏,采取平行班级比赛的形式展开活动。已经成熟和完善规程的游戏如:亲子抱(运)球往返接力、10 米集体射门比准(夏季);过雪墩运球接力、爬犁运足球接力(冬季)。调动了广大师生深度参与,推动校园足球活动轰轰烈烈地开展起来,亲子足球体验区的互动游戏,实现了校园足球的家校合一。使家长了解和感受校园足球理念,进而达

到支持校园足球发展的目的;团队游戏也增强了学生的集体荣誉感,提高了各班学生团队合作能力。体验区活动对于强化学生的身心素质和提高竞技水平以及社会适应能力等方面都起着非常重要的作用。体验区活动作为足球节的主导项目,对于锻炼学生的意志,培养学生乐观向上、积极进取的人生观起到了不可替代的作用。

二、结合重要时间节点,拓展足球节文化内涵

我们将夏季足球节活动设置在每年六月,这是北方一年中气候最宜人的时节;将冬季足球节设置在每年十二月份,此时的北方冰天雪地,瑞雪纷飞。两次足球节在这两个时间节点实施,富有极其特殊的教育内涵。夏季足球节旨在为孩子们庆祝"六一"国际儿童节,将足球节做成一块蛋糕分享给孩子们,又是一次对炎热酷暑自然条件极限的挑战;在活动中,我们还设置了足球节征文、足球宝贝啦啦操表演、足球小将表演赛、教师足球赛、校长杯联赛颁奖等。冬季足球节与"百万青少年上冰雪活动"进行对接,以"燃情冰雪,炫彩足球"为主题,将足球节作为送给孩子们的珍贵礼物,更是一次对冰雪严寒自然条件极限的挑战,在活动中设置了雪雕,冰雕展演,雪地拔河,雪洞拓展穿越,队徽征集,啦啦队口号征集,手抄报比赛,发布足球节吉祥物等,例如2012年的吉祥物"雪娃阿福"、2015年的吉祥物"小白兔"。还原给孩子们天真烂漫的童年,使他们在玩中乐、乐中学。富有趣味性、创造性和挑战性的冰雪文化活动,激发学生对冰雪文化的兴趣和热情。通过拓展足球节文化内涵,使学生更加了解北方的冰雪文化,更加热爱祖国,热爱家乡。同时助推第二小学校"以人为本,人和校兴,体验成长,全面发展"办学理念的逐步形成。

三、开发绿色资源,把乡土文化融入快乐足球中

在足球节活动中适当制作一些乡土器材,既可以解决器材的不足,同时又可以增加乡土文化气息,发挥大作用。

在"庆六一"足球节上,我们把绿色饮料瓶装上水,既能当作游戏区域内的"踢球射门比准"的球门柱,又可以当作活动站内的标志桶,节约了资源。还有操场上的一字型排列的几棵老树,都成为足球体验区亲子游戏的好帮手,培养了学生们对校园的情感。这些都成为足球文化节上的绿色教学资源。

冬季足球文化节,我们则可以更好地结合北方天然冰雪资源。我们利用第一场雪堆置了雪球、雪娃,还有利用废旧桌椅制作雪爬犁,废旧条幅搓成拉绳,钢笔水溶液描画场地,自缝布口袋,学生集体行动堆雪山、掏雪洞、浇冰道,等等。让这些自然元素走进孩子们的生活空间。设计踢毽子、推雪球、跳绳、钻雪洞、溜冰道、爬雪山、打雪滚、拉爬犁等草根游戏及体验活动,不断激发孩子们投入运动的热情。通过不断挖掘校园内的绿色资源,增强了学生们对校园和大自然的热爱,增添了校园足球文化的乡土气息,开发了学生智力,增强了创造力和想象力,也培养了孩子们的劳动实践能力,可说是相得益彰。

四、开发社区资源,扩大足球节社会功能

在物质条件不断改善的前提下,足球师资的匮乏是制约校园足球发展的主要障碍。足球节活动实施,需要更多具有专业指导能力的教师来深度参与。而具备专业素质的指导员

对于基层学校来说，可是凤毛麟角。我们与社区的足球爱好者达成共识，得到他们的大力支持，暂时解决了足球节实施所需人才的不足的问题。第二小学足球节的模式不断开发实践，引领和影响区域范围内学校足球节活动的不断拓展。2014 年在“五大连池—逊克足球观摩交流现场会”中，组织实践了五大连池市镇内小学生足球节；在 2015 年黑河市校园足球指导员培训活动中，为黑河小学、嫩江市第四小学校、逊克县实验小学校、五大连池市第一小学、孙吴县第二中学实施校园足球节活动提供了借鉴；2016 年在五大连池市冬季校园足球教学现场会中，和平镇小学、团结乡中学、第二中学校园足球节的实施，开始实现了足球节活动由城市向乡村学校的辐射传播，有力推动了校园足球的普及。

足球节的成功举办，是校园足球蓬勃开展的重要标志，它体现了校园足球发展中的更多元素。随着乡土资源的开发和组织模式的不断创新，足球节活动也将在北方地区表现出顽强的生命力，为更多少年儿童提供比赛与交流的契机，让更多的人分享到足球的快乐。

第四节　小学校园足球竞赛体系的演变与完善

以“养兵千日，用兵一时” 这句话来形容校园足球课余训练和比赛，最恰当不过了。“养兵”是完成一个“场下千年功”的训练过程，“用兵”是检验“场上一分钟”的比赛过程。训练重过程，比赛看结果，两者相互依存、相互促进，构成校园足球的主要框架。“比赛是最好的老师”，最好的比赛才是最好的训练。为此，如何构建竞赛体系来适应校园足球课外训练需求，一直是提高校园足球竞技水平的瓶颈，更是落实《教育部等六部门关于加快发展青少年校园足球实施意见》中的重点任务。历经十几年探索和实践，五大连池市第二小学校园足球竞赛体系依据校情去实施，依存学校发展而发展。竞赛形式从单一到多元，竞赛对象从高年级到低年级，保证了校园足球竞技水平不断提升，促进了校园足球文化发展。

一、传统赛会制与联赛制

1991 年，是应试教育向素质教育转型初期，德都县第二小学组建 3 ~ 6 年级校足球梯队，开始了对校园足球教学的探索实践。当时学生总人数不到 600 人，场地简陋，器材短缺，经费不足。3 ~ 6 年级平行班多数仅为 2 个，少数年段为 3 个班级。学校在每年冬天都要举行校园足球大赛，并以“走出去，请进来”的形式，组织校队与镇内小学交流比赛，这是学校最早建立的竞赛形式。1998 年，学校制定联赛方案，在冬季足球赛基础上增加比赛的轮次和场次，开始实施 3 ~ 6 年级 9 人制足球联赛。

传统赛会制与联赛对照表见表 1。

表1　传统赛会制与联赛对照表

赛会	方法策略	优点	缺点	效果
3～6年冬季校园足球大赛	1991—1997年。男女两个组别,每年冬天举行一届。以班为单位,3个班为循环赛,2个班为淘汰赛	填补冬天户外体育活动较少的不足,便于组织实施;可以调动同学们对足球的热情,没有越位规则,便于学生执行参与	比赛场次少,满足不了学生需求。不容易发现优秀球员,不利于球队培养。气温低,技战术含量较低,结果偶然性大	从1991年开始共举办了7次校园足球大赛,校球队员成为班级球队的主力,活跃了氛围,学校1997年被命名五大连池市足球基点校;校男女球队在仅有两次市级比赛中包揽冠军
3～6年9人制联赛	1998—2010年。男女两个组别,以学年为比赛时间长度,设置4个阶段;2个班级的8轮比赛、3个班级的4轮比赛。每支球队年度8场球	锻炼个性球员的成长,有利于团队技战术的培养。有利于寻求社区企业的支持,扩大校园足球影响力。促进班级足球文化建设。培养学生拼搏意识、团队精神、创新精神,提高学生综合素质	组织工作难度较大,考验小球员文化学习与足球锻炼有效把控。考验班主任对足球教育功能的有效植入	营造了"周周有比赛,天天有话题"的足球氛围,有力提高了班、级、校三级球队技战术水平。2003—2006年校队四次代表黑河市参加全省少年足球赛,获得两次亚军、一次第三名和一次第四名。学校2000年命名黑河市足球基点校、获得1996—2000年度全国群众体育先进集体

二、"6+3"模式推进竞赛机制演变

2011年,五大连池市第二小学3～6年级平行班增至到4～5个。学校制订《2011—2021年校园足球十年发展规划》,提出"课题、校本、特色、艺体"四位一体校园足球发展新路径。将男、女两个组别的9人制足球联赛调整为"6+3"混合制联赛。2013年,又在"6+3"混合制联赛基础上开发出"5+1+3"和"6+1+2"两种模式,解决了学校现有足球教学师资力量不足的实际问题,加大了校园足球普及程度。学校2012年被评为黑龙江省体育传统项目足球学校。

"6+3"联赛模式演变对照表见表2。

表2 “6+3”联赛模式演变对照表

赛会	方法策略	优点	缺点	效果
“6+3”模式	2011年开始实施。即上场比赛球员由6名男生和3名女生共同组成。以上、下学期为两个阶段，一个阶段设置2轮比赛，全学年为秋冬春夏四轮比赛，一个班级12场比赛贯穿整个学年度	适合小学生生理发育特点，解决了学校足球师资不足的问题，又带动了女孩子的积极性，加大了女孩子球员的对抗强度。加快了女孩子对比赛技战术运用的理解，利于普及	女生与男生的技术及能力水平差距大，精彩程度有所下降	女孩子获得更多自信，女孩子也是足球半边天，在人力不足的情况下这不免是一个行之有效的普及方法
“5+1+3”与“6+1+2”	2013年开始实施。“5+1+3”中“1”代表男教师，其他代表5名男生和3名女生；“6+1+2”中的“1”代表女教师，其他代表6名男生和2名女生。比赛中教师不允许射门得分，也不允许担当守门员	营造教师带动和影响学生的足球氛围，通过角色任务的限制，加强了球员对位置职责的理解	学生过分依赖教师，缺乏对核心球员的培养，精彩程度有所下降	实现了教师和学生同场竞技比赛。是建设班级足球团队的有效载体，教师和学生有效互动，增强了班级足球团队的凝聚力

三、“9人制”与“5人制”双轨并行完善竞赛体系

2013—2014年赛季，学校在传统9人制联赛的基础上，增设5人制比赛。在“秋冬季”比赛后，我们做了5~6年级共8支球队的技术统计，在气候人员、比赛时间、场次等条件没有变化的情况下，12场9人制的比赛进球数为25个，12场5人制的比赛进球数为77个。5人制比赛进球数远远多于9人制，小球员们在场上能获得更多进球，更多体验成功的快乐。而且触球、1V1以及守门员运用技术能力机会也都多于9人制。5人制场地小，便于组织，多球制增加了低年级小球员当球童观摩比赛的机会，提高了阅读比赛的能力。所以说，小场地比赛更适合于校园足球活动开展，为日后进行4V4、3V3训练比赛提供了依据。9人制旨在普及，5人制旨在提高。2015年，学校命名全国校园足球特色学校。

“校长杯”9人制与5人制比赛进球数对照表见表3。

表3 “校长杯”9人制与5人制比赛进球数对照表

轮次	总场次	对阵球队	比赛时间	9人制	场次	比赛时间	5人制
一	1	5.1—5.4	11月12日	2:1	6	11月14日	3:4
	3	5.2—5.3	11月13日	0:1	8	11月15日	3:3
	5	6.1—6.4	11月14日	1:0	2	11月12日	3:2
	7	6.2—6.3	11月15日	2:2	4	11月13日	3:5
二	9	5.1—5.3	11月19日	0:2	14	11月21日	2:7
	11	5.4—5.2	11月20日	2:0	16	11月22日	4:3
	13	6.1—6.3	11月21日	1:3	10	11月19日	3:4
	15	6.4—6.2	11月22日	1:2	12	11月20日	4:1
三	17	5.1—5.2	11月26日	0:1	22	11月28日	1:3
	19	5.3—5.4	11月27日	0:0	24	11月29日	3:5
	21	6.1—6.2	11月28日	0:2	18	11月26日	0:4
	23	6.3—6.4	11月29日	1:1	20	11月27日	3:4
总计	12场	2组8支队	12天	25个	12场	12天	77个

四、低年级趣味体验活动打好竞赛体系基础

根据1~2年级小学生特点,利用冬、夏两季足球节,实施“夹球跳往返接力、射门比准、过障碍传球接力、螃蟹断球”等亲子游戏,吸引家长参与到校园足球中来,以积分的形式评价班级团队,培养孩子们对足球运动的兴趣,构建好竞赛活动的基础体系。学校还举办“颠球王、运球王、神射手”等单项比赛,举办毕业生典礼赛、教师足球赛,未来计划举行家长赛和年级挑战赛等。力求竞赛内容的传统与创新相结合,竞赛体系的科学与包容相结合,竞赛质量的趣味与竞技相结合,从而达到能更好服务孩子们健康成长的目的,促进校园足球竞技水平的提升。

第五节 北方冬季校园足球教师培训有效尝试

众所周知,北方冬季气候干冷而且时间漫长。在这种环境下开展足球教学,是一种常态化教学行为。2016年冬季,为进一步提高教师冬季校园足球技能水平,分享国内外校园足球师资培训教学资源,进一步开发北方冬季乡土足球教学资源,巩固校园足球工作阶段性成果。五大连池市教育局组织实施了全市冬季校园足球教学现场会暨足球教师继续培训活动。本次活动,既是对冬季校园足球教学训练的一个展示观摩,也是对冬季教师培训活动的一个摸索,更是对北方冰雪教学资源一次挖掘和开发。可以说取得了很好的效果。

此次培训活动依据校园足球活动开展情况,将全市分成三个区域来组织实施。其中农村设置两个区域,镇内一个。每个区域站活动都是以实践展示与理论交流的形式进行。实

践部分设置足球教学和训练示范课观摩展示、足球节实施;理论交流设有评课、议课和分享外出培训成果。

场景一:“燃和平火,筑足球梦”。12 月 6 日,和平镇中心小学作为平原乡学校展示区域,拉开此次培训活动第一站序幕。这是和平小学时隔24 年后再次举办全市规模的教育教学现场会。

从接到任务的那一刻起,全校师生都表现出极高的热情,提前做了很多项准备工作。利用体育课,教师们带领学生堆雪山、制作雪球,大队部举行了校园足球手抄报比赛。活动当天,一张张色彩鲜明、内容丰富的手抄报把教学楼走廊装饰得氛围浓烈。三年来,和平小学校园足球活动有坚持、有突破、有创新,学校足球队在全市比赛中一次获得亚军,一次获得季军。校园足球带动了学校剪纸、绘画、葫芦丝、经典诵读、写字、科普等兴趣社团的发展,全面促进了学校教育教学工作。

上午本校教师何文涛、太平小学于亚辉、和平中学谷海龙三位教师执教《射门》《传接球》《脚内侧踢球》足球教学示范课。三位教师的语言生动真实,内容新颖,学练方法得当,学生们学习兴趣浓厚,达到了练习效果。来自太平乡、建设乡、四平乡及和平镇区域上的 21 名教师,认真进行了观摩,也就一些疑问和三位教师进行了交流。

下午足球节活动开幕式,余国安校长的讲话表达出全校师生对校园足球的热爱,对兄弟学校领导及教师们到来表示热烈的欢迎。本次足球节活动设置了活动体验区和,全校 228 名学生和 31 名教师一同报名,没有一个人缺席。前来参加观摩区域学校的体育教师也都积极担当指导员,新民村教学点 57 岁罗长友老师老骥伏枥,成为比赛站一名指导员。活动站内,4 ~6 年级小队员逐个体验“推雪球、钻雪洞、滑雪山、5V5 手足球” 一同分享冰雪足球带来的快乐,体验团队力量;1 ~3 年级学生分享了“圈羊回家、圣火传递”游戏,将更多孩子们的足球兴趣点燃。

一个半小时的时间, 五大连池市农村小学校的第一个冬季校园足球节活动圆满结束。丰富多彩的足球节活动把和平小学校园装扮得异常欢腾和热闹。

场景二:“上冰雪与校园足球相约同行”。12 月 7 日,此次培训活动第二站在团结中学进行。来自龙镇、双泉、讷谟尔、团结以及山区朝阳、兴安区域的 30 名教师,准时来到交流会现场。团结中学体育教学历史悠久,丰富的田径传统项目基础助推了校园足球的快速发展,“传承田径、创新足球、发展冰雪”是当今团结中学的发展口号。一天来,与会者处处感受到团结镇人发展校园体育的宏大思想和办学理念,这里的每一个人都身怀 1 ~2 项体育技能,就连 57 岁的食堂管理员张兴权老师,每天都要在校园里长跑 3 千米,几十年如一日,这些让我们不难找到学校田径队多次跻身市运会三甲、足球队蝉联冠军的奥秘了。上午的三节示范课也是特点鲜明、各有千秋。尤以国培归来王树奇老师执教的训练课《接空中球》示范准确、练习紧凑,给与会教师们以深深的启迪。下午 1 时 30 分,“青少年上冰雪与足球节活动”启动仪式隆重举行,随着一声发令枪响,几十名速滑小将在冰面上展翅滑翔,里圈中的投冰壶与拉冰车比赛更是激烈精彩,扣人心弦,时时吸引着观众们的眼球。活动区域中的定点射准、小雪球组字、过雪墩运足球、钻雪洞接力、6V6 比赛等活动,真可谓巧夺天工,设计新颖,大自然冰雪与校园足球的完美结合,将此站活动推至高潮。2015 年全国校园足球特色学校、2016 年省级体育传统项目田径基点校能落户团结中学校园体育发展历史,让与会的每个人不由发出啧啧赞叹。

场景三:经验分享,编筐编篓,贵在第二中学完美收口。

12 月 8 日,培训活动转至镇内学校进行。从五大连池市第一小学开始集结,培训大军途径五大连池市第一中学、五大连池市高级中学、五大连池市第二小学,于 9 日下午胜利会师到五大连池市第二中学。五大连池市第二中学 2015 年晋升黑河市“三大球”示范学校,几十年田径与速滑运动基础助推校园足球的发展。2015 年石荣江老师代表黑河市参加赴法校园足球教练员培训学习,本次活动他执教《变向过人》足球训练课,做了题为《赴法培训带给中学校园足球的几点启示》学习报告,成为本次培训活动中最大的亮点,他阐述法国足球青训的核心理念,给所有参培教师全新的营养。

足球节开幕式,市教育局为十二所五大连池市校园足球特色学校授牌,为本次培训活动画上了一个完美的句号。

此次培训实现了区域间校园足球教学资源的有效整合,是对全市校园足球工作的一次总结,也是未来校园足球工作的一次展望。全市 25 所学校的共计 172 人次参加了培训。共有 10 所学校的 15 名教师展示了足球教学、足球训练课;组织实施了 3 个冬季校园足球节;3 名教师做了校园足球国培和赴法教练员培训心得;3 所学校做了题为《校园足球发展现状和未来对策研究》的工作报告;12 所学校被命名为 2014—2017 年度五大连池市校园足球特色学校。

培训活动中,教育局副局长孟凡奎及教育工会主席朱广仁两位领导深入基层学校第一线,积极与学生们互动,激励了参培教师学习的积极性;承办单位学校高度重视,发挥群体智慧,开发区域上的冰雪资源,使得各区域现场会活动有声有色,鲜明的乡土、时代和地域特点为培训活动注入了活力;参培教师互相包容、团结合作、积极探究,在保质保量完成区域培训任务之后,克服困难参加其他区域上的培训学习,表现出积极乐观和拼搏进取的精神状态。

四天来,培训活动每一处场景都让人感动,每一次集结都让人心潮澎湃,寒冷的冬天没有阻挡五大连池足球人前进的脚步,五大连池人正以饱满的热情、求实的作风、创新的精神播种校园足球的种子在每一处校园里扎根开花。

纵观本次培训活动,历时时间之长,参培人员之广,客观自然条件之差,所有人员都能遵守时间和克服困难,圆满完成各项培训任务。不难看出,正是教育局领导们的高度重视和积极参与,正是承办单位学校的无私贡献,也正是全体参培人员的相互理解包容,才使得本次活动得以顺利进行和取得最好的效果。

校园足球正悄悄使得五大连池市的每一所学校发生着变化,也悄悄影响着每一名孩子发生着改变,相信足球会使五大连池市教育的明天变得更加美好。

第六节 足球节活动中指导员应当注意的十个问题

足球节是国际足联推广“草根足球发展计划”的一项重要内容,也是新时期开展校园足球的一项重要活动。首先足球节能直接反映出校园足球文化底蕴的氛围,其次能激发孩子们对足球的兴趣,进而为校园足球实现普及打下基础。常规组织形式是以"站"为基本单位,以"技术练习与小比赛"为活动内容。足球节活动的实施是一项系统工程,不但事先要制订方案,更需要指导员在实施中能灵活运用规则,根据场景善于对目标任务、人数分组做出调整,同时也要求指导员在教学态度、行为语言等方面都要恰当适宜。只有具备了这些方方面面因素,足球节活动才能按照计划得以顺利进行,从而最大化彰显校园足球的教育功能。以下是我们在足球节活动中总结和提炼的十个方面教学案例,仅供一线足球教师分享和借鉴。

一、不要冷落小组内轮换替补队员

足球节活动站是由互为对立双方的两个小队构成的,一般情况下都是两队人数对等,有时候也会出现轮换替补队员。作为指导员一定要及时关注替补队员以防其成为看客,鼓励全体队员任何一个人都是球队不可或缺的一部分,都要尽全力去完成每一次游戏或是比赛,如果身体不舒服或是伤病要向指导员提出,可以不坚持参加但不能离开团队。游戏过程中要学会信任同伴并及时鼓励同伴,为团队的每一个人加油、鼓劲。学会对集体负责。

二、互动中的角色定位一定要恰到好处

在"老鹰捉小鸡"这个热身游戏中,指导员扮演"老鹰"还是"老母鸡",往往活动效果却是两种情况。扮演"老鹰"会对"小鸡们"造成更大的威胁,使游戏激烈程度增大。如果扮演"老母鸡"角色,而学生扮演的"老鹰"则很难对"小鸡们"造成威胁,使游戏激烈程度大大降低。

三、与学生建立朋友伙伴关系

在组织教学中能和学生们建立一种朋友或伙伴似关系。一起互动起来效果会更好。指导员示范动作一定要准确到位,利用一些肢体语言更能起到事半功倍的效果,而且和学生一起做示范和亲密互动,效果才会更好。如果指导员分别站在底线和边线处,在远端进行观察和指挥学生,当孩子们练习出现的问题时,不能及时和准确地做出指导,就会影响练习效果和质量,也可能冲淡师生之间的伙伴关系。因此,在教学过程中禁忌指导员的远程指挥。

四、指导员要保持自信阳光和亲和力

态度是足球育人理念的重要组成部分,校园足球活动中指导员的态度将直接影响学生的积极性及精神状态。指导员要始终保持自信阳光的正能量形象,全身心投入到组织教学中,而且充满激情,保持亲和力,这样才能充分调动学生的积极性,培养孩子们参与校园足球的热情。同时,指导员也要当好一名观察家,做到"眼观六路、耳听八方"。指导员要选择合适的角度站位,而且注意力要高度集中,将活动站内每一个孩子参与行为都能尽收眼底。指导员手里应持有活动用器材(如足球、标志盘、标志桶等),能随时对教学行为进行重组,保持活动的连续性。

五、要把安全放在第一位

对伤病的预防是开展校园足球活动要考虑的头等大事。孩子们参加的任何一项体育活动我们都要把安全放在第一位,排除场地环境,我们也要考虑游戏的激烈程度、设备以及人身安全等,预见可能要发生的运动损伤。一定要以人为本,把关心孩子们伤痛放在重要位置,而绝不能仅仅承诺在口头上。对于没有医疗条件保障的学校,创造条件也要给予孩子医疗救助。不要让孩子因伤病无助对足球活动产生恐惧感,进而失去对足球的兴趣。

六、团队是足球育人理念的核心

教育学生通过游戏比赛建立团队合作意识,鼓励所有人都要全力以赴,逐渐培养小组凝聚力,培养学生们集体荣誉感。无论是场上还是场下,教育孩子们要记得相互关心、照顾,共同分享胜利的快乐,共同分担失败的苦恼。场上做到要信任同伴,场下做到要尊重同伴。

七、责任心的植入教育

教练员要教会学生在游戏或比赛前,要认真做好准备活动,避免轻易受伤,学会对自己负责。教练员要在课前做好各项准备,对学生负责。在阳光下,学生们应背对阳光,指导员应正对阳光站位,指导员要佩戴训练帽,便于观察和指导,可见课前选择适宜的装备对于指导员教学很重要。还有把与教学训练、游戏无关的物品整齐摆放,是对球队集体负责的表现,也是一种良好习惯的养成。校园足球的目的不单单是锻炼孩子们的身体,让孩子们获得快乐,更重要的是要为孩子们的健康成长服务,让孩子们学会做人。因此,作为指导员一定好鼓励孩子们养成好习惯,在任何时刻任何地方都要注意养成卫生。

八、场区内非安全因素预见和有效利用

足球节活动中,除了遇到组织方法及器材上的一些问题之外,有时也会受到场地的限制。场地内的一些非安全因素也会制约方案的实施。在 2015 年黑河市第五期校园足球指导员培训班足球节活动中,第一小学场地中的一座建筑物(雕像水泥底座)对方案实施带来了严重的安全隐患。几番讨论,实施小组没有避开建筑物去调整活动区域,而是从利用的角度去考虑,将原先设置的小场地比赛调整为集体踢球射门比准练习,将建筑物设计成足球墙,将不安全元素利用得淋漓尽致。可见,对危险元素的预判和利用,也是指导员实践综合能力的一种积累。

九、乡土教学资源有效开发利用

在夏季,我们用绿色饮料瓶(里面装 80% 水)当作游戏“踢球比准”的球门柱和运球练习的标志桶,将操场上一字型排列的几棵老杨树当作亲子游戏跑的折返标志杆。在冬季,我们结合北方天然冰雪资源,把雪洞、雪山、雪球、雪爬犁有机元素植入到草根足球游戏中,不断激发孩子们的足球兴趣。通过对乡土教学资源的有效开发,使更多大自然元素走进孩子们的生活,开发了智力,增强了创造力和想象力,也培养了孩子们的劳动实践能力,加强了集体主义和爱国主义教育,可说是相得益彰。

十、社区资源补齐足球师资短板

足球节不是一堂训练课,它需要一个师资团队合作来完成。对于一所学校来说,强大的足球师资却是一个难题。我们找到社区上的业余足球队,将足球队员聘请进来担任足球节指导员,学校场地设施也无偿提供球队使用,同时利用足球教学现场会、足球教师技能培训班的机会,利用团队的力量而有针对性地组织足球节活动,使足球节的种子得到最大限度的传播。几年来,在五大连池市第一小学、第二中学、和平镇小学、团结中学,在孙吴二中、嫩江四小、逊克实验小学、黑河小学等学校,足球节活动均得到有效的组织实施。

以上是我们在组织足球节活动中遇到的十个问题和解决的办法,只要我们从学校实情出发,认真总结和积累,足球节活动就能科学、安全有效实施,进而发挥它独有的育人功能,加快校园足球普及的步伐。

第七节　冰情雪趣饰童年

童年因其美好,让人流连;童年更因其一去不复返,令人怀念!梦回童年,总会走进那银装素裹的冰雪世界,追逐着童年的伙伴,欢笑声震落满树的银屑,在阳光中闪烁着飘落。忘记了寒冷,只记得那是童年中最真实的童话世界。

在童年离我远去的日子里,已为人师 23 年的我,有幸在今年的 12 月 6 日,与我校的孩子们一起参加了一次冰情雪趣校园活动——足球节。这次活动是由我市教育局筹划组织的,而我校——和平镇中心小学,是承办学校之一。在此之前,我校按教育局的指导部署做了一些准备工作。在准备的过程中,我校的孩子们也参与其中,极大地激发了孩子们的热情,每个孩子都翘首企盼着 12 月 6 日足球节的到来。当然,作为六年二班班主任的我,更是盼望着冰雪燃情的狂欢时刻早日到来,也可以让我重温童年的冰情雪趣,岂不快哉?

终于等到了这一天,这一天天气晴朗,但气温已达到零下 30℃,是一个地道的北方之冬,说是寒风刺骨、寒气袭人毫不夸张。

也许是所有参加本次活动的 187 名学生,48 位教师及教育局孟局长的热情,足以抗拒这种寒冷,大家齐聚在冰天雪地的操场之上,个个精神抖擞、摩拳擦掌,仿佛沐浴在春光中。

活动开始了,供孩子们活动的区域有五个:滚雪球区、带球接力跑区、轮流射门区、钻雪洞区、滑雪山区。孩子们在指导老师的指导带领下,玩得既开心又有秩序。看着孩子们从一个场地有序地跑向另一个场地,好似一场严整的军事训练一般,我不得不赞叹组织本次活动的负责人及工作人员的精心部署筹划。为使孩子们品尝到足球节这个节日大蛋糕的甜美,他们付出的不只是心血,还有火热的爱!

站在操场中间,看到的是:孩子们在雪地上奔跑着,仿佛童话世界中的快乐小精灵一样;齐心协力地、奋力地滚动着大雪球,就像一群蚂蚁搬运食物一样;抱着足球,匍匐在雪地上,小心翼翼地钻着雪洞,就像红军穿越敌人的封锁线一样;抱着足球,坐着雪橇,从“雪山”顶上滑下,就像滑滑梯一样。听着孩子们的欢笑声和指导员老师的指令声,我感觉此刻的操场沸腾了,校园上空洋溢着少有的热烈。

历经两个小时的足球节活动结束了,孩子们恋恋不舍地离开了活动场地,回到了教室。

这次足球节留在孩子记忆中的这份冰情雪趣会随着岁月的流逝而变得弥足珍贵,定会成为孩子们童年记忆中的最闪亮的瞬间。

“千里冰封,万里雪飘。”令一代伟人泼墨挥毫。

“燃冰雪情,蓄冰雪趣”是我们老师为孩子美丽的童年精心制作的甜美蛋糕。

[五大连池市和平镇中心学校　张艳红]

第八节　校园冰雪运动,青春激情飞扬

诗人说过,黑夜给了我黑色的眼睛,我却用它来寻找光明。北国的风雪带来酷寒,更给团结中学的孩子们送来欢乐。校园里,冰雪运动,如火如荼;孩子们,沉醉其中,无比快乐。

少年足球是团结中学的主打体育项目,教练王树奇曾带领团结中学校足球队远赴牡丹江市和庆安县代表五大连池市参加比赛,小足球队员们不负众望,取得骄人业绩。每天中午,午饭后稍事休息,体育教师王树奇就开始了他和他的校园足球队员们的训练:有时,他就位于孩子们圆心位置,不停地发球,训练队员们脚上的准度;有时,他会站在孩子们旁边,大声操练着队员们左左右右、右右左左的步法;有时,他和孩子们一起鏖战足球场,实地训练队员们比赛中的配合与战术。他曾经说过,带领着孩子们一起踢球是他人生中最大的快乐。这不,雪地上,小队员们又在训练。那一招一式,传球过人射门配合,真是有板有眼。在这里,无论男生女生,哪个都能在场上露几脚的,虽然有几个孩子很谦虚地称自己为“大歪脚”。

2016 年冬天,学生们户外运动的新宠是滑冰,当然还有滑冰的副产品——冰上游戏。操场上那宽敞的大冰场是师生们的“心头肉”,那是校长董宪印带着师生们耗时近两周,一点点浇注而成的。下雪了,首先要清扫的一定是冰场,这成为学生们一种自觉的行为,从来不用德育处吕主任用广播通知。周围的那一圈划着红红跑道的是专业冰场,中间的广大区域就是游戏区了。在这儿,滑小冰车、拉冰爬犁、抽冰陀螺,真是有趣极了。体育课上,孩子们就能穿上崭新的冰鞋,在专业老师的带领下,到冰场上一展风采了。几圈走下来,只要是勇敢不怕摔的孩子已经像模像样了。但初学者总是在稍一大意的时候发生失误,摔在冰面上,还要滑出去好远,一片片善意的笑声在冰面上飞扬。也因有了这块冰场,冬天不再寒冷。

12 月 7 日,“百万青少年上冰雪活动启动仪式”“五大连池市校园足球现场会暨团结中学冬季足球节”两项活动同时召开,又把冰雪活动推向了高潮。这天,天气晴朗而寒冷,对同学们来说,却如同过节一样快乐。这天,全校同学分成了八个小队,分别在教练员的带领下进行了各种趣味冰雪比赛,当然有经典项目雪地足球和滑冰项目,此外还有体育教师们别出心裁的项目冰壶(以铁饼代)带给同学们全新的感受,雪地运球钻雪洞则在一片加油声中和遗憾声中牵动着每个队员的心,最放松快乐的是拉雪橇比赛,拉雪橇的同学希望自己是个力大无穷的胖子,坐雪橇时又希望自己此时身轻如燕,可是偏偏他们还要互换位置,唉!真是纠结与快乐同在,欢乐与痛苦同行,早知道一定减肥!

置身于这一片欢乐的冰雪中，大家忘记了寒冷，也许是因为快乐是世界上最富有感染力的情感吧！感谢冰雪，让孩子们的冬天充满幸福和欢乐！

［五大连池市团结镇中学校　姚秀娟　王树奇］

第九节　开拓足球荒山，期待星火燎原

2017 年 9 月，我因城乡交流由五大连池市第二中学来到太平乡中学任教。太平乡是五大连池市西南最偏远的平原乡镇，距离县城大约 35 千米，与克山县北兴镇接壤，太平乡中学就坐落于乡政府所在地的太平村西面。

一走进太平乡中学校园我就被深深地吸引，这里真是太宽阔了！虽然仅有师生百余人，但是校园占地不少于三万平方米。教学楼前，一条校园路直通南北，把偌大的校园分成东西两部分。东侧是环形跑道和一块八人制足球场，西侧是一块篮球场和一块五人制足球场。早就听说 2004 年 11 月 27 日，北狮青年足球队来访与学校教师足球队进行比赛。当时教师队凭借主场优势，在比赛中几度将比分差距缩小。最后还是北狮队技高一筹，以 4:2 取得胜利。太平乡中学教师对足球的热爱得到北狮队员们的赞许，球场上的阵阵欢笑声把那个冬天的寒冷驱赶得一干二净。校园内一派欢腾景象，一颗足球的种子深埋在这片土壤之中。

作为一名足球爱好者，我为这样偏远的农村学校能有这样的足球场地和足球基因而感到欣喜。在这里乘势发展校园足球打造学校特色岂不快哉？我找到同样喜欢足球的张旭校长，当我说出我的想法后，迅速得到他的同意支持。张校长非常乐意把太平乡中学建成在体育方面以校园足球为主打品牌的乡镇中学。他亲自牵头召集政教主任李文、教务主任朱连文和体育教师张德生，一同商量创建足球特色学校这件政事，大家一致认为，农村孩子的活动太少了，开展校园足球能为校园注入很大的活力，更能丰富农村中学的校园生活。有点小遗憾的就是学生少了点，但是成立两支足球队还是足够用了。

计划做好了就开始行动。张旭校长做事雷厉风行，亲自作为太平乡中学足球队总负责人，李文校长负责人员协调和每天不少于一节足球训练课的课程安排，朱连文和张德生作为两支球队主教练。加上一些学生，当天下午两支不少于 15 人的足球队就组建成功，并且每支球队还有三至五名女学生，我作为外援加入朱连文老师领衔的球队中。我深信太平乡中学的足球火种，一定能在这片土地上燃烧更旺。学校趁热打铁，邀请有丰富训练经验的第二小学足球教练杨玉林老师来定期指导。全校师生积极乐观的态度和全身心的热爱，使校园足球一开始就有了一个良好的开端，并很快进入到良性发展状态中。

但搞足球绝非一日之功，需要实实在在地积累。记得杨老师第一次来学校观看两队比赛，当时比赛采用的是十一人制，两队球员分别由三名老师和八名学生组成。比赛中，双方球员表现得都比较混乱，除守门员之外，所有人都是足球到哪里就跑向哪里，就是我们常说的“扎堆”现象。无论是进攻还是防守，双方队员都没有一个固定位置，阵形非常混乱。

休息的时候，杨老师把师生们叫到一起，在地面上画了一个场地简图。他举例一个进

攻端场景来解决防守端球员扎堆问题。“当所有防守队员都朝着一个运球队员扑去的时候,这时候一定要防守远端进攻方的接应队员。一旦接应队员获得球,场上瞬间就形成一对一的被动局面,这就很容易失分。球员要有开阔的视野,寻求局部或整体的配合才能把控场上的主动。”他的话音刚落,围观的学生鼓起了掌,有一种茅塞顿开的感觉。接着,杨老师又对足球持续开展提出了几点建议。一是利用课间操加强学生的体能训练;二是利用课间十分钟加练带球、传球基本技术;三是通过颠球叫号比赛加强球性球感;四是根据学生技术特点,更多进行对位的练习;五是坚持经常练习,不要间断,熟能生巧。

在杨老师悉心指导后,足球教学训练也有了方向,两支球队技战术水平都得到大幅提高。说来也巧,恰巧教育工会组织全市教师足球爱好者注册成立了北狮青少年足球俱乐部,广泛开展教师间足球交流活动。于是张旭校长带领6名教师一同加入俱乐部中来,在俱乐部活动中每个人的能力都得到锻炼成长。

一个月以后,应张校长的再次邀请,杨玉林老师第二次来到学校,又一次观摩两支球队比赛。这次,球员的意识和技能都有了明显提高。无论是跑位还是策应,双方球员表现得有模有样。他们不再是满场追着一个球疯跑,锋卫阵容基本上保持得不错。看这短短的几周,球队就取得了这样的进步,杨老师也非常高兴。比赛中一个个子不高名叫刘培炎的小男孩表现得十分显眼,他常常能在底线带球突破对方几个人的防守,有时候也能抓住机会把球分给队友送出一记助攻。看着看着,只见他禁区内接到队友的一记传球,一记右脚大力施射洞开球门取得了一个进球,球场内外瞬间招来一阵喝彩。

刘培炎的表现引起了杨老师的格外注意。赛后,杨老师与他对上了话,了解到这个孩子的不幸经历。原来他是一名留守生,六年前父亲因车祸丧生,母亲常年在外地打工。他一直在爷爷奶奶身边。因为爷爷奶奶年岁已高,刘培炎一边上学,一边还要承担一部分家务劳动。他从小就具有良好的运动天赋,喜欢跑跑跳跳,也喜欢打篮球。2014 年他开始参加校园足球活动,很快就成为中心小学足球队的一名主力,还代表太平小学参加全市校园足球联赛总决赛。足球使他收获了快乐,收获了成功,收获了信心。为了鼓励他对足球的热爱,学校争取了教育部关工委的爱心支持,资助他急需的足球训练装备和服装,鼓励他坚持足球锻炼,努力做一名德智体全面发展的好少年。

时光荏苒,岁月匆匆,三年时光一晃就过去了,我也完成交流回到了第二中学。让我欣喜的是,太平中学被评为市级足球特色学校,大家关注的小球星刘培炎也凭借优异成绩考进了五大连池市高级中学。不积跬步,无以至千里.不积小流,无以成江海。太平中学校园足球一定会越办越好,也会有更多像刘培炎一样的足球少年羽翼丰满茁壮成长,努力成长为祖国的栋梁。

开拓足球荒山,期待星火燎原。

[五大连池市太平乡中学 王福生 朱连文]

第十节　讲述四平学校的足球故事

绿茵场上，红蓝两队正在激烈地角逐，球员们各展绝技，一会儿带球过人，一会儿长传突破，一会儿又协同防守，俨然是专业的球队进行比赛。黑白相间的足球犹如长了翅膀一般上下飞舞，被球员们追得无处躲藏……

此时，红方队员相互配合，把球带到对方门前，只见一个身材高挑的队员突然来一个敏捷的点射，足球闪电般地越过对方队员头顶，直入门中，全场响起了热烈的掌声……

这只红方参赛足球队就是来自五大连池市四平中学的"快乐足球"代表队，他们高超的球技，顽强拼搏的精神，赢得了一阵又一阵喝彩。

四平中学，地处五大连池市西南部，坐落于和平镇四平村，是全市仅存的一所农村初中，占地 15 000 多平方米，现有教职工 20 余人，在校生 70 余名。自实施素质教育以来，学校以合格加特长的培养模式为根基，以教法研究为特色，以人文管理为样本，以体育特色为引领，不断深化教育教学改革，多年来，教学成绩一直处于全市领先地位，历届中考都位及全市前三名，特长生培养也是走在了全市的前列。

近几年，四平中学秉承"快乐足球引领"的教育教学理念，积极开展校园足球工作，在鲜为人知的小乡村，续写着校园里的足球故事。

一是积极筹备，精心谋划，保障"校园快乐足球"有效实施。

为了保障有效实施，四平中学自"校园快乐足球"活动伊始，就积极筹备，精心谋划，全方位、多举措，做好校园足球的准备工作。首先，确立校园足球工作指导思想，以校园足球为契机，全面推动体育工作，普及校园足球知识，树立"终身体育"意识，培养全面发展并有特长的人才。其次，制定四平中学校园快乐足球工作计划、工作目标和发展规划，广泛开展校园快乐足球活动，普及与提高相结合，训练和比赛相补充，提高体育意识。第三，成立四平中学校园快乐足球工作领导机构，明确职责分工，建立并完善校园快乐足球工作制度、安全预案。第四，积极筹措资金，加大对校园快乐足球的投资力度，修建足球场，添置校园足球设施、设备、号衫、比赛队服、足球鞋等。第五，走出去，请进来，四平学校经常派体育教师出去参加培训学习、参观交流，提高本校足球教练员能力和水平。还经常请专业的教练员来校参观、交流指导，以提高体育教学水平。

二是创新设计，寓教于乐，创造丰富多彩的"快乐足球"活动。

秉承"体育特色"的办学理念，以"快乐足球"为引领，创造性地开展丰富多彩的足球体育活动。首先组建校园足球队，采用科学的训练方式，因人而异地进行指导，对不同的队员，进行角色对应性训练，队员们球技不断提高，形成了一支高素质的足球队。而且在校园足球队的影响下，全校同学也深深地爱上了足球运动，积极地投身到校园足球活动中来。每年的 11 月份，四平中学都精心组织校内五人制雪地足球赛，比赛中孩子们对足球的热爱，那种兴奋劲不言而喻。更值得庆贺的是足球比赛不仅仅是男孩子们的事，还设置了女子组、师生合作组，大大提高了校园足球的参与度，也让"快乐足球"带来的快乐溢满校园。其次，积极向外展示"快乐足球"的创新成果，让"校园快乐足球"走出校园。2015 年 6 月 28

日,第二小学教练杨玉林到我校调研,并与初二孩子们分享了一节开心的足球课,孩子们尽情分享校园足球带来的快乐。无球和有球的热身练习让孩子们渐入佳境,绳梯、标志盘使孩子们兴趣盎然,游戏实战更让孩子们不断尝试挑战,丰富多彩的课堂创新使学校体育教师们眼前一亮。看着快乐的孩子们在绿草如茵的操场上技艺娴熟地飞奔逐球,他感慨地说:"校园快乐足球真是让乡村孩子快乐啊!"。第三,在以"快乐足球"引领的活动中,学校还组织建设了足球特色的校园文化。在荣誉室里,那几个足球奖杯始终熠熠发光,每年开学、新生入学或是重大校庆日,四平中学都组织学生参观荣誉室,硕大的足球奖杯,格外引得同学们驻足,长时间聆听发生在校园里的足球故事。每学期,建设校园文化墙、入学教育及班级的活动,都能看到"校园快乐足球"快乐的影子。

三是实现"我努力,我能行"活动目标,编写"快乐足球"的成功故事。

功夫不负有心人,付出总会有回报。历次比赛竞技的成绩,彰显了四平中学校足球队的实力。四平中学在全市中小学生足球赛中,获得2015年全市初中组第三名;又在2016年一路杀入总决赛取得亚军。这对于一所仅有70多名学生农村规模以下的学校来说,能连续在两年全市校园足球总决赛中扮演"黑马"角色,这不能不说是一个难得的奇迹。

一颗颗热爱足球的种子悄悄在孩子们的心里生根、发芽,我们感到无比高兴;"校园快乐足球"不仅凝聚了全校师生力求上进的信心,更影响了每一届学生良好的身心和奋进求学的决心,以足球为出发点,接受体育教育,快乐成长,形成了爱学校、爱同学、爱人生的高尚品质。当看到足球场上孩子们快乐的笑脸,他们感到无比欣慰;当看到兴高采烈的同学们欢呼手捧奖杯、载誉而归的队员时,他们也感到无比自豪。是的,校园快乐足球不仅使学生的球技得到提高,更重要的是使学生形成了高尚的学习品质,形成了正确的人生价值观,从而刻苦努力,放飞梦想,不断朝自己的目标而奋斗。

贺玉博,刚入中学时,特别不爱学习,几度想辍学回家,但他对体育却情有独钟,尤其参加学校足球队之后,他如醉如痴,刻苦训练,彻底打消了辍学的念头,后来成为球队的队长,多次带领队员们在比赛中赢得荣誉。借此东风,学校领导、班主任及各任课教师及时鼓励,"你要在学习上多努力,像你的球技一样漂亮","你要成为胜者,就要像练足球一样刻苦,……"感人的话语,打动了贺玉博的心,他发奋学习,把丢下的课夜以继日补了回来,中考时以优异的成绩,考入高中体育特长班。三年后,顺利考入北京体育师范大学。是啊,一球带动了全校所有的工作,学生们的综合素质得到了很大的提升,可以说,所有师生的上进心和凝聚力皆系于一球——"校园快乐足球"。

全校足球比赛开始了,已升为体卫艺视导员的杨玉林教练,又一次地来到学校指导,这几年,他对我们学校给予了特别的关爱和支持,使得校园足球运动长足开展,成绩喜人,这次他又为我们学校带来了更多、更新的体育器材,鼓励我们继续努力前行,借着"阳光体育活动"的有利契机,结合"百万青少年上冰雪活动"指示精神,加大投入力度,健全体制体系,让"快乐足球"扎根乡村教育,快乐健康发展。

随后,他和师生们一起,又飞快地跑入足球场中。

这就是四平中学发生的足球故事,我们相信,在未来四平中学校园里还将续写更多更美的足球故事。

[五大连池市四平学校　张绍林 李春海 陈海军]

第十一节 绿茵草地情 共绘足球梦

在五大连池市区正南方向上六公里处，有一所绿色花园式学校——新发镇明德小学校，学校占地面积60843平方米，建筑面积4184平方米。一到夏天，绿油油的植被花草将校园装扮得异常美丽。远处几排白杨树高大挺拔，操场内则是柳树成荫，一座二层教学小楼便掩映在这一片翠绿之中。全校共有教师43名，一至六年级6个教学班，学生仅有学生75名。多年来，学校秉承“全人教育”的办学理念，努力创建“书香、绿色、人文、活力”四位一体的绿色和谐校园。早在2009年就被评为“黑龙江省教育系统先进单位”，成为五大连池市最早的农村省级标准化学校。

多年来明德小学不断探索特色教学活动，构建多彩理想乐园。学校将特色教育活动与音乐、美术、体育、综合实践等学科有机融合，与乡村少年宫活动相结合，成立了各项素质教育活动社团，尤其足球兴趣小组，吸引了全校学生参与，并在活动中尽情体验足球带来的快乐。在一排平房教室的南侧是一片校田地，每年学校都种植一些蔬菜和农作物。有白菜、萝卜、茄子、青椒、西红柿，还有黄豆、玉米、谷子……教师们带领球队队员定期到田地里劳动，队员们对蔬菜及农作物加深了解的同时，更养成热爱劳动的好习惯，逐步培养了吃苦耐劳的意志品质。一边劳动，一边踢球，孩子们在校园里一天天地长大。

2018年春天，五大连池市第二小学足球教练杨玉林支教来到了这里，他与玄利国老师结成足球课题小组，很快便将草根足球的快乐融入校园中。针对学生少、在校时间短的实际问题，他们将男女生打乱，合理分成若干个实力水平相当的学习小组。利用体育课，以“学训”方式向学生们传授足球技艺。绿油油的草地球场上，孩子们学得认真，练得起劲，小组间的足球对抗游戏更是激烈无比，往往招来欢呼声一片。女孩子们被足球的魔力吸引了，跃跃欲试，她们大胆向男孩子发起挑战，一招一式丝毫都不甘拜下风。

草根足球是面向人人的教育，每个孩子都需要足球的阳光。足球课题组重视教学中的个体培养，尤其对留守、困难学生更是倍加关爱。五年级刘凤龙同学就是其中的一个，他自理能力差，性格内向，在各项活动中都受到了排斥。在了解情况后，杨老师先与刘凤龙交谈、交心，并鼓励他参与足球学习中来。一个阶段下来，刘凤龙不仅球技得到进步，而且个人自理能力有了提升，还担当了小组内的守门员。刘凤龙的性格也变得开朗自信起来，从此热爱上了足球，并主动到器材室取送足球为同学们服务。“校园足球改变了他孤僻的性格，不但使他开心起来，并能展现自我，体验成功，同时使他内心充满了对足球的渴望。”班主任吴俊东老师高兴地说。刘凤龙也与杨老师成了一对好朋友，操场上在杨老师的身边总能看到他的身影。

转眼就到了冬天，球场上铺盖着一层厚厚的白雪。抓住这一契机，第二届校园“雪地杯”足球赛如期开赛了。学校购置足球，焊接足球门，挂新球网，班主任老师也在场边加油督阵，所有师生都欢快地投入到校园联赛中。每天上午德都机场通往哈尔滨的客机都要掠过校园的上空，飞机载着孩子们的足球梦想飞向蓝天，飞向远方。

2021年5月31日，在学校绿茵场上，彩旗飘飘，欢呼声不断。五大连池市教育局、关工委共同组织了以“迎建党百年,启航新征程”为主题的三校联谊“庆六一”足球节活动。来自五大连池市第二小学、太平小学足球队及新发小学的100多名师生一同参加了此次活动。一个个有趣的足球游戏,把三所学校的孩子们紧紧联系在一起;三场激烈精彩的比赛使孩子们交流了球技,增进了友谊。此次活动的开展有力地推动了全市校园足球的普及发展,更是五大连池校园足球“大手拉小手”的一个样板,在给孩子们送去儿童节快乐的同时,推动学校联谊之花开遍我市校园的每一处角落。

绿茵草地情,共绘足球梦。球场上,留下课题组老师与孩子们一个个精彩的瞬间。完美的配合,犀利的射门,激情的欢呼,热烈的拥抱……这些都永远留在孩子们成长岁月的记忆中,让每一个孩子终生难忘。无论是烈日炎炎的夏天,还是寒风凛冽的冬天,他们挥洒汗水一路前行,勾勒出操场上最美的画卷,共同见证乡村小学校园足球的发展历程。

几多风雨换来几多收获。经过两年多的教学实践,明德小学校足球队技战术水平得到大幅提升,学校足球氛围空前浓厚。学校足球队连续六次参加全市中小学生联赛总决赛,并在2019年“盈泰花园杯”雪地校园足球联赛总决赛中一举获得第三名,创造农村小学在全市校园联赛中的最好成绩。2021年,新发镇明德小学申报全国青少年校园足球特色学校,成为全市第一所争创全国校园足球特色校的农村小学。

足球场上,深藏着课题组教师浓浓的绿茵情,编织着乡村少年的足球梦。足球梦,体育梦,强国梦。未来校园足球工作中,新发明德小学全体师生将更加团结务实争创一流,将更加虚心学习借鉴兄弟学校的成功经验,以争创全国足球特色学校为动力,加大校园足球教师培训工作力度,完善校园足球工作管理方法,不断续写乡村小学校园足球工作的新辉煌。

［五大连池市新发镇中心学校　玄利国　李德军］

第十二节　始于足下,赢在未来

绿茵场上,“运球、绕桩,颠球、射门……”一名名足球小将龙腾虎跃,一招一式练得格外认真努力;比赛中,教练麻子桐呼唤着小球员的名字,鼓励他们冲锋在前,奋勇争先,这就是今年夏天出现在五大连池市实验小学操场上最多的动人画面。“足球要从娃娃抓起”,实验小学正将足球活动有效植入学生成长中,为实现“过一种幸福完整的教育生活”教学理念而付出全力。

2014年,五大连池市教育局抢前规划,通过开展教师培训,举办足球联赛、足球节等活动,全力抓好校园足球普及,将足球的快乐传播给校园里的每一名孩子。《中国足球改革发展总体方案》的出炉,也为青少年足球发展指明了方向。为响应习近平总书记“足球梦、体育梦、强国梦”的号召,实验小学也在历史机缘里将足球教学汇入到校园足球发展洪流中。

学校迅速成立了校园足球工作领导小组,由深爱体育运动的侯鲁雨校长亲自挂帅;副校长孙雪飞负责足球教学课程开发;体育教师组成课题小组,具体负责各项足球活动的实施。各项组织的建立使全校上下形成合力,带动了全校师生的齐心参与。课题小组每周为学生上一节足球课,广泛普及足球基础知识;利用课后服务期间,对足球梯队进行系统训练,小球员们身体素质不断增强,足球技能也随之提高。

蓝天白云下,一人一球一身汗,实小足球小将踢出了快乐与健康,踢出了团结与协作,更踢出了属于他们自己的世界杯……

在2015年黑河市校园足球教师培训班上,我校孔凡晶等四名体育教师参加了培训,并将草根足球的理念带回校园。2018年,麻子桐老师又参加黑龙江省足协E级教练员培训班。我校足球教师专业技能的提升,保障了校园足球的快速发展。

各项校园足球活动的有序开展,不但改善了校园足球发展的环境,更重要的是改变了家长们对足球的看法,更多家长主动将孩子送到足球队中去锤炼,促进"家校合一"工作进入到一个新阶段。五大连池市实小足球,承载着孩子们美丽的足球梦想,提升了学校办学品质。我们开展校园足球不是为了培养几个足球明星,而是为了增强学生们的体质,培养学生团队精神和顽强拼搏的意志品质,从而达到营造一个"顽强能战斗、用心出智慧、健康去成长"和谐校园足球文化的目的。我们通过足球主题班队会、啦啦操等团队活动;通过班级足球队旗、队徽、手抄报设计等个人项目活动,为学生创造置身于足球天池中的自由空间,画足球,说足球,赛足球,写足球,演足球……各种校园足球活动,让全校每个人都能参与进来,让每个人都能在活动中收获自信,都能体会足球的乐趣,感受足球的魅力。我校足球文化的悄然形成,践行了时时处处人人快乐的足球发展理念。

2021年7月1日上午,五大连池市实验小学"礼赞建党100周年"足球节活动隆重拉开帷幕。三至五年级400多名少年在老师们的指导下,分别参加"对抗比赛、社团训练、家长亲子游戏以及射门比准"等足球体验活动。孩子们英姿飒爽,手持足球排列成整齐的方阵。鲜艳的党旗与国旗交相呼应,缓缓从方阵的一侧移动到另一端,一颗偌大的足球在方阵中央夺目闪耀。简约隆重的开场仪式,把每一名少年与党、与国家命运紧密联系到一起。孩子们高呼口号,励志未来,展示阳光足球风采为中国共产党百年华诞献礼。市教育局业务局长孟凡奎在开幕式进行了慷慨激昂的致辞,他希冀每一名少年发扬敢打敢拼的足球精神,在比赛中挑战困难,不断尝试成功。

宝剑锋从磨砺出,梅花香自苦寒来。五大连池市实验小学足球队在全市总决赛中连创佳绩。首先是2018年取得全市第三名,2019年又在半决赛战胜五大连池市第一小学而最终获得第二名。决赛上半场也曾一度0:0战平强队五大连池市第二小学。赛场上,小球员们自信的脸庞,灿烂的笑容,展示了实验学子蓬勃向上的精神风貌,给现场观众们留下了深刻的印象。仍记得足球小将邵鑫在获胜时的一汪热泪,她是一个坚韧善良的女孩,也是足球队取胜的关键,每天清晨她都是最先走入操场的娃娃,每一个精准的动作都是由她的汗水拼接而成,她激动的泪水诠释着她对足球的热爱。

五大连池市实验小学始终坚持"给孩子美好童年,让学生坚实起步"的育人目标,践行"过一种幸福完整的教育生活"的教育理念,不断推动文化学习和体育锻炼协调发展。2020年,五大连池市实验小学被教育部认定为全国青少年校园足球特色学校,这是对全校师生坚持足球的最好诠释。

始在足下,赢在未来。实小教育人不忘初心使命,助力连池教育发展,为五大连池校园足球发展注入活力。加油,每一名实小少年!

［五大连池市实验小学 王程程］

第十三节　我们来到了太阳岛上

哈尔滨,太阳岛,冬令营。闪亮的名字!美妙的旅程!

2016年1月10日,五大连池市第二小学北狮梯队代表黑河市参加省教育厅组织的校园足球冬令营活动,按照大会要求在四至五年级中选派七名男生和三名女生参加活动。

一看到冬令营三个字,就先入为主地判断这是以“玩”为主要内容的活动,于是学校决定在四五年级班级足球队员中选择球员,毫不犹豫地放弃了高手云集的六年级,想给梯队队员一个锻炼磨合的契机。1月10日清晨,我和邢海龙教练带着10名球员乘着五大连池到哈尔滨的客车开开心心地出发了。

睡意蒙眬中我被邢教练叫醒,“糟了糟了,群里发新通知了,允许2009年9月1日之后出生的队员参加比赛,并且要进行五天的对抗赛,这下咱们可要输惨了”。刹那间,参加冬令营,准备玩个欢天喜地的喜悦之情顿时烟消云散,内心压力猝然而至,如果比不好,回去怎么跟校长和全体队员交代呀?我思之再三,终于下定决心:“没事没事,已经带着孩子们上车了,虽然可能会输得很惨,但是反过来想,对于这群孩子来说是一次锻炼提高的机会,校队队员明年就毕业了,梯队建设也要尽快培养提高,出来比赛一次,胜过在家十次”。这样一想,我们两位带队老师心里踏实多了,输赢不重要,重要的是我们的孩子得到锻炼,得到成长。

中午,我们到达了哈尔滨太阳岛,住进了太阳岛极地营宿舍。安顿好学生我便参加了本次大会的预备会。

抽签决定小组比赛,五天共进行8场比赛,分别是对战牡丹江市朝鲜族小学、虎林、农垦、七台河、绥化、森工、讷河、加格达奇第二小学,手里拿到大会秩序册,看到每天上下午两场比赛,内心不再平静,这将是面对严寒,面对强劲对手的一次苦战。太阳岛冰雪大世界雄伟壮观的雪雕冰雕景观再也无法在心里泛起兴奋的波澜,内心装着的只有沉甸甸的比赛。

1月10日早,兴奋一夜的孩子们冒着零下30℃寒冷的天气,内穿足球服外穿大衣,排好队,向着太阳岛目的地前进,作为生活老师的我把自己裹进了棉花包里,脚底贴了热帖,即使这样我的脚冻得也像猫咬一样疼,再看看我们的孩子穿着单薄的足球鞋,帽子围脖浮着白霜,但是没有一个人喊冷。他们与教练一路小跑来到了比赛场地——太阳岛。走进安全门,映入眼帘的是天空、大地与人们的和谐画卷,自然之美与人文积淀美妙合奏。孩子们张开怀抱奔跑着拥抱雪雕,惊叹壮观的雪景,呐喊着太阳岛我们来了……

还没来得及走马观花似的欣赏,教练集合的哨声就已吹响,孩子们赶紧集合进入了赛前的热身运动。两分钟后,一声长哨拉开了比赛的帷幕,首战五大连池市第二小学校北师足球对战牡丹江朝小,大会要求五人制比赛四男一女。

孩子们第一次进行男女混合上场,面对陌生的环境陌生的场地和强有力的竞赛对手,都显得非常紧张,失去了平时默契的配合。邢教练赶紧叫停,重新布置了战术,我也在一旁积极鼓励,让孩子们放松,我们贵在参与,放下包袱,输赢没关系。但是我知道北狮足球小将不会认输,多年来的足球精神早已深深地在孩子们内心扎根。比赛中,双方球队焦灼对峙，反击、进攻、僵持，攻防转换迅速比赛非常激烈，突然，牡丹江朝小队员长传冲吊，利用我方的疏忽已交劲射破门得分，场上比分 1∶0。我方队员正是因为这一次进球之后才对场地有了感觉，传球灵活、配合默契，苗成严带着球一会向左，一会向右，连连过人，然后加快速度，一个扫射，球进了，场上比分 1∶1。此刻，欢呼声，加油声，响成一片，虽然场下只有五个啦啦队员，但依然喊声震天，两名女孩子抱着我蹦着笑着却流出了眼泪。此时此刻的苗成严像一阵旋风，左右边锋也密切地配合他，一脚传给王宝迪，射门，球进了，场上比分定格在 2∶1，我们赢啦！

接下来的四天七场比赛，以苗成严、王宝迪、陈子玉、柳占成、范亦宣为主力的北狮足球小将们在赛场上全力奔跑、奋勇争先、顽强拼搏。孩子们发扬团结友爱，迎难而上，砥砺前行的北狮精神，战胜严寒，击败劳累，顶住场面落后时的沮丧和焦躁，展现了北狮足球小将的风采。

为期一周的哈尔滨冬令营结束了，这场不是比赛的比赛我校取得了小组第五名的好成绩。本次大会不进行颁奖，旨在通过冬令营活动，以切磋球技为宗旨，以通过比赛提高水平促进少年球员的成长。比赛的精神不是赢得冠军，而是为了在不断历练中成长，恭喜我们的队员，白驹过隙未来可期，孩子们，你们一定会成为明天的雄鹰，明天的骏马。

［五大连池市第二小学校　李敬 徐长春］

第十四节　全国首批赴法校园足球教练员培训心得

2015 年，教育部开启了校园足球教练员赴法培训学习活动，一期培训班为期三个月。因为之前五大连池市开展校园足球在黑河区域的持久影响力，使我有机会能代表黑河市参加这次校园足球出国培训学习，为此我甚是珍惜，更感觉到肩上担负的责任。我带着领导们的嘱托，带着孩子们的期望，历经周折来到充满时尚与文明的法国名城马赛。

一想到马赛，第一个映入脑海的就是中学时代看过的大仲马的小说《基督山伯爵》，其中第一章标题就是“船到马赛”，小说中对爱德蒙邓蒂斯一生坎坷和复仇情节的精彩描写，更让我对这个心中的情节之地充满向往和期待。

同期来到马赛城参加培训学习的学员被分配到四个培训班，我在三班。在马赛三个月的学习之旅中，我的见识甚广，感受颇多，各种神奇的想法走进我的内心，走进我的生活，走进我的工作。法国马赛伴随足球的荣耀光环，成为我生命中的一个重要组成。我就从如下几点突出的感受说起吧！

一、收获了新的理念

法国的足球的开展是全民性的，认识是深层的，制度是完善的。法国足球从学校到社会再到专业的足球俱乐部都开展得井井有条，轰轰烈烈，形成了全民参与的运动。学生从小学、初中、高中到大学阶段在学校都能学习足球，更重要的是学生在课余时间可以到业余足球俱乐部学习足球。这有赖于足球俱乐部等级制度的完善，为足球发展建立了良好的赛制基础，有力地推动了足球的发展。

法国足球俱乐部有法甲、法乙等9个等级的注册。在经费方面可以得到国家的支持,尤其是大区和省级俱乐部。法国要求足球俱乐部必须为学生学习足球提供服务,同时列为考核标准,服务质量优劣决定了国家对其的拨款多少。这也使学校和职业俱乐部之间形成了必然的联系,成为校园足球的坚强后盾。

在法国足球理念上,他们认为U15以下的队员启蒙教育很重要,青少年的足球教育是大众的足球教育。法国的导师们认为,只有做好这一步,才有可能从量变到质变,发现优秀的人才。所以在法国,所有的俱乐部对于自己的青训体系都非常重视。青训是俱乐部崛起的依靠。在赛制方面,有固定的比赛机制,周三为校园足球比赛日,周六、周日为俱乐部比赛日,由法国大(中)学生体协和足协组织,学生可以双重身份参赛。职业足球俱乐部在高中阶段可以和学生签约,为俱乐部梯队建设储备、选拔和培养队员。

同时法国教育部认可学校体育教师到业余足球俱乐部兼职任教,使教练员资源使用最大化,也使体育教师执教水平快速提高和更加专业化。同时他们很注重体育史,足球史的积累与宣传,以此来营造浓厚的足球氛围。

在足球理论课中,我们相继学习了3-5-2、4-1-4-1、4-2-3-1和4-3-3等多种阵形,尤其是4-2-3-1阵形,在国内运用比较多。法国讲师团队从法国足球训练理念、运动生理、法国足球史、两种阵形的讲解、教学的方法理论,到准备活动、牵拉、运球等具体方法阐述对我们进行授课。虽然有些理论我以前也知道一些,但不成系统,都是零零散散的。通过本次学习,我可以把各个知识点串联起来,形成系统,理清了思路,自己的足球知识也更加丰满起来。还有就是很多东西原来也在做,但通过学习,我知道了为什么要这样做,是不是还有更好的做法,弥补了我许多认识上的漏洞,为我的训练行为提供了理论方面的支持。就这样,欧洲足球圣地法国的足球理念深深地扎根到了我的内心深处。

二、收获了科学的训练方法

法国足球的训练是科学的、系统的。

首先一切从实战出发,所有训练理念都是从实战中得来的。足球训练注重对抗,训练设计以实战为核心。每节训练课围绕热身对抗、协调性练习、情景练习(实战)、技术技巧练习和对抗练习五个方面展开。教学方法分为有效教学法和指导指令教学法的灵活运用。在训练中教练员注重对学生的表扬和鼓励,善于引导学生发现问题和解决问题,如在阵形对抗训练中随时暂停训练,分析存在的问题或成功的经验。注重培养学生的观察、分析和判断能力。每节课训练目的明确。

其次有效的训练建立在准确的、科学的依据之上。在身体素质(有氧耐力)的测试和训练中,法国教练对每个队员进行最大有氧量的测试,收集基于队员不同能力的最大有氧量的水平,通过对每个球员特点、能力的了解,进行有针对性的训练,非常专业,很是值得我们学习。如统计一场比赛的传球次数、传球线路等情况,使教练员能掌握球队的不平衡点(薄弱环节),加强有针对性的训练,提供球队水平。如统计一定周期内每个队员累计的上场时间和上场次数(用柱状图形记录),能使教练员及时掌握每个队员的体能消耗情况和出场次数,合理安排队员参加比赛。

再者足球俱乐部培训学生时,俱乐部会制定统一的训练方法、政策和目标,制订长期的训练方案。从 U7 ~ U15,从 5 人制、8 人制、11 人制都按孩子们的年龄特点和训练方法严格地开展课程。学生放学后到足球俱乐部学习足球,每周训练 3 次左右。周三下午是法国教育部规定的体育选修日,各学校委托各类体育俱乐部进行体育学习,当然包括足球。如:U7 也就是 7 岁及 7 岁以下的孩子,他们是那么的天真、可爱,玩得很开心,随着年龄的增长,孩子们所训练的东西也不断地加深。

在这点我更加感受到了法国足球的深层力量。这正是我国所缺少的,真心希望我国能有或更多一些这样的俱乐部出现,让更多的中国孩子能接触到足球,熟悉足球,理解足球,从足球中得到快乐,让中国足球不再被诟病和嘲笑。

在法国足球俱乐部培训中,主教练负责制订详细的训练计划,从 U7 ~ U13 制定 6 年的训练方案,使训练具有延续性和系统性。每个年龄段有一名主教练负责。在训练中有固定的教学模式,一般教学内容包括热身对抗、协调性练习、情景练习、技术练习、对抗练习。一节训练课 90 分钟,每个内容 10 ~ 20 分钟,训练方式采取循环式教学。有统一的训练原则:第一保证球员始终处于运动状态。即在训练中不能让球员处于“3 秒及以上”的静止状态。第二教学中多分组,提高训练重复率。第三每个练习要增加不同的变量,变量要素包括时间变量、场地变量、触球次数变量 3 个方面。

U9、U11、U13、U15 训练,涉及各年龄段特点、比赛类型,根据特点有针对性地训练组织、训练的侧重点等方面内容,例如:针对 U9 的训练,每个练习 10 ~ 12 分钟,每个练习有 2 ~ 3 个变量,1V1 或 2V1 的对抗就可以了。U9 的训练介绍,U9 甚至以下的孩子,一个教练只能带 8 ~ 12 人。不要把对手当作对手,而是当作帮助我方队员提高的助力器。这个年龄段的孩子协调性和反应的训练每堂课都要有安排,可以是单独练也可以结合到运球、传球中去练。协调性可以帮助队员节省体力和精力。第四是法国教学都是启发式的,通过练习提问让队员自己思考总结出问题所在,就是这个看似简单的提问却是最有学问的,非常艺术而有效,所以用问题引领队员思考的执教能力必须慢慢掌握,这也是我们所欠缺的,向这个方面努力也将是我学习的方向。法国教练训练哲学是永远不会直接告诉你该怎么做,而是通过训练让队员自己领悟该怎么去做。“不要低估孩子们的适应能力,相信他们会通过练习自己找到解决问题的方法。”这是我们这次学习时一个教练说的,更成了我的心灵鸡汤。

三、收获了务实的工作精神

学习期间我感受到了外教认真、严谨、一丝不苟的工作态度,和积极、忘我的工作精神。同时责任感也给我们无形的压力。我觉得授课方式最新颖的是福海德教练的提问解答辩论课。

我们老师们汇总了很多之前在国内碰到的训练问题,让福海德帮我们解答。他就设置了一堂辩论课。用中文分出了三个区域,我同意、我不确定、我不同意,然后通过三方的辩论来得出最后结论。我觉得这种解答问题的方式非常新颖,非常有效果。

福海德教练特有个人魅力,他为人随和,说话风趣,每次课都准备充分,尤其是其教学方法让我非常佩服。例如他为我们讲授阵形时,没有填鸭式地把要学习的东西一股脑地灌输给我们,而是在战术板上举出很多例子,一步一步引导我们去思考,使我们不知不觉就跟着他的思路走,开始我们的心里似乎还有些学习感,可是很快,我们就忘了自己的角色,仿佛一下子就成了角逐赛场上的球员。一下子教练员的理念、思想、策略、技术动作、豁然明朗,我们全部球员都在为着胜利有条不紊地拼命完成着每一个随时策动!

这些小的例子串联起来就是他这次课的目的,而这节课学习的内容都是我们自己通过思考总结出来的,教练只是起到引导的作用。这种教学的理念我感觉非常好,非常有效。我们这些学员都在思考,回国后,我们一定也这样做,将我国的足球事业从我们的校园开始。

虽然我们每天的学习时间很满,两节理论课两节实践课很辛苦,但我们仍然每天早上坚持跑步,每天晚上回到宿舍后,大家一起重温当天的课程,并针对实践中的疑惑点、质疑点进行讨论、交流。感觉时间过得很快而内心却很充实。

四、收获了坚强的毅力

在国内是当老师,出来学习就是学生。首先我要适应的是这个转型,学会换位思考,真正从学生的视角看问题。学习训练固然时间紧凑,虽然疲惫艰苦但也要坚持到底。几天的技能训练,我脚上被磨出了七八个血泡,每天回来膝关节都很酸痛,但我还是咬牙坚持,我很清楚我的身后面有五大连池市足球少年们那期盼注目的眼神。

很快三个月就要到了,我们早已经从开始时的不适完全进入了马赛的节奏,进入了大巴黎的足球浪漫和思考。法国人是浪漫的,法国的城市是浪漫的,法国的足球之都大巴黎更是浪漫得让人神往……

我们有幸在教练的安排下参观了巴黎日耳曼足球俱乐部,到王子公园球场观看大巴黎的比赛。在歌声如潮、球迷如浪一样的看台上,我们被法国足球文化强大内涵所震撼、所折服。在这块数不清有多少世界球星建功立业、征战沙场的足球圣地上,我们仿佛看到了从前只有在电视转播中才能看到的精彩。我们仿佛看到了内马尔,看到了梅西,看到了 C 罗和罗纳尔多;仿佛看到了他们身披世界顶级足球队的战袍风驰电掣地驰骋赛场;仿佛看到了一个个精彩的马赛回旋、克鲁伊夫转身、油炸丸子、贝氏弧线和彩虹过人等等精彩动作……

随后,我们从网络上查找这些精彩的瞬间,然后到训练场去模仿练习球星们那迷人的顶级招牌动作,一次,两次,几十次乃至上百次——就是为了体验明星们神鬼莫测的足球技术,感受明星们的足球灵魂。虽然我们在模仿中有崴脚的危险,有失去重心摔倒的可能,甚至会造成意想不到的受伤,但是,那一刻,我们仿佛就是一名球星,就是征战在大巴黎,征战在马赛,征战在欧冠赛场上的足球先生!

人生没有天生的精彩,法国足球巨星们耀眼的光环绝不是与生俱来的。那是经历多少山重水复的绝处逢生,那是经历多少屈辱围攻下的突出重围,那是经历多少超强训练下强悍体能的最真写照,那是胸怀足球和为热爱事业全身心投入的上帝炫舞,那更是巨星们毕生的汗水和智慧在上帝的眷顾下精心造就的神鬼莫测。

虽然我们知道我们无法完成他们那神一样的动作,但是,我们仍然顽强地感受他们,我们要把这种感受、这种渴望、这种精神带回祖国,带给我们那些暂时还无法理解足球的学生们。让他们感受足球的快乐,帮助他们来完成足球梦,让他们将足球也是爱国这个理念植根于他们幼小的心灵深处。

五、收获异国他乡的友情、温暖和快乐

初次踏上法国的国土，生活方面曾有好多不适应的地方。经过一段时间调整把时差顺利地倒了过来，但是多年的饮食习惯却很难能改变，开始每天肚子都很不舒服，还有那种闻着就想吐的味道。慢慢就适应了马赛的生活，对饮食、气味也没什么感觉了。

马赛这个地方吃、住、学习条件和气氛都很好。特别是作为一名中国人感到十分自豪，在遥远的异国他乡有祖国的关心和鼓励。不但出钱出人让我们出来学习，中国驻法大使参赞还专程来看望了我们全体马赛学员，给我们带来了节日的祝福，同时也带来了殷勤希望，勉励我们认真学习，一定把法国足球的精髓学到手，回国以后运用到实际工作中，做出自己应有的贡献。参赞先生的和蔼可亲，说话时的风趣幽默让我记忆深刻，尤其是"祖国是我们的坚强后盾"这句话让我心里暖烘烘的，充满力量，更加坚定了我们努力学习的信心和勇气。

同时也非常感谢法方对我们生活上的细致入微与务实工作。由于我们来到法国，饮食上非常不适应，法国大体协了解到这个情况，马上努力将我们的晚餐改为中餐送到酒店，这样既节省时间又可以满足口味，我们学员都非常满意。在第一周周末我们还吃到了大使馆给我们送来的月饼，感受到了祖国的温暖。这一天我们每个屋还出了两个菜，在一起吃了一次丰盛的午餐，也体验了人转桌不转，开心地度过了愉快的周末，真是其乐融融的一家人。

三个月的学习，我收获颇丰，信心满满。回国后，我一定将法国教练执教理念、训练模式有效结合自己的教学实践，在校园足球的这块热土上扎扎实实、认认真真地做好工作，以此回报学校、回报国家。我也深深的知道，我国校园足球的发展目前缺少有效的发展机制，专业的足球教练员，校园足球与专业足球机构的合作，同时还要完善各级赛制，为校园足球营造良好的氛围，只有这样才能更快、更好地促进校园足球水平的提高。因此说，这项工作任重而道远，但我也一定要肩负起未来五大连池市校园足球发展的重任，要为中国足球的发展贡献自己的一分力量，不虚三个月的"西天取经"！

［五大连池市第二中学校　石荣江］

附录1　五大连池市历届青少年足球邀请赛概况

【五大连池市第一届“泉山杯”青年足球邀请赛】

（一）简况

2001 年 7 月 20 日至 25 日在人民体育场和五大连池市第一中学举办。共有 10 支球队参加。其中外地 6 支、本地 4 支。黑河师范专科学校学生自费组队参加。组委会不设报名费，人性化办赛，黑河区域足球赛开启五大连池模式。比赛由五大连池市文化体育局、五大连池市足球协会共同主办，由泉山矿泉水有限公司、北狮体育提供赞助。

（二）名次

①黑河师范专科学校（师专）　②黑河北圳　③黑河市第五中学（五中）、北狮梯队　⑤富都大酒店　⑥嫩江　⑦大地体育　⑧邮政局　⑨克东　⑩北安

（三）积分

附表 1　“泉山杯”足球赛 A 组积分名次表

	邮政	富都	嫩江	五中	北狮	积分	净胜球	进球数	名次
邮政		3:7 0	3:2 3	0:4 0	2:4 0	3	-9	8	5
富都	7:3 3		2:3 0	1:3 0	3:4 0	3	0	13	3
嫩江	2:3 0	3:2 3		1:3 0	1:2 0	3	-3	7	4
五中	4:0 3	3:1 3	3:1 3		1:4 0	9	5	11	2
北狮	4:2 3	4:3 4	2:1 3	4:1 3		12	7	14	1

附表 2　“泉山杯”足球赛 B 组积分名次表

	克东	大地	北安	北圳	师专	积分	净胜球	进球数	名次
克东		2:1 3	0:2 0	0:2 0	0:6 0	3	-9	2	5
大地	1:2 0		6:1 3	0:10 0	0:1 0	3	-7	7	4
北安	2:0 3	1:6 0		0:8 0	2:2 1	4	-11	5	3
北圳	2:0 3	10:0 3	8:0 3		1:0 3	12	21	21	1
师专	6:0 3	1:0 3	2:2 1	0:1 0		7	6	9	2

附表3　“泉山杯”足球赛决赛成绩

场次	赛次	对阵序号	对阵球队	比分	获胜队	备注
21	1/2 决	A1—B2	北狮 V 师专	4:6	师专	110 分钟 2:2 平　点球 4:6
22	1/2 决	B1—A2	北圳 V 五中	1:0	北圳	90 分钟决赛
23	决 赛	21 胜—22 胜	北圳 V 师专	4:6	师专	90 分钟内 2:2　点球 2:4

附表4　个人奖项

最佳射手:杨新忠（黑河北圳 14 粒）　最佳球员:高金龙(黑河师范专科学校)

【五大连池市第一届“北狮杯”青少年足球邀请赛】

（一）简况

2002 年 7 月 16 日至 22 日在人民体育场举办。共分为青年组、少年甲、少年乙三个组别。共有 20 支球队参加。由五大连池市足协举办,北狮体育冠名赞助。外地共有 5 支青年队、1 支少年队参加。东道主共有 14 支球队参加,时值韩日世界杯,足球氛围空前浓厚。

（二）名次

A:青年组　①黑河师范专科学校(师专)　②嫩江　③北安、黑河市第五中学(五中)　⑤流浪者　⑥克东　⑦五大连池市第三中学　⑧北狮梯队

B:少年甲　①一中博卡队(王艳钢)　②北安市拜仁队　③第一中学三联队(杨扬)　④第二中学冰火队(付磊)。

C:少年乙　①长袖阿森纳(严超)　②德国雄鹰(陈胜利、付红星)并列　③白英格兰(刘奇惠、韩扬)、国际米兰(耿雨、孙冬元)　⑤拉齐奥(李亮亮、陈宁、杨明)　⑥猛虎　⑦半袖阿森纳　⑧巴西队

（三）积分

附表5　少年甲积分名次表(单循环)

	北安	冰火	三联	博卡	积分	净胜球	进球数	名次
北安		3:2 3	1:3 0	2:1 3	6	-1	6	2
冰火	2:3 0		1:1 1	1:4 0	1	-4	4	4
三联	3:1 3	1:1 1		5:7 0	4	0	9	3
博卡	1:2 0	4:1 3	7:5 3		6	4	12	1

附表 6　少年乙 A 组积分名次表

	雄鹰	巴西	阿森纳 1	拉齐奥	积分	净胜球	进球数	名次
雄鹰		4:1 3	1:5 0	10:2 3	6	7	15	2
巴西	1:4 0		0:2 0	3:4 0	0	-6	4	4
阿森纳 1	5:1 3	2:0 3		6:1 3	9	11	13	1
拉齐奥	2:10 0	4:3 3	1:6 0		3	-12	7	3

附表 7　少年乙 B 组积分名次表

	阿森纳 2	红英格兰	猛虎	国际米兰	积分	净胜球	进球数	名次
阿森纳 2		2:5 0	4:4 1	1:3 0	1	-5	7	4
红英格兰	5:2 3		1:1 1	1:3 0	4	1	7	2
猛虎	4:4 1	1:1 1		0:5 0	2	-5	5	3
国际米兰	3:1 3	3:1 3	5:0 3		9	9	11	1

附表 8　少年乙决赛阶段成绩

场次	赛次	对阵序号	对阵球队	比分	获胜队	备注
13	半决赛	A1—B2	阿森纳 1V 格兰	6:1	阿森纳 1	
14	半决赛	B1—A2	国际米兰 V 雄鹰	1:2	雄鹰	
15	决赛		阿森纳 1V 雄鹰	4:3	阿森纳 1	

附表 9　青年组 A 组积分名次表

	北狮	北安	师专	三中	积分	净胜球	进球	名次
北狮		1:9 0	1:3 0	2:0 3	3	-8	4	3
北安	9:1 0		1:0 3	3:1 3	9	11	13	1
师专	3:1 3	0:1 0		3:1 3	6	4	6	2
三中	0:2 0	1:3 0	1:3 0		0	-6	2	4

附表10　青年组B组积分名次表

	嫩江	五中	流浪者	克东	积分	净胜球	进球数	名次
嫩江		2:4 0	4:2 3	3:1 3	6	2	9	2
五中	4:2 3		3:2 3	3:2 3	9	4	10	1
流浪者	2:4 0	2:3 0		2:0 3	3	-1	6	3
克东	1:3 0	2:3 0	0:2 0		0	-5	3	4

附表11　青年组决赛阶段成绩

场次	赛次	对阵	对阵球队	比分	获胜队	备注
13	半决赛	A1—B2	北安 V 嫩江	2:3	嫩江	
14	半决赛	B1—A2	师专 V 黑河五中	5:4	师专	90分钟1:1平点球
15	决赛		师专 V 嫩江	6:0	师专	雨中,6球为运动战

附表12　青年组个人奖项

最佳射手:何平多(黑河师范专科学校13粒)　最佳球员:于洋(黑河师范专科学校)

【五大连池市第三届“北狮杯”青少年足球邀请赛】

(一)简况

2003年7月15日至19日举办。由共青团五大连池市委员会、五大连池市足球协会举办,由北狮体育冠名赞助。比赛设有青年组、少年组和儿童组。青年组共有13支球队参加,少年组4支、儿童组2支。

(二)名次

青年组:①黑河师范专科学校(师专)　②讷河　③大庆、嫩江　⑤北狮梯队　⑥五市移动　⑦黑河五中　⑧克东　⑨至⑫名为火山泉饮品、嫩江海江镇、北安、克山县第一中学(克山一中)

少年组:①五大连池市第一中学　②五大连池市第二中学　③波斯特大酒店　④雄鹰代表队

儿童组:五大连池市第二小学、五大连池市第三小学并列第一名

(三)积分

附表13　青年A组积分名次

	大庆	五市移动	黑河师专	克山一中	积分	净胜球	进球数	名次
大庆		10:2 3	2:2 1	19:1 3	7	26	31	1
五市移动	2:10 0		0:5 0	12:0 3	3	-1	14	3
黑河师专	2:2 1	5:0 3		11:1 3	7	21	18	2
克山一中	1:19 0	0:12 0	1:17 0		0	-46	2	4

附表14　青年B组积分名次表

	火山泉	北安	克东	嫩江	积分	净胜球	进球数	名次
火山泉		3:2 3	2:7 0	1:5 0	3	-8	6	3
北安	2:3 0		1:4 0	0:4 0	0	-8	3	4
克东	7:2 3	4:1 3		3:4 0	6	7	14	2
嫩江	5:1 3	4:0 3	4:3 3		9	9	13	1

附表15　青年C组积分名次表

	讷河	海江镇	黑河五中	北狮	积分	净胜球	进球数	名次
讷河		3:2 3	5:0 3	1:4 0	6	3	9	2
海江镇	2:3 0		2:8 0	3:3 1	1	-7	7	4
黑河五中	0:5 0	8:2 3		0:2 0	3	-1	8	3
北狮	4:1 3	3:3 1	2:0 3		7	6	9	1

附表16　青年组决赛阶段成绩

场次	赛次	对阵序号	对阵球队	比分	获胜队	备注
19	1/4上区	B1—A3	嫩江V移动公司	2:1	嫩江	
20	1/4上区	C1—A2	北狮V黑河师专	2:6	黑河师专	
21	1/4下区	A1—C3	大庆物装V黑河五中	3:0	大庆物装	
22	1/4下区	B2—C2	克东V讷河	2:4	讷河	
23	1/2	19胜—20胜	嫩江V黑河师专	4:9	黑河师专	
24	1/2	21胜—22胜	大庆物装V讷河	8:9	讷河	90分钟内1:1踢平后点球
25	决赛	23胜—24胜	黑河师专V讷河	3:0	黑河师专	

附表17　青年组个人奖项

最佳射手:何平多(黑河师范专科学校7粒)
最佳球员:肖迪(黑河师范专科学校)

附表 18　少年组积分名次表

	一中	波斯特	雄鹰	二中	净胜球	进球数	积分	名次
一中		3:1 3	4:0 3	4:2 3	8	11	9	1
波斯特	1:3 0		5:1 3	0:2 0	1	6	3	3
雄鹰	0:4 0	1:5 0		0:3 0	-11	1	0	4
二中	2:4 0	2:0 3	3:0 3		3	7	6	2

附表 19　儿童组比赛成绩

第二小学与第三小学在常规时间内 2:2 打平，并列获得儿童组比赛第一名。

【黑河市第四届“北狮杯”青少年足球邀请赛】

（一）简况

2004 年 7 月 24 日至 28 日举办。此次主办单位为黑河市体育局、共青团黑河市委员会、黑河市教育局。五大连池足球邀请赛上升为黑河市级比赛。相应由五大连池市文化体育局、共青团五大连池市委员会、五大连池市教育局承办。五大连池市足球协会协办，北狮体育冠名。比赛设青年组、少年组和儿童组三个组别。绥化地区海伦师范第一次组队参赛。

（二）名次

青年组：①黑河学院 A 队　②内蒙古莫旗　③海伦师范学校、北安　⑤嫩江逸龙　⑥北狮　⑦克东电业　⑧万隆家电　⑨至⑬名依次为黑河市第五中学、嫩江虹松岛、黑河学院 B 队、子熙塑钢、孙吴

少年组：①北狮体育　②清华紫光大药房　③一中 A 队　④团结中学　⑤孙吴二队　⑥孙吴一队　⑦一中 B 队

儿童组　①第三小学　②北狮 1013 梯队（车友、朱宝刚）　③五大连池市第二小学五年二班足球队（刘艳学、邵红军）

最佳射手：房春晓（三小）

道德风尚奖：第三小学

（三）积分

附表 20　青年组 A 组积分名次

	克东	黑院 1 队	北狮	孙吴	积分	净胜球	进球数	名次
克东		2:1 3	0:6 0	4:0 3	6	-1	6	3
黑河学院 A 队	1:2 0		6:2 3	5:1 3	6	7	12	1
北狮	6:0 3	2:6 0		2:0 3	6	1	10	2
孙吴	0:4 0	1:5 0	0:2 0		0	-10	1	4

附表 21　青年组 B 组积分名次表

	黑河五中	海江逸龙	内蒙莫旗	子熙塑钢	积分	净胜球	进球数	名次
黑河五中		2:2 1	2:2 1	3:3 1	3	0	7	3
海江逸龙	2:2 1		0:9 0	2:1 3	4	-8	4	2
内蒙古莫旗	2:2 1	9:0 3		4:2 3	7	11	15	1
子熙塑钢	3:3 1	1:2 0	2:4 0		1	-3	6	4

附表 22　青年组 C 组积分名次表

	黑河学院B 队	万隆家电	北安	海伦师范	嫩江青年	积分	净胜球	进球数	名次
黑河学院B 队		2:1 3	2:8 0	1:5 0	1:7 0	3	-15	6	5
万隆家电	1:2 0		0:4 0	3:2 3	5:4 3	6	-1	9	3
北安	8:2 3	4:0 3		2:3 0	5:4 3	9	10	19	1
海伦师范	5:1 3	2:3 0	3:2 3		4:2 3	9	6	14	2
嫩江青年	7:1 3	4:5 0	4:5 0	2:4 0		3	2	17	4

附表 23　青年组决赛阶段成绩

场次	赛次	对阵序号	对阵球队	比分	获胜队	备注
23	1/4 决	A1—C3	黑河学院 A 队 V 万隆家电	3:2	黑河学院 A 队	
24	1/4 决	B2—C2	海伦师范 V 海江逸龙	2:1	海伦师范	
25	1/4 决	B1—A3	内蒙莫旗 V 克东电业	2:0	内蒙古莫旗	
26	1/4 决	C1—A2	北安 V 北狮	4:1	北安	
27	1/2 决	23 胜—24 胜	黑河学院 A 队 V 海伦师范	4:3	黑河学院 A 队	
28	1/2 决	25 胜—26 胜	内蒙古莫旗 V 北安	5:3	内蒙古莫旗	
29	冠军决	27 胜—28 胜	黑河学院 A 队 V 内蒙古莫旗	6:5	黑河学院 A 队	90 分钟 2:2 踢平点球

附表 24　青年组个人奖项

最佳射手:吴亚鹏(内蒙古莫旗 11 粒)
最佳球员:金雪松(黑河师专)

附表25　少年组积分名次表

	清华紫光	北狮梯队	第一中学	孙吴二队	团结中学	孙吴一队	积分	净胜球	进球数	名次
清华紫光		5:6 0	1:0 3	2:0 3	2:1 3	2:0 3	12	6	12	2
北狮梯队	6:5 3		6:3 3	6:3 3	7:8 0	6:2 3	12	10	31	1
第一中学	0:1 0	3:6 0		2:2 1	3:2 0	4:0 3	7	1	12	3
孙吴二队	0:2 0	3:6 0	2:2 1		1:1 1	3:3 1	3	-5	9	5
团结中学	1:2 0	8:7 3	2:3 0	1:1 1		1:1 1	5	-1	13	4
孙吴一队	0:2 0	2:6 0	0:4 0	3:3 1	1:1 1		2	-7	6	6

附表26　少年组其他奖项

最佳射手:李亮亮（北狮梯队17粒）
体育道德风尚奖:团结中学　孙吴一队　第一中学

【黑龙江省北部地区业余联赛暨五大连池市第五届“北狮杯”青年足球邀请赛】

（一）简况

2005年7月25日至28日在五大连池市人民体育场举办。由五大连池市足球协会主办,由北狮体育冠名赞助。本次比赛只设置青年组,共有8支球队参加。开始与省足协对接,赛事组织上开始得到省足协的支持。

（二）名次

①黑河虹松岛　②内蒙古莫旗　③北安、克东飞鹤　⑤阳光假日酒店　⑥兄弟连　⑦嫩江　⑧黑河同元

（三）积分

附表27　A组积分名次表

	阳光假日	同元	北安	克东	积分	净胜球	进球数	名次
阳光北狮		8:0 3	2:2 1	2:3 0	4	7	12	3
同元	0:8 0		1:3 0	2:3 0	0	-14	3	4
北安	2:2 1	3:1 3		5:1 3	7	6	10	1
克东	3:2 3	3:2 3	1:5 0		6	-2	7	2

附表 28　B 组积分名次表

	虹松岛	兄弟连	内蒙古莫旗	嫩江	积分	净胜球	进球数	名次
虹松岛		3:0 3	3:1 3	2:2 1	7	5	8	1
兄弟连	0:3 0		3:5 0	8:3 3	3	3	11	3
莫旗	1:3 0	5:3 3		2:0 3	6	2	8	2
嫩江	2:2 1	3:8 0	0:2 0		1	−7	5	4

附表 29　决赛阶段成绩

场次	赛次	对阵序号	对阵球队	比分	获胜队	备注
13	1/2 决	B2—A1	莫旗 V 北安	6:2	莫旗	
14	1/2 决	B1—A2	虹松岛 V 克东	4:1	虹松岛	
15	决赛	13 胜—14 胜	莫旗 V 虹松岛	2:1	虹松岛	

附表 30　个人单项奖项

最佳射手奖:闫正旭（ 黑河虹松岛 7 粒 ）
最佳球员奖:吴亚鹏（内蒙古莫旗）

【黑龙江省北部地区业余联赛暨五大连池市第六届“北狮杯”青少年足球邀请赛】

(一)简况

2006 年 7 月 22 日至 24 日举办。由五大连池市教育局主办,五大连池市足球协会协办,北狮体育赞助。设有青年组和少年组两个组别。由于场地匮乏,比赛在高级中学、实验小学及第二小学举办。首次在少年组比赛中植入单项比赛(颠球王、运球王)。

(二)名次

青年组:①内蒙古莫旗未来之星　②克东飞鹤乳业　③黑河市虹松岛、海伦　⑤北安“天元酒业”　⑥五大连池自由空间　⑦嫩江“八百晌顶呱呱”　⑧五大连池福瑞德

少年组:① 6·2 班爱心足球队　② 6·1 班顺达足球队　③ 5·3 班飞跃足球队　④ 5·1 班晨星足球队　⑤ 5·2 班七彩足球队(共第二小学 5 支班级足球队单循环)

（三）积分

附表31　青年组A组积分表

	黑河	克东	北狮	北安	积分	净胜球	进球数	名次
黑河		5:2 3	5:2 3	8:2 3	6	7	14	1
克东	7:3 3		7:3 3	2:5 0	6	4	11	2
北狮	2:5 0	3:7 0		1:3 0	0	-9	6	4
北安	2:8 0	3:1 3	3:1 3		6	-2	8	3

附表32　青年组B组积分表

	自由空间	莫旗	海伦	嫩江	积分	净胜球	进球数	名次
自由空间		1:1 1	1:2 0	1:0 3	4	0	3	2
莫旗	1:1 1		1:2 0	1:0 3	4	0	3	2
海伦	2:1 3	2:1 3		0:0 1	7	2	4	1
嫩江	0:1 0	0:1 0	0:0 1		1	-2	0	4
（B2第2名经过附加点球决出：自由空间—莫旗　0:3　莫旗队胜出）								

附表33　青年组 决赛成绩

场次	赛次	对阵序号	对阵球队	比分	获胜队	备注
13	1/2决赛	A1—B2	莫旗V嫩江	1:2	莫旗	
14	1/2决赛	B1—A2	海伦V克东	0:3	克东	海伦弃权
15	三四名决赛	A1B2/负—B1A2/负	黑河V海伦	3:0	黑河	海伦弃权
16	决赛	A1B2/胜—B1A2/胜	莫旗V克东	4:0	莫旗	

附表34　个人奖项

最佳球员：傲然（内蒙古莫旗）
最佳射手：雪岩（内蒙古莫旗6粒）

附表 35　少年组 5 人制积分名次表

	6.1 顺达	6.2 爱心	5.1 晨星	5.2 七彩	5.3 飞跃	积分	净胜球	进球数	名次
6.1 顺达		0:1 0	3:0 3	6:0 3	1:0 3	9	9	10	2
6.2 爱心	1:0 3		2:1 3	3:0 3	1:0 3	12	6	7	1
5.1 晨星	0:3 0	1:2 0		3:1 3	0:1 0	3	-3	4	4
5.2 七彩	0:6 0	0:3 0	1:3 0		0:0 1	1	-11	1	5
5.3 飞跃	0:1 0	0:1 0	1:0 3	0:0 1		4	-1	1	3

附表 36　少年组足球单项比赛成绩

颠球王	①马浩然 68 次　②闫晗 37 次　③乔静涛 31 次
运球王	①周海峰 11″93　②张鹏 12″　③崔力鹏 12″04

【黑龙江省北部地区业余联赛暨第七届“千树电脑杯”青年足球友谊赛(北安)】

(一)简况

2007 年 8 月 10 日至 12 日,由北安市文化体育局、共青团北安市委员会联合主办,由北安市足球协会协办。五大连池市球队由于种种原因未能组织参加 2007 年比赛,经过五大连池足协请示省足协批准,比赛依旧被冠名为黑龙江省北部地区业余联赛暨青年足球友谊赛。共有 4 支队伍参赛。

(二)名次

①北安市千树电脑　②黑河市虹松岛　③克东　④海伦

(三)积分

附表 37　积分名次表

	千树电脑	黑河虹松岛	克东	海伦	积分	净胜球	进球数	名次
千树电脑		0:0 1	7:0 3	3:0 3	7	10	10	1
虹松岛	0:0 1		5:0 3	3:1 3	7	7	8	2
克东	0:7 0	0:5 0		2:1 3	3	-11	13	3
海伦	0:3 0	1:3 0	1:2 0		0	-3	2	4

附表 38　个人奖项荣誉

最佳射手:唐国富(千树电脑队 5 球)
最佳球员:孙大卫(千树电脑队)

【黑龙江省北部地区业余联赛暨五大连池市第八届“春天·北狮杯”足球邀请赛】

(一)简况

2008 年 7 月 18 日至 21 日,由五大连池团市委、文化体育局主办,由五大连池市足球协会、第二中学校协办。由五大连池市春天假日宾馆、春天农资商店、北狮体育联合冠名。由于参赛球队为 7 支,采用单循环赛制进行。

(二)名次

①黑河市东方阳光　②北狮　③ 孙吴誉福　④高级中学　⑤黑河社会联　⑥五交化商场　⑦克东广角尼龙

(三)积分

附表 39　“春天·北狮杯”第八届足球邀请赛积分名次表

	孙吴誉福	北狮青年	五交化商场	克东电业	高级中学	黑河联队	东方阳光	总分	净胜	进球	名次
孙吴誉福		0:1 0	8:2 3	3:0 3	3:2 3	0:0 1	1:2 0	10	8	15	3
北狮青年	1:0 3		9:2 3	3:0 3	2:1 3	3:0 3	1:4 0	15	10	17	2
五交化商场	2:8 0	2:9 0		3:0 3	2:3 0	2:5 0	3:6 0	3	-17	14	6
克东电业	0:3 0	0:3 0	0:3 0		5:10 0	0:3 0	0:3 0	0	-20	5	7
高级中学	2:3 0	1:2 0	3:2 3	10:5 3		3:0 3	1:4 0	9	4	20	4
黑河联队	1:1 1	0:3 0	5:2 3	3:0 3	0:3 0		0:1 0	7	-1	9	5
东方阳光	2:1 3	4:1 3	8:3 3	3:0 3	4:1 3	1:0 3		18	15	21	1

附表 40　“春天·北狮杯”第八届足球邀请赛荣誉奖项

体育道德风尚奖	孙吴誉福 、五交化商场、黑河社会联
最佳射手	时怀毅(孙吴誉福队 7 粒)
最佳球员	崔雪峰(北狮青年队)
最佳教练员	郭启(黑河东方阳光)
优秀裁判员	梁策　闻志刚　王永生　康军

【全国足球业余联赛黑龙江省北部赛区暨五大连池市第九届“北狮杯”足球赛】

(一)简况

2009 年 7 月 24 日至 27 日,此次比赛取得省足协大力支持,原黑龙江足协秘书长杨明志及国家级裁判员张宏伟、国家一级裁判员赵鸿雷、刘田共 4 人到现场指导。共有 8 支球队参加,逊克队第一次来到“北狮杯”赛场。

(二)名次

①绥化莽原　②黑河东方阳光　③北狮、逊克　⑤孙吴誉福　⑥北安　⑦克东　⑧五市青年

(三)积分

附表 41　A 组积分名次表

	北狮	孙吴	逊克	克东	积分	净胜球	进球数	名次
北狮		1:0 3	1:1 1	3:1 3	7	3	5	1
孙吴	0:1 0		1:1 1	5:0 3	4	4	6	3
逊克	1:1 1	1:1 1		3:0 3	5	3	5	2
克东	1:3 0	0:5 0	0:3 0		0	-10	1	4

附表 42　B 组积分名次表

	绥化莽原	黑河东方	五市青年	北安	积分	净胜球	进球数	名次
绥化莽原		1:3 0	6:0 3	1:0 3	6	5	8	2
黑河东方	3:1 3		7:0 3	3:0 3	9	12	13	1
五市青年	0:6 0	0:7 0		0:3 0	0	-16	0	4
北安	0:1 0	0:3 0	3:0 3		3	-1	3	3

附表 43　决赛阶段成绩

场次	赛次	对阵序号	对阵球队	比分	获胜队	备注
13	1/2 决	A1—B2	北狮 V 绥化莽原	1:2	绥化莽原	
14	1/2 决	B1—A2	黑河 V 逊克	1:0	黑河东方阳光	
15	决赛	13 胜—14 胜	绥化莽原 V 黑河	2:1	绥化莽原	

附表44　个人奖项荣誉

最佳射手奖:吴柏涛（黑河东方阳光队7粒）
最佳球员奖:刘哲(绥化荞原)

【全国足球业余联赛黑龙江省北部赛区暨第十届"誉福·北狮杯"足球赛(孙吴)】

(一)简况

2010年7月22日至25日,在五大连池市足协倡议下,在孙吴县誉福足球俱乐部积极运作下,第十届"北狮杯"足球赛移师孙吴县举办,得到孙吴县当地政府领导和足球爱好者们的大力支持。原省足协秘书长杨明志及夏文良、周志远两名国家一级裁判员到现场指导工作。原黑龙江日报体育专副刊主任梁学增到现场采访。共有8支球队参加,东道主誉福一队获得冠军。

(二)名次

①孙吴誉福一队　②黑河东方阳光　③五大连池北狮、孙吴誉福二队　⑤克东电业　⑥逊克黄金　⑦黑河社会联　⑧北安

(三)积分

附表45　A组积分名次表

	五市北狮	黑社联	誉福一队	北安	积分	净胜球	进球数	名次
五市北狮		2:0 3	2:2 1	3:0 3	7	5	7	2
黑社联	0:2 0		0:2 0	3:0 0	0	-1	3	3
誉福一队	2:2 1	2:0 3		4:0 3	7	6	8	1
北安	0:3 0	0:3 0	0:4 0		0	-10	0	4

附表46　B组积分名次表

	东方阳光	誉福二队	逊克黄金	克东飞鹤	积分	净胜球	进球数	名次
东方阳光		3:0 3	3:1 3	5:0 3	9	10	11	1
誉福二队	0:3 0		0:0 1	4:2 3	4	-1	4	2
逊克黄金	1:3 0	0:0 1		1:2 0	1	-3	5	4
克东飞鹤	0:5 0	2:4 0	2:1 3		3	-6	4	3

附表 47　决赛阶段成绩

场次	赛次	对阵序号	对阵球队	比分	获胜队
13	1/2	B2—A1	誉福 2 队 V 誉福 1 队	2:4	誉福一队
14	1/2	B1—A2	东方阳光 V 五市北狮	1:0	东方阳光
15	决赛	13—14	誉福 1 队 V 东方阳光	5:4	誉福一队
决赛在 90 分钟内 1:1 平。点球大战,誉福一队以 4:3 胜出。					

附表 48　个人奖项荣誉

最佳射手奖:赵学春(誉福一队 4 粒)
最佳球员奖:刘伟东(誉福一队)

【全国足球业余联赛黑龙江北部赛区暨五大连池市第十一届"北狮杯"足球赛】

(一)简况

此次赛事采取单循环赛制。原省足协秘书长杨明志与裁判员赵鸿雷、田忠滨到现场指导工作。

(二)名次

①黑河东方阳光　②北狮青年　③逊克库尔滨　④嫩江一队　⑤嫩江绿芳　⑥北狮老男孩

(三)积分

附表 49　"北狮杯"第 11 届足球邀请赛积分名次表

	东方阳光	北狮青年	逊克	嫩江一队	嫩江绿芳	北狮老男孩	总分	净胜	进球	名次
东方阳光		5:1 3	4:5 0	2:2 1	7:0 3	2:1 3	10	14	20	1
北狮青年	1:5 0		1:1 1	1:0 3	4:1 3	9:3 3	10	6	16	2
逊克	5:4 3	1:1 1		2:2 1	5:0 3	2:2 1	9	6	14	3
嫩江一队	2:2 1	0:1 0	2:2 1		13:1 3	4:0 3	8	15	21	4
嫩江绿芳	0:7 0	1:4 0	0:5 0	1:13 0		3:0 3	3	-24	5	5
北狮老男孩	1:2 0	3:9 0	2:2 1	0:4 0	0:3 0		1	-14	6	6

附表50　“北狮杯”第11届足球邀请赛个人奖项荣誉

最佳射手:曹子旭(逊克库尔滨9粒)
最佳球员:陶毅(黑河东方阳光)　贾天文(北狮青年队)
最佳教练员:孙忠雷(黑河东方阳光)
优秀裁判员:赵鸿雷　田忠滨　徐立志　梁策

【2017“华润雪花杯”暨五大连池市第12届青年雪地足球邀请赛】

(一)简况

2017年12月23日至24日,由共青团五大连池市委员会、五大连池市教育局共同主办,五大连池市北狮青少年足球俱乐部承办。由华润雪花啤酒(黑龙江)有限公司、五大连池三星名酒超市冠名赞助。路克士(厦门)体育用品有限责任公司及赛琪体育提供支持。这是首次在冬天雪地上探讨举办的邀请赛,首次采用5人制。是继2011年之后时隔6年再次举办五大连池市足球邀请赛。共有12支球队参加,采取小组循环赛制,首轮出现8强。五大连池市共有8支球队参赛其中教师队5支,凸显校园足球发展良好态势。

(二)名次

①黑河黑社联　②黑马科技　③五大连池冰月亮　④嫩江　⑤实验中学　⑥北狮教师一队　⑦荣耀名城　⑧高级中学　⑨职教中心　⑩北安　⑪消防队　⑫北狮教师二队

(三)积分

附表51　A组小组赛积分表

	实验中学	职教	消防大队	黑马科技	积分	净胜球	进球数	名次
实验中学		10:2 3	15:3 3	1:5 0	6	16	26	2
职教中心	2:10 0		5:0 0	1:9 0	3	-11	8	3
消防大队	3:15 0	0:5 0		1:3 0	0	-20	3	4
黑马科技	5:1 3	9:1 3	3:0 3		9	15	17	1

附表52　B组小组赛积分表

	黑社联	嫩江	荣耀名城	北安	积分	净胜球	进球数	名次
黑社联		3:3 1	9:9 1	7:1 3	5	6	19	1
嫩江	3:3 1		3:3 1	4:1 3	5	3	10	2
荣耀名城	9:9 1	3:3 1		4:3 3	5	1	16	3
北安	1:7 0	1:4 0	3:4 0		0	-10	5	4

附表 53　C 组小组赛积分表

	冰月亮	北狮二队	北狮一队	高级中学	积分	净胜球	进球数	名次
冰月亮		3:0 3	6:3 3	5:0 3	9	11	14	1
北狮二队	0:3 0		0:8 0	2:5 0	0	–13	2	4
北狮一队	3:6 0	8:0 3		4:2 3	6	7	15	2
高级中学	0:5 0	5:2 3	2:4 0		3	–4	7	3

附表 54　决赛阶段比赛成绩

场次	赛次	对阵序号	对阵球队	比分	获胜队
19	1/4 决赛	A1—C3	黑马科技 V 高级中学	5:0	黑马科技
20	1/4 决赛	B2—A2	嫩江 V 实验中学	6:4	嫩江
21	1/4 决赛	B1—C2	黑社联 V 北狮一队	9:3	黑社联
22	1/4 决赛	C1—B3	冰月亮 V 荣耀名城	12:5	冰月亮
23	1/2 决赛	19 胜—20 胜	黑马科技 V 嫩江	2:1	黑马科技
24	1/2 决赛	21 胜—22 胜	黑社联 V 冰月亮	3:2	黑社联
25	三四名决赛	23 负—24 负	嫩江 V 冰月亮	2:3	冰月亮
26	一二名决赛	23 胜—24 胜	黑马科技 V 黑社联	1:4	黑社联

附表 55　个人奖项荣誉

最佳射手:么建新(五大连池冰月亮 8 粒)
最佳球员:徐德坤(黑河黑社联)
最佳教练员:闫忠瑀(黑河黑社联)

【2020“盈泰·城市中心花园杯”暨五大连池市第 13 届青年足球邀请赛】

(一)简况

2020 年 9 月 5 日至 6 日,共青团五大连池市委员会、五大连池市教育局联合举办了五大连池市第 13 届足球邀请赛,此次赛事是在新冠肺炎疫情防控窗口期组织举办的,共召集球队 16 支,绥棱、拜泉及我市沾河林业局爱好者第一次组队参赛,比赛在滨水新城笼式球场进行,采用 5 人制。省足协常务副主席、秘书长刁志丹亲临现场指导。北狮俱乐部负责赛事组织裁判工作,比赛期间植入 3V3 对抗赛、运球接力赛等足球亲子活动,营造良好的足球氛围。作为北方足球爱好者交流的中心,五大连池市足球邀请赛重新焕发出生机与活力。比赛得到路克士(中国)体育用品有限责任公司、五大连池宏福温都水乡旅游开发有限责任公司的大力支持。由五大连池盈泰房地产开发有限公司冠名赞助。

（二）名次

①莫旗达斡尔竞技　②五大连池冰月亮　③黑社联　④绥化　⑤盈泰一队　⑥孙吴青年　⑦盈泰二队　⑧讷河飓风　⑨克山　⑩拜泉　⑪逊克　⑫孙吴誉福　⑬通北镇老男孩　⑭克东　⑮绥棱　⑯沾河天成

（三）积分

附表56　A组小组赛积分表

	盈泰1	绥化	逊克	克东	积分	净胜球	进球数	名次
盈泰1		3:2 3	4:3 3	12:10 3	9	5	19	1
绥化	2:3 0		6:5 0	6:2 3	6	4	14	2
逊克	3:4 0	5:6 0		9:4 3	3	3	17	3
克东	10:12 0	2:6 0	4:9 0		0	-11	16	4

附表57　B组小组赛积分表

	通北	孙吴誉福	黑社联	盈泰2	积分	净胜球	进球数	名次
通北		3:1 3	2:4 0	3:6 0	3	-3	8	4
孙吴誉福	1:3 0		5:2 3	2:3 0	3	0	8	3
黑社联	4:2 3	2:5 0		4:4 1	4	-1	10	2
盈泰2	6:3 3	3:2 3	4:4 1		7	4	13	1

附表58　C组小组赛积分表

	绥棱	冰月亮	克山	莫旗	积分	净胜球	进球数	名次
绥棱		3:6 0	2:7 0	2:9 0	0	-15	7	4
冰月亮	6:3 3		1:2 0	3:2 3	6	3	10	2
克山	7:2 3	2:1 3		1:6 0	6	1	10	3
莫旗	9:2 3	2:3 0	6:1 3		6	11	17	1

附表 59　D 组小组赛积分表

	孙吴青年	沾河天成	讷河飓风	拜泉	积分	净胜球	进球数	名次
孙吴青年		10:0 3	2:0 3	1:1 1	7	12	13	1
沾河天成	0:10 0		3:13 0	1:17 0	0	-36	4	4
讷河飓风	0:2 0	13:3 3		3:2 3	6	9	17	2
拜泉	1:1 1	17:1 3	2:3 0		4	15	20	3

附表 60　决赛阶段成绩

场次	赛次	对阵序号	对阵球队	比分	获胜队	备注
25	1/4 决赛	A1—B2	盈泰一队 V 队黑社联	3:4	黑社联	
26	1/4 决赛	B1—A2	绥化 V 盈泰二队	3:2	绥化	
27	1/4 决赛	C1—D2	莫旗 V 讷河飓风	6:1	莫旗达斡尔	
28	1/4 决赛	D1—C2	孙吴青年 V 冰月亮	4:6	冰月亮	1:1 平点球
29	1/2 决赛	25 胜—27 胜	黑社联 V 莫旗	2:3	莫旗	
30	1/2 决赛	26 胜—28 胜	绥化 V 冰月亮	7:8	冰月亮	3:3 平 点球
31	三四名决赛	29 负—30 负	黑社联 V 绥化	3:0	黑社联	绥化弃权
32	一二名决赛	29 胜—30 胜	莫旗 V 冰月亮	5:1	莫旗	

附表 61　个人奖项荣誉

最佳射手奖:徐伟哲(莫旗达斡尔竞技队、决赛阶段 4 粒)
最佳球员奖:郭强(莫旗达斡尔竞技队)

附录 2　五大连池足球大事记
（1991—2021）

1991 年 9 月，德都县第二小学校成立原德都县有史以来的第一支学校少年足球队——北狮 1013 足球梯队，并利用业余时间坚持教学训练。

1993 年 6 月 4 日，德都县第二小学北狮梯队教学实战在原德都县第 21 届田径运动会中做实战表演赛。

1994 年 4 月，德都县第二小学被评为省级户外体育活动先进集体，学校体育工作初显蓬勃。

1995 年 6 月 2 日，五大连池市北狮青年业余足球队以第一小学为根据地宣告成立。

1996 年 6 月 22 日，北狮青年足球队共计 12 名队员自费参加黑河市第三届“青春杯”足球赛并获得冠军，创造了德都县球类项目在黑河市比赛中的历史最好成绩，为德都县撤县并市奉献厚礼。

1996 年 10 月，五大连池市第二小学北狮梯队获得五大连池市首届小学生足球赛冠军。

1997 年 6 月，北狮青年足球队夺得黑河市第四届“青春杯”足球赛亚军。

1997 年 9 月，北狮梯队卫冕五大连池市小学生足球赛冠军。

1997 年 10 月，五大连池市第二小学校被命名为五大连池市足球基点校。

1997 年 12 月 21 日，五大连池市第二小学校召开“争创省级足球基点校暨北狮青少年足球队迎新年”校园足球发展座谈会。第一次提出“争创省级足球基点校”的发展目标，原市政府副市长蔺波等领导参加会议并提出建议指导。

1998 年 9 月 6 日，五大连池市首届“火山杯”青年足球联赛开幕，并以北狮青年足球队队员为主成立了五大连池市足球协会。以五大连池市第二小学、五大连池市第一小学球队毕业生为主力成立的北狮梯队成为第 7 支联赛参赛队伍。

1998 年 9 月 12 日，五大连池市第二小学校第一届 3 ~ 5 年级 9 人制足球联赛开赛。

1998 年 12 月 21 日，第一支北狮梯队获得五大连池市首届“火山杯”足球联赛冠军。

1999 年 4 月 2 日，《黑龙江日报》体育专刊主任梁学增记者姚艳春、孙昊等一行三人实地到五大连池市第二小学校园足球联赛现场调研，并于 4 月 12 日以“第二小学，班班都有足球队”为题目刊载报道。

1999 年 5 月 4 日，校北狮梯队教练员杨玉林同志被授予第二届五大连池市十大杰出青年称号。

1998 年 9 月 12 日至 1999 年 6 月 30 日，五大连池市第二小学首届足球联赛举办，共进行比赛 48 场，入球 145 个。

1999 年 9 月 18 日至 20 日，北狮青年足球队参加黑河市第二届“北圳杯”青年足球赛。

小组赛遭遇东道主黑河北圳、黑河师范专科学校两支足球劲旅夹击，小组赛两胜两负抱憾出局。

1999 年 12 月，五大连池市第二小学北狮梯队夺得五大连池市“迎澳门回归”小学生足球赛冠军。

1999 年 9 月 29 日至 2000 年 7 月 4 日，五大连池市第二小学足球探讨实践“企校共建共育”模式，市文学铁器修理部支持学校足球队装备，学校联赛被冠名“文学杯”。首届“文学杯”校园足球联赛比赛 34 场，入球 122 个。

2000 年 3 月 1 日，五大连池市第二小学校被命名为黑河市足球基点校。

2000 年 10 月 2 日，北狮青年足球队第四次北上，夺得黑河市第三届“北圳杯”足球赛亚军。

2001 年 1 月广州九运会，五大连池市第二小学被国家体育总局评为 1996—2000 年度全国群众体育先进单位。

2001 年 11 月 1 日至 2001 年 6 月 21 日，五大连池市第二小学校第二届“文学杯”足球联赛举办，比赛 64 场，入球 225 个。

2001 年 8 月 15 日，成人组北狮梯队夺得北安市“吉通杯”足球邀请赛冠军。

2001 年 7 月 20 日至 25 日，“泉山杯”五大连池市第一届足球邀请赛在人民体育场和第一中学举办。共有 10 支球队参加。经过 23 场比赛，黑河师范专科学校足球队获得冠军，冠军队高金龙获得最佳球员，亚军队杨新忠以 14 粒进球获得最佳射手奖。

2002 年 7 月 16 日至 22 日，“北狮杯”第一届五大连池市足球邀请赛在人民体育场举办。共分为青年组、少年甲、少年乙三个组别。共有 20 支球队参加。原黑龙江省兰格足球俱乐部董事长刘志圣出席开幕式，观看小学生比赛。成人组黑河师范专科学校足球队卫冕冠军。

2003 年 6 月 27 日，五大连池市第二小学第三届“文学杯”足球联赛落幕，举行比赛 56 场，入球 148 粒。

2003 年 7 月 15 日至 19 日，五大连池市第三届“北狮杯”足球邀请赛在人民体育场举办，比赛设有青年组、少年组和儿童组，共计 19 支球队参加。黑河师范专科学校第三次获得成人组比赛冠军，讷河及大庆队同为首次参加该项赛事的球队。

2003 年 7 月 21 至 27 日，北狮梯队组织足球夏令营活动。张超、李金龙、赫兰宝、刘涛、邱赫 5 名小队员实地感受甲 B 联赛现场，到哈尔滨兰格足球学校观摩试训。

2003 年 9 月 7 日，校北狮梯队教练员杨玉林同志被团省委、省教育厅、省青联授予“第九届黑龙江省中小学青年教师现代园丁奖”称号。

2003 年 10 月 7 日至 10 日，五大连池市第二小学北狮梯队代表黑河参加“中华少年小甲 A”足球黑龙江省赛区决赛并勇夺亚军。

2004 年 7 月 28 日，第四届“北狮杯”升格为黑河市级足球赛事，省日报社体育部主任梁学增实地感受现场，黑河团市委、黑河市体育局、教育局领导出席开幕式。黑河学院获得成人组冠军，北狮梯队夺得少年组比赛第一名(5 人制)。

2004 年 8 月 12 日至 14 日，北狮梯队第二次代表黑河参加“中华少年小甲 A”足球黑龙江省赛区决赛并勇夺殿军，队长张超被赛会评为最佳运动员。

2005年7月25日至28日,第五届“北狮杯”足球赛得到省足球协会备案,并被批准冠名为“黑龙江省北部地区青少年足球友谊赛”。共有8支球队参加,黑河虹松岛足球队获得冠军。

2005年8月21日至24日,五大连池市第二小学北狮梯队第三次代表黑河参加“中华少年小甲A”足球黑龙江省赛区决赛并勇夺季军,五大连池市第二小学被授予“安利”小甲A足球俱乐部。

2005年10月,五大连池市第二小学校北狮梯队教练员杨玉林同志被国家体育总局授予全国群众体育先进个人荣誉称号。

2005年12月,五大连池市第二小学校2005年至2006学年度“北狮杯”4～6年级7人制足球联赛成功举办。共举行比赛35场,入球54粒。

2006年7月22日至25日,“北狮杯”第六届黑龙江省北部地区青少年足球友谊赛成功举办。五大连池市第二小学共有“飞跃、七彩、晨星、顺达和爱心”五支足球队参加了少年组比赛。成人组内蒙古莫旗未来之星足球队第一次获得冠军。

2006年8月7日至10日,北狮梯队第四次代表黑河市参加在牡丹江市举行的“中华少年小甲A”足球黑龙江省赛区决赛,并以四胜一负的战绩获得亚军。北狮梯队成为小甲A赛场的“无冕之王”。

2008年7月18日至21日 ,第八届“北狮杯”足球赛在五大连池市第二中学校举行,原黑龙江省足球协会副秘书长杨茗志现场调研指导,为此项赛事晋升全国业余足球联赛奠定了基础。黑河市东方阳光足球队获得冠军,孙吴誉福队时怀义获得最佳射手。

2009年7月24日至27日,第九届“北狮杯”足球赛晋升为全国业余足球黑龙江省北部赛区决赛。黑龙江籍首位国家级裁判员张宏伟执法比赛。绥化莽原装饰队在决赛中战胜黑河东方阳光队获得冠军。

2010年5月17日至21日,北狮梯队教练员杨玉林参加在济南举办的全国青少年校园足球指导员讲师培训班,开始分享国际足联草根足球发展理念。

2010年7月22日至25日,第十届“北狮杯”足球赛移师孙吴县举办,东道主誉福一队获得冠军。

2010年8月14日,五大连池市北狮青年业余足球队参加哈尔滨“茵宝杯”5人制足球赛小组未出线。

2011年3月4日,“温都水城杯”五大连池市中国汽车拉力赛开幕式,北狮青年足球队队员与央视《足球之夜》主持人刘建宏分享交流。

2011年5月12日至20日,北狮梯队教练员杨玉林参加兰州全国校园足球指导员讲师继续培训班学习。

2011年7月15日,五大连池市第二小学新时期校园足球发展座谈会,提出“课题、校本、特色、体卫艺”四位一体校园足球发展新思路。这是五大连池市第二小学校园足球发展历程中的第二个足球发展座谈会。

2011年7月16日至18日,第十一届“北狮杯”足球邀请赛在五大连池市成功举办。共有黑河市东方阳光、北狮青年、逊克县库尔滨水库、嫩江县一队、嫩江县绿芳足球队、五大连池市北狮老男孩6支代表队参加。黑河东方阳光足球队获得冠军。

2012 年 3 月 21 日,五大连池市第二小学校开启新时期北狮梯队甲组第一节草根足球训练课,五至六年级共计 61 名球员参加。

2012 年 4 月 5 日,五大连池市第二小学校园足球官方微博——“北狮足球”开始入驻中国青少年校园足球官方网站。

2012 年 4 月 23 日,五大连池市第二小学“校长杯”足球联赛开赛。

2012 年 5 月 15 日,五大连池市第二小学被批准为黑龙江省传统体育项目足球基点校。

2012 年 6 月 1 日,五大连池市第二小学校举办“庆六一”校园足球节,成为黑龙江省区域内第一个校园足球节。

2012 年 8 月 10 日至 15 日,北狮梯队教练员杨玉林参加沈阳全国校园足球指导员讲师继续培训班。

2012 年 10 月 8 日,五大连池市成为首批黑龙江省校园足球活动 20 个试点单位之一。

2013 年 1 月 6 日至 8 日,五大连池市第二小学北狮梯队参加黑龙江省校园足球活动启动仪式(牡丹江),在交流比赛中获得小学乙组第三名,北狮梯队得到全国校足办培训部长曾丹主任及省体育局青少处调研员杨猛等领导的现场鼓励。

2013 年 1 月 9 日至 15 日,第二小学教练员杨玉林参加牡丹江市举办的中国足协校园足球 D 级教练员培训班学习。

2013 年 2 月 3 日至 6 日,北狮梯队教练员杨玉林参加深圳全国校园足球指导员讲师继续培训班。

2013 年 4 月 27 日,五大连池市学校管理制度建设现场会,全市学校校长实地观摩五大连池市第二小学足球节,市教育局领导为第二小学校园足球未来发展规划定位。

2013 年 5 月 12 日至 17 日,五大连池市第二小学北狮梯队代表黑龙江省参加北京“与世界有约·斯凯孚”希望工程青少年足球邀请赛并获得第 15 名。

2013 年 7 月 26 日至 28 日,五大连池市第二小学北狮梯队参加在阿城举行的黑龙江校园足球夏令营暨总决赛活动,获得小学组比赛第二名,丁旭获得最佳守门员奖。

2014 年,杨玉林受全国校园足球办公室指派担当牡丹江市校园足球初级指导员培训班助教。

2014 年 1 月 13 日至 16 日,杨玉林参加梅州全国校园足球指导员继续培训班学习。

2014 年 2 月 11 日至 15 日,杨玉林受黑龙江省体育局委派担任全国青少年户外体育活动营地冬令营(牡丹江)总裁判长(兼职雪地足球、爬犁雪洞接力裁判长)工作。

2014 年 5 月 22 日至 23 日,市教育局举办“五大连池 & 逊克”校园足球交流观摩会,举办五大连池市第一个小学生足球节(第一小学、第二小学、实验小学三校共同参加)。

2014 年 6 月 8 日至 21 日,杨玉林参加在大连市举办的亚足联/中国足协 C 级教练员培训班学习。

2014 年 7 月 25 日至 8 月 5 日,五大连池市第二小学足球教练员杨玉林获评全国“十佳活力园丁奖”(小学组)。参加在上海举行的第十二届学生运动会开幕式、观摩比赛和颁奖,并受到刘延东副总理等党和国家领导人的接见。

2014 年 8 月 1 日至 5 日,五大连池市第二小学北狮梯队参加在亚布力举行的 2014 年黑龙江省校园足球联赛总决赛活动,获得比赛第六名。

2014 年 9 月 1 日,五大连池市教育局制定《五大连池市 2014—2017 校园足球发展规划》(五市教字 79 号文件),新时期五大连池市校园足球开始启动。

2014 年 9 月,五大连池市第二小学北狮梯队 100 多名小球员参加五大连池市第十四届田径运动大会检阅式。

2014 年 10 月 1 日,龙镇农场青年足球队做客五大连池市第一中学同北狮教师足球队比赛,此举为庆祝十一国庆节,助阵中国体育代表队征战仁川亚运会。

2014 年 10 月 2 日至 3 日,五大连池市教育局举办校园足球初级指导员培训班,共培训一线体育教师 50 人。

2014 年 10 月 27 日至 11 月 2 日,杨玉林参加杭州“学转英超”全国校园足球指导员讲师培训班学习。

2014 年 11 月 21 日,市教育局组织“温都水城杯”五大连池市校园足球试点校第一轮联赛(五大连池市第二小学)。

2014 年 11 月,黑河市政府督导室主任李明等领导到第二小学实地调研校园足球工作,指导五大连池市校园足球工作发展。

2015 年 4 月 22 日至 25 日,市政府副市长于兴梅、教育局副局长孟凡奎、五大连池市第二小学校长陈大忠一行三人参加全国青少年校园足球行政管理人员和校长培训班(辽宁法库)。并代表黑龙江省做了题为《抢抓机遇,乘势而上,努力开创校园足球工作新局面》的校园足球工作经验交流,开创黑河市单项教育教学工作在全国层面上经验交流的先河。

2015 年 5 月,五大连池市第二小学教练员杨玉林获评黑龙江省五一劳动奖章。

2015 年 6 月,市教育局组织完成 2014—2015 学年度校园足球试点联赛第二轮比赛。此项赛事得到五大连池市宏福温都水乡旅游开发有限责任公司的大力支持,赛事被冠名“温都水城杯”。五大连池市第二小学获得小学组冠军,五大连池市第一中学获得中学组冠军。

2015 年 7 月,团结中学王树奇参加校园足球骨干师资国家级专项培训(首都体院初中班);五大连池市第一小学郭淳、第二小学李常辉参加校园足球骨干师资国家级专项培训(沈体小学班)。

2015 年 9 月至 12 月,五大连池市教育局选派五大连池市第二中学体育教师石荣江参加中国校园足球首批赴法教练员培训学习活动,石荣江成为黑河市校园足球第一位赴法培训教师,为黑河市校园足球师资力量储备奠定了基础。

2015 年 6 月 26 日,黑河市教育局体卫艺科科长陈宇洁到五大连池市第二小学看望北狮梯队小球员,鼓励小球员在暑假代表黑河市参加“谁是球王”黑龙江省选拔赛中顽强拼搏,为黑河争光。

2015 年 7 月 20 日,五大连池市北狮梯队代表黑河市参加由省教育厅举办的 2015 年“谁是球王”青少年校园足球黑龙江省选拔赛,获得小学组第四名。

2015 年 8 月,五大连池市第二小学北狮梯队代表五大连池市参加由省体育局举办的 2015 年黑龙江省传统项目学校足球暨校园足球(五人制)联赛总决赛获得前六名。

2015 年 3 月至 11 月,黑河市教育局举办了黑河市校园足球初级指导员培训班,我市校园足球讲师杨玉林完成黑河市、嫩江县、孙吴县、五大连池市及风景区、逊克县共计五期班培训授课任务,培训教师352人。其间受省教育厅委派,完成讷河市校园足球初级指导员培训工作,培训校园足球指导员49人。

2015年8月25日,五大连池市第二小学、团结镇中学被教育部认定为全国首批青少年校园足球特色学校。团结镇中学成为入选此项殊荣的黑河市第一所农村初中学校。

2015年9月29日,五大连池市新建人民体育场投入使用,11人制标准人造草皮足球场面向公众开放,五大连池市足球运动硬件设施条件得到极大改善。

2015年10月5日,市教育局组织北狮教师足球队与龙镇农场青年、五大连池荣耀名城两支球队在新人民体育场举行友谊赛。

2015年10月24日至25日,“温都水城杯”五大连池市校园足球总决赛在人民体育场举办。城乡27支学校足球队全部参加,此届比赛由宏福温都水乡旅游开发有限责任公司冠名赞助,原市政府副市长于兴梅、政协副主席王非、人大副主任委员李明岩等领导及宏福集团五大连池分公司温都水城总经理尚奉龙出席开幕式。

2015年11月,五大连池市第二中学校获得黑河市“三大球”示范学校(足球)命名。

2015年12月28日至30日,五大连池市第二小学参加首届黑河市小学生足球赛获得亚军。

2016年1月5日至13日,李常辉、陈冰洋两人参加在山东曲阜师范大学举办的全国校园足球骨干师资国家级专项培训班。

2016年1月10日至14日,五大连池市第二小学代表黑河市参加省教育厅举办的在哈尔滨太阳岛举办的校园足球冬令营活动。

2016年1月19日至23日,团结中学、五大连池市第二小学参加省教育厅镜泊湖冬令营活动。五大连池市第二小学获得小学组比赛第四名,团结中学小组赛遭遇强队牡丹江朝鲜族中学和齐齐哈尔扎龙中学,获得小组第三名。

2016年6月4日至5日,张传鹏、于亚辉、谷海龙和陈卫功四人参加黑河市校园足球裁判员培训班。

2016年6月8日,奔走全国各地支持中国申办世界杯的球迷歌王黎世先生(武汉),来到五大连池市第二小学并与600多名师生一起进行倡议和互动。

2016年6月15日,五大连池市团结中学(田径)、第二小学(足球)分别获得2016—2018年度黑龙江省体育传统项目基点校命名。

2016年6月17日,五大连池市第二小学足球操——《足球力量》在五大连池市第16届田径运动大会中进行展演,震撼全场,引爆市运。

2016年6月18日,市教育工会发出号召,以自愿报名的方式组织成立了镇内中小学、镇内高中、农村小学、农村中学共4支男子教师业余足球队,探讨实践了校园足球师资建设“以机关带动学校,以教师影响学生”的新模式。在此基础上准备注册成立五大连池市北狮青少年足球俱乐部,为发展五大连池市足球工作全面服务。

2016年7月7日,五大连池市北狮青少年足球俱乐部全体会员大会在职教中心学校召开。

2016年7月8日至9日,全市中小学生校园足球联赛总决赛受到职教中心学校支持并冠名“职教杯”。共有来自城乡24支中小学校足球队及四支教师足球队参加。

2016年9月3日,市教育工会、北狮青少年足球俱乐部、职教中心学校共同举办2016—2017"职教杯"教师足球联赛。全市镇内中小学、镇内高中、农村小学、农村初中四支足球队82名教师参赛。

2016年11月7日,北狮青少年足球俱乐部正式完成注册工作。

2017年4月17日,教育党工委批复五大连池市北狮青少年足球俱乐部党支部为教育两新党支部。

2016年12月6日至9日,市教育局组织实施了2016年校园足球冬季教学现场会暨足球指导员继续培训活动。这是全市第一次冬季校园足球教师培训实践研究,全市25所学校共计172人次参加培训,积累地方经验效果显著。

2016年12月16日至20日,高级中学张凤平参加2016年黑龙江省校园足球裁判员培训班。

2016年12月27日至30日,五大连池市团结中学高修义、五大连池市第二小学邢海龙两位教师参加2016年黑龙江省体育传统项目学校师资培训班学习。

2017年6月6日,黑龙江省校园足球办公室专家组成员张军、闫绍惠及黑河市教育局副局长孙希广、体卫艺科科长陈宇洁一行四人深入五大连池市第二小学和团结中学,进行全国青少年校园足球特色校足球工作督导检查和调研。

2017年8月14日至20日,全国青少年"未来之星"阳光体育大会黑龙江省传统校、校园足球联赛决赛在绥化市庆安县举办。五大连池市第二中学、第二小学参赛。杨玉林参与赛事执法,并对赛事组织实施进行调研学习。

2017年9月10日至13日,中国黑河—俄罗斯布拉戈维申斯克市2017年教育交流在布市举行。由黑河市教育局体卫艺科科长陈宇洁带队,由周忠意、刘莹昊、陶毅、贾云龙、刘安龙、廉龙、侯连鹤及杨玉林八人组成的黑河市教师足球队同布市教师足球队进行迷你足球赛,最终黑河教师队以2:4不敌主队。其间访问团一行十人参观布市第三体育运动学校和第六中学校,观摩少儿冰球、艺术体操及各种球类的艺体特色教学训练活动,加深了对俄罗斯教育的了解,加深了对俄罗斯民族文化的了解。第二小学杨玉林作为球队队长向对方球队赠送中国国家队球迷围巾,并表达对2018年俄罗斯世界杯和俄罗斯国家队的美好祝福。

2017年9月18日至24日,五大连池市第一小学张传鹏参加黑龙江省校园足球裁判员培训班。

2017年10月22日至28日,团结中小学校徐连何、第二中学校李进军、和平镇中心学校何文涛、龙镇学校张铁岭四人参加省级足球特色学校校园足球骨干师资专项培训班。

2017年11月15日至18日,五大连池市第二小学邢海龙一人参加黑龙江省体育传统项目学校师资培训班。

2017年11月23日至29日,五大连池市和平镇中学谷海龙、双泉镇小学孟凡斌、建设乡小学郑铁成、龙镇学校胡月四人参加黑龙江省足球特色学校校园足球教练员培训班学习。

2017年12月7日至10日,五大连池市第二中学校副校长郭冬、龙镇学校副校长赵晓丽、和平小学主任岳文三人参加黑龙江省足球特色学校行政管理人员校长培训班学习。

2017年12月16日至17日,"职教杯"2017年五大连池市中小学生校园雪地足球联赛总决赛在第二小学和职教中心学校举办,全市及风景区第一小学共计21所学校26支足球队参加。

2017年12月22日至24日,五大连池市第二小学、第一中学派队参加2017—2018年度黑河市校园雪地足球(男子)冠军联赛。

2017年12月,五大连池市第一小学、高级中学被教育部认定为全国校园足球特色学校。和平镇中心学校、第二中学校及龙镇学校被认定为黑龙江省足球特色学校。

2017年12月23日至24日,“华润雪花杯”暨五大连池市第12届足球邀请赛(5人制)在新建滨水新城笼式足球场举办。决赛爱辉区黑社联队以5:1击败五大连池风景区“黑马装饰”队获得冠军。比赛由市教育局与团市委共同主办,由北狮青少年足球俱乐部承办,共有来自黑河、北安、嫩江及五大连池市12支球队参加比赛26场,其中来自我市教师足球队共有5支。

2018年3月,高级中学校张凤平参加了由全国校足办在秦皇岛足球学校举办的校园足球教练员国家级培训班。

2018年5月2日至3日,由业务局长孟凡奎带队,共有来自五大连池市第二小学、第二中学、第一小学、团结中学、和平小学、高级中学及龙镇学校领导及一线教师14人参加黑河市校园足球工作现场会。此次会议表彰黑河市校园足球工作先进集体21个,黑河市校园足球工作先进个人57人。其中我市共有5个先进集体、12个先进个人受到表彰,第二小学《创足球特色 树学校品牌》及教育局《构建654321模式 推动校园足球普及》两份材料进行书面交流。

2018年6月28日,已经运转了整整20年的五大连池市足球协会正式完成了在五大连池市民政局正式登记注册工作。此举标志足协各项工作已经取得各项法律保障,作为发展五大连池足球运动唯一社会团体机构,各项工作将对接黑龙江省足协及中国足协,对未来五大连池足球发展做出积极努力。

2018年7月1日至9日,高级中学校史立超、五大连池市第一小学校张传鹏参加由全国校足办在吉林体院举办的校园足球骨干师资培训教练员培训班。

2018年7月7日,以“欢庆世界杯 放飞足球梦”为主题的五大连池与龙镇农场教师足球友谊赛在沾河高中体育场举行,客场作战的北狮教师足球队最终以7:4取得胜利。

2018年7月13日,五大连池市北狮青少年足球俱乐部教师足球队做客风景区,与当地教师足球队进行友谊赛并最终以6:6握手言和。

2018年7月15日至18日,五大连池市第二小学、第二中学、第一中学参加黑河市校园足球夏季联赛决赛。第二小学获得小学组第三名、第二中学获得初中组第四名。

2018年8月4日,五大连池市足协举办了中俄国际青少年足球邀请赛。共有来自北京、黑河及俄罗斯布市及我市共计6支少年队参加。

2018年8月13日至14日,2018年黑龙江省体育传统项目足球比赛在五大连池市举行,第二小学校北狮梯队在比赛中获得第四名。其间北狮青少年足球俱乐部教师足球队与省裁判员在五大连池市第二小学举行足球交流活动。

2018年9月1日,北狮教师足球队与来访哈尔滨木兰县“搏03”足球队在体育场举行足球友谊赛,最终北狮队以0:3落败。

2018 年 10 月 18 日至 19 日,“鑫龙杯”五大连池市第五届中小学生校园足球联赛总决赛在体育场举办。此次赛事由市教育局主办、由沧州鑫龙教学设备制造股份有限公司赞助、由北狮青少年足球俱乐部协办,共有来自城乡 21 支足球队参加。

2018 年 12 月 22 日至 23 日,五大连池市第二中学、高级中学和第二小学参加了 2018—2019 年度黑河市校园雪地足球(男子)冠军联赛。高级中学获得第三名和体育道德风尚奖。

2018 年 10 月 30 日至 31 日,五大连池市团结镇中学校长董宪印参加“2018 中国 · 黑河市—俄罗斯 · 布拉戈维申斯克市中小学校长体育与健康论坛交流活动”。作为认定首批全国校园足球特色学校的黑河市第一所农村中学,董宪印校长做了题为“四项并举共享多元　培育健康乡村娃娃”的交流报告。同期分享了来自布拉戈维申斯克市第六学校、第十五学校、第十七学校以及黑河市第五中学、逊克县民族小学的学校体育工作汇报。此次中俄学校体育交流论坛活动,充分肯定了团结镇中学坚持特色体育教学促进学生全面健康发展独辟蹊径的实践经验,所获成绩成为注入五大连池市素质教育的活力营养。

2019 年 6 月 29 日至 30 日,五大连池市足协举办了 2019 年“中国足球发展基金会杯”首届全国体育新闻工作者足球联赛(黑河赛区),共有 8 支来自黑河区域内的足球队参赛。

2019 年 7 月 5 日至 7 日,于金龙、杨玉林、朱连文、刘鑫、曲微、孟凡斌 6 人参加“情系绿茵 回报师恩”纪念黑河学院北狮足球队建队 30 周年系列活动。通过回访母校、举办足球友谊赛、座谈交流等一系列活动,在黑河区域继续传播北狮足球发展思想和理念,丰富北狮足球文化。

2019 年 7 月 14 日,“风雨足球路　携手两代人”北狮新老球友与第二中学“99 尤文图斯”学生队足球友谊赛首回合在体育场如期进行。

2019 年 7 月 18 日至 26 日,实验小学教练员麻梓桐参加黑龙江省足协 E 级教练员培训班,并获得结业证书。

2019 年 7 月 30 日至 8 月 2 日,五大连池市团结中学足球队代表五大连池市参加 2019 年中俄国际儿童足球友谊赛等交流活动。

2019 年 8 月 13 日至 15 日,五大连池市第二小学北狮梯队参加了黑龙江省 U 系列暨体育传统项目学校足球比赛,并最终获得第三名。

2019 年 10 月 1 日,北狮新老球友与五大连池市第二中学“99 尤文图斯”学生队足球友谊赛次回合比赛在体育场上演。30 多名新老队员一展足球技艺,献礼祖国 70 华诞。

2019 年 10 月至 12 月,为带动沾河区域校园足球发展,市教育局先后派出靳洪富、于洋两人参加黑龙江省校园足球初级、中级教练员培训学习,派出沾河中心校体育视导员郑绪玲参加全省校园足球行政管理人员培训班学习。

2019 年 11 月 24 日至 28 日,北狮青少年足球俱乐部教练员杨玉林参加 2019 年黑龙江省校园足球高级教练员培训班培训学习。

2019 年 12 月 14 至 15 日,“盈泰 · 城市中心花园杯”暨五大连池市第六届中小学生校园雪地足球联赛总决赛举办,此次比赛共有 23 支球队参赛。二龙山农场学校成为农场学校回归地方以来的第一支参赛球队。此次比赛由五大连池市盈泰房地产开发有限公司支持,北狮青少年足球俱乐部承办。同期来自五大连池区域七家农场学校的体育教师、体育工作主管领导共 60 多人参加校园足球启动工作培训。

2020 年 9 月 5 日至 6 日,共青团市委、市教育局、北狮青少年足球俱乐部联合举办“盈泰·城市中心花园杯”五大连池市第 13 届足球邀请赛,此次赛事是利用新冠肺炎感染病毒疫情防控窗口期组织举办,共召集球队 16 支,绥棱、拜泉及沾河林业局首次参赛,省足协常务副主席、秘书长刁志丹亲临现场指导。莫旗达斡尔竞技队获得冠军,五大连池冰月亮队获得第亚军。莫旗队徐伟哲、郭强两位球员分别摘得赛会金靴奖和金球奖。

2020 年 10 月 3 日至 5 日,“斯巴达克·国庆杯”全国青少年足球邀请赛在新人民体育场举办。来自哈尔滨、齐齐哈尔、呼伦贝尔、莫旗及黑河境内 9 家足球青训俱乐部 22 支球队参赛。哈尔滨军腾、呼伦贝尔金诚、齐齐哈尔海辰获得 U12 组前三名;哈尔滨军腾、呼伦贝尔及大庆队获得 U10 组前三名;哈尔滨军腾红队、哈尔滨军腾蓝队、齐齐哈尔海辰一队获得 U8 组前三名。此次赛事北狮青少年足球俱乐部负责裁判组织工作。

2020 年 10 月 17 日,“五市—沾河—龙镇”三地足球友谊赛在龙镇学校新建人造草坪球场进行。此举旨在加强地方、森工和农场足球交流。“沾河天成、龙镇红灯记”两支足球队为全市业余足球注入新鲜血液,以教师为主体构建球队发展,必将影响学生对足球的热爱和参与。

2020 年 12 月 12 日至 13 日。纪念“一二·九运动”85 周年主题党日活动暨五大连池市首届职工 7 人制足球赛圆满举办。此次比赛由政府办牵头,五大连池市足球协会具体承办。共有法院、消防救援大队、武警中队、住建局、综合执法局、教育局、人社局及政府办 8 支代表队 156 名运动员参加。

2020 年 12 月 16 日,五大连池市北狮青少年足球俱乐部被黑龙江省体育局认定为省级“三大球”青少年体育俱乐部。

2020 年 12 月 24 日,五大连池市实验小学校被教育部命名为全国青少年校园足球特色学校。

2020 年 12 月 26 日,第二届五大连池市足球协会第一次会员代表大会在市委党校会议室召开。省足协常务副主席、秘书长刁志丹,市领导许洪彬、张怀义出席会议,来自全市 13 家学校会员单位、12 家行业单位和俱乐部会员代表参加。会议审议并通过《第一届五大连池市足球工作报告》《五大连池市足球协会章程》(修正案)、《五大连池市足球会费收缴与管理办法》。聘请尚奉龙同志为第二届五大连池市足球协会名誉主席;选举于树文同志为第二届五大连池市足球协会法人(主席)。

2021 年 3 月 27 日,五大连池市足协在滨水新城笼式球场举办 2020 年黑龙江省室内五人制足球锦标赛黑河赛区预选赛。共有嫩江、五大连池和孙吴三支球队参加。最终嫩江队获得第一名,获得代表黑河市参加全省决赛的资格。

2021 年 4 月 8 日至 12 日,五大连池市第二小学校教练员杨玉林参加黑龙江省足协 E 级教练员讲师培训班学习并通过考核。

2021 年 5 月 31 日,市教育局、市关工委、市足协在新发明德小学联合举办庆六一“童心向党 薪火百年”三校联谊校园足球节活动。此次活动由北狮青少年足球俱乐部协办,共有新发镇明德小学、五大连池市第二小学、太平乡中心学校近 200 名师生参加活动。

2021 年 6 月 11 日,前国脚、“辽小虎”之一、1999 年中国足球先生曲圣卿来到五大连池市第二小学校,指导学校北狮梯队球员技术训练,观摩校园足球楼廊文化,并对足球特色学校发展及校园足球活动开展提出建议。

2021 年 6 月 10 日至 17 日,2021 年黑龙江省“足协杯”五人制足球赛在市新人民体育场隆重举办,同期 2021 年黑龙江省足协 D 级教练员培训班、黑龙江省足协第一届会员协会秘书长培训班开班。共有来自全省各地市 15 支代表队 180 名队员参赛,来自省足协会员单协会 17 位秘书长参加培训班学习。前国脚、1999 年中国足球先生曲圣卿分享“关于团队建设和组织管理等方面的经验和理念”课程。决赛中,牡丹江队以 6 比 1 击败鹤岗队捧得冠军奖杯。6 月 15 日,本次 D 级教练员培训班足球节实践活动在五大连池市第二小学隆重上演,由五大连池足协承办的全省系列足球活动落下帷幕。

2021 年 7 月 22 日至 24 日,杨玉林代表黑龙江省足协参加中国足协/欧足联第一期骨干县域足协秘书长培训班。培训班就世界足球的组织与架构,基层足协发展现状与调整,基层足协协会工作机制和联赛体系构建与挑战,基层足协媒体工作战略与组织运行,足球竞赛规则以及欧足联援助项目“战略规划与运行管理、地方足协联赛体系建设、地方协会的技术发展与建设”等主题课程进行学习。中国足协会员部李飞宇主任、王大木高管及欧足联讲师进行了授课,此次培训班释放出中国足协实施“百城千县”绿茵计划,着力构建县域足协机构和大力发展县域足球的强大信号。

2021 年 9 月 19 日,五大连池市第二小学校举办北狮梯队亲子足球嘉年华活动。共计 200 多名“校长杯”联赛小球员及家长参与“射门比准、集体运球比赛、U9U10 夏令营 5 人制对抗赛”等活动。本次活动是五大连池市第二小学传承足球特色教学的又一项改革,是北狮青少年足球俱乐部迎接建党 100 周年走进校园活动第二站。

2022 年 1 月 15 日,在 2019—2021 年黑龙江省足球协会技术与竞赛总结表彰大会中,五大连池足协被评为“4A 级会员单位”,北狮梯队教练杨玉林被评为黑龙江省足球事业突出贡献奖。

2022 年 1 月 19 日,五大连池市第二中学校被教育部认定为全国青少年校园足球特色学校。

附录3　黑河市各级足球特色学校(幼儿园)、试点县(区)认定名单

附表62　黑河市各级足球特色学校(幼儿园)、试点县(区)认定名单

时间	序号	学校名称	类别	级别
2012	1	孙吴县	行政县	黑龙江省校园足球活动试点单位
	2	五大连池市	行政县	黑龙江省校园足球活动试点单位
2015	3	黑河小学	小学	全国青少年校园足球特色校
	4	黑河市实验小学	小学	全国青少年校园足球特色校
	5	黑河市第二中学	初中	全国青少年校园足球特色校
	6	五大连池市第二小学	小学	全国青少年校园足球特色校
	7	五大连池市团结乡中学	初中	全国青少年校园足球特色校
	8	黑河小学	小学	黑河市“三大球”示范学校
	9	北安市健康小学	小学	黑河市“三大球”示范学校
	10	五大连池市第二中学	初中	黑河市“三大球”示范学校
	11	孙吴县第二中学	初中	黑河市“三大球”示范学校
	12	五大连池风景区第一小学	小学	黑河市“三大球”示范学校
2016	13	嫩江县第四小学	小学	全国青少年校园足球特色校
	14	逊克县民族小学	小学	全国青少年校园足球特色校
	15	孙吴县第三小学	小学	全国青少年校园足球特色校
	16	北安市健康小学校	小学	全国青少年校园足球特色校
	17	黑河市实验小学	小学	黑龙江省体育传统项目基点校
	18	嫩江县第四小学	小学	黑龙江省体育传统项目基点校
	19	孙吴县第二中学	初中	黑龙江省体育传统项目基点校
	20	五大连池市第二小学	小学	黑龙江省体育传统项目基点校
2017	21	黑河市第六小学	小学	全国青少年校园足球特色校
	22	黑河市第三中学	初中	全国青少年校园足球特色校
	23	嫩江县高级中学	高中	全国青少年校园足球特色校
	24	嫩江县第二中学校	初中	全国青少年校园足球特色校
	25	逊克县第三小学	小学	全国青少年校园足球特色校
	26	孙吴县第二中学	初中	全国青少年校园足球特色校

续表1

时间	序号	学校名称	类别	级别
2017	27	北安市第八中学校	初中	全国青少年校园足球特色校
	28	五大连池风景区第一小学	小学	全国青少年校园足球特色校
	29	五大连池市第一小学校	小学	全国青少年校园足球特色校
	30	五大连池市高级中学校	高中	全国青少年校园足球特色校
	31	黑河市第五小学	小学	黑龙江省校园足球特色学校
	32	黑河市第三小学	小学	黑龙江省校园足球特色学校
	33	黑河市第二小学	小学	黑龙江省校园足球特色学校
	34	逊克县逊河镇学校(九年一贯制)	一贯制	黑龙江省校园足球特色学校
	35	孙吴县第一小学	小学	黑龙江省校园足球特色学校
	36	孙吴县第二小学	小学	黑龙江省校园足球特色学校
	37	孙吴县第四小学	小学	黑龙江省校园足球特色学校
	38	孙吴县民族中学	高中	黑龙江省校园足球特色学校
	39	五大连池市和平镇中心学校	小学	黑龙江省校园足球特色学校
	40	五大连池市龙镇学校(九年一贯制)	一贯制	黑龙江省校园足球特色学校
	41	五大连池市第二中学	初中	黑龙江省校园足球特色学校
	42	北安市实验中学	高中	黑龙江省校园足球特色学校
	43	北安市铁东小学校	小学	黑龙江省校园足球特色学校
	44	北安市和平小学	小学	黑龙江省校园足球特色学校
2018	45	黑河市第四中学	初中	全国青少年校园足球特色校
	46	黑河市第三小学	小学	全国青少年校园足球特色校
	47	黑河市第五中学	完全中学	全国青少年校园足球特色校
	48	孙吴县第一中学	高中	全国青少年校园足球特色校
	49	北安市和平小学校	小学	全国青少年校园足球特色校
	50	黑河市爱辉区	行政区	全国青少年校园足球试点县(区)
2019	51	黑河市第二小学	小学	全国青少年校园足球特色校
	52	嫩江县海江镇中心小学	小学	全国青少年校园足球特色校
	53	孙吴县第二小学	小学	全国青少年校园足球特色校
	54	北安市铁东小学校	小学	全国青少年校园足球特色校
2020	55	五大连池市实验小学	小学	全国青少年校园足球特色校
	56	嫩江县第一小学	小学	全国青少年校园足球特色校
	57	逊克县实验小学校	小学	全国青少年校园足球特色校
	58	逊克县第二中学校	初中	全国青少年校园足球特色校
	59	黑河边境经济合作区二公河园区	幼儿园	全国校园足球特色幼儿园
	60	黑河市爱辉区西岗子中心学校	幼儿园	全国校园足球特色幼儿园
	61	北安市第二幼儿园	幼儿园	全国校园足球特色幼儿园

续表 2

时间	序号	学校名称	类别	级别
2021	62	五大连池市第二中学校	初中	全国青少年校园足球特色校
	63	省农垦九三管理局直属九三学校	小学	全国青少年校园足球特色校
	64	北安市实验中学	完全中学	全国青少年校园足球特色校
	65	黑河市爱辉区艾乐幼儿园	幼儿园	全国校园足球特色幼儿园
	66	爱辉区罕达汽镇中心幼儿园	幼儿园	全国校园足球特色幼儿园
	67	北安市秀水幼儿园	幼儿园	全国校园足球特色幼儿园

附录4　黑河市学校参加黑龙江省及以上级别赛事成绩统计表

附表63　黑河市学校参加黑龙江省及以上级别赛事成绩统计表

序号	时间	参赛学校	赛会名称	主办单位	举办地	组别	比赛成绩
1	2003.10.11	五大连池市第二小学	“中国电信杯”“中华少年小甲A足球联赛”黑龙江赛区决赛	省少工委 省足球协会	哈尔滨铁路一中	小学男子	亚军
2	2004.08.14	五大连池市第二小学	“远达杯”“中华少年小甲A足球”黑龙江赛区总决赛	省少工委 省足球协会	哈尔滨工业大学二校区	小学男子	殿军
3	2005.08.24	五大连池市第二小学	黑龙江省“安利杯”第三届小甲A足球比赛	省少工委 省足球协会	哈尔滨学府中学	小学男子	季军
4	2006.08.09	五大连池市第二小学	黑龙江省“新华保险杯”第四届小甲A小组赛比赛	省少工委 省足球协会	牡丹江医学院	小男甲组	亚军
5	2013.01.06	五大连池市第二小学	全省校园足球冬令营活动暨校园足球五人制联赛总决赛	省体育局 省教育厅	牡丹江	小男乙组	季军
6	2013.05.14	五大连池市第二小学	2013年斯凯孚“与世界有约”希望工程青少年足球邀请赛	中国青少年发展基金会	北京体育大学	小学男子	第15名
7	2013.07.28	五大连池市第二小学	2013年黑龙江校园足球夏令营暨总决赛活动	省体育局 省教育厅	阿城	小学男子	亚军
8	2015.07.17	五大连池市第二小学	“谁是球王”青少年校园足球黑龙江省选拔赛	省教育厅 省体育局	兰格基地	小学男子	殿军
9	2016.01	五大连池市第二小学	全国青少年足球冬令营暨黑龙江省体育传统项目足球比赛	省教育厅 省体育局	牡丹江	小学男子	殿军

续表 1

序号	时间	参赛学校	赛会名称	主办单位	举办地	组别	比赛成绩
10	2018.08.13	五大连池市第二小学	黑龙江省体育传统项目学校足球比赛	省教育厅 省体育局	五大连池	小学男子	殿军
11	2019.08.13	五大连池市第二小学	黑龙江省 U 系列暨体育传统项目学校足球比赛	省教育厅 省体育局	海林	小学男子	季军
12	2013.01.06	孙吴县第三小学	全省校园足球冬令营活动暨校园足球五人制联赛总决赛	省体育局 省教育厅	牡丹江	小学乙组	亚军
13	2018.01.18	爱辉区实验小学	黑龙江省“未来之星”雪地足球联赛总决赛	省体育局 省教育厅	哈尔滨	小学组	亚军
14	2019.02	爱辉区实验小学	黑龙江省青少年雪地足球联赛总决赛	省体育局 省教育厅	哈尔滨	小学组	亚军
15	2019.08.13	爱辉区实验小学	黑龙江省 U 系列暨体育传统项目学校足球比赛	省体育局 省教育厅	海林	小学组	季军
16	2016.07	孙吴县第二中学	黑龙江省青少年校园足球联赛总决赛(甲组)	省体育局 省教育厅	亚布力	初中男子	亚军
17	2017.07.14	孙吴县第二中学	2017 年黑龙江省传统学校、校园足球联赛总决赛	省体育局 省教育厅	庆安县	初中男子	亚军
18	2018.07	孙吴县第二中学	黑龙江省第十四届运动会俱乐部(传统校)	省体育局 省教育厅	庆安县	初中男子	季军
19	2019.02.20	孙吴县第二中学	黑龙江省青少年雪地足球联赛总决赛	省体育局 省教育厅	哈尔滨	初中男子	冠军
20	2019.07	孙吴县第二中学	“红色安源”杯全国青少年足球邀请赛	江西省教育厅 萍乡政府	萍乡市	U15 男子	第一名
21	2019.08	孙吴县第二中学	黑龙江省传统学校、校园足球联赛总决赛	省体育局 省教育厅	牡丹江市	初中男子	季军
22	2015.09.20	黑河市第三中学	2015 年“我爱足球”中国足球民间争霸赛(黑龙江赛区)	国家体育总局 中国足球协会	哈尔滨工程大学	初中男子	季军

续表 2

序号	时间	参赛学校	赛会名称	主办单位	举办地	组别	比赛成绩
23	2020.01.15	黑河市第三中学	2019—2020 年度黑龙江省青少年雪地足球联赛总决赛	省体育局 省教育厅	哈尔滨市	初中男子	冠军
24	2020.01.13	黑河市第三中学	黑龙江省青少年雪地足球联赛	省体育局 教育厅	哈尔滨	初中男子	季军
25	2016.05	孙吴县第一中学	2016—2017 年度黑龙江省校园雪地足球联赛总决赛	省体育局 省教育厅	哈尔滨	高中男子	季军
26	2018.01	孙吴县第一中学	2017—2018 年度黑龙江省青少年校园雪地足球联赛总决赛	省体育局 省教育厅	哈尔滨	高中男子	季军

附录5　五大连池市"火山杯"青年足球联赛成绩

附表64　1998—1999年"火山杯"青年足球联赛积分名次表

	北狮梯队	建设中学	蓝 鹰	峰 岩	富 都	天德园	一 中	积 分	净胜球	名次
北狮梯队		2:1 3	2:1 3	3:2 3	3:1 3	2:2 1	11:1 3	16	15	1
建 设	1:2 0		0:0 1	2:0 3	4:2 3	2:3 0	2:0 3	10	4	3
蓝 鹰	1:2 0	0:0 1		1:1 1	7:2 3	7:3 3	4:1 3	11	11	2
峰岩	2:3 0	0:2 0	1:1 1		2:3 0	0:2 0	2:0 3	4	-4	6
富都	1:3 0	2:4 0	2:7 0	3:2 3		4:0 3	7:0 3	9	3	4
天德园	2:2 1	3:2 3	3:7 0	2:2 1	0:4 0		2:0 3	8	-5	5
一中	1:11 0	0:2 0	1:4 0	0:2 0	0:7 0	0:2 0		0	-26	7

附表65　1999—2000年"火山杯"青年足球联赛积分名次表

	泉山	北狮梯队	蓝鹰	高一联	富都	积分	净胜球	名次
泉 山		4:0 3	7:1 3	5:2 3	1:1 1	10	13	1
北狮梯队	0:4 0		7:1 3	3:1 3	3:2 3	9	5	2
蓝 鹰	1:7 0	1:7 0		4:0 3	8:1 3	6	-1	3
高一联	2:5 0	1:3 0	0:4 0		1:3 0	0	-11	5
富都	1:1 1	2:3 0	1:8 0	3:1 3		4	-6	4

附录6　1993年德都县镇内秋季教职工男子足球赛成绩

附表66　A组小组赛

	二中	三中	一小	职高	积分	净胜球	进球数	名次
二中		2:3 0	1:2 0	4:2 2	2	0	7	3
三中	3:2 2		1:5 0	3:2 2	4	-2	7	2
一小	2:1 2	5:1 2		1:0 2	6	6	8	1
职高	2:4 0	2:3 0	0:1 0		0	-4	4	4

附表67　B组小组赛

	小学联队	局机关	进修校	一中	积分	净胜球	进球数	名次
小学联队		2:3 0	7:1 2	1:1 1	3	5	10	2
局机关	2:3 0		2:3 0	1:3 0	2	-2	6	3
进修校	1:7 0	3:2 2		2:5 0	2	-8	6	4
一中	1:1 1	8:1 2	5:2 2		5	10	14	1

附表68　决赛阶段

场次	对阵序号	对阵双方	赛次	比分	获胜队	备注
13	A1—B2	一小V小联	半决赛	2:0	一小	常规赛90分钟内
14	B1—A2	一中V三中	半决赛	3:0	三中	常规赛90分钟0:0平、点球
15	13负—14负	一中V小联	三四名决		并列第三	双方弃权
16	13胜—14胜	一小V一中	一二名决	5:0	一小	常规赛90分钟内

鸣　　谢

本书在撰写过程中得到了以下单位人员的大力帮助,特此感谢!

中国足球协会	李飞宇　曾　丹　王大木
中国足协教练员讲师	邓世俊　陈长红　张悦虹　刘家琪　武　朋　杨　立　刘　巍　周　超
黑龙江省足球协会	刁志丹　白　泉　马　明
黑龙江省足协教练员讲师	赵浩翔　王剑远　李石垒
黑龙江省教育厅	郭青山
黑龙江省体育局	孙　昱
黑龙江教师发展学院	闫绍惠
广东技术师范大学	靳继君
哈尔滨师范大学	顾信文
牡丹江师范学院	苏贵斌
黑河学院	车永宏　孙成业　徐　卫　吴晓光
黑河市教育局	孙希广　孙正君　王立东　陈宇洁　李　刚　李　吉　周忠意　宋建伟
黑河市体育局	田　伟
黑河市教师发展学院	姜建设　于福林
中共五大连池市委宣传部	白淑艳
五大连池市人民政府	姜　辉
五大连池市人民代表大会常务委员会	徐业飞
中共五大连池市委组织部	侯玉辉　张良所
中共五大连池市委党校	于金龙
五大连池市文体广电和旅游局	吕永刚
五大连池市人力资源和社会保障局	陈德福　张大伟
北安市教育体育局	王国民　田贵阳
嫩江市教育局	康婉玉　李世颖
五大连池市教育局	徐　臣　孙东明　孟凡奎　刘兴建　吴洪峰　陈延海　郭　盼　侯鲁雨　孙雪琪　杨叶新　张北臣　王长海　王宝富　王鑫桐
逊克县教育局	李广文　王天庆　孟丽红
孙吴县教育体育局	于佩新　吕昭君
爱辉区教育体育局	李爱斌　徐晓彤
五大连池风景区教育事业发展中心	魏志学　刘明丰　刘艳娟
五大连池市教师进修学校	刘德武
逊克县教师进修学校	刘自强
深圳市龙华区龙华第三小学	费聿玲
北京国智方略信息技术研究院	张　博
孙吴县第二中学	马丽丽
五大连池市职业教育中心学校	赵宪利　张千文　董宪印
五大连池市高级中学校	李晓波　张伟东　刘龙克　史立超

五大连池市实验中学校　耿丙娥
五大连池市第一中学校　于　影
五大连池市第一小学校　陈大忠　华春艳　林少杰
五大连池市第二中学校　李向东　宫　磊　石荣江
五大连池市实验小学　徐业峰　孙雪飞　王程程
五大连池市特殊教育学校　郝运龙　李良文　宋加玉
五大连池市龙镇农场学校　贺海龙　陶永辉
五大连池市龙门农场学校　刘雪峰　李启东　张冬梅
五大连池市襄河农场学校　韩志和　王福生
五大连池市二龙山农场学校　姜　文　程艳玲
五大连池市格球山农场学校　朱　正　胡万成　白振伦
五大连池市尾山农场学校　沈　莉　林国海
五大连池市引龙河农场学校　李贵珠　李　斌
五大连池市沾河红旗小学校　王春双　张春玲
五大连池市和平镇中心学校　王智强　张艳红
五大连池市团结镇中学校　赵德利　姚秀娟　王树奇
五大连池市新发镇中心学校　胡继友　玄利国　李德军
五大连池市和平镇四平学校　曲贵彬　张绍林　李春海
五大连池市和平镇中学校　张连军
五大连池市太平乡中学校　王　华　朱连文　王福生
五大连池市龙镇学校　董海明　赵晓丽　李太星
五大连池市朝阳学校　于　洋　王海升
五大连池市沾河高级中学校　南继辉
五大连池市沾河中学校　崔　庄
五大连池市沾河雷锋小学校　杨　烨
五大连池市太平乡中心学校　张宝廷
五大连池市讷谟尔学校　徐开明　郑绪玲
五大连池市团结镇中心学校　杨宝春
五大连池市双泉镇中心学校　李　强
五大连池市兴隆学校　车文远
五大连池市建设乡中心学校　王忠仁
五大连池市兴安学校　黄丽葵
五大连池市第二小学校　孙　静　李　敬　徐长春　屈　斌　李海霞　李常辉
杜海玲　吴　鹏　邢海龙　孙　洋　肖春梅　王立红
赖晓旭　李欣然

黑河市足球协会　郭天亘
北安市足球协会　吴英奎
嫩江市足球协会　王忠武
孙吴县足球协会　李广福
黑河市“4·28”足球队　牟国栋　江兴弟
逊克县“屯里香”足球队　高金龙　曹子旭
五大连池市足球协会　于树文　于国权　徐立志　谷海龙
五大连池市北狮青年足球队　张建国　张　明　张宏伟　王长发　于文喆　刘　扬
张树成　刘遵林　王文会　李国清　梁东彬　刘海泉
武　海　邵　岩　郭　冬　孙志刚　吴东辉　陈卫功
张　鑫　王　莹　赵培成　周雪刚

前黑河师范学校北狮足球队　候国庆　王会河　许洪彬　王彦明　严晓军　张广建
高大坤　齐　坤　陈家祥　关　锐　张潮宾　任永才
闻志刚　孟　猛　刘界玉　关继峰　于　峰　刘迎涛
刘铁刚　闫忠瑀　杨若锟　宋万金　车永辉